目次

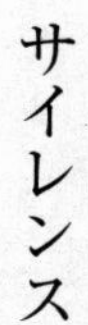

サイレンス

第一章

白い闇の中で、深雪(みゆき)はあえいでいた。

天が、地が、四方が、すべて真っ白く包まれている。強い吹雪に体をもてあそばれ何度も転ぶうちに、方向感覚も平衡感覚も失われてゆく。まるで底なしの空白に吸い込まれていくようで、立っているだけで意識が遠くなるほどだ。

雪は、空から降ってくるというよりも、そこらじゅうにある大気の毛穴から絶え間なく吹き出してくるかのようだ。そう、いつだってこうだった。雪は獰猛(どうもう)で、凶暴で、他の命を喰い殺そうと凍てつくような気焔(きえん)を吐き、銀色の鋭い瞳を常に光らせた白い獣だった。普段はなだめて共存できていても、いったん強い寒気がそのたてがみを揺さぶると、手に負えないほどの大きな獣へと化け、人間に氷柱(つらら)の牙を剝く。

吹雪は唸(うな)り、昆虫から放たれる粘液のように深雪をからめ取り、深雪の体をなぶる。

時にはのぼり、時には下り、さらに蛇行する雪道を走っていると、まるで宙に浮いているような、天地をさかさまに駆けているような気すらしてくる。

スマートフォンの画面を確認する。やはり圏外のままだ。

——どうして。

深雪は、恐怖の中で問いかけていた。

——どうしてわたしは、この島から出ることができないのだろう——。

❄

吹きつける風が、海面を鋭く削り取る。黒い海面があちこちで風に刃向かい、大きな咆哮をあげては散っていく。かすかに潮の香りがする空気はきんと冷たく、水分をたっぷり含んだ脱脂綿のような雲は暗い。

——雪が降るな。

甲板のうえで、柵にもたれながら、深雪は日本海の空を見上げた。深くかぶった帽子に収まりきらない長い髪は、凍てつきそうな向かい風にもてあそばれ、しなやかな氷の鞭のように、首を、頬を打ちつける。流れるはしから、涙が凍りそうだった。

深雪はダウンコートのポケットからスマートフォンを取り出す。俊亜貴からの着信記録もメールもない。おそらく座席に座ったまま、ふてくされているのだろう。同じフェリー内にいるというのに、互いが近づこうともせず、電話を介して相手の気持ちを探ろうとする。来てくれればいいのに。今、甲板に俊亜貴が来て、後ろから抱きしめて、謝ってくれればいいのに。

深雪は無駄なことと知りつつ、そうっと背後を振り返り、それからため息をついてスマートフォンを仕舞った。

まだまだ遠くに見える故郷の島を睨みつけながら、深雪は手の甲で幼児のように涙をぬぐう。新潟本土の港から「フェリーゆきのしま」で約二時間のところにある雪之島。人口、ほんの三百人足らずの、信号機もないような小さな島。それが、深雪の生まれ育った場所だ。

帰るのは三年ぶりになる。

東京に出ることになったとき、両親と「毎年必ず二回は帰省する」という約束をした。しかし守っていたのは大学時代と、就職してからは最初の数年だけで、あとは帰ったり帰らなかったり、という状態だった。東京の暮らしは刺激的だった。

深雪は、かつてアイドルを目指していた。雪之島で一番の器量よしと言われた母に似て、幼いころから島では評判の美少女だった。きれいだ、きれいだと誉めそやされて育ち、たまに本土へ遊びに行くことがあれば、道行く人が振り返った。顔が小さく、手足が長く、背は高すぎず、均整がとれていた。

「深雪ちゃん、芸能人になりなよ」

夢見がちな同級生は、みなそう言った。島には学校が一つしかなく、しかも小中学校が併設されている。全校生徒五十人ほどの小さな学校では、深雪の存在は、みんなの夢そのものだった。

「オーディション、受ければいいんよ」

毎日のように言われ、深雪もだんだんとその気になっていった。テレビのチャンネル数も限られた島の地味な暮らしのなかで、ずっと華やかなものに憧れていた。島で生まれ、育ち、そしてそのまま死んでいくであろう父や母、親戚をみながら、こんな人生を送りたくないと強く思っていた。

それまでも漠然と、都会に出たいという願いは持っていた。そこに「タレントになる」という夢が具体性を帯びてきたことが、さらに拍車をかけた。

中学二年生の時に、国民的人気を誇るアイドルグループの、追加メンバー募集オーディションを受けてみた。親友の晴美(はるみ)に写真をたくさん撮ってもらい、全て現像して教室の床にひろげ、一番写りのいい写真を生徒全員で選んだ。応募書類も、何をどう書けば目に留まるか、みんなで頭をひねりながら記入した。

書類審査通過の知らせが届いたとき、はしゃいでいたのは深雪よりもクラスメイトの方だったかもしれない。深雪はあのとき、心の中で実は冷静だった。書類審査くらい、通過して当然だと思っていたからだ。

「雪之島からアイドルが出るよ」

気の早い友人たちは、興奮気味に島中に言いふらしていた。二次審査は歌とダンスと面接で、それは新潟県のローカル局で行われると合格通知には書かれてあった。しかも、オーディションの様子がテレビで放映されるのだという。

テレビだって！　すごいよ！　と大騒ぎする友達に囲まれながら、深雪は困っていた。というのは、応募書類に「十八歳以下は保護者の同意が必要」だと明記してあったが、きっと反対されるからと晴美にサインをしてもらっていたのだ。しかしテレビに映ってしまうとなれば、ごまかすわけにはいかない。通知を受け取った夜、深雪は両親に直談判した。アイドルのオーディションを受けに、本土まで行きたいのだと。

「なに言ってんだ。ダメに決まってろが」

即答する父の隣で、母は困ったように「お父さんったら」とたしなめていた。漁師である父は昔気質の頑固者で、年頃の深雪とは対立することが多かった。しかしいつも母がやんわりと間に入ってくれるおかげで、全てが丸く収まる。この日もそうだった。母は同じ女性として、きっとアイドル願望を理解してくれたのだと思う。しきりに「オーディションくらい、受けさせてみればー。今が一番可愛い時だし。テレビに映るなんて滅多にないじゃない。良い思い出になるよ」と説得してくれた。そのおかげで、深雪は二次審査へと行くことができた。風が強く波高が三メートルを超えると、一日二本しか出ないフェリーは欠航してしまう。だから母とともに、前日から本土へと渡っておき、テレビ局近くのホテルに宿泊してオーディションに臨んだ。

その様子が生中継されるのを、父は家のテレビでこっそり観てくれていたらしい。当時同居していた母方の祖母が、あとで教えてくれた。島でも、村長を始め、ほとんどの人が観てくれていた。深雪は大げさでなく、島の期待を一身に背負っていたのだ。

深雪は、もともと歌が好きだった。学校への道を歩きながら、岩場で海苔を摘みながら、庭の雪かきをしながら、いつだって歌っていた。春には雪解け水の流れる小川が、冬には天然の防音装置のような雪が、深雪の歌声を受け止めてくれていた。誰への気兼ねもなく、大自然に向かって幼いころから歌いかけてきた深雪の声はのびのびしていて、苦しくなりがちな高音を出すときでも、喉はゆったりと開く。二次審査でも、そこが審査員に褒(ほ)められた点だった。

「のびやかで、聴いていてとても心地が良い」

「粗いけれど声量もあるし、音程も狂いが少ない。ちゃんとボイストレーニングを受ければ、かなりのものになる」

そんな褒め言葉が公共の電波にのったのだ。深雪は嬉しかった。誇りに思った。

しかしダンスはさんざんだった。オーディションには、普段からアイドルを目指してダンスレッスンに通っている子たちばかりが来ている。深雪の暮らす島にはダンス教室などない。今回は、そのアイドルグループの大ヒット曲の振り付けを、ワンコーラス分踊るという課題が事前にわかっていたので、歌番組の録画を何度も何度も見て、それに合わせて一生懸命練習した。正直、誰にでもできそうなダンスだった。覚えてしまえば、とくに難しい技術など必要ない。そもそも、小学生でも真似しやすいように作られている振りなのだ。とにかく可愛く見えることだけを心掛けて、深雪は一生懸命練習した。

それがまったくの間違いだったと気付いたのは、審査本番のときだ。歌審査のときと同じように自分の受験番号を呼ばれ、カメラの前に立つ。いくつものレンズに見つめられ、緊張がピークに達したとき、イントロが始まった。

ワンテンポ遅れた。

頭の中が真っ白になる。

手と足がバラバラに動く。一度遅れたテンポにも追いつけない。全身が固まる。笑顔も出ない。どうしよう、どうしようと焦っている間に、曲が終わった。最後のポーズもキメられなかった。中途半端なポーズのまま立っている深雪に、審査員は「ダンスのレッスン、一度も受けたことないでしょう」と言い切った。あとはもう、何を言われているか全く聞こえなかった。聞きたくなかった。

次の子の番号が呼ばれたのを機に、やっと深雪は我を取り戻し、ステージを降りた。ステージのすそで呆然としながら見るともなく見ていると、他の子たちは、「見せ方」を知っていることがわかった。タリーランプが点いている——つまりオンになっている——カメラを常に意識し、それに向かって一番よく映えるように体や首の角度を変え、振りの大きさも調整する。それに、慣れている子は、たとえテンポがずれても、すぐに戻すことができる。単純に見えたダンスではあるが、手の伸ばし方、ステップのふみ方ひとつとっても、深雪と他の子たちではリズム感、呼吸、しなやかさの面で、まったく違うものとなった。テレビ画面だけと向かい合って独学で習得できるほど、甘いものではないと思い知らされた。

オーディションが終わり、深雪は母とともにテレビ局を後にした。二次審査の様子を東京に持ち帰り、このアイドルグループを主宰している音楽プロデューサーと現メンバーがさらなる審査を重ね、東京で行われる最終審査へ進めるかどうかが決定される、とのことだった。

深雪は、この時点ですでに諦めていた。あのダンスで勝敗が決まったと確信していた。だから最終審査へ進出できるという通知が来たときには、逆にたちの悪い詐欺なのではないかと疑ったほどだ。

ある日学校から帰宅してすぐ、郵便受けに封書を見つけた。差出人はオーディションを主催する芸能プロダクションだった。ふと庭を見ると、父の車も母の車もない。みんな出掛けているなら大声で泣けると思いながら、捨て鉢な気持ちで封を開けた。

パッと目に飛び込んできたのは「合格のお知らせ」という文字だ。

足が震えた。

自転車にまたがり、晴美の家へと急ぐ。

「合格したみたい！」

部屋のドアを思い切り開けて、駆け込んだ。制服を着替える途中だった晴美は、上は

Tシャツ、下はまだ紺色の制服スカートといういでたちのまま、深雪の手から通知をひったくった。

「深雪……新潟代表って書いてあるよ」

「え、嘘！」

二次審査通過というところだけ読んで興奮していた深雪は、信じられない思いでじっくりと全文を読んだ。それには新潟代表として東京へ行き、各都道府県から選抜されてきた代表と競うと書かれていた。

「新潟代表って……ひとりだよね？」

晴美の声が上ずっている。

「だと思う」

答える深雪の声も震えている。

しばらく二人で押し黙り、それから突然「ひゃっはー！」と晴美が叫んだ。

「すごい！　すごいよ深雪！　新潟代表だよ⁉　新潟の中で、深雪が最高に可愛いって証明されたんよ？」

晴美は興奮していた。晴美自身は、小柄でぽっちゃりとしていて、目も鼻も口も小さい地味な顔立ちをしている。歌番組が好きで、よく深雪と一緒に振り付きで歌うが、自身は最初からアイドルなど諦めている。だからこそ、深雪の合格を自分のことのように喜んでくれるのだ。

「でも東京なんて……」少し不安げな顔を見せた深雪に、「大丈夫。交通費も宿泊費も、事務局が負担するって書いてあるもん！　これってマジで有望ってことよ！」

励ますように晴美が背中を叩いた。

中学二年生の深雪は、東京へはまだ行ったことがなかった。この島では中学三年生の修学旅行で東京へ行くが、それまでに個別で東京へ行く者はほとんどいない。だから年頃の深雪や晴美にとって、「東京へ行く」ということは、胸の弾むような一大事件だったのである。しかもオーディションの最終審査で、交通費も宿泊費も向こうもちなのだ。しかし深雪の心配は、金銭的なことだけではなかった。両親が許してくれるかどうか、だ。

案の定、その夜に深雪が切り出すと、父はかんかんに怒りだした。

「このあいだ許してやったろ！　あれで最後だ！」

ちらりと母を見ると、母は困ったように眉をよせ「せっかく受かったから行かせてやりたいけどねえ、でも、行ったからってどうなるわけでもないでしょ？」と諭すような口調で言った。

「どうなるわけでもないって、どういう意味？　だって、最終審査にも合格するかもしれないじゃない」

深雪がムキになると、母は、

「だから……合格したってどうにもならないってこと」とため息をついた。

「どうにもって……だって、アイドルになれるんよ？」

「そうじゃなくて……合格しても、お父さんがあんたを東京に出さないでしょ」

深雪は息を呑んで、むっつり黙り込んだ父の顔を見た。

オーディションを受ける受けない、合格するしないの問題ではないのだ。父は、絶対に深雪の東京行きを許してはくれない。

「東京に行っていいのは、良い大学に合格したときだけだ。芸能人になんか、なれるわけねえ。まずは高校へ行って、しっかり勉強するのが先だ。アイドルだテレビだって、くだらんことばっか言って……」

父は苦々しく吐き捨てた。

「そんな……だって、夢だったのに」

「中学生のくせに、何が夢だ」

「そんなのおかしい。中学生が夢を持って何が悪いの？」

「母さんも反対だよ、深雪」

それまでどちらかというと深雪の味方だと思っていた母が、少しきつい口調で口をはさんだ。

「夢を持つのはいいよ。だけどそれは、自分の手の届く範囲での話。オーディションに合格したとして、それからどうすんの？　あんた、東京で一人で暮らすの？」

ハッとした。確かに、アイドルを目指すということは、何度か上京すれば済むという話ではなくなる。当然、島からは移住しなくてはならなくなるだろう。

「親元を離れるのは、お母さんも絶対に反対。あんたはまだ子供なんだからね」

母にまできつく言われては、諦めるしかなかった。あくる日、深雪はプロダクションに電話をかけ、最終審査を辞退する旨を告げた。

「辞退なんて、どうして？　大きなチャンスだよ？」

須磨という男性の担当者は、応募総数千人のなかから深雪が選ばれたこと、東京へは観光を兼ねて気楽にくればいいことを告げた。

「じつは……両親が合格後のことを心配してるんです」

まだ最終審査に通るかどうかもわからないのに恥ずかしい、と思いながらも、深雪は本当のことを伝えた。馬鹿にされると思ったが、須磨は親身になってくれた。

「なるほどね。じゃあ今週にでも、ご自宅にご説明に行きますよ」

これには深雪の方が驚いた。県代表に選ばれたとはいっても、これから最終審査に合格し、デビューできるかどうかもわからない。そんなひとりの中学生のために、東京の大手のプロダクションの人が、こんなに遠方まで足を運んでくれるなんて信じられなかったのである。

けれども、じっさいに須磨はやって来てくれた。そして両親を前に、合格したあかつきには上京してもらうことは必須条件ではあるが、プロダクションの社長宅に他のタレントたちと一緒に下宿させるので安心であること、そして無料でレッスンを受けさせ、ちゃんと高校にも通わせると約束してくれたのだ。

「正直、たかだか県代表のために、普通は説得に足を運んだりいたしません」と須磨は言った。「けれども深雪さんのことは、二次審査の時点で、プロデューサーが非常に気に入っていたんです。こんなことは言ってはいけないかもしれませんが、合格候補……つまり固定メンバーの有力候補なのです。どうしても最終審査にお越しいただきたいんです」

しかしいくら須磨が頭を下げてくれても、父は聞く耳を持たなかった。

「そんなに真剣だって言うんだったら、せめて高校卒業してからにすんだな」

父のその言葉を最後に、交渉は終わった。

もともと島には高校がないため、島の子供たちは中学校を卒業すると、新潟本土にある高校へ進学することになる。毎日フェリー通学することは不可能なため、本土には雪之島村が経営する「ゆきのしまハウス」という寮があり、深雪もそこから高校へ通い、週末だけ実家に帰るという生活が始まった。どうせ寮で暮らしながら高校へ通うなら、東京で暮らしてもよかったではないか。自分がちんたら雪国で高校に通っている間にも、どんどん若くて可愛いアイドルがデビューしていく。週末、雪之島へと戻るフェリーに揺られながら、代わりに東京へ行ってレッスンを受けることができたらどんなに良いだろうとため息をつき続けた。勉強も手につかないくらい悩んでいたが、東京へ出るには大学へ通うことが条件だったので、一生懸命勉強をし、塾にも通った。

須磨とは、それからも連絡を取るようにしていた。高校を卒業して、東京の大学への進学も決まって、プロダクションを頼ってやっと上京したものの、須磨から渡されたのはその事務所が経営するタレントスクールの入学案内だけだった。もちろん、住居もレッスン代も自腹でと言われた。その時、深雪は自分の旬が過ぎたことを知ったのだった。

あのとき深雪の代わりに新潟代表に繰り上がった女の子は、最終審査にも勝ち残り、固定メンバーとして華々しくデビューした。グループを卒業してからはソロとなり、今でも歌番組はもちろん、バラエティー番組、クイズ番組、ドラマ、映画などで活躍している。いろいろな媒体で彼女を目にするたび、本来であれば、この場所にいたのは自分だったのに、という悔しさが募った。

どうして自分は、こんな辺鄙(へんぴ)な島なんかに生まれてしまったのだろう。東京で育っていれば、諦めなくてもいい夢だった。

東京にさえ、出られていれば。

あのとき、両親が東京へ行くことを許してくれてさえいれば――。

滑稽(こっけい)なことに、もう二十年も前のことだというのに、両親を恨む気持ちは心の奥底にこびりついている。

大学に通いながら、タレントスクールで研修生として歌やダンス、演技のレッスンを受ける生活が始まった。同じ夢を持つ同期たちと、火花を散らし、牽制し合い、こいつより先に成り上がってやろうと互いにあがき、蹴落とそうと必死だった。オーディションで鉢合わせしても無視し、自分が次の審査に残れれば優越感に浸り、落ちた場合は泣き明かした。事務所が持ってきてくれるオーディションの他、各自血眼(ちまなこ)になって情報を探した。そして良い情報を見つけると、ライバルには黙って写真と、歌とダンスの入ったビデオを送る。雑誌のモデル、コマーシャル、テレビや映画の端役、ミュージックビデオのダンサー……片っ端からオーディションを受けた。

女子大生、という肩書きはそれなりに有効だったようで、テレビの座談会に呼ばれたり、雑誌のモデルなどの仕事が定期的に入ってきた。いっときは仕送りがなくても生活していけるのではないかと勘違いし、有頂天になったほどだ。けれども、それきりだった。その先の大きな仕事にはつながらなかった。

大学を卒業するまでにタレントとして食べていけるようになる、という目標は叶えられなかった。女子大生という肩書きすらなくなるのも怖くて、わざと一年留年した。けれどもさすがにそれ以上は意味がないと思い、大学五年生になってやっと就職活動を始め、タレントの夢を捨てきれないまま臨んだ面接ではことごとく落とされた。そんな折に、須磨が自分のプロダクション「S(ス)-チーム」を起ち上げることを聞きつけた。就職させてほしいと頼み込み、深雪はアイドルのマネージャーとして再出発することになったのである。

俊亜貴と出会ったのは、働き始めて五年目の夏だった。

深雪の担当する女性アイドルの一人、宮原かおりが主演した映画に、俊亜貴のつとめる広告代理店が出資をしており、また製作委員会の幹事会社をしていた。

撮影の打ち上げパーティーで彼から声をかけられたときは舞い上がった。派手な業界に身をおいているとはいえ、深雪はしょせん、島育ちの田舎娘だ。恋の花が咲き乱れていた大学時代はタレントになる夢を追いかけるだけで精いっぱいだったし、マネージャーとなってからはアイドルを管理することに神経をすり減らしていた。

なにぶん、商品は生身の人間なのである。体調管理、精神衛生管理、スケジュール管理、恋愛管理など、あらゆる面でメンテナンスをしなければならず、できていなければアイドル本人でなく、深雪の責任になってしまう。それにS－チームは所属タレントが男女合わせて十名にも満たない新興プロダクションだったから、映画会社、テレビ局、制作会社にまめに挨拶に行き、精力的に地方営業へも赴き、地道にタレントを売り込む必要があった。

宮原かおりのことも、フォークで岩壁を削って道を作るように、血の滲むような思いをして何年もかけて売り込んできた。バラエティー番組をキッカケにやっとブレークし、そして得ることができた映画の初主演である。深雪は、クランクイン初日には宮原かおりの名前をのし紙に書いた差し入れを配り、共演者の控室を挨拶に回り、監督を始め撮影スタッフ全員にも深々と頭を下げた。映画の現場は、テレビとは全然違う。規模も大きければ、スタッフの数も莫大だ。現場の雰囲気に呑まれ、思うように演技ができないこともある。しかしそんなときでも、スタッフに好かれていれば手を差し伸べてもらえる。深雪は、スタッフに嫌われて消えていったタレントを、何人も知っていた。

撮影の待ち時間には宮原かおりの世話をやいたり、監督や他の共演者への不平不満を聞いてやったり、撮影中はカメラの陰でヒヤヒヤと見守る。そんな張りつめた日々のあとの打ち上げで、深雪はへとへとに疲れ切っていた。メイクも取れかけ、ただバレッタでまとめただけの髪はパサつき、一か月以上前にサロンに行ったきりのネイルは割れていた。けれども俊亜貴は、華やかな女優たちでなく、深雪を誘ってきたのである。

光沢のある上等のスーツを着てたたずむ俊亜貴のもとに、親しげに俳優が近づき、「また一緒に作品作りましょうよ」「次の企画、絶対に声をかけて」などとさりげなく売り込んでいる。撮影初日に名刺交換をしたが、たしか肩書きは「総合クリエイティブ事業部　クリエイティブプロデューサー」となっていた。広告代理店でも大手で、そのなかでも花形と言われる総合クリエイティブ事業部のプロデューサーなんて、若いのにすごいな、と心の中で感心していた。

彼が現場に顔を出すと、出演俳優とそのマネージャーは必ず挨拶にやってきた。もちろん深雪も、宮原かおりと共に挨拶を欠かさなかった。配役全てにおいて彼に決定権があるわけではないが、映画やテレビ、コマーシャル全般において、かなりの発言権を持つことは間違いない。大御所と呼ばれるほどの俳優でも、テレビ・映画離れの激しい現代では、ふんぞり返ってばかりではいられない。こうして地道にプロデューサーやディレクターに売り込みをかけなくては生き残れない時代なのだ。

「食事でも行こうよ」

俊亜貴は気さくに誘ってきた。一瞬舞い上がったものの、業界には遊び人が多いので、深雪は警戒して適当に流すことにした。しかしその後もメールや電話で猛烈なアプローチを受け、その情熱にほだされて食事に行った。

「いつも全力で仕事をしてる姿に惚れました。良かったら付き合ってください」

ストレートな告白は仕事一筋で突っ走ってきた深雪の心を射抜き、気がつけばしおらしく頷いていた。

俊亜貴が、いったい自分のどこを気に入ってくれたのかはわからない。もしかしたら、他にも適当に女遊びをしているのかもしれない。けれども深雪だって、かつてはアイドルを目指していたほどだから、そこらのタレントと同じくらいは美しいはずだ。俊亜貴の立場上、現役のタレントと関係を持つと面倒なことになる。そんなときに、ある程度の美貌があり、業界にも通じているので理解があり、口も堅い女が現れたので、手ごろだと思ったのではないだろうか——そう深雪は考えている。

深雪はタレントになる夢をかなえられなかった。マネージャーになって五年目。このままずっと、裏方に徹して生きていかなければならないのだと絶望すら味わっていたところだった。アイドルを目指して華々しく島を出てきた自分が、中高生のアイドルに顎で使われている。そしてそんな小娘たちは、深雪にとっては「夢を手に入れた女」であり、情けないことに日々、嫉妬と羨望を感じずにはいられない。この娘より、自分の方がずっと魅力的だったのに。ずっと歌がうまかったのに。彼女たちと自分の違いは、関東圏出身であるか、そうでなくても上京に家族の理解が得られたという、素材や実力とは無関係の点だけだ。それが運命をキッパリと分けてしまった。——いまだに、アイドルたちをマンションまで送り届けた帰り、車の中で嗚咽（おえつ）してしまうことも少なくない。

けれども俊亜貴は、アイドルを使う側の人間なのだ。事務所内や楽屋では横柄にしている宮原かおりも、俊亜貴の前ではにこやかに媚（こび）を売る。自分が手の届かなかったタレントという職業を、彼は軽々と商品として利用し、消費している。そんな俊亜貴と一緒にいることは、深雪にとっては大きなカタルシスとなった。

俊亜貴は東京出身で、洗練されていて、知的で、楽しい男だった。育ちも良く、小学校から大学まで有名私立に通い、毎年夏休みには家族で海外旅行に出かけたという。それにとても優しく、初めて迎えた深雪の誕生日には、大きなプロジェクトを抱えて超多忙のはずなのに有休をとり、深雪が行きたがっていた寝台列車の旅に連れて行ってくれた。深雪が仕事で失敗すれば一流の店で美味（おい）しいものを食べさせてくれ、「深雪の良いところは、俺がちゃんとわかってるから」と慰めてくれる。

深雪はどんどん俊亜貴に夢中になり、何でも俊亜貴に合わせるようになった。髪の長い女が好みだと言われれば伸ばしたし、ジーンズをはいた女が嫌いだと聞けば絶対にはかなかった。代々木周辺なら仕事帰りでも寄りやすいのにと残念がられれば引っ越し、真夜中の二時に泊まりに来ても喜んで迎え、早朝から茶碗蒸しが食べたいとねだられればかつおぶしと昆布で出汁を取ってこしらえた。マネージャーの仕事は不規則だったが、仕事以外の時間はほぼすべて俊亜貴のために使った。

だから年末年始を深雪のマンションでゆっくり過ごしたいと言われれば、深雪はこれまでかろうじて守っていた年に一度の帰省もやめたのだった。深雪にとっても、年末年始は、なかなか休みの合わない二人が唯一ゆっくりできる貴重な時間だ。深雪のプロダクションでは、年末年始には六日間の休みを必ずもらえるようになっている。その間のタレントの仕事には、社長や幹部が同行してくれるのである。ほとんど休みのないマネージャー業務は人の定着が難しいということで、自らも元はマネージャーであった社長が年末年始だけは全員を休ませることを決めたのだった。

家族で過ごすという元旦以外は、俊亜貴は深雪のマンションで昼から酒を飲み、一日中のんびりと深雪手製のおせちや雑煮をつついて三が日を過ごした。深雪自身も、そんな擬似夫婦のような正月が気に入っていて、両親からの再三にわたる帰省の催促をうけながし、気が付くともう三年間、一度も両親と逢っていないのだった。

そして今日。

三年ぶりの帰郷。三年ぶりのフェリーだった。

しかし深雪は、だんだん近づいてくる島が疎ましかった。

「一緒に、わたしの実家に行ってほしいの」

思い切って、俊亜貴に詰め寄ったのは、つい一か月前のことである。

久しぶりの休みで、前日の夜から深雪の部屋に俊亜貴が泊まりに来ていた。とはいってもロマンチックなものではなく、クライアントの接待のあとに泥酔状態で転がり込んできただけだ。深雪は二日酔いの俊亜貴のために、朝からおかゆを作り、お手製の大根ときゅうりの三杯酢づけと茄子の糠づけを切り、キャベツと小松菜とリンゴジュースをジューサーにかけた「手作りキャベジンジュース」を食卓に並べた。

パジャマ姿の俊亜貴は髪もぼさぼさで、頬にはシーツの皺のあとがくっきりとつき、顎には無精ひげがぽつぽつと伸びている。情熱的なアプローチ、そして洗練されたデートは最初の半年だけで、それ以降はもっぱら深雪の部屋で過ごすようになっていた。仕事場では颯爽と振る舞う俊亜貴が自分の前でだけ気を許すようになってくれて嬉しかったが、仲が深まるにつれ、内面は意外に幼く、精神的に弱いところがあることもわかってきた。駄々っ子のように利かん気になったり拗ねて口をきかなくなることもしょっちゅうだし、仕事がうまく進んでいないと、一日中いじいじとため息をついていることもある。もっとも、この生き馬の目を抜くようなエンターテインメント業界では珍しいことではなかった。面白いように上昇気流に乗り、肩で風を切って歩いていたような人が、突然うつ病になって会社に来なくなったりする。

「へ？　深雪の実家に？　なんで？」

キャベジンジュースを飲みほし、俊亜貴が聞く。

深雪が突然こんなことを言い出したのには理由があった。きっかけは、そこからさらに一週間前の、忘年会を兼ねた女子会にさかのぼる。

女子会のメンバーはタレントスクールで出会った女たちだ。当時は闘争心をむき出しにし、互いを蹴落とそうと躍起になっていたライバルだったが、夢から覚めた現在、すべてを話せる同志のような存在になっている。高額なレッスン代を毎月払い、申し訳程度にあてがわれる小さな仕事をちまちまとこなし、それでも自分が載った雑誌を買い込んで悦に入っていた時代を深雪と共有しているのは彼女たちだけだ。深雪がスクールをやめ、タレント活動まがいのことから足を洗うのと前後して、彼女たちも全員やめた。それぞれ皆、ヘアメイクやスタイリスト、ＡＤなど業界の裏方の仕事に転身した。そのままタレントスクールの事務員として就職した子もいる。かつて戦った女同士、いつまでも競争心やジェラシーがあるのではと思われがちだが、それは違う。挫折を知った女に、女は優しいのだ。互いに恥部を知っているから、結束もかたい。年齢も様々で、大所帯の姉妹といった感じだ。何かと理由をつけては集まり、飲んでは愚痴るという関係をもう何年も続けている。

俊亜貴と出会って以来、深雪は事あるごとにこの場でのろけてきた。メンバーたちのなかには出演者と不倫をしている者、既婚者、婚活中の者、別居中の者、バツ2の者など多種多様な恋愛模様があり、そのなかでも一番年下の深雪は、彼女たちを姉のように頼り、恋愛の相談をしてきた。最初は、俊亜貴との関係が進んでいくのを喜んでくれていた彼女たちだったが、だんだん「それって、ちょっと危険かも」と口々に言い始めたのだ。

「俊亜貴くんが泊まりに来たときってさ、おさんどんは全部、深雪がやってんの？」

おさんどんという懐かしい言葉が、平均年齢三十九歳の女子会では普通に飛び出す。

「そうですよ」

すき焼き用の肉を鍋に入れながら、当然のようにうなずくと、バツ2の優子が「それはダメだね」とすかさず言った。

「あんたたちはさ、まだ結婚してるわけじゃないの。俊亜貴くんに養ってもらってるわけじゃない。だから、あんたが世話を焼いてやる義務はないわけよ」

「義務だなんて……わたし、そういうの楽しいから」

「最近、食事連れてってもらったりした？」

「――いいえ」

聞かれるまで、考えたこともなかった。が、そう言われてみれば最近は外食などしていない。会うときは、いつも俊亜貴がふらりと部屋にやってくるのだ。

「つまりさ、深雪にはお金、かかんないわけ」

離婚調停中のスタイリスト、美紀がうなずく。

「食事代も出さなくていい、ホテル代も必要なし。強いてあげれば、コンドーム代くらいか？　あ、深雪、あんたまさか、コンドームだって自分で買って、用意してやってんじゃないんでしょうね」

ズバリ問われて、深雪は赤面した。と同時に、衣装箪笥の奥に隠してあるカラフルな箱を思い出して、気持ちが沈む。それは確かに、雰囲気が高まった時にコンドームが切れていると不機嫌になる俊亜貴のために、深雪自身が買い置きしているものだ。

深雪の表情を読んだのか、既婚者の瑞穂がため息をつく。

「なーるほど。コンドームの数百円ですら、ケチられてるわけだ」

「深雪には投資が必要ない。でも行けばタダメシ食わせてもらえて、セックスもできる。ついでにベイエリアに実家があるようなおしゃれな男子は、新宿や渋谷あたりで飲んで、タクシーで帰るのがメンドくなったらひょいと手ぶらで泊まりに行ける……。あのね深雪、俊亜貴くんにとって、あんたはその程度の存在なの」

弘子が、目の前に人差し指を突き付けてくる。映画の撮影のたびに毎回違う俳優と男女の関係を築き、クランクアップとともにさっぱりと解消する、かっこいいヘアメイク・アーティスト。そんな弘子は、長年ひとりの男に固執している深雪の目には潔く見える。

自分の仕事がどんなに忙しくても、俊亜貴の服を洗濯し、丁寧にアイロンがけをしてやり、靴も磨いていることを話せば、さらに彼女たちは呆れるに違いない。

「でも……他に女がいるような感じはしないですけど」

おずおずと深雪が言うと、唯一の既婚者である瑞穂が、

「他に女がいるかいないか、そんなことはどうでもいいの」

と言い切ったので驚いた。

「え……？　いいんですか？　だって、そこが一番重要でしょう？」

「違う。一番重要なのは、結婚してくれるかどうか。いくら深雪に一途でも、ずっと結婚してくれなかったら意味ないでしょうが」

「そうそう。逆に、いくら女がいたって、あんたと結婚さえしてくれりゃいいわけ」

裏方とはいえ、業界で生き残っている女たちの迫力は違う。おまけに、全員タレントを目指していたとあって、美人ぞろいだ。

「深雪、あんたいくつだっけ」

「三十四ですけど……」

「あれ、そうだっけ。もうちょっと若いと思ってた。だったらあたしとあんまり変わらないんだ」

と三十九歳で婚活中の由美恵(ゆみえ)が言う。上から見たら近いと思うのかもしれないが、年下からすれば三十四歳と三十九歳は全然違う。そう言い返したいのをおさえ、とりあえずは黙っている。

「三十四って、微妙だよね。俊亜貴くんは?」

「三十八になりました」

「えー、ますます微妙。で、これからどうするの?」

「どうって……」

「俊亜貴くんと。結婚するの?」

「いや、それは……彼次第だから……」

「彼次第、か。そうね。で、そういう話、彼から出たことある?」

「――ないです」

「付き合って七年。結婚の話が一回も出ていないって、おかしいと思わないの?」

「でも……だって……」

深雪はうつむいた。

深雪だって、俊亜貴が結婚の話をしてくれないことを不満に思っていないはずがなかった。人一倍東京に執着の強い深雪にとって、都会育ちの俊亜貴は眩しかった。これまで、どんなに素敵な人でも、地方出身だと聞くと気持ちが萎えた。この人と結婚したら、いちいち地方に帰省しなくちゃいけないんだ。いや、下手をすれば、Uターンをする可能性だってある。東京に住んでいないというだけで辛酸を嘗めてきた深雪にとって、ふたたび東京を離れることを想像するのは怖ろしかった。けれども俊亜貴なら、そんな心配もない。俊亜貴の両親も、そのまた両親も、佃島育ちの江戸っ子なのだそうだ。家族親戚が東京に揃っているなんて、なんて素晴らしいのだろう。俊亜貴の家族こそ、深雪の理想形だった。

だから絶対に、この関係を長く続けたかった。重たいと思われたくないから、結婚の話題は絶対に出さなかったし、友達の結婚式に出席することを話したこともない。ウェディング関連のコマーシャルがテレビに流れれば、さりげなく台所にお茶を淹れに立つ。ただ、以前一度、俊亜貴のビジネスバッグの中から結婚式場のパンフレットがちらりと見えたことがあり、心臓が高鳴った。俊亜貴は俊亜貴で、口には出さないけれど、ちゃんと考えてくれているのだと感激した。

深雪にとって、男性というのはそういう存在だった。多くを語らず、地道に、そして確実に地盤を固め、それからやっと行動に移す。実家の父も、祖父も、叔父たちも、そういう男たちだった。まだ男尊女卑も根強い辺境の田舎では、男たちは寡黙に家族を守り、そして女たちは黙ってついていく。深雪にとっては、幼いころから、それが当たり前だった。

だからパンフレットを見つけたことを、俊亜貴には黙っていた。これまでの我慢は、どっしりとした信頼に変わっていた。はしゃぎたい気持ちを抑えながら、プロポーズはいつだろうと、そわそわして待った。俊亜貴から食事に誘われると、もしかしてという思いからとっておきのワンピースを着て、髪も巻いて出かけた。けれども、それはだいたい普通の居酒屋で、深雪はそのたびに、「居酒屋のあとに、サプライズでどこかに連れていくつもりなんじゃないだろうか」と期待するのだった。しかしいつまでたっても進展はなく、だんだん誘われる回数も減り、ついに深雪の部屋に入り浸るだけになり、いよいよ深雪もしびれを切らしてパンフレットを見たことを話してみようかと思案していたとき、すべての謎が解けた。

それはいつもの通り、俊亜貴が訪ねてきていた時のことだ。俊亜貴はやはりパジャマ姿のまま、だらだらとベッドに寝転がってテレビを見ていた。バラエティー番組が始まり、芸能界きってのおしどり夫婦で知られる男優と女優が、結婚二十五周年を記念してもう一度結婚式を挙げる、という番組が流れていた。

「あ、これ録画しといて」

俊亜貴が言った。深雪は慌ててリモコンを取り、録画ボタンを押した。その芸能人夫婦はリムジンで式場へ行き、パイプオルガンの生演奏に迎えられ、白亜の美しいチャペルで永遠の誓いをかわす。ドレスは、五十歳代という年齢も考慮してか、華やかというよりは、ソフトチュールにヴィンテージ風のビジューがついたシックなものだった。けれども気品が漂い、アールヌーヴォー様式のチャペルと実に良く合っている。磨き抜かれた白い大理石のフロア。厳かに敷かれたヴァージンロード。その両脇を彩る白やピンクの可憐な装花が、祭壇への道のりを優しく誘導している。

そのうちに、これは俊亜貴が持っていたパンフレットの式場だ、と気がついた。どうして録画をしているんだろうと考え、ハッと閃いた。もしかして、この流れでプロポーズをするつもりなのではないだろうか。プロポーズはロマンチックな場所でと決めてかかっていたのは深雪だ。日常の延長でさらりとする方が、俊亜貴らしいではないか——そう思いあたった瞬間、俊亜貴が口を開いた。

「なあ深雪。この式場どう思う？」

振り向くと、俊亜貴はいつになく真剣な表情を浮かべていた。

「どうって……とっても素敵だわ」

深雪は、できるだけ平静を装って答えた。

「こういうところで、深雪も式を挙げてみたいと思う？」

——来た。

「うん。思うよ。とっても……」

涙が出そうだった。声が震えた。それでも、しっかりと俊亜貴を見つめ、笑顔でうなずいた。

「そうか。じゃあ良かった」

緊張が抜けたように、俊亜貴がふうっとため息をついた。

「大成功だ」

「——え？」

あれ、今のでプロポーズは完了だったの？

「この企画さ、俺が持ち込んだんだ」

「……企画？」

深雪の笑顔がこわばる。

「うん。ロワイヤル・ホテルの再ブランディングをうちの会社で任されることになってさ」

ロワイヤル・ホテルチェーンと言えば、ホテルだけでなくゴルフ場や海水浴場、美術館、レストラン、リゾート開発など、多角的な経営で知られる老舗だ。

「部署関係なく、もう全社をあげて取り組んでるわけよ。ゴルフもリゾートも難しいこのご時世、先方の希望としては、これからブライダルで第一線に出たいってことでね。ほら今、地味婚が流行ってるだろ？　それか海外で挙式するカップルが多い。国内で結婚式に費やされる資金ってのは、ずいぶん減ってるんだよ。その割に式場はたくさんあるから、客を取り合ってる状態。ロワイヤルの式場って知名度はあるけど、最近はチャペル付きのレストランに押されてるらしくてね。

とはいえ、昔みたいにバンバン金かけて広告打てば客が来る時代じゃないから、クリエイティブ事業部で何か面白いことできないかって話が来たの。で、どうすっかなーって考えてさ。この俳優夫婦が銀婚式だって聞きつけて、この企画を持ち込んだわけ。これから挙式するカップルだけじゃなくて、二度目三度目のアニバーサリー婚の市場開拓をしないと、もう厳しいからね。でも最初の結婚式の方が金を使ってくれるだろうから、若者にもちゃんとアピールできなきゃいけないだろ？　この企画ではそのあたりがちょっと不安だったんだけど、深雪くらいの世代にも良い式場だって伝わったんなら狙い通りだ。あー良かった。さあ、これから第二弾の仕掛けを考えないとな」

興奮を吐き出すように一気にしゃべると、俊亜貴はうきうきした足取りでベッドからひょいと降り、「風呂入るわ」と部屋から出て行ってしまった。

テレビの前にひとり残された深雪は、ただ茫然と、タレントたちの歓声と、風呂場の湯の音を聞くともなく聞いていた。このとき、はっきり悟ったのだ。俊亜貴は、自分と結婚するつもりなど、ないのだと。

あのときの苦い思い出を噛みしめていると、瑞穂がダメ押しした。

「まさかと思うけど、このままでいいって思ってないよね？」

「思って……ません」

「深雪は結婚したいんでしょ、もちろん？」

「はい」

「でも重たい女になりたくないから、どうせ自分からは結婚の話なんてしたことないでしょ」

図星だ。

「でも深雪って、既にめちゃくちゃ重たいよね」

箸で器用に豆腐をすくいながら、由美恵が言う。

「わたしが？　重たい？　どうして」

深雪は驚いた。

「だって、結婚話はもちろん、メールも電話も、なるたけしないんですよ？　会いたいってダダこねないようにもしてるし……」

「だーかーらー、そういう『必死感』がスケスケなんだってば。超シースルー」

「うんうん、耐えてますオーラがね」

「それにさ、結婚前からお手製のおせちって、男にとってはどうかなって思うよ。手編みのマフラーでさえ気づまりなのにさ。あなたのために師走に何日もかけておせち作りましたって……普通引くでしょ」

「でも、俊亜貴の方からうちに来たいって言ったんですよ？　お正月は実家で過ごすんだろうから、わたしからは誘ったりしなかった。せっかく泊まりにくるんだったらもてなしてあげようって思って、わたし……」

「じゃあ聞くけどさ、おせちについて、なにか言ってた？　旨いとか、来年も作ってねとか」

「……特には」

そう言われてみれば、初めて一緒に過ごした正月に、目の前に並べられた重箱ひとつひとつを覗き込んだ俊亜貴は、「これ、買ったの？」と恐る恐る聞いた。深雪は得意げに「まさか。作ったんだよ。これみて、黒豆。三日前から水でふっくら戻して、少しずつ砂糖で甘みを含ませて、皺ひとつなく煮てあるんだから。でもね、一番の自信作は棒鱈！ 五日もかかっちゃったけど、上品な味つけができたと思う。伊達巻は甘すぎたかも。あ、もちろん鰤（ぶり）とくわいは、さらなるキャリアアップを目指す俊亜貴のために、気合を入れて作りました！」と解説した。正直、心の奥底で、良い奥さんのアピールになるという算段はしていた。俊亜貴は黙々と箸を動かしていたので、てっきり感心してくれているのだと思っていた。

故郷では、毎年年末になると、どの家庭でも女子供が総出でおせちの準備をした。幼いころから、深雪も徹底的に仕込まれた。かずのこの膜を取ったり、黒豆や棒鱈を戻したり、三杯酢を作ったりと、刃物を使う必要がない仕込みは、三歳の頃からさせられていた。そのうちに切りものもするようになり、中学生の頃には味付けも任されるようになっていた。深雪は筋がいいと、当時まだ生きていた曾祖母に頭を撫でられた。深雪にとっては、おせちとは手作りするものだった。だから大学で東京に出てきたとき、スーパーやデパートでおせちが買えると知って、本当に驚いた。そして友達の家で市販のおせちを食べたとき、我が家の方が格段においしい、と誇りに思った。

だから俊亜貴にも味わってほしかった。てっきり、喜んでくれているものと思い込んでいた。今こうして、姉代わりの年増女たちに指摘されるまでは。

「でも、わたしだったら……嬉しいと思いますけど」

おずおずとだが、深雪は反論した。

「おせちって手がかかってるし、心もこもってる。作ってもらったら、単純にありがたいって思いませんか？　お嫁さんにするんだったらこういう子だ！　とか、思ってくれませんかね？」

「そりゃあ、ありがたいわよ」

「うん、ありがたい。でも嬉しくない」

「嬉しいのは、その子と結婚を意識してるときだけ」

「そうそう。深雪だって、どうでもいい男子からダイヤの指輪もらったって、ありがたいけど、嬉しくないでしょ。その男と結婚したいと思うからこそ、その指輪が婚約指輪に化けるんであって、そうじゃなければ、ただのヘヴィーなプレゼント」

「ヘヴィー……」呆然と、深雪は繰り返した。

「そう。ヘヴィー。いくら言葉で言わなくったって、あんたの場合、行動が叫んでるわけよ。『お願い、結婚してえー！』って」

「じゃあ……どうすれば」

「勝負をかけなきゃダメね。深雪だって、どんどん年を取ってくだけなんだから」

「勝負？」

「結婚してくれるかどうか、真っ向から聞くの」

「そんな！」

「聞かなくちゃダメよ。それで向こうが煮えきらないなら、終わりにしな」

「でも……わたし俊亜貴を追い詰めたくないし」

「深雪がこんなに追い詰められてんのに？」

　全員の視線が、まっすぐ深雪に向いた。彼女たちの表情は、包み込むようないたわりに溢れている。

「あたしたちとしては、痛々しくて見てられないのよ」

「深雪は気づいてないかもしれないけど、傍から見たら、あんた完全に都合のいい女だから」

「そうよ。これ以上、時間を無駄にしちゃダメ。あんた、充分綺麗なんだから、俊亜貴くんが結婚に踏み切ってくれないなら、次の男を探しな」

　そうやって百戦錬磨の女たちに説教を喰らい、深雪は決心したのだ。

　俊亜貴を、年末年始の帰省に誘ってみる。その意味を、彼だってわからないはずはないだろう。そしていよいよ、この日、思い切って切り出したのだった。

「お前の田舎って、どこだっけ？」

　漬物をかじりながら、俊亜貴が訊く。

「新潟」

「へえー、そうなの」

　これまでも、何度か話したことはあるはずだ。けれども俊亜貴にとってはどうでもいい話題だったのだろう。

「んで、なんで一緒にお前んちいくの？」

漬物を平らげると、空の皿を深雪に突き出す。深雪はお代わりを盛りつけ、食卓に置いた。

「だから、それは……うちの親に会ってくれないかなって」

「親？　お前の？」

のらりくらりした調子の俊亜貴も、さすがに構えるような表情になった。

「それってなんか、まるで俺と深雪が結婚するみたいじゃん」

この期に及んですっとぼけようとするのが憎たらしい。

「しないわけ？」

「いや、つーか、考えたこと、ないし」

子供のようにうつむいて、漬物をのせたおかゆを、れんげでかき回している。

「もう、あたし、三十四だよ。年が明けたら三十五」

「……うん」

「いつまでも、こんなふうにだらだら付き合ってられない」

「……」

「俊亜貴がわたしと結婚するつもりがないなら、それでいい。でも別れる」

思い切って、言った。

関係の継続か、終了か。その分岐点をちゃんと突きつけ、どちらへ進むのか決断させること——それが、姉代わりの女たちに言い含められたことだ。だけど本当は、たとえ結婚するつもりがないと言われても、自分はこのままずるずると関係を続けていくだろうと、深雪はすでに予想していた。一人になる勇気が、深雪にはないのだ。できれば俊亜貴と結婚したい。けれどもできなくても一緒にはいたい。他に結婚してくれる人が現れてくれればとは思うが、俊亜貴と一緒にいる限り、縁は遠のくだろう。

本心はどうであれ、今の深雪はきゅっと唇を引き結び、まっすぐ俊亜貴を睨みつけていた。彼の目からはきっと、覚悟を決めた三十四歳の女の顔に見えているに違いない。

「そんなこと、急に言われてもさ」

俊亜貴はふてくされた子供のように、そっぽを向いた。

「急？　じゃあ俊亜貴は今まで一度も、わたしとの結婚を考えたことないの」

追い詰めちゃダメだ。それなのに、つい口調がきつくなってしまう。

「――だって、俺たち、まだ若いじゃん」

呆（あき）れた。三十四歳と三十八歳のカップル。小学生の子供が二、三人いたっておかしくない。

「人生八十歳として、もう折り返し地点だよ」

こういうことを言われるの、男はイヤなんだろうな、と頭で理解しながらも、止まらなかった。

「それに、男はいくつになっても子供を持てるかもしれないけど、女は産める時期が限られてるんだよ？　七年も付き合っていてそういうこと考えてくれたこともないなんて、無責任なんじゃない？」

「なに、お前、子供欲しいわけ」

俊亜貴の口から、怯(おび)えるような声が漏れた。

「欲しいわよ。当たり前じゃない」

「え、でも、そんなこと、ひと言も言わなかったじゃないか。仕事も楽しそうだし——」

自分でも気が付かないうちに手を振り上げ、思い切り俊亜貴の頬を張っていた。体がわなわなと震え、この時ばかりは本気で、絶対に別れてやる、と思った。

「必死でそういうそぶりを見せないようにしてたんじゃない！　ばか！　本当は、ずっと結婚資金だって貯めてたんだから！」

俊亜貴はぽかんとして、深雪を見ていた。漫画のように、頬に赤く痕(あと)がついていた。その呆(ほう)けたような、叱られた小学生のような目を見ていると、自分はこれまでどうしようもない子供を相手に恋愛していたのだと痛感した。

「——じゃあ、俺、どうすればいいわけ？」

やっとひっぱたかれたことに気が付いたように、赤くなった頬を手でこすりながら、ゆだねるように俊亜貴が尋ねる。この期に及んでなお、俊亜貴は深雪に決断を預けようとしている。深雪は、なんだか自分が母親にでもなったような気分になってきた。

「だから、決めてよ。この年末年始、うちの両親に会いに一緒に行ってくれるか、それとも——別れるか」

俊亜貴が黙り込んだ。うつむいて、すっかり冷めきったおかゆを眺めている。その重苦しさに、深雪の方が耐え切れなくなりそうだった。今、自分が選ばれるか、そうでないかの瀬戸際なのだ。そしてきっと、俊亜貴には選んでもらえない。

一緒になる気なら、とっくにそう言ってくれているだろう。

「今わたしが言ったこと全部忘れて！　両親に会ってくれなくていい！　結婚してくれなくても子供も持てなくてもいい！　本当は別れる気なんてないの！」──そう叫んで、すがりついてしまいそうだった。そして限界に達し、実際に叫ぼうとしたところで、俊亜貴が口を開いた。

「──わかったよ」

ぶっきらぼうに、ぽつり、言った。

「え？」

「だから、わかったってば」

「わかったって……」別れるつもりだ。深雪は直感した。

「あの、わたし、ちょっと言い過ぎて……」

「会うよ。深雪の両親に挨拶に行く」

一瞬、俊亜貴が何を言っているのか理解できなかった。じわじわと彼の放った言葉が深雪の心に浸透してきたとき、もう一度、俊亜貴が自分自身に言い聞かせるように言った。

「挨拶に行く」

「……本当に？」

「本当に？　って、お前が押しつけたんだろうが」

俊亜貴が苦々しく笑う。

「押しつけ……って」

深雪が瞳を潤ませると、俊亜貴は慌てたように訂正した。「悪い、押しつけってのは言い過ぎだよな。ちゃんと、俺もけじめをつけなくちゃって考えた結果だ」

「嬉しい」

「で、いつ行けばいいんだ？」

「もし良かったら、年末に行って、年越ししない？　うち、毎年母がおそばを打つの。鏡餅だって、家でついたお餅で作るんだよ。お雑煮も半端なく美味しいんだから」

「う……ん」俊亜貴はあいまいにうなずく。

「元日まで過ごして、二日に東京に帰ってくればいいじゃない」

「そうだな……」

決心したと口では言いながら明らかに気乗りしていない様子の俊亜貴の気をひきたくて、「あたしね、振袖着るよ。すっごく綺麗な着物、母にもらったんだ。和装、意外と似合うんだから」と言ってみた。

「へ？　振袖？」心ここにあらずだった俊亜貴が、やっと深雪を正面から見た。そして

「振袖って、お前、いくつだよー」とげらげら笑った。

傷ついた。島では、未婚の女性は必ず振袖を着る。もっとも、ほとんどの女性は二十代で結婚してしまうが、それでも離婚や死別などでふたたび独身に戻った女性は、三十歳を過ぎても正月には振袖でお参りやお年始に行くのだ。それは晴れ着を着ることが自分のためだけでなく、先々で逢う人たちの気分を華やかにするものであり、また、まだ根強い「海と島を守る神様」への礼儀であるからだ。

島のこと全てを侮辱された気がして、深雪は押し黙った。それに気づいた俊亜貴は、慌てて笑顔を取り繕う。

「振袖な。楽しみにしてるよ。ただ、俺にも和服を強制すんなよ。七五三じゃあるまいし」

「わかってるって。スーツで充分」

「えー、スーツ着なくちゃいけねえの?」

また口をとがらせる。この男は、結婚の挨拶に行くことを、いったいどう考えているのだろう。まさか普段着で両親に会うつもりだったのだろうか?

「あーあ、休みの日にまでスーツかよ。仕方ねえな」

不満げなため息をつきながら、カバンからスケジュール帳を取り出す。

「んで? 何日に出発すればいいわけ? 俺、二十八日に仕事納めで、そのまま二泊でスノボ行くし」

スノーボードを始めてまだ二年目の俊亜貴は、少しでも余暇があれば飽かずにゲレンデに通っていた。

「年末ギリギリの出発になるわね。じゃあ、朝早く出ようか」

「何時間くらいかかんの」

「えーと、新幹線で新潟までが二時間ちょっとで……そこから特急に乗り換えて、バスに乗って、フェリー乗り場まで行って……」

「は、ちょっと待て、お前、今なんつった」

「え？」

「フェリーっつったか？」

「ああ、うん、そうだけど」

「なんだよそれ、お前んち、島なわけ？」

「うん……」

田舎者と思われるのが嫌で、東京に出てきて以来、島出身だということはあえて触れないようにしてきた。

「ひょっとしてお前んちって、〝別料金〟のとこ？」

「え？」

「ほら、よく通販であるじゃん。沖縄や離島は、配送料が別にかかるってやつ。そういうとこ？」

「うん……まあ」

「へえー、そっかあ。そういうとこに住んでる人って、本当にいるんだ。なんてとこ?」

「雪之島」

「知らねえなあ」

「ちいちゃい島だから。三百人くらいしか住んでないし」

「え、三百人?」俊亜貴が目を丸くする。「タワーマンション一棟分じゃん」

なるほど。そんな風に考えてみると、島の人口は本当に少ない。

「新潟県の雪之島っていうからには、どかっと雪が積もってんだろうなぁ」

「実はそうでもないの。日本海に囲まれてるから風で雪が吹き飛ばされて、そんなに積もらないの。積もっても五十センチくらい」

「それ、充分積もってるって言うから」

俊亜貴は軽く鼻で笑ったあと、また現実に戻ったように、「それにしてもフェリーねえ……」とため息をついた。

「で、何時間かかんの?」

「トータルで、七時間くらいみておけば大丈夫だと思う」

「七時間!?」

「うん」

「韓国の方が近いよ」

ぼそっと俊亜貴が嘆く。深雪は聞こえないふりをした。

「ずいぶん長旅だな……まあ、だったら昼過ぎに出りゃいいな。夕飯ごろに到着する感じでさ」

スケジュール帳にボールペンで意味のない円をぐるぐる落書きしながら、俊亜貴が気軽な調子で言う。

「あ、でも、フェリーに間に合わなきゃいけないから」

「うん?」

「三時のフェリーに乗らないと」

「夕方でいいだろ」

「それしかないの。この時期は午前と午後に一便ずつだから」

俊亜貴が驚いた顔をあげる。

「一日二便って……今どき、そんなとこが日本にあんのかよ」

スケジュール帳を閉じ、冷え切ったおかゆに口をつけて顔をしかめた。

「まあいいや。じゃあ、いったい何時に東京を出ればいいわけ」

深雪はインターネットの交通情報ウェブサイトで検索し、

「朝十時ごろの新幹線に乗れば間に合う」と伝えた。

「朝十時に東京駅か。早えなあ。で、何時に向こうに着けるの」

「夕方の五時くらいかな」

「朝九時に家を出て、夕方の五時に到着。そりゃほとんど外国だよ」

不機嫌そうに言いながら食卓を離れ、ベッドに寝転がる。しかし意外なことに、「だったら行かない」という言葉は出てこなかった。俊亜貴の気が変わってしまうのではないかと不安だったが、不平不満を並べ立てるものの、行くこと自体をやめるとは言い出さない。それが深雪には嬉しい驚きだった。

「じゃあ、前の日からここに泊まりに来て、八時ごろに起きて出ればいっか」

布団にくるまり、大きな欠伸(あくび)をする。ふたたび寝息をたてはじめた彼を眺めながら、深雪はふと気が付いた。俊亜貴もまた、ひとりになる勇気がないのではないか。

俊亜貴はいわゆるイケメンだし、都会育ちで立ち居振る舞いも洗練されている。高給取りで金の遣い方も綺麗だから、いくらでも女は寄ってくるだろうし、実際、女友達も多い。しかし近づいてくる女は俊亜貴との結婚を狙っているわけだから、うっかり手を出すと身動きが取れなくなる恐れがある。その他に俊亜貴の周りにいる女たちとなると芸能人で、彼にとっては大事な商売道具だ。そこそこの社会的地位もできた今、女遊びは致命傷になりかねない。だからこそ、深雪のような存在は安心なのではないだろうか。俊亜貴もきっと、深雪とは別の意味で、その心地よい関係を手放したくないに違いない。それに俊亜貴とて、なんだかんだ言いながら、少しの愛情もなく深雪と付き合えないだろう。

とりあえずは、ロマンチックとは程遠くとも、俊亜貴との結婚が決まったのだ。姉代わりの女たちに報告すると心から喜んでくれたし、母に男性を連れて年末に帰省することを伝えると、「楽しみに待ってるから」と電話越しに弾んだ声を上げた。

一日、一日と年末の帰省が近づいてくるにつれて、深雪の気持ちは高まっていった。両親は、きっと俊亜貴を気に入ってくれる。もちろん、いずれ島に帰ってきて地元の人間と結婚して落ち着いてほしい、と願っていたことは知っている。けれども、自分はぜったいに東京を離れたくないのだ。今の仕事だって嫌いではない。不規則だしハードだし理不尽なことはたくさんある。けれども、たとえ表舞台には立てなくとも、あこがれ続けた芸能界にいることに変わりはない。自らもタレントスクールに通い、ボイストレーニングやダンスレッスンなどを受けていた深雪だからこそ、アイドルに与えるアドバイスは的確だと定評があった。嫉妬心を持て余しながらも、アイドルを育てることを楽しいと思い始めている。この仕事を続けて、ゆくゆくは独立することも視野に入れていた。

しかし、キャリアのことがなくとも、島に戻るつもりはさらさらない。島で生まれたというだけで、深雪の運命は最初から大きく狂わされていたのだから。

都会にさえいれば。

あのとき両親が許してくれさえすれば。

その恨みは、根雪のように深雪の心に厚い層を作って心を冷えさせ、決して解けることはない。都会から遠いというだけで夢を諦めなくてはならなかったあの恐怖が、いまでも深雪を支配している。

ひとり娘の深雪が二度と島へ戻らないことは、もしかしたら両親への復讐でもあるのかもしれなかった。そして東京の男性との結婚は、両親にとって最後通牒となったはずだ。けれども心から娘の幸せを喜んでくれているのが、電話越しにも伝わってきた。

俊亜貴が島を気に入るかどうかは、わからない。けれどもきっと、両親のことは好きになってくれるだろう。ふたりはとても素朴で、温かい人だ。両親のほうも、新しい家族となる俊亜貴を喜んで迎えてくれるはずだ。ずっと息子を欲しがっていた父は、きっと俊亜貴と晩酌ができることを楽しみにしているに違いない。

テレビドラマの撮影現場から宮原かおりを自宅に送り届け、深雪の年内の仕事は終わった。くたくたに疲れているはずなのに眠れず、次の日朝早く起きてデパートへ行った。帰省のときに着る可愛い服が欲しかったのだ。リボンのついたお洒落なダウンコート。ベロアのワンピース。ファーの帽子。モヘアの手袋。ビジュー付きのティペット。ラメ入りのタイツ。バックスキンのショートブーツ。この時期、島には雪が積もっているが、フェリー下船地まで父が車で迎えに来てくれることになっている。実家に到着したら、元旦に着物を着るまでは、いやでも雪と寒さに強い服装に着替えなくてはならない。だから往復の道中はせめて、思い切りお洒落をしたい。なんといっても、記念すべき初めての二人での帰省なのだから。

十二月に入ってからは、ほとんど俊亜貴とは会えなくなっていた。俊亜貴は俊亜貴で、仕事納めまでに業務をこなすことで手いっぱいだったのだ。

三十日の夜に俊亜貴が深雪の部屋に来て、翌朝一緒に東京駅に向かう段取りになっている。深雪は荷物の詰まったキャリーバッグを玄関わきに置き、着ていく服は一式ハンガーにかけて、すべての準備を万全にしていた。

いくら二人が結婚に同意し、真剣に考え始めたとはいっても、男が女の両親に正式に申し込みに行かないことには、なにひとつ進みはしない。これでやっと一歩を踏み出せることが、深雪には一番うれしかった。

インターフォンが鳴り、玄関ドアを開けると俊亜貴が立っていた。ジーパンにダウンジャケットという軽装。背中にはバックパックを背負い、深雪の身長ほどもある縦長のスノーボードケースを、まるで仲間と肩を組むように体に引き寄せている。

――スノボ旅行から、直接来たのか。

ダイビング用のウェットスーツと同じ素材でできたスノーボードのケースを玄関に立てかけると、俊亜貴は酒臭い息を吐きながら、そのままベッドにもぐりこんでいびきをかき始めた。一度家に帰ってスノボを置き、荷物を取ってから来るのだとばかり思っていた。旅行帰りということは、汚れ物だってそのままだろう。深雪は呆れながらも、そのまま俊亜貴の隣で眠った。洗濯は実家に帰ってからでもできる。つまらないことで帰省の前日に喧嘩をしたくはなかった。

八時に俊亜貴を叩き起こし、米飯と味噌汁、鮭の西京焼きを食べさせる。着替えて慌ただしく出発となったとき、玄関先で深雪は思わず「ちょっと待って！」と叫んでいた。俊亜貴が、スノーボードケースをかついで持っていこうとしたからだ。

「それ、置いていくんだよね？」

念のため、深雪は聞いてみた。俊亜貴はきょとんとしている。

「なんで？　持ってくに決まってんじゃん。五十センチくらい積もるんだろ？　練習できんじゃん」

結婚の申し込みという生涯で一度きりの大事な訪問に、スノーボードを持っていく男なんて非常識すぎる。しかしいくら説得しても、俊亜貴は持っていくと言って譲らなかった。深雪は呆れながらも、折れるしかないのだった。

とにかくこの旅行にケチをつけたくない。この期に及んで気分を害されて、「じゃあ行かない」とすねられては台無しだ。深雪はなんとか気を取り直し、新幹線の中では自分からスノボ旅行の土産話をねだった。まだ経験が浅く、なにもかもが楽しくてたまらない俊亜貴は、雪質が良かっただのナイターはイマイチだっただの、喜んで延々と話してくれた。

「それにしても、ずいぶん酔っぱらって帰ってきたわね」

「うん。帰りの車の中でさ、明日から結婚の挨拶に彼女の実家へ行くって話したら、急きょバチェラーパーティーをしようって言ってくれて」

「え、なに?」

「独身最後のパーティー。キャバクラをおごってもらったの。結婚したら自由にできなくなるだろ? ご愁傷様ってことで」

悪びれもせず話す俊亜貴に、さすがに頭に来た。けれども、やっとここまでこぎつけたのだ。深雪は深呼吸して怒りを鎮め、「そう。楽しかったなら良かったね」と必死で笑顔を作った。しかし、いざフェリーに乗り込み、俊亜貴の荷物の中にスーツが入っていないと聞いたときは、さすがに怒りが爆発した。

「スノボは持ってきてて、肝心のスーツがないってどういうことよ!」

冬の時期は、ほとんど観光客が訪れない。閑散とした船内に、深雪の声が空しく響く。

「仕方ないだろ、クリーニング屋に取りに行くの忘れてたんだから。ちゃんと買うって。大丈夫大丈夫」

なにをそんなに怒っているのかと呆れたように、俊亜貴がのんびりと言い返す。

「買うって、どこで」

「アオキでもコナカでも何でもいいよ。贅沢(ぜいたく)言わないから」

「……ないわよ、そんなの」

「え、ねえの? じゃあ個人の店でもいいや。どっかあるだろ?」

「スーパーマーケットだってない島に、そんなお店があるわけないでしょ! 東京とは違うんだから!」

深雪は立ち上がり、甲板へと走った。船室に取り残された俊亜貴のきょとんとした顔が、視界のすみににじんだ。

好きな人に愛されたい。好きな人に望まれたい。好きな人に大切にされたい。たったそれだけの願いが、どうして叶わないのだろう。金や地位や豪邸を望んでいるわけじゃない。大勢の人が手に入れている、平凡な幸せとやらが欲しいだけだ。

深雪は美しい。家庭的でもあり、キャリアにも手を抜かない。恋愛にも全力で努力してきた。それなのに、どうして手に入らないのだ。

冷たい風に吹かれて涙を流しながら、深雪にはすべてが、目の前に迫ってくる故郷がもたらしたものに思えて仕方がなかった。もちろん俊亜貴本人への怒りは大きい。けれども、自分が惨めな思いを強いられるのは、常にこの島のせいではなかったか。この島で生まれさえしなければ――せめて島から出ることを許してもらっていれば――今頃テレビや映画で活躍しているのは、繰り上がった新潟代表でも宮原かおりでもなく、この新山深雪だったはずなのだ。もしそうでなかったとしても、これほど一人の男に執着することはなかったはずだ。自分には都会への免疫がなかったから。憧れが強すぎたから。コンプレックスが根深いから。だから平凡な幸せすら、指の間からすべり落ちてゆく。

結局、すべての不満はやはり、須磨を追い返したあの夜にさかのぼるのだ。

「深雪」

振り向くと、俊亜貴が寒そうに立っていた。やっと船室から甲板に出てくる気になったのか。

「――悪かったよ」

深雪は謝罪には答えず、また海に顔を向ける。わざと鼻をすすりあげると、俊亜貴が

「ほんと、ごめん」と背後から抱きしめてきた。

「深雪の親御さんに失礼だよな。反省してます」

耳元で温かい息を感じる。

「ほんとに、反省してる?」

「してる。証拠みせようか」

「証拠?」

俊亜貴が、ダウンジャケットのポケットから青いベルベットの小箱を出してきた。

「開けてみて」

信じられなかった。開けなくてもわかる。

「……本気?」

「本気ってなんだよ。当たり前だろ」

苦笑しながら俊亜貴は、「海に落ちたらシャレになんないから」と甲板の中ほどに備え付けられている座席へと深雪を座らせ、あらためて小箱を差し出した。

深雪は両手で受け取り、そうっと開く。プラチナだろうか、銀色の台座に一粒のダイヤモンドが輝いている。

―ちゃんとプロポーズしてなかっただろ？ 不安な思いさせたよな、ごめん」

申し訳なさそうに目を伏せる俊亜貴を、深雪は心から愛しいと思った。この人を好きになってよかった！ 海に向かって叫び出したい気分だった。

「はめてくれる？」

俊亜貴は深雪の左手をうやうやしく取ると、指輪を薬指へとすべらせる。お互いに照れてしまい、しばらくは手を握り合ったまま、おでこ同士をくっつけて、じっとしていた。

やっと幸せになれる。

深雪は安堵した。

今度こそ、気持ちは繋がった。これからは喧嘩をしても、すれ違っても、ずっと一緒なのだ。

この人となら、やっていける――。

そう噛みしめたとき、汽笛が鳴った。

ハッと顔を上げたのは、ふたり同時だった。

白い靄の中から、島がくろぐろと現れる。夏場は眩しいばかりの緑で観光客を迎える木々も、厳しい冬のなか、裸の骸をさらしている。

急に一陣の強い風が吹いたかと思うと、カッと空が光った。幾筋もの雷光が駆け抜け、雷鳴がどおぉぉおんと海を震わせる。フェリーのエンジン音すらをもかき消すほどの轟音だった。

また光が走る。暗雲のはらわたを切り裂きながら、雷が島を貫いた。ドロドロ……と雲が不吉に唸る。

俊亜貴が、ぎゅっと深雪の肩を抱いた。

「これが……深雪の生まれ育った島なんだな……」

その声は震えている。寒さのせいだけではないことを、深雪は敏感に感じ取っていた。

島は屍のごとく海のうえに横たわっている。純白の雪が死化粧のようにその体を覆っているものの、切り立つ断崖絶壁や骸骨の群れのような枯れ切った森など、隠しきれないまがまがしさが、余計に目についた。

島に近づくにつれて降雪の強さが増し、まるで投げ網のように深雪と俊亜貴をがんじがらめにする。それは島を忘れた深雪への怒り、そして島に属さない俊亜貴への警告のように感ぜられた。

振り向くと、いつの間にか濃く重たい霧が海面を覆っていた。普段ならよく見える新潟本土が、全く見えない。まるで本土すべてが消えてしまったかのような――いや、島とともに自分たちのほうが世界から抜け落ちてしまったような心細さに襲われた。

この世には、もはや島とわたしたちしか存在しない。

もう二度と引き返せない。

そんな恐怖が、足元からぞわぞわと這いのぼってくる。

再び、鋭い閃光が目を灼き、雷鳴が耳をつんざいた。それはまるで、死に絶えていた島が、深雪と俊亜貴の気配を察して、今まさに息を吹き返し、鎌首をもたげ、地の底から嘶いたように、深雪には思えた。

身をすくませた深雪と俊亜貴をのせて、まるで島にたぐりよせられるかのように、フェリーはゆっくりと、港にその体を寄せていった。

第二章

――助かった……。

かじかんだ手でポケットからマルボロを取り出しながら、俊亜貴（としあき）はホッとため息をついた。まだガチガチと鳴っている歯の間に煙草を押し込み、火を点（つ）ける。凍りかけていた舌は、何の味も感じない。それでも幾度か吸ううちに、少しずつ苦味を感じられるようになった。

パリパリと音を立てるニット帽を脱ぎ、雪を払い落とす。髪は凍って氷の糸になり、顔の皮膚の感覚はない。全身が半端ないほど震えていた。

足元には真っ白い雪が、こんもりと積もっている。さっきまであの中に埋もれていたのかと思うと、改めてぞっとした。だけど、これでもう大丈夫だ。

それにしても、やはりこの島に来たのは間違いだった。とにかく今は一刻も早く東京へ戻りたい。

深雪。

黙って姿を消すことに、ほんの少しだけ胸が痛む。

けれども今は、どうしてもこの島から逃げ出したいのだった。

やっとひと心地つき、煙草を投げ捨てた。トラックに乗せてもらえば本土行きのフェリー乗り場に辿(たど)り着ける。

助手席のドアをあけると、安堵で頬がゆるんだ。

――さあ、これで俺は自由だ……。

❄

「ようこそ、雪之島(ゆきのしま)へ！」と書かれた看板に出迎えられてフェリーを降りると、一面の雪景色だった。

待合室や売店の屋根、その前にある駐車場らしき広いスペース、そして遠く向こうに見える山など、全てが真っ白く覆われている。あんなに激しかった雷はやんだものの、間断なく降り続く雪が目の前を舞い、目がチカチカする。まるで画質の悪いフィルムをずっと回しっぱなしにしているかのようだ。

寒い。

思わず俊亜貴はダウンジャケットの襟元を掻(か)き合わせ、身を震わせた。夕刻の五時前。

空は低く暗く、雪雲は自らのかけらを叩き落とし続けている。

雪は嫌いではない。スノーボードを始めてからは特に、あちこちのゲレンデに通っている。だから雪にも寒さにも慣れたはずだった。けれどもここ、雪之島に降る雪の冷たさは、これまでに経験してきたものとはまるで違うような気がした。粘りつくような、陰湿な凍み。鼻から吸い込むと潮の匂いが絡みつき、都会の雪とは違うと主張する。黒地のジャケットの袖に舞い降り、なかなか解けない雪の結晶を、俊亜貴はじっと見つめた。

深雪が、きょろきょろと辺りを見回している。

「深雪」

しわがれた男の声が聞こえた。振り向くと、4ドアの小型トラックの脇に、高齢の男が立っている。

「お父さん」

深雪がほっと顔をほころばせる。

これが深雪の父親か、と俊亜貴はぼんやりと思った。ダウンのコートで着ぶくれしており、フードを目深にかぶっている。眉が濃く、奥目で、浅黒い肌は皺が深い。漁師だと深雪から聞いていたが、まさに海の男といった風情だった。

「元気だったか？」

「うん。お母さんは？」

「変わりない」

普通であれば、婚約者の父親と初対面で、しかもわざわざ迎えの車を寄こしてくれたとあれば、まず丁寧に礼を述べ、それから挨拶をするべきなんだろう。けれども俊亜貴は、ぽつりぽつりと言葉を交わす父と娘を前に、ただぼんやりと突っ立っていた。長旅の疲れに加えて、この寒さだ。目を開けているのも、鼻から息を吸うのも辛く、ただもう温かいところで寝転びたかった。

ちらり、と深雪が俊亜貴の顔を見上げる。何か言いたげな視線。俊亜貴はふうっと一息つくと、一歩前に進み出た。

「深雪さんのお父様でいらっしゃいますね？　初めまして、わたくし深雪さんとお付き合いさせていただいております藤崎と申します。今日は雪の中、わざわざお迎えにまで来ていただきまして、誠に恐縮です」

笑顔を浮かべ、礼儀正しく腰を折った。どんなに疲れていても、眠たくても、にこやかに、そしてはきはきと挨拶ができる。気難しいタレントや変わり者のクリエイターが多い業界で生き残っていくには、まず人当たりが良くなくてはならない。その点、俊亜貴は第一印象には自信があった。柔和で、誠実。それでいて堅物過ぎない――そんな生来の雰囲気を利用して即座に相手のふところにもぐり込み、クライアントから信頼を勝ち取り、大口の仕事を引っ張ってきたのだ。

だから深雪の父親が何も答えず、俊亜貴を見向きもしなかったとき、単純に不思議だった。聞こえなかったんだな、と思った。

「深雪さんとお付き合いさせていただいております、藤崎と申します。お迎えにも来ていただきまして有難うございます。この度はよろしくお願い申し上げます」

もう一度、今度はもっと大きな声で言った。それでも、深雪の父親は唇を引き結んだまま、真っ白に煙る海の方を見ている。

それでやっとわかった。わざと無視してやがる、このオヤジ。

深雪が慌てて、「ねえ、お父さん、ちゃんと聞いてよ」と父親の腕にすがる。が、父親はそれでも無言を貫き、トラックの運転席に乗り込むと、深雪と俊亜貴にも「乗れ」と手の仕草で命じた。

どうしてこんな扱いを受けなくてはならないんだろう。娘の父親、というだけで、人を馬鹿にした態度をとっても許されるというのか。

よっぽどムッとした顔をしていたのだろう、深雪が泣き出しそうな顔をして、ぎゅっと俊亜貴のジャケットの袖を引っ張った。

仕方がない。ここまで来たら、引き返すわけにはいかないのだ。荷台にかぶせてある緑色の幌を取り、スノーボードとキャリーバッグ、そしてバックパックを載せ、またかぶせ直す。深雪のために助手席のドアを開けてやり、自分も乗ろうと後部座席のドアを開けて、唖然とした。

後部座席には、隙間がなかった。段ボールや発泡スチロールの箱などがぎっしりと詰め込まれている。慌てて助手席を覗き込む。生地が破れてウレタンが飛び出したベンチシートだった。基本的には二人乗り、無理すれば真ん中にもう一人乗れないこともない、というタイプ。

どうして後部座席を片付けてくれなかったのだろう。娘が結婚相手を連れて来ることは、当然ながら知っていたはずだ。こんな作業用の粗末なトラックで、しかも乗せることを最初から拒んでいるかのようなシートで。ちらりと深雪を見ると、申し訳なさそうな顔で突っ立っている。

運転席にいる父親は、エンジンをスタートさせ、暖房を強風にセットしていた。

「深雪、早く閉めろ。寒いだろう」

やはり父親は、俊亜貴を見ずに言った。本当に感じが悪い。

「お父さん、僕、真ん中に座らせていただいてよろしいでしょうか」

わざと朗らかな声で言うと、父親が初めてぎょっと俊亜貴を見た。俊亜貴はステップに足をかけ、ひょいと背の高い体を折り曲げて乗り込んだ。

「深雪も、ほら」

伸びきってよれよれになった、腰部分だけのシートベルトを形だけ締めてから、笑顔で深雪に手を伸ばす。俊亜貴の手を取り、ステップを踏んで、深雪もシートへとよじ登ってきた。深雪が助手席のドアを閉め、シートベルトをする。

父親と俊亜貴は隣り合って、しかもかなり近距離だ。父親は居心地悪そうな様子だったが、もとはといえば自分でまいた種だ。

「真ん中の席は、レディーには申し訳ないですからね」

と、父親に向かってにこやかに微笑んでやる。ざまあみろ。

父親は忌々しげにトラックをバックさせると、道路に出て、自宅へと向かい始めた。

トラックはガタゴト揺れながら、雪道をゆっくり走る。

一本道で、対向車はほとんどない。それどころか、信号機すらひとつも見当たらなかった。フェリー乗り場付近には休業中の食堂や物産館の建物があったが、それをすぎると、もう本当に何もない。あるのは雪と、雪の合間からのぞくアスファルトの道路と、そしてその脇に立ち並ぶ木々だけだった。

人口三百人程度の小さな島、と聞いていたので、車で五分もあれば家に着くのかと思っていた。しかし意外にも、雪が積もっているうえに吹雪いているせいか、三十分たってもまだ到着しない。

島の道路は勾配が急で、何度か坂道を上ったり下りたりを繰り返した。

――スノボ、やっぱ持ってきて大正解だったな。

フロントガラスから外を眺めながら、俊亜貴はわくわくしていた。雪の質もよさそうだし、滑るには充分積もっている。

俊亜貴は深雪の父親の態度など、もうどうでもよくなっていた。家に着いたら、さっさと挨拶を済ませてひと滑りしよう。どうせ結婚式が済めば、もうほとんど顔を合わせることもない相手なのだ。

木々の合間に、家はぽつりぽつりと点在している。雪の降る中、屋根の上に人が乗って、懸命に雪をかいている。子供の頃から、テレビの気象情報などで苦労して雪かきをする人を見ると、「どうしてこんなところに住んでるんだろう。引っ越せばいいのに」と不思議に思っていたが、目の当たりにすると、さらに理解できない。

ここの人たちは、毎年、来る日も来る日も、雪と格闘するのだ。病院も銀行もコンビニもない島に、雪で苦労しながら、なぜしがみついて暮らしていくのだろう。

ふと隣を見ると、深雪もそれらの光景を珍しそうに眺めていた。三年ぶりに帰省したという深雪にとっても、もしかしたら懐かしいというよりも、珍しいのかもしれない。

こうしてみると、ただののどかで、みすぼらしい田舎町だ。到着直前にフェリーから眺めた島が、なぜあれほど不気味に思えたのかわからなかった。

雪で覆われていると、どの景色も似通って見える。同じような家、同じような木、同じような道。本当に、深雪の家に向かっているのだろうか。俊亜貴を連れていきたくなくて、ぐるぐるぐるぐる、いたずらに回っているだけなのではないだろうかと訝るくらい、まるで同じ景色の繰り返しだ。

道も悪く、揺れは強いし、視界も悪い。滅多に車酔いしない俊亜貴だが、寝不足と、今年一年分の疲れもあって、気分が悪くなってくる。

——あと、どれくらい？

そう深雪に聞こうとしたとき、車がのっそりと脇に逸れ、石造りの門のなかへと入っていった。敷地はかなり広く、車庫の他に納屋のようなものが二つほど建ち、その奥まったところに、大きな平屋が見える。あれがいわゆる、母屋というものだろうか。トラックをめがけて、柴犬が一匹駆け寄ってくる。ピンク色の舌を出して、ぽつぽつと雪の上に足跡をつけながら。

「マル！」

車庫の中、まだ完全に停車していないのに、深雪はもどかしそうにシートベルトを外すと、外に飛び出した。深雪は笑い声をあげて、犬に押し倒されるように雪の上に転がる。

「マル、くすぐったいよ、マル」

髪や服が雪にまみれるのを気にする様子もなく、深雪は鼻や首筋を舐められている。父親とふたりきりで車内に残された俊亜貴は気まずく、エンジンがとめられると同時に、素早くドアから出た。「運転、有難うございました」と一応言ってみる。しかし父親はかわらず無言だ。

――ムカつく。

俊亜貴は、雪を蹴りあげる。

仕事上、キャリアの長い俳優や歌手などからは、まるでいないような扱いを受けることは時々あった。それを我慢できるのは、安くない月給をもらっているからだ。けれども深雪の父親からは、何も得ていない。なのに何故、こんな理不尽な仕打ちに耐える必要がある？

——俺のスマホには、あの往年の大女優、峰岸いづ子のプライベートの携帯番号も登録されてるんだぜ。おっさん、峰岸いづ子をいまだにマドンナと崇める世代だろう？俺をこんなに怒らせていいのかよ……。

子供っぽいと思いつつ、荷台の幌を外し、雪を振り落としている深雪の父親の後姿を見ながら、そんなことを思わずにいられなかった。ついつい、荷台からスノーボードを降ろす手つきも荒くなる。キャリーバッグを降ろしていると、やっと深雪が起き上がり、俊亜貴の方へと駆け寄ってきた。

「ごめんごめん、わたしも手伝う」

「いいよ、別に」

そんなやり取りをしていると、母親らしき女性が玄関から出て来た。

「深雪ぃ！　おかえり」

きっと深雪が年を重ねたらこうなるんだろう、と容易に想像できるくらい、よく似ていた。色白でふくよかで、肌が健康的に張っている。目鼻立ちがはっきりしており、昔はかなり美人だったんだろうなと思う。東京では滅多に見ることのない割烹着姿が、しっくりと似合っている。

「ただいま、お母さん」

「こちらが俊亜貴さんね？　初めまして、深雪の母です」

挨拶を返そうとする俊亜貴を、深雪が遮る。

「もう、挨拶は中で。こんなに寒いんだもん、風邪ひいちゃうよ。お母さん、俊亜貴は疲れてるんだから、早く温かいコーヒーでも淹れてあげて」

「ああ、そうね、すぐ用意するから」

ふたりは女学生同士のようにきゃっきゃ言いながら、そそくさと母屋に入って行ってしまった。おいおい、この荷物、俺ひとりで運ぶのかよ。

スノーボードを背負って、キャリーバッグとバックパックを持ち上げようとしたとき、父親と目があった。こちらに近づいてきたので、てっきり運ぶのを手伝ってくれるのかと思い、笑顔を繕う。が、父親はすれ違いざまにぼそっと一言つぶやくと、深雪たちに続いて母屋へと入っていった。

――何年も挨拶にも来ねえで。今さら、どのツラ下げて来た。

そう聞こえた。

俊亜貴は腹だたしげに、ダウンジャケットのポケットからマルボロを取りだし、ライターで火をつける。フィルターに口をつけ、思い切り息を吸い込むと、舌に心地よい苦味が走った。肺を満たした煙を吐き、また吸い込む。何度か繰り返すと、やっと気持ちが落ち着いてきた。

一服しながら、二つ並んだ納屋らしき建物を眺める。どちらも古びた木造だが、車が二台は入りそうな大きさで、太い木を使ってしっかりと建てられていた。ふと興味が湧き、引き戸を開けて中を覗いてみる。人感センサーの電球が点き、漁に使うのであろう大きな網や、ガラス製の浮き玉、銛、鉤などが無造作に詰め込まれているのが見えた。濃密な潮の匂いが、むうっと迫ってくる。深雪の父親に顔を近づけられた気がして不愉快になり、乱暴に引き戸を閉めた。

ふと、先ほどからのこの苛立ちが、父親にだけでなく、深雪に対しても向けられていることに気が付いた。どうしてもっと、自分に気を遣ってくれないのか。どうして自分だけさっさと家に入ってしまうのか。結婚したい、挨拶に来てくれと頼み込んできたのは誰だったのか。

俊亜貴は煙草を吸い終わると、雪の上に放った。

じゅ、と音を立てて、火が一瞬にして消える。それを靴で思い切り踏みつけて躙ると、白い雪が、茶色い汁で薄汚く汚れた。

玄関を一歩入ると、ほんのりと温かな空気が、冷え切った体を包んだ。醤油や酢の入り混じった、もったりした匂い。

ふと、深雪の作ってくれたおせち料理の匂いを思い出した。深雪の母親のことだ、きっと何日も前から準備し、ちょうど仕上げに取りかかった頃合だったのかもしれない。

玄関からまっすぐに伸びた広い廊下。左手には開け放した広い畳の部屋、そして右手には洋風のドアがあり、そこがおそらく居間なのだろう、深雪と母親の笑い声が聞こえていた。このドアを開けて入っていくことを憂鬱に思いながらブーツを脱いでいると、ドアが開いて、深雪が顔を出した。

「あ、もう、遅いよ、俊亜貴」

遅いよ、じゃねーよ。

毒づきかけたが、深雪の背後から顔をのぞかせている母親と目があい、咄嗟に愛想笑いをする。それから思い出して、キャリーバッグを開け、菓子折りを取りだした。無難な、銀座ウエストのリーフパイ。

「お世話になります。これ、つまらないものですが」

「あらまあ、すいませんねえ」母親は受け取ると、「さあさ、寒いでしょ、どうぞこちらでコーヒーでも」と居間へと誘った。

フローリングと呼べないこともない、だだっぴろい板の間に、古ぼけたソファとテーブルが置かれているだけのリビングルーム。ソファに座った父親は、新聞を片手に湯のみをすすり、テレビから笑い声が聞こえるたびに画面に視線を移す。頭に白いものが混じり、皺も深く、老眼鏡をかけて新聞を眺めている姿は、すっかり「爺さん」だった。確か、深雪の話だとまだ還暦前とのことだったが、とてもそうは思えない。実際、とうに還暦を過ぎた自分の父親の方が若々しく見える。

母親がコーヒーカップを俊亜貴の前に置いた。

「やっぱり東京の人は違うわねえ」

ほう、と母親がため息らしきものをつく。

「あか抜けてるっていうか、なんかテレビの中の人みたい」

母親は人当たりがよさそうで、なんとなく安心した。父親は相変わらず口を利かない。

「深雪は、東京でどうなんですかねえ。ちゃんと仕事、できてるんでしょうかね」

「ちょっと、お母さん、そういうこと聞かないでよ」

照れたように深雪がたしなめる。

「深雪さんは、とても優秀ですよ。人望も厚いし、みんな頼りにしてます」

一緒に仕事をしたのは、深雪がマネージャーを務めるアイドル・宮原かおりの主演映画でだけだったが、深雪の真面目な仕事ぶりは充分伝わってきた。我儘なアイドルの操縦法はなかなかのもので、上手に飴とムチを使いわけて心を掴み、ともすれば女性同士なれ合いになりがちな関係にも、しっかりと線引きしている。トラブルとスキャンダルを避けるために恋愛も禁止し、私生活もしっかり管理している……らしい。そして――そんなしっかり者のマネージャーだからこそ、そもそも俊亜貴は深雪を誘ったのだ。

「そうですかあ。だったらいいんですけど。お父さん、深雪、優秀なんだって。よかったね」

「だからなんだ。この年までふらふらして、やっと結婚すると思ったら東京もんとだ。やっぱり島から出したのが間違いだったんだ」

父親が吐き捨てると、気まずい沈黙が続いた。テレビから、どっと笑い声が起こる。

俊亜貴は、なんだか自分が笑われているような居心地の悪さを感じた。

ちょっと待てよ、ジジイ。

あんたマジで、こんなところに娘に帰ってきてほしいと思ってたわけ？　こんな、何もない、貧しい島に？　どうかしてんじゃねえの。東京で結婚すること、感謝してほしいくらいだよ。

俊亜貴は腹だたしかった。東京で誰もが知っている大手の広告代理店に勤め、順調にキャリアを積み、芸能界だけでなく、宣伝で関わった色々な業界に顔が利く。そんな自分が、なぜこんな田舎の、ちっぽけなしょぼくれたオヤジの顔色を窺わなくてはならないのか。

――深雪のことを愛してないから、親父さんにムカつくんだよ。

もう一人の自分が囁く。

愛していたら、本当に手に入れたければ、どんな冷たい仕打ちをうけても耐えられるはず。俊亜貴の場合は、最初から手に入れたいという情熱がないから、怒りだけが湧くのだ。

そんなことわかっている。

自分は、深雪のことなど愛してはいない。

ただ、必要なだけだ。

「ねえ、俊亜貴が疲れてるから、そろそろ……」

深雪が切り出すと、母親もホッとしたように、

「そうだね。お部屋に案内するわ」と腰を上げた。

昔ながらの日本家屋。一階の仏壇が置かれている和室を通ると、奥に階段があった。

外から見て平屋だと思っていたが、小さな二階があったのか。

「ちょっと早いけど、もうお布団敷いといたからね」

階段を上がりきると短い廊下があり、それを挟んでふすまがふたつあった。母親がふすまを開ける。十畳ほどの和室に、箪笥や鏡台などが置かれ、真ん中に布団が一組、敷かれていた。

「いい部屋ですね」

そつなく言いながら、俊亜貴がバックパックを運び込もうとすると、「あら、俊亜貴さんの部屋は、こっち」と母親が言った。

え？

深雪を見ると、彼女も戸惑った表情をしていた。

母親はもう片方の部屋を開ける。似たような和室だが、そこは普段全く使っていないのか、家具も何もなく、がらんどうだった。畳も日焼けして色が抜けており、緑色の砂壁の一部はぼっこりと崩れている。それにかすかにかび臭い。その中央に、布団が敷かれていた。

あっけに取られている俊亜貴をしり目に、「じゃあごゆっくり」と母親は階段を降り

て行ってしまった。

「なんだ、これ」

思わず不満が口をついて出た。

「てか、そもそも、なんで部屋が別々なわけ」

深雪は慌てて、

「そうだよね、本当にごめん。でもやっぱり、ここは田舎だし、わたしは一人娘だし、まだ正式に結婚するまでは別々っていう意識が自然なんだと思う」

「にしてもさあ」

もうお前は三十路(みそじ)過ぎのおばさんなんだぜ？　という言葉はさすがに呑み込み、代わりに、

「東京からはるばる来たってのに、まだ認められてないわけ？　オヤジさんのあの態度といいさ、なんか馬鹿にされてる気分だよ」

とだけ言った。

「うん……。でも田舎ってそういうとこだから。理解してよ」

珍しく深雪は強気だ。田舎、田舎って。普段、田舎が嫌だとか言ってるのはどこのどいつだよ。

「そんなこと言ったってさ……俺だけが、この家でよそ者なんだぜ？　味方はお前だけなんだからさ」

まるで夫の実家で同居する嫁のセリフじゃないか、と女々しさに我ながら少々呆れる。男であったって女であったって、義理の実家という空間に足を踏み入れたときの宙ぶらりんな感じは共通なのだろう。

「うんとね、じゃあ、今夜はわたしが夜這いに行く」

悪戯っぽく深雪が笑う。思わずつられて俊亜貴も笑い、そこで言い合いは終わりとなった。

廊下を挟んで、それぞれ別の部屋へ荷物を運び込む。俊亜貴は、あらためて粗末な部屋を見回し、かび臭いにおいに顔をしかめた。あの優しそうな母親がこの部屋を用意したのは間違いない。

いったい自分は、歓迎されているのか、いないのか。

「田舎の人との結婚は大変だよ、藤崎」

結婚すると告げたとき、同僚の望月という男が言った。昼休みでそば屋はごった返していて、四人掛けのテーブルには見知らぬサラリーマン二人が相席していた。

「大変って、なんで」

天蕎麦をすすりながら俊亜貴が訊くと、望月は定食のトンカツをほお張りながら答えた。

「感覚が全然違うから。別に田舎が良い悪いの問題じゃないんだ。ただ、違うんだ。男ないと女だってさ、とにかく違うじゃん？　そんな感じ。根本的に、どこか分かり合えないところがあるわけ」

「あれ、でもお前のカミさんって、同郷の人じゃなかった？」

望月は九州男児で、大学への進学で東京に出てくるまでは、ずっと長崎の五島列島で暮らしていた。

「そうだよ、五島の人」

「じゃあなんでそんなことがわかるんだよ」

「うちのオヤジが東京の人間で、母親は生粋の五島人なの。それでちぐはぐな結婚生活を子供の頃から見て育ったから、俺は絶対にそういう結婚はしないって決めてた」

お調子もので、社内のムードメーカーである望月がそんなことを考えていたことに、俊亜貴は驚いていた。

「どうちぐはぐなの」

「例えばさ、母親は、すごく本家に気を遣うんだよな。やれ本家の坊ちゃんが高校に入ったから祝い金をはずむだの、本家のおばさんが入院したから毎日手伝いに行くだのって。オヤジからしてみれば、自分たちの生活を差し置いてまですることじゃないって怒る。だけど母親の目には、そんなオヤジが薄情に映る。母親にすれば、一緒に本家を盛り立ててほしいわけ」

「へえ」

「たまにオヤジが出張で海外とか行くじゃん。そしたら、必ず本家と分家に土産を買って来いって母親が頼む。でもオヤジにしたら、遊びで行くんじゃない、仕事なわけよ。いちいち選んでられないし、荷物だって大変だろ？　だけど母親にはそれが理解できない。普段あんなに世話になってるのにって。わたしの顔をつぶすのかって」

　望月はぺろりとトンカツを平らげると、味噌汁をすすり始めた。

「母親は、オヤジのせいで本家との板挟みになってる、肩身が狭いって、ガキの頃から俺に愚痴ってきたの。でも俺からしてみれば、オヤジはオヤジなりに、常識の範囲で本家にも礼を尽くしてきたのがわかる。ただその方法が、母親の感覚と違うんだね。だから二人とも、別に間違ってないし悪くない。お互い、異星人同士だってだけ」

「異星人ねえ」

　俊亜貴は深雪を思い浮かべる。小さな島で育ったということを今回初めて聞いたが、ごく普通の、東京でその辺にいる女の子と何ら変わりはない。いや、逆にだからこそ、都会への憧れが強く、都会に染まりたいと願っているのが見て取れる。そんな深雪でも、異星人なのだろうか。

「俺は俺で、オヤジと母親の板挟みになって、ほんとウザかったっつーか。でも五島にいる限りは、逃れられないから。だから早く東京に出たかったんだよな」

　茶をすすりながら、望月がしみじみと言う。心なしか、相席のサラリーマンも、興味深そうに俊亜貴と望月の会話に耳を傾けている気がした。自分より若い、三十歳前後くらいか。結婚というイベントが、そろそろ身近に迫る年代なのだ。

「あれ、でも今の話だと、望月は田舎のしがらみが鬱陶しかったんじゃないの？　東京の女とも付き合ってたのに、なんでわざわざ五島の人と結婚したんだよ。高校の同級生だっけ？」

俊亜貴が首をかしげると、「だから、そこなんだよな」と望月が身を乗り出した。

「あんなに煩わしいと思ってたのにさ、いざ自分が結婚するとなると、やっぱりそういう田舎の慣習を理解してくれる人がいいって思い始めたわけ。ちゃんと本家のばーちゃんに気を遣ってくれて、分家のみんなともそつなくやっていってくれるような女がね。俺が指示しなくても、帰省ともなれば親戚に土産を配り歩いて、子供たちには小遣いの入ったポチ袋を渡すような、そういうことが自然に身についている女」

俊亜貴はまたもや驚いた。望月は自分と同期で、同じ年だ。流行に敏感で、都会的な洗練された個性を持ち、ファッション関係の案件が来たら必ず望月を参加させろ、というのが社内の鉄則であるほどだ。仕事を通じて知り合ったファッションモデルやデザイナーからも人気があり、プライベートでも一緒にクラブなどに繰り出している。そんな望月のなかに、これほど土着的なものが根深く潜んでいたとは。

「自分で自分が怖くなったよ。三つ子の魂だよ、な？　こうして東京のど真ん中で働いて、こじゃれたレストランなんかに通って、ブランドのスーツ着てチャラチャラしてても、心の底には田舎の慣習が居座ってんのな。だから俊亜貴の結婚相手にも、きっとそういうものがある。自然に染みついているものがね。そこに完璧な東京人であるお前が順応できんのかなって、他人事ながら心配でね」

興味深い話だったが、それは望月の意外性に対してであって、深雪とは結びつけなかった。実際、そば湯を飲んでほっこりとした気分になり、そば屋を出てしばらくしたら、この会話のことは忘れてしまっていた。

けれども今、俊亜貴はじわじわと肌で感じている。この、言葉では言い表せない、土地の独特の雰囲気。

きっと深雪も気づいていない、何かを。

「たっちゃんが来たよー！」

階下から聞こえて来た深雪の母親の声で、ハッと我に返った。いつの間にか、布団につっぷしてうたたねをしていたようだ。

「え、たっちゃん？」

廊下の向こうから、深雪の声が聞こえる。たっちゃんとはいったい誰かと俊亜貴もふすまを開けると、ドスンドスン階段を上る音がして、ぬうっと大きな男が廊下に現れた。

「おー、深雪！　ほんとに帰って来たんだなー！」

「たっちゃん！　久しぶり！」

深雪は顔を輝かせ、男の胸に飛び込まんばかりだ。目の前で、婚約者が自分以外の男に会って喜んでいる。あまり面白い光景ではなかった。

「深雪」

二人の間に声を挟むと、やっと俊亜貴の存在に気づいたかのように、男が顔をこちらに向けた。

「あ、あのね俊亜貴、これ、達也。幼馴染なの」

深雪が紹介すると、達也は親しげな微笑みを浮かべ、右手を差し出してきた。

「よろしく。深雪の婚約者の方ですよね」

「どうも。藤崎です」

俊亜貴も右手で握り返す。ごつごつとした、温かみのある大きな手。雪国で、大自然と共に暮らす手だった。

「スーツ、これでいいですかね」

達也が紙袋を俊亜貴に渡す。

「――スーツ？」

「うん。俊亜貴がスーツ忘れたって言うから、フェリーの中からすぐたっちゃんに電話して、貸してもらえるように頼んだの」

深雪がにこにこと言い、達也に「スーツのこと、お父さんには内緒だからね」と釘を刺した。ちらりと紙袋の中を見てみると、ビニール製のスーツカバーに、黒のジャケットとパンツが収まっているのがわかった。フェリーの中ではケンカしていたのに、ちゃんとこんな手配までしていたとは。

それにしても、自分のあずかり知らないところで、こういうやり取りが成立していたのかと思うと不愉快だった。しかしスーツを持ってこなかったのは俊亜貴のフォルト（失敗）である。

「どうも」

とりあえず礼を言っておく。

「良かったら、今晩ふたりで忘年会に来ませんか」

達也が誘う。

「え、忘年会？」

深雪と俊亜貴で、同時に声をあげた。

「そう、青年会の」

「晴美（はるみ）とか朋子（ともこ）とか来る？」

「もちろん。一真（かずま）も道隆（みちたか）も、みんな来るよ」

正直、疲れ果てていた。適当に夕飯を食べて、横になりたかった。けれども、

「あ、でも出かけちゃったら、お父さんもお母さんもがっかりするかな。一緒に紅白見たがるかも」

と深雪が言うのを聞いて、咄嗟に「忘年会に行こう」と俊亜貴は強く言っていた。あの居間で、あの両親と肩を並べて、しかも紅白歌合戦を見る気にはとうていなれなかっ

た。

「せっかくだから参加させてもらおうよ。深雪も友達に会いたいだろ？」

この島に到着して以来、まるで生気を失っていた俊亜貴の、突然の主張。深雪は少しぽかんとしていたが、すぐに「うん、そうだよね！　みんなに会いたい！」と笑顔になった。

「じゃあ決まりな。一時間くらいしたら、また迎えに来てやるから。俺、大根を富樫のばーちゃんに持ってってやる途中なんだ」

「たっちゃんちの大根？　うちも欲しいなあ」

「さっきお前のおふくろさんに渡しといた。おせち用の紅白なます、補充用にタッパーにいっぱい作っとくって喜んでくれたよ」

ふたりはそんな会話を交わしながら、わいのわいのと階段を降りていった。俊亜貴はぽつねんと二階に取り残され、ふと達也のスーツを紙袋から取り出してみる。スーツカバーのジッパーを開けると、樟脳の匂いがつんと鼻についた。

あんなにがっちりした男のものだから、どんなに大きなサイズかと不安だったが、ちょうど俊亜貴に合いそうな細身のタイプだった。生地はなめらかで高級感があり、襟首のブランド・タグを確認すると、ブルックス ブラザーズである。

へえ、こんなド田舎でブルックス ブラザーズとはね。しかも内側の生地には「Suzuki」と名前が刺繍してある。既製品の場合は、内ポケットの下か内ポケットのフラップ上しか名前を入れられない。このように生地に刺繍されているということは、オーダーメイドということである。

色は、洒落たダークブラウン。シングルでなくダブルというところも気に入った。

スーツを吟味していると、見送りを終えた深雪が二階に戻ってきた。

「スーツ、助かったでしょ？」

その口調に、なんとなく押しつけがましさと、持ってこなかったことへの非難が滲んでいる気がして、俊亜貴は無言でやり過ごした。

「忘年会、楽しみ！　やっぱり帰って来て良かったあ」

しかし深雪は俊亜貴の態度に気づかず、鼻歌を歌いながら化粧直しを始める。こいつ、こんなに無神経だったっけ。いつも俺の顔色を窺ってばかりだったのに。

「あれ、俊亜貴、なんか機嫌悪い？　やだ、まさかと思うけど、たっちゃんのこと？」

深雪は言い、ひとりで吹き出した。

「たっちゃんとわたし、きょうだいみたいなもんだから！　そういうの、全くないから！　あはは、もうやだあ、俊亜貴ったら」

妙にはしゃぎながら、何度か俊亜貴の腕を叩く。ふと俊亜貴は気が付いた。この島に来てから、深雪は生き生きとしているのだ。

「ふーん。てっきりお前の初恋の人で、鈴木深雪になることを夢見てたのかと思ったよ」

「え、なに、鈴木って？」

「なにって……あいつの名字だろ？」

俊亜貴はジャケットの胸元を開き、生地に刺繍された名前を見せた。

「あれ、ほんと、鈴木だ。でもたっちゃんは鈴木じゃないよ。吉岡達也」

なんだ。この洒落たスーツは、やはり達也の物ではなかったのか。だからサイズもスリムなのだ。

まあいいや、と俊亜貴は着ていたセーターとシャツを脱ぎ、スーツとともに入っていたドレスシャツに袖を通す。

「え、ちょっと」

今度は深雪が慌てる。

「忘年会はカジュアルでいいのよ」

「わかってるよ。忘年会まで時間あるだろ？　挨拶、済ませちまおうと思って」

「今？　どうして」

「どうしてって……。だって挨拶をしに、はるばる来たんじゃないか」

「ちょっと待ってよ。慌ただしいじゃない。それに、一応明日ってことにしてるし」

「でも、なんか挨拶を済ませないまま泊まるのって、居心地悪いっていうか。それに今日やれば、来年まで持ち越さなくて済むし」

というより、イヤなことは早く済ませて、荷を下ろしたかったのが正直なところだ。

「とにかく、今ご両親から少し時間をもらおうよ。それですっきり、お互い年を越そうせ」

着替えを続ける俊亜貴を、深雪が制した。

「あのね、実は」言いにくそうに、もごもごと口を開く。

「明日じゃないと、ダメなの」

「なんで」

「実は……明日、本家の人も分家の人も全員来るから」

「……え？」

「みんな、俊亜貴に会いたいって。だから参加するの」

「参加するったって……俺が挨拶しに来たのは、お前の両親に、だぜ？」

「わかってる」

「そこに、お前の親戚がずらりと並ぶわけ？」

「……仕方ないじゃない。みんな心配なのよ」

「つまり、俺を品定めに来るんだろう？」

深雪は答えない。頭に来た。

「もしもその場で気に入られなかったら、どうなるわけ？　結婚はできないの？」

「それは……もちろん結婚するけど。わかってよ。田舎だから。そういう風習なの」

「風習、ね。わかったよ」俊亜貴はため息をついた。「だけど、そうならそうと、事前に言っといてくれたらよかったのに」

「だって……事前に言ったら、来てくれないかと思って」

大正解だ。

「手土産もねえしさ」

「お土産なら、あたしちゃんと事前に買って、宅配便でここに送っておいた。だから大丈夫」

深雪は自信たっぷりの笑顔で頷いた。ずいぶん手際がいい。宅配便で送ったくらいだから、かなりの数だということだろうか。

ふと、望月が自分の妻について言っていたことを思い出した。指示しなくても、親戚への土産と、子供たちへの小遣いを用意しておいてくれる。そういうことが自然に身についている――。

「……そっか、わかった」

仕方なく、俊亜貴は折れた。土産物だけの問題でもない。

だけど、なかなか通じないのがもどかしい。

――良い悪いじゃないんだ。

――お互い、異星人同士だってだけ。

望月が言いたかったのはこういうことかと、俊亜貴はぼんやりと考えていた。

忘年会は島の中ほどにある「ゆきのしま会館」で行われた。

会館、といっても三十畳ほどの畳敷きの部屋に小さなステージがついているだけの、場末の宴会場のような感じだ。青年会というのだから、さぞかしたくさんの若者が集まってにぎやかに飲むのだろうと思ったら、集まったのはほんの二十名程度だった。

「やだー、深雪だ！」

「おかえりー！」

座敷に入った途端、深雪を次々と旧友が取り囲む。入り口で取り残されてしまった俊亜貴を、達也が気遣うように円卓まで連れていき、座布団をすすめた。円卓にはから揚げやサラダ、フライドポテト、ソーセージなど定番のオードブルが並んでいる。達也が瓶ビールの栓を開け、みんなについで回った。

「えー、それでは、雪之島青年会代表として、挨拶させていただきます」

みんなのグラスが満たされた後、達也が立ち上がって乾杯の音頭をとる。

「今年もお疲れ様でした。来年も良い年にしましょう。あと、深雪が三年ぶりに帰省してくれました。しかも婚約中とのこと。前途を祝して、乾杯！」

乾杯、とあちこちでグラスの鳴る音が聞こえる。深雪はちょっと照れくさそうに、

「ありがとう、みんな」とグラスを合わせている。

深雪との間に、女がひとり割り込んで来て座った。とはいえ狭いテーブルだ。聞くともなしに、深雪との会話が聞こえてくる。

「すごいね深雪、ずっと芸能界で仕事してるんでしょ？」

「別に大したことないよ。今はねえ、宮原かおりって知ってる？　その子のマネージャーしてるの」

「すごーい！」

「ねえねえ、今度星谷夏也のサインもらえないかなあ」

「それくらい、何枚でももらってあげるわよ」

すっかり業界人気取りだ。聞いてるこっちが恥ずかしくなる。東京では、深雪はこんな振る舞いをしないのに。

むず痒くなるような気持ちでビールを飲んでいると、深雪と同級生だった一真という男が話しかけてきた。

「結婚式、いつですか」

「え？　ああ、まだ決めてないけど。まあ来年中にはって感じですかね」

煙草をポケットから出し、唇に挟む。火をつけようとさらにポケットをまさぐっていると、隣で深雪と会話していた女が、こちらを見ないまま自分のバッグから細身のライターを出し、火をつけてくれた。どうも、と礼を言ったが、やはりそっぽを向いたままライターを仕舞い、「うんうんそれでー」と深雪との会話を続けている。

なんだこの女。ホステスみたいだ。

眉をしかめてその女を斜め後ろから見ていると、「嫁です」と一真が言った。

「え」

「今の。俺の嫁です、朋子って言います」

「あ、ああ。よく気の付く方ですね」

咄嗟に取り繕う。ふと周囲を見回してみると、これだけの男女が入り乱れているのに、いわゆる合コンのような緊張感はなく、全体に家族のようなのんびりとした雰囲気が漂っている。田舎は結婚が早いというし、しかも島の中では出会いが限られている。ということは、彼らは全員、この中の誰かと夫婦であると考えるのが自然だろう。耳を澄ませていると、子供が麻疹（はしか）にかかったとか、学校がどうとか、子育て世帯ならではの会話が多い。

「深雪とはどうやって知り合ったんですか」

道隆という男が、ビールをついでくれる。

「ああ、仕事を通じてってやつです」

「へえー、じゃあ俊亜貴さんも芸能関係なんですか?」

「いや、芸能関係っていうか……うーん、まあそういうことでいいです」

面倒くさくなって、そう言っておいた。相手が続いて何か聞きたそうなのを察して、今度は俊亜貴の方が質問をする。

「青年会って、何やってるんすか」

「ああ」

道隆は嬉しそうに頬をゆるめた。

「色々です。まあ、ぶっちゃけ、こうやって飲みに集まるっていうことの方が多いんですけど、まあざっくり言えば、島おこしっていうか」

「島おこし？」

最近、村おこしだとか町おこしだとかが流行っているが、こんなちっぽけな島でも何かを企んでいるのか。

「ええ。何にもない島だから、せめて観光でもって思って。夏なら魚も美味いし、釣りもできますから」

「はあ……」

「ツイッターのアカウントも取って、呟いたりもしてます。あとフェイスブックでも雪之島のページを作りました」

道隆がそう言いながら、スマートフォンを取り出し、「ほら、これ」とツイッターの画面を見せてきた。

『今日は星がこんなに見えます！』

『魚拓とったよー』

『初雪が降りました！　みてみて、きれいでしょー！』

なんじゃこりゃ。センスねーな。

もっと、他の島と一線を画する何かをアピールすればいいのに。

「いや、いいんじゃないっすか」

俊亜貴はにっこりほほ笑むと、から揚げをビールで流し込んだ。くだらない、早く帰りたいと思っていると、まるで俊亜貴の気持ちを察したようにポケットの中のスマートフォンが震えた。助かった、と思いながら「失礼」と座敷の外へ出る。暖房の効いている座敷と違って、廊下は寒々としていた。ケースに入った瓶ビールが積み重ねてある。なるほど、冷蔵庫なんかよりずっと冷えることだろうと思いつつ、通話ボタンを押す。

——とーしちゃーん！

宮原かおりだった。

「よう。どうした？」

——やっと仕事納めだったよー。今日はさあ、深雪さんがついてきてくんないから、部長と一緒。ちょーヤダったよ。加齢臭だもん、オエー。

「お疲れ」

——ねえ、いつ帰ってくるんだっけ。

「あさって、かな」

まだはっきり深雪とは話し合っていなかった。俊亜貴にしてみれば、挨拶を済ませたらとっとと帰りたい。けれども少しでも長くいたいのか、深雪は帰京日を決める段になると「まだわかんないじゃん」とはぐらかした。けれども自分は、何が何でも、どんなに遅くとも二日にはこの島を出るつもりだった。

——帰ってくるときって、深雪さんも一緒？

「多分な」

——君はゆっくりしなよって言って、俊ちゃんだけひとりで帰ってくれば？

「え？」

——そうだよ、そうしなよ。そんで、ふたりでハワイでも行こうよ。

「バカ。目立ちすぎるだろ」

——じゃあ、どこ？

「うーん……サイパンでも行くか？　かおりは何日休みあんの？」

——元旦から三日までは仕事。でも四、五、六、とオフもらった。

「じゃあ四日の朝から行くか？」

——うん！　深雪さん、本当に大丈夫かな。

「深雪には、仕事だとか何とかうまい理由つけて早く帰るよ。四日は何時に家を出られる？」

——うーん、八時かな。

「じゃあその頃迎えをやる。俺は先に空港行っとくわ」

宮原かおりとは、映画の仕事で一緒になったときに深い関係になっていた。俊亜貴は慎重で、基本的にはタレントには手を出さない。けれども時々、そんな鉄則が働かなくなる相手と出会うことがある。宮原かおりがそうだった。清純な振る舞いの合間から、小悪魔的な素顔を覗かせる。俊亜貴がどうしても征服したいタイプの女だったし、だからこそ人気アイドルになりえたのだと思う。

しかし、宮原かおりには厳しいマネージャーがついていた。

「深雪さん、男に飢えてるから」とかおりは言った。「俊ちゃんが声をかけたら、ホイホイついてくるって。そしたらあたしの管理も手薄になるよ」

だから俊亜貴は、深雪に声をかけた。深雪は自分が利用されているとも知らず、俊亜貴にのめり込んでいった。

深雪のお陰で、かおりとの密会はスムーズに運んだ。「今日これから行く」と言っておけば、深雪は家でじっと待っている。その間にかおりと濃密な時間を過ごし、それから深雪のマンションに顔を出すのだ。クライアントの接待が長引いた、と言えば、深雪は疑いも詮索もしない。

ただ、ひとつの誤算があった。

それは付き合っていくにつれて、深雪との関係が快適になっていったことだ。深雪と一緒にいれば落ち着き、放っておいても世話を焼いてもらえ、何より弱音や愚痴など感情のすべてをさらけ出せる。惚れているのか、と問われれば逡巡するが、好きか嫌いかでいうと、明らかに好きだ。

だから結婚に踏み切った。上司や同僚の結婚生活の悩みを見聞きしているうち、深雪のように従順で家庭的な女と結婚した方が得だということは、なんとなく感じていたことだった。

深雪との結婚には、メリットが多い。

それは宮原かおりとの関係に役立つだけではない。――俊亜貴には、誰にも明かしていない秘密があった。

――深雪さんと本当に結婚すんの？

かおりはくすくす電話口で笑っている。

「するよ」

――でも愛してないでしょ。

「子供にはわからんさ」

――あ、ひどーい。じゃあもう旅行行かない。

「わかったわかった。愛してるのはかおりだけだって。拗ねんなよ」

そんな甘ったるいやり取りをしばらくしてから、電話を切った。かおりと話すときと深雪と話すときでは、口調が全然違うことに自分でも気づいていた。深雪には、つい甘えが先に出る。自分で駄々っ子のようだと感じることもある。けれどもまだ二十三歳――プロフィール上は十九歳ということになっているが――のかおりの前では、いつも格好をつけていた。

にやつきながらスマートフォンをポケットに仕舞っていると、背後に気配を感じた。

はっと息を呑み、振り向く。

まさか深雪に聞かれたか――。

「あれぇ、俊亜貴さん、ここでしたか」

薄暗い廊下に、瓶ビールを片手に下げた達也が立っていた。

なんだ、こいつか……。

一瞬強張った肩から、ほっと力が抜ける。廊下に置かれたビールを取りに来たらしい。

「せっかくだから、どんどん食べて飲んでくださいよ」

にこにこと、人懐っこい表情をする。こうしてみると、達也は魅力的な顔立ちをしている。素朴な雰囲気だが、目がシャープで、力がある。鼻も口も整っている。最近のタレントはルックスが整っていることよりも、一重まぶたの目や大きな口など、特徴がある方が印象に残るし売れやすい。そういう意味では、達也は昔ながらの、正統派の二枚目俳優のような雰囲気があった。

「やっぱ俊亜貴さんみたいな都会の人には、こんな飲み会、つまんないですかね」

「いや、そんなことないですよ」

一応やんわりと否定する。それくらいの常識は持ち合わせている。

達也が「ちょっと寒いけど、ここで飲みますか。静かだから」と座ったので、俊亜貴も隣に腰を下ろした。座敷を隔てるふすまにもたれると、にぎやかな笑い声が聞こえてくる。達也が持っていたビール瓶の栓を抜き、俊亜貴に手渡した。

大瓶をそのまま飲めということらしい。

「あれ、でも達也さんは？」

「俺は運転がありますから」

達也は笑い、腰に下げたヒップポーチからペットボトル入りの炭酸飲料を取りだした。大瓶とペットボトルで軽く乾杯をする。

一口飲んだ後、俊亜貴はしげしげと瓶のラベルを眺めた。どんなものを手にしても、自分の会社が広告を手掛けた商品かどうかを、つい無意識に確認する癖がついている。そしてこの暁（あかつき）ビール「真冬の贅沢」は、まさに俊亜貴が関わったものだった。

夏は、ビールの季節と言っても過言ではない。競合メーカーはたくさんあれど、基本的にはどんどん売れる。しかし、冬になるとどうしてもビールの消費は落ち込む。だから各社は日本酒や焼酎、ワインなどの宣伝広告に力を入れるのだが、暁ビールは、あえてビールで勝負したいと希望した。

「冬にこそ冴えわたるビール」という路線で売り出すことにし、スキーやスノーボード、バイアスロンなどウィンタースポーツのオリンピック選手を起用したＣＭと、暖炉の燃えさかる暖かな部屋で、クリスマスやカウントダウン、正月など冬ならではのイベントで乾杯するＣＭの二種類を流した。結果、スキー場では爆発的な売り上げを叩き出し、年末年始の宴会やパーティーでも定番となった。「真冬の贅沢」は、ライバルの少ない冬のビール市場で売れに売れたのだった。

「６３３」

俊亜貴のラベルを横から覗き込んでいた達也が、ふいに呟いた。

「え？」思わず俊亜貴が訊き返す。

「633ミリリットル、大瓶の容量ですよ。缶ビールだと350とか500とか、切りのいい数字なのに、なんで瓶はこんな中途半端な量なんですかね？　どうして600とか650とかにしないいんだろう？」

「ああ、それは……」

かつて瓶ビールの容量の規格は、各社さまざまだった。戦争の色が濃くなってきた昭和十五年、政府は戦費調達のため新しい酒税法を取り入れることにしたが、各社容量が違えば税額が変わり、徴収は複雑になる。そこで、昭和十九年に当時業界で最小だった大瓶の容量、633ミリリットルに統一することに決めた。最小に合わせることに決めたのは、大は小を兼ねる――つまり、それ以上に設定してしまえば633ミリリットル入りの瓶はすべて処分せざるを得なくなるが、最小にすれば、大きな瓶は内容量を調整するだけでそのまま利用できるからである。そういうわけで、日本の大瓶は633ミリリットルという、中途半端な容量になったのだ。

俊亜貴がそう話すと、達也は「へええ」と感心した。

「初めて知りました。詳しいんですね」

「いや、たまたまです。広告屋に勤めてるんで。ビールの広告は大きなシェアを占めてるから、勉強したんです」

「え、もしかしてこの『真冬の贅沢』も俊亜貴さんが？」

「関わってました」

「それはすごいなあ。この島じゃ、本土みたいに色んな商品が自由に選べるわけじゃなくて、確実に売れるものしか入ってこないです。つまり、ここにある時点で大ヒット商品ってことですよ」

「いや、俺はデカいプロジェクトチームの一人だっただけですから」

真っ向から感心されたことに気恥ずかしくなり、話題を終えようと瓶に口をつけて飲むと、つられたように達也も炭酸飲料をぐいっと飲んだ。

「深雪が俊亜貴さんに惚れたの、わかる気がします」

「え?」

「話してたら楽しいというか、知識が広がるっていうか。……って、野郎の俺が言ったらキモイですね」

あはは、と達也が自分で笑った。

「達也さんは、青年会のリーダーなんですね」

「いやまあ、青年会っていってもね。ごらんのとおりで」

達也は頭を掻いた。

「島の人口三百人弱。しかもそのうち、ほとんどが五十歳以上です。人口は年々、少しずつ減っていってますしね。俺たちが子供の頃は、五百人くらいはいたと思うんですが。学校にも——あ、学校は小中一緒なんですが——五十人は生徒がいたんじゃないかな。

ても今、全校生徒は何人だと思います？　十六人ですよ」

「え、十六人？　小中合わせた全校生徒がですか？」

「そうです。でもそのうち半分は、いずれ島を出て行ってしまうでしょうね」

「へえ……」

「で、まあ、それを何とかしようとあがいているのが、俺たちです」

「ああ、島おこしって、さっき誰かが……」

「そうですね、島おこしもですが、俺が考えているのは雪冷熱エネルギーです」

「雪……冷熱？」

「耳慣れませんよね。冬に積もった雪を貯めておいて、夏に利用しようという方法です」

「へえ、エコじゃないですか。でも夏までに解けちゃわないんですか？」

「雪室（ゆきむろ）という断熱材で囲まれた部屋を作って、そこに何十トンもぱんぱんに雪を詰め込むと、なかなか解けないですよ。夏でもその部屋は零度からせいぜい五度くらいです」

「へえ！　雪室ねえ。最近はそういう方法もあるんですか」

「というよりね、雪室自体は昔からあるんです。ほら、電気の冷蔵庫が普及する前は、氷で冷やしていたでしょう？　あの感覚で、雪貯蔵をしていたわけです。だからうちにも雪室だけはありますし、近所にも雪室のある家は何軒かあります」

「ああ、そうなんですか」

答えながら、深雪の実家で見た納屋のような小屋も、もともとは雪室だったのかもしれない、と思った。

「もちろん貯蔵だけじゃなくて、そこから風を送れば冷房にも利用できます。酒やワインを熟成させるにも丁度いいし、置いておくと野菜も甘くなるんですよ。雪解け水は田畑に散水できるし、無駄がありません」

「すごいじゃないですか」

俊亜貴は素直に感心した。島おこしには鼻白んだが、雪冷熱エネルギーというのは着眼点がいい。達也という男は、なかなか頭の回転が速い男だと思った。何より、ちゃんと時代を読んでいる。

「年明けから試験的に、うちを含めた近隣の雪室を利用してやってみようと計画中です。システムが構築できたら全国にも広めていきたいんですけど、ただ問題は、雪の輸送費なんですよね」

達也が苦笑した。

「雪国だけで成立しても、あまり意味がないですから。やっぱり電力を多く使う東京や大阪みたいな大都市でこそ利用してもらいたいじゃないですか。だから輸送費がネックではあるんです。でもとりあえずは島で成功しないことには話にならない。今、一生懸命、研究してる最中です。これが成功すれば、島を挙げての大事業に発展する可能性があるし、そしたらもっと人が住むようになって活気づくと思うんです」

「頑張ってくださいよ」

ちょっと他人事のように聞こえるかもしれないと思ったが、心から俊亜貴は言った。村おこし、町おこしのたぐいが雨後の筍のようにあちこちで起こり、しかし継続できずに立ち消えていったのを俊亜貴はたくさん見ている。気まぐれな観光客に頼ろうとするより、こちらの方がよっぽど現実的だ。

ふと、この堅実な達也の嫁は誰だろう、と興味を持った。

「達也さんの奥さんて、どの人ですか？」

俊亜貴は、もたれたふすまの隙間から、わいわいと賑やかな座敷を覗き込んだ。

「いや、俺、まだ独りもんです」

「あれ、そうなんですか。だってこういうところって、結婚が早いんでしょう？」

「その通りです。実際、あそこにいる連中は全員が夫婦です。周りがどんどんペアを組んでいったら、俺だけ余っちゃって」

苦笑する達也の目じりから頬にかけて、優しげな皺がよる。達也には、爽やかで男っぽい色気があった。余ったなどというのは謙遜だろう。もしかして、達也は深雪に惚れていたのではないか――俊亜貴は、ふとそんなことを思った。

「きっと深雪の両親は、達也さんのような人と結婚してほしかったんだろうな」

俊亜貴が言うと、「え？」と達也がきょとんとする。

「いや、なんか親父さんの――ひょっとしたらおふくろさんもなのかな――風当たりが強かったんで」

「そうなんですか？」

「最初から不穏ムードでね。車で迎えに来てもらったんですけど、フェリーのところから家まで、全く無視ですよ」

「ははは。それはお疲れ様でした」

「運転も荒めだし、五十分もトラックに揺られて。わざと遠回りしたんじゃないかって勘ぐりました」

「車道の方が遠回りになっちゃうんです。徒歩だと近道があるんですけどね」

「え、徒歩でも行けるんですか？」

「そりゃ行けますよ。深雪んちからだって、標識を辿っていけばフェリー乗り場に着きます。でも雪だと、やっぱり四十分はかかるかな」

「へえ……」

そうなのか、と思ったとき、突然ふすまが開いた。

「あー、やだ、こんなとこにいたー！」

酔っぱらった朋子が顔を出した。

「もおー、達也、深雪の婚約者を独り占めしちゃダメじゃない」

呂律（ろれつ）の怪しい朋子の言葉に、深雪を含めた全員がどっと笑った。こっちこっち、と腕をひっぱられて、達也とともに円卓に加わる。

「浮気はダメですよ！」

突然、朋子が真っ赤な顔を近づけてきた。心臓がひやりとする。

「──え？」

慌てて視線を深雪にやると、困ったように笑っている。

「ほら、島では浮気できないじゃない？　狭いから。でも東京は広いし、誘惑も多いからって、心配してくれてるのよ」

ああ、なんだ。

「あたしも、東京住んでたんですよー。彼氏もいたし。でも、なかなかねえ……」

サワーか何かを飲みながら、ぶつぶつ言っている。たちの悪い酒だ。

「お洒落でぇ、ハンサムでぇ、深雪に一途。なーんだか出来過ぎぃ」

なんだよ、ずいぶん絡んでくるな。

どうにかしろよと深雪を見るが、

「そんなことないよー。俊亜貴は第一線で活躍してるから忙しくて、なかなか会えないしね。でもまあ、ふたりで力を合わせれば都内のかなりいい所にマンション買えると思うし、そしたら通勤にも余裕ができて、すれ違いも減るかなぁ」

とまんざらでもない様子で、さらりと自慢をする。

ウザい。お前ら、本当にウザい。

この場にいると、深雪のキャラクターが変わることも気に障った。両親と紅白も嫌だったが、忘年会も最悪だ。

「第一線かぁ。お仕事、なんですかぁ？」

朋子の質問を、「あ、そうだ！」と深雪の弾んだ声が遮った。

「ねえみんな、さっきの話、俊亜貴に相談すればいいわ」

深雪が言うと、周囲が首をかしげる。

「え、俊亜貴さんに？　どうして？」

「俊亜貴は広告代理店に勤めてるの。ねえ俊亜貴、アイデア出してよ」

「アイデア？」話が見えない。

「今ね、島おこしの話をしてたんだけど、それをどう宣伝するかって悩んでたのよ。俊亜貴、考えて。プロでしょ？」

誇らしさを鼻の先にツンと載せて、深雪が言う。

その態度に、ムカッとした。

おいおい深雪、お前それ本気で言ってんのか？

「へえー、そうなんだ、すごいな、宣伝のプロかぁ」

「あ、じゃあキャッチコピーとかも考えてもらおうよ！」

「それいい！」

深雪を中心に、みんなが盛り上がり、期待のこもった目で俊亜貴を見つめる。やってもらって当然という表情。卑しい笑い。――たかろうとする人間の顔だ。

ひとつのイベントを告知宣伝するのに、どれだけの数の社員が徹夜をし、どれほど膨大なリサーチをし、電卓を叩き、予算を組み直し、協力を仰ぐためにあちこちに頭を下げることか。過労とストレスで胃に穴をあけ、肝臓を壊しながら、文字通り命を懸けて地道にプロジェクトに取り組むのだ。コピーだってそうだ。たったの数文字で何十億もの経済効果を生むためには、日々感性を磨き、勉強を怠らないという、何年も積み重ねられた元手がかかっている。

なんにも知らないくせに、こいつら——。

「ふざけんな！」

気が付いたら叫んでいた。酒も入っていた。疲労もたまっていた。

「なんでお前らのくだらない島おこしのために、俺が頭使わなきゃなんねーんだよ！これだから田舎もんは——」

さすがにそこまで言って、我に返った。全員、唖然として俊亜貴を見つめている。深雪だけが、真っ青な顔をしていた。

色を失った唇が、わなわな震えている。

「——深雪。帰るぞ」

深雪の腕を引っぱるようにして立ち上がると、壁のハンガーからジャケットをもぎとって、座敷を出た。

靴を履きながら、すぐに気が付いた。

畜生、ここは自力じゃ帰れないところなんだ。

ああ、もう、この島の何もかもが嫌だ。早く東京に帰りたい。こんなところにいると、頭がおかしくなる——。

「送りますよ」

コートを着込んだ達也が、車のキイを持ってかけつけてきた。達也は申し訳なさそうな表情をして、「あいつらのこと、スミマセン」と謝った。深雪は俊亜貴に腕を摑まれたまま、まだ呆然と突っ立っている。

無言のまま三人で車に乗り込んだ。深雪を後部座席に乗せて、俊亜貴が助手席に座る。屋根付きの車庫に入れていたというのに、車の中は東京では感じえないような冷え込みだった。起毛素材のシートが、シャーベットのようにシャリシャリと音を立てながら背中と尻に張りついてくる。

「さっきのこと、許してやってください」

ゆっくりと車を走らせながら、ぽつりと、達也が言った。

「はしゃいじゃったんですよ。久しぶりに深雪が帰ってきてくれて」

「いや、別に、もういいけど」

ぶっきらぼうに俊亜貴は答える。正直、もう本当にどうでもよかった。あんな連中に激昂してもしょうがないのだ。バックミラー越しに深雪を見ると、うっすらと涙を浮かべているのが月明かりに見えた。

いつの間にか、雪は止んでいた。車のヘッドライトがもこもことした雪を照らしている。

ゴォーン……。

突然、重々しく、ぶ厚い音が、凍てついた空気をひりひりと振動させた。

驚いて辺りを見回すと、達也が「除夜の鐘ですよ」と言った。

「ああ……じゃあ寺があるんですね」

「古寺がね、あるにはあるんですが、住職はいないんです。八年ほど前かな、亡くなってしまって、それっきりです」

ハハハと達也が笑った。

「だから、みんなで寺を切り盛りしてるっていうかね。島民にとっては大切な場所ですから。島の神様を祀ってあるんで」

「神様？　じゃあ神社でしょ？」

「思いっきり神仏習合なんです」

達也が顎で運転席の外を示す。雲の切れ間に満月が覗き、その下に山の輪郭がくろぐろと浮かび上がっていた。

「もともとは霊峰というか、あの山自体がこの島を護ってるって神聖視されてたみたいで。そんな古代からの島の信仰があったところに、仏教が入って来たんでしょうね。漁が主な産業でしょう？　危険を伴うから、みんなそこに祈りに行くんですよ。年寄りは信心深いですからね、そういう人たちに育てられた若い世代も、やっぱり信心深くなります。俺たちは心のどこかで、あの山には神様が棲(す)んでいて、この島と海と住民を護ってくれてるって信じてるんですよ」

なるほど。島の神様ねえ。田舎にはいろいろなことがあるもんだ。

「あれ？　だったら誰が鐘をついてるんですか。住職はいないんでしょ？」

「希望者なら誰でもつけます。青年会の連中も、今頃向かってるはずですよ」

「ふうん」

「わたしたちだって、行くはずだったんだよ」

背後から、深雪が責めるように割り込んできた。

「もう少ししたら向かおうって話してたの。除夜の鐘をつけるなんて、俊亜貴も面白がってくれるかなって楽しみにしてた。それなのに……」

語尾を震わせて、深雪はうつむいた。

なんで、俺が悪者なわけ。

また怒りが湧いて、ムッと黙り込む。

「深雪ぃ、さっきのは、明らかに俺らが悪いだろうが」

しかしそこで、達也が口を挟んだ。

「お前は俊亜貴さんに、『プロだから何か考えて』って言ってたけど、それって逆だろ？　プロだからこそ、そういうことを頼んじゃいけないんだ。誰かがお前の父ちゃんに、『漁師なんですか？　じゃあわたしに魚を釣ってきてください』って頼んだらどう思うよ。

お前に『一度だけテレビで歌ってみたいんで、歌の仕事を紹介してください』って頼むとかさ」

深雪は黙り込んだ。

「対価をもらって仕事をするのがプロだ。本当に頼みたければ、対価を支払えばいい。支払う気もないくせに、頼むだけ頼む。それは、その人の仕事を軽んじてるんだ」

俊亜貴は感心していた。自分の怒りの原因は、まさしくその通りだったのだ。けれどもそれを理路整然と言語化するのは難しかった。

「そっか……」

ぽつりと深雪が言った。

「確かに達也の言うとおりだね。よくわかった。俊亜貴、ごめん」

深雪がしおらしく謝ってきた。

俊亜貴は、運転している達也をチラリと盗み見る。

田舎者にしては、こいつはなかなか頭がいいな。

かおりとの会話を聞かれてなくて、本当によかった——。

除夜の鐘が鳴り響く中、深雪の実家に戻った。家じゅうの電気は消え、静まり返っている。

「お父さんもお母さんも、たぶん鐘をつきに行ってるんだと思う」

深雪は、俊亜貴に向かって吠えたてるマルをなだめながら、玄関の鍵を開けた。犬っころにまで馬鹿にされている気がして、俊亜貴は面白くない。結局は、自分だけがアウェーにいるのだ。

「マル、この人は大丈夫だから。ね？　お休み」

深雪が撫でるとマルは安心したのか、大人しく車庫にある自分の犬小屋へと帰っていった。

玄関に入り、そのまま二階へと行く。そして深雪は廊下を挟んで右の部屋へ。俊亜貴は左の部屋へ。

「お風呂入る？」

「シャワーでいい」

「じゃ先入って。わたし、長いから」

「わかった」

風呂の用意をして階段を降りかけた俊亜貴を、深雪が悪戯っぽい口調で呼び止める。

「やっぱ、一緒に入ろっか」

「ばか。途中でお前の親が帰ってきたらぶっ殺される。部屋でさえ別々なのに」

俊亜貴が言うと、深雪は笑った。

手早くシャワーでと思ったが寒くて、とてもじゃないけれど湯船に浸からなければ無理だった。ちゃんときれいな湯が沸かしてあったので二十分ほど浸かり、全身を洗って風呂を終え、二階へと上がり、深雪と交代する。

階下から深雪の使う湯の音が聞こえ始めたのを確認し、俊亜貴は深雪の部屋へ入る。ハンドバッグから財布を取り出し、ざっと中身を確認する。思った通り、一万円札が三十枚ほど入っていた。慎重な深雪のことだ、年末年始に備えて現金を多めに持ち歩いているだろうと踏んでいた。俊亜貴はその中から、五万円ほど抜き取る。

宮原かおりのために立て替えることが多い深雪は、普段から二十万円以上は持ち歩いている。俊亜貴は時々、その中から無断でいくらか持ち出していた。

深雪は気づいていないのか、何も言われたことはない。いや、もしかしたら気づいているが、あえて黙っているのかもしれない。いずれにしても結婚したいと言い出したくらいなのだから、この行為をやめる必要はない、と俊亜貴は身勝手な解釈をしている。

俊亜貴には、借金がある。

マスコミに嗅ぎつかれないよう、宮原かおりとの密会用に購入したマンションのローンが四千万円。

ビギナーズラックで利益を得たFXにはまり、しかしすぐに損失を出し始めて、大きく取り戻そうと焦るうち、あっという間に溶かした一千万円。

日々の生活で、一体なにに使ったのかわからないクレジットカードの支払いとキャッシングローンが数百万円。

幸か不幸か、年収一千万円をくだらない大手安定企業勤務の俊亜貴は、簡単に金を借りることができてしまう。

マンションは最悪手放してしまえばいい。ただ、それでも一千数百万円の借金が残る。しかし——深雪には金がある。

金。

そう、それが深雪と結婚する一番の理由だった。

借金も、し続けていると日常になる。特にATMからするする出てくれば、ローンなのに自分の金だと錯覚してしまう。こんな快楽主義な人間だから、結婚なんかで縛られるのはまっぴらだった。だから結婚を匂わされたときにはもう別れ時だと思った——「本当は、ずっと結婚資金だって貯めてたんだから」と深雪が言うまでは。

地味で堅実な深雪のことだ、おそらく一千万以上は貯め込んでいるに違いない。俊亜貴の頭に、さまざまなことが閃いた。結婚したら、マンションの頭金にしようと言って定期預金を解約させる。そして深雪にクレジットカードを作らせ、自分は家族会員として好きなように使う——。

どうして今まで結婚のメリットに気づかなかったのだろう、と不思議なくらいだった。ただ、この期に及んでも、もし持っている株式が大化けすれば結婚しなくて済む、などと妄想もしてしまう楽天家だ。そんな性格ゆえ、こんな状況に陥っているのだが——。

バッグに財布を戻してから、自分の部屋へと行き、やれやれと布団にもぐり込んだ。長い一日だった。まだこの島にやって来て、ほんの七時間やそこらだとは思えなかった。

うとうととしていると、除夜の鐘の音がふっと鼓膜を震わせ、たなびいて消える。何度かそうやって小さな昏睡と覚醒を繰り返した後、だんだんその境目がなくなっていって、眠りの深い淵に落ちかけた。

——としあき、としあき。

誰かが優しく揺さぶる。

「俊亜貴」

目を開けると、深雪が俊亜貴の上にいた。

裸だった。

「夜這いに来たよ」

深雪の瞳が、白くきらきらと輝いている。布団の中にもぐり込んでいるのだからあり得ないことなのに、雪が映りこんでいるのだと俊亜貴は寝ぼけた頭で思った。

深雪が、いつもよりずっと美しく見えた。

東京にいるときは、特に深雪が綺麗だと意識したことはない。周りにもっと洗練されたタレントがゴロゴロいるから、ということもある。しかし、明らかに東京にいる深雪は、今ここにいるほどの魅力を放っていなかった。くすんでいた、と言ってもいい。

それがどうだろう。この凍てついて澄み切った空気と、辺り一面を埋め尽くす純白の雪に磨かれるかのように、深雪の美しさは、ぞっとするほど際立っていた。

こいつ、こんなに綺麗だったっけ……。

深雪の手が、俊亜貴の素肌に伸びてくる。ひやり、と心地の良い冷たさ。深雪のしっとりした舌が、俊亜貴の唇のあいだに忍び込む。

心でも、体でも、金でも深雪を裏切りながら、それでもなお、俊亜貴は深雪を救ってやっているような気持ちでいる。この女がそれほどまでに自分を好きなのであれば、応えてやるしかないじゃないかという自分への欺瞞(ぎまん)だ。

罪悪感を感じなくもない。けれどもそれより、上手くやりたいという欲のほうが強い。自分が薄汚いということは重々わかっているのに、もしこの結婚が許されなければ困るのは自分の方だというのに、それでも父親や友人のことなどで苛立ち、深雪を責めることで優位に立って結婚の主導権を握りたいと思う浅ましさもある。

でも——。

深雪が俊亜貴の上で動きながら、大きな瞳でまっすぐ見つめてくる。

でも、それがどうした。

悪いのは、俺じゃない。

勝手に俺に惚れた、お前だ——。

「俊亜貴、どうしたの？」

深雪が動きを止める。

「いや、引こ。なんで一

「だって、なんか上の空」

「そんなことないよ」

深雪の背中を抱きかかえて体勢を変え、今度は自分が上になる。

「ちょっと色んなこと、考えてた」

「色んなこと？」

「お前の親父さんのこととか、今日会った青年会の人たちとか、島のこととか」

「……なに？」

深雪が、少し警戒するような目つきをする。

「今日一日、色々あったけど、でも俺、島に来てよかったなって」

「――本当？」

驚きの中に、喜びの混じった声。

「ああ。親父さんの態度に最初は腹が立ったけど、お前が可愛いからなんだろうし。青年会が島の未来を真剣に考えてるのも新鮮だったし。ちょこっとお前の世界を知れてよかったなって」

深雪の澄んだ瞳が、ゆるゆると潤む。

「そんな風に言ってくれると思わなかった。この島を気に入らないんじゃないかって、ずっと不安だったの……」

ありがとう、と深雪が耳たぶを嚙んできた。

深雪の体に火がつく。心から感激しているのだ——今のが、くすねた五万円を帳消しにしようとする言葉だったとも知らず。

ふと、誰かの視線と気配を感じる。

「どうしたの」

暗闇の中、首を巡らせている俊亜貴に、深雪が聞く。

「いや……誰かに見られてるような気がして」

「やあね。誰もいないわよ」

「だよな」

島の神様、という言葉が浮かんできたのを慌てて打ち消し、愛撫する手に力を込める。

神様なんていやしねえ。

いるのは、煩悩にまみれた自分自身だけだ——。

山あいの方から響いてくる厳かな鐘の音が、静謐な空気を震わせる。

もう年は明けたのだろうかと思いながら、俊亜貴は深雪の体に深く溺れていった。

第三章

もう歩けない……。

ついに吹雪に抗う気力をなくし、深雪はその場にくずおれた。風が、一吹きで皮膚をはぐのではないかと思うほどの勢いで吹きつける。

全身は冷え切り、感覚が麻痺していた。もう、一歩も動けない。

雪の中に横たわった深雪の上に、容赦なく雪が降り積もっていった。このまま大地と一体化していくのだ、と深雪はぼんやり思う。

——そうか、忘れてた……。

視界が真っ白に埋め尽くされてゆくのを静かに眺めながら、深雪は心の中で呟いた。

——雪って、こんなにあったかかったんだっけ……。

❄

元日の朝は、厳かにやって来た。

降り積もった雪に新年の陽射しが照り輝き、時折吹く風が軽やかに雪を舞い上げるのが、二階からはよく見える。

深雪は窓を開けて、布団を畳んだ。キンと澄んだ空気が、部屋を隅々まで満たす。

昨晩は、除夜の鐘を聞きながら、俊亜貴の腕の中でうとうとしていた。玄関の引き戸が開く音と、両親の話し声でハッと目覚め、深雪は慌てて裸のまま自室に戻ったのだった。

夜更けの部屋は冷え切っていた。古い造りの家では、どうしても隙間風が吹き込む。フリース素材の寝間着を手早く身に着け、布団に入ろうとして、深雪は唖然とした。こちらでは必需品である電気毛布が、敷かれていない。起毛素材のシーツがかけられてはいるものの、布団をめくっただけで、中にはらんでいた冷気が頬を撫でる。

俊亜貴の方はどうだっただろう。布団の中は、体温以上に温かかった気がする。つまり俊亜貴の布団にだけ、ちゃんと電気毛布が敷かれていた。ということは、母は、深雪が彼の布団で寝ることを見越していたということだ。

部屋を別々に分けておいたのは、いったい誰への体裁なのだろう。母の不文律を不可解に思いながら、箪笥の中から着古したセーターを取り出し、深雪は冷たい布団の中にもぐり込んだのだった。

朝陽の中、布団をあげおわり、空気の入れ替えが済むと、深雪は部屋着に着替えて俊亜貴の部屋へ行った。俊亜貴もすでに起きており、窓から雪景色を眺めながら、ドレスシャツのボタンを留めている。

「え、朝からスーツを着るの？　さすがに、まだいいわよ」

「どんなアラさがしされるかわかんないだろ」

昨晩の甘やかな雰囲気はどこへやら、ネクタイを締めながらの俊亜貴の言葉に棘を感じる。

「そこまで意地悪じゃないわよ、うちの親」

少しムッとしながらも、正月の朝から大人げないと、深雪は口調を改めた。

「サイズはどう？」

「うん、大丈夫。仕立てもいいしな。助かったよ、実際」

ジャケットに袖を通し、俊亜貴は両腕を動かしている。確かに肩幅も袖の長さもぴったりだった。達也自身はがっしりした体型をしているから、きっと深雪が伝えた俊亜貴のサイズをもとに、青年会や観光客の忘れ物など、あちこち探し回ってくれたのだろう。併せて届けてくれたネクタイとポケットチーフの趣味もいい。ぴったりのスーツを与えてくれた〝鈴木さん〟に感謝したい気持ちでいっぱいだった。

「んじゃ、行くか」

ふすまを開けて廊下に出た途端、出汁のにおいがふんわりと漂ってきた。実家に戻ってきたんだな、と実感する。一人暮らしをしていると、自分の為に台所に立ってくれる人がいることを有難く思う。

俊亜貴はずっと実家暮らしだから、深雪が料理を振る舞うことに、特に感謝もしてくれない。誰かが自分の為に何かをしてくれるのは、当然だと受け止めているのだ。給料――はっきりとした金額は知らないが――は悪くないはずなのに、時々深雪の財布からお金を抜き取ることもそうなのだろう。

最初は気づかなかった。深雪の仕事柄、立て替えることは多い。宮原(みやはら)かおりは財布を持ち歩かないから、全部深雪が支払って後で会社から精算してもらう。会社のクレジットカードも持っているが、秒刻みのスケジュールでは決済の時間が惜しい。そういう理由で、いつも多めに現金を持ち歩いているのだった。

だから最初は、万札が減っているのは、気のせいだと思っていた。それでもさすがに何度か続けば、深雪でもわかる。俊亜貴が泊まりに来たあとに減っているので、犯人は明らかだった。

でも、それでも良かった。結婚してくれるのであれば、数万円――あるいはもっとなのか、怖くて数えるのをやめたが――くらい、どうということはない。いずれは、運命共同体になるのだ。

階段を降りていくと、ちょうど階段わきに掛けられているボンボン時計が八回鳴った。台所では着物の上に糊のきいた割烹着をつけた母が、こまごま動き回っている。食卓には、お重や漆塗りの屠蘇のセット、つまみなどがところ狭しと準備されていた。

「新年、あけましておめでとうございます」

俊亜貴が丁寧に腰を折った。

「あら、おはようございます。あけましておめでとう」

母も手を拭いてから、俊亜貴に向き合って頭を下げる。

「お陰様で、昨日はゆっくりと休むことができました。旅の疲れも取れました」

母の目をしっかり見据え、俊亜貴が礼を述べる。昨日から色々と不満は感じているだろうに、朝一番にこう言えるところが、彼の育ちの良さだろう。母も悪い気はしないようで、

「あらあら、狭い部屋で申し訳ないわ」

と頬に手をあて、ころころと笑っている。

「さ、お父さんは居間にいるわよ。おせち持ってくから、あなたたちも行ったら？」

「居間？　こんな朝から？」

台所から居間へと続くアコーディオンカーテンを開けると、和服を着た父がソファに座っていた。その向かいには、本家の伯父と伯母——父の兄夫婦——が、やはりきちんと和装姿で腰掛けている。

「おじさん、おばさん……」

深雪は慌てて壁の時計を確かめる。まだ八時過ぎだ。こんなに早く、何ごと？

「なんだ、まだそんな恰好をしてるのか」

父が呆れたように言った。

「だって、後で着物着るから……」

「俊亜貴くんは、もう着替えてるじゃないか」

父は初めて俊亜貴の名前を呼んだ。

「別にいいじゃない、ねえ？」

伯母が父をなだめ、

「そうそう、深雪ちゃんだって、お正月くらいゆっくりしたいよ」

と伯父も同調する。

だったら最初からおしかけなきゃいいじゃないか、と深雪は腹立たしく思った。

「初詣でを済ませてきたのよ」

髪をきちんと結い、加賀友禅の着物を着た伯母が、のんびりと茶をすすった。

「深雪ちゃんが婚約者連れて帰って来たっていうから、そのまま寄ったの」

「昨日、うちにも寄ると思ってたのに、来ないもんだからさ」

伯父が笑顔でちくりと刺す。結局、深雪が帰省初日に本家に顔を出さなかったことを、ふたりは気に入らないのだ。

「それで、こちらが婚約者の人？」

「さあさあ、そんなとこ立ってないで」

これまでのやり取りを見守っていた俊亜貴が、やっと出番とばかりに進み出て礼をする。

「おじさま、おばさまでいらっしゃいますか。藤崎（ふじさき）と申します。ご挨拶が遅れまして申し訳ございません」

「堅い挨拶はいいから、早く座って」

伯父がくだけた調子で手招きしても、俊亜貴は姿勢を崩さずにつづけた。

「深雪さんと正式に婚約をさせていただければと、東京より参りました。どうぞよろしくお願い申し上げます」

「あらまあ、きっちりした人ねえ」伯母が満面の笑みを浮かべ、頷く。「良い人じゃないの」

「いやいやホント、さすが深雪ちゃんの選んだ人だ」

伯父も安心したのか、相好を崩した。

「酒だ、酒。深雪、母さんに言ってこい」

父が、深雪を手の甲で追い払った。俊亜貴は、にこやかにソファの末席に腰を落ち着けている。スーツのことといい、もしかしたら俊亜貴の方が、深雪よりも田舎のことをわかっているかもしれないと思った。

深雪が台所へ戻ると、母が祝箸を神棚から下ろしているところだった。毎年大晦日には、家長である父が毛筆で箸袋に家族全員分の名前を書き、元旦まで神棚に供えておく。深雪の分はもちろん、俊亜貴の分もあった。昨日俊亜貴にあんな態度を取りながらも、こうして用意してくれた父の気持ちが、深雪には素直に嬉しかった。

「ちょっとお母さん、おじさんとおばさんが来てるなら言ってよ。こんな格好で、恥かいたじゃない」

「え、そう？　実家なんだし、まだ朝なんだからいいかと思って」

母は急いで酒の支度をする。

「よくないよ、あの二人うるさいもん。それに、昨日寄らなかったことも厭味言われちゃった。お母さんも、行けって言ってくれればよかったのに」

「だって、さっさと忘年会行っちゃうんだもの。ま、今さら仕方ないね。お土産は持ってきてるんでしょ？」

「うん。全家族分」

「お年玉も準備しておきなさいよ。みんな、わざわざあんたのために足を運んでくれるんだから」

「わかってるよ」別に来てくれと頼んだ覚えはないが。「九人分でしょ。ちゃんと用意した」

「もっとよ。十五人分くらい」

「え？　そんなに子供いたっけ？」

「お嫁さん側の親戚の子も遊びに来てるかもしれないでしょ。まったくもう、田舎のお正月、忘れちゃったの？」

母は呆れたように言うと、酒とつまみを持って、アコーディオンカーテンの向こうに消えていった。

自室に戻ると、手早く化粧をし、長い髪を柔らかく団子にまとめた。アイドルを目指していた時から、ヘアメイクのテクニックは心得ている。そしてそれはマネージャーになってからでも、大いに役に立った。地方の営業や海外ロケなどで、ヘアメイク・アーティストのつかないことがあるからだ。

足袋、肌着、長襦袢と手際よく身に着け、それから振袖に袖を通した。帯の結び方は何にしよう。せっかくだから、華やかなものが良い。花舞？　胡蝶蘭？　いや、やっぱりお正月だから、めでたい宝粋（ほうすい）か。

何年かぶりの着付けだというのに、三面鏡を前に、自然に手が動き、てきぱきと胸の下に豪華な帯を完成させる。深雪は息を吸い込んで腹をへこますと、くるりと後ろへ回した。三面鏡で全身を確認し、ぽんと帯を叩く。これでいいだろう。

すでに宅配便で届けられていた箱の中から、土産物をひとつ取って居間に戻った。深雪の姿を見て、父が一瞬眩しそうに目を細める。

「おお、おお、深雪ちゃん。やっぱりきれいだねえ」

伯父も優しげに微笑み、その隣で伯母も頷いている。俊亜貴はといえば、酌に忙しく、深雪を見る余裕すらないようだ。

「ほら、座って座って」

深雪は父の隣に座り、土産を差し出す。

「おじさん、おばさん、昨日は失礼しました。これ、東京からのお土産です」

「あれえ、そんなの、気を遣わなくってもいいのに」

そう言いながらも、伯母が素早く包装紙を値踏みする。三越のものであることがわかると、伯母は満足げに、自分の脇に置いた。

「まあめでたい日なんだからさ、深雪ちゃんも飲んで」

伯父に注がれた酒を押し頂き、ひと口飲む。よく考えたら、朝からまだ何も口にしていない。胃のあたりが、じんと熱くなった。

すでに半分ほど空になったお重から、適当に取り皿に取って食べる。さすがに母のおせちは、見事だった。紅白の蒲鉾は鶴のように、かぶの甘酢漬けは菊の花のように、華やかに飾り切りにされて重箱を彩っている。味も良い。鮑(あわび)の蒸し煮など、嚙めば嚙むほど上品な甘みが口の中に広がる。いつも煮汁を利用して、鮑の土鍋炊き込みごはんを作ってくれるのだが、それもまた絶品なのだ。自分の料理なんてまだまだだと、深雪はつくづく思う。

東京では仕事柄、超一流といわれる料亭にも何度も通った。しかし、母の手料理以上のものを、未だに味わったことはない。父が漁で獲ってきた魚介類を、母が調理する。それが毎日、食卓に並ぶ。生まれた時から当たり前だった食卓が、どれほど贅沢であったかを、深雪は東京に出てから知った。

母のおせちをしみじみ味わっていたが、はたと気が付いた。誰も何も、しゃべらない。俊亜貴を囲んでの座は、挨拶以降、会話が全く弾んでいないようだった。

やれやれ、と深雪は心の中でため息をつく。

二人はいったい、何をしに来たのだろう。午後から俊亜貴の挨拶に立ち会うことになっているのだから、朝っぱらから来ることはないじゃないか。こちらには色々と準備だってあるのに、無礼すぎる。

それでも、父は伯父に気遣うように、しきりに料理と酒を勧めている。同じ兄弟なのに、本家を継いだ人間だというだけで、やたらと持ち上げる。父が母と結婚した時――つまり分家として独立した時――この家を、伯父が建ててくれた。別に伯父は特別な金持ちというわけではないし、うちが貧しいわけでもない。それに島の土地の値段など、たかが知れている。けれども、家督を継いだ者が、分家の者に家を建てるのは当然なのだそうだ。

伯父に対して父が肩身が狭く思っているとか、頭が上がらないというのとも違う。事あるごとに、「この家は、あんちゃんが建ててくれたからなあ」と嬉しそうに話している。なんでも「あんちゃん」が一番、「本家」が中心なのだ。

立派な家系でもあるまいしと、昔から鼻白んできた深雪だが、それでもなぜか伯父や伯母など本家の人の前では、少し萎縮してしまうのだった。

「すみません、ちょっと中座させていただきます」

俊亜貴が立ち上がり、居間を出た。手洗いに行くのだろう。俊亜貴がいなくなった途端、伯父が口を開く。

「なかなか礼儀正しい男じゃないか」

「どうだかね。猫かぶってんだろ」

父が猪口の酒をあおる。

「そういや、木村さんとこの畑がさあ……」

話題が飛び、会話が盛り上がる。しかし俊亜貴が戻ってきた途端、またしんとなった。いたたまれない雰囲気の中、母が土鍋を持ってやってくる。

「炊き込みごはん、できたわよぉ」

蓋が開くと、磯の香りが部屋中に広がった。母は鮑がごろごろと入った鍋の中をほっこりとかきまぜ、手際よく茶碗に盛って手渡していく。

「うわ、美味しいな、これ」

ずっと緊張の面持ちを崩さなかった俊亜貴が、一口含んだ途端、思わず顔をほころばせる。

「そう？　ありがとう。千切りにした生姜を入れるのがコツよ」

母はそれから、雑煮も持ってきた。

「雑煮に鮑の肝ですか？　贅沢ですねえ」

「ここいらじゃ普通よ。ねえ、お義姉さん」

母が伯母に椀を渡す。

「でも佳恵さんは特別お料理が上手なのよ、俊亜貴さん」

早速箸をつけながら、伯母が自慢げに言った。

「そうだよ。佳恵さん仕込みだから、深雪ちゃんの腕も確かだ。俊亜貴くんは幸せ者だよ」

「確かに、深雪さんの手料理は旨いですね」

「そうだろう？」

「お母さんのお陰だったのか。いやあ、それにしても、どれも最高だ。この料理だけで、長旅の甲斐がありましたよ」

「まあ、お上手。嬉しいから、わたしもお酒飲んじゃおう」

「あ、じゃあ僕がお注ぎしますよ」

母が加わったことで、場の雰囲気ががらりと変わった。俊亜貴も交えて、和気あいあいと会話が弾み始める。これまで意識したことはなかったが、これが分家の嫁の役割なのかもしれない。どんな席でも、本家と分家、そして客人の橋渡しができる。あかぎれだらけの手で盃を受ける母を、初めて深雪は尊敬のまなざしで見つめた。

午後になると、家にぞろぞろと人が集まってきた。

「呼び立てて悪いねえ」

まるで自分が主であるかのように、玄関で伯父と伯母が出迎えている。土産物の準備をしに二階に戻った深雪は、束の間でも二人から解放されてほっとした。

「何なんだよ、あれ」

土産をひとつひとつ紙袋に分けながら、俊亜貴が口を尖らせる。

「俺の扱い、ひどくないか？」

「そう？」

深雪は、わざと軽い調子で応える。

「そう？って……何も感じなかったわけ？　あの二人、揚げ足を取るチャンスを虎視眈々と狙ってたよ。うっかり何も話せなかった」

「気のせいだよ。向こうだって、緊張してたんじゃない？」

「気のせいなわけ、あるかよ。あのおじさん、しょっぱなから俺の年収をしつこく聞いて来てさ。あげくに俺の親兄弟の職業と年収まで聞き出すんだぜ。そこまでするか、普通？　それに『どうしてもっと早く結婚しなかったんだ』って聞くから、『お互い仕事が忙しくて』って答えたわけよ。そしたら『それは言い訳だ』とか『君はまだ遊び足りないんじゃないか』とか、マシ勘弁してくれよって感じ」

俊亜貴の年収ならギリギリで許せても、彼の家族の職業や年収まで聞くとは。父でさえ、そんな失礼なことはしまい。深雪は、はらわたが煮えくり返るような思いだった。

「普通の会話でしょ。悪く取りすぎよ」

それでも深雪は、何でもない様子を取り繕った。

「は、これが普通なわけ?」

「俊亜貴のことを知りたかっただけだと思うな。田舎の人ってフレンドリーだから」

「フレンドリーって」

呆れたように、俊亜貴が鼻を鳴らした。

本当は、深雪だって同感だった。けれども、俊亜貴には二人のことを悪く思って欲しくない。

「お前さ、田舎がいやだとか言ってなかった?」

「それは……」

「結局、深雪だってあいつらと同じじゃん」

深雪は、何も言い返せなかった。

「もしもこれが、田舎の標準ってんなら」俊亜貴は釘を刺した。「俺、結婚後は、二度とこの島に来ないからな」

紙袋に分け終わった土産物を抱えて、俊亜貴は乱暴な足取りで部屋を出ていった。

田舎ならではの広い仏間では、仏壇の前に正座の列ができていた。めいめいが年賀を供え、鈴(りん)を鳴らしてお参りしている。毎年正月と盆には、父のきょうだい五人、そしてその家族が家を行き来し、互いの仏壇をお参りし合うのだ。

それが当たり前で育ってきたが、ここ数年俊亜貴と二人きりの簡便な正月になれてしまった深雪の目には、とても面倒な風習に映る。両親への挨拶が終わったら、深雪も俊亜貴と一緒に、本家と分家全軒を回らなくてはならない。いったい何時まで付き合わされるんだろう、と気が重くなった。

先に降りてきたものの、圧倒されて足を踏み入れられなかったらしく、俊亜貴はいつも紙袋を下げたまま廊下に突っ立っていた。深雪が来たことに気づくと、大人しく後に続いて仏間へと入ってくる。

「まあ、深雪ちゃん!」

「久しぶりねえ」

「深雪姉ちゃんだー」

口々に言いながら、みんなが深雪と俊亜貴を取り囲んだ。人懐こい子供たちは、早速俊亜貴の足にじゃれついている。俊亜貴も笑顔で頭を撫でたりと、一応は友好的に応えているようだ。

「そう、こちらが噂の一

叔母の一人が、意味ありげに俊亜貴に視線を流す。深雪たちが帰省するまで、いったいどんな噂をされていたのか。

「今日はわざわざ来ていただいて、有難うございます」

子供の相手をしている俊亜貴を残して、深雪は土産を配り始めた。

「いやまあ、うちらが来るのはいいんだけどさ」

中身を推測するようにさりげなく土産物を振りながら、叔父の一人が言う。

「でも深雪ちゃん、挨拶ならやっぱり、あんちゃん家でやるべきだったよ」

もう一人の叔父も同意した。

「そうだよ。本家を差し置いてさ」

一通り来客を迎え終わって仏間に入ってきた伯父が、話を聞きつけて口を挟んでくる。

「いいんだよ、深雪ちゃんは俊亜貴さんに気を遣ったんだろ。なあに、分家でもどこでも、俺が出張ってやりさえすれば格好はつくんだから、大丈夫だ」

伯父の恩着せがましい高笑いが、癇に障った。

「あんちゃんは、やっぱり懐が深いねえ」

「深雪ちゃん、結納の時は、安心してあんちゃんに取り仕切ってもらうといいよ」

俊亜貴が聞いていたら、逃げ出しかねない会話だ。深雪は引きつった笑いを浮かべながら、頷くしかなかった。

「深雪、おばあちゃんがいらしたわよ」

母が玄関から呼ぶ声がする。慌てて出迎えに行くと、ちょうど祖母が、車の後部座席から車椅子（くるまいす）へと移動させてもらうところだった。

祖母、つまり父の母親は、祖父亡き今では一族の最重要人物に当たる。数年前に足を悪くして以来、杖と車椅子に頼る生活を送っているが、それでも今日は上品な鹿の子（かのこ）しぼりの着物を粋に着ていた。

車椅子を軽々とトランクから下ろしているのは、伯父の息子、陸斗（りくと）だ。深雪と同学年の従兄で、伯父と一緒に農業を営んでいる。陸斗の傍らには妻の頼子（よりこ）と十歳の娘、風花（ふうか）がいた。

てきぱきと車椅子を広げ、慣れた手つきで祖母を乗せ替えている陸斗を見て、伯父夫婦が朝っぱらから初詣でに出かけたり、うちにのんびり立ち寄ることができたのはこういうことか、と納得した。もうとっくに、実質的な家長は陸斗なのだ。

「深雪ぃ、超ひっさしぶりじゃん。お前、全然帰ってこないんだもん」

祖母の車椅子を押しながら、陸斗がやってくる。

「結婚すんだって？　やっともらってくれる男が現れたか」

玄関先で、やはりひょいと祖母を降ろしながら、がはは、と陸斗は笑う。やっと普通の感覚を持つ身内に会えた気がして、なんだか深雪はほっとした。

「陸ちゃん、しばらく見ないうちに前髪後退してない？」

「深雪さん、それ言わないでください。ただでさえ、高い漢方薬とか育毛剤にお金をつぎ込むんです」

草履を脱ぎながら、頼子が困ったように笑う。頼子は、深雪より二つ下の後輩だった。だから本家の嫁なのに、深雪に敬語を使う。

「ほら、ばあちゃん。深雪だぜ。よかったな」

祖母に杖を持たせて立たせ、陸斗が耳元で声を張り上げる。いつの間にか耳まで遠くなっていたのか、と深雪はショックを受ける。

「あけましておめでとう。おばあちゃん、しばらく帰ってこないでごめんね。会えて嬉しい」

深雪も、祖母の耳に向かって大きな声で話す。

「よく帰って来たねえ」

しわくちゃの手で、祖母が深雪の両手を包み込む。かつて逞しかった島の女の手には、弱々しい力しか残っていなかった。こうして年を取っていくのだと、深雪は切ない思いで祖母の手を握り返す。

深雪はおばあちゃん子だった。海辺で魚を仕分けながら、いろんな物語を聞かせてくれた祖母が大好きだった。これほど老いた姿を目の当たりにすると、もっと側にいてやりたい、できるうちに孝行してやりたいという思いで胸がはちきれそうになる。

ふと、伯父夫婦とともに、陸斗たちが祖母と同居し、大切に世話をしてくれることを心強く思った。陸斗だって、東京に出たいと思ったこともあったかもしれない。けれども本家の長男として島に残り、島の娘と結婚し、ひ孫の顔まで見せてやった。

そういう意味では、確かに本家という存在は大きいのかもしれない。陸斗たちは、深雪が決してしてやれない祖母孝行を、代行してくれているのだ。そもそも深雪が思う存分東京で仕事をし、老い行く両親を気にせず遠くに嫁げるのも、本家が全てを守ってくれているからなのだと、初めて思い至った。

深雪は祖母を支えながら、仏間へと戻った。ひ孫たちが集まってくると、頼子が「ひいおばあちゃんからだよ」と言いながら、準備していたお年玉を渡し始める。中高時代は深雪に憧れ、「新山先輩」とくっついて回っていたあどけない後輩は、今やすっかり本家の嫁の貫禄を漂わせていた。

祖母が到着すると、いよいよ両親への挨拶が行われることになった。仏間の両端に親族が整列し、その間に深雪と俊亜貴、そして両親が向かい合って正座する。俊亜貴は居心地悪そうに、何度も咳払いしていた。見も知らぬ土地で、大勢に取り囲まれながら結婚の申し込みをさせるのは、さすがに申し訳ない気がする。けれども同時に、それを乗り越えて自分を手に入れてほしい気もした。

「お父さま、お母さま」

少し自棄気味にも聞こえる大声で俊亜貴が呼びかけ、前に両手をついた。

「どうか、深雪さんとの結婚をお許しください。よろしくお願い申し上げます」

畳の匂いを嗅ぐように、俊亜貴が頭を下げる。自分も一緒に頭を下げるべきなのかわからず、深雪もぎくしゃくと手をついて一礼した。

父も母も、じっと黙っていた。何をもったいぶってるんだろう。はらはらしていると、父がおもむろに口を開いた。

「俊亜貴さん、あんた……借金があるんだって？」

飛び跳ねるように、俊亜貴が頭を上げた。深雪は驚いて、父を見る。

「さっき、この中の誰かが――誰かは言えんが――教えてくれた。結構な額が、あるそうじゃないか」

そうっと隣の俊亜貴をうかがうと、腿の上で握られた拳が、ふるふると震えている。借金は事実なのだろう。しかし深雪は、俊亜貴に借金があったことよりも、つい先ほどまで和やかに深雪との再会を喜んでくれていた誰かが、裏でそんなことを調べ、そして両親に告げ口したことに衝撃を受けていた。どうして、こんな晴れの席で？　もしも真実だとしても、なぜ深雪だけの耳に入れてくれなかった？　父も父だ。親戚みんなの前で、俊亜貴に恥をかかせなくても――。

怒りで頭が真っ白になった。島に帰って来たことは、やはり大きな間違いだった。

「そんな状態で深雪と結婚して……どうするつもりだったの？」

母が聞いた。その表情には、俊亜貴に対して生まれかけていた親愛のようなものは、すっかり失われている。

「それは……それまでにはきれいに返済して――」

「どうやって?」

「毎月、給与の中から……」

「じゃあ生活費は?」

両親からの畳みかけるような問いに、俊亜貴は口ごもる。見ていられない。深雪は思わず口を挟んだ。

「借金借金っていうけど……わたし、前から知ってたわよ」

両親に告げ口した「誰か」よ、よく聞けとばかりに、深雪は親族を見回した。

「都会では、大した額じゃないもん。それくらい、みんな借りてるよ。特に俊亜貴は花形の仕事をしてるから、どうしても生活が派手になるでしょ。仕方ないの」

「じゃあ深雪、お前は承知の上で——」

父の頬が、怒りで強張る。

「当たり前でしょう、結婚する相手よ? それに、借金はわたしのせいでもあるんだ」

「深雪の?」母が訝しげに眉をひそめる。

「そう」深雪は、高々と左手を挙げた。「この指輪、海外の一流ブランドなの。どうしても欲しくて、無理させちゃった」

全員が指輪を見たことを確認した深雪は、手を下ろす。

「婚約指輪とは別に、結納で戴く結婚指輪も、もう用意してくれてるの。新婚旅行だって申し込んだ。半分払うって言ったけど、聞いてくれなくて。だから借金は——ううん、借金だなんて響きが深刻すぎるわね――ローンは、結婚したら二人で返していくつもり、当然でしょ？」

一気に話し終えると、仏間がしんとなった。

「そうか……」

父は、母と目配せをした。

「お前が納得しているんなら、もう何も言わん」

父は居住まいを正すと、やっと俊亜貴を正面から見つめた。

「俊亜貴さん、深雪のことを、どうか宜しくお願いいたします」

両親が膝の前に手をつき、深々と頭を下げた。

挨拶が終わると、まるで何事もなかったように、男衆が折りたたみ式の座卓を繋げて並べ、その上に女衆と子供が料理をてんこ盛りにした皿を並べ、宴会が始まった。床の間の前に並んで座らされた深雪と俊亜貴に、みんながどんどん酒を注ぎに来る。俊亜貴は強い方ではないが、断り切れずに、全ての杯を受けていた。

「おめでとう、深雪ちゃん、よかったねえ」

「お幸せに」

「式はいつ頃？」

数々の笑顔の中に、こそこそと俊亜貴のことを調べた人物が紛れているのだと思うと、気になってしょうがなかった。一瞬、伯父が勝手に興信所に依頼し、父に吹き込んだのかと思ったが、それなら俊亜貴本人に向かって年収など聞いたりしないだろう。じゃあ、いったい誰が？

――いや、両親との決着がついた今、犯人探しよりも大切なのは、事実確認だ。俊亜貴が手洗いに立った時に、深雪も追いかけるように席を立った。

「なんだよ」

用を足して手洗いから出てきた俊亜貴は、ドアの前で待ち構えていた深雪を見て、気まずそうな顔をした。

「あれ、本当なの？」

「なにが？」

「借金に決まってるじゃない」

俊亜貴は答えず、洗面台で手を洗った。

「一体、いくらあるの？」

「関係ないだろ」

「あるわよ！」

つい語気が荒くなる。おばたちが空いた皿を重ねて廊下に出てきたので、慌てて笑顔を取り繕った。どこにスパイがいるかわからない。深雪は俊亜貴の腕を摑んで、納戸に引っ張りこんだ。

「教えてよ。わたしには知る権利があると思う。いくら？」

引き戸を閉めて、懇願する。

「――万円」

「え？」

「一千万円……プラス、数百万かな」

「一千――」

気が遠くなった。

さっきは結婚指輪や新婚旅行の代金だと言ったが、そんな範疇を超えている。「結構な額」だと父は言っていた。恐らく「誰か」から金額も聞いて、知っていたに違いない。深雪の啖呵を、どういう気持ちで聞いていたのだろうか。

「何に使ったの？」

「そこは関係ないよな」

俊亜貴が突き放す。

「何に使ったか、お前に詮索する権利なんてない。独身時代に、どう金を遣おうが自由だろ」

「でも、まだ家を買ったわけでもないのに、そんな大きな借金、ありえないよ」

「じゃあ、どうしろっての？　ここで言い争ったって、借金は消えないよ」

俊亜貴は開き直った。

「だったらこれだけは教えて。母も気にしてたけど、こんな状態で結婚して、いったいどうするつもりだった？」

俊亜貴が、ふいと俯いた。深雪と目を合わせようとしない。その様子に、はたと深雪は思い至る。

「まさか……」

まさか、わたしのお金で清算しようとしてた……？

口を開きかけたまま声を出せずにいる深雪に、俊亜貴が訝しげに視線を戻す。

「なんだよ」

「ううん……なんでもない」

さすがに、そこまで悪く考えたくはなかった。結婚を決めてくれたのは、深雪を愛してくれているからだと思いたかった。確かに大金ではあるが、たかだか一千数百万円程度。人生を引き換えるほどの額じゃない。

──色々あったけど、でも俺、島に来てよかったなって。ちょこっとお前の世界を知れてよかったなって。

深雪は、俊亜貴の昨日の言葉を信じたかった。

「で？　結婚、やめたいなら、そうするけど？」

こんな親戚中を集めた晴れの席まで設けておいて、深雪も両親も後戻りできないことを知っているくせに、俊亜貴は憎たらしいことを言う。

「──やめたくない」

「じゃあ、もう無駄なケンカはおしまい。俺だって、今日は精いっぱい頑張ってるだろ。借金なんかより、そっちを認めてよ」

すっかり開き直り、しかもまるで深雪が悪者であるかのような言い草だ。悲しかったが、深雪は頷いた。

「じゃ、出ようぜ」

納戸の引き戸を開け、一歩踏み出した俊亜貴が、急に立ち止まる。背中にぶつかりそうになり、慌てて深雪も止まった。

出てすぐのところに、おじやおばたちが固まっていた。俊亜貴と深雪の姿を見て、気まずそうにそそくさと散っていく。

聞かれていた。

体が、かあっと熱くなった。

「行こう、俊亜貴」

深雪はわざと明るく言うと、俊亜貴の手を取り、無理やり繋いで宴会の席に戻った。

「お姉ちゃんたち、芸能人みたい」

「結婚記者会見してー」

子供の無邪気な声に、どっと席が沸いた。賑やかな祝宴。けれども本当は、誰も祝福などしていないのではないだろうか。

身内にも気を許せない。俊亜貴のことも信用しきれない。人生で最高に幸せであるべき日に、深雪は果てしない孤独をひりひりと感じていた。

日が傾きかけ、料理もほとんど平らげられた頃、表通りから、てんつくてん、と太鼓の音が聴こえてきた。その懐かしい響きに、重く塞がれていた胸が、少しだけ軽くなる。

「しまたまさんだ」

深雪が呟くと、俊亜貴が「しまたまさん?」と首をかしげる。

「島霊様(しまたまさん)。島と海を護る神様のこと。元日には島の子供たちが『しまたまさん』として、一年の豊漁と安全を祈願するの。船着き場から出発して、お寺までの道のりを、お囃子(はやし)をしながら練り歩く。そうやって、島全体をお清めするの」

先ほどからの気まずさも忘れて、つい深雪の声が弾む。

「ふうーん」

俊亜貴は、さほど興味もなさそうに、柿の種をひとつ、ぽりっと齧(かじ)った。

深雪も子供の頃、毎年「しまたまさん」になっていた。小学校高学年のお兄さんやお姉さんが奏でる笛や太鼓に合わせて、鈴やでんでん太鼓を鳴らして追いかけていった。道行く人には「しまたまさんだ」「可愛いしまたまさんねえ」と目を細められ、寺に到着すれば、住職がぜんざいを振る舞ってくれた。達也や晴美(はるみ)たちと競って、我先にとかじかんだ手を椀に伸ばし、はふはふと餅をほお張ったものだ。

あの頃は良かった。島の中に、全てがあると信じていた。家族も、友達も、未来も、幸せも。けれども成長するにつれて、ここには学校も、仕事もなく、未来は先細りなのだとわかってしまった。だから島を出た……。

「わしらも、そろそろしまたまさんとこ、行こうか」

ずっと黙っていた祖母が口を開いた。鶴の一声に、みんながそうだそうだと腰を上げる。

「早く神さまに、深雪ちゃんの晴れ姿を見せてやらんとな」

伯父が、すっかり赤くなった禿げ頭をつるりと撫でる。子供たちも、今からしまたまさんの行列に加われるのが嬉しいのか、すぐに玄関へと駆けだしていった。

頼子が祖母を支えて立ち上がらせようとしたのを、深雪が止める。

「大丈夫、わたしがやるよ、頼子」

つい呼び捨てにして、慌てて「……さん」と付け加える。頼子は笑いながら、「気にしないでください、先輩」と昔の調子で返してくれた。

杖を突き、よたよたと歩く祖母の着物の裾は乱れ、畳を擦っている。深雪はそっと横から持ち上げながら、せめて寺までは自分が車椅子を押してあげようと思った。

島民が霊峰と崇める山の中に、寺はある。

参道は、きれいに雪が除けられていた。のんびりと進行するしまたまさん一行の後ろを、深雪たちがぞろぞろとついていく。男性陣は爪掛けにオットセイの毛のついた雪下駄を、女性はアザラシの毛皮でできた防寒草履を履き、踏みしめられた雪の中を器用に歩いていた。

「深雪さん、馴れてないでしょ？　大丈夫？」

脇に積み上げられた雪に車椅子を突っ込みそうになる深雪を、頼子がはらはらと見守っている。

「うん、なんとか」

車輪に巻き込まれないよう、自分の振袖を腕に巻きつけ、深雪は押していく。祖母は小柄だが、やはり体力がいる。しかも上り坂なので、かなりきつい。

「電動の車椅子はないの？」

「普段、車で移動するから」

「そっか。そうよね」

暮れかけた陽射しに、祖母は気持ちよさそうに目を細めている。前方から流れ聞こえてくるお囃子の拍子に合わせて、膝に置いた手を軽く叩いていた。

深雪はそっと振り返ってみる。ずっと後ろから、俊亜貴がとぼとぼとついてきていた。厚手のダウンジャケットを着込み、耳当て付きの帽子をかぶっているが、それでも寒そうに首をすくめている。

「さっきの」頼子が、ぽつりと言った。

「え？」

「あの、お金……ええと、ローンのこと」

背後の俊亜貴を気にして、頼子が声を落とす。

「ああ、うん」

「悪気、無いと思います」

「え？」

「誰が調べたにしても、教えたにしても……悪気はないはず。ただ単に、深雪さんを心配してのことだったと思うんです」

「ん……」

曖昧（あいまい）に深雪は返事した。深雪には、悪意の塊だとしか思えなかった。けれども頼子の気持ちをむげにしたくない。

「ごめんなさい、余計なこと言って。でも、深雪さんにも俊亜貴さんにも、島を嫌いになってほしくなくて」

「わかってる。ありがと」

深雪が微笑みかけると、頼子は安心したように表情を弛（ゆる）めた。

「昨日、忘年会来なかったね」

「青年会の？　夜はおばあちゃんが足を痛がるから、マッサージしてるんです」

「一晩中？」

「そうですけど？」

当然だというように、きょとんと深雪を見た。

「陸斗は？」

「昨日は陸斗さんと交代で。わたし、お煮しめも作らなくちゃいけなかったし」

「そっか。色々ありがとう」

「やだ、あらたまって。嫁なんだから、当たり前です」

気負った様子もなく、さらりと笑う。不平不満がないはずない。それでも表に出さず、淡々と子育てをし、夫と舅姑（きゅうこ）に仕え、大姑（おおじゅうとめ）の世話までこなす。深雪が都会で揉まれて身につけた処世術などよりも、彼女の生き方のほうが、よっぽど凄みがあると思った。

そのうちに、参道を登り切って寺に到着した。木々を切り開いただだっぴろい境内の中心に本堂があり、その脇に鐘つき堂、住職が生きていたころに寝泊まりしていた僧房、そして墓場があった。少し先にはしまたまさんを祀った拝殿が建っており、そこに子供たちが集まっている。

子供たちは、待機していた大人に和楽器を返し、代わりに駄菓子を受け取っていた。住職の死と共に、ぜんざいの習慣も終わったらしい。ずっと変わらないように見える島でも、少しずつ何かは消えていくのだ。

しまたまさんの役割を終えた子供たちは、お菓子をもらうとわあっと散って行った。

まるで神様が小さくばらばらになってあちこちで島を護ってくれる気がした。お清めが終わったすがすがしい島の姿が、寺から一望できる。

「さ、お参りだ」

親戚一同が、めいめい賽銭を持って、本堂や拝殿に並んだ。鈴緒が振られると、からんからんと小気味良い音が山に響く。深雪も並ぼうと、車椅子を押しかけた時だった。

「……よくない」

深雪の腹のあたりで、何やら呻くような声が聞こえた。

「――え?」

思わず下を見ると、祖母が口を動かしている。

「ごめん、おばあちゃん。なあに?」

深雪は中腰になって、祖母の口に耳をくっつけた。

「あの男は……よくないぞ」

深雪はぎょっとして、祖母から顔を離す。祖母の声ではないようだった。低く、しゃがれている。

「おばあちゃん……?」

「借金のことを言ってるんじゃない。お前の父さんがあそこで引き下がったってことは、返せない金額じゃないんだろう。そりゃあ無いに越したことはないが、お前が納得しているならそれでいい。だけど……」

そこで言葉を切り、祖母は首を伸ばして俊亜貴を見た。

俊亜貴はお参りもせず、木にもたれてスマートフォンをいじっている。光沢のある紫色のスマホ。限定五千台でシリアルナンバー入り、圧倒的人気を誇るSFアニメとのコラボレーション・モデルだと自慢していた。法事など大人たちの退屈な集まりの中でおもちゃに逃げる子供のように、俊亜貴はただ黙々とスマートフォンに向かっていた。

「お前が汗だくになって車椅子を押しているのに、手伝おうともしてくれんかった」

祖母の目尻は、光っていた。そして悲しみをこらえるかのように、皺だらけの唇をすぼめた。

確かにそうかもしれなかった。

着物の袖や裾を気にしながら、ゆるやかだとはいえ坂道を押してきたのだ。おばあちゃんに何かしてあげたいという一心だったが、俊亜貴から手伝いの申し出があってもよかったのではないか。借金のことを挽回するつもりがあるなら、チャンスだと飛びついたはずだ。しかしそうしなかった。きっと俊亜貴は、好青年だと取り繕うことを放棄したのだ。

「彼、ちょっと手を痛めてるの」

咄嗟に嘘が口をついていた。

「だから仕方ないのよ。心配しないで、本当は優しい人だから」

せめてもうちょっとマシな言い訳はなかったのかと後悔しながらも、栞雪は祖母に笑

いかけた

「ほらおばあちゃん、お参りしよう」

努めて朗らかに誘い、深雪は車椅子を押して拝殿の前に立った。賽銭箱に小銭を投げ入れた後、祖母にも鈴緒を握らせ、一緒に振る。

「しまたまさんよ……」

並んで手を合わせた祖母の口から、吐息のような祈りが漏れる。声には年寄り特有の抑揚があり、だんだん尻つぼみになって聞きづらかったが、深雪にはこう聞こえた。

——本当にあの男でいいのか、教えておくれや……。

全員のお参りが済むと、夕陽に背を押されるようにしながら、再びぞろぞろと参道を下りていった。下り道は滑りやすいので、祖母の車椅子は陸斗が押している。

俊亜貴はやはり誰とも溶け込もうともせず、ちんたら歩いている。深雪はため息をついて、足を速めた。

「ね、ね、深雪お姉ちゃんて、カオリンのマネージャーなんでしょ?」

陸斗の娘、風花が隣に並んで歩き始めた。話せる機会を、ずっと窺っていたようだ。

「そうだよ」

「すごいなあ、風花、大ファンなんだ」

十歳といえば、アイドルに憧れる年齢だ。しきりに芸能界の話をせがんでくる。深雪

の口から次々飛び出す有名アイドルの名前に、

「かっこいいね、深雪お姉ちゃんのお仕事」

とうっとりと言った。おしゃまな子で、深雪の通っている美容室、読んでいる雑誌、使っている化粧道具などにも興味津々だった。

「いいなあ、風花も東京に住んでみたーい」

「大人になったらね」

「大人になっても許してもらえないもん。本家の一人娘だからお婿さんをもらって、ずっとここに住まなくちゃいけないんだって」

無神経なことを言ってしまったと、深雪は後悔する。

「だからママに弟を産んでって頼んでるんだ。こんなちっちゃい島、面白くないよ。お姉ちゃんみたいにお洒落な人もいないし。あーあ、お姉ちゃんが帰っちゃったら、またつまんなくなるな」

「すぐに戻って来るから」

「すぐって、いつ？」

「春くらいかな。俊亜貴のご両親と来ると思う」

「でも、また二、三日で帰っちゃうんでしょ？」

「そうだけど……」

「いいこと考えた！　お姉ちゃん、幸也兄ちゃんと結婚すればいいじゃん。そしたら、ずっとここにいるよね」

「やだ、たっちゃんと？」深雪は吹きだした。「無理無理。ほとんどきょうだいだから」

「ダメ？　良いアイデアだと思ったのにな」

風花は残念そうにため息をついたが、ふとその表情が神妙なものを帯びた。

「そうだ……お願いすればいいんだ」

「――え？」

「しまたまさんに。お姉ちゃんを、絶対に雪之島から帰さないでって」

「やあねえ、何を言ってるのよ」

子供の無邪気な発言なのに、なんとなく深雪はぞっとした。

「きっと叶えてもらえるよ。しまたまさんも、きっと帰したがらない。だってお姉ちゃん、きれいだもん」

風花は嬉しそうな微笑を浮かべると、下から深雪の顔を見上げた。

親戚の家を回り、全ての仏壇に手を合わせて帰宅するころには、真夜中近くになっていた。

「こんなハードな正月、聞いたことないぞ」

二人きりになると早速、俊亜貴が文句を並べたてた。軽く聞き流しながら、二階へと階段を上る。さすがに疲れ果て、深雪も早く振袖を脱ぎたかった。

深雪の部屋のふすまを開けると、布団が二組、くっつけて敷かれていた。

「あれ」

ほんの少し、俊亜貴の機嫌がよくなる。

「やっと認めてもらえたってわけね。んじゃ、荷物運んでくるわ」

「待って」

「ん？」

自分の部屋のふすまに手をかけたまま、俊亜貴が止まる。

「悪いけど、そっちの部屋で寝てよ」

「はあ？　なんで」

「なんか……一緒にいる気分じゃない」

俊亜貴の首から頬が、怒りで赤く染まるのがわかった。けれども今夜ばかりは、彼のご機嫌を取る気にはなれなかった。

「――わかったよ」

俊亜貴は舌打ちをしながら布団を一組運び出すと、おやすみも言わずにふすまの奥に消えた。

帯を解くと、溜まっていた疲れが一気にゆるんだ。全て脱いでしまい、寝間着に着替える。ちゃんと電気毛布の敷かれた布団に苦笑いしながら、体を横たえた。

一度軽く目を閉じて、次に開けると、もう窓の外が明るくなっていた。頭が冴えて眠れないだろうと思っていたのに、一瞬で深い眠りに落ちていたらしい。枕元の時計を見ると、六時を少し過ぎている。

俊亜貴は、もう起きているだろうか。

彼の部屋に行こうかと逡巡し、結局布団から動かない。まだ考えが整理できていなかった。

借金のことはショックだったが、俊亜貴が開き直ったことは更に打撃だった。けれども一番気になっているのは、祖母の言葉だ。

あの男は、よくない。

深雪への愛情が不安定であることを、祖母は敏感に感じ取ったのだろう。祖母の悲しそうな表情を思い出すと、胸がつぶれそうになる。

俊亜貴も俊亜貴だ。

親族の前なのだから、もっと深雪に気を遣ってくれればよかったのに。

優しく声をかけてくれさえすれば。手を差し伸べてくれさえすれば。そうすれば、わたしだって、もっと――。

そこまで考えて、はっと気が付いた。

優しく声をかける。手を差し伸べる。

本当は深雪こそ、そうすべきだったのではないか。

朝から伯父夫婦が押しかけて来たせいで、深雪には心の余裕がなかった。親戚の前で良い顔をするのに必死で、俊亜貴には一度も笑いかけず、優しい言葉もかけなかった。初対面の人間ばかりに囲まれ、内輪の会話に入っていけない俊亜貴を、フォローしようともしなかった。ぽつねんとスマートフォンをいじっていた俊亜貴の姿を思い出し、申し訳ない気持ちになる。

もうすぐ四十の、しかもこれから一家の主となる男を、そこまで気遣うことはないのかもしれない。だけど、もともと俊亜貴は繊細な人だ。第一線で仕事をし、大手企業と対等に渡り合っているのに、本当は気が小さく、プレゼンの前日などには必ず腹を壊す。しかしだからこそ、クライアントの心を摑む発案ができる人なのだ。

自分は、そんな俊亜貴を愛したのではなかったのか？

子供っぽくて、小心者で、意地っ張り。

けれども、こうして島まで来てくれた。指輪も内緒で用意してくれていた。両親と伯父夫婦に、礼儀正しく接してくれた。

彼は彼なりに筋を通し、誠意を見せてくれたじゃないか――。

深雪は布団から起き上がった。

島に来てから、深雪は自分のことしか考えていなかった。どうしてもっと労ってやれなかったのだろう。ここで育った自分でさえ、これだけの気苦労で気が塞ぐのだ。俊亜貴の居心地の悪さは、いかばかりだったろう。

もどかしい思いで自分の部屋を出る。昨夜、意地を張って一緒に寝なかったことが悔

やまれた

「起きてる？　昨日はごめん、わたし――」

俊亜貴の部屋のふすまを開ける。

誰もいなかった。

荷物は消えていた。布団は簡単に畳まれ、鴨居から吊るされたハンガーにダークブラウンのスーツがかけてある。

「――俊亜貴？」

ぐるりと部屋を見回す。散歩に行ったのだろうか。メモでもないかと探すが、見当たらない。メールが入っているかもしれないと、自室にスマートフォンを取りに戻る。どうせ仕事の電話は来ないのだからと、到着して以来、充電器に繋ぎっぱなしで電源を落としていた。

電源を入れると、着信とメールが何十件も入っていた。俊亜貴からではなく、社長や専務からだ。二人とも、ゆっくり実家で過ごせと、笑って送り出してくれたのに。嫌な予感がする。事故？　トラブル？

まるで電源が入るのを待ちかまえていたかのように、すぐに電話が鳴った。着信画面には、社長である須磨（すま）の名前が表示されている。

「新山です」

――ばかやろう！

いきなり社長の怒号が飛んできた。

──お前、いったい何やってたんだ！

「ですから、婚約者と帰省すると──」

──そうじゃねえよ！

社長が、さらに大きな声を張り上げる。

──かおりのこと、全然管理できてねーじゃねえか！　どうしてくれるんだ！

かおりに何かあったのだ。深雪の胃が、ひやりとする。

「かおりは、無事なんですか？」

──ああ？　そういう問題じゃねえだろ！　相手の男は誰なんだよ！

「──え？」

──付き合ってる男だよ！　知ってんだろ？

「いえ、かおりには厳しく恋愛禁止を──」

──だから、できてねえって言ってんだ！　ネット、見てねえのか？

「ええ、こちらに来てから……」

──とっとと繋いでみろ！

社長の怒声を受けながら、深雪は慌ててカバンに入れたままになっていたタブレットを取り出し、起動する。宮原かおり、と検索で入れてみると、目を疑うような見出しがずらりと並んだ。

『路チュー』

『お泊り愛』

『愛人』

なに、これ？

「社長、これは……」深雪の声が震える。

——男といるところを一般人に写真撮られて、ツイッターにあげられたんだよ。

「まさか。だって、恋人がいるなんて、ひと言も……」

急いで見出しの一つをクリックする。マンションらしき建物の駐車場で、キスをしている写真が現れた。会社で借り上げているマンションではない。男の住まいか。

『年末に激写♪ うちのマンションに可愛い子が住んでるなって思ってたら、なんとカオリンだった！』

そう書かれており、リツイートは五万件を超えていた。

「あの、削除申請は？」

——したけど、間に合わないよ！

かおりが背伸びをして、小鳥のように可愛らしく唇をつき出している。その相手を拡大して、深雪は目を疑った。

俊亜貴？ そんなはず……！

——こいつ、誰だか突き止めろ。うちのタレントに手を出しやがって。ぶち殺してやる。

社長は殺気だっている。

——お前もすぐ帰って来い。ちゃんと後始末しろ。

電話は切れた。しばし呆然とした後、慌ててかおりに電話をする。しかし着信拒否されているのか、一向に繋がらない。メールを打とうと画面を開くと、社長と専務からのものに混じって、今日の早朝に、俊亜貴から一通届いていた。

『急用ができた。先に帰る。申し訳ない』

俊亜貴も、きっとこの件を知った。だから慌てて、深雪を避けるように出ていったに違いない。

深雪は急いで手荷物だけまとめると、着替えて階段をかけ降りた。長靴を履いた母が、ちょうど勝手口から入ってくる。

「ああ深雪、雪かきを手伝って。朝まで降ってたみたいで、すごく積もっちゃってる」

「それどころじゃない。俊亜貴がいなくなったの」

「——え？　いつ」

母がきょとんとする。

「朝のフェリーで東京に帰るつもりみたい。わたしも一緒に帰る。車、借りるね。フェリー乗り場の駐車場に置いていくから」

「え、もう帰っちゃうの？　どうして―」

「いいから。車、借りるよ！」

深雪は鍵箱から鍵を取り、玄関を飛び出した。走り寄ってくる犬のマルを無視して、車庫にある母のセダンに乗り込む。しかしいくら鍵を回してもエンジンはかからず、車はスタートしなかった。急いで玄関へと戻る。

「お母さん、どうして車が動かないの」

「え？　そんなはずないけど。今日は特に冷え込むからかねえ。もうちょっとやればかかるんじゃない？」

母も車庫に来て鍵を回してみるが、やはりうんともすんともいわなかった。

「弱ったねえ。お父さんに電話してみようか」

「お父さん、今どこ？」

「さっき伯父さんが迎えに来て、一緒に畑に行ったよ」

「なんだ、じゃあトラックはあるのね？　それでいい。どこ？」

「それが、青年会の子が借りに来たんだよ。今のうちに雪を集めるんだって」

「そんな……」

「トラック、返してもらおう。お母さんが電話するから」

深雪は腕時計を見た。もうすぐ七時だ。フェリーは八時に出航する。車道を使うと余計に遠回りになるので、トラックが返ってきてから追いかけたのでは間に合わない。それなら徒歩で近道を抜けた方がいい。

「ううん、いい」深雪は上から赤いスキーウェアを着込み、雪用のブーツに履き替えた。

「歩いて行く」

「でも、また降るかもしれないよ」

「大丈夫。じゃあね、また結納のこととか連絡する」

寂しそうに佇(たたず)む母をよそに、深雪は早足で歩き出した。普通に歩けば三十分ほどだが、雪なので早くても四十分はかかるだろう。

門を出ると、まだ除雪されていない道路には、いくつかの足跡と太い線が続いていた。線は恐らく、俊亜貴のスノーボードで削られた跡だろう。俊亜貴にはフェリー乗り場への行き方を教えてはいないが、標識通りに進めば辿りつくことができる。

急ごう。絶対に俊亜貴を捕まえるのだ。

問い質したいことがたくさんある。いつからかおりと男女の仲になったのか。写真のマンションは誰のものなのか。借金はそれに関係があるのか。なぜ深雪という存在がありながら、かおりに手を出したのか。それとも、その逆なのか。

こんな風に逃げるなんて、許さない——。

走るように坂を下りきると、今度は平たんな道が続く。足にまとわりついてくる雪を、もどかしく蹴りあげながら先を急いだ。途中には標高三百メートルに満たない小ぶりな山が横たわっており、人の住む集落側と海岸側を分けているが、人が徒歩で通り抜けられるように、細長いトンネル状の通路が掘られている。車両用のトンネルを建設する話もあったが「山々にはしまたまさんが棲んでいる」と年寄りたちが嫌がったため、車だと山を越えなくてはならないのだった。

深雪は標識を頼りに、通路を目指した。しかし、行けども行けども見当たらない。

──おかしいな……。

通りから、そんなに離れていないはずなのに。

いつもは難なく見つかる通路の入り口は、なぜだか消えてしまっていた。もしかしたら、入り口が雪で埋まったのかもしれない。

深雪は空を見上げて考える。仕方がない、車道を歩いて山を越えよう。天気は悪くないし、子供の頃から遊び馴れた山だ。

深雪は通路を探すのを諦め、車道を上り始めた。ここにもまだ除雪車は来ていないのか、ガードレールの脚までが雪に隠れている。さすがに息が切れてきたが、休むわけにはいかない。体は凍てつき、疲れ果てているのに、深雪の体は俊亜貴への想いで突き動かされていた。

ガードレール沿いに行けば、迷うことはない。深雪は重い体を持ち上げるようにして、上って行った。

だが車道はどんどん先細り、やがてガードレールも途切れた。しかも行く手を遮るように、小さな祠が建っている。

──どうして？

そんなはずはない。この道は、必ずどこかに通じていなければおかしいのだ。おかしいといえば、正月の朝とはいえ、なぜ車がさっきから一台も通らないのだろう。それにこんな祠、見たことがない……。

深雪の背丈より少し高いくらいの、こぢんまりした祠だった。雪が吹きつけたのか、側面にもびっしり積もっている。指で少し払ってみると、朽ちかけた木肌が露わになった。

――いやだ、古い……? でもこんなの、あったかしら。

急ぐことも忘れて、深雪はまるで忽然と現れたような祠と見合っていた。

――しまたまさんも、きっと帰したがらない……

風花の言葉を思い出して、ぶるっと身を震わせる。

きっと自分が知らないだけで、ずっと祠はここにあったのだ。深雪は自分にそう言い聞かせた。

戻って他の道を探すべきか、祠の後ろに続いている細道を進むべきか迷い、深雪はそのまま先へ行くことに決めた。このまま坂を上って行けば、海側へ出られるはずだ。

深雪は祠を通り過ぎ、そのまま坂を上って行った。なんとなく、何かに見つめられているような気がしたが、深雪は振り向かずに先を急いだ。

ふと気が付くと、天が暗くなっている。さっきまで晴れていたのに、空気に雪の匂いが混じり始めた。

急がなくてはならない。そう焦っているうち、みるみる雲が立ち込め、雪が降り始めた。風も強い。さすがに深雪は立ち止った。雪国育ちの深雪は、雪の恐ろしさを知っている。いくら低い山でも、吹雪になれば危険だ。

どうしよう。

やはり父に電話をして、来てもらおうか。祠のところだといえば、わかるかもしれない。

深雪はスマートフォンを取り出し、唖然とした。

圏外になっている。

取りあえず、祠のところまで下りよう。深雪は慌てて来た道を戻り始めた。吹雪になっていて目が開けていられず、よろめいた。咄嗟に木に手をついたが、そのまま滑って転がり落ちていく。

雪にうずもれた顔をあげると、そこはもう馴染んだ山の景色ではなかった。太陽はすっかり隠れ、まるで水墨画の世界のように薄暗い。荒々しい風は木々を操るようにしならせ、絡まり合った枝から雪の塊を振り落としていく。

深雪は辺りを見回した。完全に、祠への道を見失ってしまった。

――どうしたらいいの？　ここ、どこ？

ブーツに雪が入りこんできた。スキーウェアを着ているが、それでも防寒には限界がある。深雪は帽子を目深にかぶると、手探りで前に進んだ。

せめて電波が通じるところまで辿りつきたかった。それがどちらの方向なのか見当もつかなかったが、とにかく下へ下へと降りればよいはずなのだ。

しかし何度も転び方角を見失ううち、どこに向かっているのかすらわからなくなった。

電波を期待して、再びスマートフォンを取り出す。しかし深雪は、息をのんだ。

バッテリーが切れていた。この寒さで力尽きてしまったのだろうか。

――お姉ちゃんを、絶対に雪之島から帰さないでって。

吹雪に乗って、風花の声が聞こえてくるようだった。

「いやあ！」

――きっと叶えてもらえるよ。だってお姉ちゃん、きれいだもん。

「いや、いや、いやー！」

深雪は叫びながら、死に物狂いで歩いた。

わたしは絶対、この島を出るのだ。

早くこの山を越えて、海岸に出て、俊亜貴と一緒に東京に戻り、結婚する。

しまたまさんなんかに、阻まれやしない――。

その時、まるで深雪の意志をあざ笑うかのように突風が吹き、視界をまっ白に染めた。

それは深雪から視覚を奪い、聴覚も奪い、そして体力も奪った。足元がふらつき、その場に倒れ込む。

一切の抵抗を諦めて身を預けると、先ほどまで暴力的だった雪が、嘘のように柔らかく深雪の全身を包み込んだ。あまりの心地よさに、思わず微笑がもれる。

銀色の幻想的な世界に、深雪は魅せられていた。そして今、そこに呑みこまれつつあるのだと実感していた。

視界の先に、おぼろげな白い影が現れる。

ああ、これが島の神様――。

陶酔に誘い込まれるように、ゆっくりと深雪は瞳を閉じた。

第四章

久しぶりの、猛々しい吹雪だった。

海からの湿気をはらんだ雪が狂ったように舞う中、達也はダンプトラックを降り、雪室の閂を外した。重厚な扉を引くと、鉄がこすれる音が耳を引っ掻く。まるで悲鳴のようだ、と達也は思う。

扉を全開にし、バック運転でトラックを中に入れた。叩きつけるような風から解放されて、ふっと静かになる。

一番奥で停車し、ダンプレバーを引いた。荷台が傾斜し始め、テールゲートから雪が吐き出される。荷台が空になったのを確認し、達也はエンジンを切った。

スノーショベルを片手に、にわかにできた雪山を見上げる。二トンはあるだろうか。それでもまだまだ、この広い倉庫を埋めるには足りない。

雪室を復活させてから、最初に搬入した雪。これが、この雪室の礎となる。

これが未来への第一歩だ。雪之島の。そして、自分の――。

うす暗い中でぼんやりと白く光る雪を、達也は平らにならし始めた。

❄

大晦日は、晴れたり崩れたりの天気だった。

「時化ないといいな」

畳を雑巾で拭きながら、道隆が言った。

ゆきのしま会館の大掃除は、青年会の仕事だ。午前中は自宅の大掃除をし、午後にはこうして総出で隅々まで掃き清め、一年分の汚れを落とす。そしてそのまま忘年会に突入するのが毎年の恒例だ。娯楽の少ない島では、こんなささやかな忘年会にさえ若者の心は浮き立つ。

「そうだな。深雪が乗るの、午後の便だっけ?」

一真に聞かれ、達也が頷く。

「ああ。陸斗がそう言ってた」

深雪が三年ぶりに帰ってくると聞いたのは、つい二週間前のことだ。東京から婚約者を連れて帰ってくるらしい。

「でも寂しいよね。東京にお嫁に行くってことは、もう雪之島には帰ってこないんだもん」

寂しげに呟く晴美(はるみ)の隣で、朋子(ともこ)が鼻を鳴らす。

「どんな男だかね。深雪も、あたしの二の舞にならなきゃいいけど。東京の男は、騙すのがうまいんだから」

「もう、朋子ったら。過去は忘れなさいよ、今は一真と幸せになれたんだから」

晴美がたしなめる。

「たっちゃんも寂しいでしょ? だって深雪のこと、好きだったもんね」

からかうように、加代子(かよこ)が言った。

「深雪に惚れてない奴なんて、いなかっただろ」

達也が笑いながら見回すと、男性陣はうんうんと頷いた。

「俺、すれ違うだけでドキドキしてた」

「高嶺の花だったよなあ」

「一緒に撮ってもらった写真、ずっと生徒手帳に入れてた。ちなみに今でも大切に持ってるぜ」

掃除の手を止めて口々に語る男どもの傍で、それぞれの嫁がからからと笑っている。過去を知り尽くした仲間だ。昔の恋の話を笑って楽しむ余裕がある。

「今日の忘年会では祝ってやんなくちゃ。なあ、陸斗」

脚立の上にいる陸斗に話を振ると、複雑な表情で達也を見下ろしている。陸斗は、深雪のいとこだ。

「どうした」

「いや、俺は忘年会に行けないからさ」埃（ほこり）を払った蛍光灯をはめ直しながら、陸斗が言う。「みんな、相手の男がどんな奴か、しっかり見といてよ」

「なあにそれ、男の小姑？」

女性陣がどっと笑ったとき、達也の携帯が鳴った。てっきり親からかと思い、着信画面も確認せずに通話ボタンを押す。

――たっちゃん？

途切れ途切れの電波。背後に唸る風。消え入りそうな声。それでもすぐに、達也には誰だかわかった。

「……深雪？」

部屋にいた全員が、一斉に目を達也に向ける。

「フェリー、出なかったのか？」

――ううん。ちゃんと出航した……。

「なんだ、じゃあ良かった。みんな会いたがってるぞ」

――うん。

深雪からの電話なんて、ここ何年もなかった。あと数時間で会えるというタイミングで、しかもフェリーからというのが解（げ）せなかった。

「すごい風の音だけど、お前、甲板にいんの？　寒いから、中に入れよ」

——スーツ……。

「え？」

——たっちゃん、スーツ貸して……。

意味が分からない。聞き間違いかと思ったが、今度は背広、と言い直した。

——男物の。お願い、うちまで持ってきて。

聞こえづらい情報を繋げると、どうやら婚約者がスーツを持っていないということだった。達也はだいたいの体型を聞き出し、電話を切った。

「なんだったの？」

晴美が雑巾を持ったまま、不安げに眉を寄せる。

「よくわからんが……男物のスーツを届けてほしいって」

「スーツ？」陸斗が、少しムッとした顔をした。「その男が忘れてきたってこと？　挨拶に来るのに？」

「落ち着けよ。破れたとか汚したのかもしれないだろ」

達也がなだめると、陸斗は「それならいいけどさ」とぶつぶつ言いながら脚立を降りてきた。

「どうかしらね。最初から持ってくる気、なかったんじゃない？　東京の人は、島の人間なんて低く見てるから」

朋子は鼻で笑うと、座布団をはたきに外へ出て行った。

「だったら、達也にじゃなくて俺に電話してくればいいのに」

まだ陸斗は不満げだ。

「お前から本家のおやっさんの耳に入るのが心配だったんだろ。スーツのこと、聞かなかったことにしてくれよ」

「わかってるけどさ。で、どうすんの？」

「そりゃ持ってってやるよ」

「放っとけばいいじゃん。ぼろぼろのスーツで挨拶させりゃいいんだ」

「貸してやるのはそいつの為じゃない。深雪に恥をかかせないためだ」

きっぱり言い切る達也に、晴美が微笑みかける。

「たっちゃんはやっぱり優しいねえ」

「でも、たっちゃんのスーツなんてぶかぶかじゃない？　それに東京の人に気に入ってもらえるようなのなんて、持ってないでしょ」

加代子が言う。

「いや、まあ……持ってるよ。なあ」

達也がちらりと見ると、一真が頷いた。

大掃除が終わってから、一真の家に寄ってスーツを借りる。ついでに収穫したばかりの大根を何箱か積み、深雪の家に向かった。

「おばちゃーん、大根持ってきた」

いつものように呼び鈴など押さず、引き戸を開ける。台所の奥から、深雪の母がやってきた。

「あら、たっちゃん、嬉しいわぁ。紅白なます用に、もっと欲しいなと思ってたところだったの。深雪が好きだからさ。これで補充用タッパーにいっぱい作れるわ」

「深雪、着いたんだね」

玄関先に段ボール箱を下ろす。足元に深雪のものらしきブーツと、男性物のショートブーツがあった。なぜだかスノーボードも立てかけてある。大きさからみて男物だろう。ということは婚約者のか。

「そう。さっきね。もう、お父さんの機嫌、悪いったら」

母親がころころと笑い、

「深雪ー、たっちゃんが来たよー！」

と子供の頃と同じように二階に向かって声を張り上げた。え、たっちゃん？　と弾んだ声を頭上に聞きながら、長靴を脱いで階段を上る。

「たっちゃん！　久しぶり！」

満面の笑みで迎えてくれた深雪を前にして、達也はどきりとした。

久しぶりに会った深雪は、どことなく険のある顔立ちになっていた。美しさは変わっていない。けれども悩むことに馴れたようなうっすらした眉間のしわや、笑っても上がりきらない口角は、記憶の中の優美な雰囲気とはわずかに違っていた。

幸せではないのだろうか——そんな考えが掠めた瞬間、「深雪」と別の部屋から声がした。ふすまの隙間から、ひょろっとした男が顔を覗かせている。これが、婚約者か。

「あ、あのね俊亜貴、これ、達也。幼馴染なの」

深雪が、達也を紹介する。

「よろしく。深雪の婚約者の方ですよね」

右手を差し出すと、

「どうも。藤崎です」

と相手も握り返してきた。華奢な手だった。

いかにも東京の人間という風貌だ。長旅の後だというのに茶色い髪はワックスできちんと整えられ、服装にも乱れがなく清潔感がただよっている。

「スーツ、これでいいですかね」

紙袋を渡すと、俊亜貴の片眉が「スーツ？」と訝しげに上がった。どうやら、深雪が借りる手配をしていたことを知らなかったらしい。

「うん。俊亜貴がスーツ忘れたって言うから、フェリーの中からすぐたっちゃんに電話して、貸してもらえるように頼んだの」

そう深雪が言うと、俊亜貴はふてくされたような顔で紙袋の中を覗き込み、そっけなく「どうも」と頭を下げた。

やはり、スーツを忘れてきたのか。達也は玄関先に立てかけてあったスノーボードを思い浮かべる。あんな大きな物を東京からはるばる担いで来ながら、要のスーツを持ってこなかったなんて。

フェリーからの電話が耳によみがえる。か細く震えた声。あの時、深雪は泣いていたのではないか――。

忘年会に誘い、一時間後に迎えに来ることを約束して辞去することにした。玄関先まで見送りに出てくれた深雪に、達也は尋ねる。

「大丈夫なのか?」

深雪は一瞬きょとんとしたが、達也の視線がスノーボードに向いていることに気づくと、恥ずかしそうに笑った。

「心配かけちゃったね。でも大丈夫」

深雪が、そっと左手を差し出す。薬指には、指輪が光っていた。

「フェリーの中でもらったの」

「そうか。よかったじゃないか」

「うん。とっても幸せ」

愛おしげに、深雪が指輪を撫でる。その表情に安心して、達也は新山家を後にした。

初めて深雪に出逢ったのは二歳の頃だが、記憶にはない。島にひとつしかない保育所に、一緒に預けられていた。

思い出がはっきりしてくるのは、小学校に上がってからだ。当時、達也は腕白なガキ大将で、深雪は引っ込み思案の大人しい子だった。雪遊びでも魚釣りでも右に出る者のいない達也にとって、何をやっても不器用な深雪はうっとうしかった。四月生まれの達也と早生まれの深雪とでは、ほぼ一歳も違う。

それでも先生には、「たっちゃんはしっかりしてるから、面倒を見てあげてね」と押し付けられる。竿のさばき方が下手なので、糸と針と錘(おもり)だけで岩場の魚を獲(と)る穴釣りという方法を教えてやっても、深雪だけが指やシャツに針を引っかけ、なかなか釣れない。

「馬鹿、何やってんだよ」

ちょっと怒ると、「馬鹿って言った」とすぐに泣く。そして今度は達也が大人に怒られる。ほとほと嫌気がさしていた。

大雪が降ったある日、積もった丘をみんなでスキーで滑っていると、「深雪ちゃんはまだスキーが苦手だから、他の遊びをしてあげなさい」と達也の親が言った。また深雪かよ、と達也は腹が立った。そしてふと、良いことを思いついた。

「かくれんぼしようぜ。俺が鬼になるから」

みんながわっと散って隠れた。十を数えている間に、深雪もいなくなっていた。達也はにやりとした。深雪だけ、いつまでも見つけてやらないつもりだった。

深雪だけを外して、みんなで遊んだ。遊んでいるうちに、深雪のことなんてすっかり忘れてしまった。陽が傾き始めると「もう帰ろうぜ」と誰かが言い、そのまま解散した。

達也は棒切れで道端の草の雪を払いながら、上機嫌で家に向かった。そしてはたと立ち止った。

深雪はどうしただろう。

慌てて引き返す。まずい。どこかに落ちて、動けなくなってるんじゃないか。丘の周辺を探すが、いない。裏山の方も回ってみたが、足跡はついていない。ひょっとして貯水池にでも落ちたか——。

大人を呼びに行かなくちゃ。

そう思って走り始めた時だった。

どこからか、歌が聞こえてきた。

一瞬、耳を疑った。夕焼けに染められた雪の世界に、透き通った声がただよっている。

達也は、誘われるようにふらふらと歌声の方へと足を向けた。

川の土手を下ると、おさげ髪の深雪がいた。

雪だるまをいくつも作りながら、歌っていたのだった。その表情は学校で見たことがないほどのびやかで、輝いている。

夕陽と、雪と、雪だるまと、歌。

おとぎ話のような光景に、達也はただ立ち尽くしていた。

気配に気づいたのか深雪が振り向き、ハッと息をのんだ。重ねかけていた雪だるまが、くしゃっと転げ落ちる。

「おい」

達也が声をかけると、深雪は駆け出した。

「おいったら」

思わず力強く、深雪の腕を掴む。深雪はびっくりしたように目を見開いて、達也を見た。

「ごめん」なぜだか深雪は謝った。「もう歌わない。歌わないから」

「馬鹿、違う」

深雪が怯えていることに気がつき、達也は腕を離した。泣き出しそうな顔を見て、また馬鹿と言ってしまったことに気づく。

「上手だよ」

「――え?」

「すごく、上手だ」

しばらく深雪はきょとんとしていたが、おずおずと「……ほんと?」と確認するように聞いた。

「ああ。自信持てよ」

「ありがとう、たっちゃん」

深雪は、晴れやかな笑顔を達也に向けた。

「あたしね、歌手になりたいんだ」

深雪の瞳は、きらきらしていた。胸を張って「なりたい」と言えるものをまだ持たない達也に、深雪は眩しく映った。いつもめそめそしている泣き虫の女の子が、そんな大きな夢を秘めていたのかと感動すらした。

あの時、達也は恋に落ちた。

淡くて幼い、小さな初恋。

あの時の気持ちを、達也はまだ鮮烈に思い出すことができる。

それからの深雪は良く笑い、おしゃべりになった。誰の前でも臆することなく歌うようになり、「歌手になる」と公言した。そしてそれは何もない島での、みんなの夢となった。

中学生になって、深雪がオーディション番組に出ることになった時には興奮した。クラス全員が達也の家に集まってテレビを観た。深雪の姿がちらりとでも映るとおおっとどよめき、メガフォンで声援を送った。

深雪の美しさは、とびぬけていた。少々あか抜けない感じはするものの、顔立ちは誰にも負けない。

「深雪が一番だった」

誇らしげに、みんなで頷いた。だから新潟代表に選ばれたと聞いた時も、驚かなかった。

「でも最終審査に合格したら、すぐ東京に引っ越すんだって」

晴美が言うと、教室がしんとなった。

「寂しいけど喜んでやろうぜ。あいつの夢なんだから」

表向きはそう言いながらも、おそらく一番寂しがっているのはこの自分だった。

結局父親からの許しがおりず辞退したらしいと晴美から聞いた時は、どこかみんなホッとした表情をしていた。達也などは、心から深雪の親父に感謝したほどだ。

しかし、それからも深雪の眼差しは東京に向けられたままだった。本土の高校に通い始めると、大きな書店で毎月アイドル雑誌を買い込んで情報を集め、ＣＤやＤＶＤで歌とダンスを練習した。その一方で、勉強には一切手を抜かなかった。

「絶対に東京の大学に行くの」

それを口癖に、寮でも夜遅くまで自習していた。そんなひたむきな深雪の眼中には、達也のことなど少しも入っていなかった。だから深雪が東京の大学に合格した時、すっぱりと諦めがついた。深雪の一ファンでいることに決めたのだ。

初恋の相手には、幸せになってほしい。

指輪を撫でていた深雪の微笑を思い出し、達也は心から願った。

深雪と俊亜貴を迎えての忘年会は、和やかに始まった。

俊亜貴もにこやかに酌を受けながら、食べて会話に加わっている。達也はホッとして、料理や酒の補充に回った。

「宮原かおりって知ってる？　その子のマネージャーしてるの」

深雪の声が聞こえる。

誇らしげではあるが、そこには歌い手としての夢を諦め、裏方に徹してまで芸能界に残っていることへの虚勢が聞き取れた。恐らく、ここにいる連中は全員それを感じ取っている。けれども、誰もそんなことをおくびにも出さない。ただ「すごーい！」とはしゃぐだけだ。芸能界に疎い島民でいてやることが、深雪の救いになることを知っている。

「おーいリーダー、ビールがありません！」

誰かが言った。

「こういう時だけリーダーって呼ぶな」

達也は笑いながら、ビールを取りに廊下に出る。座敷では暖房が効きすぎていたので、ひやりとした空気が心地いい。

廊下の隅に置いたビールケースから、大瓶を一本抜き取った。座敷に戻ろうとして、人影に気づく。俊亜貴だ。紫色のスマートフォンを片手に、誰かと話している。

「愛してるのは……だけだって」

そう聞こえた気がして、ぎょっとした。甘い言葉を囁く相手は深雪しかいないはずだが、その深雪は座敷で笑い声をあげている。呆然と立ち尽くしているうちに、俊亜貴が電話を切って振り向いた。達也の姿を認め、顔が強張る。

「あれぇ、俊亜貴さん、ここでしたか」

わざと明るく声をかけると、俊亜貴の頬から緊張が抜けた。静かだから廊下で飲みましょうと誘って、ふすまにもたれて腰を下ろす。

今の電話のことを、確かめるべきか迷っていた。どう切り出そうかと思案しながらも、話題はどんどん明後日（あさって）の方向に進んで行く。

皮肉なことに、俊亜貴との会話は面白かった。知識が豊富だし、説明が的確でわかりやすい。きっと深雪は、こういうところに惚れたんだろうなと納得した。

深雪がすぐそこにいるのに、他の女と電話でいちゃつくはずがないじゃないか。友達か家族とふざけていただけ、または自分の聞き間違いだ——そう言い聞かせる。しかし、確かめなければ後悔するのも目に見えていた。

「あの……」

思い切って聞こうとした時、突然背後のふすまが開いた。

「もおー、達也、深雪の婚約者を独り占めしちゃダメじゃない」

酔っぱらった朋子が、俊亜貴を連れて行ってしまう。仕方なく達也も立ち上がり、深雪もいる円卓に加わった。

朋子の目はすわっており、やたらと深雪に絡んでいる。

「お洒落でぇ、ハンサムでぇ、深雪に一途。なーんだか出来過ぎぃ」

朋子が嫉妬しているのは明らかだった。

「そんなことないよー。俊亜貴は第一線で活躍してるから忙しくて、なかなか会えないしね。でもまあ、ふたりで力を合わせれば都内のかなりいい所にマンション買えると思うし、そしたら通勤にも余裕ができて、すれ違いも減るかなぁ」

朋子の絡みを、深雪は余裕でかわした。その隙のない返答が、朋子には面白くなさそうだ。話題が島おこしに移っても加わらず、「せっかく心配してあげてるのに」と小さくぼやいている。その不服そうな横顔に自分自身の姿が重なり、達也は苦笑した。

自分だって、他の女がなんだのと心配する振りをして結局は妬(や)いているのだ。幸せになってもらいたい、悪い男でないようにと願いつつ、必死でアラさがしをしている。だから何でもない電話の内容を、何かあるように考えたくて仕方がないのだ。

自分の器の小ささに呆れながらも、気が楽になった。陸斗や朋子のことを笑えないな――そう考えていた時だった。

「ふざけんな!」

俊亜貴が叫んだ。

「なんでお前らのくだらない島おこしのために、俺が頭使わなきゃなんねーんだよ!

「これだから田舎もんは――」

全員が、俊亜貴を見つめたまま凍り付いている。島おこしの宣伝アイデアを俊亜貴に考えてもらおうよ、と深雪が提案したのは、何となく聞こえていた。お調子者の誰かが、キャッチコピーを考えてもらおうと言ったのも。きっとそれが、俊亜貴の気分を害したのだろう。

座敷を出た俊亜貴と深雪を慌てて追い、「送りますよ」と声をかけた。二人を車に乗せ、深雪の家に向かう。

俊亜貴が怒るのは無理もない。宴会の席とはいえ、失礼な申し出だった。悪いのは、自分たちだったと思う。

だけど……。

達也はバックミラー越しに、泣き出しそうな深雪を盗み見る。

だけど、それでも深雪の顔を立ててやってほしかった。なにも本気でコピーを考えろというわけじゃない。ただほんの数分、みんなと一緒に悩む振りをしてくれるだけで良かったのだ。

こんなに悲しそうな深雪の表情を見て、どうしてこの男は平気でいられるのだろう。

除夜の鐘が、凍みた空気を震わせた。

青年会のみんなで古寺に鐘をつきに行くことを、深雪は楽しみにしていた。しかしこの男にとっては、きっとそんなこともどうでも良いのだろう。

深雪の家に到着すると、俊亜貴はさっさと車を降りた。

「ありがとう。良いお年を」

素早く礼を言うと、深雪は俊亜貴を追いかけていった。そして一歩後ろから、そっと俊亜貴の腕に自分の腕をからませる。

その後ろ姿を見たら、わかってしまった。深雪は、どうしようもなくこの男に惚れている。そしてきっと東京にいるときでも、いつもこんな風にこの男の背中を追いかけているのだと。

――本当に、幸せなのか？

ふたりの背中が家屋に消えていくのを眺めながら、達也は心の中で問いかけていた。


農家には、元日であろうが休みはない。

達也と家族は四時頃には起き出し、いつも通り雪の中、ビニールハウスから野菜を収穫し、鶏に餌と水をやって集卵する。それから風呂を浴び、和服に着替えて初日の出を拝み、本家に年始のあいさつへ寄るのだ。

本家には、すでに大勢人が集まっていた。玄関は履き物で溢れ、縁側にもたくさん並べてある。大広間からは陽気な笑い声や、子供たちの走り回る音が聞こえていた。

「おめでとうございまーす」

縁側から達也が顔を出すと、祖父と祖母が嬉しそうに手招きした。ふたりの間に座ると早速祖父が酒をなみなみと注ぎ、「まあ飲め」と達也に勧める。荒れた島の土地をこつこつと開墾し、立派な農地に育て上げた祖父は、九十歳を過ぎた今でも豪快に酒を飲む。

「弥生ちゃんは?」

祖母が尋ねる。弥生は、東京の大学に通う達也の妹だ。

「帰ってこなかった。卒業論文の締切りがあるんだってさ」

祖父母は顔を見合わせると、寂しそうに皺だらけの口をすぼめた。高齢の二人には、いつ何があるかわからない。だから弥生には何度も帰省するよう説得したが、忙しいと突っぱねられた。東京で一人暮らしを始めて約四年。就職もさっさと東京で決めてしまった。卒業式と入社式の間くらいは帰って来いと言っておいたが、どうなるかわからない。

「春には帰ってくるから」

達也はそう言い、祖父母を安心させる。

「雪室の方は、進んでるか?」

達也からの酌を受けながら、祖父が聞いた。

「ああ、断熱の改修工事は済んだ。あとは雪を搬入するだけなんだけど、もう少し積もってくれないとね」

雪之島では、もはや観光は産業と呼べなくなりつつある。漁業も厳しい。後継者不足だし、そもそも漁価が下落している。主軸である漁業が先細りである以上、何か新しいことを始めなくてはならない。

だからこそ、達也は雪室に賭けていた。電気式の冷蔵庫と違って温度変化がなく安定しており、ほどよく湿度もある。米や野菜、魚、肉、味噌、醤油、酒などの鮮度を保ちつつ熟成させる。特に根菜類はデンプンが糖化し、ぐっと甘くなる。雪の発する冷気を送風すれば冷房も可能だし、雪解け水は田畑への散水にも利用できる。

ゆくゆくは雪之島の全世帯に雪室を復活させたかった。そうすれば、クリーンエネルギーの島として話題になる。雪室で熟成させた米や味噌、醤油、酒などをブランド化し、インターネットを介して販売することも考えている。雪室の復活は、雪之島そのものの復活になりえるのだ。

一般的に昔ながらの雪室は、地面に深く広く穴を掘って雪を貯め、上を藁などで覆うだけの簡素な〈穴掘り式〉が大半だが、雪之島では倉庫のような建物を作り、雪を運び入れて貯蔵していた。電気式の冷蔵庫が島に入って来てからは廃れてしまったが、どの家の倉庫も造りがしっかりしており、充分な広さがある。屋根や壁、床の断熱改修をすれば、再利用は可能だ。

ただ、改修には金がかかる。だからまずは達也の家の雪室を復活させて稼動し、費用対効果を算出することになっていた。

「なんて今更、あんな面倒なものを使うのかねえ。わしらの時代には、電気冷蔵庫ができて大喜びだったのに。わからんね」

祖父が首をかしげる。

「そういう時代なんだよ、じーちゃん。そういうことをすれば、きっとまた島に人が来てくれるようになる」

「そーんなことしなくても、しまたまさんが何とかしてくれるよ。毎日拝みに行ってるんだから」

のんびりとした祖母の発言に、達也は苦笑する。

信心深いのは結構だし、達也だってしまたまさんを大切に思ってはいる。けれども島の神様を拝むだけでは、島は活性化しないし若者は戻ってこないし、新しい住民も増えはしない。自分たちで具体的な行動を起こさないと、結果には結びつかないのだ。

「まあ、雪室のことがうまくいくように、しまたまさんにお願いしといてあげるからね」

「うん。ばーちゃん、ありがとな」

「ああ、あともうひとつ、しっかりお願いしとかなくちゃいけないことがあるねえ」

「え？」

「あんたに、早く嫁が来てくれるようにってさ」

顔中の皺をさらに深くして、老婆は笑った。

達也とて、この歳まで好きで独身でいたわけではない。実際、真剣に結婚を考えた女性が二人いる。

一人目は十年前に出逢った奈津美（なつみ）という女性だ。夏の間、民宿にアルバイトにきていた。大阪出身で、しきりに島に移住したいと繰り返した。

「大阪と全然違うもん」

奈津美は、うっとりと海岸を眺めた。

「こんなにきれいな海があって、緑もいっぱい。ここは楽園やわ」

すぐに島の人間全員と仲良くなり、なっちゃんなっちゃんと呼ばれて可愛がられていた。

「わたし、ここにお嫁にこようかな」

事あるごとに、蠱惑（こわく）的な視線を達也に流した。

明るくて、良い子だった。当時、まだ達也も二十五歳。これほどまでに島を愛し、嫁ぎたがっているなら、やっていけるかもしれないと思った。何より、達也も奈津美にひかれていた。

アルバイトが終わるといったん大阪に戻り、秋には引っ越してきた。島には空き家がたくさんある。そのうちの一つをタダ同然で借り、奈津美は暮らし始めた。

最初はのんびりと島暮らしを楽しんでいた。「自給自足をしたい」と菜園も始めた。

しかし奈津美はマイペースで、「今日は疲れたから」と水やりをしないことがあった。

雑草むしりや害虫対策も、気が向いた時しかしない。結局、見かねた島民が手を貸すことになる。手伝ってもらったら手伝いにも行かなくてはならないものだが、奈津美はそうしなかった。魚は漁師から余りものをもらって当然という感覚でもいた。奈津美の考えている自給自足は、本来の意味からは程遠かった。

　やんわりと島民がたしなめると、奈津美はふてくされた。アルバイトに来ていた時は、奈津美はお客様だった。しかし移住してきたからには、もうお客様扱いはされない。

「こんな島だったなんて。騙された」と奈津美は怒っていた。そして島と住民の悪口を、達也に言うようになった。

「毎日毎日、同じことの繰り返し」

　うんざりしたように、奈津美が吐き捨てた。

「どこへいっても同じ人、同じような会話。まるで同じ日を延々とループしてるみたい」

　そう言われても、達也は反論のしようもない。

「どこか違うところへ行きたくて、歩いていったの。だけど三時間くらいしたら、一周してまた元の場所に戻ってくる。ほんまにつまらん、ちっぽけな島！」

　そして冬になると、寒さに耐えられない、頭がおかしくなりそう、病院がないなんて不安、とさんざん文句を言い、ふいと大阪に帰ってしまった。それっきり、連絡はない。

　二人目は、北海道で出会った理恵という女性だった。達也が雪冷熱エネルギーについて勉強を始めた四年前、ちょうど北海道でセミナーがあって参加した。理恵は、セミナーを主催した事務局で働いていた。

雪国育ちで、雪を利用して何かをしたいと思っている。同じ志を持っていることが、達也は嬉しかった。遠距離恋愛だったが、互いに頻繁に行き来した。達也の両親にも紹介した。今度こそ、うまくいくような気がした。

しかしある日、理恵は言った。「あなたは北海道に移住するべきよ」

北海道なら、もっと大きな雪冷熱エネルギーのプロジェクトが実現可能だ。それを二人で成功させたい、ということだった。

理恵のことは愛していた。けれども、達也の目的は雪冷熱エネルギーそのものではない。それを用いて、雪之島を豊かにしたいのだ。

理恵にそう伝えた。しかし理恵は「あの小さな島の人口が少々増えたところで、何かが変わると本気で思っているの？」と憐れむように言った。

何度か話し合ったが、理恵には雪之島に移住する気はさらさらなく、必然的に別れはやってきた。それが半年前のことである。

地元の女性と一緒になるのが一番なのだと思う。しかし同年代から上は結婚しているし、下の年代はさらに人口が少ないうえ、男の数に対して女性は圧倒的に少ない。

このままの人口推移でいくと、十年後には二十代から三十代の女性――つまり出産世代――の数が、雪之島ではひと桁になると、役場に勤める一真は言っていた。総人口は

百五十名を割り込むとも。

雪之島には、もう何年も島外からの移住者はいない。農業は身内の労働でまかなっているし、漁師にはすぐなれるものではない。雇用が極端に少なく、Iターンが成り立たないのだ。自然に惹かれてやってくる家族も何組かいたが、やがては子供の教育のことを考えて本土に戻っていく。

「結局一番いいのは、島を出た女性が戻ってきてくれることなんだ」

どうすれば雪之島の人口が増えるかという議論を重ねた結果、青年会で出た結論はそれだった。出身者である女性が戻ってきて家庭を持ち、子供を産み育ててくれるのが一番現実的であり、理想的なのである。

そんなことを考えながらしみじみ飲んでいると、玄関から伯母に呼ばれた。

「達也、陸斗が来てるわよー」

「陸斗が？」

達也は飲みさしの枡(ます)を置くと、玄関へ向かった。和服を着た陸斗が立っている。

「おう、どうした」

「達也、ちょっといい？」

「もちろん。あがって飲んでけよ」

この集落全体が家族みたいなものだ。吉岡(よしおか)の本家には、陸斗も子供の頃から出入りをしている。しかし陸斗は首を振った。

「二人だけで話したい」

いつも朗らかな陸斗には珍しく、深刻な表情だ。

「離れを借りるよ」

伯母に言うと、盆いっぱいに料理と酒を持たされた。それを持って庭を横切り、離れに行く。客を泊めるために作られた場所で、十畳ほどの和室が二部屋あり、風呂までついている。

引き戸を開け、電気を点ける。パチパチ、と蒼白い蛍光灯が瞬いた。石油ストーブを焚き、掘りごたつの上に料理と酒を並べる。

「何だよ、飲まないのか」

酒を注いだグラスを差し出しても、陸斗は手を出さずにうつむいている。

「──借金が、あるんだ」

ぽつりと、陸斗が呟いた。

「え」

驚いて、顔を見る。金銭感覚のしっかりした陸斗が、金で失敗していることが意外だった。

「ばか、違うよ、深雪の婚約者」

達也の勘違いを悟ったように、陸斗が唇をゆがめた。

「ああ、よかった」

そう答えたものの、ちっともよくなんかないことに気づく。

「借金って……いくらくらい？」

「うん……これ見て」

カバンの中から、表紙に「調査報告書」と印字された書類を出してきた。開いてみると、最初のページに藤崎俊亜貴の写真と生年月日、住所、勤務先、家族構成、婚姻歴などが記載されている。

「興信所？」

「今どきって呆れるかもしれないけど」

「いや、呆れないけど。本家の――お前のおやっさんが？」

「ううん、自主的に」

「お前が？」

少し驚いて、陸斗を見る。昔からおっとりした、坊ちゃんタイプだった陸斗。いつの間にか本家の当主として、行動を起こすようになっている。

「心配でさ。だって、朋子の男の件もあっただろ？」

「ああ、そうだな」

互いに気まずそうに目を伏せ、少しの間黙り込んだ。

「深雪は妹みたいなもんだ。婚約者を連れて帰ってくるって知って、すぐ依頼した。やっと昨晩届いてみれば、これだ」

次のページをめくると、借入額、金利、返済額など、金銭的な情報が並んでいた。

住宅ローンが約四千万。銀行系のカードローンが一千二百万円にのぼっている。

「一千二百万……大手企業に勤めてるんだろ？　なんでこんなに？」

「さあな。でも借金ってクセになるから。借りる奴は、悪いと思ってないんだよ。やっかいだろ？」

「そうだな」

「でもさ、もっと気になるのがこれなんだ」

陸斗は、指で住宅ローンの欄を示した。次ページに詳細ありという印があったので、ページをめくる。購入物件の所在地とマンション外観の写真が載っていた。

「マンションくらい、持ってても不思議じゃないだろ」

「だけど実家暮らしなんだぜ」

「じゃあ深雪との新居じゃないのか」

「俺もそう思った。でも忘年会の時、これから都心にマンション買うって深雪が宣言したんだって？」

「ああ、朋子に言ってたな」

「おかしいだろ？　だって、もうマンションは購入済みなんだぜ？」

確かにそうだ。あの時の状況なら、既に都心一等地に新居があると言った方が効果的だった。しかし深雪はそうしなかった。ということは――。

「このマンションのことを、深雪は知らないってことか？」

「そうなるだろ？」

「サプライズで用意してるとか」

「でも購入したのは五年前なんだ。そんなに隠しておくのは変だよ」

達也は住宅ローンの契約日を見た。確かに五年前の日付になっている。

「親の為に買ったのかな」

「親は立派な戸建てを東京に持ってる。マンションのガスや電気の名義はこいつ本人」

うーん、と達也は腕組みをする。

「謎といえば謎だけど、でも五年前といえば金利も安かったし、ローン減税も大きかったただろう？　その時に買っておこうと思っただけじゃないか。投資目的かもしれないし、持ってることとは別にマイナスじゃないだろう」

「ああ、そうなのかなあ」

達也はふと、忘年会での電話を思い出す。

「それより、女がいる可能性は？」

「調査期間中には、別の女と会っている様子はなかったらしい。まあたったの十日間だから、それ以外はわからないけどさ」

「そうか」達也はホッとする。「じゃあ差し当たり、問題はこの一千二百万の借金だな」

「どうしたらいい？」

「どうするって……もう、今日の午後には婚約の挨拶なんだろう？」

「うん」

　達也はため息をついた。

「深雪本人に確認するしかないな。興信所を使ったことを正直に話して、謝って、その上で借金のことを知ってるか確かめるんだ」

「俺、深雪に嫌われちまうな」

「でも結婚してから借金癖がわかるよりはいい。深雪の一生がかかってるんだ、憎まれ役くらいなってやれ。興信所に依頼した時点で、その覚悟はあっただろう？　しっかりしろよ」

「う、うん」

「何かあったら連絡しろ。一緒に土下座でもなんでもしてやる」

「ありがとう、達也。やっぱり相談してよかった」

　何度も礼を言って、陸斗は帰って行った。

　その日は親戚回りをしていても、ずっと気にかかっていた。夜になって帰宅した頃、やっと陸斗から電話があった。

「深雪が、全然ひとりになってくれなくってさ」

　陸斗はため息をついた。

「必ず誰かといるんだもん、話せなかった。でも挨拶の時間は迫ってくるし、思い余って、親父さんに借金のこと教えたんだ」

するとと深雪の父親が、親戚中の前で借金のことをぶちまけた――と陸斗は話した。

「でも、深雪は借金のこと知ってたよ。婚約指輪やら結婚指輪やら新婚旅行の金で、二人で返していくんだと」

「じゃあ良かったじゃないか」

「まあね。取りあえずは安心した。でも、実はちょっと寂しい気もするんだ」

陸斗は照れ臭そうに笑った。

「いやほら、花嫁の父親みたいな心境だよ。どこかで結婚が壊れてくれることを期待しちゃう、みたいな」

「ははは、すげーわかる。俺も同じだよ。報告書に、もっと致命的なことが書いてあればよかったのにってがっかりしてる」

ふたりでひとしきり笑ったあと、陸斗がぽつりと言った。

「なあ達也」

「なんだ」

「もし何かあっても……俺たちで深雪を守ってやろうな」

「もちろん。深雪のことは、雪之島のみんなで守る」

誓うようにそう答え、降り始めたばかりの雪を窓から眺めた。

正月二日目の朝は、膝くらいまで雪が積もっていた。

達也は暗いうちに起き出し、富樫家に向かう。富樫家は高齢女性のひとり暮らしで、青年会で雪かきや雪下ろしを代行していた。

白み始めた空の下、ヘルメットをつけ、はしごで屋根に上った。スノーショベルで雪をすくい、屋根の下に停めたダンプトラックの荷台にどんどん落としていく。いつもならそのまま排雪堆積所に運ぶが、今回は実家の雪室に運び入れるつもりだった。

豪雪で知られる新潟県に属し、また島の名前に雪を冠しながら、島にはせいぜい五十センチほどしか積もらない。海風で吹き飛ばされてしまうからだ。だから膝くらいまで積もるのを待ってから一気に集め、運び入れたら踏み固めて解けにくくし、また積もるのを待って集める——というように、段階的に貯めていかなければならない。

作業を終えて雑煮を振る舞ってもらい、家をあとにする頃には、すっかり日は昇っていた。

いよいよ雪室を試稼動できることに軽い興奮を覚えながらトラックを走らせていると、車道脇に誰かが立って、大きく両手を振っているのが見えた。達也はトラックを脇に寄せ、窓を開ける。

「達也さん！　あー助かったー」

俊亜貴がホッとした顔で、トラックに駆け寄ってきた。

「俊亜貴さん？　一体どうしたんですか？」

戸惑いつつ、達也はトラックを降りた。俊亜貴のニット帽も服も、雪にまみれている。

「いや、ちょっとひと滑りと思ったら、転んじゃって」

俊亜貴は、雪に半分ほど埋まったスノーボードを指さした。

「ひと滑りって……でもこの荷物……」

スノーボードの周りには、転んだ衝撃で散乱したのか、バックパックや着替え、コンタクトレンズ用品などが落ちていた。達也の視線に気づき、俊亜貴は気まずそうに頭を掻く。

「ちょっと急に、東京に帰らなくちゃいけなくなって」

「今から？　それはまた、随分急ですね。だったら深雪の親父さんに車で送ってもらえばよかったのに」

「まあそうなんですけど、達也さんが標識を辿っていけば港に行けるって言ってたのを思い出して。歩くよりはスノボが早いかなと思って……」

「そりゃ無謀ですよ。下り坂はともかく、一般道だから上りもありますし」

達也は呆れて言った。

「ですよね。まあ、下りだけでも滑れば楽かなって。でも急なカーブで思い切り雪に突っ込んで、体が抜けなくて焦りました。人っ子一人通らないし、体は冷えてくるし、やばかったですよ」

「正月は漁も休みなんで、港の方へはほとんど誰も行かないんです。大丈夫でしたか？」

「はあ、なんとか這い出たものの、今度はスノボが抜けなくてね。どうやっても、びくともしない。まるで雪の中から、がっちり摑まれてるみたいです。気味悪くないですか？」

眉をひそめる俊亜貴に、思わず達也は吹きだす。

「雑草か木の根っこに引っかかってるだけですよ」

「え？　あ、なんだそっか」

「観光客でスノボやる人は、たいがい同じ目に遭ってます。俺らから見たら危険極まりないけど、一般道で滑るなんてこの島くらいでしかできないから、挑戦したくなるみたいですね」

達也はトラックからショベルを取り出し、スノーボードの周りの雪を掘る。地面を這うように伸びた雑草が、徐々に露わになった。茶色く枯れたツル状の植物が、ビンディングに複雑に絡みついている。傷つけないように注意しながらアーミーナイフでツルを切り、ボードを救出した。

「ビンディング、ゆるんでないですか」

「大丈夫です。すみません、助かりました」

ボードを受け取り、俊亜貴がためつすがめつする。

「深雪は一緒に帰らないんですか？」

「ええ、まあ」

「見送りにも来ないんですか、あいつ」

俊亜貴は黙っている。

揉めたのだろうか。借金のことでないとするなら、もしかして、やはり女がいたのだろうか。

「あの……何かトラブルでも？」

「え？」

ちょっと驚いたように、俊亜貴が達也を見る。

「あ、いや、こんなに急に東京に帰るなんて言うから、何かあったのかと思って」

「トラブルっていうか……」

ふっと俊亜貴の瞳が暗くなる。

「そうですね、かなり大きな問題が起こっちゃいまして。あちこちから電話も鳴りっぱなし。正直もう、逃げたいですよ」

「はあ……」あちこちからということは、女がらみではなさそうだ。「で、深雪は何て？」

「いや、深雪とはまだ話してないです。合わせる顔がないっていうか。とてもじゃないけど、この状況でこの島にはいられないです。騒ぎが大きくなる前に、ここを出ないと」

緩慢な仕草でスノーボードをケースにしまうと、俊亜貴はトラックにもたれてマルボロの煙草に火をつけた。

「人生、詰んじゃった感じです。たぶん仕事も辞めなくちゃいけないですね。この業界では、もうやっていけないです」

しょぼくれた横顔から、煙がふーっと吐き出される。察するに仕事上の問題か。女性関係であれば心置きなく罵倒することができたが、幸か不幸かそうではないようだ。

青い顔をして震えているのは、気温のせいではないだろう。小心な男なのだ。達也はやれやれとため息をつく。このまま俊亜貴を東京に帰してしまえば、達也は深雪に恨まれる。こっそりと深雪に連絡して、引き合わせるか――。

胸ポケットから携帯電話を取り出す。新着のメールがあった。陸斗からだ。緊急という文字が件名にある。

『これ、あいつだ。それからこのマンション、報告書のと同じじゃないか？　すぐに連絡をくれ』

文章の下にＵＲＬがあり、それをクリックする。と、マンションの前で男女が抱き合ってキスしている画像が出てきた。慌ててスマホの画面を俊亜貴から見えないように隠す。

男は俊亜貴に間違いなかった。しかし相手は深雪ではない。ゴシップ記事の文章を読んでいくうちに、それが宮原かおりというアイドルであるということがわかった。

――宮原かおりって知ってる？　その子のマネージャーしてるの。

誇らしげな、深雪の声が耳の奥によみがえる。携帯電話を握りしめる手に、ぐっと力がこもった。

女にだらしないこと自体問題だが、相手が深雪の育てているアイドルとあればなおさら許しがたい。公になれば深雪は深く傷つくだけではなく、仕事上の失態にもなる。そんなことが予測できない男ではない。重々わかっていて、好き勝手やっていた。深雪への配慮など、少しもなかった――。

ばらばらだった破片が、やっと一枚の絵を描く。不自然な住宅ローン。深雪の知らないマンション。女の影。そして会社を追われるほどのトラブル――。

自分がなることを諦めたアイドルを大切に育てる深雪の想い、そして深雪の夢も挫折も見守ってきた雪之島の仲間のことも、この男は踏みにじった。

「とにかくね、俺にはもう深雪しかいなくなっちゃいました」

鼻から煙を吐き、俊亜貴が呟いた。

「あいつが東京に戻ったら、ちゃんと話し合ってみますよ。深雪は優しいですから、きっとわかってくれると信じてます」

気弱な微笑を浮かべながら、煙草をぽんと足元に放り投げる。雪が茶色く染まった。

島を穢（けが）された、と思った。

この男の言うことは正しいだろう。深雪は純粋で一途な島の女だ。裏切られても、きっと赦（ゆる）して一緒になる。そして仕事も信用も失った男を、一生懸命支えようとするはずだ。

こういう男が一番たちが悪い。女にだらしなく金にもルーズで、けれど母性本能をくすぐることに天才的に長けている。そしてほとぼりが冷めたら、また同じことを繰り返す。

無意識に、右手が拳を握った。この甘ったれた面を張り倒してやりたい。思い切り殴って、罵倒して——。

手を出しそうになり、はっと冷静になる。

殴って、罵倒して——そして何になる？

深雪はこの男に心底惚れている。別れはしない。

自分が殴ったところで、結局何も変えられないのだ——。

達也は拳をゆるめ、大きく息を吐いた。

「乗ってください。港まで送ります」

深雪に引き合わせるのは、止めだ。

「え、いいんですか？」

「フェリーが出ちゃいますから」

「じゃ、お言葉に甘えて」

俊亜貴はバックパックとスノーボードを担ぎ、助手席のドアを開けた。

晴れていた空が、暗くなり始めていた。

ボオォォォー……。

達也は海岸沿いを運転しながら、フェリーが汽笛を鳴らしてゆっくりと港を離れていくのを見た。空の様子から時化が来るのではないかと心配だったが、船は無事に出港したらしい。

夏の間はコバルトブルーという洒落た色の名前がぴったりなほど胸のすくような青い海なのに、冬になるにつれてどんどん暗みを増し、海面には刺々しい波が立つ。ウィンタースポーツを存分に楽しめるほどの雪国ではないから、冬に訪れる客はほとんどいない。昔は観光も栄えていて、旅館や民宿が併せて三十軒ほどあったらしいが、今や民宿を一軒残すのみだ。

一層、空が暗くなった。

雪がちらつき始めたと思ったら、急に吹雪き始めた。島の天気は変わりやすい。こんな小さな島なのに、山側と海側の天気も違う。しばらく海岸沿いにいたから気づかなかっただけで、山ではとっくに降っていたのかもしれない。

山道に入るといよいよ雪は激しくなり、フロントガラスに勢いよくぶつかってきた。一瞬で視界が白くなる。ワイパーを高速で動かしても、拭き取るはじから雪が溜まっていく。達也は速度を落とし、のろのろと進んだ。

視界の隅に、ぽつりと赤い色が浮かんだ。おや、と思う間もなく、フロントガラスが真っ白に覆われる。再びワイパーが雪を搔くと、今度ははっきりと、道路からずっと外れたところに赤いものが見えた。

人のはずはないだろう。この雪の中、山を徒歩で越える島民などいない。けれども念のため、達也はトラックを停めて降りた。

ガードレールを越え、足元に気を付けながら近づいていく。吹雪のせいで半分塞がれた達也の目には、それは野生動物の血のように思えた。

——なんだ。

引き返そうとした。が、その時さらに強い風が吹き、積もった雪の表層をわずかにはがした。

黒く長いものが渦巻いている。

髪？　人間？

まさかと思いながらも、急いで駆け寄る。半分以上埋まっていたが、人に間違いなかった。慌てて体を引きずり出し、抱き起す。

「——深雪⁉」

まつ毛も真っ白く凍り、唇が紫色だった。達也はダウンジャケットを脱いで深雪をくるみ、しっかり抱きかかえた。トラックの助手席に乗せ、暖房を一番強くし、凍った帽子やマフラーを剝ぎ取る。それから思い切り、頰を張った。

「起きろよ、深雪」

呼吸はしているし、鼓動もしっかりしている。けれども深雪は固く目をつぶったままだ。

「頼む、起きてくれ」

もう一度、思い切り頬を張る。かすかに唇が動いた。うっすらと両目が開き、視線がさまよう。

「たっ……ちゃん……？」

冷たい風に喉がやられたのか、声がかすれている。それでも深雪が声を発したことに、達也は安堵した。

「よかった」大きなため息が漏れる。「馬鹿だな。何してたんだ、あんなところで」

タオルでごしごしと髪を拭いてやる。深雪はされるがままにぼんやりしていたが、急に「あ」と言って起きあがろうとした。

「とし……あき……」

しかし上体がふらつき、再び助手席に倒れ込む。

「無理すんな」

「俊亜貴……もしかしたら道に迷って――」

状況が飲み込めた。俊亜貴を追って家を出てきたのだろう。

「俊亜貴さんなら、心配すんな」温かいコーヒーを魔法瓶からコップに入れ、深雪に手渡す。「スノボで立ち往生してたところに出くわしたんで、さっき、港に送り届けてきた」

「そうなの？　ああよかった……」

深雪は安心したように微笑むと、コーヒーをすすった。自分がこんな状態なのに、あの男の心配をする深雪が切なかった。

「今何時？　わたしも行かなくちゃ。送ってくれる？」

「とっくにフェリーは出ちまったぞ」

「じゃあ午後の便で帰る」

「午後ったって、あと四時間もある。一度家まで送るよ」

「家には……帰りにくいの」深雪は目を伏せる。「フェリーが来るまで、港で待ってる」

きっと深雪もあの写真を見たのだろう。その心中を思うと可哀想になった。

「わかった。つきあうよ」

トラックを発進させ、港へと向かった。

「そうだ、祠――」

車窓から外を眺めていた深雪が、ぽつりと言った。

「ん？」

「そういえば、祠があったの。見たことのない祠が」

「この辺りに？」達也は首をかしげる。「いや、ないはずだがな」

「だけど絶対に見た。そこから道に迷っちゃって、気がついたら、あそこに倒れてたの」

「祠は寺にしかないよ。深雪も知ってるだろ？」

「でもわたし、触ったのよ。祠の屋根にも壁にも、雪が積もってた」

深雪は言い張るが、こんなところに祠など置いていない。だから山道を行くしかなかった
の。変じゃない？」
「まさか」達也は笑った。「朝、車で通った時、普通にあったぞ」
「そんなはずない。わたし、ちゃんと標識どおりに行ったもの。そしたらどんどん暗い
ところに行って、トンネルの入り口もなくて……なんだかまるで、しまたまさんに邪魔
されてるみたいだった」
深雪は、怯えるように自分自身を抱きしめた。
「なんだかこの島……怖い」
「おいおい。生まれ育った人間が、そんなこと言うなよ」
「だって……」
「それに、どうしてしまたまさんがお前を困らせるんだ。護ってくれるはずなのに」
「わからない。わたしが……結婚して島を出ようとするから？」
深雪がこれほど信心深いことを意外に思いながら、達也は言う。
「俺だってしまたまさんを大切に思ってる。だけど幸か不幸か、そんなふうに力ずくで
島を護ったりはしてくれないよ。そうしてくれていれば、ここまで島が廃れたりしない
だろ」
「……うん」

「雪之島を護っているのは、島を大切に思う島民の気持ちだよ。そうだろ？」

「そうね……だったらわたしの気持ちが、不思議なものを見せたのかもしれない」

「え？」

「心のどこかに、島から出る罪悪感があったのかな」

「深雪が罪悪感を感じる必要なんて、ないよ」

そう言うと、深雪はやっとホッとしたように、「ありがとう。たっちゃんはやっぱり優しいね」と微笑んだ。

港が見えてきた。

さきほどより波はずっと高く、霧は深くなっている。雪も激しい。午後のフェリーは恐らく来ないだろうと思ったが、何も言わずに駐車場に停めた。もう一度温かいコーヒーを入れて、渡してやる。

「腹減らないか？　団子もあるぞ」

「お団子？」

「富樫のばーちゃんからもらった。今朝、雪下ろしに行ったから」

タッパーウェアに詰められたよもぎ団子を取り出すと、強張っていた深雪の頬がふっとほぐれた。

「お腹ぺこぺこ」

コーヒーを片手に、深雪が団子をほお張る。よもぎの爽やかな香りが、車内に広がった。

「昔はよもぎをたくさん摘んだね。洗って茹でてアク抜いて……体中から春の匂いがしたなぁ」

懐かしそうに、深雪が言う。よもぎ摘みやワカメ採りは、島の子供たちの、春の手伝い仕事だった。

「こうしてると、キャンプを思い出すわね」

「ああ、キャンプか」

子供の頃、夏には浜でバーベキューをし、キャンプをした。星空の下にテントを張って眠る者や、トラックの荷台にエアーマットレスを持ち込んで眠る者など、自由だった。

「楽しかったよな」

「うん。毎日顔を合わせてるのに、朝までお喋りしたよね」

「ガキの頃はトラックで食って寝るってだけで、非日常だったんだよなあ」

「あの頃に戻りたい」

助手席で膝を抱え、深雪が呟いた。視線の先にはフロントガラスがあり、それはもうほとんど雪で覆われている。

「あの頃みたいに、未来には幸せが満ち溢れてるって信じてた頃に戻りたいな……」

そっとため息をついて、深雪は黙り込んだ。フロントガラスからわずかに覗いていた外の景色を、雪がついに完全に埋め尽くす。

「実はね……俊亜貴に裏切られてたの」

そこで言葉を切り、深雪は左手の薬指にはめられた指輪に視線を落とした。

「借金があってね……他に女もいたの。しかも相手が、わたしの担当してるアイドル。ひと回り以上、年下なんだよ？」

言葉尻が涙で震える。嗚咽がしんとした車内に響いた。泣きじゃくる深雪の横顔は、幼い頃からちっとも変っていない。思わず抱きしめたくなる衝動を、何とかこらえた。

窓を雪で覆われた車内は薄暗い。海の音も風の音も、遠のいて聞こえる。本土から隔絶された雪之島の中で、さらに自分たち二人だけが隔絶されているように、達也には思えた。そして、ずっとこのままでいたい、とも。

ひとしきり泣くと、深雪はタオルで顔を拭い、はにかんだ。

「こんなに泣いたのって久しぶり。ごめんね、格好悪いところを見せちゃって」

「かまわないよ」

「でもだいぶ気持ちの整理がついた。これで、前に進めそう」

「――前に進むって？」

「そうね……東京で会ったら、まず引っぱたいてやる」

深雪の平手が、目の前の空気を切る。

「土下座もしてもらわなきゃ気が済まないわね。あと、とことん説明させる。わたしが納得できるまで一

「それで？」

「うちの社長と専務にも謝罪に行かせなくちゃ。もちろんかおりのご両親にも」

「その後は？」

「お金の管理はわたしがする。嫌とは言わせない。門限も設定しちゃおうかな」

目尻に残った涙を拭きながら、深雪がくすっと笑う。

「それが……深雪にとって前を向くっていうこと？」

「そうよ」

「別れるっていう選択肢はないのか？」

達也の言葉に、深雪は目を伏せた。

「だって……もう大々的に婚約の挨拶もしたんだし、わたしが恥ずかしいじゃない」

不本意を装う口調だが、未練がたっぷり滲んでいた。結局は、まだ惚れているのだ。ここまで騙され、裏切られても、最終的には許して一緒になりたいと願っている。

「馬鹿みたいって思ってるんでしょ」

深雪が、自虐的に尋ねる。

「いいや、思ってないよ」

本当に思っていなかった。悲しいほどに、達也の予想通りだったから。

伏せられた深雪の長いまつ毛が、頬に陰影を落としている。再会した日に感じた表情の険しさが、今はくっきりと浮かび上がっていた。のびやかに雪の中で歌っていた少女は、どこへ行ってしまったのだろう。島にいた頃は、いつだって深雪は笑っていたのに。あんなにきらきらしていたのに。

自分なら、深雪にこんなに辛そうな表情をさせはしない。ずっと笑顔でいられるように、守ってみせる。

そうだとも——。

達也の脳裏に、深雪が夕陽に染まった雪のなかで歌っている、あのおとぎ話のような光景が広がる。

自分なら、あの頃の輝くばかりの笑顔を取り戻してやれるのではないか。そのままの深雪でいいのだと、もっと愛されるべきだと、幸せになるべきだと教えてやれるのではないか——あの日、歌を上手だと褒めたように。

あの時は、一度つかんだ手を離してしまった。けれども今度は——。

達也は、深雪の方にゆっくりと体を向けた。それに気づいて、深雪が視線をあげる。目の前に、澄んだ瞳があった。

俺の傍に、ずっと深雪がいてくれたら。

そして一緒に、雪室の夢を追いかけてくれたら。

そう願うのは、過ぎたことだろうか?

「どうしたの、たっちゃん?」

——いいや。

深雪の瞳に映った自分が、達也の問いに答える。

——深雪を幸せにすることに、遠慮はいらない……。

「深雪」

ささやきのような声が、知らずに漏れていた。乾きかけた長い髪に、そっと手を伸ばす。少し警戒するように、深雪が身じろぎした。

「もう、泣かなくていい」

「……たっちゃん？」

「あいつの為に、二度と泣くことはない。俺が——俺が、ついてるから」

驚いたように、深雪の唇が軽く開いた。深雪の髪に絡めた手を、そのまま自分の方へと引き寄せる。

出逢って、三十三年。

恋に落ちて、二十八年。

雪に目隠しをされた車の中で、達也は初めて、深雪に口づけた。

第五章

氷の大地の上に、深雪(みゆき)は跪(ひざまず)いていた。

きんと張りつめた冷気に包まれながら、両手をついて、そっと下を覗き込む。白濁した水晶のような氷は、その奥底にぼんやりとした過去の影をたたえていた。

深雪は震える手で、決して届かない影をなぞりながら、誰にともなく問いかける。

これは島、そして深雪を愛する者たちの気持ちが降り積もって、そして完成した結晶なのかと——。

❄

雪に四方の窓をふさがれた薄暗い車内で、深雪は達也(たつや)の胸に頭を押し付けていた。片方の耳には鼓動が、もう片方の耳には吹き荒れる雪の音が聞こえる。厚手のセーター越しに響く達也の鼓動は、驚くほど温かみのある音だった。

達也の顔を、見上げることができなかった。外は凍えるほどの雪だというのに、深雪の耳は熱く、内側から拳で叩かれているかのように心臓は速く打っている。唇を離した後すぐに胸に引き寄せられ、こうして互いの顔を見ないようにしながら、けれども今までで一番近くに身を寄せ合っているのだった。

口づけされたという事実に、深雪は静かに驚いていた。しっかり者で、誰に対しても優しく面倒見が良い。そんな達也から恋心を感じたことは一度もなかった。

「いつから……？」

ぽつりと、疑問を呟（つぶや）く。

「ん？」

達也が聞き直し、しかしすぐに意味を察したのか「ああ」と言った。喉ぼとけが動くのが見える。

「ずっと。ガキの頃から」

「嘘」

「嘘じゃないよ。ほんと。ずっと好きだった。深雪は、俺のことなんて眼中になかっただろうけど」

不愉快ではなかった。けれども達也と自分の未来が重ならないことは、わかりきっている。深雪はやっと達也から体を離し、向き直った。

「気持ちは嬉しいけど、わたしは俊亜貴（としあき）と……」

「俺は深雪を裏切ったりしない」

「でも……」

「こんな風に深雪を悲しませない。戻ってくればいいじゃないか。ここなら、深雪の両親もいる。昔の仲間もいる」

「悪いけど」少々ためらったのち、深雪はきっぱりと言った。「戻るつもりはない。わたしは絶対に東京に帰る。わかる？〝帰る〟の。わたしにとっては、もう東京が故郷なの。俊亜貴がいて、仕事があるところ」

「俊亜貴さんは、深雪を幸せにしてくれないだろう？」

「いいの。わたしが彼を幸せにするから」

自然に口から出た言葉に、深雪自身も驚く。俊亜貴のことを、まだ許すとは決めていない。許さない覚悟も必要だとわかっている。けれども最終的には、これが自分の本心なのだ。

達也はふうっと息をついて、雪に埋もれたフロントガラスに視線を移した。

「深雪は、何が何でも東京に帰るつもりなんだな」

「ごめんね、たっちゃん」

深雪の謝罪に、達也は何も言わず、ただ寂しげな微笑を浮かべた。

助手席に座り直し、深雪もフロントガラスを見つめた。汽笛は聞こえてこない。ガラ

スの向こうにはきっと、波が岩に砕け、しぶきが雪とまじり合う光景が広がっている

午後のフェリーはもう、こないのかもしれない。

深雪は半ば諦めていた。それでも一縷(いちる)の望みに取りすがって、港を離れられない。一分一秒でも早く、俊亜貴を追いかけたいのだ。

俊亜貴はもう、東京行きの新幹線に乗れただろうか。こちらに来る時は、深雪が全てのチケットを手配し、複雑な乗り替えのたびに俊亜貴を誘導してやった。帰りはひとりで大丈夫だっただろうか。

そこまで考え、ふと苦笑した。最悪な形で裏切った男に、どこまで自分は甘いのだろう。

『海上強風の為、フェリーは欠航します』

乗り場からアナウンスが流れた。今日は東京に戻れないのだと思うと、思わず長いため息が漏れた。

「早く帰りたい……俊亜貴に逢いたい……」

泣くつもりなどなかったのに、語尾が震える。慌てて頰を拭う深雪の顔を見ようとせず、達也は黙ってエンジンをかけた。そのさりげなさが有難かった。ゆっくりと発進しながら、達也は大きな手で、くしゃくしゃと深雪の頭を撫でた。

家に帰りたくなかったものの、帰らないわけにはいかなかった。玄関先にトラックを

停めてもらったが、両親と対峙する勇気がなくて、いつまでも降りることができない。何度もドアレバーに手をかけては引っ込める深雪の前に、達也の腕が伸びてきた。またキスされる——？　深雪は思わず体をかわした。が、達也の腕はそのまま通り過ぎ、ダッシュボードに置かれていた深雪の帽子を取る。

自分の自意識過剰さに恥ずかしくなった。帽子を受け取ってかぶり、真っ赤になっているであろう顔を見られないようにドアを開ける。早く降りようと焦った爪先が、足元に転がっているショベルを蹴って音をたてた。

「もう、こんなところにショベル置かないでよね。ずっと邪魔だったんだから」

気まずさを払いたくて、わざと口をとがらせる。

「悪い。荷台に雪がいっぱいだから、ここしかなくて」

達也はショベルを自分の方に引き寄せ、スペースを作ってくれた。深雪はステップを下り、ドアを閉める。窓越しに見える達也の瞳は、名残を惜しんでいるように見えた。トラックが行ってしまうと、深雪は思い切って玄関を開けた。俊亜貴のことを罵られる覚悟をしていたが、父も母も何も言わなかった。どちらかというと、嬉しそうだった。俊亜貴が何をしたのかを知り、むしろこのまま壊れてくれればいいと願っているのかもしれない。

「久しぶりの正月なんだから、ゆっくりしていけばいいのよ」

夕食のあと風呂に入り、俊亜貴に電話をしてみた。やはり応答はない。とにかく話したいこと、一方的に怒るつもりはないことを留守電に吹き込み、同じ内容のメールを送った。

髪を乾かしていると、着信音が鳴った。公衆電話という文字が画面に点滅している。喰らいつくように通話ボタンを押した。

「俊亜貴？」

しばらくの沈黙の後、深雪さん？　とか細い声が聞こえて来た。

「……かおりなの？」

――ごめんなさい。こんなことになっちゃって。

「なんであんたが泣くのよ。泣きたいのはこっち」

婚約者を寝取られた女として、責め立てたいことはたくさんあった。しかしまずはマネージャーの仕事をしなければという冷静さを、何とか取り戻す。

「今どこにいるの。すぐ専務に迎えに――」

――俊ちゃんは？

「え？」

――電話に出てくれないの。そっちにいるんでしょ？　ねえ、怒ってた？　あたしとのこと、後悔してるのかな。してるよね、きっと。

「ちょっとかおり……」

——最初は、あたしだって遊びのつもりだった。深雪さんとの結婚が決まって嬉しかった。大好きな人同士が一緒になるんだもん。ほんとだよ。でもこんなことになって……。今はとにかく俊ちゃんに逢いたい。皮肉だよね、こうなってやっと自分の気持ちに気づくなんて。

これ以上甘ったれた泣き言を耳に入れたら、頭がおかしくなりそうだ。深雪は、冷たく言い放った。

「俊亜貴はね、消えたわ」

受話器の向こうで、鼻をすする音が止まる。

——どこに？

「さあ、知らない。連絡がつかないんだもの」

——消えたって、どうして……。

「馬鹿ね。逃げたに決まってるじゃない」

——だけど、あたしには連絡があるはず……。

「あの男は自分の保身しか考えてないわ」

——そんなことない。愛してるのはあたしだけだって言ったもん。

すうっと心が冷えた。俊亜貴から、そんな言葉を聞いたことはない。

「そんなの常套句に決まってるでしょ。あんたは騙され——」

——俊ちゃん、あたしに嘘ついたことない。

その言葉に、深雪は打ちのめされた。これまで一度も、自分は俊亜貴のことを信じきれたことはない。姿を消してからは尚更だ。それなのに、かおりは俊亜貴を信頼している。体の関係を持っていたことよりも、その事実によって深雪はさらにかおりを憎んだ。

受話口から嗚咽が聞こえる。深雪はハッと我に返った。

「とにかく、今どこにいるか教えて」

警戒するように、突然電話は切れた。

悔しかった。深雪が欲しくて、けれども手に入れられなかったものを、かおりは全て持っている。アイドルという仕事も、俊亜貴との信頼関係も。

深雪は唇を嚙みしめ、敷いてあった布団にスマートフォンを投げつけた。


次の朝、脱脂綿を重ねたような雪雲を、深雪は恨めしい思いで眺めていた。空は暗く、風は強い。

今日も帰れないと社長に告げると、耳が痛くなるほど電話口で怒鳴られた。

——こっちは大変なんだぞ！　かおりはどこにもいないわ、『スーパー・ニューイヤー』の出演者を押さえなくちゃならないわで。

『スーパー・ニューイヤー』は正月恒例の生放送のバラエティー番組で、旬のアイドルや俳優、歌手、お笑い芸人などが一堂に会し、正月にちなんだクイズやコントをしたりする人気番組だ。芸能人にとってこの番組に出演するということは人気の証明であり、またその年のお茶の間の顔になることを保証されるようなものである。駆け出しのころからずっと、「いつか絶対に『スーパー・ニューイヤー』に出よう」というのが、かおりと深雪の目標であり合言葉だった。だから四年前に出演のオファーが来た時は、電話を受けたまま、思わずガッツポーズをした。

「かおり。来年の一月三日のスケジュール、決まったからね」

かおりに告げると、一瞬信じられないというように固まり、それから泣きだし、最後に笑った。「やったね、やったね！　深雪さん、ありがとう」

涙でぐちゃぐちゃになったかおりの笑顔を、深雪は鮮明に覚えている。それ以来、確実に毎年出演を決めてきた。ここまで、確かに二人三脚でやってきた手ごたえがあったのに。

こんなスキャンダルを起こしては、よしんばかおりが捕まったとしても出演させられない。だから社長は所属タレントの中から交替要員を探しているのだ。ただし『スーパー・ニューイヤー』に出演できるレベルのタレントのスケジュールは、既に埋まっている。創業から順調に成長してきたとはいえ、大手のように何百人もタレントを抱えているわけではなく、男女合わせても二十名弱だ。

社長はほうぼうに頭を下げ、すでに埋まっているスケジュールをパズルのように調整しながら、必死で誰かを確保しようとしているのだろう。そしてそれは、生放送が始まる夕方五時がタイムリミットなのだ。

——て？　明日に帰ってこれるんだろうな

社長の声の背後から、ひっきりなしに鳴る電話の音や怒号が聞こえる。事務所は異常な緊張状態にあるに違いない。あの写真がネットに流れて以来、スタッフは泊まり込みで対応や調整に追われているだろう。

「天候によるものなので、今の時点では何とも」

申し訳ないと思いながらも、そう答えるしかなかった。この世に、自分の努力ではどうしようもないものがあることを、深雪は痛感していた。チッと舌うちが聞こえる。

——東京に着いたら、真夜中でもとにかく事務所に来い。ずっと詰めてるから。

電話は叩き切られた。深雪はため息をついて、のろのろとスマートフォンをはんてんのポケットにしまった。

自分のせいで会社が大変なことになっているというのになにひとつ役に立つことはできず、今こうして海をへだてた場所で、猫のキャラクターがプリントされたはんてんを着てこたつに座っている。すぐそばにある石油ストーブも、その上にのせられたやかんの白い湯気も、苛立つほど呑気に見えた。

「お茶淹れたわよ」

母が盆に湯呑をのせて、やってくる。ひとつを深雪の前に、ひとつを自分の前に置くと、こたつに足を入れた。

「ああ、焼けた焼けた。食べる？」

石油ストーブの上、やかんの隣に置かれたみかんに母が手を伸ばした。オレンジ色の皮がところどころ黒く焦げている。中はちょうどよく火が通っているだろう。深雪は皮のあまりの熱さに、手を離した。

「東京ではね、誰も焼きみかんなんて食べないんだよ」

深雪が言うと、母が目を丸くした。

「ええ？　嘘ぉ」

「ほんと。誰も知らないの。そもそも、石油ストーブも滅多に見ないし」

深雪がまだ皮にさわれずにいる間に、母はさっさと剝き終わり、実を取り出して食べ始めた。

「美味しいのにねえ」

深雪もやっと皮を剝く。甘くて香ばしい香りと共に、中から湯気が立ちのぼった。ひと房を口に含むと、温かな果汁が広がる。

かおりの代役は見つかっただろうか。気持ちばかりが焦る。深雪はかおりに『とにかく連絡をちょうだい』と何度もメールを打った。

落ち着かなくて、再びスマートフォンを取り出した。少しでも現況を把握したくて、かおりに関する記事や投稿を検索する。スキャンダルの発端となったツイッターアカウントは閉鎖されていたが、ネット上のあちこちに同じ写真が見つかった。しかも「酒癖も悪いらしい」「可愛い顔してヘビースモーカー」などというコメントと共に、酒や煙草を持った画像もばらまかれている。

かおりは酒も煙草も嫌いなので、画像が合成であることは深雪が一番よく知っているけれどもこのようにネットで流れてしまえば、それは真実を上回る。未成年として売っているタレントを扱う上で最も避けたいことは、飲酒と喫煙のトラブルだ。清純派で売り出していた宮原かおりにとって、キス写真に加えて飲酒と喫煙の噂は、相当なイメージダウンだ。

　ゴシップ誌であれば、事前に連絡があるので何かしらの対策ができる。しかし今回のように素人が勝手にアップロードしてしまったものはどうしようもない。最悪なパターンだった。

　母がテレビをつける。女性アナウンサーもタレントも着物姿で、どのチャンネルにも正月らしい華やかさが溢れている。その裏で社長や専務がくぐり抜けている修羅場を想像すると、胃がキリキリと痛んだ。

　スナック菓子のＣＭに入った。深雪は思わず「あ」と声を上げる。元々はかおりが出演していたが、代わりにアニメーションで作られた動物のゆるキャラがぴょこぴょこと踊っている。早速差し替えられたのか。かおりは携帯電話やインターネットなどの通信会社のＣＭにも出演しているが、おそらくそちらも差し替えられているに違いない。

　賠償額はいくらになるだろうか。店頭カタログやポスターの回収と廃棄費用、看板の撤去費用ものしかかって来る。それだけではない。スナック菓子のパッケージにはかおりの写真が使われている。商品自体を回収し、再パッケージしなければならないだろう。

その負担額を考えると、自分の失態がどれほど大きなものだったかと改めて恐ろしくなる。こんな事態を避ける為に、恋愛関係を含む私生活に神経を尖らせ、常に当人の心理を捕捉することがマネージャーに課せられた最大の任務であったのに。今回の場合は俊亜貴の勤務先との痛み分けになるだろうが、大切に育ててきた柱のタレントを失った損害は計り知れない。

収束に向けて矢面に立つべきなのに、何もできないのがもどかしい。深雪は窓の外を見た。雪が舞い風もあるが、視界が遮られるほどではない。電車など他の交通機関であれば、完全に止まってしまうということはほぼないだろう。よしんば止まったとしても地続きでさえあれば、歩いて目的地に行くことだってできる。

そう、実際に吹雪の中を、深雪はかおりを連れてオーディションへ行ったことがある。電車が止まり、タクシーも動かず、それでも映画祭で数々の賞を受賞している映画監督の最新作のオーディションは、絶対に受けさせたかった。

道中の用品店で長靴を買ってかおりに履かせ、傘も差せないので深雪が前を歩いて盾となった。何度も転び、それでも絶対に遅れまいと足を速めた。

オーディション会場であるホテルに到着した時、深雪もかおりも全身ずぶ濡れでメイクは取れ、鼻は真っ赤だった。監督は二人の格好を見て大笑いし、温かい飲み物を注文してくれた。そして、逞しいヒロイン像にぴったりだと、かおりは主演の座を射止めたのだ。

そう。都会では、雨でも雪でも嵐でも、必ずどこかに道は繋がっている。どこへも行けない雪之島とは違うのだ。

この島に生まれた自分が、そしてこんな所を俊亜貴に好きになってもらいたいと一瞬でも願った自分が腹立たしかった。

帰って来なければよかった――。


次の日は暴風警報が発令されていた。波は六メートルもあるらしい。こんなに吹雪が続くのは、さすがに珍しい。

三が日が明け、スポンサー企業も仕事始めの日となる。本格的な謝罪行脚がいよいよ始まるというのに帰れないとは。案の定、社長は激怒した。

――かおり本人はいない、マネージャーも来ない。致命的だろうが！

「大変申し訳ありません」

――藤崎俊亜貴。

突然社長の口から出た名前に、深雪はどきりとした。

「――え？」

――相手の男の名前だ。新報堂のプロデューサーらしい。昨日そいつの上司が詫びを入れに来たよ。

「本人は？」

——捕まらないんだと。

「どこに行ってるんでしょうか」

平静を装うが、声が上ずる。

——さあな。家族には『ほとぼりが冷めるまで帰らない』とメールがあったらしい。まったく、新報堂には大きな貸しだ。

アイドルのスキャンダルはご法度だが、さらにその片棒を担いだのが広告代理店の社員となれば、業界の禁忌を犯した相手の罪は重い。

このまま俊亜貴が破滅してしまえばいい、と深雪は思った。仕事も信用も失ってしまえばいいのだ。そうしたら、俊亜貴にはわたししかいなくなるのに——。

もしかしたら、それこそが心底の望みなのかもしれない。深雪は、そんな自分が少し怖くなった。

「ねえ、屋根から雪を下ろして」

電話が終わるのを待っていたように、のんびりと母が言う。

「できないよ」深雪は即座に答えた。「怪我でもしたら、東京に帰れなくなるじゃない。晴れたらすぐに出発するんだから」

「大丈夫よ。父さんだって母さんだって毎日やってるんだから」

「ダメ。わたしは代わりのきかない仕事してるの」

口調がついきつくなる。

「やあねえ、当たらないでよ。天気が悪いのもフェリーが出ないのも、母さんのせいじゃないんだから」

ぴしゃりと言われて、深雪は口をつぐんだ。

「まったく。イライラしたって風が収まるわけじゃないでしょ。お父さんだって時化で船が出せないの。だけど当たり散らしたりしないわよ」

その時ガラガラと玄関の戸が音を立てて開いた。

「おばちゃーん、いる？」

達也の声だ。

「はーい」母が玄関に出て行く。

「あらまあ、今日は白菜とキャベツ？　助かるわあ」

「びっくりするくらい甘いよ」

「じゃあロールキャベツ作ろうかな。おすそわけ届けるわね」

そんな会話が聞こえるところへ、深雪も顔を出した。港で口づけて以来だった。フェリーの欠航が続いて深雪が島に留まっているのは知っていたはずだが、遠慮があるのか連絡はなかった。

「よう」

達也が眩しそうに深雪を見て、はにかむような微笑を浮かべた。土にまみれた軍手で、段ボールに野菜を選り分けている。

我ながらあらたまった挨拶だと思いながら、深雪も答える。

「この子ったら機嫌悪いのよ。ずっとカリカリしてるの」

言いながら、母が受け取った段ボールを持って台所へ引っ込んでしまう。二人きりで残され、深雪は気まずい思いで突っ立っていた。

「機嫌悪いって？」

達也が軍手を外しながら聞く。

「この天気だもん。フェリーが出なくて、東京に帰れないのよ」

「青年会にとっちゃ、嬉しい悲鳴なんだがな。こんなに降るのなんて何年かぶりだ。雪室にはありがたいよ」

「わたしが子供の頃なんかは、もっと降ってたもんだけど。やっぱり温暖化なのかねえ」

母がビニール袋を抱えて戻ってきた。

「くるみ剝いたの。初江ちゃんに持ってってあげて」

「わあ、喜ぶよ」

透明のビニール袋の中には、殻から出されたくるみの実がぎっちり入っていた。初江というのは達也の母だ。島で育った幼馴染なので、今でも名前で呼び合っている。しょっちゅう何かをあげたり、もらったりする光景は、東京暮らしの長い深雪の目には奇異に映る。半世紀以上も続いているふたりの濃密な人間関係を思うと、深雪は息が詰まる

「……どうも」

思いだった。

「でも久しぶりの大降りだと応えるわね。屋根にも雪が積もりっぱなし。深雪は雪下ろし嫌がるし」

「なんだ、俺がやるよ」

達也が身軽に玄関から出て行く。扉の向こうでトラックのドアが開閉される音がした後、すぐに屋根の上を歩く音がした。

「甘酒でも作っといてあげようか。たっちゃん好きだもんね」

母が再び台所に戻り、冷蔵庫から酒粕を取り出す。深雪は生姜をすりおろし始めた。

「よくこうして頼むの？」

「なに？」

「雪下ろしとか」

「そうね。何でも機嫌よくやってくれるから」

深雪の知らないところで、母と達也の交流がある。達也は何度ここで甘酒を振る舞われたのだろう。ドスンドスンと雪が落とされる音が、家じゅうに響き渡った。

「終わったよー」

ちょうど甘酒が出来上がる頃に、達也が勝手口から戻ってきた。雪を払い落として上がり框(かまち)に腰を下ろすと、湯呑みを受け取り、体を温めるように両手で包み込んだ。

「雪、持ってっていいか？」

甘酒を吹きながら、達也が尋ねる。

「もちろん。もう雪室は完成したの？」

「うちのはね。おばちゃんとこもやりたい？」

「でも断熱工事しなくちゃいけないんでしょ？」

「しないと夏までには解けちゃうけど、それでよければ敷地の雪を集めて雪室に詰めてあげるよ」

「じゃあ、お願いしちゃおうかしら」

「今、晴美の実家をやってるから、それが終わったら取り掛かるな」

「晴美？」

親友の名に、思わず深雪は反応する。

「ああ。今から雪を運びに行くけど……深雪も来るか？」

「そうしなさいよ。家にいても、イライラしてるだけなんだから」

母も勧めるので、深雪は着替えに二階へ上がった。はんてんを脱いでセーターを着、ダウンコートを羽織る。万が一午後に晴れた時のため、キャリーバッグも持っていくことにした。

達也はすでにエンジンをかけてトラックで待っていた。キャリーバッグにちらりと視線を向けたが、何も言わなかった。

雪の中をトラックが走り抜けて行く。しばらく、二人とも口をきかなかった。

「誘って悪かったかな」

達也がやっと口を開く。

「ううん、そんなことない」

「晴美も喜ぶよ」

「そうかな」

「うん。深雪が残ってるの知ってるけど、声をかけにくいって言ってたから」

恐らく、宮原かおりのスキャンダルは知られているのだろう——写真に写っている相手が、俊亜貴だということも。

晴美の家に着くと、一真(かずま)に朋子(ともこ)、陸斗(りくと)がトラックの周りに集まってきた。

「やだ、みんな来てたの?」

「男性陣は雪室の手伝い。あたしは達也からメールもらってすっ飛んできたの。深雪に会いたかったから。忘年会ん時は酔っぱらっちゃってごめんねー」

朋子が助手席のドアを開け、深雪の手を取る。深雪がおりた後、達也はトラックでそのまま敷地内を進んで行った。

「こっちこっち」

晴美の案内で、雪の庭を横切っていく。雪室のそばに納屋があり、あかあかと燃えたストーブ、テーブルや椅子が置かれていた。テーブルの上にはお銚子が数本とつまみを盛った皿がずらりと並べられている。

「プチ新年会。引き戸は開け放して、雪見酒しよ」

「男どもが雪を運んでる間に、うちらは始めちゃおうね」

晴美も朋子も、本当に嬉しそうだった。陸斗と一真が誘導し、達也がバックでトラックを雪室の中に入れていくのを眺めながら、酌を受ける。すでに雪室の半分以上が雪で埋められていた。トラックの荷台があがり、雪の塊が落ちる音が聞こえてくる。

「かんぱーい」

晴美の掛け声に、杯を合わせた。お猪口を口に運ぶと、アルコールを含んだ蒸気が喉を刺激した。

「すごいね、雪室」

深雪は感心する。

「うん、じいちゃんも再利用には喜んでた。いずれは断熱改修もしたいって」

晴美はくいっとお猪口を空ける。

「いいよね。うちの実家は物置にしちゃってるから、今更片づけられない」

朋子が柿の種を齧りながら言う。

「一真のとこは？」

「コンクリじゃなくて、昔ながらの穴掘り式の雪室だったみたい」

「穴の中に作物とかお酒を入れて、その上に雪をかぶせるってやつ？」

「そう。でも、おととしだかに埋めちゃったんだって」

「どうしてわざわざ?」

「さあ。穴にゴミを処分して埋め立てたかったみたい」

杯が空く端から、朋子がどんどんつぎ足していく。

「中で何してるんだろう」

なかなか戻ってこない男性陣を不思議に思い、深雪が聞いた。

「ならしてるのよ、雪を。踏み固めて圧縮して、解けにくくするんだって」

「ああ、なるほどね」

熱燗を酌み交わしながら、たわいもない会話が弾む。幼馴染同士だから気を遣わない。やっぱり外出して良かったと深雪は思った。しかしこうしている間にも、どうしてもスマートフォンを気にしてしまう。かおりからの返信はないか。俊亜貴から電話が来ないか。

「あれ、もうないね。お燗してくる」

空いた銚子を持って、晴美が母屋へと戻った。メール受信音が鳴る。俊亜貴からかと期待したが、社長だった。

『かおりから連絡あり。専務の家に匿(かくま)うことになった。藤崎とは今日からサイパンへ旅行することになっていたが、迎えが来なかったらしい。一人でサイパンに逃げた可能性あり。とにかくお前も早く帰って来い』

海外旅行に行く約束までしていたとは。しかし迎えが来なかったことで、俊亜貴が自分の保身しか考えていないことを思い知り、専務に泣きついたのだろう。

「大丈夫？」

険しい顔で画面を見つめていた深雪の顔を、朋子が覗き込んだ。

「あ、うん」

深雪は笑顔を取り繕う。

「言いたくなかったらいいんだけど……俊亜貴さんと連絡つかないの？」

「どうして？」少し驚いて朋子を見る。

「あたしも経験アリだから」

「え？」

「ちらっと話したでしょ。東京の男と付き合ってたって」

朋子が煙草とライターを取り出し、火をつけた。

「メンキャバの子だったんだけどね」

「……メンズキャバクラのこと？」

学生時代は真面目だった朋子が、東京でＯＬをしながらそんな店に出入りしていたことに、深雪は軽いショックを受けていた。

「びっくりした？」

なぜだか自慢げに、朋子が笑う。

「少し」

「深雪は行ったことある？」

「うん、接待で何度か」

「じゃあわかると思うけど、ホストクラブより健全でしょ？」

「そうかも」

正直、違いが判らなかったが、頷いておいた。

「彼ね、ヒロキっていうんだけど、おうちが貧しくて、弟と妹を大学に通わせるために働いてたの。純粋でまじめな人でね、そこを好きになった」

よくある作り話だなと深雪は思う。

「いつか自分の店を持つのが夢だって言ってた。この島で、東京で店を出すような気概のある男なんていないじゃない？　絶対に協力して叶えてあげようって思ったの。まずはその店でナンバーワンに育てなくちゃいけないから、仕事帰りに毎日通って指名して、ボトルをガンガン入れて……」

「よくそんなお金あったね」

「仕送りしてもらってたから」朋子はペロリと舌を出した。「ネイルの専門学校に通うって親に嘘ついて。会社の給料だけじゃ、とても無理だったからね」

水商売や風俗に流れなかっただけ、まだマシか。

「営業かけたり、ショーの企画考えたりする一生懸命な彼が好きだった。いよいよ独立する段になって、自分のお金だけじゃ足りないから、わたしの名義で借りられるだけ借り入れてくれって頼まれたの」

なんという危なっかしい話だろう。一真と結婚するという結末を知らなければ、ヒヤヒヤして聞いていられない。

「だから、金融機関じゃなくてうちの親に借りるって言った。彼、すごく驚いてた」

朋子の実家はかなりの資産家だ。曾祖父の代から、北陸エリアに観光ホテルを何軒か経営している。

「あたしだって馬鹿じゃないからさ、親から借りるなら結婚前提じゃないとダメだって言った。で、ヒロキを連れてここに来たの。それがおととし。あー、あれもちょうど今ごろだったなあ。彼の休みが年末年始しか取れなかったから」

「それでどうなったの？」

「バックれた」

やっぱり、と心の中で呟いた。

「父が事業計画書を見せろって言ったわけ。そんなもの準備してないからタジタジになっちゃってね、もう父はカンカン。『鈴木くん、君はうちの娘に金を出させるのだけが目的なんじゃないかね？』って」

朋子の父親のことも、深雪は昔からよく知っている。真似た口調がそっくりで、思わず笑いそうになった。

「もちろんあたしも怒られた。でも一生に一度の恋だって信じてたから、彼についていくって啖呵切ったの。パパからの援助なしでも二人でやっていける、人気店にしてみせるって。大見得の大風呂敷」

朋子はふーっと煙を吐いた。

「でも次の朝、起きたらいなくなってた。ヒロキは離れに泊まってたんだけど、もぬけの殻よ。尻尾巻いて逃げだした。それ以来、音信不通。バカみたいでしょ。うちの親なんか信心深いから、しまたまさんが目を覚ますように仕向けてくれたんだって、もう大喜び」

自虐的に鼻で笑いながら、朋子が灰皿に煙草を押し付ける。

「でもね、振り返ってみれば、それでよかった。負け惜しみじゃなくて、心からそう思う。もし結婚できてたとしても、トラブルだらけの惨めな生活送ってたよ」

真面目な朋子のことだ、その男と結婚すれば苦労もいとわず、きっと尽くし続けたことだろう。

「なんか、他人事って顔で聞いてるね」

「そんなことないよ。朋子は幸せになる権利があったと思うし、一真とはお似合いだし――」

慌てて言い訳する深雪の目の前で、朋子は「違う違う」と手を振った。

「自分はそんないい加減な男を好きになってませんっていう顔。深雪だって、同じなのに」

「——わたしが？」

「あたしから見れば、俊亜貴さんも胡散臭かった。遊び人っぽいし、それに……借金があるんだってね」

俊亜貴の女性問題も借金も、恐らくこの島全体に広まっている。これだから田舎は嫌いだ。プライバシーもデリカシーもない。

しかしそれよりも、俊亜貴とヒロキとやらを一括りにされたことに深雪は気を悪くした。俊亜貴は水商売なんてしてない。女に借金をさせるような男でもない。それなのに周囲からは、同じようにいい加減な男に見えてしまうのか。

それでもやっぱり、愛しているのだ。

こんな風に裏切られ、逃げられても、また一緒にテレビを見たり、ごはんを食べたいと思ってしまう。あんなに怒っていたはずが、逢えないまま時間がたつにつれ、浮気の原因はこちらが作ったのではないかと、自分の非を探してしまう。結局は、謝罪の言葉を聞く前から、心は許す準備を始めているのだ。

今は怒りよりも、逢いたいという気持ちの方が強い。かおりよりも自分を選ぶと言ってくれれば、全てを水に流す覚悟はできている。そう、ただひと言、深雪のことを選ぶと言ってくれさえすればいい——。

「借金じゃなくて、ローンだから。わたしの為に使わせちゃったお金なの」

言いながら、深雪は左手薬指の婚約指輪をいじる。かおりのことが発覚した今となっては、虚しい言い訳だ。けれども朋子はそれ以上、何も言わなかった。

ふとスマートフォンを見ると圏外になっている。慌てて納屋の中を移動し、アンテナが立つ場所を探した。深雪の必死の形相に、「そんなに慌てないでよ。島では電波が不安定なんだから」と朋子が呆れる。諦めて座ると、一本だけアンテナが戻った。

「あ、それ挨拶の時の？」

スマートフォンのホーム画面に、朋子が目を留めた。着物姿の深雪とスーツ姿の俊亜貴が写っている。

「いい着物ねえ。他のも見ていい？」

「いいよ」

深雪は画像フォルダを開き、スマートフォンを差し出す。朋子はわあ、と言いながら次々と写真をスワイプしていった。

「陸斗、こうして見るとお父さんそっくりだね」

「生え際がねー」

笑いながら、朋子がスワイプを続ける。

「素敵なスーツじゃない」

「たっちゃんから借りたの」

「うん知ってる。俊亜貴さん、スーツを持ってくるの忘れたんでしょ？　あの時から、実は嫌な予感がしてたんだ」

そんなことまで達也はみんなに話していたのか？　思わず眉を寄せた深雪に、朋子が慌てた。

「ちょうど深雪から電話があった時、青年会で会館の清掃をしてたから。でも達也はガタイがいいから、合うスーツなんて持ってるはずないって――」

朋子は急に言葉を止めた。そして慌てて何かを確かめるように、俊亜貴の写真をズームアップする。

「朋子？」

朋子は答えず、素早く前後の写真も確認している。食い入るように眺める横顔から、みるみる血の気が引いていった。

「このスーツって……。そっか……そういうことだったんだ」

朋子の呟きは、震えている。

「――ねえ朋子？　どうかしたの？」

朋子がハッと顔を上げる。表情はこわばっていた。

「ううん、別に。ありがとう」

朋子は無理やり笑顔を作り、ぎこちない仕草でスマートフォンを深雪に押しつける。

それから朋子は呆然としたように、かなり長い間、目の前の雪と雪室を眺めていた。

「深雪は幸せになれるよ、きっと」

降りしきる雪から目を離さぬまま、ぽつりと朋子が言った。悟りを開いたような、厳かな口調だった。

「え？　何よ突然」

戸惑う深雪を前に、ただ朋子はふふ、と意味深に微笑む。

「どうしてそう思うの？」

「決まってるじゃない」

朋子は深雪に、ゆっくりと視線を向けた。

「しまたまさんが、護ってくれてるからよ」


新年会の後は、陸斗がうちに泊まれと勧めた。

「ばーちゃん喜ぶからさ。来てやってよ」

しかし深雪はこの状況で、伯父と伯母と顔を合わせたくなかった。正直に告げると、

「それなら大丈夫。二人とも風花を連れて、おふくろの実家に泊まりに行ってるから」

と陸斗が言った。

実家といっても、もちろん島の中である。伯母の兄が継いでおり、正月は本家としての接待で慌ただしい。だから落ち着く三が日以降に顔を出し、また自らも本家の嫁として正月を切り盛りした伯母をねぎらってゆっくり滞在させてやる。その間は、幼馴染でもある伯母の兄と共に雪下ろしや雪かきを男手だけで行い、またうどんを打ったり鍋料

理を振る舞ったりと料理もする。伯父のことは苦手な深雪だが、そういう気遣いをするところが、嫌いになり切れない理由だった。

たまたまキャリーバッグも持ってきている。フェリー乗り場にも近いし、明日の朝はそのまま出発すればいい。

「そうね。おばあちゃんの顔も見たいし」

泊まると家に電話を入れてから陸斗の家に行くと、頼子(よりこ)がたくさんの料理で歓待してくれた。いつもは食後すぐに自室へ戻って休むという祖母も、嬉しそうにずっと食卓についている。

「おばあちゃん、今日はわたしが足をマッサージしてあげるからね」

深雪が言うと、「ありがたいねえ」と祖母は目を細めた。陸斗がひょいと祖母を抱き上げ、介護ベッドまで運ぶ。

「このクリームをつけて、足首から上に向かって、少しずつほぐすんだ」

深雪はクリームをつけた手で、そっと祖母の足を持ちあげた。枯れ枝のような軽さと手触りに切なくなりながら、足首からふくらはぎを摩(さす)っていく。

最初は気持ちよさそうにしていたが、祖母は徐々に顔をしかめ始めた。

「そこは神経痛があるから、指じゃなくて手の甲でそっと撫でるといい。こっちはイボを取ったから、押さえないでやってな」

丁寧な指導を受けるものの、ますます祖母は辛そうな顔になる。ちょっとした力加減が大きな差をうむのだろう。

「深雪さん、お疲れでしょ？　お布団、離れに敷いておきました」

頼子が顔を出し、さりげなく深雪からマッサージを引き継ぐ。交替した途端、祖母はゆったりと寝息をたてはじめた。孝行というものは、たまに顔を出すだけではできないのだと深雪は思い知る。

「離れ、久々だよな。風呂もあるから使って。石鹸とかも出してある」

祖母の部屋を出て玄関に向かいながら、陸斗が言った。

「ありがとう。ねえ、陸ちゃん」

「ん？」

「おばあちゃんも……俊亜貴のこと、知ってるの？」

「あー」陸斗が頭を掻いた。「それって、その、女のこと？」

深雪は頷く。

「俺は言ってない。ばーちゃんの耳には、やっぱ入れたくないし。だから知らないと思うよ」

「そっか」深雪はホッとした。

「あの男のことは、もう忘れた方がいい」

いつになく、陸斗が真剣な顔をした。

「この島のみんなは、お前に幸せになってほしいんだよ。わかってるだろ？」

「心配しないで。話し合えば大丈夫だから。フェリーが出て東京に戻ることさえできれば、ちゃんと解決できるの」

「深雪……」

何か言いたそうに口を開いた陸斗に「おやすみ」とだけ告げ、深雪は離れへと向かった。

目覚めてみると、カーテンの隙間から光が差し込んでいた。深雪は飛び起き、カーテンを開ける。曇ってはいるものの、風も雪も止んでいた。今日こそ絶対にフェリーに乗れる。

急いで着替え、キャリーバッグを玄関まで運び、引き戸を引いた。しかし。

――開かない。

立てつけが悪いのかと、再び引いてみる。しかし戸はびくともしなかった。

鍵を確かめるが、ちゃんと開いている。それなのに、体重をかけて引いても動かない。

――どうして?

せっかく風が収まったのに。今日こそフェリーが出るのに。

「開けて！　誰か！　開けて！」

戸を叩くが、この広い敷地では近くを通りかからない限り聞こえないだろう。深雪は玄関を諦めて、窓を探した。一部屋ある和室には、腰窓と掃き出し窓の両方があったが、どれも開かない。風呂場の換気窓すら開かなかった。

そうだ、電話。深雪はスマートフォンを取り出した。しかし圏外である。慌てて固定電話を探すが、離れには見当たらない。

まるで見えざる手に玄関も窓も押さえられ、通信手段さえも握りつぶされたようだった。雪の中でさまよっている時に感じた不気味さに、深雪は再び襲われる。

「開けて！」

再び玄関に戻り、手が痛くなるほど戸を叩いた。周囲はしんと静まり返っている。深雪の苛立ちと怒声を吸い取るように、雪が取り囲んでいた。

腕時計は八時を指すところだ。もう間に合わない——。深雪は絶望して、戸口に座り込んだ。

どれくらいの時間、そうしていただろう。ざくざくと足音が近づいてきたかと思うと、あらいやだ、と言う声がした。ガタガタと扉が揺すられる。やはり開かない。

「頼子？」

深雪は戸口に張りつき、呼びかけた。ハーイちょっと待ってくださいねーという間延びした返事が遠のいていく。少しするとまた足音が近づき、扉に液体がかけられるような音がした後、あっけなく引き戸が開いた。深雪は転がるように外へ出る。

「助かった。いくらやっても開かないんだもの。怖かっ——」ふと頼子が手に持つやかんと、玄関周りだけ解かされた雪が目に入った。「やだ……もしかして、凍ってただけ？」

「そうみたいですね。陸斗さん、凍結防止の塩を撒くの忘れたのかしら。様子を見に来てよかったです。おなかすいたでしょ？　和食でいいですか？」

　何でもないように言いながら、頼子が母屋の方へと踵を返す。深雪は慌てて引き留めた。

「でも変よ。窓も開かなかった。全部よ。そんなことある？」

「窓？」頼子が離れに引き返し、ぐるりと一周する。「あら、雪囲いが倒れてますね」

　凍り付いてしまうので、雪国では雨戸をつけない家が多い。その代わりに冬の間は軒下から地面に向けて棒を何本か立て掛け、それにビニールトタンなどを固定して窓を囲うのだが、それが見事に横に倒れていた。だから吹きつけられた雪が朝の太陽で解け、凍ったということらしい。でも……。

「囲いが全部倒れるなんて、おかしくない？」

「うーん、そうですねえ。ベニヤ板じゃなくて、ビニールトタンにしたから弱かったのかなあ」

　頼子はしゃがみこんで、雪の上に倒れている透明のトタンをしげしげと眺めた。

「ベニヤだと部屋が暗くなるから、今年からこれに変えたんです。今年の雪と風は強いから、一か所ダメになったら一気にいっちゃったんでしょうね」

深雪だってここで暮らしている頃には、窓や玄関が凍って動かなくなることを何度も経験していた。けれども必ずどこかは開いて、こんな風に閉じ込められたことはない。どうしてこういうことが起こるのだろう——。寒さのせいではなく、深雪の背筋が震えた。

「鮭でも焼きますね」

頼子は雪の上をさくさくと歩いて、再び母屋に向かって行く。キャリーバッグを持ち、慌てて深雪は後を追った。

「今何時？　フェリーは——」

「え、フェリー？」頼子は目を丸くした。「フェリーに乗りたかったんですか？　もう出ちゃいましたけど」

やはりそうか。間に合わなかったことに呆然としながら、深雪は母屋に上がり込む。台所で、頼子が鮭を焼き始めた。

「あの……陸ちゃんは？」

出されたご飯と卵焼きを食べながら聞く。

「おばあちゃんを老人会に連れて行きました」

陸斗は、深雪がフェリーに乗りたがっていることを知っていたはずなのに。

「午後の便は出るかな」

「どうでしょう。冬の気候は不安定ですからねえ。今年は特に」

　頼子が焼き立ての鮭を差し出す。たったった、と階段を下りてくる元気な足音が聞こえてきた。

「お姉ちゃん、起きたの？」風花が顔を出した。「もう、風花がいないときに泊まりに来るなんてズルいよ」

「ごめんごめん。じいじとばあばは？」

「二人はあっちにもう一泊するの。お姉ちゃんがいるって聞いて、風花だけ朝一番に帰って来たんだよ。ねえ、ダンス教えて」

「午後までね。次のフェリーには乗るから」

「乗らないよ」妙にきっぱりと風花が否定する。「言ったでしょ、帰れないって」

「こら、何を言ってんの」

　頼子がやんわりとたしなめながら、味噌汁を食卓に置く。しかし風花は誇らしげに胸を張った。

「だって風花、毎日しまたまさんにお願いに行ってるんだもん」

「風花ちゃん……」

　子供の戯言（ざれごと）だとわかっているのに、深雪は鳥肌が立った。雪に埋もれた、古い祠を思い出す。

「やめてよ。しまたまさんなんて本当はいないの。島の人が勝手に拝んでるだけなんだ深雪の大人げのない意地悪な反応にも、風花の無邪気な笑顔は消えない。

「いるよ。だって深雪お姉ちゃん、今日まで帰れてないじゃん」

「だから、今日こそは帰るんだってば」

深雪のきつい口調に、風花の顔が哀しそうに歪む。

「あ……ごめんね、風花ちゃん」

十歳の子供相手にムキになってしまったことを恥じながら、そそくさと朝食を終わらせた。それから風花の部屋に移動し、罪滅ぼしのようにダンスを教えてやる。その間も、深雪は天候が気になって仕方がなかった。

このまま午後まで崩れないで。今日は絶対に東京まで帰して――。

しかし、そんな深雪の祈りを嘲笑うかのように、昼前から風が荒れ始めた。

「わ、また警報だね」

窓の外を眺めながら、風花ははしゃぐ。深雪は、島に着いた日に感じた恐怖を思い出していた。島は白い靄の中にくろぐろと横たわり、深雪を捕獲しようと待ち構えているように見えた。足を踏み入れれば、二度と引き返せない――あの予感が、現実となりつつある。

この島は不気味だ。生きていて、意志を持っているような錯覚に陥る。そして深雪は、その腹の中に囚われているのだ。

島の天気は変わりやすく、また時化が長引くことは珍しくない。だが今の深雪には、抗えない大きな力が働いているように思えてしまう。

欠航が確定した時点で、深雪は社長に電話をかけた。

「申し訳ありません。明日には必ず帰りますから」

見えないとわかっていても、頭を下げずにいられなかった。けれども約束すればするほど、そして帰りたいと願えば願うほど、ますますこの島に閉じ込められる気がするのだった。

翌朝は起きる前から欠航だとわかるほど、嵐が深雪の部屋の窓を叩いていた。カーテンを開けると、朝だというのに空は真っ暗で、吹雪が渦巻いていた。

溜め息をつきながら、すぐ須磨（すま）の携帯に電話をする。いつもなら待ち構えていたようにワンコールで出るのに、今日は珍しく鳴りっぱなしだった。

――……はい。

疲れ切ったような声。しかし社長のものとは、若干違っていた。

「専務ですか？」

――ああ、深雪か。

「須磨社長は？」

――寝てる。

自分も寝ていたのだろう、眠たげな口調だった。

——といってもソファでたけど、起こそうか？

「いえ、結構です」

この四日間不眠不休で駆けずり回り、やっと仮眠をとる時間ができたのだろう。それを妨げる気はなかった。

「実は大変申し訳ないのですが、今日も東京へは戻れそうに——」

——ああ。

専務の大きな欠伸が遮った。

——いつでもいいよ。

「——え？」深雪は耳を疑う。

「あの……」

——謝罪行脚も終わったし、賠償の話は新報堂が進めてくれることになったし、CMの差し替えも済んだ。新しいマネージャーも雇ったから。

しばし戸惑っていたが、戻ってくるなという意味だと徐々にわかってきた。深雪の居場所は、きっともうない。

深雪が対外的にすべきだった後処理は、全て終わっている。それに社内では深雪の管理能力への疑問と、肝心な時に不在だったことに対しての不満が噴出しているだろう。そんな人間に、今後どんな仕事を任せられるというのだ。

「この度はご迷惑をおかけいたしました。つきましては、辞職させていただきたいのですが」

──辞める？　そうか。

ホッとしたように専務が答えた。

「差し支えなければ、このまま有給消化に入らせていただこうかと」

──ああ、そうしたらいい。

「ロッカーとデスクにある荷物は、処分してください。辞表は郵送させていただきます。今までお世話になりました」

中学の時に受けたオーディションから考えれば、もう二十年以上の縁だった。その間に須磨の髪はすっかり白くなり、専務も春には還暦を迎える。

人生の半分以上を、彼らと関わってきた。それが今、たった一本の電話で終わったのだ。深雪はしばらく燃え尽きたように、動けないでいた。

これまでは自分がいないと、会社も宮原かおりの仕事も回らないと思っていた。しかし実際は、自分がいなくても後処理は完了したし、代わりのマネージャーも現れた。東京での自分の居場所など、こんなものだったのだ。代わりなどいくらでもいる。誰でも代行できる。

そしてそれは、宮原かおりにも言えることだった。

あれほどの人気を誇っていたのに、ＣＭから消え、歌番組からもドラマからも消え、それでもテレビは放映され続ける。その穴を、事務所の後輩が何事もなかったかのよう

に埋めるのだ

　子供の頃から憧れ続けてきたアイドルという存在も、所詮は取り替え可能な消耗品だった。そんなことは長年業界にいてわかっていたはずなのに、深雪はどこかで夢を見続けていた。

　わたしはいったい、何にしがみついていたのだろう。あんなにこだわって、固執していたのは何だったのだろう。

　きっと、俊亜貴のことも同じだ。俊亜貴にとって、自分はかけがえのない存在などではなかった。きっと彼は、二度と自分の元へは戻ってこない。その事実を認めるのが怖かったが、やっと今、受け入れることができた——。

「深雪ー」

　階下から母が呼ぶ。深雪はハッと現実に戻った。

「ちょっと風が弱まったから、今のうちにお父さんと屋根から雪を下ろしてくれない？」

　急いで東京に戻る理由はなくなった。せっかく帰省したのだから、家族とゆっくりしよう。今後のことは、のんびり考えればいい——。

「はーい」

　スマートフォンをポケットでなく、鏡台の上に置いた。それから婚約指輪を外して引き出しの中に仕舞うと、深雪は階段を下りて行った。

❄

太陽が眩しい。

もう五時過ぎだというのに真昼のように明るく、海岸は海水浴やバーベキュー、釣りを楽しむ観光客で溢れている。そしてその中でも、ひときわ人だかりができ、はしゃぎ声が上がっている一角がある——雪山だ。

砂浜に雪を持ってこようと提案したのは、達也だった。今年初めての試みだったが大好評で、ネットで見たという観光客が次から次へとやって来た。これも雪室があるから可能となったことである。

雪之島に帰って来て、早くも三度目の夏。

深雪は賑やかな海岸沿いを横目に眺めながら、ミニバンを走らせる。荷台には父の獲った魚介類、達也の畑の野菜、陸斗の収穫した米が積んである。それらを民宿や食堂に届けるのが深雪の仕事だ。

「ゆき、ゆき」

後部座席のチャイルドシートに収まった雪菜(ゆきな)が、窓の外を指して足をばたつかせる。

「あの雪はお客さんのでしょ。おうちに帰ってから、雪遊びしようね」

一歳八か月になる娘は、あい！と手をあげる。バックミラー越しに微笑ましく眺めながらミニバンを停め、最後の配達を済ませた。再び運転席に座ると、少しお腹が張った。深雪はふうっと息を吐きながら臨月のお腹を撫で、車を発進させる。

深雪は結局、あれから一度も東京へは戻らなかった。

松の内が明けた頃に母が倒れた。大病というわけではなかったが、これまで気苦労をかけていた分、深雪は一生懸命に看病をし、家事にも精を出した。達也はずっと、そばで深雪を支えてくれた。深雪が達也に惹かれていくのは、自然な流れだったと思う。

早春に母の体調は安定したが、今度は深雪の妊娠が判明した。つわりがひどく、フェリーで本土に戻り、さらに在来線や新幹線をのりついで東京に戻るのはとても無理だった。

それまでは東京にいる瑞穂(みずほ)に鍵を送って時々郵便物を見に行ってもらっていたが、妊娠してしばらく帰れそうにないことを電話で伝えると、彼女は色めき立った。

「こっちのことは、どーんと任せて！」

服や雑貨などはいつものメンバーで手分けして梱包し、送ってくれるという。家具は、ちょうど姪っ子が一人暮らしをするので譲ってほしいということだった。しきりに恐縮する深雪に、

「大丈夫！　女五人でやれば早いから！」

と頼もしい。姉代わりの女友達にすっかり甘える形で、深雪は東京を引き払ったのだった。

「元気な赤ちゃんを産んでね。写メ送ってね。幸せになりなよ、今度こそ」

瑞穂は涙声をしていた。憑き物が落ちたように東京への未練を失っていた深雪だが、唯一、彼女たちと会えなくなることだけが寂しかった。

あれ以来、俊亜貴にも会っていない。連絡もない。都内でティッシュ配りをしているのを見たとか、インドで放浪しているのを見たとか、色々な噂が聞こえてきた。宮原かおりはあのままひっそりと引退した。そのすべてが、深雪には遠い過去だ。

あの時、俊亜貴の方から連絡を絶ってくれて良かったと心から思う。再会していれば、きっと許して一緒になっていただろう。けれども不幸になっていたことは容易に想像できる。それに、雪菜にも、これから生まれてくる子にも会えなかった。

深雪は今、つくづく幸せを噛みしめていた。

島は鮮やかな緑に覆われ、高台からはきらきらと輝く海が見渡せる。こんなにも美しい島に何故あれほど怯えていたのか、とても不思議だった。

吉岡（よしおか）という表札のある門を通り抜け、ミニバンを母屋の前に駐車する。後部座席のドアを開け、チャイルドシートから雪菜を下ろしていると、達也の妹が玄関から出てきた。

「お久しぶりです、深雪さん」

「弥生（やよい）ちゃん。そっか、お盆休み、今日からだったわね」

「はい、さっき着きました」

弥生が雪之島に帰って来るのは、雪菜が生まれた時以来だ。東京の大学を卒業してそのまま就職した弥生は、忙しさを理由になかなか帰省しない。

「やよいちゃあん」

雪菜が嬉しそうに駆け寄っていく。会った記憶はないだろうが、時々ビデオ通話で顔を見ている。雪菜は弥生が大好きなのだ。

「ゆき、ゆき」

雪菜が、弥生の腕を引っ張る。

「え、なあに？」

弥生がしゃがんで、雪菜の目線に合わせた。

「雪室で遊びたいのよ。悪いけど、付き合ってやってくれる？　飲み物持っていくから」

「大歓迎。あっちの方が涼しいもん。行こう、雪菜ちゃん」

弥生が雪菜の手を引いて雪室に向かったのを見届けて、深雪は母屋へ入った。むうっとした熱気が立ち込めている。達也も義父母も畑に出ているので、誰もいない。深雪は冷蔵庫から缶ジュースを取り出し、雪室に持って行った。

重い扉を開けて中に入ると、ひんやりとした心地よい空気に包まれる。

「あー、ここは天国ねえ」

すうっと引いていく汗を感じながら、深雪は深呼吸した。

雪室の中は、真ん中で仕切られている。片方は雪を詰める部屋、もう片方は米や野菜、酒などの貯蔵庫だ。子供が遊びたがるのは、もちろん雪の部屋である。

もう夏なので雪はだいぶ減り、せいぜい高さ二メートルほどのなだらかな丘になっている。雪菜はそこに登って、楽しそうに穴を掘ったりおだんごを作ったりしている。弥生もその隣で、雪を丸めていた。

「疲れてるのにごめんね」

「全然。雪菜ちゃんの顔を見に帰って来たようなものだもん」

ジュースのプルタブを早速開け、弥生は口をつける。

「何か食べる？」

「大丈夫です。フェリーまで友達に迎えに来てもらって、ついでに食事したんで。それより深雪さん、こんなとこにいたら冷えちゃうでしょ？」

「だって暑いんだもの。クーラーより優しいし、長く居過ぎなければ平気」

「確かに暑いですもんねえ。東京の方が涼しいくらいかも」

「今年は特に。雪室の雪がこんなに少なくなったのも初めてよ」

「ここって、こんなに広かったんですね」

弥生はぐるりと見回した。

春頃から、少しずつ雪は解けていく。特に今年は海岸にかなりの雪を運び出したので、例年よりもさらに嵩（かさ）が減っていた。

それでも、底辺を支える雪は決して解けなかった。達也が最初に運びこんだもので、固く踏み締めて圧縮され、巨大な氷の層と化している。これはこの雪室の礎なのだと、常々達也は言っていた。

雪室の奥で、すてん、と雪菜が転んだ。

「危ないよ」

慌てて駆け寄った弥生も、滑って手をつく。

「やだ二人とも、大丈夫？」

深雪が一歩進み出ると、弥生が「お腹を打ったら大変。深雪さんは来ないで」と制した。

「ああ、雪が減って、氷の層がむき出しになっちゃったんだね。だから滑るんだ」弥生がしゃがみこんだまま、白い雪面を撫でる。「危ないからおうちに戻ろう、雪菜ちゃん」

しかし雪菜は、もしもしー、もしもしー、と言いながら、しきりに半透明の氷の中を指さしている。

「何がもしもしなの？」

弥生が、這いつくばって雪菜に近づく。そして足元を覗き込み、「あー、ほんとだね、もしもしだ」と大笑いした。

「もしもしって？」

首をかしげる深雪に、弥生が笑ったまま答える。

「スマホが凍ってます。ドジ過ぎ。深雪さんのじゃないですよね？　お兄ちゃんのかな。まあどのみち使い物にならないでしょうけど」

「ええー、やだあ」深雪も呆れる。

「そこからじゃ見えないかな？　ほら、紫色の」

「紫の……スマホ？」

深雪の頭に映像が浮かんだ。かつての婚約者が限定モデルだと自慢していたスマートフォン。古寺の境内でつまらなそうにいじっていたもの。それは、そんな色ではなかったか。

まさか——？

弥生が止めるのも聞かず、深雪は這うようにして分厚い氷の上を進む。娘と義妹の傍らまで来ると、半透明の地面を覗き込んだ。紫色のスマートフォンが、時が止まったように、宙に浮いたまま凍結されている。

いくら限定モデルだとはいえ、世界にひとつしかないわけじゃない。他に使ってる人だっている。そう言い聞かせるのに、嫌な汗が背中に滲んだ。

スマートフォンから更に下、底の方は、まるで深海のように黒々としている。あそこにはいったい、何が横たわっているのだろう。

「深雪さん……？」

すぐ隣の弥生の声が、どこか遠くに聞こえた。

自分はきっと今、朋子と同じ表情をしている——スーツ姿の俊亜貴の写真を目にした時の。

俊亜貴が着ていたスーツは、いったい誰のものだったのか。

なぜ一真は何十年も放置していた実家の穴掘り式の雪室を、突然埋めることにしたのか。

そして達也と初めて口づけた日、荷台の雪の中には何があったのか。

助手席の足元にあったショベルは何に使われたのか。

深雪を帰さない、ここから出さないという意志を持っていたのは島ではない。

――深雪は幸せになれるよ、きっと。

未来を見透かしたような朋子の声が、蘇る。

――しまたまさんが、護ってくれてるからよ。

そのしまたまさんとは、いったい誰なのか……。

第六章

麻の茎を干したものを折り、素焼きの皿の上に積み重ねる。父がマッチを擦って数か所に点火すると、じわじわと炎が大きくなっていった。

父、母、兄、兄嫁、そして姪と一緒に、迎え火を囲んで手を合わせた。下から炎に照らされた家族の顔が、暗闇のなかにゆらめいている。

ご先祖さまは、足の速い馬に乗ってこちらに向かっているのだろうか。そして、しまたまさんも。

しまたまさん——雪之島(ゆきのしま)の護り神。

この島では、お盆にはご先祖さまとともに各家庭に来てくれると言われている。

弥生(やよい)は手を合わせたまま、心の中で語りかけた。

しまたまさん。

もし今、ここにいるなら、わたしの願いを聞いてください。

どうかわたしも、幸せになれますように——。

＊

真夏のぎらつく太陽に向かって汽笛が吠えた。フェリーは海をかき分け、ハイスピードで前進していく。下から波がつき上げてくる感覚に身を任せながら、弥生は新幹線で縮めていた体を思い切り伸ばした。きらきらした粒が、海面に連なって浮かんでいる。この光の鎖は、懐かしい故郷へと続いているはずだ。

雪之島に戻るのはいつ以来だろう。前回帰って来たのは雪菜が生まれた頃。ということは、もう一年半以上前になるのか。あの時は仕事がたてこんでいたので、二泊しただけで東京に戻ってしまった。今回のように一週間も帰省するのは、実に久しぶりである。

激しい海風に帽子を取られないよう、弥生は頭を押さえる。柵にかじりついて海を眺めているのは、弥生以外は子供たちばかりだ。大人たちは二時間の船旅を存分に楽しむため、甲板に茣蓙を敷いて座り込み、ビールやつまみを開けている。陽気な笑い声が飛沫と共に弾け、一人で乗船している弥生も、ついつられて微笑んでしまう。夏休みは、やはり大人にとっても楽しいものなのだろう。

ショルダーバッグから日焼け止めクリームを取り出し、鼻の頭、頰、唇の上に塗り直した。SPF50+、PA++++の、日本の規格では最強の日焼け止め。それを全身に塗りたくり、さらに紫外線カットの帽子にパーカー、ストール、手袋を着用している。これでもかというくらいの、完全装備だ。

島で暮らしていた中学生の頃までは、日焼けを気にしたことなどなかった。春、夏、秋と暗くなるまで外で遊び回っていたし、冬は冬で雪から反射される紫外線にさらされていた。

女子が日焼けに気をつけるべきだと知ったのは、本土の高校に通い始めてから。女生徒は窓際の席を嫌がり、少し色のついた日焼け止めをファンデーション代わりに塗っていた。野球部の男子よりも真っ黒だった弥生は、明らかにクラスで浮いていたのである。

それからは、肌を焼かないことを徹底した。唇さえ紫外線をカットするリップクリームを塗り、化粧水や乳液は美白効果のあるものに切り替えた。

東京の大学に進学してからは、ますます強迫観念のように紫外線から逃げ、美白にいそしむようになった。東京の女性はみんな肌を綺麗に手入れしており、髪さえも日焼け止めスプレーで守る念の入れよう。そういうことがとても都会的に思えて、弥生も真似をした。もちろん今でも、その習慣はずっと続いている。

今回の滞在中にもぬかりないように、一枚二千円もする美白パックをちゃんと持ってきた。島に住む女友だちや兄嫁にもあげられるように、余分に買ってある。食品や飲料は年代を問わず需要があるので頻繁に島に入荷されるが、化粧品や美容雑貨などは使用する人が限られるので入荷が少なく、いつも品薄なのだ。だから女性への土産は菓子よりも、こういうちょっとした美容雑貨の方が喜ばれる。

頬や鼻の頭にうっすらと浮かぶそばかすは、弥生のコンプレックスだ。子供の頃に焼いたせいだと、鏡で見るたびに悔しくなる。大学で出会った都会育ちの女性たちにはシミひとつなく、聞けば保育園に通い出した頃から母親が日焼け止めクリームを塗ってくれていたらしい。ＩＴ化や物流システムの発達で都会と田舎の差が縮んだと言われているが、ネットでも取り上げられないようなほんの些細なところにこそ、決定的な差が歴然と存在している。

けれどもそんなコンプレックスを、侑史(ゆうじ)は可愛いと褒めてくれた。

「チャームポイントだよ。そばかすって、赤毛のアンのイメージだし」

そんなくすぐったいことを、一緒に暮らし始めてまだ半年の恋人は言うのだ。

侑史とは一年前、弥生が会社の合間に通っている資格スクールで出会った。その時彼は公認会計士の資格取得に専念するために、十五年勤めた会社を辞めたばかりだった。公認会計士の試験には学生時代を含めるとすでに八回挑戦していたが、惨敗していたらしい。

目指す資格が違うので講義は別だったが、自習室や学生ラウンジで時々顔を見かけた。

声をかけてきたのは侑史の方だった。それから何度か一緒に出かけるようになり、付き合うようになった。

一緒に暮らすことになったきっかけは、無職となった彼が家賃を払っているのを、弥生がもったいないと思ったからである。

「うちに来ればいいのよ。光熱費だって無駄だし、食費だって一人より二人の方が経済的。デートの時間を捻出しなくても良くなるし、その方がお互いに勉強に集中出来るんじゃない？」

侑史はすぐにワンルームのマンションを解約し、弥生との生活を始めた。賃貸仲介の店舗勤務で夜も遅くなりがちな弥生の代わりに、掃除や洗濯、食事の用意などもしてくれる。年齢も一回り以上上だから、めったにケンカもしない。今年前半の短答式試験も不合格だったため戦意喪失し、年末の試験はパスしてゆっくり休むことに決めたらしく、ますます家事に精を出し、弥生の世話を焼いてくれるようになった。お互いにとってプラスの同棲だと、弥生は心から満たされている。

だからなのかもしれない。これ以上そばかすを濃くするものかと意地になっていたはずなのに、雪之島へと向かうフェリーで、甲板に出ようという開放的な気分になることができたのは。

全身に吹きつける久しぶりの潮風が爽快だ。それに何より、日本海を見ると心が落ち着く。南の島のように透き通った青さではなく、瑪瑙（めのう）のような生命力を感じさせる深い青色。侑史のような男が恋人でなかったら、きっと船室にこもりきりで、ひたすら紫外線を避け、潮風も日本海も諦めていただろう。

少しくらいそばかすが濃くなったって、きっと侑史は可愛いと抱きしめてくれる。同棲してから一週間も離れ離れになるのは初めてだが、帰った時の侑史の反応を想像し、弥生は一人で顔を赤らめた。

あ、という叫び声が聞こえたかと思うと、いきなり冷たい液体が体にふりかかってきた。驚いて振り向くと、小学生くらいの男の子が、紙コップを持ったまま転んでいる。おおかた、自動販売機でジュースを買い、走り回っていたのだろう。

「申し訳ありません！」

両親らしき男女が飛んで来た。起きあがった少年も、せっつかれて頭を下げている。

「お気になさらず。すぐ乾きますよ」

弥生は笑顔で答えながら、パーカーの裾を絞る。

「どちらにお泊りですか？　洗濯して、お宿にお届けします」

「着替えは大丈夫です。実家にたくさんありますから」

「まあ、ご帰省ですか？」

驚いたように夫婦が顔を見合わせ、続いて妻の方が、

「羨ましいわぁ。素敵なところですよね」

とため息をついた。夫も続いて言う。

「毎年キャンプに行ってるんですよ。僕が釣りをやるもんでね。それに、今年から砂浜で雪遊びもできるようになったでしょう？　息子も大喜びで、家族全員、雪之島が大好きなんですよ」

「そうですか。有難うございます」

雪之島住民代表として、弥生はにこやかに礼を述べる。それから少し雪之島談義をした後、彼らは船室へと戻って行った。

羨ましい、素敵なところ、大好き、か。

——だけど、住みたいとは思わないんでしょ？

彼らを笑顔で見送りながら、心の中でシニカルに呟く。

もちろん弥生だって、雪之島は良いところだと思っている。自然が豊かで食べ物はおいしい。島民以外の車は持ち込めないから空気もきれいで、事故もない。交番すら存在しない、平和で穏やかな村。今どき貴重な楽園だ。

けれどもそう思えるのは、たまにしか帰ってこないからだ。都会での生活を知ってしまったら、二度とここでは暮らせない。

都会の人は、非日常を求めて雪之島にやって来る。けれども決して、非日常を日常にしようとは思わないのだ——今の自分も含めて。

汽笛が鳴って、速度がゆるんだ。宴会をしていた人々が、いそいそと茣蓙（ござ）を畳み始める。もうすぐ島に到着だ。

船首の先に、こんもりとした緑色の島が見えてきた。港では、はっぴ姿の二名の若者が大漁旗を豪快に振っている。あんな歓迎サービス、昔はなかったはずだ。いつから始まったのだろう。

「あー、魚の旗だー」

子供たちがはしゃいで、甲板から手を振り返した。

フェリーが停泊すると、待ってましたとばかりに乗客が下船していく。観光客さまが優先、自分は一番最後だ。

この島を好きになってくれますようにと彼らの背中に向かって念じながら、弥生もタラップを降りていった。

「弥生、こっちこっち」

「長旅お疲れさん」

『ゆきのしま青年会』と染め抜かれた紺のはっぴを着た男女が、こちらに走って来た。幼馴染の栄作と博美だ。二人は来年結婚することが決まっている。

「あら、大漁旗振ってたのって、あんたたちだったの？　あの歓迎、島らしくていいじゃない」

「でしょ。最近始めたのよ」博美が言う。

「子供がすごく喜んでたわ」

「やったな」

栄作は嬉しそうにガッツポーズをした。

「荷物これだけ？」

バックパックひとつ背負っただけの弥生の周りを、博美が探す。

「うん、宅配便で送ったから」

「そっか。じゃ、どうする？　このままメシでも食いに行く？」

駐車場へと歩きながら、栄作が訊いた。

「そうね、軽いものがいいな」

弥生が答えると、

「じゃあ、カフェに行こうか」

と栄作がさらりと言った。弥生は思わず聞き直す。

「カフェ？　カフェって言った？」

雪之島には喫茶店はおろか、カフェなどという洒落たものはない。あるのは食堂か、夏の間だけ臨時に営業する海の家だけである。

「うん、カフェ・すのう。そっか、知らないんだっけ。勇蔵（ゆうぞう）がオープンしたんだよ。一年前」

栄作がワゴン車のドアを開け、弥生に乗るように手で示す。

「勇蔵が？」

助手席に乗り込みながら、弥生は人一倍おっとりとした同級生の顔を思い浮かべた。

眼鏡をかけ、小声でしゃべり、本ばかり読んでいた。そんな男子が、カフェだなんて。

港から車で五分、砂浜のほど近くにカフェ・すのうはあった。ウッディな店内は広く、天井には大きなファンがゆったりと回っている。カウンター席が十席、テーブルが八つ、テラス席が六つ。一角には土産物など雑貨を売る場所も設けられており、店内は観光客でにぎわっていた。テラス席は水着のまま利用することもでき、テイクアウト用のメニューも豊富だ。

弥生を見つけてもちょっと片手をあげただけで、勇蔵は忙しそうにカウンター内を駆けずりまわっている。アルバイトらしき女性が注文を取りに来たので、アイスコーヒーとサンドイッチを頼んだ。

「けっこう流行ってるだろ」

栄作は得意げだ。

「うん、びっくりした」

けっこうどころか、大変な賑わいだ。しばらくすると、勇蔵がコーヒーとサンドイッチを運んできた。

「いらっしゃい。弥生、久しぶりだね」

ギャルソンエプロンを着けた勇蔵は、なかなかさまになっている。

「開店おめでとう。すごいじゃない。勇蔵がカフェなんて意外だった」

「だよね」

照れくさそうに、勇蔵は頭を掻く。本土の高校を卒業した後、島に戻って漁業を継いだはずだ。それがいつの間にカフェを開業するに至ったのか。

「実は僕、本土にいる間に、コーヒーに目覚めちゃってたんだよね」

疑問が弥生の顔に出ていたのか、勇蔵は語り始めた。

「高校生の分際で、週に三回位は喫茶店巡りしてたんだ」

「全然知らなかったわ」

「内緒にしてたもん。恥ずかしいだろ、島育ちのいがぐり頭の高校生が、生意気にコーヒーにはまってるなんてさ」

昔から変わらない、朴訥な話し方。こんな穏やかな彼が、店を一軒構えるだけの情熱を秘めていたことに、弥生は素直に感動した。

「親父と一緒に魚獲ってたけど、カフェをしたいってずっと思ってた。でも、島じゃ無理だから諦めてたんだ。そしたら、達也さんが背中押してくれた」

「お兄ちゃんが？」

「うん。ちょうど雪室で熟成させたコーヒーをブランド化する計画があるから、その淹れたてが飲めるカフェにすればきっと話題になるって。カフェは素晴らしい島おこしのアイデアだって、めちゃくちゃ褒めてくれた。大反対してた親父のことも、説き伏せてくれてねー

「そうだったんだ」

「テーブルも椅子も、青年会でプレゼントしてくれた。ほんと、達也さんには足を向けて寝られないよ」

勇蔵は嬉しそうに、片手でそっと椅子の背を撫でた。まだ新しく、素朴な木目が優しい味わいを出している。

年の離れた兄は、きょうだいというよりほとんど保護者だった。高校時代、寮の門限に間に合わなくて実家にお叱りの連絡が行った時、次の日に兄が腕組みをして校門の前に立っていた。兄はこんこんと説教し、寮長に謝罪に行くと、すぐにフェリーで島に戻って行った。

兄は厳しくて怖いが、心根は優しくて頭の回転も速く、いざという時は頼もしかった。そんな兄が、弥生の同級生の夢を実現させてくれたのは嬉しい。それでいて、島おこしという青年会の目標にも向かっている。兄らしい応援の仕方だなと思った。

ピロピロと電子的なメロディーが鳴る。

「おっと」

勇蔵がエプロンのポケットからスマートフォンを取り出し、「カフェ・すのうです」と応答した。

「ごめんね、デリバリーの注文が入った。じゃあ、また後で」

電話を切ると、勇蔵は颯爽と仕事に戻っていった。

「デリバリーもしてるの？　っていうか、どこに？」

カウンターの中で生き生きとサイフォンをセットする勇蔵を眺めながら、弥生は博美に聞いた。

「ああ、ビーチによ」

「ビーチ？」ガラス窓からは、人でごった返した海岸が見える。「でもどうやって？」

「ビーチパラソルに大きく番号を書いてあるの。だからデリバリーは、パラソルをレンタルしてくれた人だけの特典ってことになるんだけどね。レンタル代は一日千円かかっちゃうけど、コーヒー一杯無料券がついてくる。列に並ばなくていいし気軽だから、軽食とかデザートとか、じゃんじゃん注文がくるみたいよ」

「へえ、考えたわねえ」

大規模な海水浴場では番号を探すのが大変で、成立は難しいかもしれない。さほど大きくない海岸の特性を活かしたシステムといえるだろう。

「これも達也さんのアイデアよ。すごいでしょう」

「そうだったの」

誇らしい思いで、弥生はコーヒーを一口含む。香ばしくて、甘くて、複雑な酸味が舌にふわりと広がった。勇蔵のこだわりが、ちゃんと味に反映されているのを感じる。雪室で熟成させたコーヒー豆を兄が東京に送ってくれたが、弥生の入れ方ではこんなに美味しくならなかった。

一達也さんほど雪之島のことを考えてくれてる人、いないよな」栄作がつくづく言う。

「雪室の再利用を始めたのも、ビーチでの雪遊びを発案したのも、みんなあの人だもん」

雪室を復活させてから観光も産業も幅が広がった、と栄作は続けた。夏でも雪があり、しかも砂浜で遊べるということが家族連れにもカップルにも幅広く受けて、それを目当てにやってくる観光客が目に見えて増えた。

また、雪室で氷温熟成させた魚や肉、酒、コーヒーを「雪之島ブランド」として民宿で振る舞ってみると、ひと味違うと評判になり土産物として売れた。手ごたえを感じた達也はインターネットでも通信販売をするようになり、今では本土のレストランやバーとも契約を結んで定期的に卸すなど、徐々に市場を拡大しつつあるらしい。

確かに兄はアイデアマンだ。「ゆきのん」という雪の結晶をかたどった、いわゆるご当地ゆるキャラグッズが売られている店内の一角に、弥生は目を向ける。

三年前にゆるキャラを取り入れることが決まった時も、どうすれば注目されるか兄は知恵を絞っていた。まず公募で「ゆきのん」のデザインを決定し、その半年後にボーイフレンドとなる「ゆきおくん」のデザインを募集した。カップルが成立すると、雪之島でのふたりの日常を青年会のホームページで紹介し始めた。現在は二人が着る結婚式用の衣装デザインを募集中で、ゆくゆくは子供のキャラクターも募集する予定らしい。その工夫が実ってか、関東圏のテレビ番組でも、ゆきのんとゆきおくんのマスコットをたまに見かけることがある。

——けれど。

弥生は冷静な頭で考える。

——けれども、その先は？

観光客が倍増した、ゆるキャラが人気者になった、雪之島ブランドも浸透しつつある——しかしそれらのことは、これから先細っていく島の運命を変えられるのだろうか。

こうして懸命に故郷を復興させようとしている友人たちに感慨を覚えると同時に、つい冷めた目で見てしまう自分がいる。その自分は何もできないし、何もしようとしないくせに。

少子高齢化、産業の停滞、不況、人口減少など、現代社会の抱える問題を凝縮したような雪之島に、危機感を感じざるをえない。喫緊の課題は、やはり人口を増やすことだろう。しかし新生児の年間出生数は、そもそも若い女性が少ないのでほんの数名か、ゼロの年もある。そして移住者は滅多にやってこない。

雪之島を訪れた人は必ず、こんなところで暮らしたいと言ってくれる。実際、リタイヤを控えた夫婦が終の棲家を求めて下見にやって来ることも少なくない。しかしリタイヤ世代は健康を懸念する世代でもある。最終的には町医者すらいない雪之島は候補から外れ、下見に来た人々がこの島に根を下ろすことはなかった。

だから青年会が島おこしを頑張っても、それが人口増加に繋がるとは弥生にはとても思えないのだった。

「青年会では色んな工夫をしていて、すごいね」

内心とは裏腹に、弥生は笑顔でねぎらう。

「ああ、あれこれ企画しては、実行してるぜ」

「そうだ、弥生は新しいウォーキングコースのこと知らないんじゃない？」

「ウォーキングコース？　いつできたの？」

「一年くらい前。四年がかりで完成したの。野鳥とか花とか昆虫とかが見られるコース」

「いいわね。行ってみたい」

「そう？」博美は嬉しそうだ。「じゃ、今から案内するね」

三人で席を立つ。会計をしに行くと、レジの女の子が「あれ、弥生さん」と声をあげた。色白で、おかっぱ頭。背がひょろっと高い。

「うそ、もしかして風花ちゃん？」

兄の親友、陸斗の娘で、赤ちゃんだった頃から抱っこされて弥生の家に遊びに来ていた。姉妹のいない弥生には妹ができたようで嬉しく、よく遊んでやったものだ。

「はい。お久しぶりです」

「びっくりした。きれいになっちゃって」

「そんな」

風花がレジを打ちながら、はにかむ。

「いくつになったの？」

「中一です」

「ここでバイトしてるんだ」

「ここだったらいいって、お父さんが」

小銭のやり取りをしつつ、軽く近況を聞く。前から弟を欲しがっていたが、相変わらず一人っ子らしい。

「うちにも遊びにおいでよ。深雪さんもいるし」

兄嫁の名前を出すと、風花は嬉しそうに頷いた。深雪は陸斗の従妹なので、風花の親戚でもある。

混んできたので、弥生はレジを離れた。風花は素早く「あとでメールしますね」と言うと、次の客の応対を始める。女性五名のグループで、言葉のイントネーションから関東の観光客だとわかった。きれいに染められた茶色の長い髪や、ジバンシィのサングラス、洒落た水着。マニキュアがはみ出した垢抜けない指でレジを打ちながら、風花は眩しげに彼女たちを見つめている。

かつては弥生も、観光客を通して憧れの都会を見ていた。きっと風花も、本土の高校に通う日を心待ちにしているに違いない。

風花のうっとりとした表情が昔の自分に重なって気恥ずかしくなり、弥生は急いでカフェを後にした。

海岸と集落を隔てる山に向かって歩き始めた。民宿や食堂が並ぶエリアを抜けると道路の脇には一気に建物がなくなる。

信号もない、警察署もない、消防署もない、病院もない、銀行もない、コンビニもない――周囲二十キロメートルの、本当にちっぽけな島。

子供の頃は、それで当たり前だと思っていた。不便だとも不安だとも感じなかった。けれども本土の高校に進学して、大きな衝撃をうけた。電車やバスで好きな時に好きなところに行ける。ショッピングモールがあって何でも手に入る。夜でも街は明るい。映画館やレンタルビデオ屋、カラオケボックスがあり、少しも退屈しない。

週末には実家に帰ることが寮生の義務になっていたが、弥生にはそれが不服だった。週末にこそ、もっと遊びたかった。

島からの同級生は、男女合わせて七人。高校を卒業するとともに島へ戻ったのは、勇蔵と栄作と博美の三人。残りの四人は本土に残り、北陸、関東、関西など地域はバラバラだったが、大学や専門学校へ進んだ。

弥生は、東京の四年制大学の経済学部に合格した。一流大学には手が届かなかったが、堅実な銀行か証券会社に就職したいというビジョンだけは明確に持っていた。ゆとり世代であるということに加えて、知名度の低い大学というハンデ。だから資格をたくさん取って勝負しようと、入学早々に決めた。

すぐに簿記の勉強を始め、融資の際に不動産知識も必要だからと勧められて宅建も取った。それから証券外務員二種、ファイナンシャル・プランナー、TOEICなどを在学中に着々と受験しながら、インターンシップにも積極的に参加した。

しかし就職活動の結果は、資格を持っていない一流大学の学生に惨敗。宅建を持っていたことを評価してくれた中堅の不動産会社からしか、内定をもらえなかった。

不動産業界に興味はなかったので、内定を蹴って就職留年することも考えたが、家族に大反対されるのは目に見えていた。特に農業を営む実家は、常に人手が足りない。留年するくらいなら帰って来いと怒られるに決まっている。そもそもは農学部に行くという条件で上京を許してもらったのに、それを裏切って経済学部へ進学したという経緯もある。

銀行か証券会社で働きたいのはやまやまだが、何よりも優先すべきなのは地元に帰らず東京に残ること。弥生は妥協し、不動産業界への就職を決めたのである。

「観光客のほとんどは釣りか海水浴が目当てなんだけど、青年会でアンケートを取ったら野生の花や昆虫、野鳥を見たいっていう希望が意外と多かったんだ」

アスファルトで舗装された車道から途中で逸れ、原っぱを進みながら、栄作が言った。その希望にこたえるべく、青年会総出で山の木を切り出し、小道を作ったらしい。それまでは山を越えるには車道しかなく、観光客が歩くには危険だったのだ。

草がどんどん密集し、背が高くなってきた頃、やっと山のふもとに到着した。「ウォーキングコースはこちら」という矢印が立っている。矢印の先は、山と原っぱの境目にある山肌にぽっかりと穴があいている。山を越えなくても、島民が集落と港を往歩で行き来できるように掘られた、大人が一人通れるくらいの小さなトンネルだ。

「これがウォーキングコース？　昔からあるトンネルじゃない」

「違うんだって。もっとこっち」

トンネルから更に先に回ると再び赤い矢印があり、それを追っていくと丸太で作った階段が見えてきた。階段を昇ればスムーズに山道へと踏み出せるようになっているようだ。

栄作と博美が山へと入って行く。弥生も二人に続いた。

人がぎりぎりすれ違える程度の細い小道が、頂上に向かって真っすぐではなく、ゆるやかに蛇行するように延びている。

「子供の足でも歩きやすいようにしたの」

並んで歩きながら博美が言う。

「苦労したんだぜ。木を切って草を刈って大きな石を取り除いて。四年もかかっちまった」

四年といえば大学で学位が取れる。それだけの期間を、この島の若者は土にまみれながら、こつこつと山に道を拓いていたのだ。都会での時間の流れ方や使い方とは、決定的に違う。

「本当は三年の計画だったんだけど、最初に作りかけた道が、途中でボツになってな。

一度振り出しに戻って一年を無駄にしちまったんだ」

「そうなのよ。大きな岩があるところにぶつかっちゃったの。迂回してそのまま道を作ろうとも思ったんだけど、落石が起こったら危ないからやり直しが決まって」

「そんなことがあったの。大変な思いをしたね」

「確かに大変だった。けど完成してからクイズラリーを企画したら、家族連れに好評でな。たくさんの人が参加してくれて、苦労した甲斐があったなあって思ったよ」

その時の感慨にひたるかのように、栄作の口調がしみじみとする。片道一時間程度の散歩道。それができるまでには、少しでも島を好きになってもらおう、また来年も来てもらおうと願う青年会の涙ぐましい地道な努力があったのだ。

『さるすべり』『われもこう』『ききょう』など子供にもわかるように書かれた立札を通り過ぎ、どんどん上に登っていく。足は重たく、息が切れてきた。昔はこれくらいの山道などなんてことなかったのに、座ってばかりの都会暮らしでいつの間にか体力が落ちている。涼しい顔をして先へと進んで行く栄作と博美を、弥生はかろうじて追いかけていった。

急に視界が開ける。

「頂上、とうちゃーく！」

「一番の人気スポットよ」

眩しい太陽の下、栄作と博美のまっぷが風をはらんではためいた。島の全景、そして

広がる海を一望できる

「初夏だったら、イワユリが岩肌を覆って咲いてるのが見えるんだぜ」

イワユリのオレンジ色と、海の青色と、山の緑色が、弥生の脳裏に鮮やかに浮かぶ。さぞかし絶景だろう。

胸いっぱいに空気を吸い込んでみる。東京では絶対に得られないすがすがしさだ。

「この間この場所で、夫婦が一組誕生したのよ」

博美が誇らしげに話し出す。

「カップルで旅行に来てて、たまたまわたし、カフェで席が隣になったの。一緒にお酒飲んで、男性が『実はプロポーズを考えてる』って相談してきてね」

博美の頭に、すぐ名案が浮かんだ。「任せてください」と胸を叩き、青年会と相談して、次の日、特別なクイズラリーを開催した。

クイズの問題は、『二人の出逢った場所は？』『初めてデートに行ったのは？』『思い出の食べ物は？』という、二人にしか解けないものばかり。そしてこの頂上で用意されていた問題には、『今から口頭で最大の難問を出します。イエスかノーかでお答えください』と書かれてあった。

かくして絶景を背に、男性は女性にプロポーズ。女性はイエスと回答し、プロポーズを受け入れた。そしてラリーを終えて二人がカフェに戻ると、サプライズで婚約パーティーが準備されていた——というわけだ。

「ロマンチックねえ。さすが博美」

弥生が褒めると、博美は照れ臭そうに笑った。博美は昔から女の子らしく、可愛げのある娘だった。

「これをきっかけに、プロポーズも島おこしの企画に加えようって計画してるんだぜ」

確かにユニークで、良い思い出になるに違いない。青年会ではまだ若手である彼らが、こうして真剣に島おこしに取り組んでくれている。その情熱と、島が愛されているという事実に安心感を覚える。

弥生にとっても、雪之島は大切な故郷だ。このまま廃れないでいてほしい。誰かに住み続けてもらい、手入れしてもらい、豊かになってほしい。けれども、自分はその誰かになるつもりはない。弥生の中では、故郷を愛することと、そこに骨をうずめることは別なのだ。

「さあ、まだまだ見所はあるのよ。こっちが野鳥観察スポット、こっちが昆虫スポット……」

山を下りながら、二人の案内は続く。

「あっちはレンゲショウマにササユリ。すげえきれいだろ？」

栄作が指さした先には、可憐な花が咲き乱れている。自然の美しい彩りにうっとりしていたが、その数メートル先に佇む黒っぽい影を、ふと視界にとらえた。

ぎくりとする。

一瞬、背が弓なりに盛りあがった大男がうずくまっているように見えた。しかし目を凝らすと、人間ではないことが分かる。灰色の箱のように見えるが、誰にも見向きもされなくなった墓石のように、その周囲にだけ陰鬱な空気が漂っている。

「ねえ……あれ、何？」

思わず博美の腕にしがみつき、怖々と顎でそれを示す。

「え？」

博美が弥生の視線を辿り、「ああ」と頷いた。

「あれは祠よ」

「祠って……だって、あんなところに？」

雪之島の古寺にあるような立派なものではなく、こぢんまりした祠だ。弥生はロープの柵を乗り越えて山に入り、草や木の根っこをよけながら、祠に近づいていった。栄作と博美も追って来る。

祠は木製で、開いた本を伏せたような屋根は、ほとんど朽ちかけていた。箱の部分もささくれ立ち、木目なども消え果てている。観音開きの扉は格子になっていて、中には毛筆でなにやら書かれた不気味なお札が何枚も納められていた。弥生の背筋が粟立つ。

「ほら、さっき話したでしょ。さいしょに作りかけたコースを廃止にしたって。せっかく途中まで作ったから、夏は肝試しコースとして利用してるの。ウォーキングコースとは入り口も別になってるから、子供を怖がらせることもないしね」

なるほど、今歩いてきたコースとは別に、祠を行き止まりとした一本道がのびている。

「肝試しを始めたのなんて、三年も前だぜ。てっきり知ってると思ってたけど、そっか、ずっと夏に帰って来てなかったんだな」

三年前の夏といえば、就職活動や資格試験で忙しかった。兄から電話で聞いたことはあるかもしれないが、自分のことで精いっぱいで記憶に残っていない。

「ここまで来られた人は、証拠として中のお札をスタート地点に持って帰るの。参加費は三百円。今夜も十時からやるけど、来る？」

「いい。わたしが怖がりなの知ってるでしょ」弥生は慌てて首を振り、それから恐る恐る尋ねた。「ねえ、これ本物の祠？」

「まさか。そんな罰当たりなことしないわよ」

博美が吹きだす。

「陸斗さんのお手製だよ。リアルだろ？　わざわざ古い木材集めてきて作ってくれた」

ああ、陸斗さんがと弥生は納得する。

昔から日曜大工が趣味で、椅子や机、本棚などを作ったり修理してくれた。彼なら、こんな祠くらい簡単に作れてしまうだろう。

「ずっとここに置きっぱなしなの？」

「夏の間だけな。傷んじまうから、オフシーズンは陸斗さんが保管してくれてる。持ち運べるように、組み立て式でバラせるようになっているんだ」

「そっか。昼間に見てもぎょっとするから、暗いところで見たらもっと怖いでしょうね」

「だろ？　大の男が、けっこう悲鳴をあげてるよ」

「そういえば」博美がくすくす笑った。「深雪さんも、これに驚かされたくちよね」

「おー、そういうこともあったなぁ」

　栄作が手を叩いた。

「深雪さんが？」弥生は首を傾げる。

「うん。三年前の冬かな？　深雪さんが婚約者を連れて帰ってきたの知ってる？」

「兄貴と結婚する前でしょ？」

　義姉は東京に帰りたがっていたが大雪のせいでフェリーが出ず、それが兄と結びつけることになったと聞いていた。

「そうそう。で、風花ちゃんが深雪さんを東京に帰したくなくて、いろいろ画策してたんだって。フェリー乗り場に近づけないように歩行トンネルの入り口と標識を雪で隠したり、廃止になったコースにこの祠を置いたりね。深雪さん、吹雪の中で祠を見つけて、しまたまさんが怒って阻止してるのかもしれないって、本気で怖かったらしいの」

　こうして昼間に見ても気味が悪いのに、吹雪の中で出くわせばさらに恐ろしいだろう。

「祠を勝手に納屋から持ち出したもんだから、陸斗さんから怒られてたよ。でも風花ちゃん、あの時は必死だったんだろうなぁ」

　栄作が、腕を組んでしみじみとする。

「なるほど、小学生なりに知恵を絞ったってわけね」

どれも稚拙（ちせつ）といえば稚拙だが、その悪あがきが可愛らしい。それに、そのお陰で兄は深雪と結婚することができたのだから、恩人ではないか。風花がキューピッドであったことを微笑ましく思いながら、そのまま肝試しコースを使って山を下った。

降りたところは、土と石ころだらけの開けた空き地だった。ちょうど肝試しコースへの入り口を真ん中にして、車道に近い方に島民用の歩行トンネル、反対側にウォーキングコースの出口があり、それぞれに標識が立てられている。

なるほど、これが風花が隠したという標識か。標識がなくても島民は問題ないだろうが、久々に帰省した自分なら深雪と同じように迷ってしまうかもしれないと思った。

空き地を抜けて、再びアスファルトで舗装された道へと戻る。ゆるやかな坂道を上っていくと、懐かしい集落が見えて来た。子供の頃から、毎日走り回っていた場所。たまに戻って来ると、どうしてもっと顔を出してやれないのかと反省してしまう。

門のところに、ちらほら人が見える。まだ明るいが、オガラを焚いているのだ。東京に出てから、久しく盆の迎え火を見ていない。最初は住宅事情のせいだと思っていたが、迎え火の代わりとなる盆提灯を掲げている家も見かけたことがない。そもそもオガラが皮をはいだ麻の茎であるということすら、東京で出会った友達は知らなかった。

弥生が通りかかると、迎え火の前で合掌していた老夫婦が、「おや、弥生ちゃんじゃないか。おかえり」と顔をほころばせた。

「お久しぶりです。ただいま」

弥生は会釈して通り過ぎる。

「あ、弥生お姉ちゃん」

「ほんとだー」

迎え火を焚いていた別の家の兄弟が、はしゃぎ声をあげて近寄って来た。前に会ったときより随分背も伸び、男の子らしくなっている。

しばらく帰ってこなくてもこうして温かく迎えてくれる島は、全体が大きな家族なのだと思う。

やっと我が家が見えて来た。早朝からの長旅に加え、思いがけずウォーキングもしたので、もうくたくただった。

「んじゃお疲れさん。ゆっくり休めよ」

栄作が弥生の肩をポンと叩く。

「ねえ夕飯の後、うちに集まらない？　花火でもしようよ」

博美の提案に、弥生は喜んで頷いた。

「いいね。行く行く」

明日になれば墓参りにしまたまさん参り、そして親戚の集まりがある。今夜くらいは久しぶりに友人と遊びたい。

栄作と博美を門のところで見送った後、弥生は母屋へと向かった。

「ただいまー」

からからと引き戸を開ける。もちろん鍵などかかっていない。

玄関先に、弥生が数日前に送っておいた段ボールが置かれていた。母屋はしんとしていて、誰もいない。

両親や兄は畑に出ているとわかっていたが、てっきり兄嫁は在宅だと思い込んでいた。一歳八か月の雪菜を抱え、しかも身重である。いったい、どこに行ったのだろうか。

弥生は和室へ行った。仏壇はきれいに掃除され、その前に作られた仮棚に、きゅうりの馬となすの牛がいる。かなり不格好なので、雪菜が作ったのかもしれない。弥生は短足の馬をつまみ上げ、ふふふと笑った。

段ボールを開けて中から菓子折りを出し、仏壇に供える。それから線香をあげ、鈴(りん)を鳴らして手を合わせた。窓は開け放されており、時々風鈴がかすかな音を立てるが、座っていても額に汗がにじんでくるほどの熱気が立ち込めている。

ご先祖様への挨拶が済むと、すぐにクーラーをつけた。みんなが帰ってくるまで、涼みながら勉強をするとしよう。土産や衣類と同梱していた参考書を段ボールからどっさりと取り出し、卓袱台に並べた。

不本意な就職をして二年。なんとか自分なりに頑張ってきたつもりだが、不満は爆発寸前だった。就職してすぐの研修期間は、分譲マンションの契約や引き渡しに立ち会わせてもらったりと、面白いことも多かった。だが配属されたのは賃貸を仲介する店舗で、しかも郊外の小さな支店。他の同期たちは地域開発や戸建て・マンションを売買する花形の部署に行った。

来る日も来る日も、学生や新婚夫婦などを相手に五万円程度の物件を紹介し、入居者からのクレームを聞き、大家に頭を下げ、細々と一軒数万円の紹介手数料をいただく。同期との飲み会で億単位の会話が飛び交う中、どうしても肩身が狭く感じてしまう。

運転も苦手で客を乗せるたびにヒヤヒヤするし、男性客にセクハラまがいのことを言われるのも日常茶飯事だ。

だから弥生は転職を視野に入れ、不動産鑑定士、行政書士、簿記一級など有利になりそうな資格を取っておこうとスクールに通い始めたのだった。そしてそこで、侑史に出逢った。頑張っている自分への天からのご褒美だと、弥生は心から信じている。

民法の参考書と格闘していると、深雪のミニバンが敷地に入って来るのがガラス窓から見えた。塀に沿って並べられた夥しい量の盆栽からギリギリの場所に、きゅっと停車する。都会で長年運転してきた人だとすぐにわかる。島の人は広い道路と敷地に馴れきっているので、運転がおおざっぱなのだ。縦列駐車ができない人も多い。

玄関に行くと、大きなお腹を抱えた深雪がミニバンから下り、後部座席のチャイルドシートから子供を下ろしているところだった。

「お久しぶりです、深雪さん」

深雪が振り向く。

「弥生ちゃん。そっか、お盆休み、今日からだったわね」

「はい、さっき着きました」

やよいちゃあん、と雪菜が駆け寄ってきた。もともと子供は大好きだが、自分の姪っ子ともなれば、さらに可愛くて仕方がない。雪菜の好きだというキャラクターものの洋服やタオルなど、土産にたくさん買いこんできた。その雪菜はといえば、ゆきのんTシャツを着せられている。

雪菜が生まれた時は、たまたま連休だったこともあり、少しでも早く顔が見たくて東京から駆けつけた。身長五十センチにも満たず、ちいちゃくて軽かった。それなのにもう一人前に靴を履き、ちゃんと足で歩いている。

成長ぶりに感激しながら、雪菜の柔らかな髪を撫でた。今回重い腰を上げて帰省を決めたのも、もしかしたら運よく出産のタイミングに重なるかもという淡い期待もあったからだ。

深雪はトランクから、発泡スチロールの空箱を下ろしている。配達に行っていたのか。家にいた頃は、弥生も配達を手伝っていた。両親や兄が育てた野菜を、民宿や食堂に卸しに行くのだ。

それにしても、臨月の嫁に配達をさせるなんて。自分の親ながら、無神経さに呆れた。野菜も米も、結構な重さではないか。

産気づくまで畑に駆り出されていたと、母は事あるごとに陰で愚痴って姑を非難していた。ひょっとして、それに比べればましだとでも考えているのだろうか。たしかにここは分家なので、本家に比べれば気楽ではある。本家であればまだ健在の祖父母の世話を一手に引き受けなくてはならないが、ここでは両親を気遣ってさえいればいいし、今のところは二人ともまだまだ元気だ。しかしそれにしても、配達させるとはあまりにも配慮がなさすぎる。

「ゆき、ゆき」

雪菜の小さな手が、弥生の腕を引っ張る。

「え、なあに？」

雪菜の目線に合わせてしゃがんだ弥生に、深雪が笑いながら言った。

「雪室で遊びたいのよ」

兄嫁は首からかけたタオルで、額の汗をぬぐう。つくづく、キレイな人だ。色褪せた麦わら帽子にどこかの旅館の名前が入ったタオル、白いチュニックシャツにマタニティ用のレギンス、足元はスニーカー。髪はゆるく片側に三つ編みにしただけで、恐らくメイクもしていない。つけているアクセサリーと言えば、兄とお揃いのシンプルな結婚指輪だけ。

それなのに、顔の小ささや手足の長さ、腰の高さなどが決定的に凡人とは違う。だから畑で泥にまみれていても、ドラマで女優が田舎者を演じているように、どこかあか抜けているのだ。

「悪いけど、付き合ってやってくれる？　飲み物持っていくから」

「大歓迎。あっちの方が涼しいもん。行こう、雪菜ちゃん」

手をつないで、母屋の脇にある雪室へと行った。

雪室の中は適度に冷えていて気持ちがいい。入り口は一つだが、中は壁で仕切られており、貯蔵用の部屋と雪の部屋に分かれている。貯蔵部屋にずらりと並べられているのは、米やコーヒー、地酒、魚、肉などだ。これらがいずれは雪之島ブランドとして出荷されていく。

ええと、こういう熟成中の商品は棚卸資産だよね。現金化されるまでに数年かかったとしても、正常営業循環基準が準用されれば、貸借対照表では流動資産という扱いになって……。

頭の中で簿記の知識をおさらいする弥生の手を振りほどき、雪菜が雪の丘をかけのぼっていく。

「こらこら、ちょっと待って」

弥生もズックのまま、雪を踏みしめて雪菜に近づいた。雪遊びなんて久しぶりだ。しかも姪っ子と一緒に遊べる日が来るなんて。今はまんま、ねんね、だっこなど基本的なことしか口にできないが、おしゃべりができるようになったらもっと楽しいだろう。

雪菜は子供用のカラフルなスコップを突き立て、少しずつ穴を掘っている。幼いながらも真剣な表情が、また愛らしい。

「すごいなぁ雪菜ちゃん、上手だねえ」

　褒めてやると得意げに鼻の穴を膨らませ、にーっと笑った。頬にえくぼができる。

　雪菜はきっと美人になる。兄も身内ながらなかなかハンサムであるし、そこに深雪の血が入っているのだ。白い肌に大きな眼。形の良い鼻、小さな口と、すでに美少女になる要素を備えている。コマーシャルに出てくるどんな幼児より、ずっと可愛い。幼児モデルをさせればいいのにと思い、ふと苦笑する。こんな島から通わせることなど、無理に決まっているではないか。

　扉が開き、ぬるい外気とともに兄嫁が入って来た。

「あー、ここは天国ねえ」

　弥生は雪から下り、深雪から冷えた缶ジュースを受け取る。

「疲れてるのにごめんね」

「全然。雪菜ちゃんの顔を見に帰って来たようなものだもん」

　喉が渇いていたので急いでプルタブを開け、一気に半分ほど飲んだ。

「何か食べる？」

「大丈夫です。フェリーまで友達に迎えに来てもらって、ついでに食事したんで。それより深雪さん、こんなとこにいたら冷えちゃうでしょ？」

「だって暑いんだもの。クーラーより優しいし、長く居過ぎなければ平気」

「確かに暑いですもんねえ。東京の方が涼しいくらいかも」

「今年は特に。雪室の雪がこんなに少なくなったのも初めてよ」

「ここって、こんなに広かったんですね」

弥生は辺りを見回し、ジュースを飲みほした。大人たちの会話が気になったのか、雪菜がこちらにこようと立ち上がり、思い切り転ぶ。

「危ないよ」

空き缶を放り出し、弥生は慌てて雪の丘をのぼった。が、滑って手をついてしまう。そのまま四つん這いで雪菜の元に行った。

「やだ二人とも、大丈夫？」

こちらに来ようとする兄嫁を、慌てて制する。

「お腹を打ったら大変。深雪さんは来ないで」

尻もちをついていた雪菜を抱き上げ、服についた雪を払ってやった。本人はケロリとしているし、怪我もないようだ。

「ああ、雪が減って、氷の層がむき出しになっちゃったんだね。だから滑るんだ」

雪山の底辺は、何度も雪が圧縮されて厚い氷の層となっている。その上に、ほんの十センチほど雪がかぶっただけの状態になっていた。

「危ないからおうちに戻ろう、雪菜ちゃん」

弥生は促すが、雪菜は雪の中に何かを見つけたようにパッと顔を輝かせ、再び雪の上にしゃがみこんだ。

「もしもしー、もしもしー」

雪菜は半透明の氷の中を指さしながら、一生懸命、声をかけている。

「何がもしもしなの？」

弥生は雪菜のところまで、這いつくばって戻った。そして思わず吹きだす。紫色のスマートフォンが、浮かんでいるように氷の中で凍結されていた。

「あー、ほんとだね、もしもしだ」

げらげら笑っていると、深雪が「もしもしって？」と首をかしげる。

「スマホが凍ってます。ドジ過ぎ。深雪さんのじゃないですよね？　お兄ちゃんのかな。まあどのみち使い物にならないでしょうけど」

「えぇー、やだあ」深雪が苦笑する。

「そこからじゃ見えないかな？　ほら、紫色の」

気のせいか、深雪の顔色がすうっと変わったように見えた。

「紫の……スマホ？」

深雪が雪の丘を登りかけたので、「危ないですよ」と慌てて制す。しかし深雪は思い詰めたような形相で、這ってやってきた。

深雪の視線が、厚い氷の中に吸い込まれる。表情を失ったまま、両手をついてスマートフォンを凝視している。

「深雪さん……？」

魂を摑まれてしまったかのように、深雪は全く反応を示さない。その横顔は蒼ざめ、わずかに震えているようにさえ見えた。

「あの、お腹が冷えちゃうんじゃ……」

そっと肩に手を置くと、兄嫁は視線を少しも動かさずに言った。

「先に母屋へ帰っていてくれない？　雪菜を連れて」

静かだが、有無を言わせない口調だった。

「はあ……わかりました。行こう、雪菜ちゃん」

手をつなぐと、素直に雪菜はついてきた。転ばないように、ゆっくりと雪の丘をおりる。

重い扉を開けて外に出ると、暴力的な熱の塊が襲い掛かってきた。扉を閉じる前に、そっと振り返る。

美しい兄嫁は微動だにせず、まるで神秘的な氷像のようにその場に座していた。

母屋の前、深雪の車の近くに、母の車が斜めに停められていた。台所から水音が聞こえる。弥生がズックを脱ぐよりも早く雪菜がサンダルを脱ぎ、「ばーば」と呼びながら玄関を走り抜けていく。

「おかえり。どこに行ってたの」

母は収穫してきたばかりのトマトやきゅうりを洗いながら、足元にしがみつく雪菜を優しい目で見下ろす。

「雪室で遊んでたんだ。雪菜ちゃんと」

弥生も母の隣に立ち、野菜を洗い始めた。

「深雪さんも一緒？」

「うん。父さんとお兄ちゃんは？」

「まだ畑。あんたがそろそろ帰ると思って、母さんだけ先に帰って来たの」

「ねえお母さん」

弥生は声をひそめた。

「今の深雪さんに、配達なんかさせちゃダメなんじゃないの？」

「でも、本人が行きたいっていうもんだから。一応、止めたんだけど」

「だから、それは気を遣ってるんだってば」

弥生は呆れる。義理の両親にノーと言える嫁など、いないのだ。母には絶対に無神経な姑になってほしくないと願っていたのに。

「ううん、本当に止めたんだよ。だって佳恵ちゃんの手前もあるだろ？」母は幼馴染でもある深雪の母の名前を挙げた。「うちとしたら、やっぱり大事にしてあげたいと思ったんだよ。でも深雪さんが、動いてた方が安産になるからって言い張ってさ。だから無理をしないっていう約束で、続けてもらってる」

「なんだ、そうだったの」

「美人だし愛想もいいから、配達先でも好評だしね。よくやってくれてるよ」

母は、ほくほくした笑顔を浮かべた。

「なかなかできた子だよ。本家にも率先して顔を出してくれるしね」

「えー、本家にも？」

「そう。ほら、母さんはさ、おばあちゃんが苦手だろ？」

母と祖母は折り合いが良くない。今でこそ丸くなったが、昔の祖母は弥生の目から見てもきつい人だった。もちろん母は嫁として堪えてきたが、長年蓄積した複雑な感情があるのか、今では必要最低限しか本家に行きたがらない。

「何か察するものがあったんだろうね、母さんの代わりによく手伝いに行ってくれるんだよ。おばあちゃんだって深雪さんのことは小さい時から可愛がってるし、その上に雪菜ちゃんを連れて行ったらもうメロメロでね。そしたら母さんがたまに顔を出しても、おばあちゃん、えらくご機嫌なんだよ。深雪さんが、うまいことクッション役になってくれてるんだね」

「へえ……」

「昔気質の嫁って感じかね。家の中のごたごたをうまくすり抜けて、かわして、回していくっていうかさ。都会に染まってた子だから正直大丈夫かなって不安だったんだ。でもさすが佳恵ちゃんの娘だね。田舎の嫁の役割が、しっかり染みついてる」

「ふうん」

母が手放しで褒めるのを聞きながら、弥生は意外に思っていた。あんなに都会暮らしが長く、芸能界という派手な世界にいた人なのに、一度島に戻ってしまえばすんなり馴染んでしまうものなのか。

年が離れているので深く話したことはないが、島を飛び出したということは、恐らく弥生と同じように島の狭さや不便さに辟易していたに違いない。それでも気難しい母に気に入られているということは、素養が備わっていたということなのだろう。

だけど自分にはそんなものは欠片（かけら）も備わっていないはずで、そしてそのことに弥生はホッとした。同じ島育ちでも、わたしと深雪さんは違う。絶対に雪之島に戻ってきて、馴染んだりしない。

「まあ、お義母さん。すみません、わたしやります。弥生ちゃんも、着いた早々手伝わせちゃってごめんね」

勝手口のドアが開いて、空き缶を持った深雪があたふたと戻ってきた。リサイクル用のゴミ箱に缶を放り込むと、椅子に掛けてあったエプロンをさっとつける。

「お夕飯は、冷やし中華にするんでしたよね？」

洗ったきゅうりを弥生の手から取ると、見惚れるような包丁さばきで千切りにし始めた。さきほどの雪室での様子とは違って、いつも通りのてきぱきした、朗らかな兄嫁である。

「いいんだよ。深雪さんはちょっと休憩してなさい。スイカ切って持っていくから、弥生と座って待ってて」

「でも……」

遠慮する深雪の脚に、雪菜が「ママー、あっちいこー」とまとわりつく。

「行こう、深雪さん。雪菜ちゃんだって座りたいよ」

「そうですか？　甘えちゃってすみません」深雪は一本まるまる千切りを終えると、包丁を置いた。「じゃあいこうか、雪菜」

弥生は深雪と雪菜と連れ立って和室へと行った。クーラーをつけたままだったので、充分冷えている。

卓袱台の上に出しっぱなしにされた参考書に、深雪が目を留めた。

「わあ、難しそうな本ねえ」

一冊を手に取り、ぱらぱらとめくる。雪菜は眠いのか、深雪が座るとすぐさまその膝に顔をうずめ、寝っ転がった。

「簿記一級に不動産鑑定士に、行政書士。すごいわねえ、まだ資格取るの？」

「わたしなんて、まだまだだもん」

「弥生ちゃんは充分優秀よぉ。いつもたっちゃんが自慢してるもん」

母の前では達也さんと呼ぶが、子供の頃から知っている弥生の前だとリラックスするのか、少し口調が砕ける。

「そういえば簿記と行政書士は、たっちゃんも取りたいって言ってたな」

「えー、お兄ちゃんが？　カラじゃなーい」

「うふふ、簿記の三級は合格したのよ。今は二級に挑戦中。雪室ビジネスを拡大していく為に必要だからって張り切ってる」

「二級って結構難しいですよ。工業簿記が入ってくるから」

「でも、すっごく頑張ってるのよ。弥生ちゃんが資格を取って帰ってきてくれるなら、たっちゃんも心強いわね」

「やだ、あたし、帰ってくるつもりないですよ」

母に聞こえないように、こそっと言う。

「あらそうなの？」

「だって、今さらこんなところで暮らせないもん。深雪さんなら、わかってくれるでしょ？」

否定も肯定もせず、深雪は曖昧に笑った。

「ねえ、深雪さんはもう東京に戻りたいと思わないんですか？　このまま一生、ここでいいの？」

「この島で暮らしながら、発展させていきたいっていうのがたっちゃんの——ううん、島民全員の夢だもの」

「でも、ここ不便でしょう？」

「確かに便利とは程遠いわね」

深雪は口に手を当ててころころと笑う。その仕草と表情が、深雪の母親、佳恵とそっくりだった。

「でも、こういう生活も悪いものじゃないわ。結局わたしは雪之島を好きなんだと思う。島に護られてきたんだって、今になってわかることもあるの」

「ふうん」

少し白けた気持ちで、弥生は聞いていた。島暮らしに戻って三年目。東京に帰りたい、やっぱり耐えられないという本音をどこかで期待していた。

「たっちゃんともこうして縁があって、雪菜ができて、もうすぐ下の子も生まれて……感謝しかないわ。雪之島に戻ってきたことは、運命だったのよ」

「運命ねえ」弥生は、理解者を失った気分だった。「それなら、わたしの運命は東京に留まることなんだろうな」

「あら」

弥生の言葉に、深雪が反応する。

「それって、すでに運命のお相手がいるってこと？」

「まあ、どうなるかわからないけど」

この美しい兄嫁に自分の恋愛のことを話したくて、少しもったいぶる。

「ねえねえ、どんな人？」

深雪が、卓袱台に手をついて身を乗り出してきた。

一同じ資格スクールの人で、なんと公認会計士を目指してるんです。本当に優しい人で、一緒にいるとポジティブになれるっていうか。人生経験も豊富で——あ、写真あるけど、見ます？」

手帳に挟んでいた数枚の写真を交えながら、馴れ初めから現在の暮らしまでを一気に話した。

「そう、素敵な人なのねえ」

ディズニーランドで腕を組んでいる写真、キャンプ場でバーベキューをしている写真を、深雪は目を細めて眺める。

「それにしても、もう一緒に暮らしてるなんてびっくりしちゃったわ。結婚の話は？」

「まさか、そんなの、まだまだですよ」

「んもう、ごまかしちゃって」

深雪が冷やかすように、弥生の腕をつついた。

「だって彼、合格までだいぶ時間がかかりそうなんだもの。実はこの間また落ちちゃって、すっかり意気消沈。しばらく休むなんて言ってるし、将来のことなんて、とてもとても」

大きなため息をつく弥生に、深雪は慰めるように言った。

「彼はとても繊細なのね。でもそういう人だからこそ、弥生ちゃんは好きになったんでしょう？」

「あ……そうです！」

嬉しくなって、弥生は何度も頷いた。

「まさにその通りなんです。そんな彼だから、わたしの仕事の辛さも理解して、労わってくれる。本当に貴重な人なんです。だけど、もしもずっとこのままだったらどうしようって不安になることもあって——」

「よくわかるわ、そういう気持ち」

深雪は優しい微笑を浮かべた。

「迷いは頭のどこかにあるんだけど、離れたくない気持ちの方が強いのよね。もし勇気を出して別れても、この先これ以上幸せになれるかわからない。自分には、やっぱりこの人しかいないんじゃないかって思ってしまう」

すごい。弥生本人ですら曖昧だった気持ちを、どうしてこの兄嫁はわかってしまうのだろう。

「だけどね、大丈夫」

深雪は弥生の手に自分の手を重ね、目をしっかりと覗き込みながら言いきった。

「弥生ちゃんは、必ず幸せになれるから」

「どうして？」

「どんなことがあっても、しまたまさんが必ず護ってくれるからよ」

「そうかなあ」

「そうよ。弥生ちゃんは、愛されてるもの」

美しく聡明な深雪に幸福な未来を保証された気がして、弥生は心から安らぎを覚えた。

急にふすまが開き、スイカを持った母が入って来る。

「なにそれ。まさかあんた、東京に恋人がいるの？」

弥生は慌てて写真を隠した。が、鋭い母の目は、親しげに寄り添う弥生と侑史の姿を捉えていたらしい。

「どんな人なの？　いくつ？　仕事は何をしてる人？　ちゃんと真剣に付き合ってるんでしょうね」

「うるさいなあ。もう大人なんだから放っといてよ」

母の干渉は面倒くさい。昔から詮索しては、あれこれ文句を並べる。母に見られたのは失敗だった。

「お義母さんったら。弥生ちゃんのことだから、素敵なお相手に決まってるじゃないですか」

スイカが盛られた皿を盆の上から取りながら、やんわりと深雪がたしなめてくれる。頼もしい。きっとこんな調子で、この家でも上手に立ち回っているに違いない。

「だって、全然こっちに顔を出さないと思ったら、そんな——」

「いただきまーす」

母の言葉を遮るように、弥生はスイカにかぶりついた。口の中いっぱいに、甘い汁が広がる。出荷用ではなく、自宅で食べるために庭の畑で育てているものだ。完熟してから収穫するのでとても甘い。スイカは収穫した瞬間から、中のタネが発芽しようとする。その際に糖を含む栄養素を果肉から奪うので味が落ちてしまうのだと、子供の頃に兄が教えてくれた。

「んーっ、やっぱ美味しい」

あっという間に一切れをたいらげ、次に手を伸ばす。東京で暮らすようになってから初めてスーパーでスイカを買って食べてみたが、どことなく青臭い味がした。

「弥生ちゃんたら、そんなに急いで食べなくても」

深雪はスプーンを使って食べながら、くすくす笑っている。

「だって、この味久しぶりなんだもん。あ、父さんとお兄ちゃんの分、ある?」

「また切ればいいから、たくさん食べなさい」

母はさらに一切れを弥生の取り皿に取ってくれる。

「でもお夕飯前だしなあ」

「水みたいなものなんだから大丈夫よ。雪菜も寝ちゃったから、お夕飯を遅らせてもいいし」

深雪が言うと、母が同調した。

「そうだね。父さんたちが帰ったら先にオガラを焚いて、それからごはんにしよう」

「そういうことなら、もうちょっと」

母の取ってくれた三切れ目を、大きな口を開けて齧る。膝の上で眠る雪菜の髪を優しく指で梳きながら、深雪がぽつりと言った。

「——会ってみたいなぁ」

「え？」

スイカを咀嚼しながら、弥生は訊き直す。

「会ってみたい。弥生ちゃんの恋人に」

「やだあ、何ですか突然」

母の反応が怖かったが、恋人の存在をアピールする良い機会だと思い直し、強気に出ることにした。

「そうですね、今度連れてきちゃおうかな」

「うん、是非そうしてよ」

「一日や二日会ったところで、わかるもんかい」

案の定、母が不機嫌そうな声を挟んだ。

「大丈夫ですよ、お義母さん。しまたまさんが、しっかり見極めてくれますから」

深雪が自信をにじませて言い、そしてどことなく遠い目をした。

「そうねぇ——冬がいいわ」

深雪は歌うような、うっとりとした口調で呟く。

「冬？」

「ええ、お相手を連れてくるなら絶対に冬よ。だって雪之島は、雪がとってもきれいなんだから。ねえ、お義母さん」

深雪が、母に微笑みかけた。

二人の視線が交わる。母の口元にも、うっすらと微笑が浮かんだ。

「ああ……そうだねえ」母も、深雪に向かって頷く。「やっぱり、冬がいいだろうねえ」

「幻想的ですものね、一面の銀世界は」

二人はそこにはない雪景色を見るかのように、同時に外に視線を投げた。夕刻の太陽は傾き、雪室の大きな影が庭先を覆っている。

冬か。

そうよね。確かに島がすっぽりと雪に包まれる様子は、とても清らかで美しい。あの神秘的な景色に魅せられない者はいないだろう。

「わかった。じゃあ連れてくるなら、冬にするね」

弥生はスイカをほお張った。

きっと侑史は雪之島を好きになってくれる。

いつの日かここに連れてくることを楽しみに思いながら、母と兄嫁の視線の先に、弥生も雪のまぼろしを探した。

解　説

澤村伊智

現代を舞台に、台風で外界から隔離された島で、次々と人が死ぬ。これは殺人か。それとも島に伝わる怨霊の祟りか――

そんな小説を書くために、とある私大の市民講座を受講したことがある。現代日本の島について学ぶ講座で、講師は島に詳しい紀行ライター。初日に取り上げられたのは広島県の大久野島だった。

ネットでも有名、というよりネットを介して世界的に有名になった島だ。ご存じの方も多いだろう。戦後に持ち込まれたウサギが野生化し繁殖し、現在は「うさぎの島」として人気のスポットである。島へ行く船が出る港のショップや、島にある国民休暇村では愛くるしいウサギの写真集やグッズや餌が売られている。とにもかくにもウサギ推し、というわけだ。現に港の案内板には「うさぎの島」と大書され、本来の名前・大久野島の表記はよく探さないと見つからないほど小さい。

……といったことを、講師は小馬鹿にしたような口調で説明した。「しょうもない」と貶していた記憶もある。島の歴史をないがしろにするな、大久野島にはもっと見るべきところがある、というようなことも言っていた。

事実、大久野島には「暗部」「爪痕」とでも呼びたくなる歴史がある。第二次大戦中、この島では兵器用の毒ガスが製造されていたのだ。労働力として集められたのは主に呉などに住む一般人だった。また、それらの事実は極秘とされた。その証拠に当時、大久野島は日本地図から抹消されている。集められた人々は危険を何も知らされないまま毒ガスを製造し、大勢が身体を壊した。実態が明らかになったのは戦後だ。島には今も毒ガス製造に使われた工場の廃墟が残っており、当時の実態を伝える大久野島毒ガス資料館も開館している。

大久野島で語るべきはこの過去であり、ウサギなんぞを推す現地の人間も、それを喜ぶ観光客も軽薄だ――講師の主張を要約するとこんなところだろうか。ウサギは薄っぺらなフェイク、毒ガスは重厚なリアル。そう言い換えることもできそうだ。

講義を聴いていた私は首を傾げた。議論する気はなかったので黙っていたが、胸の内には違和感が膨れあがっていた。戦争の歴史を後世に伝えるのは大事なことだが、それを説くために現在の島をこき下ろすのは悪手だと感じたし、何より講師の価値判断が恣意的に思えた。観光客が島に「自然や動物との触れ合い」「癒やし」を求めるのと同じように、講師は島に「社会問題」「悲惨な歴史」を求めてはいないか。それはそれで幻想を抱いていることにならないか。例えば娯楽小説の読者が惨劇の舞台となる島に「土谷一」「因習」「排他的な島民」を〝お約束〟として希求するように。ご当地B級グルメを大々的に宣伝したり、コンパを開催したりして移住者を募るような、今まさに存在する島はお呼びでないと言わんばかりに。

前置きが長くなってしまったが、本書『サイレンス』ではそんなお約束に反旗を翻すような、「現代の島」が描かれている。

物語の舞台となるのは新潟本土からフェリーで二時間もかかる離島「雪之島」。島民たちは産業の衰退と人口減少に喘ぎ、打開策を練っている。ある若者はかつて島に伝わっていた、雪を利用した貯蔵庫「雪室」を復活させ、島興しに使う計画を立て、実行に移す。物語終盤ではご当地ゆるキャラのデザインが公募され、自然を活かしたウォーキングのコースが数年がかりで完成へと至り、小洒落たカフェがオープンする。件の講師なら通俗的だ、フェイクだと非難するだろうが、私にはとてもリアルに感じられた。島魂（しまたま）さんと呼ばれる土俗的な神性が、仰々しい祭祀などせずとも若い島民に「何となく」信じられているのもむしろ自然だ。真に根付いた信仰とは得てしてそんなものだろう。どんな神様が祀られているかも知らない近所の神社で買った安価なお守りだからといって、躊躇なく破り捨てることのできる日本人はそう多くない。

斯様に現代的な雪之島だが、ではフィクションの島に付き物の陰湿さが皆無かというと決してそんなことはない。未だに本家・分家といった前時代的な上下関係を色濃く遺す島民たちの在り方は、彼らが悪人ではないからこそ余計に異質に見え、端的に言って

「イヤ」である。

序盤で島に出戻って来る主人公・深雪の視点から、またその婚約者である俊亜貴の視点から、嫌悪感たっぷりに描写される島民たちのナチュラルな排他性や厚かましさ。アイドルの夢を断念した深雪の未練がましさや被害者意識、都会育ちの俊亜貴が抱く地方への偏見を差し引いても、そのイヤさはかなりのものだ。島が舞台と聞いて私が抱いた安易な期待、幻想を裏切りながらも同時に満たす、秋吉理香子さんのバランス感覚というか巧みさに大いに唸らされた。

だが、私が何より魅了されたのは、本作のミステリとしての構造と、主題との密接な関連だ。

本作は公式にはサスペンスと銘打たれているが、俊亜貴は突然失踪してしまうし、その理由は物語を牽引する「謎」となる。不可解な現象が起こるが、終盤に様々な「真相」が仄めかされ、そこに至るまでの細かい「伏線」も張ってある。映画化もされたデビュー二作目『暗黒女子』以降、秋吉作品は基本的にミステリが中心だが、本作も個人的にはミステリとして楽しんだ。

ただ、『サイレンス』がそれ以前の秋吉ミステリと決定的に異なるのは、読者に真相を説明するパートが存在しない点だ。本作にはいわゆる解決編がない。前述したとおり、真相は「仄めかされる」だけなのである。真相に気付いた「探偵」役が、「犯人」を指差したり、「動機」を問い質したりはしないのだ。

やや失礼な物言いになってしまうが、最初期の秋吉作品には「真犯人が被害者や容疑者に事後わざわざ真相を解説してあげる話」が何作かある。それに比べると本作は随分と不親切な作りだ。しかし、私はこれこそが『サイレンス』に必須なのだと断言したい。逆に言うと、『サイレンス』に解決編があってはならないのだ。

その理由（と深雪の選択）を説明すると真相に触れてしまうのでここでは割愛するが、終盤から結末にかけての展開を読んで頭に浮かんだのは、一面真っ白な新雪の景色だった。何もかもを覆い隠し、踏み込んだ人間を蟻地獄さながらに深淵へと引き摺り込む新雪。その様は雪之島をはじめ地方の共同体が持つ、強力な呪縛そのものだ。私はそれがとても恐ろしかった。例えば因習になぞらえた連続見立て殺人といった分かりやすい事件よりも生々しく感じた。テキストの上ではむしろ明るく爽やかな風を装っているから余計にそう思ったのかもしれない。「藪の中」スタイルの邪悪なイヤミス『暗黒女子』も、複数の○○トリックを綱渡りする趣向そのものが「母性」という主題を体現する『聖母』も面白く読んだが、個人の動機では回収できない「呪縛」を描いた『サイレンス』が最も好みである。

講座で学んだ大久野島にはその後、実際に足を運んでみた。船の出る港へ向かうタクシーの車内で、地元出身だという運転手に島について訊ねたところ、彼はこう答えた。

「私が子供の頃は観光地でもなんでもなかったです。夏になると友達と泳いで行ったりはしましたけどね」

遠泳で遊ぶ時のゴール。それ以上でも以下でもない。そんな口ぶりだった。ウサギか毒ガスか、その二項でしか考えていなかった自分が酷く浅薄に思えた。

肝心の島はウサギの糞がそこかしこに転がっていた。レンタサイクルに乗ろうとすると、餌が貰えると思ったのか何十匹ものウサギたちが車輪に突進してきた。無言で群がってくる真っ黒な目のウサギたちは、可愛くもなければ癒やされもせず、ただひたすら不気味で危なっかしかったです。

（作家）

初出誌　「つんどく！」ｖｏｌ．３〜４
「別冊文藝春秋」
二〇一五年六月〜二〇一五年十一月号
単行本　二〇一七年一月　文藝春秋刊
ＤＴＰ組版　言語社

文春文庫

定価はカバーに
表示してあります

サイレンス

2020年1月10日　第1刷

著　者　秋吉理香子（あきよしりかこ）
発行者　花田朋子
発行所　株式会社 文藝春秋

東京都千代田区紀尾井町3-23　〒102-8008
TEL 03・3265・1211㈹
文藝春秋ホームページ　http://www.bunshun.co.jp

落丁、乱丁本は、お手数ですが小社製作部宛お送り下さい。送料小社負担でお取替致します。

印刷・萩原印刷　製本・加藤製本

Printed in Japan
ISBN978-4-16-791424-0

（　）内は解説者。品切の節はご容赦下さい。

赤川次郎
幽霊列車
山間の温泉町へ向う列車から八人の乗客が蒸発。中年警部・宇野は推理マニアの女子大生・永井夕子と謎を追う――。オール讀物推理小説新人賞受賞作を含む記念碑的作品集。（山前　譲）
あ-1-39

赤川次郎
赤川次郎クラシックス
幽霊候補生
〈乗用車・湖へ転落。大学生二人絶望〉と報じる画面に永井夕子の顔が映る。五か月後、宇野警部はある事件を捜査中、件の湖で撮られた写真に、死んだはずの夕子の姿を見つけるが――。
あ-1-41

赤川次郎
赤川次郎クラシックス
幽霊愛好会
夫が月に一度、降霊術の集いで「幽霊」になった先妻に会いに行く……友人の告白に驚く永井夕子と宇野警部。案の定その邸宅で、娘が何者かに刺され死亡するという衝撃の事件が！
あ-1-43

赤川次郎
マリオネットの罠
私はガラスの人形と呼ばれていた――。森の館に幽閉された美少女、都会の空白に起こる連続殺人。複雑に絡み合った人間の欲望を鮮やかに描いた、赤川次郎の処女長篇。（権田萬治）
あ-1-27

我孫子武丸
弥勒の掌（みろくのて）
妻を殺され汚職の疑いをかけられた刑事と、失踪した妻を捜し宗教団体に接触する高校教師。二つの事件は錯綜し、やがて驚愕の真相が明らかになる！　これぞ新本格の進化型。（巽　昌章）
あ-46-1

愛川　晶
はんざい漫才
スキャンダルの過去を持つ漫才コンビが神楽坂倶楽部に出演することに。席亭代理・希美子は怪事件に遭遇。三十一歳のヒロインが活躍する寄席ミステリ第3弾！　（三浦昌朗／ロケット団）
あ-47-5

愛川　晶
十一月に死んだ悪魔
売れない作家・柏原は交通事故で一週間分の記憶を失う。十一年後、謎の美女との出会いをきっかけに記憶が戻り始めるが。幾重にもからんだ伏線と衝撃のラスト！　究極の恋愛ミステリー。
あ-47-6

火村英生に捧げる犯罪
有栖川有栖

臨床犯罪学者・火村英生のもとに送られてきた犯罪予告めいたファックス。術策の小さな綻びから犯罪が露呈する表題作他、哀切でエレガントな珠玉の作品が並ぶ人気シリーズ。（柄刀　一）

あ-59-1

菩提樹荘の殺人
有栖川有栖

少年犯罪、お笑い芸人の野望、学生時代の火村英生の名推理、アンチエイジングのカリスマの怪事件とアリスの悲恋。「若さ」をモチーフにした人気シリーズ作品集。（円堂都司昭）

あ-59-2

西川麻子は地理が好き。
青柳碧人

「世界一長い駅名とは」「世界初の国旗は？」などなど、世界地理のトリビアで難事件を見事解決。地理マニア西川麻子の事件簿。読めば地理の楽しさを学べる勉強系ユーモアミステリー。

あ-67-1

国語、数学、理科、誘拐
青柳碧人

進学塾で起きた小6少女の誘拐事件。身代金5000円、すべて1円玉で?!　5人の講師と生徒たちが事件に挑む。「読むと勉強が好きになる」心優しい塾ミステリ！（太田あや）

あ-67-2

西川麻子は地球儀を回す。
青柳碧人

突如密室に出現したアリの大群。女性マンガ家が企んだ完全犯罪。恋人の刑事を悩ます事件を「地理ガール」西川麻子が地理の知識で解決。ミステリー史上初の「地理ミス」第2弾！

あ-67-3

株価暴落
池井戸　潤

連続爆破事件に襲われた巨大スーパーの緊急追加支援要請を巡って白水銀行審査部の板東は企画部の二戸と対立する。日本経済の闇と向き合うバンカー達を描く傑作金融ミステリー。

い-64-1

イニシエーション・ラブ
乾（いぬい）くるみ

甘美で、ときにほろ苦い青春のひとときを瑞々しい筆致で描いた青春小説——と思いきや、最後の二行で全く違った物語に！「必ず二回読みたくなる」と絶賛の傑作ミステリ。（大矢博子）

い-66-1

（　）内は解説者。品切の節はご容赦下さい。

セカンド・ラブ
乾　くるみ
一九八三年元旦、春香と出会った。僕たちは幸せだった。春香とそっくりな美奈子が現れるまでは。『イニシエーション・ラブ』の衝撃、ふたたび。究極の恋愛ミステリ第二弾。（円堂都司昭）
い-66-5

リピート
乾　くるみ
今の記憶を持ったまま昔の自分に戻る「リピート」。人生のやり直しに臨んだ十人の男女が次々に不審な死を遂げて……。『イニシエーション・ラブ』の著者が放つ傑作ミステリ。（大森　望）
い-66-2

Jの神話
乾　くるみ
全寮制の名門女子高で生徒が塔から墜死し、生徒会長が「胎児なき流産」で失血死をとげる。背後に暗躍する「ジャック」とは何者なのか？　衝撃のデビュー作。（円堂都司昭）
い-66-3

嫉妬事件
乾　くるみ
ある日、大学の部室にきたら、本の上に〇〇〇が！　ミステリ研で起きた実話を元にした問題作が、いきなりの文庫化。作中作となる書き下ろし短編「三つの質疑」も収録。（我孫子武丸）
い-66-4

鯨の哭く海
内田康夫
捕鯨問題の取材で南紀・太地を訪れた光彦は、背に銛が突き刺さった人形を見た。銛打ち殺人事件と心中を結ぶものは？　小さな町での事件の哀しい背景を光彦が解き明かす。（自作解説）
う-14-9

風の盆幻想
内田康夫
おわら風の盆本番前に、老舗旅館の若旦那が死体で発見された。周りは自殺とみる中、浅見光彦と軽井沢のセンセがタッグを組む！　幽玄な祭に隠された悲恋を描く傑作ミステリー。
う-14-21

汚れちまった道
内田康夫
「ポロリ、ポロリと死んでゆく」――謎の言葉を遺し、萩で行方不明になった新聞記者。中原中也の詩、だんだん見えてくる大きな闇と格闘しながら浅見は山口を駆け巡る！（山前　譲）
う-14-22

内田康夫
氷雪の殺人
利尻島で一人の男が変死を遂げ、浅見光彦に謎のメッセージと一枚のCDが託される。事件の背後に蠢く謀略を追う光彦と兄・陽一郎の前に巨大な「国」の姿が立ち現れてくる。　（自作解説）
う-14-24

歌野晶午
葉桜の季節に君を想うということ
元私立探偵・成瀬将虎は、同じフィットネスクラブに通う愛子から霊感商法の調査を依頼された。その意外な顛末とは？　あらゆる賞を総なめにした現代ミステリーの最高傑作。
う-20-1

歌野晶午
春から夏、やがて冬
スーパーの保安責任者・平田は万引き犯の末永ますみを捕まえた。偶然の出会いは神の導きか、悪魔の罠か？　動き始めた運命の歯車が二人を究極の結末へと導いていく。　（榎本正樹）
う-20-2

歌野晶午
ずっとあなたが好きでした
バイト先の女子高生との淡い恋、美少女の転校生へのときめき、人生の夕暮れ時の穏やかな想い……。サプライズ・ミステリーの名手が綴る恋愛小説集は、一筋縄でいくはずがない!?　（大矢博子）
う-20-3

冲方　丁
十二人の死にたい子どもたち
安楽死をするために集まった十二人の少年少女。全員一致で決を採り実行に移されるはずのところへ、謎の十三人目の死体が!?　彼らは推理と議論を重ねて実行を目指すが。　（吉田伸子）
う-36-1

江戸川乱歩・桜庭一樹　編
江戸川乱歩傑作選　獣
日本推理小説界のレジェンド・江戸川乱歩が没して50年。名作に光を当てるアンソロジー企画第1弾は「パノラマ島綺譚」「陰獣」など七編と随筆二編を収録。　（解題／新保博久・解説／桜庭一樹）
え-15-1

江戸川乱歩・湊　かなえ　編
江戸川乱歩傑作選　鏡
湊かなえ編の傑作選は、謎めくパズラー「湖畔亭事件」、ドンデン返し冴える「赤い部屋」他、挑戦的なミステリ作家・乱歩に焦点を当てる。　（解題／新保博久・解説／湊かなえ）
え-15-2

（　）内は解説者。品切の節はご容赦下さい。

江戸川乱歩・辻村深月 編
江戸川乱歩傑作選　蟲
没後50年を記念する傑作選。辻村深月が厳選した妖しく恐ろしい名作。恋に破れた男の妄執を描く「蟲」。四肢を失った軍人と妻の関係を描く「芋虫」他全9編。（解題／新保博久・解説／辻村深月）
え-15-3

折原 一
潜伏者
ルポライターの笹尾は新人賞の下読みで、容疑者の視点で生々しく綴られた原稿「堀田守男氏の手」を読み、埼玉県で起った少女連続失踪事件を追いかけるが、新たな悲劇が。（三山　喬）
お-26-16

折原 一
異人たちの館
樹海で失踪した息子の伝記の執筆を母親から依頼された売れない作家・島崎の周辺で次々に変事が。五つの文体で書き分けられた目くるめく謎のモザイク。著者畢生の傑作！（小池啓介）
お-26-17

折原 一
侵入者　自称小説家
聖夜に惨殺された一家四人。迷宮入りが囁かれる中、遺族から調査を依頼された自称小説家は、遺族をキャストに再現劇を行い、犯人をあぶり出そうと企てる。異様な計画の結末は!?（吉田大助）
お-26-18

折原 一
死仮面
仕事も名前も隠したまま突然死した夫。彼が残した「小説」には、謎の連続少年失踪事件が綴られていた。DV癖のある前夫に追われながら、真実を探す旅に出たが……。（末國善己）
お-26-19

大沢在昌
心では重すぎる（上下）
失踪した人気漫画家の行方を追う探偵・佐久間公の前に立ちはだかる謎の女子高生。背後には新興宗教や暴力団の影が……。渋谷を舞台に現代の闇を描き切った渾身の長篇。（福井晴敏）
お-32-1

大沢在昌
闇先案内人（上下）
「逃がし屋」葛原に下った指令は、「日本に潜入した隣国の重要人物を生きて故国へ帰せ」。工作員、公安が入り乱れ、陰謀と裏切りが渦巻く中、壮絶な死闘が始まった。（吉田伸子）
お-32-3

恩田　陸
まひるの月を追いかけて
異母兄の恋人から兄の失踪を告げられた私は、彼女と共に兄を捜す旅に出る。次々と明らかになる事実は、真実なのか——。恩田ワールド全開のミステリー・ロードノベル。（佐野史郎）
お-42-1

恩田　陸
夏の名残りの薔薇
沢渡三姉妹が山奥のホテルで毎秋、開催する豪華なパーティ。不穏な雰囲気の中、関係者の変死事件が起きる。犯人は誰なのか、そもそもこの事件は真実なのか幻なのか——。（杉江松恋）
お-42-2

恩田　陸
木洩れ日に泳ぐ魚
アパートの一室で語り合う男女。過去を懐かしむ二人の言葉に、意外な真実が混じり始める。初夏の風、大きな柱時計、あの男の背中。心理戦が冴える舞台型ミステリー。（鴻上尚史）
お-42-3

恩田　陸
夜の底は柔らかな幻（上下）
国家権力の及ばぬ〈途鎖国〉。特殊能力を持つ在色者たちがこの地の山深く集う時、創造と破壊、歓喜と惨劇の幕が切って落とされる！　恩田ワールド全開のスペクタクル巨編。（大森　望）
お-42-4

太田忠司
死の天使はドミノを倒す
突如失踪した人権派弁護士の弟・薫を探すために上京した売れないラノベ作家の兄・陽一は、自殺志願者に死をもたらす「死の天使」事件に巻き込まれていく。（巽　昌章）
お-45-3

大山誠一郎
密室蒐集家
消え失せた射殺犯、密室から落ちてきた死体、警察監視下で起きた二重殺人。密室の謎を解く名探偵・密室蒐集家。これぞ究極の密室ミステリ。本格ミステリ大賞受賞作。（千街晶之）
お-68-1

大山誠一郎
赤い博物館
警視庁付属犯罪資料館の美人館長・緋色冴子が部下の寺田聡と共に、過去の事件の遺留品や資料を元に難事件に挑む。超ハイレベルで予測不能なトリック駆使のミステリー！（飯城勇三）
お-68-2

文春文庫　最新刊

初午祝言（はつうましゅうげん）　新・居眠り磐音　佐伯泰英
磐音をめぐる人々の大切な一日。令和初の書き下ろし

終りなき夜に生れつく　恩田陸
殺人者たちの凄絶な過去…『夜の底は柔らかな幻』番外編

怪盗 桐山の藤兵衛の正体　八州廻り桑山十兵衛　佐藤雅美
行方知れずの盗賊が再び動き始めた！ シリーズ最新刊

七丁目まで空が象色　似鳥鶏
なぜ象は脱走したのか？ 異色の動物園ミステリー第五弾

浮遊霊ブラジル　津村記久子
人に憑依して世界を巡る私。紫式部文学賞受賞の短編集

殺し屋、やってます。　石持浅海
「殺し一件、六五〇万円」の殺し屋が日常の謎を大胆推理

カブールの園　宮内悠介
カリフォルニアで働く日系三世女性の物語。三島賞受賞

サイレンス　秋吉理香子
婚約者と故郷の島を訪れた深雪。運命の歯車が狂い出す

番犬は庭を守る　岩井俊二
原発事故が多発する国…受難続きの青年の波乱万丈人生

美しい距離　山崎ナオコーラ
がん患者が最期まで社会人でいられるかを問う病院小説

世襲人事　高杉良
生命保険会社に新風を吹き込む若き取締役を襲った悲劇

荒海ノ津（あらうみのつ）　居眠り磐音（二十二）決定版　佐伯泰英
博多を訪れた磐音は武芸者に囲まれた男女を助けるが…

万両ノ雪（まんりょうのゆき）　居眠り磐音（二十三）決定版　佐伯泰英
磐音不在の中、南町奉行所の笹塚は島抜けした賊を追う

孟夏の太陽〈新装版〉　宮城谷昌光
古代中国・晋で宰相を務めた趙一族の盛衰を描いた長編

運命の絵　中野京子
〝運命〟をキーワードに、名画に潜むドラマを読み解く

覗くモーテル 観察日誌　ゲイ・タリーズ　白石朗訳
屋根裏の覗き穴から宿泊客の性行為を観察した衝撃記録

風柳荘（ウインディ・ウイローズ）のアン　第四巻　L・M・モンゴメリ　松本侑子訳
美しい島で校長となり婚約者に恋文を送る。初の全文訳

アルプスの少女ハイジ◎目次

第一部　ハイジの修業時代と遍歴時代

第二部　ハイジは習ったことを役立てる

挿絵／ルドルフ・ミュンガー

アルプスの少女ハイジ

第一部　ハイジの修業時代と遍歴時代

第1章　アルムの山小屋へ

　のどかなマイエンフェルト村から、一筋の小道が木立のある緑の野原を抜けて山の麓まで続いている。山は大きくいかめしく聳えたち、こちらの谷を見下ろしている。道が上りになると、やがてあたりは原野になり、丈の低い草木と山野草のかぐわしい香りが道行く者を迎え入れる。その先はそのままアルプスへと登る急な坂道になっていた。

ある晴れた六月の朝、地元の山育ちらしいがっしりした体つきの若い女が、子どもの手を引いて、その細い山道を登っていた。子どもの頬はほてり、日焼けした肌が燃えるように赤く輝いている。それも無理はない。暑い六月の太陽が照りつけているのに、厳しい寒さから身を守ろうとでもするような厚着をしていたからだ。まだ幼い女の子で、年はせいぜい五つというところだろうか。ぽっちゃりしているのか、やせているのか、見た目ではよくわからない。少なくとも二枚、ひょっとして三枚、重ね着した上に、さらに赤い大きな木綿の襟巻きを幾重にも巻きつけているからだ。そのせいで、鋲を打った重い登山靴をはいて暑さにあえぎながら山を登る姿は、ひどく不恰好に見えた。

谷から一時間ほど登った頃、ふたりはデルフリ[1]と呼ばれている集落まで来た。これでアルム[2]まで半分登ったことになる。集落に入ると家々の窓や戸口や庭先から、

1　「小さな村」の意。

次々に声がかかった。若い女はこの集落で生まれ育ったのだ。けれども若い女はあいさつにも問いかけにも歩きながら答えるだけだった。やがて家々はまばらになり、村はずれの最後の一軒にたどりついた。

「ちょっと待って、デーテ。アルムへ登るの？　だったらあたしもいっしょに行く」

その家の戸口から声がかかった。女はそこで初めて立ち止まった。その途端、子どもは女の手を放して地面にしゃがみこんだ。

「疲れたの、ハイジ？」女が訊ねた。

「ううん、でも暑くって」子どもは答えた。

「もう少しだからね。ちょっと頑張って歩けば、一時間で着くから」女はそういって子どもを励ました。

そこへ見るからに人の良さそうな女が戸口から出てきて、ふたりに加わった。子どもは立ちあがり、今度はふたりの女の後について歩いた。昔なじみのふたりは、すぐさま、村人や近隣の誰それについて、あれこれしゃべり始めた。

「それにしても子どもを連れてどこへ行くつもり、デーテ？　その子、姉さんの忘れ形見なんでしょ？」道連れになった女が訊いた。

「ええ、そうよ。おじさんのところへ連れていくところ。預かってもらおうと思ってね」

「えっ、アルムのおじさんに子どもを預けるって？　デーテ、あんた、頭がどうかしちゃったんじゃない？　そんな馬鹿なこと、どうしてできるの？　すぐさま追い返されるに決まってる！」

「そうはいかない。なんたってあの人は、この子のおじいさんなんだから。どうしたって面倒を見てもらわないとね。これまではずっとあたしが世話をしてきたんだから。あのね、バルベル、とってもいい働き口が見つかったのよ。この子のせいで、みすみすふいにはできない。今度はおじいさんが孫の面倒を見る番よ」

「そうね、あの人が普通の人ならそうもいえるけど」小柄なバルベルは語気を強めた。

「あの人がどんなかは、あんただってよく知ってるでしょ。子どもの、それもこんな

2　アルプスの高原にある放牧地。

小さい子の世話なんてできるわけがない！　子どもの方だって、あんなところにいられっこない！　それにしてもあんた、どこへ働きにいくの？」

「フランクフルトよ。とってもいい働き口なの。そこの人たちは去年の夏に下の湯治場に来てね。あたしが部屋係で世話をしたのよ。あたしのことを気にいって、雇ってくれようとしたんだけど、そのときは応じられなかった。その人たちがまた来て、あらためて雇いたいといってくれて、今度はあたしも話に乗ることにした。わかってくれるでしょ」

「あーあ、あの子もかわいそうに！」バルベルはやりきれないとでもいうように手を左右に振った。「あの人は山の上でどんな暮らしをしていることやら！　そもそも誰とも関わろうとしないし、教会にも顔を出さない。たまに太い杖をついて山を下りてはくるけど、怖がって誰も近寄らない。灰色の太い眉にもじゃもじゃのひげ。まるで山賊みたいだもの。ひとりのときにばったり出くわしたらぞっとするでしょうよ」

「だとしてもね、この子のおじいさんではあるんだから、面倒は見なくちゃ。そうそう悪いようにはならないでしょうよ。何かあったとしても、責任があるのはあの人で、あたしじゃない」デーテは言い張った。

「あたしが知りたいのは、あの人、どうしていつもあんな難しい顔をしているのかってことよ。それにひとりきりでアルムに住んでいて、下界へはめったに姿を見せない。あれこれ噂があるけど、あんたはお姉さんからいろいろ聞いてるんでしょ、デーテ？」

「そうね。でもしゃべるつもりはないわよ。あの人の耳に入りでもしたら、こわいもの！」

けれどもバルベルは、前からアルムのおじさんのことが気になっていた。あの人はなぜあれほど人を寄せつけないんだろう？　なぜ山の上でたったひとりで暮らしているんだろう？　村人があの人のことを話すときは決まって、奥歯にものがはさまったような言い方になる。敵にしたくはないが、かといって味方をする気もないという風情だ。どうしてそうなのか、そのわけが知りたかった。

それにバルベルは、あの人が村中の人から〈アルムのおじさん〉と呼ばれているわけも知らなかった。村人全員のおじさんであるはずはない。でもみんながそう呼んでいるので、バルベルもアルムのおじさんと呼んでいた。バルベルは以前はプレッティガウ谷の下の方の住人で、結婚してデルフリに移り住んでから、まだいくらもたっていなかった。だからここで昔起きたことや、住人の人柄について、それほどよくは知らなかった。

けれどもデーテの方はデルフリの生まれで、一年前まで母親といっしょにここで暮らしていた。母親が亡くなった後、バート・ラガッツに引っ越し、そこの大きなホテルで客室係というけっこうな働き口を得たのだ。今朝もデーテはバート・ラガッツから子どもを連れてきていた。マイエンフェルトまでは帰宅途中の知り合いに頼んで、干し草を積んだ荷車に便乗させてもらった。バルベルは、デーテから何か聞きだせそうなこの好機を逃すつもりはなかった。それで親しげにデーテの腕を取って、こういった。

「あんたなら、みんなの噂の何が本当で、何が尾ひれのついたことなのか、話せるでしょう。何もかも知っているんでしょう？　ほんのちょっとでいいから教えてよ。アルムのおじさんがどういう人なのか、昔から怖い人で、ひどい人嫌いだったのか。

ね、いいでしょ？」

「アルムのおじさんがずっとあんな風だったかなんて、どうしてあたしにわかる？あたしはまだ二十六よ。おじさんは七十にはなっている。あの人の若い頃なんて知るはずないでしょ。でもプレッティガウ谷中にあっという間に話が広まるんじゃなけりゃ、いろいろ話してあげてもいいわよ。うちの母はおじさんと同じグラウビュンデンのドムレシュク谷の出身でね」

「デーテったら、いやーね。変なことといわないで」バルベルはむっとしていった。

「プレッティガウ谷の人たちはそんな噂好きじゃないわよ。それにあたしだって、そうしてほしけりゃ黙っていられる。だからいいでしょ、教えて。いわなきゃよかったなんて思わせないから」

「ええ、そうは思いたくない。だから誰にもいわないって約束して！」デーテはいった。

それから子どもに話を聞かれないように、居場所を確かめるべくあたりを見まわした。ところが子どもはどこにも見当たらなかった。ふたりが話に夢中になっているうちに、置いてけぼりになったにちがいない。

デーテは立ち止まって、もう一度ぐるっとあたりを見まわした。山道はいくらか曲がりくねってはいるものの、デルフリまでまっすぐ見下ろせる。けれども誰の姿も見えない。

「あっ、いた！　あそこよ、見て！」

バルベルが山道からずっと離れた所を指差した。「〈山羊番ペーター〉といっしょに斜面を登ってる。それにしてもペーターったら、なんで今頃？　いつもならとっくに山羊を山へ連れていっているはずなのに。でもちょうどよかった。ペーターにあの子を見ててもらえば、安心して話が続けられる」

「見てもらう必要なんてないわよ。あの子は五つにしちゃ、しっかり者でね。目をちゃんと開けて、なんにでも気を配ることができる子だって、ちゃんとわかってる。だからアルムのおじさんのところでもきっとうまくやれる。あそこには今じゃ山羊が二頭と山小屋があるだけだけどね」

「以前はもっといろいろ持ってたってこと？」

「ええ、だと思う」デーテは力をこめていった。

「ドムレシュクで一番りっぱな農場を持っていたって聞いている。アルムのおじさんは長男で、あとは弟がひとりいるだけだった。弟はおとなしくてまじめだったけど、おじさんの方は我が物顔であちこちほっつき歩いたり、どこの馬の骨とも知れぬ悪い連中とつきあったりするだけで、他に何もしようとしなかった。挙げ句の果てに全財産をお酒と賭け事に費やして家屋敷を失った。絶望した両親は心労のあまり続けざまに亡くなり、弟はすっからかんで世間に放りだされてそれっきりになった。おじさん自身も残ったのは悪評だけで、姿を消したって話。初めはおじさんも行方知れずだったけど、やがて傭兵になってナポリへ行ったらしいとわかった。その後は十数年、何の音沙汰もなかった。

それからふいにまたドムレシュクにもどってきた。男の子を連れてね。その子を親戚に預けようとしたんだけど、どこの家もおじさんを門前払いにして、いっさい関わろうとしなかった。おじさんは腹を立てて、ドムレシュクには二度ともどってくるもんか、と捨て台詞を吐いたらしい。そしてこのデルフリにやってきて、その子と暮らすようになったって話よ。

奥さんもきっとグラウビュンデンの出身だったのね。おじさんはそこで奥さんと出会って、それから間もなく奥さんを亡くしたって聞いてる。たぶんまだ少しはお金を持ってたんでしょうね。息子のトビアスの手に職をつけようと指物師の親方に弟子入りさせた。

トビアスはきちんとしていて、デルフリの村人の誰ともいい関係にあった。でもおじさんの方は誰にも信用されていなかった。ナポリで軍隊から脱走したって噂でね。脱走するしかないわけがあったんでしょうよ。なんたって人をひとりなぐり殺したっていうんだから。戦争での話じゃなく、喧嘩でね。

あたしとアルムのおじさんは血がつながっていてね。うちの母の祖母があの人の祖母のいとこなの。だからあたしたちは、あの人のことをおじさんと呼んでいた。村の人はほとんど父の親戚だから、それでいつのまにか他の人もあの人をおじさんと呼ぶようになった。あの人が山の上のアルムに移り住んでからは、〈アルムのおじさん〉って呼ぶようになったのよ」

「でもそれでトビアスの方はどうなったの?」バルベルは興味津々だ。

「待ってよ、今話すから。そんな何もかもいっぺんには話せない。

トビアスはメルスの町で修業をするために村を出たんだけど、修業が終わると、デルフリへこっそりもどってきて、あたしの姉さんのアーデルハイトに求婚したのよ。

姉さんとトビアスはずっと好き合っててね。結婚してからも仲良くしていた。ところが二年後に、トビアスが家の建築を手伝っていて落ちてきた梁に当たって亡くなってしまったのよ。夫が死んで家にかつぎこまれてきたショックと悲嘆で姉さんは高熱をだして、それっきり回復できなかった。もともと体が丈夫じゃなくて、起きているのか寝ているのか、よくわからないような状態でいることが多かったんだけど、そんなこんなでトビアスが死んで数週間後には、姉さんもお墓に入ることになってしまったのよ。

ふたりの悲しい運命のことは、あっちこっちで話の種になって、おじさんが罪深い生き方をしてきたせいで罰が当たったんだろうって、ひそひそささやかれた。中にはおおっぴらにいう人もいたし、おじさんに面と向かってそういう人もいた。牧師さんもおじさんを諭して、悔い改めるようにいったんだけど、おじさんは聞く耳を持たず、腹を立てて、ますます意固地になって、誰とも口を利こうとしなくなった。村人の方でもおじさんを避けるようになった。そしてあるときから、おじさんはアルムに移り住んで、下りてこなくなった。それからずっと教会にも来なければ、人とも交わらずに暮らしているってことよ。

姉さんの忘れ形見はあたしたちが引き取った。母とあたしがね。あの子はまだ一歳だった。でも去年の夏に母が亡くなり、あたしは下のバート・ラガッツの湯治場で働こうと思って、あの子をプフェファースドルフのウルゼルおばあさんに預けた。仕事はあたしは冬も湯治場に留まっていられた。縫いものも編みものもできるから、仕事はいくらでもあったのよ。そして春になってすぐに、去年世話をしたフランクフルトのお客さんがまたやってきて、雇いたいっていってくれたの。明後日には出立することになってる。とってもいい働き口なのよ」

「それで今度は山の上の老人に子どもを預けようっていうの？　あんた本当にどうかしている。まったく何を考えてるんだか」バルベルはそういってデーテを非難した。

「他にどうしろっていうの？　あたしはできるだけのことをした。これ以上は無理よ。ようやく五歳になる子どもをフランクフルトへ連れてはいけない。ところでバルベル、あんたどこへ行くつもり？　もうだいぶ登ってきたわよ」

「あそこの小屋までよ。〈山羊番のおかみさん〉に用があるの。冬の間、糸紡ぎを頼むことになってたね。それじゃ、また。元気でね！」

デーテは立ち止まってバルベルと別れの握手をした。バルベルは、山道から数歩引っこんだ窪地に山おろしを避けて建つ焦げ茶色の山小屋へ向かっていった。その山小屋はデルフリとアルムの上の牧場の中間にあった。おんぼろの小屋で今にも倒れそうだが、それでもなんとかもっているのは山の窪みに建っているおかげだった。とはいえ、山おろしが強く吹くと、戸も窓もガタガタ揺れ、もろくなった梁がきしんでミシミシ音を立てる。ここに住むのはかなり危険に違いない。これが山の上にでも建っていたら、とっくに谷に吹き落とされていただろう。

その山小屋に、山羊番の十一歳の少年ペーターは住んでいた。ペーターは毎朝デルフリまで下りて、そこから山羊を山の上のアルムまで連れていき、夕暮れまで山羊にいい匂いのする丈の低い山野草を食べさせる。それから身軽に飛びはねる山羊を連れて山を下り、デルフリにたどりつくや指笛を吹く。それを合図に飼い主が自分の山羊を引き取りに広場へ集まってくる。山羊はおとなしい動物なので、引き取りにくるのはたいてい小さい男の子や女の子の役目だった。

夏の間、ペーターが同じ年頃の子どもたちと遊べるのは、この時間だけだ。あとの時間はずっと山羊と過ごす。家には母親と目の悪い祖母もいたが、朝は早くに家を出なければならなかったし、できるだけ長く子どもたちと遊んでいたかったので、デルフリからもどるのは夕方遅くなってからだった。それで家にいるのは、朝は山羊の乳を飲んでパンを食べるときだけ、晩も同じく山羊の乳を飲んでパンを食べると寝床について眠るだけだった。

父親も以前は同じ仕事をしていたので、やはり〈山羊番〉と呼ばれていたが、数年前に木の伐採中の事故で亡くなってしまった。母親はブリギッテという名だが、誰からも名前では呼ばれず、〈山羊番のおかみさん〉と呼ばれていた。目の悪い祖母の方は村の老人からも若者からも、ただ〈おばあさん〉と呼ばれていた。

デーテは十分ほど待って、子どもたちと山羊がどこかにいないかと、あたりを見まわした。ところがいっこうに姿を現さないので、アルム全体を見下ろせるところまでさらに山道を登った。そしていらだちも露わにそこを行ったり来たりしながら、四方を眺めた。

そうこうするうちに、子どもたちは山の斜面を大きく回りこみながら近づいてきた。ペーターは、草むらや藪のどこにいい草がたくさん生えているか、よく知っていたので、山羊の群れをあっちへ連れていったり、こっちへ連れていったりしていた。厚着をしているハイジは、初めのうち、顔をほてらせあえぎながら、一生懸命ペーターの後を追っていた。泣き言はいわなかったけれど、その目は、裸足に半ズボンで難なく山を登っていくペーターと、か細い脚で藪や岩場を楽々と飛び越え、急な斜面を駆けのぼる山羊をかわりばんこに見ていた。

それから突然地面にしゃがみこみ、あっという間に靴と靴下を脱ぐや、また立ちあがった。厚手の赤い襟巻きを取り、服を脱ぎ、さらにもう一枚の服に手をかけた。デーテおばさんは丈が短くて他に誰も着手がいない普段着の上に、晴れ着を着せていたのだ。普段着もすぐに脱ぎすてられた。

ハイジは薄いペチコートと半袖のシャツ姿になって、むきだしの腕を気持ちよさそうに伸ばした。それから脱いだものをみんなたたんで積み重ね、山羊たちについてペーターを追った。ハイジは山羊に負けない身軽さで飛びはねた。

ペーターはハイジが立ち止まってついてこなくなっても、気にとめていなかった。今、ハイジが前とは違ういでたちで追いかけてくるのを見て、愉快そうににっこりした。うしろを振り返って脱いだ服が積み重ねてあるのを見つけると、ペーターの笑みは口の両端が左右の耳に届きそうなほど大きくなった。けれども何もいわなかった。

ハイジは身軽になりせいせいしてペーターとおしゃべりを始めた。そしてペーターに次々と質問を浴びせかけた。山羊は何匹いるの？　山羊をどこへ連れていくの？　そこで何をするつもり？　どこから来たの？　そうこうするうちに、ふたりはようやく〈山羊番〉の小屋の手前まで来た。

そこで待っていたデーテおばさんは、子どもたちが登ってくるのを見つけるなり、大声で叫んだ。

「ハイジ、何をしているの？　なんてかっこう？　服と襟巻きはどこへやったの？　山を登りやすいように新しい靴を買って、新しく靴下も編んであげたのに、みんなどこへやってしまったの？　何もないなんて、ハイジ、いったいどうしたの？　みんなどこへやったの？」

ハイジはすまして下の方を指差して「あそこ！」といった。おばさんはハイジの指差す方に目を向けた。たしかに何かある。ぽつんと赤く見えるのは襟巻きにちがいない。

「あんたって子は！」おばさんは興奮して怒鳴った。「何を考えてるのよ。なんでみんな脱いじゃったの？　いったいどういうつもり？」

「だっていらないもん」ハイジはまったく悪びれずにいった。

「ハイジ、あんたはもう！　考え無しもいいとこね。自分が何をしでかしたかまったくわかってないんだから」おばさんは嘆いて、さらに小言を続けた。

「誰がまた下まであれを取りにいくのよ？　三十分はかかってしまう！　ペーター、そこに根が生えたみたいに突っ立って、ただこっちを見てないで、急いであれを取ってきてちょうだい！　さあさあ、早く！」

「おれ、もうかなり遅くなっちまってて」

ペーターはその場に立ちつくしたまま、ゆっくりといった。さっきからそうして両手をポケットに突っこみ、おばさんのいうことをただ聞いていたのだ。

「でもそこに突っ立って目をみはってるだけじゃ、どっちみち先へは進めないでしょ。おいで！　いいものをあげるから、ほら、どうこれ？」

おばさんはぴかぴかの五ラッペン硬貨をペーターの目の前にかざしてみせた。それを見るなり、ペーターは跳びあがってアルムの斜面をまっすぐ駆け下り、服の山をぱっとかかえあげて持ってきた。おばさんはペーターをほめて、すぐさま五ラッペン硬貨を渡した。ペーターは急いでそれをポケットの奥に突っこんだ。満面の笑みだった。こんな宝物が手に入ることはめったにないからだ。

「ついでにおじさんのところまで持ってってちょうだい。どうせあんたも上へ行くところでしょ」

デーテおばさんはそういって、〈山羊番ペーター〉の山小屋の裏手にある急な斜面を登りはじめた。

ペーターはふたつ返事で左腕に服をかかえ、右手で鞭を振りながら、前を行くおばさんの後を追った。ハイジと山羊の群れはペーターの傍らをぴょんぴょん跳ねていった。そうして三人は四十五分後に、アルムのてっぺんにたどりついた。

そこの張りだした場所にアルムのおじさんの山小屋が建っていた。風にはさらされるが、陽当たりは申し分ない。それにずっと下の谷まで見渡せる。小屋の裏には三本の樅の木が立っていて、幹から長い枝が何本も伸び放題に突きでている。さらにずっと奥へ行くと、また灰色の岩が高く聳え立ち、そこから岩混じりの藪まで、山野草がびっしり生えたきれいな高台が続き、その先は草木がまったく生えていない急な岩山になっている。

山小屋の谷側に、アルムのおじさんはベンチを作り付けていた。おじさんはそこにすわってパイプをくわえ、両手を膝に置いて、山を登ってくる子どもたちと山羊の

3　スイスの通貨の単位。百ラッペンが一スイスフランに相当。

群れとデーテおばさんをゆったり眺めていた。子どもたちと山羊は少しずつおばさんに追いついて、それからおばさんを追い越した。ハイジが一番最初に上にたどりついた。ハイジはまっすぐアルムのおじさんのもとへ向かい、片手を差しだしていった。

「こんにちは、おじいちゃん！」

「ほう、これはまたどういうことかな？」

老人はぶっきらぼうに訊いた。そしてハイジが差しだした手をちょっとにぎり、濃い眉に縁取られた目をハイジの顔に向け、じっと見つめた。

ハイジは瞬きひとつせずにその眼差しを受け止めた。長いひげを生やし、左右の濃い灰色の眉が真ん中でつながっている顔は、まるで藪か何かのように風変わりで、目を離せなかったのだ。

そうこうするうちにデーテおばさんとペーターもやってきた。ペーターは少しの間、黙ってそこに立ち、成り行きを見守っていた。

「お久しぶりです、おじさん」デーテおばさんがふたりのそばに寄ってきていった。

「トビアスとアーデルハイト姉さんの子どもを連れてきましたよ。ずっと会ってなかったんで見違えたでしょう?」

「ふむ、子どもをここへ連れてきてどうするんだ?」老人は手短に訊いた。

「それから、おまえ」と今度はペーターに向かっていった。「もういっていいぞ。いつもの時間をとっくに過ぎている。うちの山羊も連れてってくれ!」

アルムのおじさんににらまれたペーターは、すぐに逃げていった。

「この子はおじさんに預かってもらう」デーテおばさんが老人の問いに答えていった。「あたしは自分の責任を果たしましたよ。四年間世話をしたんだから。今度はおじさんがこの子の面倒を見る番よ」

「そうかい」老人はいって、デーテおばさんをじろっと見た。「この子が泣いておまえの後を追いかけたらどうすりゃいい? 聞き分けのないチビがよくするようにな。そうなったらおれはどうすりゃいいのかな?」

「それはおじさんの問題よ」デーテはいい返した。「まだ一歳だったこの子があたしのところへ来たとき、どうすればいいかなんて誰も教えてくれなかった。母と自分のことだけでも精一杯だったのにね。働き口が見つかったんで、あたしは行かなきゃならない。今度はおじさんがこの子の面倒を見る番よ。この子がいらないなら、好きにすればいい。この子がどうなってもかまわないっていうんならね。何も無理して苦労を背負いこむ必要はないわよ」

デーテとしても今度のことでは多少気がとがめていたので、やたら興奮して、心にもないことを口にしていた。最後の言葉を聞くなり、老人は立ちあがってデーテをにらみつけた。デーテはたじろいで数歩あとずさりした。

「さっさと山を下りるんだな！　ここへは二度と顔を出すな！」

デーテおばさんは即座に「じゃ、さよなら！　ハイジ、元気でね！」といい、頭から湯気が出そうなほどかっかしながら、デルフリまで一目散に下りていった。デルフリに着くと、さっきよりさらに大勢の村人から声をかけられた。誰も彼もが、子どもがいっしょでないのに驚いていた。みんなデーテのことをよく知っていて、子どもが誰の子なのかも、どういういきさつがあるかも聞き知っていた。どの戸口からも窓からも声がかかった。

「子どもはどこ？　デーテ、子どもをどこに置いてきたの？」

デーテは不機嫌に言い返した。

「山の上のおじさんのところ！　アルムのおじさんのところだってば、わかってるでしょ」

「なんてこと！」

「かわいそうに！」

「あんな小さないたいけな子を山に置いてくるなんて！」

　あっちからもこっちからも女たちが非難の声を浴びせてくるので、デーテはいいかげんうんざりした。そんなこんなでデーテは早足で村を出た。「かわいそうな子」という非難の声がようやく聞こえなくなったときには、ほっとした。ハイジのことを頼むというのが母の遺言だったので、心がいたんでいたのだ。お金がたくさんたまったらまたハイジの面倒を見てやれる、とデーテは自分に言い聞かせ、気を落ち着かせた。よけいな口出しをする人たちからもうすぐ解放される、そしていい働き口にありつける。そう思うと、デーテは心底うれしくなった。

第2章　おじいさんのところで

デーテが姿を消すと、おじいさんはまたベンチに腰を下ろして、パイプの煙を大きく吐きだした。目は下に向けたまま何もいわなかった。

ハイジの方は楽しげにあたりをきょろきょろ見まわして、家畜小屋が山小屋にくっついているのを見つけ、のぞいてみた。けれども中には何もいなかった。そこでさらに小屋の裏へ回り、樅の老木のところまで行った。そのとき風が吹いて、木の枝を大きく揺らし、頭上で梢がざわざわと音をたてた。ハイジは立ち止まってその音に耳をすました。

風がいくらか収まると、小屋の角を曲がって、またおじいさんのところへもどってきた。おじいさんがさっきと同じかっこうをしたままだったので、ハイジはベンチの前に立ち、手をうしろで組んでおじいさんをじっと見つめた。おじいさんは目をあげた。

「さてと、次はどうする?」

黙って目の前に立っているハイジを見て、おじいさんは訊いた。

「この小屋の中が見たい」

「そうか、ならおいで!」おじいさんは立ちあがり、小屋に向かった。

「その服もいっしょに持っておいで」戸口のところでおじいさんはいった。

「もういらないよ」ハイジはいった。

おじいさんは振り向いて、ハイジの顔をとくとながめた。小屋の中を見たくて黒い目を輝かせている。

「頭がおかしいわけではないらしい」おじいさんは小声でいって、「なんで服はもういらないのかい?」と訊いた。

「山羊と同じがいいの。山羊はとっても身軽でしょ」

「だったらそうするといい。だが服は持ってお入り。しまっておけばいいさ」

ハイジはいわれたとおりにした。おじいさんは小屋の戸を開け、ハイジはおじいさんの後について中に入った。

小屋の中は仕切りがなく、全体でひとつの大きな部屋になっていた。テーブルがあり、そのそばに椅子が一脚ある。部屋の隅をおじいさんは寝る場所にしていて、その反対側にはかまどがあり、鍋がかかっている。別の壁面に大きな扉がついていて、おじいさんがそれを開けると、中は戸棚になっていた。服が上に吊してあり、棚のひとつにはシャツが何枚かと長靴下とハンカチが、別の棚にはお皿が何枚かとコーヒーカップとコップが数客ずつのっていた。一番上の棚には大きな丸いパンと燻製の肉とチーズがしまってあった。アルムのおじさんの持ちもの、暮らしに必要なものがすべて入れてあったのだ。

おじいさんが戸棚を開けるなり、ハイジは飛んでいき、中に服をしまった。そう簡単には見つけだせないように、おじいさんの服のできるだけうしろの方に突っこんだ。それから部屋の中をじっくり見まわして訊いた。

「あたし、どこに寝たらいい、おじいちゃん？」

「どこでも好きなところに寝るといい」

というのがおじいさんの答えだった。

ハイジには願ってもないことだった。小屋を隅々まで見てまわり、寝るのに一番いい場所を探した。おじいさんの寝床のそばに小ぶりのはしごが立てかけてあった。そのはしごを登ると、屋根裏に出た。いい匂いのする新しい干し草が敷きつめてあり、屋根の丸い穴から遥か下の谷まで望むことができた。

「あたし、ここで寝る」ハイジは下に向かって叫んだ。

「すごくきれい！　ねえ、おじいちゃん、来て！　とってもすてきなんだから、ちょっと見て！」

「わかっているとも」下から声が返ってきた。

「じゃ、ここにベッドを作るね！」

ハイジはまた大声でいうと、屋根裏を行ったり来たりした。

「おじいちゃんも上がってきて。それからシーツを持ってきてね。だってベッドにはシーツがいるでしょ。その上に寝るんだから」

「ああ、ああ」下からおじいさんがいった。

それから少しして戸棚まで行くと、中をごそごそやって、シャツの下からシーツになりそうな丈の長い粗布を取りだした。そしてそれを持ってはしごを上がってきた。干し草を敷きつめた床の上には、小さなかわいらしいベッドができていた。頭をのせる部分は干し草を重ねて高くしてあり、そこに寝るとちょうど屋根の穴の真下に顔が来るようになっている。

「うん、よくできているな。次はシーツだが、ちょっと待てよ」

おじいさんは干し草を一かかえ足して寝床を倍の厚さにした。これなら固い床で背中が痛くなることもないはずだ。

「さあ、これでよし。ほら、シーツだ」

ハイジは急いで粗布のシーツを受け取った。ものすごく重い。それだけ生地がしっかりしているということで、これを敷けば干し草の尖った先がちくちくして痛いこともないだろう。

ハイジはおじいさんとふたりでシーツを干し草のベッドに広げた。布の横幅と縦の余ったところは、ベッドの下にたくしこんだ。清潔でとてもよく見える。ハイジは前に立ってベッドをしげしげと眺め、それからいった。

「足りないものがあるよ、おじいちゃん」

「何かな？」

「掛け布団。だって寝るときは、シーツと掛け布団の間に入るもんでしょ」

「そうかい？　だが掛け布団がないとしたらどうする？」

「あら、だったらいいよ、おじいちゃん。干し草を掛け布団にするから」

ハイジは急いでまた干し草を取りにいこうとした。それをおじいさんが止めた。

「ちょっと待ってなさい」

そういってはしごを降り、自分の寝床へ行った。それからまた上がってきて、大きな重い麻袋を床にどさっと置いた。

「こっちの方が干し草よりよくはないか?」

ハイジは麻袋を広げようと、あっちの隅、こっちの隅を引っぱってみたが、子どもの小さい手ではうまくいかない。おじいさんに手伝ってもらって、麻袋をベッドの上に広げた。上等で、長持ちしそうだ。ハイジは自分の新しい寝床の前に立って、目を見張った。

「掛け布団もベッドもりっぱよ！　早く夜になればいいな。そしたらここに寝られる」

「その前にまずは食事にしないか。どうだい?」おじいさんがいった。

ハイジはベッド作りに夢中で他のことをすっかり忘れていた。それが食事のことが意識にのぼった途端、ものすごくお腹がすいてきた。朝早くパンを食べて薄いコーヒーを少し飲んだきり、何も口にしていなかったのだ。それから長い旅をしてきた。

それでハイジは大きくうなずいていった。

「うん、いいね」

「よし、だったら下へ行こう」

おじいさんはいって、ハイジを先に行かせた。それからかまどに向かい、鎖にかけてある大きい鍋をどかして小さい鍋を引き寄せた。そして丸い座面のついた木製の三脚の上に腰を下ろし、火を起こした。鍋の中身がグツグツいいはじめた。おじいさんはさらに長い鉄串に大きなチーズの塊をさし、それを回しながら火にかざしてあぶった。やがてどの面も黄金色になった。

ハイジは期待に目を輝かせてそれを見ていた。それからふいに何か思いついたらしく、ぱっと立って戸棚まで行き、何度か行ったり来たりした。おじいさんが鍋と鉄串にさした焼けたチーズをテーブルに持ってきたときにはもう、その上に丸いパンとお皿が二枚、ナイフが二本、置いてあった。みんなきちんと並べられている。さっき戸棚の中を見たとき、ハイジはそこに入っているものをちゃんと頭に入れていた。そして必要なものを取ってきたのだ。

「よし、偉(えら)いぞ、いわれなくても自分で考えつくとはたいしたもんだ」

おじいさんはいって、パンの上に焼(や)けたチーズをのせた。

「だがな。まだ欠(か)けているものがある」

ハイジはおいしそうに湯気(ゆげ)を立てている鍋(なべ)を見るなり、急(いそ)いでまた戸棚(とだな)へ駆(か)けていった。だがそこにはボウルがひとつしかない。でも棚(たな)の奥(おく)にコップがふたつある。ハイジはすぐにテーブルにもどり、ボウルとコップをひとつずつ置(お)いた。

「よし、いいぞ。なかなかしっかりしているな。だがどこにすわる？」

一脚(いっきゃく)しかない椅子(いす)にはおじいさんが

すわっていた。ハイジはかまどのところまで矢のように走っていき、小さな三脚椅子を持ってきて、その上に腰かけた。

「すわれはするが、テーブルに手が届かないな。といって、おれの椅子でも低すぎるだろう。なんとかせにゃいかんな。よし、こうしよう！」

おじいさんは立ちあがり、ボウルに山羊の乳をついで、それを自分の椅子の上に置き、三脚椅子を引き寄せた。これでハイジ用のテーブルと椅子ができた。おじいさんはパンを大きく切って焼いたチーズをのせ、皿に置いていった。

「さあ、おあがり！」

おじいさんの方はテーブルの端に腰かけた。こうして昼食が始まった。

ハイジはボウルを手にとって、ごくごくと一気に飲み干した。長旅ですっかりのどが渇いていた。それから大きく息をついた。飲むのに夢中で息つく暇もなかったのだ。そしてボウルをテーブルに置いた。

「山羊の乳は気にいったかい？」おじいさんがたずねた。

「こんなおいしいお乳を飲むのは初めてよ」ハイジは答えた。

「そうか、ならおかわりするといい」

おじいさんはそういって、ボウルにもう一杯、なみなみと乳をついで、ハイジの目の前に置いた。

ハイジは、溶けてバターのように柔らかくなったチーズをパンに塗ってかぶりついた。チーズとパンの味がうまく合ってとてもおいしく、大満足だった。そして食べる合間に山羊の乳を飲んだ。

食事が終わるとおじいさんは山羊の小屋へ行った。やることはたくさんあった。ハイジはおじいさんが山羊小屋を掃除してきれいに整えるのを注意深く見ていた。おじいさんはまず箒で床をはいて、次に山羊が気持ちよく寝られるように、床に新しい藁を敷いた。それから隣の納屋へ行って、棒を数本切りそろえ、板のまわりをけずって丸くし、そこにいくつか穴をあけて棒を差しこみ、それをひっくり返した。椅子が一脚できあがった。おじいさんの椅子と似ているが、座面がずっと高い。ハイジは目を丸くして見つめたまま、言葉もなかった。

「これは何かな、ハイジ?」おじいさんがたずねた。

「あたしの椅子ね。だってすわるところがとっても高いもの。あっという間にできちゃった」ハイジはすっかり感心していった。

「よしよし、この子は良い目を持っている」

おじいさんはそうつぶやくと、今度は小屋の外まわりの点検を始めた。そここに釘を打ちつけ、表の扉の立てつけを直した。金槌と釘と木切れを手に、小屋の状態を隅から隅まで見て、傷んでいるところがあれば直し、よけいなところがあれば切り取った。

ハイジはおじいさんについて回り、おじいさんのすることなすことを注意深く観察した。なにもかもが、おもしろくてたまらなかった。

そうこうするうちに夕暮れが近づいてきた。樅の老木がざわざわ音を立て始めた。強い風が吹いて、こんもりした梢を揺らしているのだ。その音はハイジの耳に快く聞こえ、胸がほんわかあたたかくなった。ハイジはうれしくなって樅の木の下でぴょんぴょん飛び跳ねた。こんなに楽しいことはないといった様子だ。おじいさんは納屋の戸口に立って、ハイジを見ていた。

と、鋭い口笛が響いた。ハイジは飛び跳ねるのをやめ、おじいさんは戸口の外へ出た。山の上から山羊の群れが何かに追われてでもいるかのように跳ねながら下りてきた。群れの真ん中にペーターがいる。ハイジは歓声をあげて、群れの中に飛びこんでいった。そして今朝仲良くなった友だちに一匹ずつあいさつしてまわった。

小屋にたどりつくと、山羊の群れは跳ねるのをやめた。群れの中からほっそりしたきれいな山羊が二匹出てきた。一匹は白くて、もう一匹は茶色。二匹はおじいさんに寄ってきて、その手をなめた。おじいさんの手のひらには塩が少しのっていた。おじいさんは毎夕、そうやって山羊たちを迎えていた。ペーターは残りの群れを連れて山を下りていった。ハイジは一匹をやさしくなで、それからもう一匹をなでた。そのあと反対側に回り、そっち側からも山羊たちをなでた。ハイジはうれしくてたまらなかった。

「おじいちゃん、うちの山羊なの？　二匹ともうちの？　この子たち、家畜小屋で寝るの？　ずっとうちにいるの？」ハイジは興奮して次から次へと訊いた。

おじいさんは質問の合間に「ああ、ああ」と答えるのがせいぜいだった。山羊たちが塩をなめ終わると、おじいさんはハイジにいった。

「小屋からボウルとパンを取っておいで！」

ハイジはうなずいて、しばらくしてまたもどってきた。おじいさんは白い山羊から直接ボウルに一杯乳をしぼり、パンをひと切れちぎると、ハイジにいった。

「さあ、これをお食べ。それから屋根裏へ行って寝るといい！　デーテはおまえの荷物をひと包み置いていった。その中に寝間着やらなにやらが入っているといってな。包みは戸棚の下の方に入れておいたから、いるものがあったらそこからお取り。おれは山羊を家畜小屋に入れなきゃならんからな。それじゃおやすみ！」

「おやすみなさい、おじいちゃん！　おやすみ、えっと、この子たちは何ていうの？」

ハイジは家畜小屋に入りかけたおじいさんと山羊を追いかけていって訊いた。

「白いのはシュヴェンリ[1]、茶色のはベルリだ[2]」おじいさんが答えた。

「わかった。おやすみ、シュヴェンリ！　おやすみ、ベルリ！」

ハイジは家畜小屋に入っていった山羊に大声でいった。それからベンチに腰かけてパンを食べ、乳を飲んだ。けれども強い風が山から吹き下ろしてきたので、急いで食事を終えて、小屋へ入り、屋根裏へ上がった。寝床に入るなり、ハイジはすぐさまぐっすり眠りこんだ。王さまの豪華なベッドもかくありなんと思えるほど寝心地がよかった。

それからいくらもしない、まだ真っ暗になる前に、おじいさんも寝床に入った。おじいさんは朝早く、日の出とともに起きて外に出る。夏の間、山に日が昇るのはかなり早い。

夜になって風がだいぶ強くなった。小屋が激しく揺れ、古い梁がぎしぎし鳴った。煙突に風が吹きこみ、ヒューヒューうなった。外に立っている樅の老木も大きく揺れ、小枝が何本も折れて落ちた。

真夜中におじいさんは身を起こしてつぶやいた。

1　「白鳥ちゃん」の意。「白鳥」にあたるドイツ語「シュヴァーン」の変形。末尾の「リ」は小さいもの、かわいいものにつけるスイスドイツ語特有の縮小語尾。

2　「熊ちゃん」の意。「熊」にあたるドイツ語「ベーア」の変形。

「あの子は怖がってるかもしれんな」

おじいさんははしごを登って、屋根裏に上がった。夜空を明るく照らしていた月に雲がかかって、すっかり暗くなっていた。その月が雲間からまた出てきて、丸い穴から月光が差しこみ、ハイジの寝床を照らした。ハイジは頰を赤く染めて重い掛け布団を掛け、丸っこい腕を枕にすやすやと眠っている。楽しい夢でも見ているのだろうか、いい寝顔だ。おじいさんは月がまた雲間に隠れて暗くなるまで、長いこと安らかなその寝顔を眺め、それから寝床にもどった。

第3章　牧場にて

翌朝早く、鋭い口笛でハイジは目を覚ました。目を開けると、金色の光が丸い穴から寝床とまわりの干し草の上に降りそそぎ、輪になって輝いていた。驚いてあたりを見まわしたが、自分がどこにいるのか、わからなかった。とそのとき、外からおじいさんの低い声が聞こえてきた。

途端に何もかもすっかり思いだした。自分がどこからやって来たのか、今いるのはアルムのおじいさんのところで、もうウルゼルばあさんのところではない。ウルゼルばあさんはほとんど耳が聞こえず、寒さにしょっちゅうふるえていた。だからいつも台所の窓辺か小部屋のストーブのそばにすわっていた。それでハイジもそこか、そのすぐそばにいなければならなかった。耳の悪いおばあさんは、ハイジの居場所がわかるように、常に姿が見えるところにいさせたのだ。けれども家の中が狭くてハイジは息苦しくなることがよくあり、そんなときは外へ出たくなった。

だから目を覚ましたのが新しい住まいでうれしかった。昨日は新しいものをたくさん見た。それを今日またみんな見られる。山羊のシュヴェンリとベルリにも会える。そう思うと、ますますうれしくなってきた。

ハイジは急いで干し草のベッドから飛び起き、昨日着ていたものをすばやく身につけた。少ししか着ていなかったから簡単だった。それからはしごを下りて、小屋の外へ飛びだした。

山羊番ペーターがもう山羊の群れを連れてきていて、おじいさんはちょうどシュヴェンリとベルリを家畜小屋から出して、その群れに加えようとしているところだった。ハイジはそこへ駆けていき、おじいさんと山羊に朝のあいさつをした。

「おまえも山の上の牧場へ行くかい？」おじいさんが訊いた。

願ってもないことだったので、ハイジはうれしくなって飛び跳ねた。

「だがまずは顔を洗ってきれいにしないと、おてんとうさまに笑われるぞ。おてんとうさまは空の上であんなにきれいに輝いて、おまえの顔が真っ黒なのを見ておられる。そら、そこに水をくんでおいてやったから、使うといい」

おじいさんはそういって水がたっぷり入った大桶を指差した。大桶は戸口の前の日溜まりに置いてあった。

ハイジは飛んでいって、水をパシャパシャ顔にかけ、ぴかぴかになるよう肌をこすった。

その間におじいさんは小屋の中へ入ってペーターを呼んだ。

「お入り、山羊番の大将。弁当袋を持っておいで」

ペーターはきょとんとしながらも、わずかな昼食を入れた袋をいわれたとおり差しだした。

「袋をあけな」

おじいさんはいって、パンの大きな塊と、これまた大きなチーズの塊を中へ入れた。ペーターは驚いたのなんの、目をまん丸に見ひらいた。パンもチーズも、ペーターが自分の昼食用に袋に入れていたものの倍の大きさはあったからだ。

「それからボウルも入れておく。この子はおまえのように山羊からじかに乳を飲んだりはできないからな。ハイジを牧場へ連れていって、昼にはこのボウルにたっぷり二杯、乳をしぼって飲ませてやってくれ。夕方になったら、またここまで送ってきてくれ。岩場から落ちて怪我をしたりせんよう、よく注意して見ていてくれよ。いいか、わかったな?」

そこへハイジが駆けてきて

真剣な顔をして訊ねた。

「ねえ、これでもうおてんとうさまに笑われずにすむかな？」

おてんとうさまに笑われたくなかったハイジは、おじいさんが桶の脇にかけておいてくれた肌理の粗い布で顔と首と腕をあんまりごしごしこすったせいで、肌が蟹のようになっていた。

そんなハイジを見て、おじいさんはちょっと笑っていった。

「ああ、おてんとうさまはもう笑わないよ。だけど、いいかい、夕方もどってきたら、魚になったみたいに桶にすっぽり入ってしっかり体を洗いなさい。一日中、山羊みたいに飛び跳ねていたら、足が真っ黒になるに決まっているからな。さあ、行っておいで」

ハイジはほがらかにアルムの牧場をめざして登っていった。昨夜の風が雲をすっかり吹き払っていた。頭上の空は一面、深い青で、その真ん中でお日さまが輝いて、緑の野山に柔らかい光を振りまいている。青や黄色の花々は花弁を開いて楽しげにお日さまを見上げている。

ハイジはぴょんぴょん飛び跳ねながら、歓声をあげた。こちらに赤い可憐なプリムラが群生しているかと思えば、あちらにはきれいな青いリンドウがきらめいている。柔らかい葉のついた金色のロックローズもあちこちでお日さまに顔を向けて微笑んでいる。あたりいちめんに咲き乱れる花々にうっとりして、ハイジは山羊の群れのこともペーターのこともすっかり忘れてしまった。まっすぐずんずん駆けていっては、また脇に足を向ける。手前には赤い花、向こうには黄色い花。あっちからもこっちからも、花々がきらきら光って、こっちへおいでと誘いかけてくる。ハイジはあちこちで花をたくさん摘んでは、エプロンにしまいこんだ。小屋に持ち帰って寝床の干し草にさそうと思っていた。寝床をここと同じようなお花畑にしたかった。

ところがそのせいで、ペーターは今日はいつもより忙しく目を動かさなければならなかった。ペーターのそうすばしこくはない丸い目には、厄介な仕事だ。山羊もハイジに負けず劣らず手がかかった。やれあっちに駆けていったかと思うと、今度はまた別の方へと飛び跳ねていく。ペーターはてんでんばらばらになった山羊たちを連れもどして一カ所にまとめるために、しょっちゅう口笛を吹き、呼び声をあげ、鞭を鳴

らさなければならなかった。

「ハイジ、どこにいる?」ペーターはいらだった声でハイジを呼んだ。

「こっちよ」

どこからか声が返ってきた。だがペーターには姿が見えなかった。ハイジは甘い香りのするプルネラが密生して小高くなっている茂みの背後にしゃがんでいたのだ。芳しい香りに囲まれて、ハイジはうっとりと大きく息を吸いこんでいた。

「来いよ!」ペーターがまた呼んだ。

「岩から落ちるなよ。おじいさんに叱られるぞ」

「岩ってどこのこと?」

ハイジは訊き返しただけで、その場から動かなかった。風が吹くたびに甘い香りが鼻をかすめ、とってもいい気持ちだったのだ。

「あの上。ずっとずっと上だよ。さあ、行こう! あそこのてっぺんにはじいさんの鷹がいて、鋭い声で鳴いてる」

それを聞くなり、ハイジはすぐさま飛び起き、エプロンに花をいっぱいかかえてペーターのところへ走っていった。

「もう充分だろう」ハイジといっしょに山を登りながらペーターがいった。

「そんなにあちこちで花を摘んでいたら、ちっとも先へ進めない。それに明日の分の花がなくなっちまう」

その言葉を聞いてハイジははっとした。エプロンはもう花でいっぱいで、これ以上は持ちきれない。それに明日、花がなくなったら困る。

それでハイジは寄り道せずにペーターといっしょに山を登った。山羊たちはみんなおとなしくついてきた。山のずっと上から漂ってくる野草のいい匂いを嗅ぎつけていたのだ。

ペーターが普段山羊の群れを連れて行く場所は、高い岩の付け根にあった。岩の下の方はまだ藪や樅の木に覆われているが、だんだん草木はまばらになり、上の方ではむきだしの切り立った頂が天に向かって聳えている。岩山の側面ははるか下まで崖になっている。おじいさんが気をつけろといったのは、この崖のことだった。

岩山の下にたどりつくと、ペーターはかついでいた弁当袋を地面の窪みにそっと下ろした。強い風が吹くと飛ばされかねない。ペーターはそのことをよく心得ていて、大事な昼食が万が一にも崖から転がり落ちないように用心したのだ。それから山登りの疲れを癒そうと陽当たりのいい草地に腰を下ろして手足を伸ばした。

ハイジはその間にエプロンをはずし、中の花ごとくるくる巻いて袋の奥にしまいこんだ。それからゆったりくつろいでいるペーターの隣に腰を下ろし、あたりを見まわした。谷ははるか下まで朝日に輝いている。ハイジの目の前には雪原が広がり、それが上まで、群青色の空まで続いている。そして左手には巨大な岩の塊が聳えていた。その岩山のどの側面からも裸の岩が塔のようにすっくと青い空へ突きでていて、高みからこちらを見下ろしている。

ハイジは押し黙ってすわったまま観察を続けた。辺り一面、しんと静まりかえっている。可憐な青いカンパニュラと金色に輝くロックローズの上をそよ風が吹き渡るかすかな音が聞こえるだけだ。ロックローズはあっちにもこっちにも咲いていて、細い茎を軽やかに楽しげに振っている。

ペーターは疲れて眠りこみ、山羊たちは上手の藪の中を駆け回っている。ハイジは金色の光を浴び、新鮮な空気を吸い、芳しい花の香りを鼻に吸いこんだ。こんなにすてきな気分を味わうのは生まれて初めてだ。ずっとこうしていられたらどんなにいいだろう。そうやって時が過ぎゆくまま、ハイジは何度も長いこと高い山々を見上げて過ごした。やがてどの山も顔を持つようになり、どの顔もなじみのものになった。山はみんな友だちのようにハイジを見下ろしていた。

と、頭上でしゃがれた鋭い鳴き声が響いた。見上げると、大きな鳥が空を飛んでいた。これまでに見たこともないほど大きな鳥で、翼を広げて大きく輪を描きながら宙を舞っている。そしてハイジの頭の上で何度もしゃがれた鳴き声をあげた。

「ペーター！　ペーター！　起きて！」ハイジは叫んだ。

「見て、あそこに鷹がいる。そこよ、ほら、見て！」

ペーターはその声で身を起こし、ハイジと並んで鷹を見上げた。鷹は青い空高く高く舞いあがり、やがて灰色の岩の向こうに姿を消した。

「あの鳥、どこへ行ったの？」

どきどきしながら目をこらして鷹の姿を追っていたハイジが訊いた。

「巣に帰ったのさ」

「あそこのてっぺんに巣があるの？　あんなに高いところに家があるなんて、すてきね！　それにしてもどうしてあんなに鳴いていたの？」

「そうしなきゃならないからさ」

「鷹の巣を見に、あそこまで登ってみようよ」

「だめ、だめ、そんなのだめだって！」

ペーターは強くいった。だんだん語気が荒くなった。

「あんなところまでは山羊だって登っていけない。それにおじいさんはなんていっていた？　岩から落ちるなよっていってただろ」

ペーターはそれからふいに口笛をピューと強く吹いて呼び声をあげた。ハイジには何が始まるのかさっぱりわからなかったが、山羊は、心得たもので、一匹、また一匹と次々に駆け下りてきた。やがて群れは緑の野原に集合した。いい香りのする野草をまたもぐもぐしはじめたものもいれば、あちこちぴょんぴょん飛び跳ねているものもいる。中には暇つぶしに角で突き合っているものまでいる。

ハイジは跳ね起きて、山羊の中へ飛びこんでいった。こんな光景を見るのは初めてだった。山羊たちが飛びまわってはしゃいでいる様は、見ていてとてもおもしろい。ハイジは山羊に順番に駆けより、一匹一匹にあいさつをした。どの山羊もそれぞれ見た目も違えば性格も違う。

ペーターの方はその間に弁当袋を取ってきて、パン二個とチーズ二個を地面に四角くきっちり並べた。大きい方はハイジ、小さい方は自分のだ。ペーターはちゃんと覚えていた。それからボウルを取りだし、シュヴェンリから乳をしぼってそこに入れ、四角形の真ん中に置いた。そしてハイジを呼んだ。

ハイジを呼び寄せるのには山羊よりも手間がかかった。ハイジは新しくできた友だちが飛び跳ねて遊ぶのを見るのに夢中で、山羊の他には何も見えなければ、何も聞こえないありさまだったからだ。しかしそこはペーターも心得たもので、岩山のてっぺんまで響き渡るような大声を張りあげた。ようやくハイジがやってきた。おいしそうな昼食がきれいに並べてあるのを見て、ハイジはそのまわりをうれしげに飛び跳ねた。

「飛び跳ねるのはもうやめろ。昼食だぞ。さあ、すわって食べな！」ペーターがいった。

ハイジは腰を下ろした。

「そのお乳、あたしの？」

ハイジは、きれいに四角く並べられたパンとチーズと、その真ん中に置かれたボウルを、もう一度うれしそうに見た。

「そうだよ。あと大きいパンとチーズもおまえのだ。それを飲み干したら、シュヴェンリからもう一杯分しぼってやる。次はおれの番だ」

「あんたはどの山羊からお乳をもらうの？」ハイジが訊いた。

「おれの山羊、シュネッケ[1]からさ。さあ、食事を始めろよ」ペーターが促した。
ハイジはまず山羊の乳を飲んだ。ボウルが空になると、ペーターは立ちあがり、二杯目をしぼって持ってきてくれた。ハイジは乳といっしょに食べるために、パンを少しちぎった。ちぎった後もまだパンは大きくて、食べる前のペーターのパンよりも大きかった。ペーターのパンはもうほとんど残っていない。ハイジはチーズの大きな塊を添えて、パンをペーターに差しだした。

「これ食べていいよ。あたし、もうお腹いっぱいだから」

ペーターはハイジを見た。あんまりびっくりして何もいえなかった。これまでに自分は一度もそんなことをいったことがなく、何かを人にあげるなんて思いもよらなかったからだ。

それでペーターは受けとるのを少しためらった。ハイジが本気だとはとても思えない。でもハイジはパンをしっかり差しだしている。相手が受けとらないのを見てとると、ハイジはパンをペーターの膝の上に置いた。それでハイジが本気だとわかって、ペーターは贈りものを受けとり、感謝をこめてうなずいた。貧しい山羊番のペーターがこれほど贅沢な食事をするのは初めてだ。

ハイジは山羊の方に目を向けて訊ねた。

「みんな、なんて名前なの、ペーター？」

山羊の名前なら、ペーターもよく知っていたし、ちゃんと頭に入れておくことができた。それに他に覚えておくべきこともあまりない。

それで順番に山羊の名前をあげていった。ひとつ名前をいうごとに、どの山羊か指差しながら。ハイジはそれを注意深く聞いて、いくらもしないうちに山羊を一匹一匹区別して、名前を呼べるようになった。山羊にはそれぞれ特徴があって、それさえしっかり頭にいれておけばわけなく判別できる。ハイジにもちゃんとできた。頑丈な角が生えている大山羊はテュルク。[2] テュルクはなにかというとその角を振り上げて突きかかるので、テュルクが近づくと、みんなさっと逃げていく。きゃしゃ

1　ドイツ語で「カタツムリ」の意。
2　ドイツ語で「トルコ人」の意。

だが、すばしこい山羊はディステルフィンク。[3]この山羊だけがテュルクが来ても逃げず、どうかすると大胆にも自分の方から三回、四回と続けざまにさっそうと角を振り上げて向かっていく。そうするとテュルクは驚いて立ちすくんでしまう。目の前のディステルフィンクは好戦的で角が鋭いからだ。小さな白い子山羊の名前はシュネーヘップリ。[4]しょっちゅうメエメエ鳴くので、ハイジは何度も駆けていっては頭をなでてやった。シュネーヘップリがまた悲しそうな声を出したので、ハイジはすぐさま駆けより、首に腕を回してやさしく訊ねた。

「どうしたの、シュネーヘップリ？　何が悲しくて鳴いているの？」

子山羊はハイジにすっかりなついて身を寄せ、鳴くのをやめておとなしくなった。ペーターはまだ食べたり飲んだりするのに忙しく、すわったまま途切れ途切れにいった。

「おふくろさんがいないからさ。昨日マイエンフェルトに売られていったんだ。だからもうアルムには来られないのさ」

「おふくろさんって？」ハイジは訊き返した。

「母さんだよ」

「おばあちゃんはいないの？」

「いない」

「じゃ、おじいちゃんは？」

「いない」

「かわいそうなシュネーヘップリちゃん」ハイジはいって、子山羊を抱きしめた。「でももうそんなに悲しまないで。これからあたしが毎日いっしょに山に来てあげるから。あんたをひとりぼっちにはしない。さみしくなったらあたしのところへおいで」

シュネーヘップリはうれしそうにハイジの肩に頭を寄せてごしごしこすった。もう悲しそうな鳴き声はあげなかった。そうこうするうちペーターも昼食を終えて、ハイ

3　スズメ目アトリ科に属する鳥の一種、ゴシキヒワ（ゴールドフィンチ）。
4　「舞いとぶ雪」の意。縮小語尾「リ」がついているので「舞いとぶ小雪」といったところ。

ジと山羊の群れのところに来た。ハイジはまたあたりの観察に取りかかった。

シュヴェンリとベルリが群れの中で一番きれいで清潔だ。二匹にはどこか品もあり、たいてい二匹だけで行動し、厚かましいテュルクのことは見下して近寄らない。

山羊たちは、またそれぞれの仕方で茂みをめざして山を登りはじめた。ぴょんぴょん飛び跳ねていくものもいれば、いい香りのする野草を探しながらのんびり行くものもいる。テュルクはあちこちで他の山羊に突っかかろうとしている。シュヴェンリとベルリは足取りも軽く山を登っていき、まもなく一番いい茂みにたどりついて、せっせと草を食みはじめた。

ハイジは両手を背中に回して、山羊たちの様子をじっくり眺めていた。

「ペーター」

ハイジは地面に寝そべっている少年に目を向けていった。

「シュヴェンリとベルリが群れの中で一番きれいね」

「ああ、そうだな。アルムのおじさんは二匹の体をちゃんと洗って磨いてやって、塩をあげてる。家畜小屋だっていちばん清潔にしてるしな」

と、ふいにペーターは跳ね起き、大股で山羊たちの方へ駆けだした。ハイジはあわてて後を追った。何かまずいことが起きたに違いない。じっとしてはいられない。ペーターは山羊の群れをかき分けて、切り立った岩が崖になって落ちこんでいる方へ飛んでいった。山羊が考えなしにそっちへ跳ねていったら、わけなく崖から落ちてしまうし、そうなったら脚を四本とも折りかねない。

ペーターは好奇心の強いディステルフィンクがそっちへ向かって跳ねていくのを目にしたのだ。山羊が断崖の縁から飛びだそうとした瞬間、ペーターは追いついた。急いでつかまえようとしたが、転んでしまい、かろうじて山羊の脚を一本だけつかんだ。ペーターはそれをぐっとにぎって放さなかった。山羊は怒ってメエメエ鳴いた。せっかく気持ちよく跳ねていたのに、こうしっかり脚をつかまれては、これ以上前へは進めない。それでもなんとか行こうとして、山羊はもがいた。

ペーターは加勢にハイジを呼んだ。このままでは起きあがれないし、山羊の脚をずっとつかんでもいられない。飛んできたハイジはすぐさま危険を見てとった。それでいい匂いのする草を数本、地面から引き抜いて、山羊の鼻先に持っていき、やさしく話しかけた。

「おいで、おいで、ディステルフィンク。いい子にしてね！　気をつけないと、落っこちて脚を折っちゃうよ。折ったらものすごく痛いよ」

ディステルフィンクはすぐに振り向いて、ハイジが差しだした草をもぐもぐ食みはじめた。その間にペーターは立ちあがり、鈴のついている山羊の首輪をつかまえた。ハイジも反対側から首輪をつかみ、ペーターとふたりして、のどかに草を食んでいる群れのところへ連れもどした。

ペーターはもう安全だとわかるや、鞭を振り上げて、お仕置きをしようとした。何をされるか気づいたディステルフィンクは、おびえてあとずさった。それを見てハイジが叫んだ。

「だめ、ペーター、やめて！　鞭はだめ。かわいそうにおびえているじゃない！」

「自分のせいさ」

ペーターは鞭を鳴らして山羊の背中に打ち下ろそうとした。

ハイジはペーターの腕に飛びついて、怒って叫んだ。

「何もしちゃだめ！　鞭で打ったら痛いでしょ。放してあげて！」

ペーターはその強い口調に驚いてハイジの顔を見た。黒い目が自分をにらんでいる。ペーターは仕方なく鞭を下ろした。

「明日もチーズをくれるなら、こいつは放してやるよ」

ペーターは妥協していった。驚かされた腹いせに何か要求せずにはいられなかったのだ。

「みんなあげる。明日もその後もずっと、チーズはみんなあげる。あたしはぜんぜんいらないもん」

ハイジはうなずいていった。

「パンだって、今日と同じくらいたくさんあげる。だからディステルフィンクには何もしないで。絶対に鞭で打たないでね。シュネーヘップリも他の山羊もね」

「勝手にしろ」ペーターはいった。

彼としてはそれが承知したという返事の代わりだった。ペーターが放してやると、ディステルフィンクは楽しげにぴょんぴょん跳ねて仲間たちのところへもどっていった。

そうこうするうちにいつのまにか時間がたち、お日さまが山の向こうに沈みはじめた。ハイジはまた地面にしゃがみこんで、リンドウとロックローズが黄金色の夕日に包まれて輝く様を静かに眺めた。草地全体が黄金色に染まり、岩山は夕日に赤く照り映えてきらめき、まるで燃えているかのようだ。ハイジはふいに立ちあがって叫んだ。

「ペーター！　ペーター！　燃えてる！　燃えてる！　お山がみんな燃えてる。あそこの雪も、お空も。ほら、見て！　見て！　高い岩山も真っ赤に燃えてる！　雪も燃えてる。なんてみんなきれいなの！　ペーター、見てよ！　鷹の巣のあるとこも燃えてる！　あの岩山を見て！　樅の木もよ！　みんな、みんな燃えてる！」

「いつもこんなさ」

ペーターは小枝の鞭のむけているところをいじりながら、のんびりとした調子でいった。

「でも火事なんかじゃない」

「じゃあ、なあに？」

ハイジはうれしくて飛び跳ねながら訊いた。どこもかしこもものすごくきれいで、いくら見ても見飽きない。

「何なの、ペーター、あれは何？」ハイジは質問を繰り返した。

「ひとりでにああなるのさ」

「ああ、見て、見て！」ハイジは興奮して大声をあげた。「今度はバラ色よ！　あそこの雪も、尖った高い岩山も！　あの山はなんていうの、ペーター？」

「山に名前なんてないさ」

「なんてきれいなの。あのバラ色の雪を見て！　それに上の岩山。バラがたくさんよ！　今度は灰色になった！　ああ！　ああ！　みんな消えちゃう！　みんななくなっちゃう、ペーター！」

ハイジは地面にしゃがみこんだ。世も終わりだとでもいうように取り乱している。

「明日になったらまた元どおりになるさ。さあ、立って！　うちへ帰ろう」

山羊の群れが口笛と呼び声で集められ、一行は帰路についた。

「毎日、同じようになるの？　あたしたちが牧場にいる間、ずっと？」

ハイジはペーターと並んで山を下りながら、そのとおりだと彼が請け合ってくれるのを耳をすまして待ちかまえた。

「たいていな」というのが答えだった。

「でも明日はきっとそうなる？」ハイジは訊いた。

「ああ、ああ、明日はだいじょうぶだ！」ペーターは請け合った。

それでハイジはまた元気になった。今日はたくさん見たり聞いたりした。その印象で頭がいっぱいなせいで、ハイジは黙々と山を下りた。

山小屋にたどりつくと、おじいさんが樅の木の下にベンチを出してすわっていた。山を下りてくる山羊をここで出迎えるのが習慣なのだ。ハイジはすぐさまおじいさんに飛びついた。シュヴェンリとベルリが後に続いた。山羊は誰が主人で、どこがねぐらか、よく心得ていた。

ペーターがうしろからハイジに呼びかけた。

「明日も来いよ！　じゃあな！」

ペーターはハイジに明日もまた来てほしかったのだ。

ハイジは急いで駆けもどり、ペーターに手を差しだして、明日もいっしょに山へ行くと約束した。それから動きだしていた山羊の群れの真ん中へ飛びこんで、もう一度シュネーヘップリの首に抱きつき、やさしく言い聞かせた。

「ぐっすりおやすみ、シュネーヘップリ。あたし、明日もいっしょに山へ行くからね。もう悲しそうに鳴かなくてもいいんだよ。わかった？」

シュネーヘップリはうれしそうにハイジを見て、それから元気よく仲間を追いかけていった。

ハイジは樅の木の下に駆けもどった。

「おじいちゃん、とってもすてきだったよ！」

おじいさんのもとにたどり着くのを待たずに大声でいった。

「岩が火事になって、それからバラが咲いたの。青い花と黄色い花がいっぱいあってね。ほら、これ見て！　持ってきたんだよ」

ハイジはそういって折りたたんでいたエプロンを開き、摘んできた花をおじいさんに見せようとした。ところがどうしたことか、きれいだった花は見る影もなかった。ハイジには、これがあの花だとはとても思えなかった。みんなしおれて干し草同然。開いている花はもうひとつもない。

「おじいちゃん、これどうしちゃったのかな？」ハイジはびっくりしていった。「みんなこんなじゃなかったんだよ。どうしてこんなになっちゃったんだろう？」

「花は外でおてんとうさまの光を浴びているのが一番いいのさ。エプロンには入りたくなかったんだよ」おじいさんがいった。

「だったらあたしもう、お花は摘まない。あとね、おじいちゃん、鷹が鋭い声であんなに鳴くのはなんで？」ハイジは熱心に訊ねた。

「まずは体を洗っておいで。おれは家畜小屋へ行って山羊の乳をしぼる。それからいっしょに小屋に入って夕食にしよう。話はその後だ」

おじいさんのいうとおりに事は運んだ。しばらくしてハイジは、乳の入ったボウルを前に高い椅子にすわった。おじいさんが隣に来ると、ハイジはさっそくさっきの質問を繰り返した。

「どうして鷹はいつもあんな高いところから鋭い声で鳴くの、おじいちゃん？」

「下界の人間たちを嘲笑ってるのさ。狭苦しいところに寄り集まって暮らしている村の連中をな。やつらは互いに意地悪ばかりしてるんでな。だから鷹は嘲笑って鳴いてるのさ。みんな別々に自分の道を行く方がいいぞ。おれのように高い山へ登ってこいよ。ここの方がずっといいぞってな」

荒っぽい調子でそういうおじいさんの声は、ハイジの耳に、昼間聞いた鷹の声よりもっとしゃがれて聞こえた。

「どうして山には名前がないの、おじいちゃん？」ハイジはさらに訊いた。

「名前ならちゃんとあるさ。どの山かわかるように説明できたら、名前を教えてやるよ」

それでハイジは、高い塔が二本突きでている岩山がどんな風に見えたか細かく説明した。「よし、わかったぞ。それはな、ファルクニスっていうんだ」おじいさんは満足げにいった。

「他にも山が見えたかい？」

ハイジは今度は大雪原のある山の説明をした。雪が全部火に包まれたように輝いて、それからバラ色に染まり、やがて色が薄れて、ついにはかき消えてしまったことを話した。

「ああ、わかったぞ。そいつはシェザプラーナだ。それじゃアルムの牧場は気に入ったのかい？」

そこでハイジはその日あったことをすっかり話した。何もかも、どんなにすてきだったか。とくに火事になったような夕暮れの風景がすばらしかったことを。ペーターと違っておじいさんは、どうして山がそんな風になるのか、その訳を教えてくれた。

「いいかい」とおじいさんは話しはじめた。「おてんとうさまが山におやすみをいってるのさ。朝になったらまたおてんとうさまが昇ることを、山が忘れないように、一番きれいな光を投げかけてるんだよ」

その説明が、ハイジはとても気に入った。明日になるのが今から楽しみで仕方がなかった。牧場に登って、おてんとうさまが夕方、また山にさよならをいう光景を見たい。でもその前にまずは寝(ね)ないといけない。ハイジは干(ほ)し草(くさ)のベッドで一晩中(ひとばんじゅう)ぐっすり眠(ねむ)った。そして真(ま)っ赤(か)に燃(も)える山と上空のバラ色の雲、その真(ま)ん中(なか)で楽しげに飛(と)び跳(は)ねるシュネーヘップリの夢(ゆめ)を見た。

第4章　おばあさんのところで

翌朝もお日さまは明るく輝いていた。ペーターが山羊の群れを連れてやってきて、一行はまたいっしょに山の牧場へ行った。そんな風に毎日が過ぎていった。

ハイジは牧場で過ごすうちにすっかり日焼けし、元気にたくましくなった。何一つ足りないものはなく、来る日も来る日も、ほがらかに幸せに過ごした。緑の森の中、木々の上で暮らす陽気な小鳥のようだった。

やがて秋になり、強い風が山の上をざわざわと吹き渡りはじめた。そんなある朝のこと、おじいさんがいった。

「ハイジ、今日はうちにいなさい。おまえのように小さい子は、風でひょいと飛ばされて谷に吹き落とされかねないからな」

　ペーターはハイジがいっしょに来ないと知ってがっかりした。今日は山へ行っても つまらないことは目に見えている。ハイジがいなかったら、退屈で何をしてよいかも わからない。それに豪勢な昼食も望めない。しかもその日は山羊たちが強情で、普段の二倍の手がかかった。山羊たちもハイジに慣れきっていて、ハイジがいっしょでないと前へ進みたがらず、てんでんばらばらに好きな方へ行こうとしたからだ。ハイジはといえば、そうそう悲しんでばかりはいなかった。どんなときにも何かしら楽しいことが見つけだせるからだ。

　ハイジだって、できればペーターや山羊たちと、山の牧場へ行きたかった。牧場には花が咲いているし、鷹もいる。それに性格も姿恰好もさまざまな山羊たちと、いろんなことをして過ごせる。でもおじいさんが金槌やノコギリでトントン、ギーコギーコ音を立てて大工仕事をするのを見ているのも楽しい。特におもしろいのは、家で過ごさなければならない日が、ちょうど丸くてきれいなチーズを作る日に当たったときで、そんなときハイジは、おじいさんが腕まくりして山羊の乳の入った大桶をかき回すのを飽かず眺めた。

でも風が強くて出かけられない日にできることで一番好きなのは、家の裏手に立っている三本の樅の木が風にしなって立てる音に耳をすますことだった。木の梢が揺れて立てる音はなんとも神秘的ですてきで、ハイジはときどき何もかも放りだして外へ駆けていった。木の下に立って梢を見上げて耳をすます。木が強い風を受けて揺れ、しなり、音を立てるのを、ハイジはいつまでも飽かず見聞きしていられた。

もう日射しも夏ほど強くないし、暑くもない。ハイジはしまっておいた靴下と靴を取りだし、上着も着こんだ。日に日に肌寒くなり、樅の木の下に立っていると、風が薄い葉っぱを通りぬけるように、体の中を吹き抜けていく。それでも風の音を聞くたびに、じっとしていられなくなり、外へ飛びだしていった。

それからぐんと寒くなった。朝早く山を登るとき、ペーターは両手に息を吐きかけながら歩いた。しかしそれもそう長くは続かなかった。ある晩、雪が降り続いて、朝になると牧場はすっかり白い雪に覆われ、どこを見ても緑の草一本、見当たらなくなったからだ。こうなってはペーターも山羊の群れを放牧することができない。

ハイジは目を丸くして小さい窓から外を眺めた。一度止んだ雪がまた降りだしてい

て、どか雪がずんずん降り積もっていく。雪はやがて窓の下枠まで達した。それでも降りやまず、雪の山はどんどん高くなり、やがて窓が開かなくなった。ハイジは完全に家に閉じこめられた。

それがまたハイジにはおもしろくて、窓から窓へと走っては、雪山の高さを目で測った。このまま降り続けると、山小屋は完全に雪に覆い尽くされてしまう。そうなったら明るい昼間でも、明かりをつけなければならなくなる。しかしそうはならなかった。明くる朝には、雪はやみ、おじいさんは外に出て、山小屋のまわりの雪をかいた。ここにも、そしてあそこにもというように、小屋を囲んでいくつも雪山ができていく。おかげで窓も戸口の扉もまた開くようになった。

それが功を奏した。ハイジとおじいさんが午後遅く、三脚椅子にすわって火に当たっていると――おじいさんはハイジ用の三脚椅子をとっくの昔にこしらえていた――戸口のところでどんと大きな音がして、久しぶりに扉が開いたのだ。音の主は山羊番ペーターだった。しかし乱暴に扉に体当たりしたわけではなく、靴についた雪を叩き落としただけだった。ペーターは体中雪まみれだった。高く降り積もった雪の中を悪戦苦闘しながらここまでやってきたのだ。体についた雪は気温がひどく低いせいで、すでに凍りついていた。それでもくじけずにやってきたのは、ハイジに会いたくてたまらなかったからだ。もう八日間、ハイジの顔を見ていなかった。

「こんばんは」

ペーターはあいさつしながら家に入ってきて、すぐさまストーブに近寄り体を温めた。それ以上何もいわなかったけれど、ここにいられてうれしいと顔に書いてあった。ハイジはペーターの姿に目を見張った。全身に張りついて凍っていた雪が溶けだして、まるで小さな滝のようだったからだ。

「よお、大将、元気か？」おじいさんが訊いた。「兵隊なしじゃ、鉛筆をかじるしかないよな。そうだろ？」

「なんで鉛筆をかじらなくちゃならないの、おじいちゃん？」ハイジがすぐさま訊いた。

「冬は学校へ行かなきゃならんからさ。学校じゃ、読み書きを習う。これがまたしんどくてな。だが鉛筆をかじると少しは助けになる。そうだろ、大将？」

「うん、そのとおり」ペーターが答えた。

俄然ハイジは興味を覚えて、学校には何があるのか、何を見たり聞いたりできるのか、根掘り葉掘り訊ねた。ペーターがそれに答えているうちに、あっという間に時間がたち、濡れていたペーターの体も、頭のてっぺんからつま先まですっかり乾いた。

頭の中にあることを言葉にしてわかりやすく話すのがペーターは苦手だが、特に今回は大変だった。ひとつ質問に答えたかと思うと、ハイジはさらにふたつもみっつも、思いがけないことを訊いてくる。それもたいてい、ひと言では答えられないようなことばかりだ。

おじいさんは、ハイジとペーターが話に花を咲かせている間、ずっと黙っていたが、ときおり口の端がおもしろそうにひくつくので、ちゃんと話を聞いているとわかった。

「よし、大将。火に当たって体がすっかり温まっただろう。おいで、いっしょに食事にしよう！」

おじいさんはそういって立ちあがり、戸棚からパンとチーズを出してきた。ハイジはすぐに椅子をテーブルに寄せた。

おじいさんはベンチをこしらえて壁際に作りつけていた。もうひとり暮らしではなくなったので、家のあちこちに二人分の椅子が置いてある。ハイジはおじいさんにくっついて回っていた。歩いているときも、立っているときも、すわっているときも、ふたりはいっしょだった。それで三人ともすわる場所があった。

アルムのおじさんがパンを分厚く切って、これまた厚い干し肉をのせて出してくれたのを見て、ペーターは丸い目をさらに丸く見ひらいた。こんな豪勢な食事は久しぶりだった。ペーターが満足して食事を終えると、外はもう暗くなりかけていた。帰る潮時だ。ペーターは「おやすみ」とあいさつをし、「神さまのご加護に感謝を」

といい添えて戸口に立った。それからもう一度振り返っていった。

「また来週、日曜日になったら来るよ。おまえも一度うちへ来いよ。うちのばあちゃんが会いたがってる」

誰かを訪ねていくなんて、ハイジはこれまで考えたこともなかった。それがいったん考えはじめると、頭から離れなくなった。それで翌朝起きるなり、早速おじいさんにいった。

「おじいちゃん、おばあちゃんのところへ行こう。おばあちゃん、待ってるよ」

「雪が多すぎる」といって、おじいさんはハイジの望みをかなえてくれなかった。

けれどもハイジの頭の中はそのことでいっぱいだった。ペーターのおばあさんが訪ねてこいといっている。だったらそうしなければ。それでハイジは、毎日五回も六回もおじいさんにペーターのおばあさんのところへ行こう、と持ちかけた。

「ねえ、おじいちゃん、今日はおばあちゃんのところへ行かなくちゃ。おばあちゃん、ずっとあたしが来るのを待ってるんだよ」

四日目、外は凍てつく寒さで、あたり一面雪に覆われていて、一歩ごとに凍りついた雪がきしきし音を立てるような状態だった。けれどもハイジが高い椅子にすわって昼食を食べていると、ちょうど椅子の上に窓からお日さまの光が射した。それでハイジはまたいつもの言葉を繰り返した。

「今日こそ、おばあちゃんのところへ行こう。おばあちゃん、もう待ちくたびれてるよ」

　するとおじいさんは食卓の椅子から立ちあがり、屋根裏へ登ってハイジが掛け布団にしている厚手の袋を取ってきた。

「よし、おいで！」

　ハイジは大喜びできらきら輝く銀世界へ飛びだした。古い樅の木はひっそりと立ち、雪の綿帽子をかぶった枝がお日さまの光を浴びて荘厳に輝いている。ハイジは嬉々として飛び跳ね、大声でおじいさんを呼んだ。

「おじいちゃん、来て！　早く来てってば！　樅の木んとこが、金色と銀色に光ってる！」

　おじいさんは納屋に入って、そこから幅広のそりを出してきた。そりの前部には長い柄が取りつけてあり、平たい座面から前に足を伸ばして雪面を蹴って、方向を定められるようになっていた。おじいさんはハイジといっしょに三本の樅の木をとくと眺めてから、ハイジを膝に乗せ、体が温まるように、掛け布団代わりの麻袋に入れてしっかりくるんだ。それからそりを動かしても落ちないように左腕でしっかりとハイジを抱くと、右手で柄をつかみ、両足で雪面を勢いよく蹴った。そりはものすごいスピードを出してアルムを下りはじめた。まるで空を飛んでいるような心地がして、ハイジは歓声をあげた。

ふいにそりが止まった。山羊番ペーターの小屋に着いたのだ。おじいさんはハイジを地面に下ろして、くるんでいた麻袋を取りさった。

「さあ、中へお入り。暗くなったら迎えにくる」そういうと、そりを引っぱりながら、また山を登っていった。

ハイジは戸口の扉を開けて、小屋に入った。中は全体に黒っぽく、いろりがあって、鍋がいくつか棚に並んでいる。そこは小さな台所で、その先にまた扉があった。ハイジはそれを開けて、小部屋に入った。おじいさんのところはアルム特有の山小屋

で、中には仕切りがなく、上に干し草置き場があるが、ここは古い小屋で、何もかもがせせこましく、みすぼらしかった。

小部屋に入るなり、ハイジはテーブルに突き当たった。そのテーブルに向かって女の人がひとり、チョッキを繕っていた。ペーターのチョッキだとハイジはすぐに見てとった。部屋の片隅には年とった女の人がすわって糸を紡いでいる。それが誰かは、すぐにわかった。ハイジはまっすぐ紡ぎ車のところへ行って、その人に声をかけた。

「おばあちゃん、こんにちは。遊びに来たよ。来るのにずいぶん時間がかかっちゃった。待ちくたびれた？」

　おばあさんは顔を上げ、差しだされた手をさぐった。その手をつかむと、しばらく考え深げににぎっていた。それからようやく口を開いた。

「アルムのおじさんとこの子だね？　ハイジだろ？」

「うん、そう」ハイジは返事をした。「おじいちゃんとそりに乗って来たんだよ」

「そんなばかな！　手がこんなにあったかいのにかい？　ちょいと、ブリギッテ、アルムのおじさんが自分でこの子を連れてきたのかい？」

　テーブルで繕い物をしていたペーターの母親ブリギッテは、立ちあがってハイジの頭のてっぺんからつま先まで、興味津々に眺めた。

「さあ、どうかね、母さん。アルムのおじさんが自分でこの子を連れてきたなんて、とても信じられない。この子にはよくわかってないんだろうよ」

　けれどもハイジは、自分は無知な子どもなんかじゃない、といわんばかりにその女の人の顔をしっかり見て、それからいった。

「ちゃんとわかってるよ。おじいちゃんがあたしを掛け布団にくるんでそりに乗せてここへ連れてきてくれたんだよ」

「それじゃ、ペーターが夏の間、アルムのおじさんのことでなんやかやいってたのは、間違いじゃなかったのかもね。あたしらが思い違いをしてたのかもしれない。とっても信じられなかったけどね。あたしゃ、子どもは三週間とあそこにはいられないと思ってたよ。この子はどんな様子だい、ブリギッテ？」

おかみさんはハイジを穴のあくほど眺めまわしていたので、すぐにこう返事をした。

「アーデルハイトに似ていい顔をしてるよ。でも目は黒くて、髪は縮れてる。トビアスやアルムのおじさんと同じにね。うん、この子はあのふたりにそっくりだ」

ふたりの女がそんなやりとりをしている間も、ハイジはただ突っ立ってはいなかった。家の中をぐるっと見まわして、何もかもしっかり観察していた。そして口を開いた。

「ねえ、おばあちゃん、あそこのよろい戸、さっきからバタンバタンいってるよ。おじいちゃんなら、とっくに釘を打って動かないようにしてる。そうしないと、いまにガラスが割れちゃうよ。ねえ、ほら見て！」

「ああ、おまえはいい子だね」とおばあさんがいった。「あたしにゃ、見えないんだよ。だけど耳はまだちゃんと聞こえてる。ガタピシいってるのはよろい戸だけじゃない。風が吹くとそこら中、ぎしぎし音を立てるし、風が中に吹きこんでくる。この家はもうたいしてもたないよ。夜中、ペーターもブリギッテも寝いっているとき目が覚めると、こわくてたまらない。今にも屋根が落ちてきて、あたしら三人とも押しつぶされて死んじまうんじゃないかってね。だけどこの小屋に手を入れてましにできる者なんていやしない。ペーターには何もわかってないしね」

「でも見えないって、どうしてなの、おばあちゃん? ほら、ちゃんとよろい戸を見て! あそこんとこよ」

そういって、ハイジは問題のよろい戸を指差した。

「ああ、ああ、あたしにゃ目がぜんぜん見えないんだよ。まったくね。よろい戸もさ」おばあさんは嘆いた。

「外に出てよろい戸を開けてあげる。そしたら明るくなるから見えるようになるでしょ、おばあちゃん?」

「いや、いや、それでも見えない。この目が明るくなることはもうないんだよ」

「でも外は雪で真っ白だから、おばあちゃんの目も明るくなるよ。おいでよ、おばあちゃん。あたしが外を見せてあげる」

ハイジはおばあさんの手を取って、外へ連れだそうとした。目が見えないなんて、すごくこわい気がしてきたのだ。

「いい子だから、そっとしておいておくれ。雪の中も、どんなに明るいところへ行っても、あたしにゃ暗いままさ。この目にゃ、もう光が届かないんだよ」

「でも夏になったら？　おばあちゃん」

ハイジは訊いた。暗いままだなんてこわくて、何かいい手はないかと必死に考えた。

「夏になったら、お日さまはまたじりじり照りつけるようになる。沈むときは、お山におやすみのあいさつをする。お山は真っ赤に燃えて、お花は黄色くきらきら光る。そしたらおばあちゃんも、また目が見えるようになるんじゃない？」

「ああ、ああ、それでもあたしにゃ見えない。燃えるお山も黄金色に染まるお花もね。この世が明るくなることは二度とないんだよ」

それを聞いて、ハイジはわっと泣きだした。悲しくて悲しくて、どうにもすすり泣きが止まらない。

「どうすればおばあちゃんの目をまた見えるようにできるの？　誰にもうできないの？　まったく誰にも？」

おばあさんはハイジを慰めようとしたが、なかなかうまくいかなかった。ハイジが泣くことはめったにない。ところがいったん泣きだしたら最後、なまじのことでは泣きやまない。

おばあさんはハイジを落ち着かせようと、いろいろ試してみた。ハイジがあんまり悲しそうに泣くので、心が苦しくなって胸が張り裂けそうだったのだ。

「いい子だからハイジ、こっちへ来ておくれ。いいかい、よく聞いて。何も見えなくなると、親切な言葉がよけい身に染みるようになる。おまえのおしゃべりは、聞いてとっても楽しい。さあ、来て、ここへおすわり。上の山小屋でおじいさんとどんな暮らしをしているのか、じっくり聞かせておくれ。以前はおじいさんのことをよく知ってたもんさ。だけどここ何年かはペーターから聞いたことしか知らない。でもあの子はあんまりしゃべらないからね」

そういわれて、ハイジは新しいことを思いついた。それで急いで涙をぬぐい、おばあさんを慰めていった。

「ちょっと待ってて、おばあちゃん。おじいちゃんにみんな話すから。おじいちゃんなら、おばあちゃんの目をまた見えるようにしてくれるよ。それにこの小屋も壊れないようにちゃんと修理できる。おじいちゃんは、なんだってちゃんとできるんだよ」

おばあさんは押し黙ったけれど、ハイジの方は元気よくしゃべりはじめた。おじいさんとどんな風に暮らしているか。山の上の牧場で過ごした日々。そして冬になってからの暮らし。おじいさんが板からなんでも作り出せること。ベンチも椅子も、シュヴェンリとベルリの飼い葉を入れる桶も、夏に水浴びをするのに使う大きなたらいも、山羊の乳を飲むための新しいボウルも、スプーンも、それこそ何もかも。おじいさんの手にかかると、ただの木片があっという間にすてきなものに変わることを、夢中になって話した。それから、おじいさんがいろんなものをこしらえるのを、隣に立って見ているのがどんなに楽しいかも。おばあさんはハイジの話に注意深く耳を傾けた。そしてときどき口をはさんだ。

「おまえも聞いてるかい、ブリギッテ？　アルムのおじさんのことをこの子がしゃべってるのをさ」

戸口のところでバタンと大きな音がして、ふいに話が途絶えた。ペーターがどたどた入ってきたが、ハイジがいるのを見た途端、びっくりして立ち止まり、丸い目を大きく見ひらいた。

「こんばんは、ペーター！」とハイジがいうと、ペーターはうれしそうに顔をくしゃくしゃにして笑った。

「もう学校から帰ってきたのかい。信じられないね」おばあさんが驚いていった。

「午後、こんなに早く時間がたつのは、久しぶりだよ。おかえり、ペーター。読み書きはできるようになったかい」

「そのうちなるさ」とペーターは答えた。

「ああ、ああ」とおばあさんはちょっぴりため息をつきながらいった。

「時間をかければちっとは変わると思ってたんだがね。おまえも二月にはもう十二に

「どうして変わらなくちゃならないの、おばあちゃん？」ハイジがすぐさま訊いた。

「ペーターも勉強ができるようになればいいと思ってただけさ。本が読めるようになればね。あそこの棚の上に古い祈禱書があってね。きれいな歌がのってるんだけど、もう長いことそれを聞いていない。もう記憶も薄れてしまった。ペーターが読めるようになったら、読んでもらえると思ってね。だけど読めるようにはならない。あの子には難しすぎるのさ」

「もう暗くなったから明かりをつけるよ」

繕いものを続けていたペーターのおかあさんがいった。

「今日は午後が過ぎるのがほんとに速かった。暗くなったのにも気がつかなかったよ」

それを聞くなり、ハイジはすぐさま椅子からぴょんと立ちあがり、片手を差しだしていった。

「おやすみなさい、おばあちゃん。暗くなったから帰らなくちゃ」

それから順番にペーターとペーターのおかあさんにも手を差しだした。そして戸口に向かった。

けれどもおばあさんが心配そうに呼びもどした。

「待って、待っておくれ、ハイジ。ひとりで帰るのは危ないよ。ペーター、ハイジを送っていっておやり。いいかい、ハイジが転んだりしないように、よく気をつけるんだよ。それからペーター、立ち止まっちゃだめだよ。凍えちまうからね。ハイジは厚手の襟巻きをしっかり首に巻いてるかい？」

「襟巻きは持ってない。でもだいじょうぶ。凍えないから」

そういってハイジはペーターが追いかけてこられないよう、すばやく扉を開けて外に出た。ところがおばあさんの心配はやまず、声をはりあげた。

「ブリギッテ、ハイジを追いかけていって。夜は寒いから凍えちまう。あたしのショールを持っていっておくれ、さあさあ、早く！」

ブリギッテはいわれたとおりにした。けれども子どもたちがまだいくらも山を登らないうちに、上からおじいさんが下りてくるのが見えた。しっかりした足取りで、おじいさんはすぐさま二人の前までやってきた。

「いい子だ、ハイジ。約束どおり出てきたな！」

おじいさんはいって、ハイジを掛け布団にしっかりくるみ、片腕に抱いて山を登っていった。その様子をブリギッテはしっかり見届けた。そしてペーターとともに小屋へもどるなり、今見た驚きの場面を、おばあさんに話して聞かせた。

おばあさんもそれを聞いて驚いたようで、何度も繰り返していった。

「ああ、神さま、ありがたい、ありがたい。あの人が子どもをそんなに大事にするとはね。ハイジをまたここへ寄こしてくれるといいねぇ。あの子のおかげでとっても楽しかったよ。なんて心根のやさしい子だろう。それにあんなにおもしろい話を聞かせてくれて、ほんとによかったよ」

おばあさんは喜び続け、ベッドに入る段になっても、まだいっていた。

「また来てくれるといいねぇ！　ああ、生きててよかったよ。あの子に会うのが楽しみでしかたない！」

おばあさんがおなじことを繰り返すたびに、ブリギッテもうなずいた。ペーターも毎回、頭を縦に振って、嬉しそうに笑っていった。

「ハイジを気に入ると思ってたよ」

その間、ハイジの方は掛け布団にくるまれたまま、おじいさんにずっと話しかけていた。けれども布にぐるぐる巻きにされているせいで、声がくぐもって、おじいさんには何をいっているのかさっぱりわからなかった。それでおじいさんはいった。

「少し待って、うちについてから話してくれ」

上にたどりつき、山小屋に入って掛け布団を取るなり、ハイジはいった。

「おじいちゃん、明日になったら、金槌と太い釘を持って、おばあちゃんのところへ行って、はずれそうなよろい戸をなおしてあげて。他にもあっちこっちガタピシいっているから、釘をたくさん持っていって」

「そうしないといけないのかい？　誰に頼まれた？」

「誰にも頼まれてないけど、そうしなくちゃいけないって、あたしにはわかるの。だってあのままじゃ、小屋が持たないよ。おばあちゃんはこわがってる。音がすると、おばあちゃん、夜も眠れないんだよ。家が壊れるんじゃないか、頭の上に今にも屋根が落ちてくるんじゃないかってね。それにね、おばあちゃん、目が見えないんだって。どうすれば見えるようになるかもわからないんだよ。でもおじいちゃんなら、なんとかできるでしょ。ね、おじいちゃん、考えてもみて。いっつも真っ暗な中にいなけりゃならないなんて、悲しいよ。音がしたらこわいしね。おばあちゃんを助けてあげられるのは、おじいちゃんだけだよ。明日になったら、おばあちゃんのところへ行って、助けてあげようよ。ね、おじいちゃん、いいでしょ？」

ハイジはおじいさんに抱きついて、信頼しきった目でその顔を見上げた。おじいさんはしばらくの間、ハイジの顔を見ていた。それからいった。

「ああ、ハイジ、そうしてやろう。おばあさんの小屋がもうガタピシいわないようにな。明日になったらそうしよう」

それを聞いてハイジは大喜びで小屋の中を跳ねまわった。

「明日になったらね！　明日になったら、おばあちゃんを助けてあげるんだよ！」

おじいさんは約束を守った。明くる日の午後、おじいさんはまたそりを出してきた。そして前の日と同じようにハイジを山羊番ペーターの小屋の前で下ろすといった。

「さあ、小屋へお入り。日が暮れたら、また外へ出ておいで」

それからおじいさんは、大工袋を肩に背負って、小屋をぐるっと回った。ハイジが戸口の扉を開けて小部屋に入るや、隅にいたおばあさんがすぐさま声をあげた。

「ああ、来てくれたんだね！」

そして紡ぎ車を止め、両手を差しだした。

ハイジは駆けていって、低い椅子をおばあさんのすぐ近くに寄せてすわった。すぐに話に花が咲いた。ハイジはたくさん話をし、質問もした。ところがふいにトンテンと家をたたく大きな音がして、おばあさんは驚きのあまりすくんで、紡ぎ車を倒しそうになり、ふるえながら叫んだ。

「ああ、神さま。とうとう来たよ。これでおしまい、家が崩れる！」

けれどもハイジはおばあさんの手をしっかり取って、こういってなだめた。

「ううん、違うの。おばあちゃん、驚かないで。おじいちゃんが金槌を打ってるんだよ。家が壊れないようにしてくれるから安心して。もうこわがらなくていいんだよ」

「おやまあ、そんな、信じられないね！　そんなことがあるかね！　神さまはあたしらを見捨てなかったんだね！」おばあさんは叫んだ。

「聞いたかい、ブリギッテ？　この子がいうことを、聞いたかい？　本当だ、あれは金槌の音だ！　ブリギッテ、外へ行って、見てきておくれ！　アルムのおじさんがいたら、ちょっとここへ顔を出すようにいっておくれ！　あたしからも、お礼がいいたいんだよ」

ブリギッテは小屋の外へ出ていった。おじいさんはちょうど、新しい板を力いっぱい壁に打ちつけているところだった。ブリギッテはおじいさんに近づいて、こういった。

「こんにちは、アルムのおじさん。うちのおばあちゃんもよろしくっていってます。あたしたちふたりとも感謝してるんですよ。あたしたちのために、こんな大工仕事までしてくださるなんてね。おばあちゃんが中でお礼をいいたいといっているんで、ちょっと入ってきてくれませんか。この家の修繕をしてくれる人がいるなんて思ってもいませんでしたよ。おじさんがしてくれるともね。だってそんなのはどうしたって……」

「くどくどいわんでいい」おじいさんは話の腰を折った。

「あんたらがおれのことをどう思っているかくらい、先刻承知だ。さっさと家の中にお入り。立てつけの悪いところは、見りゃわかる」

ブリギッテはすぐさま中に引っこんだ。おじいさんには有無をいわせぬところがあったのだ。おじいさんは小屋をぐるっとトンテンして回った。それから狭い階段を上って屋根を見にいった。そして持ってきた釘がなくなるまで、あちこちでトンテンを繰り返した。

そうこうするうちに日暮れが近づいてきた。おじいさんが階段を下りて山羊小屋のうしろに置いておいたそりを引っぱりだしている間に、ハイジが戸口から出てきた。おじいさんは昨日と同じようにハイジを掛け布団にしっかりくるみ、片腕に抱いてそりを引いた。ひとりでそりに乗せたのでは、外気がじかに体に当たって、凍えてしまうからだ。おじいさんはそれを知っていて、ハイジをあたたかい自分の腕に抱いたのだ。

そんな風にして冬が過ぎていった。目の見えないおばあさんの暮らしは、それまで殺伐としていたが、久しぶりに楽しみが持てるようになった。それまでと違って、毎日が暗くも長くもなくなった。ハイジが来るのを楽しみに待つことができるようになったからだ。おばあさんは朝早くから耳をすまして、ちょこまか歩く音が聞こえてくるなり戸口へ急ぐ。するとハイジが飛びこんでくる。そのたびにおばあさんは歓声をあげた。

「おお、神さま、ありがたや！　また来てくれたんだね！」

ハイジはおばあさんのそばにすわっておしゃべりをした。知っていることを、なんでもおもしろおかしくしゃべったので、おばあさんはずっと楽しくしていられた。おばあさんの知らぬ間に、時間はどんどん過ぎてゆき、もう以前のように「ブリギッテ、まだお日さまは沈まないのかい？」と訊ねることもなくなった。その代わり、ハイジが扉を閉めて帰ってしまうと、そのたびにこういうのだった。

「どうしてまたこう日が短くなったのかね、ブリギッテ？」

ブリギッテはそれに答えていう。

「ええ、ええ、本当に。さっき昼食の片づけをしたばかりなのにね」と。

するとおばあさんがまたいう。

「神さま、どうかあの子をずっとうちへ寄こしてください。アルムのおじさんにご加護がありますように！　ハイジは元気そうだったかい、ブリギッテ？」

そう訊かれるたびにブリギッテも答えていった。

「ええ、イチゴみたいに頰が真っ赤でしたよ」

ハイジもおばあさんにすっかりなついていた。そしておばあさんの目を見えるようにすることは、もう誰にも、おじいさんにもできないのだと思うたびに、悲しくてたまらなくなるのだった。けれどもそんなとき、おばあさんは繰り返しハイジにいった。ハイジがそばにいれば、目が見えなくてもぜんぜん悲しくなんかないと。

それでハイジは、お天気がいい日には必ずそりに乗っておばあさんのところへやってきた。おじいさんはハイジが何もいわなくても、ちゃんとそりを出してくれた。そして金槌やらなにやらを持って、午後中、山羊番ペーターの小屋を修理して回った。おかげで、小屋は夜中、もうどこもガタピシいわなくなった。おばあさんは、これまでは冬の間中、こわくて眠れなかったのに、今では眠れるようになって、アルムのおじさんには本当に感謝している、この恩は決して忘れない、といった。

第5章 お客さんの来訪。それからまた一人お客さんが来て、一大事になる

そうこうするうちに冬は過ぎ去り、楽しい夏がやってきて、その夏もあっという間に終わり、また冬になった。その冬ももう終わりに近づいている。ハイジは空を飛びかう小鳥のように明るく楽しく暮らしていた。日一日と近づく春が、待ち遠しくてならなかった。春になれば、暖かいそよ風が樅の梢を吹き渡り、雪がとけ、明るい太陽が青や黄色の花を咲かせ、上の牧場でまた一日過ごせるようになる。牧場はハイジにとってこの世で一番すてきな場所だ。

ハイジは八つになった。すでにおじいさんからたくさんのことを教わっていた。山羊の世話も一人前にできるようになった。シュヴェンリとベルリは忠実な犬のようにハイジの後について回り、ハイジの声を聞くだけでうれしそうにメエメエ鳴いた。

この冬の間にペーターはすでに二回も、デルフリの学校の先生からアルムのおじさんにことづてを持ってきた。ハイジを学校へ寄こすようにというのが、その中身だった。ハイジは学校に上がる年齢をとうに過ぎていて、本当は去年の冬から登校しなければならなかったのだという。おじいさんはことづてを聞くたびに、話があるなら山へ来て直接いってもらいたい、そもそもハイジを学校へやる気はない、といい、ペーターはそのとおりに先生に報告した。

やがて三月の太陽が斜面の雪を解かし、谷間のあちこちから白いスノードロップの花が顔をのぞかせ、アルムでは樅の木が重い雪を払い落とし、枝を楽しげに揺するようになった。ハイジはうれしくて、戸口から山羊の小屋へ、そこから樅の木のところへと駆けていっては、またもどってきて、木の下に緑の地面がどれくらい広がっているか、おじいさんに報告した。そしてすぐにまた様子を見に駆けだしていくのだった。あたり一面また緑になって、草が生い茂り花が咲きにおう美しい夏がやってくるのが待ち遠しくてならなかったのだ。

ある晴れた三月の朝のこと、ハイジはいつものように駆けまわり、すでに今朝十回目にはなるだろうか、戸口から外へ飛びだそうとした瞬間、びっくりしてうしろへひっくり返りそうになった。ふいに目の前に黒ずくめの老紳士が姿を現したのだ。老紳士はしごくまじめな顔をしていたが、ハイジのびっくり顔を見るなり、親しげにいった。

「驚かなくていいんだよ。わたしは子どもが大好きだからね。握手しようじゃないか！　きみはハイジだろう？　おじいさんはどこかな？」

「テーブルのところ。板から丸いスプーンを切りだしてるの」ハイジはいって、扉を大きく開けた。

やってきたのはデルフリの年とった牧師だった。牧師はアルムのおじさんのことを以前からよく知っていた。おじさんがまだ下の集落で暮らしていたとき、近くに住んでいたのだ。

牧師は山小屋に入り、作りかけのスプーンの上に身をかがめているおじいさんのそばまで行くと、声をかけた。

「おはよう、ご近所さん」

おじいさんは驚いて顔を上げ、それから立ちあがってあいさつを返した。

「おはよう、牧師さん」

そして牧師の前に自分の椅子を押しやって、言葉を続けた。

「木の椅子でよければ、どうぞ」

牧師は椅子に腰かけた。

「久しぶりだね、ご近所さん」

「そうだね、牧師さん」

「今日来たのは、ちょっと相談したいことがあるからでね。たぶん何の用事かは察していると思うが、どうだね」

牧師はそこで言葉を切って、戸口に立ってこっちを興味津々に見ているハイジに目を向けた。

「ハイジ、山羊を見てきてくれ。少し塩を持っていくといい。後で行くから待ってなさい」

おじいさんにいわれて、ハイジはすぐに姿を消した。

「あの子は去年学校へ上がるはずだったんだよ。遅くともこの冬にはね。先生が連絡を寄こしただろう。返事がないと聞いているが、どういうつもりなんだ？」牧師は訊ねた。

「あの子を学校へやらないのは、考えがあってのことで」とおじいさんは答えた。

牧師は驚いておじいさんを見た。おじいさんは険しい顔で腕組みをしてベンチにすわっている。考えを変えるつもりはまったくなさそうだ。

「あの子をどうするつもりだね？」牧師はまた訊ねた。

「どうもせんよ。あの子は山羊や小鳥といっしょにすくすく育っている。山羊たちのところにいれば、それで幸せなんだ。悪いことも覚えずにすむ」

「だがね、あの子は山羊でも小鳥でもない。人の子だよ。山羊から悪いことを覚えないのはいいが、教わることも何もない。あの子は勉強しなければいけない。その時期に来ているんだよ。今日はそれをいいに来たんだ。ひとつ夏の間によく考えてみてくれ。あの子が授業を受けずにすむのはこの冬が最後。次の冬には学校へ寄こしてくれ。毎日だよ」

「それはできない」おじいさんは取りあわなかった。

「本当に意見を変えるつもりはないのかい？　分別をつけてもらう手立ては何もないのかね？　いつまでも好き勝手をしていられると思ったら大間違いだぞ」牧師は熱弁をふるった。「あんたは世の中を広く見て、経験を積んでいるはずだ。もう少しものわかりがいいと思っていたよ」

「そうかい」

そういったおじいさんの声の調子からして、もう冷静ではいられなくなっていると知れた。

「それで牧師さんは、次の冬、凍てつく寒い朝、雪が降りしきる中、おれがこんな華奢な子を、二時間もかけて学校へ通わせると本気で思っておいでか？　夜に吹雪にでもなれば、強い風と深い雪で窒息するのが落ちだ。こんな小さい子ではな。ひょっとして牧師さんは、この子の母親のことを覚えておいでかな？　アーデルハイトは夢遊病を患っていた。学校に通うのがきつくて、この子も夜ふらふら歩きまわるようになったらどうするね？　誰がなんといおうがかまわない！　裁判沙汰になってもかまうもんか！　いつでも出るところに出ようじゃないか。無理強いしてるのはどっちか、はっきりするだろうよ！」

「あんたのいうとおりだよ、ご近所さん」

牧師は穏やかにいった。

「子どもをここから学校へ通わせるのは無理だ。だがね、あんたはあの子がかわいいんだろ？　どうだね、ここはひとつ、あの子のために山を下りてこないか。またデルフリでいっしょに暮らそうじゃないか！　こんな山の上じゃ、万一のときも誰も助けてやれない。この山小屋で冬の間、よく凍えずに過ごせるもんだ。あんな華奢な子が、冬の寒さに耐えられるとはね！」

「あの子は若くて元気だし、あったかい布団もある。それにいっておくが、おれは薪にするのにいい木がどこにあるか知ってるし、それをいつでも取ってこられる。ひとつ納屋へ行って確かめるんだな。冬の間、この小屋の中で火を絶やしたことはない。山を下りてこいというが、おれにとっていいことはひとつもない。下の連中はおれを馬鹿にしてるし、こっちだっておんなじだ。別々に暮らすのが互いのためってもんさ」

「いやいや、そんなことはない。こんな山暮らしがあんたにいいはずがない。何が欠けているか、わたしにはちゃんとわかっている」

牧師は穏やかな調子をくずさずに言葉を続けた。

「みんなが馬鹿にしているというが、そんなたいしたことじゃない。わたしを信じてくださいよ、ご近所さん。神さまとまた心を通わせるのです。神さまのご加護が必要なときには、赦しを求めるのです。どうか山を下りてきてください。そうすれば、みんな、あんたを違った目で見るようになる。何もかもきっとよくなりますよ」

それだけいうと牧師は立ちあがり、おじいさんに手を差しだして、もう一度心をこめていった。

「待ってますよ、ご近所さん。次の冬には、下の集落でいっしょに暮らしましょう。またご近所さんになってください。無理強いしたくはないが、どうか握手して約束してください。山を下りて、みんなといっしょに暮らすとね。神さまとも人とも仲直りすると」

アルムのおじさんは牧師に手を差しだして、強くにぎっていった。

「牧師さんが良かれと思って親切にいってることは百も承知だがね。あいにく期待には添えない。ここははっきりいっておく。おれの気持ちは変わらない。あの子は学校へはやらんし、おれも山は下りん」

「どうか神さまのご加護がありますように！」

牧師は悲しげにいって、小屋を出ると、山を下りていった。

おじいさんは何もいわなかった。午後になってハイジが「おばあちゃんのところへ行こうよ」というと、「今日はだめだ」と短く答えた。その後も一日中、押し黙っていた。

翌朝、ハイジは訊いた。

「今日はおばあちゃんのところへ行ける？」

「さあ、どんなもんかな」とおじいさんはぶっきらぼうにいっただけだった。

ところがお昼ごはんの片づけもすまないうちに、また扉が開いて訪問客が入ってきた。デーテおばさんだった。羽根のついたきれいな帽子をかぶり、床にあるものをみんなひきずって箒の代わりになりそうな丈の長い服を着ている。この山小屋にあるのは、その服につけるにはおよそ似合わないものばかりだった。

おじいさんはデーテおばさんを頭のてっぺんからつま先までじろじろと見ただけで、何もいわなかった。しかしおばさんの方は、穏やかに話を運ぶつもりでいたので、まずはハイジを顔色が良くて元気そうだとほめた。そしてハイジは今では見違えるほどで、ここでの暮らしが性に合ったことがよく見て取れる、でも自分はずっとハイジをまた引き取るつもりでいた、ハイジがおじいさんの厄介者になるのは目に見えていたけど、あのときは他に預ける当てがなくてどうしようもなかったのだ、と言い訳をした。あれからずっとハイジを預けるのにいいところはないかと頭を悩ませてきた、今日来たのもそのためだ、と言葉を続けた。

おばさんによると、願ってもない話が降って湧いたのだという。それで取るものも取りあえず駆けつけてきたのだと。一万人に一人あるかないかの幸運がハイジに舞いこんだ。これで何もかもうまくいく。おばさんの雇い主にものすごく裕福な親戚がいて、フランクフルト一きれいな家に住んでいる。ところがそこのお嬢さんが車椅子にすわりっぱなしの生活を余儀なくされている。片足が不自由なうえに、病気がちで、たいていひとりぼっちで孤独をかこっている。授業も先生に家に来てもらってひとりで受けねばならず、つまらながっている。遊び相手が家にいればどんなにかいいだろうに、と雇い主の一家が話しているのだという。お嬢さんにぴったりの女の子がいればねえ、と雇い主の一家は親戚のお嬢さんに同情しきりで、なんとかしてお相手を見つけてあげたいものだといっている。

その家の家事を取り仕切る婦人がお嬢さんの遊び相手に望んでいるのは、そんじょそこらにいるような子ではなく、純粋で汚れのない特別な子だという。それでおばさんは、すぐに婦人のところへ駆けつけてハイジのことを話し、ハイジは性格の点でもそのお嬢さんにうってつけだと推奨し、婦人の了解を取りつけたのだった。ハイジの将来にどれほどの幸運が待ちかまえているか、誰にも知れたものじゃない、とおばさんは興奮して話を続けた。ハイジがそのお屋敷に入って、そこの人たちにかわいがってもらい、それでお嬢さんに万が一のことでもあったら……だってね、そんなに病身じゃ、いつ何があるかわかったもんじゃない、それでそこの人たちが子どもなしにはすまされないってことになりでもしたら、それこそハイジにはものすごい幸運が舞いこむわけで……というようにおばさんの話は飛躍していった。

「話はまだ終わらないのか？」無言だったおじいさんが、そこで口をはさんだ。

「えっ？」

デーテは肩をそびやかした。

「こんないい話を持ってきてあげたのに、その言い種はないでしょ！　あたしが今したような話をしたら、このあたりの誰ひとりとして、神さまに感謝しないものはいませんよ」

「だったらそいつらに話を持っていくんだな。おれは聞く耳もたん」おじいさんはすげなくいった。

　そういわれて、デーテはかっとなった。

「おじさんがそうまでいうなら、こっちもいわせてもらいますけど、ハイジはもう八つになるのに、なんの知識もないし、なにひとつまともにできない。おじさんはあの子に何も習わせようとしない。学校にも行かせないし、教会にも通わせない。下のデルフリでそう聞きましたよ。

　でもね、ハイジは姉さんの忘れ形見だから、あたしには責任があるんです。せっかく幸せになる機会が巡ってきたってのに、邪魔をするなんてもってのほかですよ。そんなことは自分のことしか考えない勝手な者がすることです。

　でもあたしはめげません。心強い味方もいますしね。デルフリじゃ、みんなあたしの味方で、だれも反対なんてしませんよ。それに出るところに出れば、おじさんに都合の悪い話がわんさか出てくるんじゃありませんか。おじさんが思いだしたくもないような話がね」

「黙れ！」

おじいさんは怒り心頭に発して怒鳴った。興奮して目が血走っている。

「さっさと連れていけ！　この子を駄目にしたいならすればいい！　二度とおれの目の前に現れんでくれ。羽根つきの帽子をかぶって、おまえみたいにしゃべるようになったハイジなぞ見たくもない！」

そういうなり、おじいさんは大股で外へ出ていった。

「おばさん、おじいちゃんを怒らせちゃったね」

ハイジはいって、黒い目でおばさんをじろっと見た。

「何もかもまたよくなるさ。さあ、おいで！　あんたの服はどこにあるの？」

そういって、おばさんはハイジをせき立てた。

「あたし、行かない」ハイジはいった。

「なんですって？」

おばさんは声を荒らげたが、すぐに怒りを呑みこんで、少し穏やかにいった。

「おいで、いい子だから。あんたにはなんにもわかってないのよ。信じられないほどいい暮らしができるのよ」

　それから戸棚へ行って、ハイジの持ちものを取りだし、ひとつにまとめた。

「さあさあ、おいで。帽子をおかぶり。あんまり見栄えのいい帽子じゃないけど、今日のところはしょうがないわね。さあ、それをかぶって。出発よ」

「あたし、行かない」とハイジは繰り返した。

「お利口さんだから、山羊みたいに強情を張るのはやめなさい！　いい、おじいさんは怒ってる。あんたも聞いたでしょ？　あたしといっしょに山を下りろ、二度と目の前に現れるなっていってた。これ以上おじいさんを怒らせないようにしないとね。フランクフルトがどんなにすてきな所か、あんたは全然わかってない。あそこには見るものがたくさんあるのよ。それに、もしも気に入らなければ、もどってくればいい。その頃には、おじいさんも機嫌を直しているだろうしね」

「今晩、もどってこられる？」ハイジは訊いた。

「なにいってるの、さあおいで！　帰りたくなったら帰ってこられるって。今日のところはマイエンフェルトまで下りて、明日の朝早く、汽車に乗る。その汽車で、また飛ぶように速く帰ってこられるわよ」

デーテおばさんは片腕に服の束をかかえ、空いている手でハイジの手を引き、山を下りはじめた。

まだ放牧の季節ではないので、ペーターはデルフリの学校へ行っていた。というかそのはずだったのだが、ときどき勝手に学校を休んでいた。学校へ行っても何の役にも立たないと思っていたからだ。字が読めるようになったからって何になる？　それよりその辺を歩きまわって、鞭にするのにいい枝でも探す方がよっぽどましだ。なんたって鞭なら役に立つんだから。ペーターはそう思っていた。

ちょうどペーターが自分の小屋の近くの脇道から、今日の収穫、長くて太いハシバミの枝をひと束小脇にかかえて出てきたときだ。上から人がふたり下りてくるのを見つけて、立ちどまった。ハイジがデーテおばさんといっしょに近くまで来て初めて、ペーターは声をかけた。

「どこへ行くんだい？」

「ちょっと急いでおばさんとフランクフルトまで行かなくちゃならないの」とハイジ

は答えた。

「でもその前におばあちゃんのところへ行く。おばあちゃん、あたしを待っているから」

「だめだめ！　おしゃべりなんかしている暇はないわよ。もうこんなに遅い時間だから」

おばさんはあわてていって、小屋の方へ行こうとしているハイジの手をしっかり押さえた。

「もどってきてから、また行けばいい。さあ、おいで！」

おばさんはハイジの手を放そうとしなかった。小屋に寄ったらハイジの気が変わるかもしれないと心配だったのだ。ハイジが行きたくないといいだして、おばあさんがそれに加勢したら、まずいことになる。

ペーターは小屋へ飛びこむなり、鞭にする枝の束をテーブルにどんと叩きつけた。そこら中のものが揺れて、糸を紡いでいたおばあさんはびっくりして飛びあがり、悲鳴をあげた。ペーターとしては、そうでもしないと怒りの持って行き場がなかったのだ。

「いったいどうしたの？　何があったんだい？」

おばあさんは心配そうに訊ねた。テーブルのところにいて、ペーターが枝を叩きつけた勢いで飛びあがりそうになったお母さんの方は、我慢強い質だったので、穏やかに訊いた。

「ペーター、なんでそんなにかっかしてるんだい？」

「ハイジが連れていかれたんだよ」ペーターはいった。

「誰に？　どこへ？　ペーター、いったい誰にどこへ連れていかれたんだい？」

おばあさんはますます不安になってきた。何が起きたのかは、だいたい見当がついた。デーテがアルムのおじさんのところへ登っていくのを見かけたと、娘のブリギッテから聞いたばかりだった。あせってふるえながら、おばあさんは窓辺へ寄り、夢中で叫んだ。

「デーテ、デーテ、あの子を連れてかないでおくれ！　お願いだからハイジを連れてかないで！」

また歩き始めたデーテとハイジの耳に、その声が届いた。おばあさんが何を言いだすか先刻承知のデーテは、ハイジの手をさらに強くにぎって、歩を速めた。ハイジはそれに逆らっていった。

「おばあちゃんが呼んでる。あたし、行かなくちゃ」

しかしそれこそ怖れていたことだったので、おばさんはハイジをあわててなだめた。急がないと遅くなってしまう、明日の朝すぐに出立できれば、早くフランクフルトに着ける、ハイジはきっとフランクフルトが気に入ってもう山へは帰りたくなくなる、たとえ帰りたくなっても、そのときはすぐに帰れるし、おばあさんに何か喜ぶものをおみやげに持って帰ることもできる、とおばさんはいった。それはいい考えだと思って、ハイジは逆らうのをやめた。

「おばあちゃんに何を持っていけるかな?」少ししてハイジは訊いた。

「何かいいものよ。そうね、柔らかい白パンなんてどう?　きっと喜ぶわよ。硬い黒パンは、もう食べられないいんでしょ?」

「うん、おばあちゃんは黒パンをいっつもペーターにあげてる。あたしにゃ、もう硬くて食べられないよっていってね。あたし、見たから知ってるよ。だったら急いで行こうよ、おばさん。そしたらたぶん、今日のうちにフランクフルトに着いて、またすぐパンを持って帰ってこられる」

ハイジがそういって駆けだしたので、荷物を腕にかかえたおばさんは追いつくのがやっとだった。けれどもおばさんには、ハイジが足を速めたことはもっけの幸いだった。やがてデルフリの最初の家並みにさしかかった。また質問を浴びせられかねない。それでハイジの気が変わりでもしたら大変だ。そう思ったおばさんは、どこにも立ち寄らずに先を急いだ。ハイジはいまだにおばさんの手を引いてずんずん歩いていく。誰の目にもハイジに急がされていると映るだろう。だから窓や戸口から声をかけられても、安んじて答えられた。

「見てのとおり、急いでるのよ。立ち止まって話をしてる暇なんてないの。ハイジは急いでいるし、先もまだ長いしね」

「その子を連れていくのかい？」

「アルムのおじさんのところから逃げてくの？」

「まだ元気でいたなんて、信じられない！」

「それにあんなに赤いほっぺたをしてさ！」

あちこちから声がかかった。デーテおばさんは取り立てていいわけせずに集落を後にできて喜んでいた。ハイジもただ黙々と歩いた。

その日から、デルフリに下りるとき、おじいさんは前よりおっかない顔をするようになった。誰にもあいさつしないし、チーズを入れた背負子を肩に、太い杖をついて、濃い左右の眉根をぐっと寄せて歩く姿は怖ろしげで、子どもを連れたおかみさんたちは決まってこういった。

「気をつけなさい！　アルムのおじさんが来たら、近寄っちゃだめよ。何をされるかわかったもんじゃないからね」

おじいさんはデルフリの村人の誰ともつきあいがなかった。デルフリは通りぬけるだけで、はるか下の谷まで下りては、自家製のチーズを売って、代わりにパンと肉を買って帰る。おじいさんが通りすぎると、デルフリの者たちはそこここに寄り集まっては、アルムのおじさんの風采を、やれ今までよりもさらに険しい顔をしているだの、誰にもあいさつひとつしなくなっただのと、あれこれいいあった。ハイジのことでは、誰もがおじいさんのところを抜けだせてよかったと思っていた。ハイジが急ぎ足で山を下るのを見て、おじいさんが追いかけてくるのを怖れていると勘違いしたのだ。

目の悪いペーターのおばあさんだけが、断固としておじいさんの肩を持った。糸紡ぎの仕事を頼んだり、できあがったものを取りに来たりで誰かが訪ねてくるたびに、おばあさんは、おじいさんがハイジをどんなにかわいがっていたか、自分や娘のブリギッテにどんなに良くしてくれたかを話した。昼下がりにハイジといっしょにやってきては小屋の修繕をしてくれたこと、それがなければ小屋はとっくの昔に倒れてしまっただろうことなどを。

そうこうするうちに、おばあさんの話はデルフリ中に広まった。けれども話を聞いた者の多くは、おばあさんは耄碌して何もわからなくなっているに違いない、そもそも目が悪いんだし、たぶん耳も悪くなってるんだろう、そんなんじゃ、わかるわけがない、といいあった。

アルムのおじさんはもう山羊番ペーターの小屋にも姿を見せなかった。小屋はすでに修繕が終わっていたので、このあと当分は持つだろう。目の悪いおばあさんは近頃、毎日のようにため息をつきつつ嘆くのだった。

「ああ、あの子が行ってしまって、いいことも楽しいこともなくなってしまった。死ぬ前にもう一度ハイジの声が聞けたらねえ」と。

第6章　新しい章とまったく新しいこと

フランクフルトにあるゼーゼマン氏のお屋敷では、病身のクララお嬢さまが、一日中快適な車椅子にすわって、部屋から部屋へと召使いに車椅子を押してもらって過ごしていた。

今は広い食堂の隣にある書斎にいる。いろいろな道具を置いて住み心地よくしてあり、クララが一日の大半をここで過ごしていることがわかる。書斎と呼ばれているのは、ガラスの扉のついた大きくて立派な書棚があるからで、足が不自由なクララが日課の授業を受けるのもこの部屋だった。

クララは青白いほっそりした顔をしている。目は青くてやさしげで、おりしもその目を、壁の大時計に向けたところだ。普段は忍耐強いクララだが、今日は時間がたつのがやけに遅く感じられ、少々いらだった声を出した。

「まだ時間にならないの、ロッテンマイアーさん？」

そう呼びかけられた婦人は、小さな仕事机に向かって背筋を伸ばしてすわり、刺繍をしていた。着ているのは、大きな毛布のようにも、半コートのようにも見えるなんとも奇妙な代物で、それがこの婦人に威厳をもたらしている。髪を丸屋根のように高く結い上げているせいで、なおさら威厳たっぷりに見える。この家の女主人はもう何年も前に亡くなっていた。それ以来、ゼーゼマン家の家政を取り仕切っているのは、このロッテンマイアー女史で、召使い全員の指揮監督もしていた。

ゼーゼマン氏は留守がちで、そのため家のことはおおむね、ロッテンマイアー女史に任せていた。ただしゼーゼマン氏は、何につけてもひとり娘クララの意向を尊重するように申し渡していて、クララの意思に反することは何ひとつしてはならないことになっていた。

クララが二階の部屋でロッテンマイアー女史に、まだ時間にならないのか、待ち人はまだ到着しないのか、ともどかしそうに二度目の問いを投げかけたちょうどそのとき、階下の玄関扉の前では、ハイジの手をにぎったデーテおばさんが、馬車から降りた御者のヨハンに、こんな遅い時間にロッテンマイアー女史を訪ねてもかまわないか、と訊いた。

「おれの知ったこっちゃない」

御者のヨハンはいった。

「中に入って、それから廊下の呼鈴を鳴らしてゼバスティアンを呼ぶんだな」

デーテがそのとおりにすると、この家の召使いが階段を下りてきた。お仕着せには大きな丸いボタンがついていて、そのボタンとほとんど同じくらい大きな目をしている。

「もうだいぶ遅い時間ですが、ロッテンマイアーさんにお会いできますでしょうか?」とデーテは用向きを述べた。

「わたしの担当ではありません。別の呼鈴を鳴らして、女中のティネッテを呼んでください」それだけいうと、ゼバスティアンは奥へ引っこんでしまった。

デーテは別の呼鈴を鳴らした。今度は女中のティネッテが階上に姿を現した。

頭にまばゆいばかりに真っ白なボンネットをかぶったその女中は、人を小馬鹿にしたような表情を顔に浮かべていた。

「何の用？」

ティネッテは下りてきもせずに階段の上から訊いた。デーテは用向きを繰り返した。ティネッテはいったん姿を消したが、すぐにまた現れて、上から下に呼びかけた。

「お待ちかねよ！」

デーテはハイジを連れて階段を上がり、ティネッテについて書斎に入った。そして礼儀正しく扉のそばで声がかかるのを待った。ハイジの手は強くにぎりしめたままだった。知らないお屋敷でハイジが何をしでかすかわからず、気が気でなかったからだ。

ロッテンマイアー女史は、お屋敷のお嬢さまの遊び相手になる女の子を見定めるために、おもむろに腰を上げて近づいてきた。女の子の見た目は気に食わなかった。ハイジは簡素な木綿のスカートを穿き、つぶれた麦わら帽を頭にかぶっていたからだ。帽子の下からのぞいている顔に邪気はなく、その目はロッテンマイアー女史の、塔の

ように高く結い上げた髪に釘付けになっていた。

「名前はなんていうんです？」ロッテンマイアー女史は、目をそらさずにこっちをまっすぐ見ている女の子を、数分間じっくり観察してから訊いた。

「ハイジよ」女の子はよく響く声ではっきりと答えた。

「えっ？　なんですって？　それが本名のはずはないでしょう？　その名前で洗礼を受けたとは思えませんね。洗礼名は何ですか？」ロッテンマイアー女史はさらに訊ねた。

「覚えてないわ」ハイジはいった。

「なんですか、その答えは！」ロッテンマイアー女史は首を横に振った。「デーテさん、この子は頭が悪いんですか？　それとも生意気なんですか？」

「差し支えなければ代わりにお答えします。この子はなんといっても、こういう場には不慣れなもので」とデーテは、まずい返事をしたハイジをこっそり小突いてからいった。

「この子は何も知らないだけで、頭が悪いわけでも生意気なわけでもありません。思ったとおりのことを口にしただけなんです。こういうお屋敷に上がるのは今日が初めてで、礼儀作法を心得ていないんです。そこのところを大目に見ていただけるなら、なんでも喜んでやりますし、物覚えも悪くはありません。洗礼名は、この子の母親にあたるわたしの亡き姉と同じで、アーデルハイトです」

「それならまっとうな名前といえますね。それにしてもデーテさん、この子の年齢に関しては疑問を覚えざるを得ませんね。クララお嬢さまの遊び相手は、同じ年でないといけないといってあったはずですが。同じ授業を受けて、いっしょにいろんなことをするわけですからね。クララお嬢さまは十二におなりです。この子は幾つなんですか?」

「それがですね」デーテはまたよどみなく話しはじめた。

「この子の年に関してはわたしにもはっきりしたことは申し上げられないんですが、ええ、確かに少し幼くはありますが、たいした違いはありません。そうですね、正確には申し上げられませんが、だいたい十歳くらいで、いえ、もしかしたらもう少しいっているかもしれません」

「あたし、今八つよ、おじいちゃんがいってたもの」ハイジが横から口をはさんだ。

デーテおばさんはまたハイジを小突いたが、ハイジにはなんのことかわからず、平然としていた。

「なんですって? まだ八つ?」

ロッテンマイアー女史は少しぷりぷりしていった。

「四つも年下じゃありませんか! そんなんでどうしろっていうんです! それであなたは、今までに何を習ったの? 授業ではどんな教科書を使っていたんですか?」

「なんにも」とハイジ。

「えっ？　なんですって？　教科書なしでどうやって読み書きを習ったんです？」

「あたし、習ってないよ。ペーターもね」

「なんてこと！　あなたは読み書きができないんですか？　ほんとにできないなんて、まさかそんな！」

ロッテンマイアー女史はあきれて大声をあげた。

「そんなことってありますか？　読み書きができないとは！　それじゃこれまでにいったい何を習ってきたんです？」

「なんにも」とハイジは正直に答えた。

「デーテさん」

ロッテンマイアー女史は少し気を取りなおしてからいった。

「話がまるで違うじゃありませんか。どうしてこんな子を連れてきたんです？」

そんなことをいわれたくらいでひるむデーテではなかった。デーテはきっぱりといった。

「お言葉ですが、この子はまさにそちらのお望みどおりの子だと思います。あなたさまはたしかおっしゃいましたよね。どこにでもいるような子ではなく、特別な子がいいんだと。だからこそ、この子を連れてきたんですよ。もっと年のいった子はみんな、ありきたりになってしまってます。この子なら遊び相手にうってつけだと思います。申し訳ありませんが、そろそろおいとましなくては。ご主人さまたちが待っていますので。ご主人さまたちがお許しくだされば、近いうちにまた様子を見にうかがいます」

膝をかがめてお辞儀をすると、デーテはさっと部屋を出て、足早に階段を下りていった。

ロッテンマイアー女史は少しの間、そこに立ちつくしていたが、それからあわててデーテを追いかけた。この女の子を本当にここに置くとなると、取り決めなければならないことがたくさんあると気づいたのだ。実際、子どもはまだここにいる。デーテがなんとしてもこの子を置いていくつもりなのは目に見えていた。

ハイジは入ってきたときのまま、扉のところに立っていた。クララは車椅子にすわって成り行きを黙って見守っていた。そのクララがハイジを手招きした。

「こっちへいらっしゃいな！」

ハイジは車椅子に近づいた。

「ハイジって呼ぶのがいい？　それともアーデルハイト？」クララが訊いた。

「あたしはハイジっていうの。ほかに名前なんてない」

「だったらこれからあなたのこと、そう呼ぶわね」とクララはいった。

「聞いたことがない名前だけど、あなたに合ってると思う。あなたみたいな子にも会ったことないけどね。ずっとそんな短い縮れ毛をしてたの？」

「うん、だと思う」

「フランクフルトへは、来たくて来たの？」

「ううん、でも明日になったら、また家へ帰るよ。おばあちゃんに白パンを持っていってあげるの！」

「あなたって変な子ね！」クララは少し機嫌を損ねていった。

「ここに住んで、わたしといっしょに過ごすために、あなたを急いでフランクフルトに呼び寄せたのよ。それにね、きっと楽しくなるわ。だってあなたは読み書きができないんでしょ。授業が今までとは全然違ったものになる。いつもはものすごく退屈なんだけど。授業がある午前中は、いつまでたっても終わらない感じがするの。だってね、家庭教師の先生は毎朝十時にいらっしゃるんだけど、それから授業が始まって、それが二時まで続くのよ。ものすごく長いでしょ。ときどき先生は、ご本を顔のすぐ近くまで持っていってね、まるで急に近眼になったみたいによ。でもね、先生ったら、ご本に隠れて大あくびをされてるのよ。

ロッテンマイアーさんもときどき大判のハンカチを取りだして顔に当ててる。わたしたちが音読しているお話に、ものすごく感激しているみたいにね。でもわたしにはよくわかってる。ハンカチで大あくびを隠してるんだってね。そんなときは、わたしも大あくびをしそうになるんだけど、いつもあわてて呑みこむのよ。だって一度でもあくびをしようものなら、ロッテンマイアーさんはすぐさま肝油を取ってきてこういうのよ。またお体が弱ってますねって。でも肝油はまずくてとても飲めた代物じゃない。あんなものを飲まされるくらいなら、あくびを我慢した方がよっぽどまし。

でもこれからはずっとおもしろくなる。あなたが読み書きを習うのを横で見ていられるんですもの」

ハイジは読み書きの勉強のことを聞くなり、いぶかしげに首を横にふった。

「いえ、いえ、ハイジ、もちろん勉強はしなきゃならないわ。誰だってね。それに家庭教師の先生はとってもいい方なのよ。決して怒らないし、あなたになんでも説明してくださるわ。

でもね、あの先生の説明はあなたには何もわからないと思う。だから、ただ黙って聞いていて。何かいっては絶対にだめ。だって何かいったら、先生はもっとたくさん説明して、あなたはますますわからなくなる。だけどね、何か覚えてからなら、先生はああ、こういうことをいってたんだ、ってわかるようになるわ」

そのときロッテンマイアー女史が書斎にもどってきた。デーテを呼びもどすことができなかったのだ。ロッテンマイアー女史は見るからに興奮していた。今となっては、約束と違うと文句をいうこともできないし、話をご破算にするにはどうしたらいいかもわからなかったからだ。そもそもこの話は自分からいいだしたことなので、よけいにいらだちが募った。

ロッテンマイアー女史は書斎から食堂へ行き、もどってきたかと思うと、また食堂へ取って返した。そして夕食用の食器を並べたテーブルに丸い目を走らせて、足りないものはないか確認しているゼバスティアンに小言を浴びせた。

「ぼうっとしていないで、お嬢さまを食堂へお連れしなさい」

それからゼバスティアンの横を通りすぎ、不機嫌な調子で女中のティネッテを呼んだ。ティネッテは普段より小刻みな足取りでやってきて、人を小馬鹿にしたような表情を浮かべてロッテンマイアー女史を見たので、さしもの女史も小言は控えた。だがそれだけいっそう胸の内に不満をためることになった。

「この子の部屋をきちんと整えなさい、ティネッテ」

ロッテンマイアー女史はなんとか気を落ち着かせていった。

「一通りの用意はすでにしてありますから、家具のほこりをはらいなさい」

「それはまたやりがいがありますわね」

ティネッテは皮肉っぽくいって立ち去った。

その間にゼバスティアンは書斎に通じる両開きの扉を音を立てて勢いよく開けた。むしゃくしゃしていたのだ。けれどもロッテンマイアー女史に口答えする勇気はなかった。それでクララを食堂へ連れていくため、何食わぬ顔をして書斎に入った。車椅子が動かないよう固定してある背面のレバーをはずしていると、ハイジが目の前に立った。まじまじと見つめられていることに気づいたゼバスティアンは、かっとして怒鳴りつけた。

「なんだ？　何が珍しくてじろじろ見てるんだ？」

ロッテンマイアー女史が敷居のところにまた姿を現し、入ってこようとしているのに気づいたなら、そんな言い方はしなかっただろう。

「おじさん、〈山羊番ペーター〉に似てる」ハイジはいった。

ロッテンマイアー女史は唖然として両手を合わせた。

「なんてこと！」半ばうめくような言い方だった。

「召使いにそんな馴れ馴れしい口を利くなんて！　この子は頭がどうかしている！」

クララは車椅子を押してもらって書斎から食堂へ移動した。ゼバスティアンがクララを抱きあげてテーブルの前の肘掛け椅子にすわらせた。

ロッテンマイアー女史はクララの隣にすわり、向かいの席にすわるよう、ハイジに手で指示した。テーブルにはまだ席がいくつもあるが、他には誰も席につかなかった。三人の席も互いにだいぶ離れている。それでゼバスティアンが大皿を片手に給仕するのに充分余裕があった。ハイジの皿の隣には、おいしそうな白パンが置いてある。ハイジはそのパンを見てうれしくなった。ペーターと似ているのでゼバスティアンには話しかけても大丈夫だと思ったのだろう。ハイジはそれまでひと言もしゃべらずじっとしていたが、ゼバスティアンが大皿を持って近づいてきて焼いた小魚を差しだすと、白パンを指差して訊いた。

「これ、もらっていい？」

ゼバスティアンはうなずいて、横目でちらとロッテンマイアー女史を見た。女史がどういう反応をするか、わからなかったからだ。

ハイジはすぐさま白パンを取って、ポケットにしまいこんだ。ゼバスティアンは顔をゆがめた。笑いたかったが、それは許されないとわかっていたからだ。黙ったまま、ゼバスティアンはハイジの前に立っていた。給仕が終わるまでは、話すことも立ち去ることも禁止されている。ハイジは少しの間、戸惑っていたが、それからゼバスティアンに訊いた。

「そこから取って食べるの？」

ゼバスティアンはまたうなずいた。

「じゃ、ちょうだい」ハイジはいって、自分の皿をすまして見た。

ゼバスティアンのしかめっ面がくずれ、両手で持っている大皿がカタカタふるえはじめた。

「大皿をテーブルに置いて、後でまた来なさい」

とうとうロッテンマイアー女史が厳しい顔でいった。ゼバスティアンは即刻、退散した。

「アーデルハイト、どうやらあなたに最初に教えなければならないのは食事中の作法のようですね」ロッテンマイアー女史は深いため息をついた。

「わたくしが手本を示しますから、よく見て覚えなさい」そういってハイジがしなければならないことをいちいちやってみせた。

「それから、テーブルについたら、ゼバスティアンに話しかけてはいけません。その他のときでも、用事があるか、どうしても訊かなければならないことがあるとき以外、口を利いてはいけません。口を利くときも、馴れ馴れしい口調はいけません。呼ぶときは〈あなた〉か〈ゼバスティアン〉といいなさい。わかりましたか？　それ以外の馴れ馴れしい呼び方をしてはいけません。ティネッテにも〈あなた〉か〈ティネッテ〉です。わたくしのことは、みなが呼んでいるのと同じになさい。クララさまをどう呼ぶかは、お嬢さまご自身がお決めになります」

「もちろんクララよ」とクララはいった。

それからさらにお行儀についてくどくど説明が続いた。起きたらどうするか、寝るときはどうするか、整理整頓、部屋の入り方と出方、扉の閉め方などなど。

聞いているうちにハイジのまぶたが重くなってきた。今朝は五時に起きて長い旅をしてきたのだから無理もない。ハイジは椅子の背に寄りかかって眠ってしまった。

それからだいぶたってロッテンマイアー女史は、ようやくこういって話を締めく

くった。

「いいですか、肝に銘じておきなさい、アーデルハイト！　わかりましたか？」

「ハイジはとっくに寝てるわ」とクララがおもしろそうな顔をしていった。夕食の時間がこれほど短く感じられるのはついぞなかったことだ。

「なんとまあ、とんでもない。こんなひどい目に遭わされるとは！」

ロッテンマイアー女史はぷりぷりして呼鈴を強く押したので、ティネッテとゼバスティアンがふたりして飛んできた。

ところがその騒ぎにも、ハイジは目を覚まさなかった。なんとか起こして寝室へ連れていくのに、みなはひと苦労した。まず書斎、それからクララの寝室、さらにロッテンマイアー女史の寝室を通り抜け、行きついた角部屋がハイジのために用意された部屋だったからだ。

第7章 ロッテンマイアー女史、不安な一日を過ごす

フランクフルトに着いて最初の朝のこと、目を覚ましたハイジは、自分が目にしているものが何か、まったくわからなかった。目をごしごしこすってからもう一度目を開けたが、見えるものは同じだった。高い脚のついた白いベッドにすわっていて、目の前に大きな部屋が広がっている。光が入ってくるところには長くて白いカーテンがかかっていて、そのそばに大きな花柄の肘掛け椅子が二脚。同じ花模様のソファが壁際にあり、その手前には丸いテーブルが置いてある。隅の洗面台には、これまでに見たことがないものがいくつものっていた。それらを見ているうちにハイジは、ふいに自分がフランクフルトにいることに気づいた。そして昨日あったことを思いだした。女の人が、ああしろこうしろと事細かにいいたてたことまでは記憶にあるが、その後

のことは覚えていない。きっと眠ってしまったに違いない。

ハイジはベッドから飛び下りて、身支度をした。それから窓辺へ行き、次に反対側の窓辺へ行った。空と地面が見たかった。窓が大きなカーテンで閉ざされているせいで、鳥かごに閉じこめられているような気がした。ところがそのカーテンが開かない。そこでカーテンの裏にもぐりこんだ。だが窓の位置が高く、かろうじて頭だけ出せたが、いくらのぞいても探しているものは見つからなかった。

ハイジはこちらの窓からあちらの窓へと駆けていき、それからまた最初の窓にもどった。けれども目に見えるものはいつも同じ。壁と窓。また壁。

それからまた窓。ハイジは不安でたまらなくなった。

まだ朝早かった。けれどもアルムでは、朝早く起きるなり、山小屋から飛びだして、外の様子を確かめるのが習慣だった。空は青いか。お日さまはもう昇っているか。樅の梢は風に揺れてざわざわ鳴っているか。小さな花はもう花弁を開いているか。きれいだが狭苦しい鳥かごに初めて閉じこめられた小鳥が、なんとか間をすり抜けて外へ出られないかと、鳥かごの桟の一本一本に体をぶつけてもがくように、ハイジは窓から窓へと駆けまわって、それを開けようとした。窓さえ開けられれば、壁と窓以外のものが見えるはずだと思っていた。外には地面と緑の草と斜面に残る溶けかけの雪があるはずだ。ハイジはそれが見たくてたまらなかった。

ところがどんなに押しても引いても、窓はびくともせず、閉まったままだ。小さい指を窓枠の下にかけて力をこめて押しあけようとしても動かない。何をしても、鉄のように頑丈で微動だにしない。だいぶたってから、どんなに頑張ったところで無駄だとさとって、ハイジは窓を開けるのをあきらめた。そして外に出て、草の生えている地面が見つかるまで、家をぐるっと回ってみようかと思案した。昨日の晩、石畳の道をずっと歩いてここまできたことを覚えていたのだ。そのときノックの音がした。返事をする間もなく、ティネッテが頭だけのぞかせて、「朝食！」とぶっきらぼうにいった。

そういわれても、ハイジは呼ばれているようには思えなかった。ティネッテの人を馬鹿にしているような表情からは、むしろこれ以上近寄るな、という警告が読み取れた。ハイジはそれでそのとおりにした。テーブルの下から腰かけを引っぱりだし、それを隅に置いて、そこにすわったのだ。そして何か出てくるのをおとなしく待っていた。

しばらくして足音が近づいてきた。ロッテンマイアー女史だ。またしても興奮した様子で、大声でハイジを呼んだ。

「何をぐずぐずしてるんです、アーデルハイト？　朝食だと呼んだはずですよ。さっさとこっちへいらっしゃい！」

今度はハイジにもちゃんとわかったので、すぐさまロッテンマイアー女史についていった。食堂ではすでにクララが席について待っていて、親しげにあいさつをよこした。クララは普段よりずっと楽しそうだ。今日もまた、いろいろおもしろいことが起きる、とわかっていたからだ。朝食は万事支障なく進んだ。ハイジはおとなしくパンにバターをぬって食べた。

朝食が終わると、クララはまた車椅子を押してもらって書斎へもどった。ハイジはロッテンマイアー女史に、クララについていって、家庭教師の先生が来るまでいっしょに待つように、といわれた。クララとふたりだけになると、ハイジは早速訊いた。

「ここからどうやったら外が見える？　ずっと下の地面まで見るにはどうしたらいい？」

「窓を開けて外を見ればいいんじゃない」とクララはおもしろそうに答えた。

「でも窓は開かないよ」とハイジは悲しそうにいった。

「あら、開くわよ。でもあなたには無理ね。わたしも助けてあげられない。だけどゼバスティアンを見かけたら、声をかけて頼むといいわ。ゼバスティアンなら窓を開けてくれるはずよ」

窓は開けられるし、そこから外を見ることもできると聞いて、ハイジは心底ほっとした。狭い部屋に閉じこめられて窮屈な思いをしていたからだ。クララはハイジに、これまでどんな暮らしをしていたのかと訊ねた。ハイジは喜んでアルムのこと、山羊や山の牧場のことなど、好きなもののことをあれこれ話した。

そうこうするうちに家庭教師の先生がやってきた。けれどもロッテンマイアー女史は普段のように書斎へは通さず、食堂へ案内した。前もって話しておきたいことがあったからだ。食堂で先生の前にすわると、ロッテンマイアー女史は、自分がどんなに困った状況にあるか、どうしてそんな羽目に陥ったのかを、興奮して話しはじめた。

少し前に自分は、パリに滞在中のゼーゼマン氏に、クララがだいぶ前から遊び相手を家に置いてほしがっていること、自分もそういう子どもがいれば勉強する上でもクララのいい刺激になるだろうし、自由時間にいっしょに楽しく過ごせていいだろうと思っているという主旨のことを、手紙に書いて送った。そもそもうまく事が運べば、ロッテンマイアー女史にとっても大助かりになるはずだった。病身のクララの気晴らしになる相手が身近にいれば、自分の負担が減るからだ。これまでにもクララを持て余すことはよくあった。ゼーゼマン氏は、自分としても娘の願いはぜひとも叶えてやりたい、と返事を寄こした。ただゼーゼマン氏は条件をつけてきた。遊び相手の子どもはクララと平等に扱うこと、自分の家でいじめは起きてほしくないということだった。

「そんなこといわずもがなじゃありませんか」とロッテンマイアー女史は付け加えた。「いったい誰が子どもをいじめるというんです！」

それから遊び相手としてやってきた子どもに、自分がどんなひどい目に遭わされたか、例をあげて事細かに話しはじめた。その子はこれまでまともな暮らしをしてこなかった、そのため授業もＡＢＣから始めなければならないし、人としての生き方を基本から教えなければならないと。こうした厄介な状況を打ち破るために、ここはひとつ先生から、学習の進度がまったく違う子を同時に教えると、どうしても進んでいる方の子が割を食うことになる、とゼーゼマン氏に進言してはもらえまいか、とロッテンマイアー女史は話を続けた。そういう説得力のある理由があれば、ゼーゼマン氏も考え直すに違いない。そして子どもを即刻送り返すことに同意するだろう、というのだ。子どもが到着したことは報告済みだから、ゼーゼマン氏の同意なしに送り返すことは、ロッテンマイアー女史にはできない相談だった。

ところが家庭教師の先生は慎重な性格で、一方の話だけ聞いて判断するようなことは決してしなかった。先生は言葉を尽くしてロッテンマイアー女史を慰め、その子に遅れている面があるとしても、別な面では進んでいるかもしれず、これからきちんとした授業を受けてもらえば、そのうち釣り合いが取れてくるのではないか、と自分の意見を述べた。

ロッテンマイアー女史は、先生が自分の味方をしてくれず、ハイジにＡＢＣから教えるのもやぶさかではないと知るや、書斎へ通じる扉を開けて先生を中へ入れ、急いでまた扉を閉めた。ＡＢＣなんぞを聞かされるのはご免だったからだ。そして大股で食堂を行ったり来たりしはじめた。召使いにアーデルハイトをなんと呼ばせるか、考えねばならなかった。ゼーゼマン氏からは、ハイジを娘のクララと分け隔てなく扱うように、といわれている。それには召使いとの関係をどうするか検討する必要があると考えたのだ。けれどもそう長く頭を悩ませてはいられなかった。書斎で突然ガシャンと何かが落ちる音がして、続いてゼバスティアンを呼ぶ声がしたからだ。ロッテンマイアー女史は書斎に駆けこんだ。床はすさまじい状態だった。教材、本、ノート、インク壺が散乱し、その上にテーブルクロスがのっている。テーブルクロスの下からは黒いインクが流れだして部屋中に広がっている。ハイジの姿はなかった。

「なんてこと！」ロッテンマイアー女史は両手を揉み合わせながら叫んだ。「テーブルクロスも、本も、書類かごも、みんなインクでだいなしじゃありませんか！　こんなことは初めてです。あの子のせいですよ。間違いありません！」

家庭教師の先生は、見るも無惨な部屋を前に、呆然と立ちつくしていた。目の前の光景は歴然としている。まさにとんでもない有様だ。

一方クララはといえば、思いがけないことが起きておもしろがっているのが顔にありありと出ていた。そしてロッテンマイアー女史の反応を見てこう説明した。

「ええ、ハイジがしたことは確かよ。でもわざとやったんじゃないの。だから叱らないでね。あんまり急いで席を立ったせいで、テーブルクロスを引きずってしまっただけ。それで何もかも床に落ちちゃったのよ。外を馬車が何台も続けて通ったんで、ハイジはそれを見に外へ飛びだしていったの。きっと馬車なんて見たことがなかったのね」

「そらごらんなさい。わたくしのいったとおりです。あの子は礼儀作法をまったくわきまえていない。授業がどういうものか、まるでわかっていない。黙って席にすわって先生の話を聞いていなければならないということもです。それにしても、この不祥事を引き起こした張本人はどこへ行ったんですか? お屋敷から逃げだしていたらどうしましょ! 旦那さまがなんとおっしゃることやら……」

そういいながら、ロッテンマイアー女史は書斎を飛びだし、階段を駆け下りた。玄関の扉が開いていた。ハイジはそこに立ち、びっくり顔で通りをきょろきょろ見まわしている。

「いったいなんだっていうんです? 何があったんですか? なんでまた書斎を飛びだしたんです?」ロッテンマイアー女史はハイジをどなりつけた。

「樅の木が風にざわざわ鳴ってる音がしたんだけど、どこにも見えないの。音も聞こえなくなっちゃった」

ハイジは答えて、馬車が通り過ぎた方をしょんぼりして見やった。馬車の車輪の音が、ハイジの耳には山おろしが樅の梢を吹き抜ける音に聞こえ、うれしくなって音のする方へと駆けていったのだ。

「樅の木ですって！　森の中にいるとでもいうんですか？　いったい何を考えているのやら！　二階の書斎へ来なさい！　何をしでかしたか、自分の目でとくと見てごらんなさい！」

それだけいうと、ロッテンマイアー女史はまた階段を上がっていった。ついていったハイジは、書斎の惨状を見るなり、びっくり仰天した。樅の木の音を耳にして喜び勇んで飛びだしたとき、机の上のものを引きずり落としてしまったことに、まったく気づいていなかったのだ。

「こんなことは、二度とするんじゃありません」ロッテンマイアー女史はいって、床を指し示した。

「勉強するときは、椅子にすわって、黙って先生のいうことをしっかり聞きなさい。それができないのなら、椅子に縛りつけるしかありませんね。わかりましたか？」

「はい」とハイジは答えた。「これからはもうちゃんとすわっています」

授業中は静かにすわっていなければならないのが決まりであると、今ハイジは理解したのだ。

ゼバスティアンとティネッテが書斎を片づけるために入ってきた。家庭教師の先生は出ていった。この有様ではとうてい授業にはならないからだ。これでもう、今日はあくびをする時間がなくなった。

午後、クララはしばらく休むことになっていた。その間何をするかは自分で決めなさい、とハイジは今朝、ロッテンマイアー女史に言いわたされていた。

昼食がすんで、クララが車椅子にすわって体を休めると、ロッテンマイアー女史は自分の部屋に下がった。これでハイジは好きなことができる。それはハイジには好都合だった。どうしてもしたいことがあったからだ。でもそれには助けがいる。それで食堂の前の廊下に立って、召使いが通りかかるのを待った。

　思ったとおり、しばらくするとゼバスティアンが大きめのお盆を両手で持って階段を上がってきた。食堂の食器戸棚にしまうために台所から銀の食器を運んできたのだ。ゼバスティアンが最後の段まできたとき、ハイジは前に立って、ロッテンマイアー女史の言いつけを思い出しながらはっきりとこう呼びかけた。

「あなたかゼバスティアン！」

　ゼバスティアンは、これ以上は無理だというくらい目を大きく見ひらいて、かなりつっけんどんにいった。

「いったいなんです、お嬢さん？」

「訊きたいことがあるのよ。でも今朝みたいに悪いことにはならないわ」

　ハイジは急いで付け加えた。ゼバスティアンが少し怒っているように見えて、それは自分が床にインクをこぼしてしまったせいだろうと思ったからだ。

「そうですか。それで、どうしてまた〈あなたかゼバスティアン〉と呼ばれなきゃならないんですか？　それをまず伺いたいですね」

　ゼバスティアンはさっきと同じくつっけんどんにいい返した。

「ええ、これからずっとそう呼ばなきゃならないのよ。ロッテンマイアーさんのおいいつけだから」とハイジはいった。

それを聞いて、とうとうゼバスティアンは笑いだした。あんまり大声で笑われたので、ハイジはびっくりしてゼバスティアンの顔をまじまじと見た。笑われるようなおかしなことをいったつもりはなかったからだ。ゼバスティアンの方は、ロッテンマイアー女史がハイジに何を命じたか、すぐさま理解した。そしておもしろがっていった。

「わかりましたよ。それでは先を続けてください、マドモワゼル」

「あたしはマドモワゼルなんかじゃないわ。ハイジっていうのよ」

ハイジは少しむっとしていった。

「ええ、わかりましたとも。あなたをマドモワゼルと呼ぶように、同じ婦人がわたしにいいつけたんです」ゼバスティアンが説明した。

「そうなの？　だったらしかたないわね」

ハイジはあきらめていった。このお屋敷ではすべてがロッテンマイアー女史が命じたとおりに運ぶと気づいていたからだ。

「あたし、名前が三つになっちゃった」ハイジはため息(いき)をついた。

「それでマドモワゼルがわたしに訊きたいというのは、どんなことです？」

ゼバスティアンは食堂(しょくどう)に入って、銀(ぎん)の食器(しょっき)を戸棚(とだな)にしまいながら訊(き)いた。

「窓(まど)はどうやって開(あ)けるの？」

「こうして、それからこうやるんですよ」

そういって、ゼバスティアンは大きな窓(まど)を開(あ)けてみせた。

ハイジは窓(まど)に近寄(ちかよ)った。だが何も見えない。ハイジの背(せ)は窓(まど)台にやっと届(とど)くところまでしかなかった。

「そら、これならマドモワゼルも、外に何があるかのぞいて見られますよ」

ゼバスティアンはハイスツールを持(も)ってきて窓(まど)の前に置(お)いてくれた。ハイジは大(おお)喜(よろこ)びでスツールにのぼった。これでようやく窓(まど)から外を見られる。ところがすぐにがっかりして首を引っこめた。

「石畳(いしだたみ)の道が見えるだけ。他(ほか)には何にも見えない」ハイジは気落(きお)ちしていった。

「でも家をぐるっと回って反対側(はんたいがわ)に行ったらどうかしら？」

「同じものしか見えませんよ」

「それじゃ、谷全体をずっと下まで見渡すにはどこへ行けばいいの？」

「高い塔に登らないと無理でしょうな。教会の塔とかね。そら、てっぺんに金色の球がついている塔が、あそこに見えるでしょう。あの上からなら、ずっと遠くまで見渡すことができますよ」

それを聞くなりハイジは急いでスツールを下り、扉へ駆けより、階段を下りて外へ飛びだした。けれども簡単にはいかなかった。窓から塔を見たときには、道を渡ればすぐに教会にたどりつけそうに思えた。教会はすぐ目の前に建っているように見えたのだ。ハイジは道をずんずん歩いていったが、塔にはたどりつけなかった。しかも塔はどこにも見えなくなった。

別の道に入り、今度はそこを歩いたが、どこまで行っても塔は見えてこない。人がたくさん横を通っていくが、みんなひどく急いでいる様子で、教会の塔の在処を教えてくれる暇はなさそうだ。

次の通りの角に、男の子がひとり立っているのが見えた。背中に小さい手回しオルガンを背負って、片手に奇妙な動物をかかえている。ハイジはその子のところへ駆けていってこう訊ねた。

「てっぺんに金色の球がのっている塔が、どこにあるか知ってる？」

「知らない」という答えが返ってきた。

「誰に訊けばわかる？」ハイジはさらに訊ねた。

「知らない」

「高い塔のある教会が、ほかにあるかどうか知ってる？」

「ひとつ知ってるよ」

「だったらそこへ連れて行って！」

「何かくれたらね」

男の子は片手を差しだした。ハイジはポケットに手をつっこんで何かないか探した。そして小さなカードを引っぱりだした。赤い薔薇の花束が描いてある。ハイジはその絵を少しの間眺めた。あげてしまうのが惜しかったのだ。今朝クララにもらったばかりだ。でも谷を見下ろし、緑の斜面を見ることができるなら、惜しくはない。「はい、これいる?」ハイジはいって、カードを差しだした。

男の子は手を引っこめて、首を横に振った。

「いったい何が欲しいの?」

ハイジは訊いた。そしてカードを大事そうにまたポケットにしまった。

「お金」

「あたしは持ってない。でもクララなら持ってる。クララにもらうわ。いくら欲しいの?」

「二十ペニヒ[1]」

「わかった。それじゃ、教会へ連れていって!」

ふたりは長い道をいっしょに歩いた。途中でハイジは男の子に、背中に何を背負っているのか訊ねた。男の子は、布にくるんで背負っているのはきれいなオルガンで、ハンドルを回すとすてきな音楽が鳴るんだ、といった。

ふいにふたりは、高い塔のある古い教会の前に出た。男の子は立ち止まっていった。

「着いたよ」

「でもどうやって中へ入るの？」堅く閉ざされた扉を見て、ハイジは訊いた。

「知らない」という答えがまた返ってきた。

「ゼバスティアンを呼ぶときみたいに、呼鈴を鳴らせばいいのかな？」

「知らない」

ハイジは壁に呼鈴がついているのを見つけて、そのひもを力一杯引いた。

「あたしが塔に登っている間、あんたはここで待ってて。帰り道がわからないから、元の場所まで連れて帰ってね」

「そしたら何をくれる？」

「今度はいくらあげなきゃならないの？」

「もう二十ペニヒ」

そのとき内側から古い錠前が回され、ギーッと音を立てて扉が開いた。出てきた老人は、初め驚いた顔をしていたが、それからかなり腹を立てて、子どもたちを怒

1　ドイツのかつての通貨の単位。百ペニヒが一マルクに相当。

鳴りつけた。

「おれを呼びつけるとは、どんな了見だ？　呼鈴の上の貼り紙が読めないのか？　塔に登りたい方専用と書いてあるだろ？」

男の子は人差し指をハイジに向けただけで、何もいわなかった。

ハイジは答えた。

「あたし、塔に登りたいのよ」

「登って何をするんだ？　誰かにいいつかって来たのか？」塔の番人が訊いた。

「ううん。登って下を眺めたいだけよ」

「とっとと帰れ！　ふざけた真似は二度とするんじゃない！　今度来たら、ただじゃすまないぞ！」

それだけいうと、塔の番人は踵を返して、扉を閉めようとした。

けれどもハイジは番人の服の裾をつかんで、頼みこんだ。

「一回だけでいいから、お願い！」

番人は振り返った。必死にこっちを見上げているハイジの目を見て、気が変わった。

番人はハイジの手を取ってやさしくいった。

「そんなに塔に登りたいなら、おいで！」

男の子は扉の前の石段に腰を下ろした。塔に登るつもりはないらしい。

ハイジは番人に手を引かれて階段をたくさん登った。上へ行くにつれ、段はだんだん狭くなっていく。そして最後に、ものすごく狭い小さな段を登ると、ついにてっぺんにたどりついた。番人はハイジを抱き上げ、開いている窓辺に寄った。

「そら、下をのぞいてごらん」番人はいった。

ハイジは屋根と塔と煙突の海を見晴らした。そしてすぐに首をひっこめ、がっかりしていった。

「思ってたのとぜんぜん違う」

「わかったかい？　おまえさんのようなちっちゃな子が見たいものなんぞないさ！　さあ、下りよう。二度と呼鈴を鳴らすなよ！」

番人はハイジを床に下ろすと、先に立って狭い階段を下りていった。階段はだんだん広くなり、左側に番人の部屋に通じる扉があった。その隣は、斜めになっている屋根の下まで床が続いている。その一番奥に大きなかごが置いてあり、その前に太った灰色の猫がすわっていた。

猫はハイジを見てうなった。かごの中に子猫がいるからだ。親猫はそこに陣取って、塔を訪れる人間が子猫にちょっかいを出さないよう、見張っているのだ。ハイジは立ち止まり、目を丸くして猫を見た。こんなに大きな猫は見たことがなかった。この古い塔には鼠がたくさん巣くっているので、親猫は毎日半ダースもの鼠を難なく捕ることができた。番人はハイジが子猫に魅了されているのを見ていった。

「おいで、おれがそばにいれば、猫はおまえさんを引っかいたりしない。子猫を見せてやろう」

ハイジはかごに近寄って、うっとりと中の子猫を見つめた。

「なんてかわいい猫なの！　おまえたち、とってもきれいね！」

そういって、ハイジはかごのまわりを飛びまわって、子猫たちがはねたり、奇妙な仕草をするのをひとしきり眺めた。子猫は全部で七、八匹いて、かごの中を這いまわったり、飛びまわったり、もつれあったりしている。

「一匹やろうか？」

ハイジがはしゃいでいるのを見て番人がいった。

「あたしのにしていいの？　ずっと？」

ハイジはわくわくして訊いた。こんな幸運が舞いこむとは、すぐには信じられなかった。

「ああ、やるとも。こいつらを置く場所があれば、全部連れて帰ってもいいぞ」

番人はいった。子猫たちを処分せずにお払い箱にできるなら、番人にとってももっけの幸いだった。

ハイジは有頂天だった。あのお屋敷なら、子猫たちを置く場所はいくらでもある。かわいい子猫たちを見たら、クララも目を丸くして大喜びするに違いない。

「でもどうやって持って帰ればいいかな？」

ハイジは訊きながら、両手で何匹か抱き上げようとした。けれども親猫が腕に飛びかかってきて、怒りのうなり声をあげたので、びっくりして飛びすさった。

「おれが持っていってやるよ。家はどこだい？」

番人が親猫をなでて落ち着かせながらいった。親猫は番人の古くからの友だちだった。もう何年もいっしょに、この塔で暮らしてきたのだ。

「ゼーゼマン氏の大きなお屋敷。玄関の扉に金色の犬の頭がついてて、犬の口には太い輪がはめてあるの」ハイジはいった。

そこまで詳しくいわれなくても、番人にはどの家かすぐにわかった。長年、塔の上から下界を眺めていて、そこから見える家ならすべて知っていた。それにゼバスティアンは古くからの知り合いだった。

「わかったよ。だがこいつらは誰に届けりゃいい？　玄関口で誰を呼び出せばいいのかな？　おまえさんは、あそこの家の子じゃないだろう？」

「うん、でもクララはそうよ。子猫たちを見たら、クララは大喜びする！」

番人は階段をさらに下りていこうとしたが、ハイジは子猫たちが繰り広げるおもしろい光景に目が釘付けになっていた。

「一匹か二匹、持って帰れたらいいのに！　あたしに一匹、クララに一匹。だめ？」

「だったらちょっと待ってろ」

番人は親猫を注意深く抱き上げて小部屋へ入れた。そして餌を入れたボウルの方へ猫を押しやってから、扉を閉めてもどってきた。

「さあ、二匹、持っていきな！」

ハイジは目を輝かせた。白いのを一匹、それから黄色と白の縞のを一匹、選びだして、右のポケットと左のポケットに一匹ずつ入れた。そして階段を下りた。

男の子はまだ石段にすわっていた。番人に外に出され、背後で扉が閉まると、ハイジは訊いた。

「ゼーゼマン氏のお屋敷へはどの道を行けばいい？」

「知らない」という答えがまた返ってきた。

そこでハイジは、自分が知っていることをひとつひとつあげ始めた。玄関の扉、窓、階段がどんなか、詳しく説明したが、男の子は首を横に振るばかりだった。男の子には何ひとつわからなかったのだ。

「えっとね」ハイジは説明を続けた。「窓のひとつからはね、ものすごく大きな灰色の家が見えるの。屋根はこんな風で」とハイジは人差し指で宙に大きくギザギザを描いてみせた。

すると男の子はぱっと立ちあがった。どうやら目指す家の在処がわかったらしい。男の子はどんどん歩き始め、ハイジは後についていった。いくらもしないうちに、ふたりは真鍮製の大きな犬の頭のついた玄関扉の前に立った。ハイジはひもを引いて呼鈴を鳴らした。

すぐにゼバスティアンが出てきた。ハイジを見るなり、ゼバスティアンは「早く！早く！」といってせかした。

ハイジはあわてて中へ飛びこみ、ゼバスティアンは呆然と立っている男の子には目もくれずに扉を閉めた。

「早く、マドモワゼル」ゼバスティアンはさらにせかした。「すぐに食堂へ。もうみなさまテーブルについています。ロッテンマイアーさんはかんしゃく玉を破裂させる寸前ですよ。それにしても、なんでまた外へ駆けだしていったんですか？」

ハイジは食堂へ入った。ロッテンマイアー女史は目を上げなかった。クララも押し黙っている。なんとも不穏な空気だ。

ゼバスティアンは椅子を引いて、ハイジがすわるのに合わせてちょうどいい位置へ動かした。ハイジが席につくや、ロッテンマイアー女史が厳しい顔で重々しくいった。

「アーデルハイト、後で話があります。さしあたり、これだけはいっておきます。あなたはお行儀がまるでなっていません。誰にも許しを求めず、誰にも断らずに家を飛びだして、こんな遅くまで帰ってこないとは、まったくあるまじきことです。罰せられてしかるべきです」

「ニャア」という声が答えのように返ってきた。

それでロッテンマイアー女史は怒り心頭に発した。

「なんですか、アーデルハイト」さらにキンキン声で女史は叫んだ。「これだけ無礼なことをした上に、まだ悪ふざけをするつもりですか？　恥を知りなさい！」

「あたしはただ」ハイジはいいはじめた。

「ニャア！　ニャア！」

ゼバスティアンは危うく大皿をテーブルに落としそうになって、あわてて食堂から出ていった。

「もうたくさん」

ロッテンマイアー女史は叫ぼうとしたが、興奮のあまりまともに声が出なかった。

「出ていきなさい」

ハイジはびっくりして椅子から立ちあがり、もう一度説明しようとした。

「あたしはそんなつもりじゃ」

「ニャア！　ニャア！　ニャア！」

「でもハイジ」とクララが口をはさんだ。「ロッテンマイアーさんがものすごく怒っているのがわかっていて、どうしてニャアとばかりいうの？」

「あたしじゃない、子猫よ」

ハイジはようやくしまいまでいうことができた。

「えっ？　な、なんですって？　猫？　子猫？」ロッテンマイアー女史は金切り声をあげた。「ゼバスティアン！　ティネッテ！　おぞましい猫を見つけだして、捨ててきなさい！」

それだけいうと書斎に飛びこんで、念のため鍵をかけた。ロッテンマイアー女史にとって、子猫ほど怖ろしいものはなかったのだ。

食堂の扉の前に立っていたゼバスティアンは、ひとしきり大笑いした。ゼバスティアンは給仕しているときに、ハイジのポケットから子猫の頭がのぞいているのを見てしまったのだ。これはまた一悶着あるぞ、と思った矢先に猫が鳴いたので、笑いをこらえられず、ついに大皿をテーブルに置いて食堂を飛びだしたのだった。

ロッテンマイアー女史の助けを呼ぶ声が聞こえなくなってだいぶたってから、ゼバスティアンは何食わぬ顔でまた食堂に姿を現した。

食堂はもう静かで平穏だった。クララが二匹の子猫を膝にのせ、ハイジがその横に膝をついてすわり、ふたりして、ちっちゃなかわいい子猫をじゃらして喜んでいた。

「ゼバスティアン」

食堂にゼバスティアンが入ってきたのを見て、クララが口を開いた。

「わたしたちに手を貸してちょうだい。この子たちにねぐらを作ってあげて。絶対にロッテンマイアーさんの目に触れない所にね。ロッテンマイアーさんは猫が嫌いで、この子たちを捨てようとするはずだから。でもわたしたちは、この子たちを手元に置いておきたいの。わたしたちだけになったら、いつでもすぐ連れてこられるようにしたい。どこへ隠したらいいかしら？」

「どこかいい場所を見つけますよ、クララお嬢さま」

ゼバスティアンはふたつ返事で引き受けてくれた。

「かごの中にすてきな寝床をこしらえてやりましょう。かごはあの怖ろしいご婦人には絶対に見つからない場所に置きます。安心してまかせてください」

ゼバスティアンは早速食堂の片づけに取りかかった。先行きを考えると、どうしても忍び笑いをもらさずにはいられなかった。

「また大騒ぎになるぞ！」

ゼバスティアンとしては、ロッテンマイアー女史が少しばかり泡を食うのを見るのにやぶさかでなかった。

だいぶ時間がたって寝る時間が近づいてから、ロッテンマイアー女史はようやく書斎の扉を少し開け、その隙間からおそるおそる訊いた。

「あのおぞましい生きものは、もういなくなりましたか？」

「はい、もちろんですとも！」

ゼバスティアンは答えた。ロッテンマイアー女史の不安げな声を聞きたくて、なんやかやと仕事を作って、わざわざ食堂で待っていたのだ。クララの膝から二匹の子猫をさっと抱き上げると、ゼバスティアンは静かに食堂を後にした。

ロッテンマイアー女史はハイジにみっちりお説教をするつもりだったが、明日に繰り延べた。今日は怒ったり、死ぬほど驚いたりして、疲れ切っていたからだ。

ハイジが次から次へと引き起こす騒ぎは、どれもまったく意図せずに起きたことだった。ロッテンマイアー女史は黙って自室に下がり、クララとハイジもそれぞれ満足してベッドに入った。子猫たちは安全な寝床にいると、わかっていたからだ。

第8章　またもや一騒動

ゼバスティアンが翌朝、家庭教師の先生のために玄関扉を開け、書斎へ招じ入れるや、またしても呼鈴が鳴った。それもかなり激しい調子だったので、ゼバスティアンはあわてて階段を駆け下りた。旦那さまが予告なしに帰ってきたに違いないと思ったのだ。ところが扉を開けると、ボロ服を着て手回しオルガンを背負った男の子が立っていた。

「何の用だ?」ゼバスティアンは怒鳴りつけた。

「呼鈴の鳴らし方も知らないのか!　ここに何しに来た?」

「クララに用がある」という答えが返ってきた。

「なんだと、薄汚い小僧め!　〈クララお嬢さま〉といえ!　下々の者はみんなそ

う呼ぶことになってるんだ。それでクララお嬢さまに何の用だ?」

ゼバスティアンはつっけんどんに訊いた。

「四十ペニヒ貸しがある」と男の子はいった。

「なにばかなこといってるんだ? クララお嬢さまがここにいらっしゃることを、おまえなんぞが、なんで知ってる?」

「昨日道案内してやった分が二十ペニヒ。帰り道の分が二十ペニヒ。全部で四十ペニヒだよ」

「いいか、小僧、嘘八百を並べる

な！　クララお嬢さまはお屋敷を出ていない。そもそもおひとりで外へは出られないんだ。叩きだされる前にさっさと帰れ！」

けれども男の子はひるまなかった。そこに立ったまま平然といった。

「だけどそこの道で会ったんだよ。短いくしゃくしゃの黒い髪をしてて、目も黒くて、スカートは茶色。そんで、しゃべり方がここいらの者と違っててさ」

「なるほど」

誰のことかわかって、ゼバスティアンは笑いを嚙み殺し、ひとりごちた。

「マドモワゼルがまた何かしでかしたな」

それから男の子を中へ招き入れていった。

「わかったからついてきなさい。それからわたしがまた出てくるまで、扉の前で待ってなさい。中へ通したら、すぐに手回しオルガンで何かいい音楽を聴かせてくれ。お嬢さまが喜ばれるからな」

二階の書斎の扉をノックし、お入りという声がかかると、ゼバスティアンは扉を開けていった。

「クララお嬢さまにお会いしたいといって、男の子がひとり来ています」

そんなことはめったにないので、クララは喜んだ。

「すぐに中へ入れてちょうだい。いいでしょう、先生？　わたしに会いにきたっていうんですもの」クララはいった。

男の子はもう書斎に入ってきていて、早速オルガンを回し始めた。ロッテンマイアー女史はＡＢＣを聞かされたくないので、食堂でなんやかや家事をしていたが、すぐさま耳をそばだてた。あの音は通りから聞こえてくるんだろうか？　でもこんなにすぐ近くで？　書斎で手回しオルガンの音がするはずないし……。

いや、あれはたしかに手回しオルガンの音だ。ロッテンマイアー女史は広い食堂を駆け抜け、書斎の扉をさっと開けた。自分の目が信じられなかった。薄汚い身なりの男の子が、書斎の真ん中に立って、手回しオルガンのハンドルを一生懸命回している。家庭教師の先生は、何かいいたそうな顔をしているが、何もいえずにいる。クララとハイジはうっとりと音楽に聴き入っている。

「やめなさい！　すぐにやめなさい！」

ロッテンマイアー女史は叫んだ。だがその声は、手回しオルガンの音にかき消されてしまった。それで男の子の方へ駆けよった。ところがふいに足元がくすぐったくなり、目を床に向けた。何か黒くておぞましいものが、足の間から這いでてきた。亀だ！　途端にロッテンマイアー女史は飛びあがった。こんなに高く飛びあがったのは、ついぞなかったことだ。それから女史は必死に叫んだ。

「ゼバスティアン！　ゼバスティアン！」

男の子はふいに手を止めた。金切り声が手回しオルガンの音を上回ったのだ。ゼバスティアンは半開きの扉の前に立って、お腹をかかえて笑っていた。ロッテンマイアー女史が飛びあがるところを見てしまったからだ。

ひとしきり笑ってから、ゼバスティアンは書斎に入ってきた。ロッテンマイアー女史は椅子にへたりこんでいた。

「みんな外へ出しなさい！　人も動物もどちらもです！　追いだしなさい、ゼバスティアン、すぐにです！」

ロッテンマイアー女史は叫んだ。男の子はあわてて亀を抱きかかえ、ゼバスティアンは命令に従って、その子を書斎の外へ引っぱりだした。そして手に小銭をにぎらせていった。

「道案内の分が四十ペニヒ、それから手回しオルガンの弾き賃が四十ペニヒ。いいぞ、よくやってくれた」

それから玄関扉を閉めた。書斎はまた静かになった。授業が再開され、ロッテンマイアー女史はこれ以上問題が起きないように、書斎にどっかと居すわった。授業が終わったら、誰が問題を起こしたのか調べ上げ、犯人をみっちり懲らしめてやると、心に決めていた。

ところが扉をノックする音がして、またゼバスティアンが入ってきた。クララお嬢さまにすぐに渡すようにと、大きなかごが届けられたという。

「わたしに?」

クララはびっくりした顔をした。いったいなんだろう? 知りたくてたまらなくなった。

「すぐに開けて見せてちょうだい」

ゼバスティアンはかごを持ってくるなり、急いで立ち去った。かごには覆いがかかっている。

「まず授業。かごを開けるのはその後ですよ」ロッテンマイアー女史がいった。何をもらったのか、クララには見当もつかなかった。中身が気になってたまらず、かごの方をちらちら見た。

「先生」

クララは品詞の活用を唱えるのを中断していった。

「中をちょっとだけのぞいてはいけませんか？　何が入っているか知りたいんです。すぐにまた授業を受けますから」

「ある意味ではいいですが、ある意味ではいけません」と先生はいった。

「いいといえるのは、今やあなたの関心が全面的にかごに向けられているからであって……」

ところが先生は、しまいまでいうことができなかった。かごには覆いが軽くかかっているだけだったからだ。そこから一匹、二匹、三匹。それからまた二匹というように、次々に子猫が這いでてきて、書斎に散らばった。

子猫たちは信じられない速さでそこら中を駆けまわった。たちまち書斎中が子猫であふれかえった。子猫は家庭教師の先生の長靴に飛びのり、ズボンの足に噛みつき、ロッテンマイアー女史のスカートを駆けあがり、足のまわりを這い、クララの肘掛け椅子に飛びのった。そしてそこらじゅう引っかき、這いまわり、ニャーニャー鳴いた。それこそ上を下への大騒ぎになった。クララは顔を輝かせ、歓声をあげた。

「ああ、なんてかわいいの！　あの飛び跳ね方、ほんとおもしろいわね。見て、見て、ハイジ！　ほら、ここよ。そらあそこにも。こっちも見てちょうだい！」

ハイジは大喜びで、あっちの隅、こっちの隅と、子猫たちを追っかけ回した。家庭教師は、机の前に困りはてて立ちつくし、もぞもぞと這いまわる子猫をなんとか振り払おうと、右足を上げたり、左足を上げたりしている。ロッテンマイアー女史はといえば、初めは怖くて椅子にすわったまま黙って身を硬くしていたが、それから声をかぎりに叫んだ。

「ティネッテ！　ティネッテ！　ゼバスティアン！　ゼバスティアン！」

椅子から立ちあがったら、おぞましい小さな生きものがこぞって飛びかかってくるかもしれない。そう思うと、とても立つ勇気はでなかった。

何度も助けを呼んで、ようやくゼバスティアンとティネッテがやってきた。ゼバスティアンは一匹、二匹と子猫をつまみ上げては次々にかごに入れ、屋根裏へ運んだ。そして昨日、二匹の子猫のためにこしらえた寝床に入れてやった。

今日も授業中あくびをしている暇はなかった。

その晩遅く、朝の騒ぎからようやく立ち直ると、ロッテンマイアー女史はゼバスティアンとティネッテを書斎に呼び入れて、騒ぎを引き起こした犯人捜しを始めた。結局すべては、ハイジが昨日遠出したせいで引き起こされたのだと判明した。ロッテンマイアー女史は怒りに青ざめて椅子にすわったまま、自分の気持ちをどう言い表せばよいか、すぐにはわからずにいた。そして手を振ってゼバスティアンとティネッテを下がらせ、ハイジの方に向き直った。ハイジはクララの肘掛け椅子の横に立ち、いったい自分が何をしでかしたのか、まだよくわからずにいた。

「アーデルハイト」

ロッテンマイアー女史は厳しい口調でいった。

「あなたに効き目のあるお仕置きはひとつしか思い浮かびません。あなたがいくら野蛮で非常識でも、イモリや鼠のいる暗い地下室に閉じこめられたら、少しは大人しくなって、もうあんな悪さはしなくなるでしょう」

ハイジは驚きながらも、その申し渡しを黙って聞いていた。怖ろしい地下室になど、入ったことがなかったのだ。おじいさんはアルムの山小屋に隣接する部屋を地下室と呼んでいて、そこには常にチーズが貯蔵してあり、山羊の乳も置いてある。でもむしろそこは居心地のいい場所だった。それに鼠もイモリも見たことがなかった。

ところがクララが代わりに嘆きの声をあげた。

「だめよ、だめ、ロッテンマイアーさん、パパが帰ってくるまで待ってちょうだい。パパはもうすぐ帰ってくる。そしたら、わたしからパパに何もかも話すから、パパがハイジをどうするのがいいか、決めてくださるわ」

旦那さまを引き合いに出されては、さすがのロッテンマイアー女史も引き下がるしかなかった。ゼーゼマン氏がまもなく帰宅することは確かなので、なおさらだった。

ロッテンマイアー女史は立ちあがり、いくらか不機嫌な声でいった。

「いいでしょう、クララさま、でもわたくしからもお父さまにひと言申し上げます」

そういい残して書斎から出ていった。

それから数日は、何事もなく平穏に過ぎた。だがロッテンマイアー女史の気の高ぶりが鎮まることはなかった。終始ハイジにひどい目に遭わされたことが忘れられず、ハイジが来てからというもの、すべてがめちゃくちゃになって、もう二度と元へはもどらないように思えてならなかったのだ。

クララの方はとても満足していた。ハイジが来て以来、退屈することがなくなった。授業中、ハイジはなにかしらおもしろいことをしでかす。アルファベットは取り違えてばかりでどうしても覚えられない。家庭教師の先生が、少しでもわかりやすく説明しようと、文字の形を角や嘴の形と比べると、ハイジは「それ山羊ね！」とか「鷹よ！」とか大喜びで叫ぶ始末だ。先生の説明は、ハイジの脳裏に様々なイメージを呼び起こすものの、文字だけは浮かばないのだ。

昼下がりの時間、ハイジはクララの傍らにすわって、アルムのこと、そこでの暮らしのことをあかず語った。長くたくさん話せば話すほど、アルムへの思いが胸を焦がし、ハイジはしまいには必ずこういうのだった。

「うちへ帰らなくちゃ！　明日は絶対うちへ帰る！」

けれどもそのたびに、クララはハイジをなだめて、パパが帰ってくるまでは、ここにいてちょうだい、パパが帰ってくれば、どうすればいいかわかるから、といった。

そういわれると、ハイジは折れるしかなく、ここに長くいればいるほど、おばあちゃんにあげるパンが増えると思い直して、自分を納得させるのだった。というのも、昼食と夕食には決まって白パンが出るからだ。ハイジはそのパンを食べずにすぐにポケットにしまう。黒パンは硬くておばあちゃんには食べられない。白パンなら食べられるのに、ないから食べられない。そう思うと、自分だけ食べる気にはとてもなれなかったのだ。それで毎日白パンが二個ずつ増えていった。

食後の数時間、ハイジは自分の部屋にひとりこもって過ごすことにしていた。アルムと違ってフランクフルトでは、勝手に外へ出ることが禁止されているからだ。ハイジにも、今ではそのことがわかっていて、二度と外へは出なかった。食堂へ行ってゼバスティアンと話すこともできなかった。それもロッテンマイアー女史に禁止されているからだ。ティネッテとはそもそもいっしょに何かする気になれなかった。むしろできるだけ近寄らないようにしていた。ティネッテは馬鹿にしたような口調でしか口を利いてくれないし、しょっちゅうハイジのことを嘲笑っている。ハイジにはそれがよくわかっていた。ティネッテと何かしようとしてもからかわれるのが落ちだ。

それでハイジは毎日、自分の部屋でアルムに思いをめぐらせて過ごしていた。お山はまた緑に包まれているだろうか。お日さまの光を受けて黄色い花が輝いているだろうか。お日さまのまわりは、何もかもきらきら光っているだろうな。雪も、山も、それこそ谷全体が。アルムに帰りたくて、いてもたってもいられなくなることがしょっちゅうあった。おばさんは帰りたくなればいつでも帰れるといっていたのに。

そんなある日のこと、ハイジはついに我慢できなくなり、ためていたパンを急いで大きな赤い襟巻きに包み、麦わら帽子をかぶって外に出た。ところが玄関の扉のところで早くも難関にぶつかった。外出先から帰ってきたロッテンマイアー女史にちょうど出くわしてしまったのだ。ロッテンマイアー女史は黙ってそこに立ったまま、驚いた顔でハイジの頭のてっぺんから足のつま先までじろじろ見た。ふくらんだ赤い布が目に止まり、そこで女史はやおら口を開いた。

「なんて恰好をしているんです？　これは何の真似ですか？　こそこそ出ていくことは厳禁のはずですよ。それにその薄汚いなりは何です？」

「こそこそ出ていこうとなんてしてない。うちに帰るだけよ」ハイジはびっくりして答えた。

「なんですって？　何をまた？　うちへ帰る？　家へ帰りたいっていうんですか？」

ロッテンマイアー女史は興奮して両手を打ち合わせた。

「出ていくなんて！　旦那さまに知られたらどうしましょう！　するにことかいてお屋敷から逃げだすなんて！　そんなことを知られたら、とんでもないことになります！　このお屋敷のどこが気に入らないんですか？　身に余る扱いを受けているじゃありませんか？　それなのに、まだどこか足りないところがあるとでも？　こんなりっぱなお屋敷に住んで、おいしいものを食べて、何から何まで世話してもらって、そんないい目を見たことが、これまでにありますか？　えっ、どうなんです？」

「ないわ」とハイジは答えた。

「そうでしょうとも！」ロッテンマイアー女史はきっぱりといった。

「あなたに欠けているものはありません。全然ないはずです。まったくあなたって子は、信じられないほどの恩知らずですね。これほどの待遇を受けておきながら、この上なんの文句があるんです！」

ハイジとしても、そうまでいわれては黙っていられず、これまで胸の奥にしまっていた思いを一気に吐きだした。

「あたしはうちに帰りたいだけよ。こんなに長く帰らずにいたら、シュネーヘップリはさみしがるし、おばあちゃんはきっと待ちくたびれてる。それに〈山羊番ペーター〉はチーズがもらえないからって腹を立ててディステルフィンクを鞭で打つかも。ここにいると、お日さまがお山におやすみをいうのも見られない。もしも鷹がフランクフルトの空を飛ぶことがあったら、普段よりもっと大きな声で鳴いて嘆くはずよ。人が大勢、狭苦しい所にくっついて、いがみあって暮らしてる、岩山にくれば、ずっと気持ちよく過ごせるのにってね」

「ああ、なんてこと、この子、とうとう頭が変になってしまった！」

ロッテンマイアー女史は叫んで、あわてて階段を駆け上がり、ちょうど階段を下りてきたゼバスティアンともろにぶつかった。

「あのしょうもない子をすぐに二階へ連れていきなさい！」

ロッテンマイアー女史は、ぶつけた頭をこすりながら、ゼバスティアンに命じた。

「はい、はい、わかりましたとも。ありがたいことで」

ゼバスティアンはそう返事をして、自分の頭をこすった。ゼバスティアンの方が、よほど痛い思いをしていたのだ。

ハイジは目を赤く泣きはらしてその場を動かずにいた。心をひどくかき乱されたせいで、全身がふるえている。

「えっと、また何かしでかしたんですか？」

ゼバスティアンはおもしろそうに訊いた。しかしハイジがまったく反応しないのを見て、やさしく肩をたたき、こういって慰めた。

「まあまあ。マドモワゼル、そんなに気にしないことですよ。楽しくやるのが一番！　わたしだって、今あの方のせいで、危うく脳天に穴があくところだったんですよ。頭をぶつけられてね。でもそんなことじゃへこたれません！　ね？　いつまでそこにいても何にもなりませんよ。おいいつけですから上へまいりましょう」

それでようやくハイジは階段を上がった。ゆっくりと静かに。全然いつものハイジらしくない。それを見てゼバスティアンは胸が痛んだ。ハイジのうしろについて歩きながら、ゼバスティアンはこういって励ました。

「あきらめないことです！　そんなに悲しまないでください！　さあ胸を張って元気に行きましょう！　マドモワゼルはしっかり者で、このお屋敷に来てから、一度も泣いたことがないはずです。あなたくらいの年なら、一日に何度も泣くのが普通ですよ。子猫たちも上ではしゃいでます。屋根裏中を駆けまわって、飛んだり跳ねたりしてふざけ回ってますよ。あのお方がいなくなったら、後でいっしょに見に行きましょう。ね、どうです？」

ハイジはようやくうなずいたが、まるで気のない様子だった。それでゼバスティアンはますますかわいそうになり、ハイジがとぼとぼと自分の部屋へ入っていくのを、心配そうに見届けた。

その晩の夕食の席で、ロッテンマイアー女史はひと言も口を利かず、ずっと注意深くハイジを観察していた。まるでハイジがいつまた前代未聞のことをしでかすかもわからないと待ちかまえているかのようだった。しかしハイジは黙りこくって、じっとしていた。食べもしなければ飲みもしない。ただ白パンだけは、さっとポケットにしまった。

翌朝、家庭教師の先生は階段を上がるなり、ロッテンマイアー女史に手招きされ、こっそり食堂へ引っぱりこまれた。ロッテンマイアー女史はひどく興奮して、先生にずっと気にかかっていたことを打ち明けた。空気が変わり、生活が激変し、これまで知らなかったことをあれこれ見聞きしたせいで、ハイジは頭がおかしくなってしまったらしい、といい、ハイジがお屋敷から逃げだそうとしたことを話し、覚えている範囲でハイジの奇妙な言葉を繰り返した。

しかし先生は、アーデルハイトは確かにある面では変わっているけれども、他方で正常な理性を有しているのは確かだから、適切な待遇を施せば、徐々に心の平静を取りもどすだろう、と自分の考えを穏やかに述べ、ロッテンマイアー女史を慰めた。そして自分はそれよりも、ハイジが文字を覚えられないせいでＡＢＣより先に授業を進められないことを危惧している、と付け加えた。

それを聞いてロッテンマイアー女史は少し落ち着きを取りもどし、先生に授業を始めてもらうことにした。午後遅く、ロッテンマイアー女史はハイジがお屋敷を逃げだそうとしていたときの服装を思いだし、ゼーゼマン氏が帰宅する前にクララの服を少しハイジに回して、身なりを多少とも整えようと思いたった。そのことをクララに話すと、すぐに服もスカーフも帽子も、いくらでもあげるといって全面的に賛成した。それで女史は今持っているものを調べるためにハイジの部屋へ行った。洋服ダンスを開け、何を残し、何を処分するか、見きわめるつもりだった。ところがものの数分もしないうちに、ロッテンマイアー女史はぞっとするといわんばかりに両手を振りまわしながら部屋から出てきた。

「アーデルハイト！　なんですあれは？」ロッテンマイアー女史は叫んだ。

「あんなものがあるなんて！　洋服ダンスには洋服を入れるものです、アーデルハイト！　それなのにタンスの足元に何があったと思います？　パンですよ。小さいパンが、それも山のように。クララさま、パンですよ！　パンをあんなにためこんで！」

それから今度は食堂に向かって叫んだ。

「ティネッテ、アーデルハイトの洋服ダンスを片づけて、古いパンを捨ててしまいなさい！　テーブルの上の麦わら帽子もです！」

「だめ！　やめて！　帽子がないと困る。それにパンはおばあちゃんにあげるのよ」

ハイジは叫んで、ティネッテを追いかけようとした。ところがロッテンマイアー女史に押さえつけられた。

「あなたはここにいなさい！　くずパンやボロは処分させます」

ロッテンマイアー女史はきっぱりいって、ハイジを押しとどめた。

だがハイジは、肘掛け椅子にすわっているクララにすがりついて、わっと泣きだした。泣き声はどんどん激しくなり、しゃくり上げながらこう訴えた。

「おばあちゃんにあげるパンがなくなっちゃう。みんなおばあちゃんのためにとっといたのよ。なのになくなっちゃって、おばあちゃんにはなんにもあげられない！」

ハイジは胸が張り裂けんばかりに泣き叫んだ。ロッテンマイアー女史は這々の体で退散した。

クララはハイジのあまりの嘆きように途方に暮れて「ハイジ、ハイジ、そんなに泣かないで」と懇願した。

「よく聞いてちょうだい！　お願いだからそんなに泣かないで！　おばあさんのため

にパンをたくさん用意するって約束するわ。あなたがおうちに帰るときは、焼きたての柔らかいパンを持たせてあげる。とっておいたパンはもう硬くなっちゃってるわ。ね、ハイジ、こっちへ来て！　もうそんなに泣かないで！」

ハイジはなかなか泣き止むことができなかったが、クララの慰めの言葉は理解できた。そうでなければ、いつまでも泣いていただろう。ハイジはまだときどき、ひくひくのどをふるわせながら、本当にパンがもらえるのかと、何度もクララに訊いた。

「おばあちゃんのために本当にたくさんパンをくれるのね？　あたしがためておいたのと、おんなじくらいたくさん？」

訊かれたクララの方も、何度もこういって約束した。

「ええ、ええ、もっとずっとたくさんあげる。だからもう泣かないで！」

夕食の席についたときも、ハイジはまだ泣きはらした赤い目をしていた。そしてパンを見るなり、またしゃくり上げた。けれども必死に涙をこらえた。テーブルについたら静かにしていなくてはいけないとわかっていたからだ。

ゼバスティアンは、今夜はハイジのそばに来るたびに、奇妙なしぐさを繰り返した。自分の頭を指差してから、すぐにハイジの頭を指差し、それからうなずいて目くばせをする。まるで「大丈夫です！　わかってますよ。わたしがなんとかしますから心配なく」といっているかのようだった。

夕食がすんでハイジが自室に引き上げ、ベッドに入ろうとすると、つぶれた麦わら帽子が掛け布団の下に隠してあった。ハイジは小躍りして古い帽子を引っぱりだし、うれしくて帽子をさらに少し押しつぶしてから、ハンカチに包んでタンスの一番奥に隠した。

帽子はゼバスティアンが布団の下に入れておいてくれたのだ。ティネッテがロッテンマイアー女史に呼ばれたとき、ゼバスティアンも食堂にいて、ハイジが嘆くのを聞いた。それでティネッテについていって、ティネッテがパンの上に帽子をのせて部屋から出てくると、さっと帽子を取って、こういった。

「これはわたしが捨てておくよ」

こうしてゼバスティアンは、ハイジのために帽子を救いだし、そのことを夕食の席でそれとなく知らせてハイジを喜ばせようとしたのだ。

第9章　お屋敷の旦那さま、前代未聞のことを聞かされる

そんなことがあって数日後、ゼーゼマン氏の邸宅では、召使いが階段をせわしなく駆け上がったり駆け下りたりしていた。いましがた、当家の旦那さまが旅からお帰りになったのだ。ゼバスティアンとティネッテは、馬車から荷物を下ろして家の中に運び入れるのに忙しかった。ゼーゼマン氏は、すてきなおみやげをたくさん持って帰ってくるのが常だったからだ。

ゼーゼマン氏本人は、何はともあれ、まずはただいまをいおうと、娘のクララの部屋へ向かった。クララの傍らにはハイジがすわっていた。午後の遅い時間で、その時間はいつもふたりいっしょに過ごしていたのだ。クララは父親に心をこめてあいさつした。クララは父親が大好きだった。父親の方でも、負けず劣らず愛情たっぷ

りに娘にあいさつした。それからゼーゼマン氏は、その間部屋の隅に引っこんで黙っていたハイジに手を差しのべ、親しげにいった。

「きみが我が家へやってきたスイスのお嬢さんだね。こっちへきて握手してくれ！　そう、そうこなければね。それでどうだい、クララと仲良しになれたかな？　喧嘩したり、意地悪したりして泣いては、それから仲直りして、また初めからやりなおし、なんてことではないだろうね？　どうだい？」

「いいえ、クララはいつもよくしてくれてる」ハイジは答えた。

「それにハイジが喧嘩をふっかけてきたことなんて、一度もないわ、パパ」とクララも急いでいい添えた。

「それはいい。安心したよ」父親は立ちあがりながらいった。

「ちょっと失礼して何か食べてくる。今日はまだ何もお腹に入れてないんでね。後でまたおみやげを見せにくるよ」

ゼーゼマン氏が食堂へ入ると、遅い昼食の用意をととのえたテーブルを、ロッテンマイアー女史が点検していた。そしてゼーゼマン氏が席に着くなり、向かいの席にすわった。女史がまるで不幸に取り憑かれたような顔をしているのを見て、ゼーゼマン氏はこう声をかけた。

「ロッテンマイアーさん、いったいどうしたんですか？　さきほど出迎えてくれたときも、ずいぶん取り乱した顔をしていましたね。何か問題があるんですか？　クララはとても元気そうでしたが」

「ゼーゼマンさま」

ロッテンマイアー女史は真剣な面持ちで話しはじめた。

「クララお嬢さまを始め、わたくしたち、ひどくがっかりしているんです」

「それはまたどういうわけで？」

ゼーゼマン氏はゆったりとグラスに口をつけ、ワインをひと口飲んだ。

「ゼーゼマンさま、ご存じのように、先日、クララお嬢さまの遊び相手をお屋敷に置くと決めました。あなたさまがクララさまにはすべていいもの、上等なものをお望みだと存じあげておりますので、わたくしは、それならスイスの娘がいいだろうと考えたんです。スイスの娘は清らかな山の空気の中で生まれ、いわば土にも触れず、俗世に染まらずに育つと、ものの本で何度か読んだことがありますので、そういう娘にお屋敷に来てもらえばと思いまして……」

「でもスイスの娘でも」とそこでゼーゼマン氏は口をはさんだ。「歩くときには地面に触れるしかないでしょう。足の代わりに羽が生えているのならともかくね」

「あらまあ、ゼーゼマンさま、おわかりいただけると思いますが、わたくしは、そういう空気の清らかな高い山で育った娘なら、理想的な息吹をこのお屋敷に吹きこんでくれるものと、そう考えたんです」

「理想的な息吹なんぞがクララの何の役に立つんです、ロッテンマイアーさん？」

「いいえ、ゼーゼマンさま、わたくしは冗談をいっているのではなく、本気で申し上げているんです。わたくしは本当にひどく失望しているんですよ」

「でもなにがそんなにひどいんですか？　わたしの目にはあの子は恐ろしそうには見えませんが」ゼーゼマン氏は落ち着きはらっていった。

「あの子がどんなに恐ろしいか、ひとつ例を上げるだけで、充分おわかりいただけると思います、ゼーゼマンさま。あなたさまがお留守の間に、あの子がお屋敷にどれほど恐ろしい動物と人間を引き入れたかを知っていただければね。そのことは、家庭教師の先生もよくご存じです」

「動物ですと？　いったいどういうことです、ロッテンマイアーさん？」

「あの子のしたことは、頭が完全におかしいとでも考えなければ、到底理解できません」

ここまではゼーゼマン氏も、事がそれほど重大だとは考えていなかった。しかし頭がおかしいとなると、話は別だ。そんな子が遊び相手では、娘にとっていい影響があるはずない。ゼーゼマン氏はロッテンマイアー女史の顔を、穴のあくほど見つめた。まるで女史の頭が、すでにどうかなってしまってはいまいか、確かめようとでもするように。その瞬間ドアが開いて、家庭教師の先生が入ってきた。

「おお、ちょうどいいところに来られた。先生、ひとつ先生のご意見をお聞かせください！」

ゼーゼマン氏は先生にそう呼びかけた。

「さ、こちらへいらして、どうぞここへおかけください！」

ゼーゼマン氏は食堂に入ってきた先生に手を差しだした。

「コーヒーをおつきあい願いますよ！　ロッテンマイアーさん、先生にコーヒーを頼みます。どうぞ、こちらへおかけください。さあさあ、遠慮なさらずに！　それで早速ですが、先生はうちの娘の遊び相手として来てもらった女の子のことを、どうお考えですか？　先生はあの子の授業を担当しておいでですよ

ね。動物を家に引っぱりこんだということですが、どういう事情かご存じですか？それから頭の方は、どんなもんでしょうか？」

家庭教師の先生はゼーゼマン氏に、まずは無事お帰りになられてなによりだ、と述べた。そもそも先生は、それをいいにやってきたのだ。だがゼーゼマン氏は、質問にお答え願いたいと迫った。それで先生は話しはじめた。

「あのお嬢さんの性質についていわせていただけるなら、ゼーゼマンさん、まず何より注目すべきは、なるほど確かに学力の面では遅れているといわざるを得ませんが、それはなんといっても、多かれ少なかれ教育がなおざりにされたせいでして、といいますか、授業を受けるのがいくらか遅れたせいでして、しかるに、それによって必ずしも悪い影響があったとばかりは申し上げられず、むしろ良い面があったことは、否定しようもありません。かなり長期に渡ってアルプスの山の中で世間とは隔絶して暮らしていたということが、なんにしても大きな影響を及ぼしていますが、それもいかんせん、度を過ぎなければいい面も疑いなくあるわけでして……」

「いやいや、先生」ゼーゼマン氏は先生の話の腰を折った。

「そんなにお気遣いせずに、ずばりおっしゃっていただけませんか。何か動物を家の中に引っぱりこんだということですが、先生も、あの子に恐ろしい目に遭わされたのですか？　そもそも娘があの子とつきあうことを、どうお考えですか？」

「わたくしとしましては、あのお嬢さんのことには、できればあまり深入りしたくないのですが。と申しますのも、一面においては、あのお嬢さんは社会性にとぼしく、というのも、これまでのところ、多かれ少なかれ文化的とはいえない生活を送ってきたわけで、しかしそれも、フランクフルトに連れてこられるまでのことで、それからは全面的に、いえ少なくとも部分的には、これまで未発達だった面が発達しておりますし、他面では少なからずかなりいい素質も持ち合わせておりまして、もしもあらゆる面で思慮深く導くことができますなら……」

「申し訳ありませんが、先生、ちょっと失礼してもさしつかえありませんか？　娘の様子を見にいかなければなりませんので」

そういってゼーゼマン氏は食堂を後にし、もうもどってこなかった。

隣の書斎に入るなり、ゼーゼマン氏は娘の隣に腰を下ろした。ハイジは立ちあがった。ゼーゼマン氏はハイジに向きなおって口を開いた。

「いいかい、おチビさん。急いで、ちょっと待ってくれ、急いで――（ゼーゼマン氏はハイジに少しの間席を外して欲しかったのだが、何を頼んでいいのかよくわからなかった）――水を一杯持ってきてくれないか？」

「新鮮な水？」ハイジは訊いた。

「ああ！　ああ！　新鮮なやつを頼む！」ゼーゼマン氏は答えた。

ハイジは書斎を出ていった。

「なあクララ」

父親は娘にぐっと近寄って手を取った。

「はっきり答えてくれ。あの遊び相手の子は、どんな動物を連れてきたんだい？　どうしてロッテンマイアーさんは、あの子の頭がときどきおかしくなるなどと、いっているのかな？」

ロッテンマイアー女史はクララにも、ハイジがあのときいった、わけのわからない言葉を伝えていた。もっともクララには、ハイジがいいたいことは、はっきりわかっていた。それでクララはまず父親に、亀と子猫のことを話した。そしてロッテンマイアー女史を驚かせたハイジの言葉の意味を説明した。娘の話を聞いて、ゼーゼマン氏は心の底から笑った。

「それじゃ、あの子を家に送り返して欲しくないんだね？　あの子に、うんざりしてはいないんだね？」

「ええ、パパ、ハイジを家に帰さないで！」

クララは懇願した。

「ハイジが来てからは、毎日何かしら起こるのよ。とってもおもしろいことがね。前には、そんなこと全然なかった。それにハイジは、話もいろいろしてくれるのよ」

「ああ、ああ、わかったよ、クララ。そら、友だちがもどってきたよ。おいしい新鮮な水を持ってきてくれたかい？」

ゼーゼマン氏は、コップを自分に差しだしたハイジに訊ねた。

「うん、井戸から汲んだ水」ハイジは答えた。

「まさか自分で汲んできたわけじゃないでしょ、ハイジ？」クララが訊いた。

「ううん、自分で汲んできたの。だからとっても新鮮だよ。でも遠くまで行かなきゃならなかった。だって一番近くの井戸には、人がいっぱいいたから。それでずっと先まで行ったんだけど、そこの井戸も人がいっぱいで、だから別の道へ入って、そこから汲んできたの。白髪の紳士が、ゼーゼマンさんによろしくっていってたよ」

「それはまたすごい遠征だったね」

ゼーゼマン氏は笑った。

「それでその紳士とやらは、誰かな？」

「その人、井戸のところを通りかかって、立ち止まってこういったんだよ。コップを持っているんだね、わたしにも一杯、水を汲んで飲ませてもらえないかな？　誰に水を持っていくところなのかな？　そう訊かれたから、ゼーゼマンさんって答えたの。そしたらその人、けらけら笑って、ゼーゼマン氏によろしく、おいしい水を召しあがれって」

「そうかい、そんなことをいってくれたのは誰だろう？　その紳士はどんな風体だった？」ゼーゼマン氏は訊いた。

「笑い方がとっても感じがよくて、太い金色の鎖を身につけてて、そこから大きな赤い石のついた金色のものがぶらさがってて、それからステッキには、馬の頭の飾りがついてた」

「あら、だったらお医者さまだわ」

「うちのかかりつけのお医者さんだな」とクララと父親が口々にいった。

ゼーゼマン氏は、友だちのその医者に思いを馳せ、ハイジをわざわざ水汲みにやったことをどう思われただろうかと考えながら、ひとしきりにこにこしていた。

その晩のうちにゼーゼマン氏は、家の事について細々と相談をするために、食堂のテーブルでロッテンマイアー女史と向かい合った。そして娘の遊び相手の女の子は、これからもずっとここにいてもらう、と言い渡した。ゼーゼマン氏は、ハイジの頭はどこもおかしくないし、娘の相手には他の誰よりも適していると思うといい、

「なのでわたしとしては」ときっぱりした口調で付け加えた。

「あの子に常に親切にしてもらいたいと思っています。変わったところがあっても、それを欠点だとはみなさないでください。あなたひとりにあの子を任せるのは、荷が重いかもしれませんね、ロッテンマイアーさん。でも近いうちに母が来て、しばらくここにいてくれるので、母が手助けをしてくれるはずです。ご存じのことと思いますが、母は誰とでもうまくやれますからね。そうでしょう、ロッテンマイアーさん？」

「もちろん、存じ上げておりますとも、ゼーゼマンさま」

ロッテンマイアー女史は、そう返事をしたものの、この助力の申し出に安堵して

いるようではなかった。

ゼーゼマン氏は今回、ほんの少しの間しかゆっくりできず、二週間後にはまた、パリに旅立った。こんなにすぐに出かけてしまうことに納得できない娘には、まもなくおばあさまがいらっしゃるからといって慰めた。クララの祖母は、数日後に来ることになっていたのだ。

ゼーゼマン氏が旅立っていくらもしないうちに、おばあさまがホルシュタインを発ったことを知らせる手紙が届いた。おばあさまはそこの古い農園に住んでいたのだ。手紙には、駅に迎えの馬車を手配するのに必要な到着時間も記されていた。

クララはその知らせに大喜びで、その晩のうちに、ハイジにおばあさまのことを長々とあれこれ話して聞かせた。そのうちハイジまで〈おばあさま〉といって話すようになった。ロッテンマイアー女史はいい顔をしなかったが、ハイジはそんなことには慣れっこになっていて、たいして気に留めなかった。

その晩遅くなってハイジが書斎を離れ、自室へもどろうとしていると、ロッテンマイアー女史にちょっと来るようにと呼びとめられた。自分の部屋に入るなり、ロッテンマイアー女史は、〈おばあさま〉などと呼んではいけません、ゼーゼマン夫人がいらしたら、必ず〈大奥さま〉とお呼びするように、とハイジに申し渡した。

「わかりましたか？」とロッテンマイアー女史はいささか戸惑い顔のハイジに訊いた。ハイジにはその呼称の意味がわからなかったが、ロッテンマイアー女史が聞く耳持たぬ顔をしていたので、どういう意味かなどと訊くことは、とてもできなかった。

第10章　おばあさま

翌日の晩、ゼーゼマン家では誰もがおばあさまの到着を待ちわびながら、迎える準備に余念がなかった。おばあさまが一家に強い影響力を持っていて、みな大いに尊敬していることは一目瞭然だった。ティネッテは真新しいボンネットを頭にかぶり、ゼバスティアンは足台をいくつも出してきて、おばあさまがどこにすわっても足を載せられるように、あちこちに置いた。ロッテンマイアー女史は、準備万端整ったことを確認するために、背筋をぴしっと伸ばして、部屋という部屋を見てまわった。一家で二番目の権力者が現れても、自分の力はいささかも減じないぞ、と誇示しているようでもあった。

お屋敷の前に馬車が止まった。ゼバスティアンとティネッテは、あわただしく階段を駆け下り、そのあとをロッテンマイアー女史が悠然と下りていった。ゼーゼマン老婦人が到着したからには、自分も迎えに出なければならないと、よくわかっていたからだ。ハイジは呼ばれるまで自室で待機するよう、いい渡されていた。おばあさまはまずクララに、それもふたりだけで会いたがるだろうから、というのがその理由だった。

ハイジは部屋の隅にすわって、おばあさまに呼びかけるときに使うようにいわれた言葉を、何度も唱えて練習していた。いくらもしないうちに、ティネッテがドアからほんの少しだけ顔を出して、いつものようにつっけんどんにいった。

「書斎へ来なさいって！」

ハイジは〈グネーディゲ・フラウ〉という言葉の意味を、ロッテンマイアー女史に訊きたくても、そうすることができずにいた。これまでに聞いた呼びかけでは、決まって敬称のフラウが先に来て、名前が後に続く。たぶんロッテンマイアー女史は言い間違えたんだろう、とハイジは考えて、自分はちゃんということに決めた。

書斎の扉を開けると、中からおばあさまのやさしい声がした。

「あら、来てくれたのね！　さあ入って、顔を見せてちょうだい」

ハイジは中に入り、すんだ声ではっきりといった。

「こんにちは、フラウ・グネーディゲ」

「あらあらまあ！」おばあさまは笑った。

「あなたがこれまで住んでいた所では、そういう言い方をするの？　アルプスのお山の方では、そういっていたのかしら？」

「いいえ、誰もそんないい方はしないわ」ハイジは真面目に答えた。

「そうでしょうね。こっちでもそうはいいませんからね」

おばあさまは笑ったまま、ハイジの頬をそっとつついた。

「ですから、それはなしにしましょ！　子ども部屋では、わたしはおばあさま。あなたもそう呼んでくださいな。いいこと、覚えられて？」

「はい、できます。前はずっとそういってたもの」

「あら、そうなの。それじゃ、そういうことでいいわね」

おばあさまはいって、おもしろそうにうなずいた。それからハイジをじっと見て、

何度かまたうなずいた。ハイジの方でも、しごく真面目におばあさまの目を見つめ返した。

おばあさまの眼差しは温かくて、見つめているうちに心がほんわかしてきた。ハイジはおばあさまのことがすぐに大好きになって、目が離せなくなった。おばあさまはきれいな白髪をしていて、レースの縁飾りのついたすてきなボンネットを被っている。そのボンネットの両側から、幅の広いリボンが垂れていて、まるでそよ風に揺られているようにゆらゆらしている。なんてきれいなんだろう、とハイジは思った。

「それで、あなた、お名前は何ていうの？」おばあさまが訊ねた。

「ただのハイジ。だけどここではアーデルハイトってことになってて、だから気をつけなくちゃならなくて……」

ハイジはいいかけて口ごもった。ロッテンマイアー女史に、ふいに「アーデルハイト！」と呼ばれても、自分のことだとぴんとこなくて、いまだにすぐに返事ができない。そのことで少し気がとがめていたのだ。

ちょうどそのときロッテンマイアー女史が入ってきて、横から口をはさんだ。

「大奥さまにもおわかりいただけると思いますが、わたくしといたしましては、誰もが口はばかることなくいえる名前を選ばなければなりませんでした。他の召使いの手前もございますし」

「ロッテンマイアー。この子がハイジとずっと呼ばれてきて、それに慣れているのなら、わたしはそう呼ぶことにしますよ。この先ずっとそうします！」ゼーゼマン老婦人はいった。

ロッテンマイアー女史は、この老婦人に常に呼び捨てにされることが癪に障っていた。しかしこればかりはどうしようもない。おばあさまは、こうと決めたら梃子でも動かない。健康で五感もまだ少しも衰えておらず、お屋敷に足を踏み入れるや、すぐさま内情を把握してしまう。

翌日の昼食後、クララがいつものように体を休めるために食堂を後にすると、おばあさまもクララの横の肘掛け椅子にすわって数分の間、目を閉じた。けれども、すぐにまた立ちあがった。疲れが取れてもう元気になったのだ。そこで食堂へ行ってみたが、誰もいなかった。

「あの人、寝ているのね」

おばあさまはつぶやいて、ロッテンマイアー女史の部屋へ行き、扉を強くノックした。少ししてロッテンマイアー女史が扉を開けて顔を出したが、ゼーゼマン老婦人の予期せぬ訪問に驚いて、数歩後ずさった。

「この時間、あの子はどこで何をしているのですか？　それを訊ねにきました」ゼーゼマン老婦人はいった。

「自分の部屋にいます。ほんの少しでもその気があれば、人の役に立つこともできるでしょうに。ところが大奥さま、あの子ときたら、とんでもないことを思いついては、それをまた実際にやってしまうんです。人様の前では、口にすることもはばかられるようなことをです」

「こんなところに閉じこめられていたら、このわたしでもきっとそうするでしょう。それを見たら、あなたは人様の前でなんということでしょうね。さあさあ、ここはひとつあの子を部屋から出してやって、わたしのところへ連れてきてください。おみやげに持ってきた、きれいな本を何冊かあげようと思うんですよ」

「それはまた残念です。本当に残念ですわ！」

ロッテンマイアー女史は大声でいって、両手を打ち合わせた。

「本なんぞあげたところで、あの子は持て余すだけです。あんなに時間をかけたのに、いまだにABCすら満足に覚えられないんですから。あの子には、何を教えても無駄です。家庭教師の先生にお聞きください。あの方が、あれほど辛抱強くなければ、とっくに匙を投げているはずです」

「あら、それはまた妙だわね。ABCが覚えられないような子には見えませんよ」

ゼーゼマン老婦人はいった。

「とにかくあの子をわたしのところへ寄こしてください。とりあえず、本に載っている絵を見てもらいましょう」

ロッテンマイアー女史は、まだ何かいいたそうだったが、ゼーゼマン老婦人は踵を返してとっとと自分の部屋にもどってしまった。

ハイジの学習能力が低いと聞かされて、ゼーゼマン老婦人はとても驚いていた。本当にそうなのかどうか、ここはちゃんと確かめてみなければ、と心に決めた。といっても家庭教師の先生に訊く気はなかった。先生のことは、いい方だと思っていたし、会えば親しくあいさつもしたが、つかまって長々と話を聞かされては大変なので、急いで退散するのが常だった。先生の話し方には、かなり閉口していたからだ。

おばあさまの部屋へ来て、おみやげの大判の本に、色とりどりの豪華な絵がたくさん載っているのを見て、ハイジは目を丸くした。おばあさまがまた頁をめくってくれたときだ。そこに載っている絵を見るなり、ハイジは思わず大声をあげた。その絵をじっと見ているうちに、涙が出てきて、やがてわっと泣きだした。

おばあさまは、あらためて絵を眺めた。美しい牧場の絵で、様々な動物が草を食んでいる。絵の中心には、牧人が長い杖に体を預けて立ち、動物たちの一匹一匹に目を配っている。そのすべてが、金色の光に包まれている。背後の地平線に、太陽が今まさに沈もうとしていた。

おばあさまはハイジの手を取って、やさしくいった。

「さあさ、こっちへいらっしゃいな。泣かないで！　お願いだから泣かないでちょうだい！　絵を見て何か思いだしたのね。でも、ほら見てちょうだい！　ここには、すてきなお話も載っているのよ。今晩読んであげましょうね。このご本には、すてきなお話が他にもたくさん出ていて、誰でもそれを読んで、語ることができるようになっているのよ。さあ、こっちへ来てお話をしましょう。涙を拭いてちょうだい。そう、そうこなくちゃね。ここに立ってちょうだい。顔をちゃんと見せて！　そう、それでいいわ。これでもうだいじょうぶね」

けれども、ハイジのすすり泣きが収まるまで、まだ少し時間がかかった。その間おばあさまはじっと待っていて、ときおりやさしく声をかけて励ました。

「ええ、ええ、もうだいじょうぶですよ」

ようやくハイジが落ち着くと、おばあさまはいった。

「さあ、今度はあなたが話す番ですよ。家庭教師の先生の授業はどう？　勉強は進んでいる？　何かできるようになった？」

「ううん、全然」ハイジはため息まじりに答えた。

「でもできないって、初めからわかってた」

「何ができないの、ハイジ、どういうことかしら？」

「読み書きなんて無理。難しすぎるもの」

「そんな馬鹿な！　どうしてそう思うの？」

「ペーターがいってたもの。ペーターはね、読み書きはできないって、とっくにわかってたんだよ。何度も覚えようとしたのに駄目だったから。難しすぎるんだよ」

「そう、ペーターって変な子ねえ！　でもね、ハイジ、そのペーターって子のいうことを、なんでも鵜呑みにしちゃ駄目よ。自分で試してみなければね。きっと初めからできっこないと思って、先生のいうことをよく聞いていなかったのね。先生が字を書いてくれても、よく見ていなかったんでしょ」

「できっこないもの」

ハイジは、駄目なものは駄目だ、とあきらめきった口調でいった。

「ハイジ」とおばあさまは諭すようにいった。

「これからいうことをよく聞いてちょうだい。あなたがこれまで読むことを覚えられなかったのは、ペーターのいったことを信じていたせいですよ。でもこれからは、わたしのいうことを信じてちょうだい。ペーターにはできなかったかも知れないけれど、あなたは他の子と同じように、すぐに読むことができるようになります。はっきりそういえますよ。確信していますからね。それから読むことができるようになったら、何ができるか、知っておいた方がいいわね。ほら、ここを見て！　美しい緑の野に牧人がいるのが見えるでしょ。字が読めるようになったら、この本をすぐにあげましょう。そうすれば、あなたは自分で物語を全部読めます。誰かに読んでもらう時と同じように、牧人が羊や山羊と何をして、どんな珍しいものに出会ったか、知ることができるんですよ。どう、知りたくならない、ハイジ？」

注意深く話を聞いていたハイジは、目を輝かせ、大きく息をついていった。

「ああ、今すぐ読めたらいいのに！」

「ええ、読めるようになりますよ。すぐにね。わたしにはよくわかっています。さて、そろそろクララの様子を見にいきましょうか、ね、ハイジ。本を持っていきましょう」

そういっておばあさまはハイジの手を取り、いっしょに書斎へもどった。

家へ帰ろうとしてロッテンマイアー女史に咎められ、そんなことをするなんてなんと恩知らずなことか、ゼーゼマン氏に知られなくてどんなに良かったか、と叱られた日から、ハイジの心境に変化が起きていた。

デーテおばさんは帰りたくなったらいつでも帰れるといってたけど、帰れないんだ、フランクフルトにずっといなけりゃならないんだ。そうわかったからだ。これから長い間、もしかしたらこの先ずっと、ここにいなければならないのかもしれない。うちへ帰りたいなどと考えたら、ゼーゼマン氏にひどく恩知らずな子だと思われることもわかった。おばあさまとクララも、きっと同じように思うだろう。だから家へ帰りたいなんて、誰にもいえない、いっちゃいけないんだ、とハイジは自分にいい聞かせた。おばあさまだって、今はあんなにやさしくしてくれるけど、ロッテンマイアーさんと同じように、怒るかもしれない。ハイジは、おばあさまに怒られるようなことはしたくなかった。

ところがそうした思いを胸にしまいこんで我慢しているうちに、だんだん気が滅入ってきて、食欲がなくなり、日に日に顔色が悪くなっていった。夜はなかなか寝つくことができなかった。ひとりになって周りが静かになった途端、何もかもが脳裏に鮮やかに蘇るからだ。アルムの牧場、牧場を照らすお日さま、美しい花々。ようやく眠ると、ファルクニス山の尖った赤い岩や、夕日に照り映えるシェザプラーナ山の雪原が見え、朝目覚めるなり、元気に外へ飛びだそうとして、ふいに自分がお屋敷の大きなベッドに寝ていることに気がつく。そしてふるさとから遠く離れたフランクフルトにいて、二度と帰れないことを思いだすのだ。そんなときハイジは、誰にも聞こえないよう頭を枕に押しつけては、声を押し殺し、ひとしきり泣いた。

ハイジがふさいでいることを、おばあさまは見逃さなかったが、状況が変わって元気を取りもどしてくれるかもしれないと、数日の間、様子を見ていた。けれども事態は好転せず、早朝、泣きはらした顔をしているのを見かけることが何度かあった。そこである日、おばあさまはハイジを自分の部屋へ呼び寄せ、目の前に立たせて、やさしくこう訊いた。

「どうしたのハイジ？　何があったのか、わたしに教えてちょうだい。足りないものがあるのかしら？　何か悲しいことでもあるの？」

おばあさまは本当にやさしい。だからこそ、ハイジとしては、恩知らずなことなど、とてもいえなかった。そんなことをいえば、おばあさまはもうやさしくしてくれなくなるかもしれない。だからしょんぼりしてこういった。

「でもいえないのよ」

「どうしていえないの？　クララにもいえないことなの？」

「駄目なの、誰にもいえないの」

ハイジはいった。それがあんまり悲しそうだったので、おばあさまはかわいそうになった。

「こっちへおいで、ハイジ。いいこと、よく聞いてちょうだいね。悲しいことがあって、それを誰にもいえないときは、神さまに打ち明けて、助けてくださいってお願いするんですよ。わたしたちを苦しめているあらゆる悲しみを、神さまは取り除いてくださいます。あなたにもそれはわかるでしょう？　あなたも毎晩、神さまにお祈りして、良きことに感謝し、悪しきことからお守りくださるよう、お願いしていますよね？」

「ううん、そんなこと、一度もしたことない」ハイジは答えた。

「これまでに一度もお祈りをしたことがないの、ハイジ？　お祈りってどうするのか、知ってる？」

「前にいたおばあちゃんとはお祈りをしていたけど、ずっと前のことで、もう忘れちゃった」

「いい、ハイジ、よく聞いてちょうだい。誰にも助けてもらえないと思っているから、だからそんなに悲しいのよ。でもね、ちょっと考えてみて。心に重くのしかかることがあって、それで苦しんでいるとしてよ。そんなときいつでも神さまのところへ行って、何もかもお話しして、助けてくださるようお願いできるとしたら、どんなに気が楽になることか。他の誰にも助けられないことでも、神さまならおできになる。神さまは、いつでもわたしたちを助けてくださって、わたしたちがまた元気になれるようにしてくださるのよ」

それを聞いて、ハイジはうれしくなり目を輝かせた。

「神さまには、なんでも、なんでもお話ししていいの？」

「ええ、なんでもね、ハイジ。なんでもですよ」

ハイジはおばあさまの手を放して、急いでいった。

「もう部屋にもどってもいい？」

「ええ、ええ、いいですとも！」おばあさまは答えた。

ハイジはおばあさまの部屋を後にして、自分の部屋へ駆けこんだ。そして腰かけにすわって両手を合わせ、心に重くのしかかっていること、悲しいことを、なにもかも神さまに話した。そして急いで助けてください、おじいちゃんのところへ帰らせてください、と一生懸命お願いした。

それから一週間ほどたった頃のこと、家庭教師の先生が、ある奇妙な事態について報告したいのでぜひお目にかかりたい、とゼーゼマン老婦人に面会を求めてきた。先生は老婦人の部屋に通された。老婦人は先生が入ってくるのを見ると、すぐににこやかに手を差し伸べた。

「よくいらしてくださいました、先生。どうぞここへおかけください」

そういって先生がすわりやすいように椅子を動かした。

「それでお話というのは何でしょうか？　悪いことでなければいいのですが。何か困ったことでもおありですか？」

「いいえ、正反対です。グネーディゲ・フラウ」と家庭教師の先生はいった。

「わたくしとしましては、もう期待していなかったのですが、それにこれまでのことを知っている者は、誰も予期していなかったのですが、というのも、あらゆる前提に鑑みますに、到底不可能だと思われることが、実際に、それもこれ以上ないほど素晴らしい形で起きたのでございます。まさに青天の霹靂で……」

「ハイジが読むことを覚えたということでしょうか、先生？」ゼーゼマン老婦人が口をはさんだ。

家庭教師の先生は老婦人の言葉に驚いて、一瞬、絶句した。

「まったくもって驚嘆に値します」と先生はようやく言葉を継いだ。

「あの若いお嬢さんは、わたくしがどんなに徹底的に説明し、尋常ならざる努力を払っても、ＡＢＣを覚えられなかったんですよ。それはそれで驚くべきことなのですが、もっとはるかに驚くべきことに、そのお嬢さんが、今度はあっという間に、それもわたくしがどうあっても覚えられないなら、それはそれで仕方がないとあきらめて、あらゆる説明を抜きに、まさしく文字そのものをお嬢さんに指し示したところ、いわば一朝一夕に、文字を覚えてしまわれたのです。そしてすぐに、わたくしの経験からして初心者には滅多にできないことなのですが、単語を正確に読めるようになりました。グネーディゲ・フラウが、このおよそ想定外の事実を、ありうることとお考えになったのも、また驚くべきことではございますが」

「人生には不可思議なことがいろいろ起きるものですわ」

ゼーゼマン老婦人はいって、満足そうに微笑んだ。

「いっぺんにふたつのことが、うまい具合に起きたわけですね。学ぶ意欲と新しい教え方。このふたつは、互いに調和こそすれ、邪魔し合いはしません。あの子がそこまで進歩したとは、喜ばしいかぎりです。この調子で、今後ともうまくいくことを願いましょう、先生」

そういって老婦人は先生を部屋の外まで送り、自分はこのうれしい知らせを確かめようと書斎へ急いだ。折しもハイジはクララの傍らにすわり、ある物語を読み聞かせしているところだった。本を読めるようになったことに、我ながら驚いている様子がありありだった。黒い文字の連なりから、突然人物やものが現れて命を得、心を動かす物語になっていく。自分の目の前に開けた新しい世界に、ハイジはぐんぐん引きこまれていった。

その日の晩、夕食の席に着いたとき、ハイジは自分のお皿の上にきれいな絵がついている大きな本が載っているのを見つけた。物問いたげにおばあさまを見ると、おばあさまはやさしくうなずいていった。

「ええ、ええ、その本はあなたのものですよ」

「ずうっと？　うちへ帰るときも、持(も)っていっていいの？」

ハイジはうれしさに頬(ほお)を染(そ)めて訊(たず)ねた。

「ええ、ずっとですよ！　明日からいっしょに読みましょう」

おばあさまがいった。

「でもうちへは帰らないでしょう？　まだ何年も帰らないわよね、ハイジ」

クララが口をはさんだ。

「おばあさまは、また行ってしまわれるんですもの、あなたはわたしのそばにいてくれなくちゃ」

自分の部屋(へや)にもどったハイジは、もらった本にしばらく見入った後、ようやくベッドに入った。その日から、本を前にすわって、きれいな絵のついているお話を何度(なんど)も繰(く)り返(かえ)し読むのが、ハイジの一番の楽しみになった。

ある晩(ばん)、おばあさまがいった。

「さあハイジ、わたしたちに本を読んでちょうだい」

そういわれてハイジはとてもうれしくなった。今ではもう簡単に本が読める。それに大きい声を出して読むと、物語がずっとわかりやすくなる。そしておばあさまが説明を加えてくれて、さらにいろんなことを教えてくれる。

一番好きなのは、緑の野原と羊や山羊の群れに囲まれて立っている牧人の絵で、ハイジは何度も繰り返しその絵を眺めた。牧人は、しごく満足そうに長い杖に体を預けて立っている。なぜなら牧人はまだ父親のところにいて、羊や山羊の群れを追っていればよく、幸せだからだ。ところがその次の絵では、牧人は父親の家を飛びだしていて、よその土地で豚の番をしなければならず、食べるものといえば、葡萄の搾り滓しかもらえず、やせ細っていた。それにその絵では、お日さまはもう金色に輝いてはおらず、土地は灰色で霧がかかっていた。

けれどもその物語には、もう一枚絵がついていた。年取った父親が、両腕を広げて家から出てきて、悔い

改めて帰ってきた息子を迎えに駆けよる場面を描いた絵だ。息子はげっそりやせこけていて、すりきれてぼろぼろになった上着を着ている。

その物語をハイジはとても気に入っていて、何度も繰り返し読んだ。大きい声を出しても読んだし、小声でも読んだ。おばあさまの説明も、何度聞いても飽きることがなかった。その本には、ほかにもすてきなお話がたくさん載っていて、お話を読んで絵を眺めているうちに、どんどん日がたっていった。そしておばあさまが帰る日が、もうそこまで来た。

第11章　良きことと悪しきこと

午後になってクララが横になり、ロッテンマイアー女史がおそらく休むために姿をくらますと、おばあさまはしばらくクララのそばにすわるが、ものの五分もしないうちに立ちあがり、ハイジを自分の部屋へ呼び寄せ、おしゃべりやら何やらをして楽しく過ごす。おばあさまは小さなかわいいお人形をいくつも持っていて、お人形のワンピースやエプロンをどうやって作るか、ハイジの目の前でやって見せてくれた。それで知らず知らずのうちにハイジは裁縫を覚え、おばあさまがとっかえひっかえ出してくれる色とりどりのきれいな布で、お人形のすてきなスカートやコートをこしらえた。

今では字を読めるようになったので、おばあさまにお話を読み聞かせることもできた。ハイジはそれが大好きだった。どのお話も読めば読むほど好きになる。お話に出てくる人たちの身の上に起きたことを、ハイジは我が事のように感じた。登場人物たちが身近な存在になり、彼らに心を寄せて過ごすひとときを楽しんだ。とはいえ、心の底から喜びを味わうことはなかった。またその目も、以前のように一点の曇りもなく輝きはしなかった。

そうこうするうちに、おばあさまがフランクフルトで過ごすのも、残すことわずか一週間になった。クララが眠っている間に、おばあさまはハイジを自室に呼びだした。ハイジが大きい本をかかえて部屋へ入ってくると、すぐ近くへ来るよう手招きして、本を脇に置いていった。

「こっちへいらっしゃい、ハイジ。どうしてふさいだ顔をしているのか、わけを教えてちょうだい。今でも何か悲しいことがあるの?」

「うん、そうなの」とハイジはいってうなずいた。

「神さまにそのことをお話しした?」

「うん」

「何もかも良くなりますように、楽しく過ごすことができますようにって、毎日神さまにお祈りしているの？」

「ううん、もう全然してない」

「なんてこと、ハイジ、そんなこととは思ってもいませんでしたよ。どうしてお祈りをやめてしまったの？」

「だってなんにもならないもの。お祈りしても、神さまは何も聞いてくださらない。でもね、それも仕方ないと思う」

　ハイジは少し高ぶった調子で

続けた。

「だって、フランクフルト中の人が夜、いっせいに神さまにお祈りしたら、神さまもいっぺんに話を聞くことはできないでしょ。あたしのいうことなんか、全然聞こえないと思う」

「どうしてそんな風に思うの、ハイジ？」

「だって毎晩、おんなじお祈りをしたのよ。何週間もね。でも神さまは、何もしてくださらなかった」

「それは違いますよ、ハイジ！　そんな風に思ってはいけません。いいこと、よく聞いてちょうだい。神さまは、わたしたちみんなの良きお父さまなんですよ。わたしたちにとって、何がいいことなのか、常にわかっていらっしゃる。たとえわたしたちが、自分でわかっていなくてもね。ですからわたしたちにとって、ためにならないことをお願いしても、神さまはかなえてくださらない。思うようにならないからといって、すぐにあきらめたり、神さまを疑ったりしてはいけません。どんなときも、一生懸命お祈りすることが大切なんですよ。わかってくれるかしら？

今あなたが神さまにお願いしていることは、たぶん今はまだ、あなたのためにならないことなんですよ。神さまはあなたのお祈りをちゃんと聞いてくださっています。神さまは、わたしたちみんなのお祈りをいっぺんに聞くことも、目を配ることもおできになります。だからこそ神さまなんですよ。あなたやわたしのような人間とは違ってね。あなたにとって何が良きことか、神さまはよくご存じですから、きっとこんな風にお考えなんですよ。

そうだ、ハイジの願いをかなえてやらなければな。だがハイジにとっていいように、本当に喜べるようになってからにしなければ。なぜなら、もしも今、ハイジの願いをかなえて、後になってかなえてもらわないほうがよかった、とハイジが思って『わたしが願ったことを、あのとき神さまがかなえてくださらなければよかったのに。あれは思っていたようないいことではなかったから』と嘆くようなことがあってはいけない。

神さまはきっとそんな風にお考えなんですよ。そしてね、あなたが神さまのことを心から信じているか、毎日神さまにお祈りして、天を仰ぎ見ているかどうか、空の上から見ていらっしゃるのよ。それなのに、あなたがお祈りをやめてしまって、神さまのことをすっかり忘れてしまったら、どうなるかしら？　考えてもみてちょうだい。もしも誰かがそんなことをしたら、神さまはお祈りをしている大勢の人たちの声の中に、その人の声を聞くことがなくなるでしょ。そうなったら神さまもその人のことを忘れてしまわれて、その人が勝手に好きなところへ行くのを許してしまわれる。その人に困ったことが起きて、『ああ誰も自分を助けてくれない』と嘆いても、誰も同情せずに、『自分から神さまのもとを逃げだしたんだから、助けてもらえなくても仕方ないさ』というでしょうね。そうなったら嫌でしょう、ハイジ？　今すぐ神さまに、逃げだして申し訳ありませんでした、とお許しを願うのがいいんじゃないかしら？　そしてこれからは毎晩お祈りをします、神さまがなんでもいいようにしてくださることを信じます、と誓うのよ。そうすれば、きっとまた元気になれます。わかりましたか？」

ハイジはじっと、おばあさまの言葉に耳を傾けていた。おばあさまの言葉の一言一句が心にしみた。ハイジはおばあさまに、絶対的な信頼を寄せていたからだ。

「あたし、今すぐ神さまに、許してくださいってお願いする。もう絶対に神さまのことを忘れない」

ハイジは悔い改めてそういった。

「ええ、それがいいですよ、ハイジ。その時になったら、神さまはきっと助けてくださいます。だから安心してらっしゃい！」

おばあさまはそういってハイジを励ました。

ハイジはすぐに自分の部屋へ駆けていった。そして神さまに心からお詫びして、自分のことを忘れないでください、またお空から見守ってください、とお願いした。

おばあさまの出立の日がやってきた。クララとハイジにとっては悲しい日だった。けれどもおばあさまは馬車に乗って旅立つまでの間、ふたりが別れを意識しないように、悲しい日ではなくお祝いの日でもあるかのように、うまく振る舞った。おばあさまが行ってしまうと、お屋敷は祭りの後のようにさみしくなり、静まりかえった。

クララとハイジは何をしてよいやらわからず、途方に暮れてその日一日をやり過ごした。

翌日、授業が終わり、二人だけで過ごす時間になると、ハイジは本を腕にかかえてクララのところへやってきていった。

「これからもずっと、いつものようにご本を読んであげるわね、クララ」

クララはハイジの申し出を喜び、ハイジは熱心に読み聞かせをはじめた。けれどもそれも長くは続かず、ハイジは読むのを途中でやめてしまった。おばあさんが死んでしまうお話だったからだ。ハイジはふいに大声をあげた。

「ああ、おばあちゃんが死んじゃう！」

そしてわっと泣きだした。ハイジにとっては、今読んでいるお話は現実そのもので、アルムのおばあちゃんが死んでしまったと思いこんだのだ。ハイジは悲しくてたまらず、おいおい泣いた。

「おばあちゃんが死んじゃった。だからもうおばあちゃんの所へは行けないし、パンも一個もあげられない！」

そういって嘆き悲しんだ。

クララは、お話に出てくるのはアルムのおばあちゃんではなく、別の人だということを、一生懸命説明してハイジにわかってもらおうとした。やがて思い違いだということが、ハイジにもわかったが、それでも興奮は収まらず、さらに泣きつづけた。自分が遠く離れたフランクフルトにいるうちに、おばあちゃんはいつ死んでしまうかもわからない。おじいちゃんだって、どうなるか知れたものではない。少ししてアルムにもどったら、しんとして誰もいなくなっていた、なんてことになったらどうしよう？　ひとりぼっちになって、好きな人たちに二度と会えなくなったらどうしよう？　そう思ったら、涙が止まらなくなってしまったのだ。

そうこうしているうちに、ロッテンマイアー女史が部屋に入ってきた。ロッテンマイアー女史はクララが思い違いをハイジに説明しているときから、ふたりの話を聞いていた。そしてハイジがいつまでたっても泣きやまないのに業を煮やして、ふたりのそばにやってくるなり、きっぱりといった。

「アーデルハイト、もういい加減、訳もなく泣くのはやめなさい！　お話を読んで、またこんな風に泣きだすことが一度でもあったら、その本を取り上げます。二度と返しませんからね。覚えておきなさい！」

これは効き目があった。ハイジの顔が見る間に青ざめた。おばあさまにいただいたご本は、ハイジの宝物だったからだ。ハイジは急いで涙を拭いて、声をもらさないよう嗚咽を懸命に抑えた。それが功を奏し、それからは何を読んでも、一度として泣かなかった。けれどもときどき、泣くのをこらえるのがものすごく大変なことがあって、そんなときクララは、驚いてよくこういったものだ。

「ハイジ、すごいしかめっ面ね。そんなの見たことないわ」

しかししかめっ面をしても声は立たないので、ロッテンマイアー女史に気づかれずにすんだ。こうしてハイジが行き場のない悲しみをなんとか抑えられるようになったので、しばらくの間は、何事もなく過ぎていった。

けれどもハイジは食欲がまったくなくなり、顔色がすっかり悪くなってしまった。ゼバスティアンはそんなハイジを見るに見かねていた。食事の際、どんなにおいしそうな料理を出しても、ハイジは給仕のゼバスティアンを素通りさせ、何も食べようとしない。ゼバスティアンはしょっちゅう大皿を差しだしては、「少しお取りなさい、マドモワゼル。これはとってもおいしいですよ。さあ、もっともっと！　スプーンに山盛りどうぞ！　さあもう一匙！」と小声で促した。それから何かにつけて父親のような気遣いを示して、ハイジを励まそうとした。

しかし何の役にも立たなかった。ハイジはほとんど何も食べず、夜になると枕に顔を埋める。するとすぐさま大好きなアルムの光景が脳裏に浮かぶのだ。そのたびにアルムに帰りたくてたまらなくなって、誰にも聞こえないように声を押し殺して、さめざめと泣いた。

そうやって長い時間が過ぎていった。ハイジにはもう、今が夏なのか、冬なのかもわからなかった。お屋敷の窓から見えるのは壁と窓だけで、いつも同じだからだ。外へ出られるのは、クララの体調が特別に良いときだけで、そんなときはいっしょに馬車に乗って出かけはするが、それもほんの短い間だけだった。クララはすぐに疲れてしまい、長く馬車に乗っていられなかったからだ。だから壁に囲まれた石畳の道の外へ出ることはできなかった。たいていは家々が建ち並び、人が大勢行き交う広いきれいな通りを行って帰ってくるだけで、草も花も、樅の木もお山も、見ることができなかった。慣れ親しんだ美しいものたちを見たいという願望は日増しに強くなり、ついにはそうした記憶を呼び起こす名前をひとつ目にするだけで、胸が苦しくなった。ハイジは必死にその苦しみを抑えこんだ。

こうして秋が過ぎ、冬が過ぎ、お日さまが向かいの家の白い壁を強く照らす季節がまたやってきた。ペーターがまた山羊の群れをアルムに連れていく季節になったのだ。上のお山では金色のロックローズがお日さまの光を受けて輝き、夕暮れにはお山のまわり一帯が火事になったように赤く照り映えるだろう。ハイジは部屋の片隅にひとりすわって、向かいの壁に当たる日の光が見えないよう、両手で目をふさいだ。そうやって身じろぎひとつせずに、胸を焦がす憧れをじっとこらえ、クララが呼ぶのを待つ日が続いた。

第12章　お屋敷に幽霊が出た

ここ数日というものロッテンマイアー女史は、考えごとをしながら黙ってお屋敷の中を歩きまわっていた。夕方、長い廊下を歩いたり、部屋から部屋へと移ったりするときは、しょっちゅうあたりを見まわす。隅に目をこらしては、すばやく振り返る。まるで誰かにこっそりつけられていて、ふいにスカートの裾を引っぱられはしないかとびくついているかのようだ。ただしそうやってひとりで歩くのは、日中の生活の場である二階だけだった。立派に設えた客間のある三階や、大広間のある一階に何かを取りにいくときは、ティネッテを呼んで、重くてひとりでは持てないかもしれないといって、同行してもらうのが常だった。大広間は、中へ入ると足音が響き渡り、飾ってある肖像画の中から、白い襟つきの服を着たご先祖さまが、まじめくさった目をこっちに向けていて、なんとも薄気味悪かった。

ティネッテはティネッテで、やることはロッテンマイアー女史と代わり映えしなかった。三階や一階に用事があるときは、ゼバスティアンを呼んで、自分ひとりでは荷物を運べないのでいっしょに来てほしいと頼んだ。

奇妙なことに、ゼバスティアンもまったく同じだった。離れた場所に行かされるときは、決まってヨハンを呼んで、ひとりでは手が足りないかもしれないからいっしょに行ってくれと頼んだ。頼まれた誰もが、取ってこなければならないものなどありはせず、ひとりで用が済むとわかってはいたが、躊躇なく願いを聞き入れた。いつ自分も同じ立場に立たされるか知れないからだ。お屋敷の上の階でそんなやりとりが繰り返されている間、下の台所では、長年お屋敷に仕えている料理女が、鍋を前にして考えこみ、首を横に振ってはため息をついていた。

「あーあ、こんな目に遭わされることになるとはね！」

ゼーゼマン氏のお屋敷では、しばらく前から、なんとも奇妙で気味の悪いことが起きていた。毎朝、召使いが階下に下りていくと、玄関の扉が大きく開け放たれている。ところが扉を開けたと思しき人の姿はどこにも見えない。そんなことが起きた当初、召使いは何か盗まれていやしないかと大騒ぎで、家中の部屋という部屋や台所を見てまわった。泥棒が家の中に潜んでいて、夜中に盗んだものを持って逃げたのではないかと怪しんだからだ。けれども何もかもちゃんと所定の位置にあって、家中どこを探しても欠けているものはなかった。

夜は玄関扉の鍵を二重にかけ、さらにつっかえ棒までしたが、効き目はなく、朝になるとまた扉は大きく開け放たれている。召使いは気張って早起きしたが、どんなに朝早く起きても、すでに玄関扉は開いていた。近所の人々はまだ深い眠りについていて、どの家の窓も扉も固く閉ざされている。それなのにゼーゼマン家の扉だけは開いていた。ロッテンマイアー女史に懇願され、ヨハンとゼバスティアンはついに意を決し、階下の大広間に隣接する部屋に待機して、何が起きるか一晩中、寝ずの番をすることにした。ロッテンマイアー女史はゼーゼマン氏が所有する武器をいくつも出してきて、さらにゼバスティアンにリキュールの大瓶を渡した。お酒で精をつけて、いざとなったらしっかり防戦しろというわけだ。

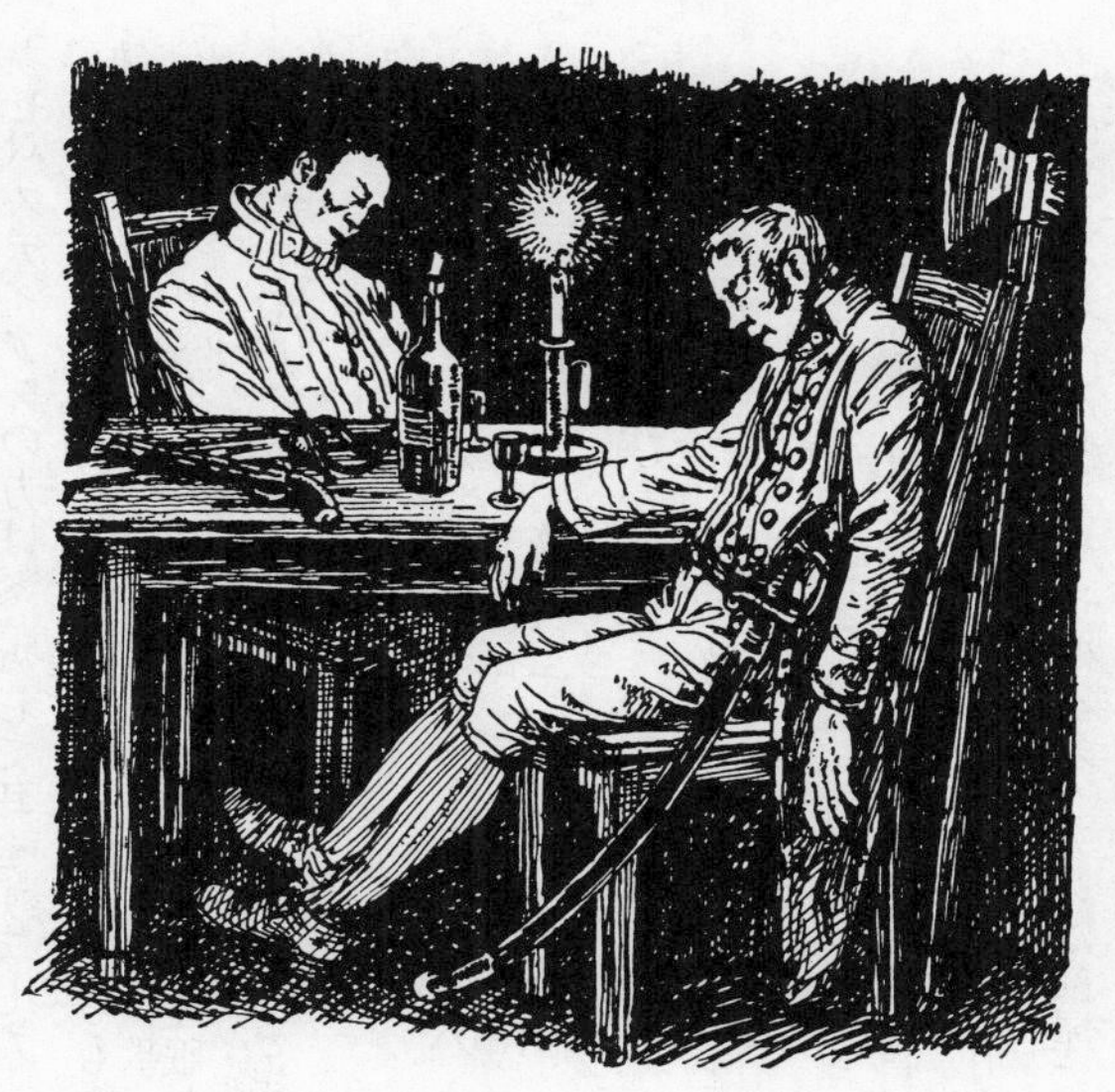

その晩ふたりは、取り決めどおり寝ずの番に就き、景気づけに早速、酒を飲みはじめた。初めのうちは話に花が咲いたが、やがて眠くなり、椅子の背によりかかって黙りこんだ。

古い塔の時計が十二時を打つと、ゼバスティアンは勇気を奮い起こし、ヨハンに声をかけた。ところがヨハンは、容易には起きてくれなかった。ゼバスティアンが何度呼びかけても、せいぜい頭を背もたれの片側から反対側に移すだけで、相変わらず眠り続けている。

　ゼバスティアンの方は緊張して耳をすました。眠気はとっくに吹き飛んでいた。あたりはひっそり静まりかえり、外の通りからも物音ひとつ聞こえてこない。寝ようとしても、ゼバスティアンは目が冴えて、もう眠れなかった。あんまり静かすぎて、かえって無気味だった。声をひそめてヨハンを起こそうとした。何度か揺すってもみた。

　塔の時計が一時を告げたとき、ようやくヨハンは目を覚まし、自分がなぜ自室のベッドに寝ておらず、椅子にすわっているのか、その理由を思いだした。そしてふいに元気よくこう呼びかけた。

「おい、ゼバスティアン、ちょっと出て、様子を見てこよう。おまえ、まさか怖がっていないよな。おれの後についてこい」

　ヨハンは細目に開けておいた扉を大きく開けて、廊下に出た。その瞬間、玄関扉から風が強く吹きこみ、手にしていた明かりが吹き消えた。ヨハンが後ずさったので、すぐうしろにいたゼバスティアンは部屋に押しもどされ、あやうく倒れそうになった。ヨハンは部屋へもどるなり、あわてて扉を閉め、やっとの思いで鍵をかけた。それからマッチを取りだして、また明かりを灯した。

　ゼバスティアンは、がっしりした体つきのヨハンの陰に隠れて風をほとんど感じず、何が起きたのかよくわからずにいた。だがまた明るくなってヨハンの顔を見た途端、びっくりして声をあげた。ヨハンは真っ青になってぶるぶるふるえていたのだ。

「いったいどうした？　何かいたのか？」

　ゼバスティアンは心配そうに訊ねた。

「玄関扉がいっぱいに開いてた」ヨハンがあえぎながらいった。

「そんで階段に白い人影が見えたんだ。そいつがよ、ゼバスティアン、階段を上ってって……そんでふっと消えちまった」

　ゼバスティアンは背筋がぞくっとした。ふたりは肩を寄せ合い、夜が明けて通りがにぎやかになるまでじっとしていた。それからいっしょに部屋を出て、大きく開け放たれている玄関扉を閉め、ロッテンマイアー女史に報告をしに上階へ行った。ロッテンマイアー女史はすでに起きていた。何が起きるか気になって、一睡もできなかったのだ。ふたりの報告を聞くなり、ロッテンマイアー女史は机に向かい、ゼーゼマン氏宛てに手紙を書いた。それはゼーゼマン氏がいまだかつて受けとったことがないような内容だった。

曰く、前代未聞の事が起きているので、ただちに、それこそ一刻の猶予もなく帰宅してほしいと。それからロッテンマイアー女史は出来事の詳細を報告し、さらに毎朝、玄関扉が開いているということは、夜通し開いているに違いなく、そんな状態では、家にいるものの誰の命も保証されない、ついては、この先どんな恐ろしいことが起こるかわかったものではない、と懸念を記していた。

それに対してゼーゼマン氏は、いきなりすべてを投げだして帰宅することはできない相談だ、と即刻返事を書いた。幽霊が出るなどとは奇異にしか思えない、どうか一過性の現象であってほしいものだ。もしも事態が収まらなければ、母に手紙を書いて、フランクフルトに助太刀に来るよう頼んでみてほしい。母にかかったら、幽霊なんぞたちどころにやっつけられて、二度と出てこなくなるだろう、と付け足した。

ロッテンマイアー女史は、この返事に不満だった。自分の報告を真面目に取ってもらえていないように感じたからだ。

そこですぐさまゼーゼマン老婦人に手紙を書いた。だがこちらの返事も、到底満足のいくものではなかった。しかも嫌味とも受けとれかねない書きっぷりだった。曰く、ロッテンマイアーが幽霊を見たからといって、わざわざホルシュタインからフランクフルトくんだりまで出ていくつもりは毛頭ない。そもそもゼーゼマンの屋敷に幽霊など、これまで出ためしがない。だから、もしも家の中をそれらしきものがうろついているなら、それは幽霊などではなく、生身の人間に違いなく、ロッテンマイアーがその者と話せばすむはずだ。それが無理なら夜警を頼めばいい、とこんな調子だった。

ロッテンマイアー女史は、もうびくびくせずに過ごそうと決心した。それにはどうすればよいかもわかっていた。これまでクララとハイジには幽霊騒ぎについて何も話していなかった。ふたりが怯えて、昼夜を問わず、始終自分にくっついているようなことになったら面倒だと思ったからだ。だがもうそうはいっていられない。そこでふたりがいる書斎へまっすぐ向かい、声を潜めて、夜中に見知らぬ怪しい者がお屋敷に出没することを伝えた。

それを聞いた途端、クララは悲鳴をあげて、もう一瞬たりとも、ひとりではいられない、なんとしてもパパに帰ってきてもらう、といった。そしてロッテンマイアー女史には、夜、いっしょの部屋で寝て欲しい、ハイジもひとりにしておけない、幽霊がハイジのもとに現れたら大変だ、だから三人同じ部屋で寝たい、と頼んだ。さらに一晩中明かりをつけておくこと、ティネッテには隣の部屋で寝てもらい、ゼバスティアンとヨハンにも屋根裏の自室から下りてきて廊下で寝てもらうようにしてほしいといった。そうして、もし幽霊が階段を上がってくるようなことがあれば、すぐに叫んで追いはらってくれと懇願した。

　クララはひどく取り乱してしまい、ロッテンマイアー女史は多少なりとも落ち着いてもらうために、えらく苦労した。ロッテンマイアー女史は、すぐにお父さまに手紙を書くと約束し、自分のベッドをクララの部屋に移し、決してひとりにはさせないと誓って、クララをなだめた。だが三人いっしょに同じ部屋に寝るのは不可能だ。もしもアーデルハイトもこわがるようであれば、ティネッテといっしょに寝させるしかないということになった。

　ところがハイジは、幽霊よりもティネッテの方が断然こわかった。そもそも幽霊など、まだ一度も見たことも聞いたこともなかった。それで幽霊なんかこわくないからひとりで自分の部屋に寝る、と言い張った。

話はこれで決まって、ロッテンマイアー女史は急いで机に向かい、ゼーゼマン氏に再び手紙を書いた。屋敷内での無気味な現象は、あれからも毎晩繰り返され、お嬢さまの繊細なお体に重大な悪影響が出ることが懸念される、と記した。たとえば、てんかんの発作が起きるとか、舞踏病になるという最悪の事態が起こる可能性も排除できず、このままではお嬢さまは大変な危険にさらされつづけることになる、と続けた。

これは相当な効き目があった。二日後にはゼーゼマン氏は自宅の玄関に立ち、呼鈴を強く鳴らした。その音を聞くなり、家内の者たちはひと所に集まり、互いに顔を見合わせた。まだ夜にもなっていないのに、幽霊が大胆にも悪さを始めたのかと思ったからだ。

ゼバスティアンは半開きのよろい戸の陰から恐る恐る階下をのぞいた。そのときまた呼鈴が鳴った。とても幽霊のいたずらとは思えない強さで、これは呼鈴のひもを人間が手で力一杯引っぱっているに違いない、と誰もが確信した。となると、それが誰の手かは、わかりきっている。そう合点がいった瞬間、ゼバスティアンは部屋を飛びだし、転げ落ちるように階段を駆け下りて、玄関扉を開けた。

ゼーゼマン氏はひと言あいさつしただけで、とるものもとりあえず娘の部屋へ急いだ。クララは歓声をあげて父親を迎え、父親の方も、娘が元気で変わらずにいるのを見て、胸をなで下ろした。さっきまで寄っていた眉間のしわも消えた。そしてクララ本人の口から、体調は普段と変わらない、パパが帰ってきてくれてうれしい、と聞くと、なおさら口元がほころんだ。クララは、幽霊が出てよかった、おかげでパパが帰ってきたのだから、とまでいった。

「それで幽霊はまだ出没しているのかね、ロッテンマイアーさん？」

ゼーゼマン氏は口元に愉快そうな笑みを浮かべて訊ねた。

「ゼーゼマンさまっ、これは笑いごとではありません」ロッテンマイアー女史は真顔で答えた。「明日になれば、もう笑ってはいられなくなるでしょう。と申しますのも、お屋敷で起きているのは、本当に恐ろしいことだからです。その昔、とんでもないことが何か起きて、それを秘密にしていたからに違いありません」

「そうですか、そんな話は聞いたこともありませんがね。どうか我が家の先祖の品行を疑うような言葉は差し控えてください。それからゼバスティアンを食堂へ呼んでください。おりいって二人だけで話したいことがあるんでね」

　ゼーゼマン氏は食堂へ行き、しばらくしてそこにゼバスティアンが現れた。ゼーゼマン氏はゼバスティアンとロッテンマイアー女史が、しっくりいってないらしいことに前々から気づいていた。それでもしや、とふと考えたのだ。

「こっちへ来てくれ、ゼバスティアン」ゼーゼマン氏はゼバスティアンを手招きした。

「どうか正直にいってくれたまえ。ロッテンマイアーさんをからかって鬱憤払いをしようとの魂胆で、幽霊の振りをしているんじゃないだろうな？　えっ、どうなんだ？」

「いいえ、そんな滅相もございません、旦那さま。まさか本気でお疑いではございませんでしょうね？　今回の一件では、わたしも、いささか酷い目に遭っておりますんです」

ゼバスティアンは真摯に答えた。その言葉に嘘偽りがないことは、その態度から歴然としていた。

「よし、それならいいだろう。明日になったら、おまえと、あの勇敢なるヨハンに、幽霊の正体を見せてやろうじゃないか。ゼバスティアン、おまえも若くて力持ちなくせして、幽霊がこわくて逃げだすとは、恥ずかしくはないのか？　さて、ここはひとつ、昔からの友人のクラッセン先生を呼んできてくれたまえ！　そしてわたしからよろしくと伝え、今晩九時に往診をお願いしてくれ。先生に診察してもらいたくて、パリからもどってきた、どうも調子が思わしくないので、徹夜でつきそってもらいたい、どうかそのつもりで来ていただきたい、とお伝えするんだ。いいか、わかったか、ゼバスティアン？」

「はい、かしこまりました。確かにそのようにお伝えしますので、どうかご安心ください、旦那さま」

そういって、ゼバスティアンは引き下がった。ゼーゼマン氏は娘の部屋へもどり、今夜のうちにも真相を解明するから安心するように、といい聞かせた。

子どもたちがベッドに入り、ロッテンマイアー女史も自室に下がった九時きっかりに、お医者さんがやってきた。お医者さんは髪が白くなっているものの、まだ若々しい顔をしていて、目は親切そうに生き生きと輝いている。少し心配そうにしていたが、ゼーゼマン氏とあいさつを交わすなり、吹きだしてこういった。

「夜通し看病してくれといっているわりには、随分と元気そうじゃないか」

「まあまあ、そういわずに、ここはひとつ聞いてください。診てもらいたい者は、別にいるんです。うまいことそいつをつかまえることができたら、あんまりひどい有様なんで、きっと驚かれますよ」とゼーゼマン氏はいった。

「ほう、それはまた奇妙だな。この家には、病人がまだ他にいて、しかもつかまえなきゃならんというのかね？」

「ずっとひどい病人ですよ、先生。我が家には幽霊が出るらしいんです！」

それを聞いて、お医者さんはけらけらと笑った。

「そんなに笑わないでくださいよ、先生！　ロッテンマイアーさんも、先生のようにおもしろがってくれればいいんですがね。それが我が家の先祖の誰かが、生前何か悪いことをして、そのせいで浮かばれずに、夜な夜なうろついていると信じ切っているんです。いやはや困ったものです」

「ほおう、それはまた、いったいどうやって幽霊と知り合われたんだろうね？」お医者さんは愉快そうに訊いた。

ゼーゼマン氏は旧友のお医者さんに、幽霊騒ぎのあらましを報告し、家の者たちの証言によると毎晩、玄関扉が開け放たれているらしいと話した。そしてさらに不測の事態に備えて、ピストルを二丁、見張りの部屋に用意してある、と付け加えた。ひょっとして召使いの知り合いの誰かが、家の主の留守をねらって質の悪いいたずらをしているのかも知れず、だとしたら空砲を一発撃って脅かしてやったら、いい教訓になるだろう。あるいは泥棒が幽霊騒ぎを起こして、こわがって誰もが息を潜めている間に、悠々と盗みを働こうとしているのかもしれない。それならそれで、武器を用意しておいて損はないだろう、といった。

ゼーゼマン氏とお医者さんはそんな話をしながら階段を下り、ヨハンとゼバスティアンが見張りをした部屋に入った。机の上には上等なワインが何本か置いてあった。

ここで夜通し見張りをさせられるのなら、景気づけに一杯やるのもいいだろうというわけだ。ワインの隣にはピストルが二丁置いてあった。机の真ん中には燭台がふたつあり、明るい光を投げかけている。ゼーゼマン氏も、薄暗い中で幽霊を待つ気にはなれなかったのだ。

光が廊下に漏れだして、幽霊が怯んで出てこないようではまずいので、扉は閉まる寸前で止めておいた。ゼーゼマン氏とお医者さんは、肘掛け椅子にゆったりとすわって、話に花を咲かせた。そして折りにつけグラスを傾けた。そうこうするうちに、早くも十二時になった。

「幽霊のやつ、どうやら我々がいるのに気づいて、今夜はおとなしくしているつもりらしいですな」お医者さんがいった。

「いや、もう少し待ってみましょう。出るのは一時を回ってからと聞いています」と友は応じた。

そういうやりとりが何度か繰り返され、やがて塔の時計が一時を告げた。まわりはひっそりと静まりかえっている。通りからも物音ひとつ聞こえてこない。と、ふいに、お医者さんが指を一本立てた。

「シーッ、ゼーゼマン、聞こえないか？」

ふたりは耳をすました。つっかえ棒が外される音がはっきり聞こえた。それから二重にかけておいた鍵が回される音が続き、玄関扉が開いた。ゼーゼマン氏はピストルに手を伸ばした。

「こわがっていやしないだろうな？」お医者さんがいって、立ちあがった。

「何事も用心が一番ですよ」

ゼーゼマン氏はささやいて、ロウソクが三本さしてある燭台を左手に、ピストルを右手に持った。そしてお医者さんに続いた。お医者さんの方も燭台とピストルで同様に武装していた。ふたりは廊下に出た。

大きく開いた玄関扉から、青白い月の光が射し、敷居の所にじっと立っている白い人影を照らしだしている。

「誰だ？」

お医者さんがどなった。その声は廊下中に響きわたった。燭台と武器を手にした

紳士ふたりは、人影に近づいた。人影が振り向いて、小さく悲鳴をあげた。白い寝間着を着た裸足のハイジが、そこに立っていた。困惑した顔で明かりを見つめ、武器に気づくなり、風に揺れる木の葉のように全身をふるわせた。ふたりの紳士は驚いて顔を見合わせた。

「ゼーゼマン、きみの小さい水汲み娘じゃないのか？」お医者さんが訊いた。

「お嬢ちゃん、これはどういうことだ？　何をしている？　どうしてここへ下りてきた？」ゼーゼマン氏は訊ねた。

ハイジは驚きのあまり真っ青になって、ゼーゼマン氏の前に立ちつくしていた。

そしてほとんど抑揚のない声でいった。

「わからない」

お医者さんが前に進みでた。

「ゼーゼマン、どうやらわたしの出番らしい。部屋にもどって待っていてくれ。わたしはこの子を部屋へ送りとどけて寝かせてくる」

そういうと、お医者さんは武器を床に置き、父親のようにやさしく、ふるえる子ど

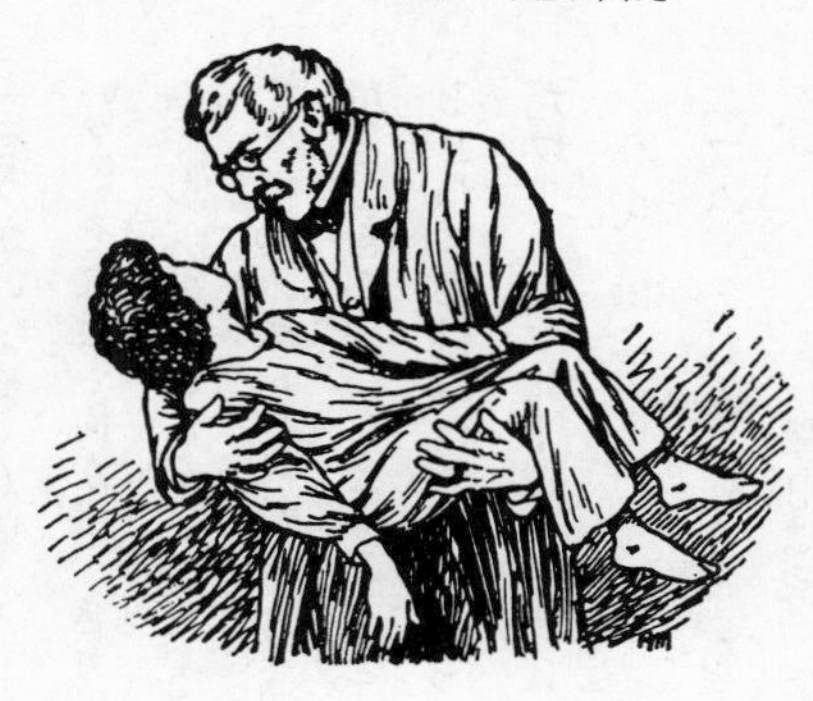

もの手を引いて階段を上っていった。

「こわがらなくていいんだよ。大丈夫だからね」

お医者さんは階段を上りながら、ハイジにやさしくいった。

「どうか落ち着いてくれ。悪いことは何も起きない。安心していいからね」

ハイジの部屋にたどりつくと、お医者さんは燭台を机の上へ置き、ハイジを抱き上げてベッドに寝かせた。そしてベッドの横の肘掛け椅子にすわり、ハイジが少し落ち着いて全身のふるえが収まるのを待った。それからハイジの手を取り、やさしくこういい聞かせた。

「さあ、これで大丈夫だ。きみはどこへ行こうとしていたのかな？　わたしに教えてくれないか？」

「どこへも行くつもりなんてなかった。下へも下りてない。気がついたら、あそこにいたの」

「そうかい、そうかい。もしかして夢を見ていたのかな？　何かはっきり見えたかい？　それとも何かはっきり聞こえたかな？」

「うん、毎晩おんなじ夢を見るの。夢の中では、おじいちゃんのところにいてね、外では樅の木の梢が、風に吹かれてザワザワ鳴ってる。今時分、あそこのお空は、星がきらきら輝いてて、とってもきれいよ。急いで駆けていって、山小屋の扉を開けるとね、お外はほんとに、ものすごくすてきなの！　でも目が覚めると、やっぱりまだフランクフルトにいる」

ハイジはこみ上げてくる涙を必死に抑えながらいった。

「フム、それでどこか痛いところはないかい？　えっ、どこも痛くはないかな？　頭はどうだい？　背中は？」

「ううん、ただここに何か大きな石のようなものがある感じ」

「フムフム、何か食べて、それを吐きもどしたくなる感じかい？」

「ううん、そんなんじゃない。だけどとっても重くて泣きたくなるの」

「そうかい、それで泣いて、その後すっきりするのかな？」

「ううん、そんなことできない。ロッテンマイアーさんに禁止されてるもの」

「それじゃ、そいつをぐっと呑みこんで我慢している。そうなのかい？　そうなんだね？　だけどきみはフランクフルトが気に入っているんだろ？　違うかな？」

「えっと、うん」

かすかな答えだった。まるで反対のことをいいたげに聞こえた。

「フム、それでおじいさんと、どこに住んでいたのかな？」

「アルムよ」

「そうかい、あそこはそんなに楽しいところじゃないだろ。退屈じゃなかったのかい？」

「ううん、全然。とってもとっても、きれいなところなの！」

ハイジはそれ以上いうことができなかった。興奮していたうえに、記憶があふれかえって、さっきまでこらえていた涙が、とうとう抑えられなくなり、わっと泣きだした。涙が目からとめどなくあふれ、しゃくり上げるようにして泣いた。

お医者さんは立ちあがった。そしてハイジの頭をやさしく枕にのせていった。

「もう少し泣くといい。泣いてもかまわないんだよ。それから寝なさい。ぐっすり寝るといい。明日起きたら何もかも良くなるからね」

そしてお医者さんは部屋を立ち去った。

見張りの部屋では、友がじっと待っていた。お医者さんは部屋に入ると、友の向かい側の肘掛け椅子に腰を下ろし、診断が下りるのを待ちうけている友に、事情を説明した。

「ゼーゼマン、きみが面倒を見ている子どもは夢遊病にかかっている。毎晩、幽霊のように家の中を歩いているが、まったく自覚がない。知らずに玄関扉を開け、召使いたちを怯えさせていたのさ。それからあの子はホームシックにもかかっている。かわいそうに、そのせいでがりがりにやせ細って骸骨寸前だ。このままだと本当に骸骨になってしまう。早急に手を打たないとまずい。

夢遊病を治す方法はひとつしかない。あの子はもう相当に神経がまいっている。

ここはひとつ、家に帰してやって、山の新鮮な空気を吸わせることだ。ホームシックの方も家に帰すのが一番だ。したがって夜が明けたら、あの子を家へ連れて帰るんだな。それがわたしの処方だ」

ゼーゼマン氏は立ちあがった。興奮して部屋の中を行ったり来たりしたかと思うと、やにわに叫んだ。

「夢遊病だと！　病気！　ホームシック！　我が家で、がりがりにやせ細るとは、なんてことだ！　わたしの屋敷で、そんな由々しきことが起きるとは！　しかも、そのことに誰も気づかずに見過ごしていたとは！

ですが先生、我が家へやってきたとき健康そのものだった子どもを、みじめにやせ衰えた姿でおじいさんのもとへ帰せると思いますか？　いいえ、先生、そんなことはできません。ええ、絶対にできませんよ。どうかこの子を、どこかで療養させてください。保養地に連れていくなりなんなり、先生がいいと思うようにしてください。そして元気にしてやって、ここへ帰してください。それからなら、もしもあの子が望むなら、家に帰してやります。でもまずは、元気にしてやってください！」

「ゼーゼマン」お医者さんは真顔になっていった。

「よく考えてみるんだ！　あの子が今かかっているのは、薬を与えて治るような病気ではないんだよ。あの子は、もともと丈夫じゃない。だがね、今すぐ家に帰して慣れ親しんだ山の空気を吸えるようにしてやれば、また元気いっぱいになる。取りかえしのつかない状態になってから、おじいさんのもとへ帰すんでは遅すぎるだろう。そもそも、もう帰れなくなるかもしれない」

ゼーゼマン氏はびっくり仰天して立ち止まった。

「先生、そこまでおっしゃるなら、本当にそれしかないんでしょうな。だったらすぐにそうしますよ」

そういって友の腕を取り、あれこれ相談しながら、また部屋の中を行ったり来たりした。しばらくしてお医者さんは家路につくことにした。すでにかなり時間がたっていたのだ。今度は主が心して玄関扉を開けると、早くも明るい朝日が射しこんできた。

第13章　夏の夕べ、アルムへ帰る

ゼーゼマン氏は興奮して階段を上がり、しっかりした足取りでロッテンマイアー女史の寝室へ赴いた。そしていつになく力強く扉をノックした。中で寝ていたロッテンマイアー女史は、まさに飛び起きた。外で旦那さまの声がしている。

「どうかすぐに起きて食堂へ来てください。ただちに出立の用意をお願いします」

ロッテンマイアー女史は時計を見た。朝の四時半。こんなに早く起きるのは生まれて初めてだ。いったい何があったのだろう？　好奇心と不安とで右往左往するだけで、なかなか身支度ができない。ようやく服を着ても、うろうろとその服をまた探しはじめる始末だった。

その間にゼーゼマン氏は廊下へ出て、呼鈴という呼鈴を強く鳴らして歩いた。どの

部屋でも召使いがびっくり仰天してベッドから飛び起きた。中には服を前後あべこべに着てしまった者もいた。誰もが旦那さまが幽霊に捕まって助けを求めているに違いないと勘違いしたからだ。それで召使いは次々に部屋から飛びだしてきた。そしてものすごい形相で屋根裏から下りてきたが、旦那さまの前に立つなり唖然とした。ゼーゼマン氏は元気溌剌と食堂を歩きまわっていて、およそ幽霊に出くわして怯えているようには見えなかったからだ。ヨハンはただちに馬車の用意をするように命じられた。

ティネッテはすぐにハイジを起こして、旅支度をするようにいわれた。ゼバスティアンは、ハイジのおばさんが奉公している家へ、おばさんを迎えにいくよう申しつけられた。

そうこうするうちにロッテンマイアー女史も、なんとか身支度を調えた。大方所定の位置にちゃんと納まっていたが、帽子だけは逆さまに頭に載っていて、少し離れた所からは、まるで顔が背中の上についているかのように見えた。

思いがけず早く起こされたせいでそんな突拍子もない恰好をしているんだろう、とゼーゼマン氏は考えて、ただちに用件に入った。まずはすぐにトランクをひとつ用意して、スイスの娘の荷物をそこへ入れるよう指示した。ハイジという名前になじみがないせいで、ゼーゼマン氏は、スイスの娘と呼びならわしていた。それから、ハイジがまともななりができるよう、クララの服も何着か合わせて入れるように申し添え、とにかくあれこれ迷わず、急いで仕度をしてほしい、と付け加えた。

ロッテンマイアー女史は唖然としてその場に釘付けになり、ゼーゼマン氏をただ見つめていた。昨夜遭遇した恐ろしい幽霊のことを、ゼーゼマン氏が、自分にだけは打ち明けてくれるものと思っていたのだ。明るい朝の光の中なら、幽霊話もそれほど怖くないはずだ。ところが代わりに聞かされたのは、面倒なだけでなんの面白みもない用事をせよとの命令だった。ロッテンマイアー女史はそうすぐには気持ちを切り替えられず、ゼーゼマン氏がさらに何かいってくれるのを、そこに立ったまま待っていた。だがゼーゼマン氏には、説明する気はまったくなかった。ロッテンマイアー女史をそこに立たせたまま、まっすぐ娘の部屋へ向かった。父親が思ったとおりだった。こんな早朝にもかかわらず、家の中がざわついているせいで、クララはすでに目を覚まし、何があったんだろうと耳をすまして、周囲の様子をうかがっているところだった。父親は娘のベッドの端にすわって、幽霊話の顛末を話して聞かせた。そしてお医者さんの診断によると、ハイジは相当に参っていて、このままでは夢遊病がさらに悪化し、ひょっとして夜中に屋根の上に登るようなことにもなりかねない、そうなったら危険このうえない、と話を続けた。

ゼーゼマン氏はすでに、ハイジをただちに家に帰すことに決めていた。人の命に関わるようなことには、責任を負いかねるからだ。そして他にどうしようもないことを、娘にもわかってもらいたいと思っていた。

クララはそれを聞いて驚き、ひどく悲しんだ。そして初めは、なんとかしてハイジがスイスに帰らなくてもすむようにしようとした。けれどもゼーゼマン氏の決意は固く、何をいってもどうにもならなかった。その代わり父親は娘に、聞きわけよく辛抱するなら、来年スイスへ連れていくと約束してくれた。それでクララも仕方なく引き下がった。ただしトランクの荷造りは自分のいるところでやってほしいと頼んだ。ハイジが喜ぶものをトランクに入れてあげたかったのだ。父親は喜んで承知し、ハイジにすてきなおみやげをたくさん持たせてやるといいといって励ました。

そうこうするうちに、デーテおばさんがお屋敷に到着した。おばさんは、どきどきしながら控えの間でゼーゼマン氏を待った。こんな時間に呼びだされるからには、よほどのことがあるに違いないと思っていたからだ。ゼーゼマン氏はおばさんに近づくなり、ハイジの容体を説明し、即刻、できれば今日のうちにも、家へ連れ帰ってほしいと頼んだ。おばさんは相当にがっかりした顔をした。そんなことを聞かされるとは予想だにしていなかったのだ。おばさんは、あのときアルムのおじさんに、おまえの顔なんか二度と見たくないといわれたことをまだよく覚えていた。それに一度預けてから取りもどした子どもを、また預けにいくなどということは、とてもできない。それで間髪を容れずに、よく回る舌でしゃべりだした。申し訳ないが、今日はとても旅になど出られない、明日はなおさら無理で、その先数日も、仕事の都合を考えるとどうにもならない。その後はもう完全にできない相談だと。

ゼーゼマン氏は、デーテおばさんにその気がまったくないとわかると、さっさと追い返した。そして今度はゼバスティアンを呼んで、すぐに旅支度をするようにいいつけた。今日のところはバーゼルまで行き、明日ハイジを家まで送りとどけてほしい。それからすぐにもどってくること、何もかも説明する手紙をおじいさんに書くから、おまえから何もいう必要はないと。

「それからもうひとつ重要なことがある、よく聞いてくれ、ゼバスティアン。そしてこれからいうことを、そのとおりしっかりやってくれ！　ここに記したバーゼルの宿屋は、わたしの常宿だ。この名刺を見せれば、あの子にも、おまえにも、いい部屋を取ってくれるはずだ。宿についたら、先にあの子の部屋に入って、前もって部屋の窓を全部しっかり閉めてくれ。馬鹿力でも出さないかぎり開かないようにな。それからあの子を寝かせて、外から部屋に鍵をかけてくれ。あの子は夢遊病で、そのせいで夜中にベッドを抜けだしてうろつき回る習性がある。よその家でそんなことをしたら、どうなるかわかったもんじゃない。ベッドを抜けだして、玄関扉を開けるようなことがあったら、とんでもないことになる。いいな、わかったな？」

「なんとまあ、そうだったんですか？　そういうことだったんですね？」

ゼバスティアンは驚いて大声をあげた。幽霊の正体にはたと気づいたのだ。

「ああ、そうさ！　そういうことだったのさ！　おまえもヨハンも、とんだ臆病者だ。ヨハンにいっとけよ。だがおまえたちだけじゃない。みんないい笑いものだ」

それだけいうと、ゼーゼマン氏は書斎へ行って机に向かい、ハイジのおじいさん宛てに手紙をしたためた。

ゼバスティアンは啞然としてそこに立ちつくしていた。そして心の中で何度も今聞いた言葉を反芻した。

「あーあ、臆病者のヨハンのやつめ！　あいつにあのとき部屋へ突きもどされなかったら、白い人影を追いかけていったのにな！　今だったら絶対にそうするんだが！」

確かに明るい太陽が灰色の部屋を隅々まで照らしている今なら、そういうことも簡単にいえるだろう。

その間ハイジは、何が何だかまったくわからずによそゆきを着て、これから何が起きるのか待っていた。ティネッテはハイジをたたき起こして棚から服を出して着ろと手で示しただけで、何もいってくれなかったのだ。ティネッテは教養のないハイジなんか相手にできないというわけで、いつも必要最小限のことしか口にしなかった。

ゼーゼマン氏が書き終えた手紙を持って食堂に入ってきた。すでに朝食の用意はできていた。

「あの子はどこにいる？」ゼーゼマン氏は訊ねた。

ハイジはすぐさま呼び出された。

ハイジがゼーゼマン氏に近づいて「おはようございます」というと、彼はハイジの顔を物問いたげに見た。

「さて、どうだい、お嬢ちゃん？」

ハイジはびっくりしてゼーゼマン氏の顔を見上げた。

「おや、まだ何も聞いてないのかい？　今日、きみはアルムに帰るんだよ。今すぐにね」ゼーゼマン氏は笑っていった。

「アルムに？」

ハイジはオウム返しに訊いた。顔からさっと血の気が引き、少しの間まともに息もできないくらいだった。それほど驚いたのだ。

「おや、もう話は聞きたくないのかい？」ゼーゼマン氏は笑みを浮かべて訊ねた。

「ううん、そんなことない。とっても聞きたい」思わずつぶやいて、ハイジは真っ赤になった。

「よし、よし」

ゼーゼマン氏は椅子に腰かけ、ハイジにもすわるよう合図してから、こういって励ました。

「それじゃ、まず朝食にしよう。しっかりお食べ。それから馬車に乗って出発だ」

ところがいわれたとおりに食事をしようとしても、何も喉を通らなかった。ハイジはものすごく興奮していて、自分が起きているのか、それとも眠って夢を見ているところで、起きたらまた寝間着を着たまま玄関扉の前に立っていることになるのか、まるでわからないような有様だった。

「ゼバスティアンにたっぷり食べものを持たせてくれ」ゼーゼマン氏はちょうど食堂に入ってきたロッテンマイアー女史にいった。

「この子は何も食べられないらしい。まあ無理もないがね」

それからハイジの方を向いてやさしくいった。

「馬車の仕度ができるまで、クララのところへ行っていなさい」

ハイジには願ってもないことだったので、椅子から飛びあがるようにして食堂を出た。クララの部屋の真ん中には、ものすごく大きなトランクがでんと置いてあり、蓋が大きく開いていた。

「こっちへ来て、ハイジ」クララが呼んだ。

「見てちょうだい。あなたのためにトランクにいろんなものを入れてもらったのよ。

どう？　喜んでもらえるかしら？」

そしてトランクに入れたものを、ひとつひとつ数え上げた。服、エプロン、ハンカチ、裁縫道具。

「それからハイジ、どう、これ、見てちょうだい」

クララは自慢げにかごを高々と上げてみせた。かごの中を覗きこむなり、ハイジは歓声をあげて小躍りした。丸くてきれいな白パンが十二個も入っていたのだ。みんなおばあさん用だ。ハイジとクララはうれしくなって、別れの時間が迫っていることをすっかり忘れてしまった。

ふいに呼び声がした。

「馬車の用意ができました！」

もう別れを惜しんでいる暇はなかった。

ハイジはおばあさまからもらった大事な本を取りに、自分の部屋へ駆けもどった。その本は、昼も夜も手放しがたくて、枕の下に入れてあった。それで誰も、トランクへ入れなかったのだ。本はかごの一番上にのせた。それから洋服ダンスを開けた。

もうひとつ、たぶんトランクにまだ入れてもらっていないと思うものがあったからだ。思ったとおりで、赤い襟巻きはまだそこにあった。ロッテンマイアー女史は、そんなものはトランクに入れるまでもないと思ったのだろう。ハイジは別のあるものをその襟巻きで包み、かごの一番上に置いた。目の覚めるような赤い色は、とても目立った。それからきれいな帽子を頭にかぶり、部屋を後にした。

ハイジとクララは、あわただしく別れのあいさつをしなければならなかった。すでにゼーゼマン氏がハイジを馬車に乗せようと待ちかまえていたからだ。

ロッテンマイアー女史は、階段の上で別れを告げるつもりで、そこに立っていた。ところがやけに赤いものが目についたので、かごからそれをさっと取って、床に投げ捨てた。

「いけません、アーデルハイト」ロッテンマイアー女史はきつくとがめた。

「そんなものを持たせて家に帰すわけにはいきませんよ。それはここへ置いていきなさい。それではさようなら」

そこまではっきり禁止されては、ハイジとしても、もう包みを拾い上げるわけにははいかない。それで必死にゼーゼマン氏を見上げ、目で懇願した。ハイジの目は、大事な宝物を取られてしまったと訴えていた。

「いや、そんなことをしてはいけない」ゼーゼマン氏はきっぱりといった。「この子には好きなものを持たせなさい。子猫だろうが、亀だろうが、持っていきたければなんでもね。そういきりたたないでくださいよ、ロッテンマイアーさん」

ハイジは急いで赤い襟巻きを床から拾い上げた。その目には感謝と喜びがあふれていた。お屋敷を出て馬車のところまで来ると、ゼーゼマン氏はハイジに手を差しだして握手をし、やさしく声をかけ、自分もクララも、きみのことは決して忘れない、どうか道中、気をつけて、といった。ハイジは、いろいろしてもらったことに感謝し、最後にこういった。

「それからお医者さんによろしくいってください。とっても感謝していることも、伝えてください」

ハイジはお医者さんが昨日の晩、「明日になったら何もかも良くなるよ」といってくれたことを、ちゃんと覚えていた。そして確かにその通りになったので、きっとお医者さんが、自分にいいようにしてくれたのだろう、と思っていたのだ。

ハイジは馬車に乗せられ、かごと道中につまむ食べものを入れた袋も積まれ、最後にゼバスティアンが乗りこんだ。ゼーゼマン氏がもう一度やさしく声をかけた。

「いい旅を！　気をつけて！」

そして馬車は走りだした。

それから間もなくして、ハイジは汽車に乗ると、座席についてかごをしっかり膝に載せた。このかごには、おばあちゃんにあげる大事なパンが入っている。なくなるようなことがあってはならない。ハイジはときどき中をのぞいて、パンがあることを確かめては、にっこりした。ハイジは何時間もただじっとすわっていた。今になってようやく、おじいちゃんのところへ、アルムへ、おばあちゃんや山羊番ペーターのところへ帰るという実感が湧いてきた。あれやこれやが次々に目に浮かんでくる。何もかも、また見ることができる。いったいどんな風に見えるだろう？　そんなことを考えているうちに、ふとあることが気になって、こわくなった。

「ねえ、ゼバスティアン、アルムのおばあちゃん、まだ死んでないよね？　生きているよね？」

「心配しなさんな。死んでなんかいません。きっと生きてますよ」

ゼバスティアンはハイジをなだめていった。

それでハイジはようやく気を取りなおして、また物思いにふけった。そしてときどきかごの中をのぞいた。このパンを全部テーブルに載せて、みんなあげるよっていったら、おばあちゃん喜ぶだろうな、とほとんどそればかり考えていた。だいぶしてからハイジはまた口を開いた。

「ゼバスティアン、おばあちゃんがまだ元気でいるって、ちゃんとわかるといいのにね」

「ほんとにそうですね！」とゼバスティアンは半分うとうとしながら答えた。

「ええ、ええ、生きてますって。死んでるはずありません。決まってますよ」

しばらくしてハイジのまぶたも重くなってきた。昨日は落ち着かない一夜を過ごし、今朝は今朝で早起きしたせいで、かなり睡眠不足だった。ゼバスティアンに肩を強く揺すられ、「起きてください！　起きて！　もうすぐ降りますよ。バーゼルにつきました！」と声をかけられ、ようやく目を覚ました。

翌日も旅が何時間も続いた。ハイジはまたかごをしっかりと膝に載せた。ゼバスティアンに持ってもらう気は全然なかった。それに今日はずっと黙りこくっていた。一時間、一時間と時がたつにつれ、期待がどんどんふくらみ、胸がいっぱいになっていった。ふいに大きな呼び声がした。

「マイエンフェルト！」

ハイジは座席から飛びあがった。ゼバスティアンもやはり驚いたらしく、同じように飛びあがった。

ゼバスティアンとハイジは荷物を持って駅に降り立った。汽車は汽笛を鳴らして谷の方へと走り去った。ゼバスティアンは残念そうに汽車を見送った。これからずっと歩いていかなければならない。このまま汽車に乗って安全に旅を続けられたらどんなに楽でいいだろうとうらめしかった。それに最後は山を登らなければならない。ろくな道もないようなこんな田舎では、難儀するに決まっている。ゼバスティアンはそう考えて、デルフリへ行くにはどの道が安全か誰かに訊こうと、周囲を見まわした。

小さな駅からそう遠くないところに、小さな荷車が止まっていた。やせた馬が前につないである。肩幅の広い男がひとり、汽車で運ばれてきた大きな袋を、荷車に積んでいるところだった。ゼバスティアンはその男に近寄り、デルフリへの安全な道を尋ねた。

「どの道も安全だよ」という短い答えが返ってきた。

それなら、谷底に墜落する危険を冒さずに歩いていくにはどの道が最適か、トランクをデルフリまで運ぶいい方法はないか、とゼバスティアンは重ねて訊いた。男は目でざっとトランクの大きさを測ってから、そんなに重くないなら、自分もデルフリへ行くところだから、ついでに荷車に積んでやってもいい、といってくれた。何度かやりとりをした後、ハイジも荷車に乗せてもらえることになった。デルフリから先は、夕方、村の誰かがハイジを送っていってくれるだろう、と男はいった。

「あたし、ひとりでいける。デルフリからアルムへの道ならわかってる」

ゼバスティアンと男のやりとりを注意深く聞いていたハイジが口をはさんだ。これで重い肩の荷が下りた。ゼバスティアンはもう山を登らずにすむのだ。ゼバスティアンは目でこっそり合図してハイジを脇に連れていき、重たい筒型の包みとゼーゼマン氏がおじいさんに宛てて書いた手紙を渡して、こういった。

「この包みは旦那さまからことづかった大事な贈りものですから、大切にかごの一番下、パンの下に入れてください。なくさないように気をつけてくださいよ。万一なくしたら、旦那さまはひどく腹を立てて、生涯許してはくださらないでしょう。いいですね、マドモワゼル、肝に銘じてくださいよ」と付け加えた。

「あたし、絶対なくさない」

ハイジはきっぱりいって、その包みを手紙といっしょにかごの底に入れた。トランクを荷車に積み、ハイジをかごごと高い荷台に乗せると、ゼバスティアンは別れの握手をするために手を差しだした。そしてもう一度、かごの中身をなくさないように、声にださずに身振り手振りで注意した。荷車の持ち主がそばにいたせいもあるが、本来なら自分がハイジをおじいさんのところまで送りとどけなければならないことを思うと気がとがめて、気をつけるよう何度も念を押さずにはいられなかったのだ。荷車の持ち主がハイジの隣に飛びのり、荷車は山へ向かって動きだした。

ゼバスティアンは怖れていた山登りをせずにすむことにあらためて安堵のため息をつき、帰りの汽車を待つために駅舎の中に入って腰を下ろした。

荷車の持ち主はデルフリのパン屋で、小麦粉の入った麻袋を家へ運ぶところだった。ハイジには会ったことがなかったが、アルムのおじさんに以前子どもが預けられていたことは、デルフリ中に知れわたっていた。それにハイジの両親のことも知っていたので、この子がみなが噂していた子どもだとすぐにわかった。それでその子がもどってきたことを不思議に思い、道中ハイジに話しかけた。

「おまえ、アルムのおじさんとこの子かい？」

「うん」

「遠くの町まで行って、またもどってきたってことは、何かまずいことでもあったのかい？」

「ううん、そういうわけじゃなくて、フランクフルトではみんな、とってもよくしてくれたよ」

「それじゃ、なんでまたもどってきたんだい？」

「ゼーゼマンさんが帰ってもいいっていったから。そうじゃなきゃ、あたし、帰ってこなかった」

「ふーん、帰っていいっていわれたからねえ、あっちにいた方がよかったんじゃないのかい？」

「ううん、おじいちゃんのとこにいる方が、ずっとずっといい。世界中のどこよりもね」

「アルムにもどったら、また気が変わるだろうさ」パン屋はつぶやいた。

「それにしても妙なこともあるもんだ。まあ、この子もそのうちわかるだろうさ」

パン屋はパイプを取りだしてふかし始め、それ以上何もいわなかった。ハイジはあたりを見まわしながら胸をわくわくさせていた。期待がますますふくらんでいく。道ばたのどの木も見覚えがあるし、ファルクニス山のぎざぎざの峰々が、旧友にあいさつを寄こすようにハイジを高みから見下ろしている。ハイジも心の中であいさつを返した。荷車が先へ行けば行くほど、期待は高まり、荷車から飛び下りて、お山のてっぺんまでわーっと駆けていきたいくらいだった。それでもじっと動かずにすわっていた。やがて全身が、興奮でぶるぶるふるえてきた。

荷車がデルフリに入ったとき、教会の鐘がちょうど五時を告げた。途端に子どもたちや女たちが荷車を取り囲んだ。近くに住む者たちも出てきて、そこに加わった。パン屋の荷車にトランクを携えた子どもがすわっているのが、物珍しかったのだ。子どもがどこから来てどこへ行くのか、どこの子なのか、誰もが知りたがった。パン屋に荷車から降ろされると、ハイジは急いでいった。

「ありがとう、あとでおじいちゃんがトランクを取りに来てくれるはずよ」

そしてすぐさま駆けだそうとした。

ところが、あっちからもこっちからも手が伸びてきて、止められてしまった。みんないっせいに質問を浴びせてきた。取り囲まれてハイジがあんまりぎょっとした顔をしたので、群衆はさっと引いてハイジを通した。

「見たかい、あの顔。よっぽどこわいんだねえ」

人々は口々にいい合った。それからまた噂話を始めた。アルムのおじさんがここ一年ほど、以前よりさらにこわい顔をするようになったこと、もう誰とも口を利かないこと、できることなら出くわす者を一人残らず殺してやりたそうにしていること、他に行くところさえあれば、ハイジもあんな竜の巣窟のようなところへは決して行かないだろうなどと。

ところがそこでパン屋が、物知り顔に口をはさみ、いかにも秘密めかして、ある紳士がマイエンフェルトまでハイジを連れてきたこと、とてもやさしくハイジに話しかけて別れを告げ、言い値で車代を払ってくれた上にチップまでくれたことを、とくとくと話した。それからハイジがいい暮らしをしていたのは間違いない、それでもあの子はおじいさんのところに帰りたがっているんだ、と付け加えた。

この知らせにみなは驚き、噂があっという間にデルフリ中に広まった。その晩はどこの家でも、ハイジがとてもいい暮らしをしていたのにおじいさんのところへもどってきた話で持ちきりになった。

ハイジは山を急ぎ足で登り始めた。だがときどき息が切れ、足を止めて休まなければならなかった。腕にさげているかごがかなり重いうえに、登れば登るほど道は険しくなっていく。思いはひとつだけ。その強い思いに突き動かされて、ハイジは山を登りつづけた。

「おばあちゃんは今も部屋の隅にすわって糸紡ぎをしているかな？　死んではいないよね？」

やがて上の窪地に小屋が見えてきた。胸のどきどきがいや増し、ハイジはさらに足を速めた。鼓動もさらに激しくなった。小屋にたどりついたときには、ぶるぶる体がふるえて、扉を開けるのもやっとの状態だった。小屋の中に入って部屋の真ん中まで来たときには、完全に息が切れて、ひと言もしゃべれなかった。

「ああ、神さま」

部屋の隅で声がした。

「ハイジはよくああやって飛びこんできたっけね。生きているうちに、もう一度あの子に会えればねえ！　それにしても誰だい、入ってきたのは？」

「あたしよ、おばあちゃん、あたし」

ハイジはようやくそういって、部屋の隅へかけていき、おばあさんの前に膝をついた。そしておばあさんの腕と手を取って、首にかじりついた。うれしくてそれ以上は何もいえなかった。おばあさんの方もびっくりしたのなんの、やはり何もいえずにいた。それからハイジの縮れ毛をなでながら繰り返しいった。

「ああ、本当だ、これはハイジの髪の毛だ。ハイジの声。ああ、神さま、願いをかなえてくださってありがとうございます!」

おばあさんの見えない両目からうれし涙がこぼれて、ハイジの手を濡らした。

「ハイジ、あんたなんだね。本当に帰ってきたんだね」

「うん、うん、そうだよ、おばあちゃん。本当に帰ってきたんだよ」

ハイジは力強くいった。

「だから泣かないで、おばあちゃん。これからまた毎日、遊びにくるからね。もう絶対に、どこへも行かないよ。それからね、これからしばらくは硬いパンを食べずにすむんだよ。ね、おばあちゃん、いい、わかってくれた?」

そして、かごからパンを次々に取りだし、十二個全部を順番におばあさんの膝に積み上げた。

「あれまあ、ハイジ! なんてこった! こんないいものを、こんなにたくさん!」

おばあさんは自分の膝にパンが載るたびに叫んだ。

「でもなんといっても一番うれしいのは、おまえが帰ってきてくれたことだよ！」

そういっておばあさんは、またハイジの縮れ毛に手を伸ばし、頰をなでながらこう続けた。

「なんかいっておくれ、ハイジや。声を聞きたいんだよ」

ハイジは、おばあさんがすでに死んでいたらどうしよう、そんなことになったらもう白パンをあげられないし、二度と会うこともできない、とどんなに心配したか、おばあさんに話して聞かせた。

そこへペーターのおかあさんが入ってきて、驚いて一瞬立ち止まり、それから叫んだ。「あらまあ、ハイジかい、この目が信じられないよ！」

ハイジは立ちあがって握手の手を差し伸べた。ブリギッテはハイジの姿をいくら見ても見飽きなかった。そしてぐるっと回って眺めてからいった。

「おばあさんの目が見えたらいいのにねえ。ハイジったらきれいな服をきて、ほんと見違えるようだよ。それにテーブルに載ってる羽根飾りのついた帽子のすてきなこと。

あれもあんたんだろう？　かぶって見せておくれ。どんなに似合うか、見てみたいよ」

「ううん、かぶりたくない。おばさんにあげる。あたしはもういらないから。あたしには、あたしのがあるもん」

そういうと、赤い襟巻きの包みを開けて、古い帽子を取りだした。もともとつぶれていたのが、かごにつっこんでいたせいで、さらにくしゃくしゃになっていた。けれどもハイジは、そんなことには頓着しなかった。ハイジは、別れ際におじいさんがいったことを、ちゃんと覚えていた。デーテおばさんがかぶっているような帽子をかぶったハイジなんか絶対に見たくない、といっていた。それで自分の帽子をずっと大切に取っておいたのだ。そしてようやくおじいさんのもとへ帰れることになった。

けれどもブリギッテは、これほど立派な帽子をおいそれともらうわけにはいかないといった。そして、ハイジがいらないのなら、デルフリの学校の先生のお嬢さんにでも売ればいい、そうすればお金が手に入る、と続けた。それでもハイジは考え直す気はなかった。それで帽子をそっとおばあさんがすわっているところの隅に置いた。ここならすぐには目につかないだろう。それからさっときれいな服を脱いで、下着の上に赤い襟巻きを巻いた。両腕はむきだしになった。そしておばあさんの手を取った。

「おじいちゃんのところへ帰らなくちゃ。明日また来るね。おやすみ、おばあちゃん」

「ああ、明日また来てくれるんだね、ハイジ。どうか来ておくれ」

おばあさんは両手でハイジの手をにぎり、なかなか放そうとしなかった。

「どうしてすてきな服を脱いじまったの?」ブリギッテが訊いた。

「この恰好でおじいちゃんのところへ行きたいから。そうじゃないと、あたしだってわかってもらえないかもしれないでしょ。おばさんも、あたしのことすぐにはわからなかったし」

ブリギッテはハイジを戸口のところまで送っていき、そこでちょっとばかり秘密めかしていった。

「あの服、着てても良かったのに。アルムのおじさんにはあんただってわかるはずよ。

ところで念のためいっておくけど、少し気をつけた方がいい。ペーターの話だと、アルムのおじさんは前よりずっと気むずかしくなってて、ろくに口を利かないらしいからね」

ハイジは「おやすみ」とあいさつしてから、かごを腕に通してアルムを登りはじめた。夕日が緑のアルムを輝かせ、シェザプラーナ山の広大な雪原も見えるようになった。こちらを見下ろすように夕日に照り映えて光っている。

ハイジは数歩ごとに歩みを止めては、うしろを振り向いた。登っているうちに、高い山々が背の方に回ったのだ。足元の草が夕日に赤く染まった。ハイジはまた振り返った。こんなに素晴らしいとは、夢で見た光景もこれほどではなかった。ファルクニス山の岩の尖塔が天に向かって燃え立っている。遠くの雪原も赤く燃え、そこにバラ色の雲がかかっている。アルム一帯の草が金色に染まり、まわりのどの岩もきらきら輝き、ハイジに光を投げかけ、さらに下の谷全体を金色の薄もやに包んでいた。

この荘厳な風景の中に立っているうちに、感極まって涙が頬をつたった。ハイジは両手を合わせ、天を仰ぎ見、「ここへ帰してくださってありがとうございます」と声をあげて神さまに感謝した。そして何もかもまだきれいなまま、それどころか覚えていた以上にきれいで、それをこれから先ずっと堪能できることに感謝した。素晴らしい景色に包まれ、幸せで胸が一杯になり、神さまにいくら感謝してもしたりないくらいだった。

やがて周囲の光は消えていき、ようやくそこから動けるようになった。ハイジはぱっと駆けだした。もうあといくらもない。樅の梢が見えてきた。それから屋根も、山小屋も、ベンチにすわってパイプを吹かしているおじいさんの姿も。屋根の上にかかった樅の梢が、風に吹かれてざわざわ鳴った。

ハイジはさらに足を速めた。誰が来たのかおじいさんが気づく前に、ハイジはもう飛びついていた。かごを地面に投げだし、両腕をおじいさんにからませた。また会えたうれしさに、ハイジはただ繰り返し叫ぶだけで、ほかには何もいえなかった。

「おじいちゃん！　おじいちゃん！　おじいちゃん！」

おじいさんの方も言葉が出なかった。もう長いこと流したことのなかった涙で目が濡れ、それを片手でぬぐった。それから、首にからまっていたハイジの腕を放し、ハイジを膝に載せてしばらく眺めてから、ようやくいった。

「そうか、もどってきたんだな、ハイジ。ずっとどうしていた？　生意気になったようにも見えないが、向こうを追いだされたのか？」

「ううん、違うよ、おじいちゃん」ハイジはきっぱりといった。「そんなんじゃないってば。みんなとってもよくしてくれたよ。クララも、おばあさまも、ゼーゼマンさんもね。でもね、おじいちゃん、あたし、もう耐えられなくて、どうしてもおじいちゃんのところへもどってきたかったの。ときどきのどが締めつけられるような感じがして、息がつまりそうだった。でも誰にも何もいわなかったよ。だってそんなこといったら恩知らずだもの。だけど昨日の朝ね、突然朝早く、ゼーゼマンさんに呼ばれたの。きっとお医者さんが何かいってくれたんだと思う。でもたぶん、みんな手紙に書いてあるから、読んでみて」

それだけいうと、ハイジはおじいさんの膝から飛び下り、かごから手紙と筒を取りだして、両方ともおじいさんに渡した。

「こっちはおまえのだよ」

おじいさんはいって、筒を横に置いた。それから手紙を読みはじめた。読み終わると、ひと言もいわずにポケットにしまった。

「どうだいハイジ、またいっしょに山羊の乳を飲むかい?」

ハイジの手を取って小屋の中に入りながら訊いた。

「お金の方はおまえが持っていなさい。そのお金があればベッドが買える。服だって、ゆうに数年分は買える」

「あたしはいらないよ、おじいちゃん。ベッドならもうあるし、服も、クララがたくさんトランクに詰めてくれたもん。あれだけあれば、もうほかにはいらないよ」

「だったら取っておけばいいさ。戸棚にしまっておくといい。いつか使うことがあるかもしれないからな」

ハイジはうなずいて、おじいさんについて山小屋に入った。なつかしいのとうれしいのとで、小屋の隅々まで見て歩いた。それからはしごを登って屋根裏へ上がった。ところがふいに動きを止め、困惑の声をあげた。

「ああ、おじいちゃん、ベッドがなくなってる!」

「また作ればいいさ」下から返事があった。

「おまえが帰ってくるとは思わなかったんでな。こっちへ下りてきなさい！」

ハイジは下りてきて、前と同じ場所に置いてあった座面の高い三脚椅子にすわった。そしてボウルを手に取り、山羊の乳を夢中でごくごく飲んだ。こんなにおいしいものは飲んだことがないとでもいうように。それから大きく安堵の息をついて、ボウルをテーブルにもどした。

「うちのお乳ほどおいしいものは、世界中どこを探してもないわね、おじいちゃん」

そこへ外から鋭い口笛が響き渡った。電光石火の勢いでハイジは外へ飛びだした。山羊の群れが、飛び跳ねながら山を下りてきた。群れの真ん中にペーターがいる。ハイジを見るなり、根が生えたようにその場に立ちつくし、じっと見つめたまま絶句した。

「こんばんは、ペーター！」そう声をかけて、ハイジは山羊の群れの中に飛びこんだ。

「シュヴェンリ！　ベルリ！　あたしが誰だかわかる？」

二匹の山羊には、ハイジの声がすぐさまわかったに違いない。二匹ともハイジに頭

をすりつけて、メエメエ鳴いて喜んだ。ハイジは、ほかの山羊の名前も次々に呼んだ。山羊たちはいっせいにハイジのもとへ来ようと、押し合いへし合いになった。短気なディステルフィンクは高く飛び跳ねて、別の二匹を飛び越え、ハイジのすぐ近くまで寄ってきた。内気なシュネーヘップリまで、体の大きなテュルクをぐいと脇へ押しのけてやってきた。脇に立たされたテュルクは、いつにない

その無礼さにあきれ、あごひげを振り上げて自分の存在を誇示するしかなかった。

ハイジは昔なじみのお友だちみんなに会えて、うれしくてたまらなかった。小柄でやさしいシュネーヘップリを何度も何度もかき抱き、気性の荒いディステルフィンクをなでまわした。ほかの山羊も、なつかしい大好きなハイジにかわいがってもらいたくて、ハイジを押したり引っぱったりした。

そうこうするうちに、ハイジはペーターのすぐそばまで来た。ペーターはさっきから同じ所に立ちつくしていたのだ。

「こっちへ来てよ、ペーター。あたしに、こんばんはをいってくれないの」

ハイジはペーターにそう呼びかけた。

「おまえ、また帰ってきたんだな？」

ペーターはようやく我に返ってハイジに近寄り、さっきからずっと差し伸べられていたハイジの手を取った。そして夕方、牧場からもどるたびにいっていた言葉を口にした。

「明日、またいっしょに来るかい？」

「ううん、明日は駄目。でもたぶんあさってなら行けると思う。だって明日はおばあちゃんのところへ行くから」

「おまえが帰ってきてよかったよ」

　ペーターはいって、顔をくしゃくしゃにして笑った。それから家路につこうとしたが、今日は山羊をまとめて連れ帰るのが、いつになく難しかった。脅したりすかしたりしてようやく山羊を自分の周りに集めたのに、ハイジが片腕をシュヴェンリに、もう片腕をベルリに回してその場を離れかけた途端、ほかの山羊も回れ右してついていこうとしたからだ。それでハイジは二匹の山羊を家畜小屋に入れて、扉を閉めなければならなかった。そうでもしなければ、ペーターはいつまでたっても山羊たちを連れて帰ることができなかっただろう。

　ハイジが家の中へ入ると、新しいベッドがもうできあがっていた。高さも充分あるし、いい匂いがしている。干し草はまだ刈りとっていくらもたっておらず、さらにその上におじいさんが清潔なリネンのシーツを敷いてくれていた。ハイジは喜んでベッドに入り、いい気持ちで眠りについた。こんなにぐっすり眠れるのは久しぶりだ。

夜中におじいさんは、十回は寝床を離れ、はしごを登ってハイジがよく眠れているか、悪い夢を見ていやしないか、そっと耳をすました。それから寝床の上の穴の具合も確かめた。おじいさんは穴に干し草を詰めておいたのだ。ハイジの寝床に月光が差しこむようなことがあってはならないからだ。

だがハイジはすぐさま寝入って、もうふらふらとさまよいだすことはなかった。ハイジの胸を熱く焦がしていた憧れは今、充分に満たされ、心はしごく平穏だったからだ。山や岩が夕日に照り映えて輝くさまも、ちゃんと自分の目で見ることができた。樅の梢が風に鳴る音も耳にした。ハイジはまた古巣のアルムに帰ってきたのだ。

第14章　日曜日、教会の鐘が鳴って

ハイジは風に揺れる樅の木の下でおじいさんを待っていた。途中までいっしょに山を下り、おじいさんの方はデルフリへハイジのトランクを取りにいき、その間ハイジの方は、おばあさんのところで過ごすことにしていた。ハイジは、おばあさんが白パンをどんなにおいしく食べたか、早くおばあさん本人の口から聞きたくてたまらなかった。だが同時に、頭上の樅の梢のざわめきも、いつまでも聞いていたかった。緑の牧場の匂いを嗅ぎ、牧場に咲く金色の花々を愛でる時間も、いくらあっても十分ではない。

おじいさんが小屋から出てきて、あたりをもう一度ぐるっと見まわして、満足げにいった。

「それじゃ、出かけるとするか」

今日は土曜日。土曜には山小屋と家畜小屋を隅々まで掃除して、きれいに片づけるのが習慣だった。午後になったらすぐハイジと出かけられるように、おじいさんは今朝は早くから掃除に取りかかった。もうすっかりきれいになったので、満足していた。

山羊番ペーターの小屋のところで、ふたりは別れた。ハイジは小屋に飛びこんだ。おばあさんはすぐさま足音を聞きつけて、うれしそうに声をあげ、ハイジを歓迎した。

「来てくれたのかい、ハイジ？　また来てくれたんだね？」

ハイジはおばあさんの手を取って、しっかりにぎりしめた。おばあさんは、ハイジがまた連れていかれるんじゃないかと、いまだに心配していたからだ。

今度はおばあさんが、白パンがどんなにおいしかったか話す番だ。おばあさんは、今日は白パンを食べられたので、いつになく元気いっぱいだといった。するとペーターのお母さんが口をはさんだ。毎日一個ずつ、一週間食べつづければ、もっと元気になるだろうに、おばあさんは白パンがなくならないよう、昨日と今日とで合わせて一個しか食べようとしないのだという。ハイジはそれを聞いてしばらく考えこんだ。そしていいことを思いつくなり、喜び勇んでいった。

「いい手があるよ、おばあちゃん。あたし、クララに手紙を書く。パンをたくさん送ってちょうだいってね。ここにあるのと同じだけ、ううん、その倍は欲しい。だってあたし、パンをたくさんためといたんだよ。でも捨てられちゃってね。だけどそのときクララが、パンならいつでもたくさんくれるって約束してくれたんだ。だから頼めばきっと送ってくれる」

「あれまあ」ブリギッテがまた口をはさんだ。「それはすてきだけど、送ってもらっている間にパンが硬くなっちまうよ。小銭でいいから、お金があればねえ。こういうパンなら、デルフリのパン屋だって焼いてるんだよ。でもうちじゃ、黒パンを買うお金しかないのさ」

それを聞いた途端、ハイジは満面の笑みを浮かべた。

「お金なら、あたしたくさん持ってる」

ハイジは歓声をあげ、小躍りした。

「これでお金の使い道がわかった。おばあちゃん、これからは焼きたての白パンが、毎日一個食べられるよ。日曜日には二個ね。ペーターに頼んでデルフリで買ってきてもらえばいい」

「だめだよ、ハイジ！」

おばあさんは反対した。

「大事なお金をそんなことに使うのはね。お金はおじいさんに預けておくといい。必要なときが来たら、おじいさんが使い道を教えてくれるさ」

でもハイジは喜びやまず、ストーブのまわりを飛びまわって叫びつづけた。

「これからおばあちゃんは毎日白パンが食べられる。それで元気いっぱいになれる。ああ、おばあちゃん」

ハイジはまたしても歓声をあげた。

「すっかり元気になったら、きっとまた目も見えるようになる。目が見えないのは、きっと体が弱ってるせいだよ」

おばあさんは黙っていた。ハイジの喜びに水を差したくなかったからだ。ぴょん

ぴょん飛び跳ねているうちに、ハイジの目がおばあさんの古い歌集にとまった。ハイジはさらにうれしくなった。

「おばあちゃん、あたし字が読めるようになったんだよ。この本から、何かひとつ、読んであげようか？」

「あれまあ、字が読めるんだって？　ハイジ、ほんとに読めるのかい？」

おばあさんは驚いてうれしそうに訊ねた。

ハイジは椅子の上にのって、ほこりをかぶっている本を下ろした。その本は、長いこと誰にも触れられずに上に置きっぱなしになっていたのだ。ハイジは本のほこりを払ってから、それを持っておばあさんのそばへ行き、腰かけにすわり、何を読んでほしいか訊ねた。

「なんでも、おまえの好きなものでいいよ、ハイジ」

おばあさんは期待に胸をわくわくさせて、紡ぎ車を少し横へ押しやった。

ハイジは歌集をめくって、あちこち拾い読みした。

「お日さまの歌がある。それを読んであげるね、おばあちゃん」

そういって歌を読みはじめた。読んでいるうちに、ハイジは自分でもだんだん夢中になり、胸が熱くなってきた。

黄金の太陽
歓喜に満ち
我らが地上に
輝きをもたらす
心はずませる愛しき光よ

我（わ）が頭（こうべ）と手足
その光の下に横（よこ）たわる
今　我（われ）は立ちあがり
生き生きとほがらかに
顔（かんばせ）を上げて　天を仰（あお）ぐ

我（わ）が目は眺（なが）める
ほまれある神（かみ）のみ業（わざ）を
み力（ちから）の偉大（いだい）なるを
我（われ）らに教えたもう
神（かみ）のみ業（わざ）を

敬虔（けいけん）な僕（しもべ）が
はかなき現世（げんせ）から別（わか）れるとき

平和のうちに
いくべき所を
指し示したまえ

すべては移ろいゆくも
神は永遠なり
神のみ心　み言葉　み力は
揺らぐことなく
永遠の　礎なり

神の救済と恩寵は
ゆるぎなく
耐えがたき心の傷を
癒したまいて

我らを永遠に守りたもう
苦難も困窮も
いつの日か終わる
海鳴りも風のざわめきもやみ
待ち望みし顔を
太陽が照らす

歓喜に満ち
至福なる静寂の内に
天のみ園に
迎えられることを
我は思い描かん[1]

おばあさんは両手を組んで静かにすわっていた。言葉ではとてもいい表せない喜びが、顔にあふれている。これほどうれしそうなおばあさんを、ハイジは見たことがなかった。おばあさんの頬を涙が伝い落ちた。

ハイジが読み終わると、おばあさんは「ああ、ハイジ、もういっぺん読んでおくれ。もういっぺん聞かせておくれ」とせがんだ。

　苦難も困窮も
　いつの日か終わる

ハイジはもう一度読みはじめた。読んでいて自分でもうれしくなった。

1　原作は福音主義教会の牧師パウル・ゲルハルト（一六〇七年―一六七六年）が一六六六年に発表した賛美歌（プロテスタント賛美歌集四四九）の第一、二、八、十二節にあたる。

苦難も困窮も
いつの日か終わる
海鳴りも風のざわめきもやみ
待ち望みし顔を
太陽が照らす
歓喜に満ち
至福なる静寂の内に
天のみ園に
迎えられることを
我は思い描かん

「ああ、ハイジ、明るくなったよ！　心が洗われて、気持ちがとっても明るくなった！　ああ、おかげでとってもいい気分だよ。ありがとう、ハイジ！」

おばあさんは、何度も何度も繰り返し、喜びの言葉を口にした。ハイジはうれしくなって、おばあさんの顔を見ては、満面の笑みを浮かべた。おばあさんはもう陰鬱な顔をしていない。こんなにうれしそうなおばあさんは、見たことがない。まるで新たな明るい目で美しい天のみ園をのぞきこんでいるかのように、感謝に満ちて、愉しそうにハイジを見上げている。

そのとき窓をたたく音がした。目を上げると、おじいさんが外にいて、出ておいで、うちへ帰ろう、と手招きした。

ハイジは、明日また来るね、とおばあさんにいった。そして急いでおじいさんのところへ駆けていこうとした。明日はペーターと山の上の牧場へ行くけれど、半日でもどってくるつもりだ。そうすれば、おばあさんの気持ちをまた明るくして喜ばせることができる。ハイジにとって、今はそれが一番の幸せだった。日の当たる牧場で花や山羊に囲まれて過ごすのも幸せだが、それよりもずっと大きな幸せだ。

そこへブリギッテがハイジの服と帽子を持って追いかけてきた。そして戸口のところで、これはあんたのだから持ってお帰り、といった。ハイジは服の方だけ受けとって腕にかけた。この服なら、おじいちゃんも知っているからいい、と思ったのだ。けれども帽子の方は、断固として受けとらなかった。帽子はおばさんが持っていて、あたしは絶対にかぶらないから、とハイジはいった。

ハイジは今日体験したうれしいことで頭がいっぱいで、おじいさんに何もかも話さずにはいられなかった。お金さえあれば、下のデルフリでも、おばあさんのために白パンを手に入れることができること、おばあさんが急に明るくなって元気になったことを、ひととおり話し終わると、また初めにもどって、自信たっぷりにいった。

「ね、おじいちゃん、おばあちゃんはいらないっていってるけど、あたしに筒の中のお金を全部ちょうだい。ペーターに毎日お金を渡して、白パンをひとつずつ、日曜日にはふたつ買ってきてもらうから。ね、いいでしょ？」

「だがベッドはどうする、ハイジ？　まずはちゃんとしたベッドを買うといい。パンは残ったお金でいくらでも買える」

けれどもハイジは承知せず、干し草のベッドはとっても寝心地が良くて、フランクフルトで使っていたふわふわのベッドよりずっとよく眠れる、と繰り返しいい張った。しまいにはおじいさんも折れた。

「あのお金はおまえのだ。だから好きなように使えばいい。あれだけあれば、この先何年も、おばあさんにパンを買ってやれるさ」

ハイジは歓声をあげた。

「やったー！　これでおばあちゃんはもう、硬い黒パンを食べずにすむよ、おじいちゃん！　なんてすてきなの！　こんなにうれしいの、生まれて初めてだよ！」

ハイジはおじいさんの手につかまって、小鳥が元気に空を飛ぶように高く跳んだ。

それからふいに真顔になった。

「ああ、神さま。もしも神さまが、あたしが一生懸命お祈りしたことをその場でかなえてくださったなら、こうはならなかった。すぐに家へ帰ってこられたら、こんなにたくさんパンを持ってきてあげられなかった。本を読んであげることもできなかった。神さまは、何もかもちゃんと考えて、あたしが思ってたよりずっとよくしてくださったんだ。おばあさまがおっしゃってたとおりね。そのとおりになったのよ。あたしが嘆いていたとき、すぐに願いを聞いてくださらなくてよかった。これからは、おばあさまがおっしゃっていたように、毎日お祈りして、神さまに感謝する。あたしがお願いしたことを、神さまがかなえてくださらなかったら、フランクフルトにいたときと同じで、神さまはきっと、もっといいことを考えてくださっているのよ。ね、おじいちゃん、毎日いっしょにお祈りをしようよ。絶対にお祈りを忘れないようにしよう。神さまがあたしたちのことを忘れないようにね」

「だがもしもお祈りを忘れたら、どうなる？」おじいさんがつぶやいた。

「うーん、それはよくないよ。だって神さまの方でも、その人のことを忘れてしまわれるから。そしてその人が勝手気ままにすることを許してしまわれる。それで、もしもその人がつらい目に遭って、嘆くとするでしょ。でもだれも同情してくれないんだよ。それでこういわれるの。自分から神さまのもとを去ったんだから仕方がない。神さまには助けてあげることができたのに、こうなったら神さまも見捨てるしかないさってね」

「そのとおりだよ、ハイジ、誰に聞いたんだい？」

「おばあさまよ。おばあさまが何もかも教えてくださったの」

おじいさんは、しばらく黙ったまま歩いていた。それから考え考え、つぶやくようにいった。

「一度そうなったら、ずっとそのままだ。後もどりは誰にもできない。神さまに一度見捨てられたら、ずっと見捨てられたままなのさ」

「あら、おじいちゃん、そんなことないって。もどることもできるんだよ。おばあさまがそう教えてくださったもん。あたしがもらった本に、すてきなお話が載っててね。でもおじいちゃんは知らないよね。もうすぐうちに着くから、そしたら読んであげる。とってもすてきなお話なんだよ」

ハイジは気持ちがせいていた。ずんずん山を登り、家に近づくにつれ、ますます足を速めた。そして家につくなり、おじいさんの手を放して中へ飛びこんだ。おじいさんは背負っていたかごを下ろした。中には、ハイジが持ち帰ったトランクの中身が半分入っていた。トランクは、そっくりそのまま山の上まで上げるには重すぎたからだ。それから考え深げにベンチに腰を下ろした。ハイジが大きい本を小脇にかかえて小屋から飛び出てきた。

「あ、おじいちゃん、すわって待っててくれたんだ、よかった」

そういうとさっと隣にすわり、さっそく本を開いた。同じ話を何度も繰り返し読んでいたので、その頁が開くようになっていた。例の放蕩息子の話だ。ハイジはそれを熱心に読みはじめた。

　息子はいい暮らしをしていました。父親の牧場では、牛や羊が健やかに草を食んでいて、息子はきれいな上着を着て羊飼いの杖に寄りかかり、番をしながら沈む夕日を眺めることができました。

その様子がそっくり挿絵に描いてあった。

　ところが突然、息子は自分の財産が欲しくなり、好き勝手に生きたくなりました。それで父親に無理矢理財産を分けてもらい、それを持って家を出ましたが、すぐに洗いざらい使い果たしてしまいました。着の身着のままになった息子は、農夫に頼んで下男にしてもらうしかありませんでした。

けれども父親のところと違ってその農家にはいい家畜はおらず、豚しかいませんでした。それで息子は豚番をするしかなく、ボロを着て、口に入れることができたのは子豚の餌用の葡萄の搾り滓だけ、それもほんのわずかでした。

息子は父親のところでどんなにいい暮らしをしていたか、父親がどんなによくしてくれたか、自分は父親に対してどんなに恩知らずだったか思い至りました。息子は後悔の念に苛まれ、故郷が恋しくて涙に暮れました。

そして考えました。お父さんのところへもどって許しを乞うことにしよう。自分はもう息子にはふさわしくないけれど、日雇いでいいから雇ってもらえないか、頼んでみよう。

遠くまで行っていた息子は、ようやく父親の家へ帰りつきました。父親は息子が帰ってきたのを見るなり、すぐさま駆けよりました。

「ねえ、おじいちゃん、それからどうなったと思う？」

ハイジはそこでお話を読むのをやめて、おじいさんに訊いた。

「お父さんはまだ息子に腹を立てていて、そらいったこっちゃない、っていったと思う？　続きを読むから聞いてててね」

父親は息子の哀れな姿を見てたまらなくなり、駆けよって首をかき抱き、頬にキスをしました。息子は父親にいいました。お父さん、ぼくは天に唾し、お父さんに背きました。もうお父さんの息子の資格はありません。

けれども父親は下男にこういいました。一番いい服を出して着せてやってくれ。手に指輪をはめ、靴をはかせてやれ。それから、丸々太った子牛を一頭つぶして料理してくれ。祝いをするんだ。死んだ息子が生き返った祝いだ。亡くした息子をまた見つけたんだよ。

こうしてみんな大喜びでお祝いをしました。

「ね、おじいちゃん、どう思う？　すてきなお話でしょ？」

ハイジは黙ってすわっているおじいさんに訊ねた。おじいさんが話に感心して喜んでくれるものと思っていたのだ。

「ああ、ハイジ、すてきな話だ」

おじいさんはいった。けれどもおじいさんがあんまり真剣な顔をしていたので、ハイジは黙って本の挿絵を見た。それからもう一度、本をおじいさんの目の前にかざして、そっといった。

「見て、とっても幸せそうでしょ」

ハイジは、清潔な服を着て父親のかたわらに立つ息子の絵を指差した。父親のもとにもどれてうれしそうにしている息子の絵を。

数時間後、ハイジはとっくに深い眠りについていた。おじいさんは、小さいはしごを登って屋根裏に上がり、ハイジの寝床の横にランプを置いた。

ランプの光が眠っているハイジの顔を照らしだした。ハイジは両手を組んで寝ている。お祈りをすることを忘れなかったのだ。バラ色の顔には、安らぎと心からの信頼の表情が浮かんでいた。その顔がおじいさんに何かを語りかけていたに違いない。

おじいさんはそこに身じろぎもせずに長いこと立っていた。眠っているハイジの顔から目を一時もそらさずに。それからおじいさんは両手を広げ、頭を垂れた。

「おれは天に仇をなし、父さんにも背いた。もう息子にはもどれない！」

大粒の涙がひとつ、ふたつと頰を伝い落ちた。

それから数時間後のこと。夜が明けてすぐに、おじいさんは山小屋の前に立ち、すんだ目であたりを見まわした。日曜日の朝で、お日さまが山と谷をほのかに照らしている。夜明けを告げる鐘の音が谷から響き渡ってきた。頭上の樅の梢では、小鳥が朝の歌をさえずっている。

おじいさんは小屋にもどって屋根裏へ向かって叫んだ。

「早く下りておいで、ハイジ！　おてんとうさまはもうとっくに昇ってるぞ。よそゆきを着なさい。いっしょに教会へ行こう！」

それを聞いたハイジは、ぐずぐずしてはいられなかった。おじいさんがこんな風に呼ぶのは初めてだ。だから急いで仕度をした。いくらもしないうちにフランクフルトから持ち帰った飾りのついた服を着て、はしごを下りた。そして啞然としておじいさんの前に立ち、そのいでたちを穴のあくほど見つめた。

「わっ、おじいちゃん、おじいちゃんがそんな恰好をしてるのを見るのは、初めてだよ」

ようやく言葉が出た。

「それに銀のボタンのついた上着を着てるところも、初めて見た。日曜日の晴れ着を着たおじいちゃん、とってもすてき」

おじいさんは愉しそうに微笑んだ。

「おまえもその服、よく似合っていてすてきだよ。さあ行こうか！」

おじいさんはハイジの手を取り、ふたりは並んで山を下りた。あっちからもこっちからもすんだ鐘の音が聞こえてくる。山を下りるにつれ、その音は大きく豊かになっていく。ハイジはその音に聞き惚れてこういった。

「聞こえる、おじいちゃん？　まるで大きなお祭りがあるみたい」

下のデルフリでは、すでに人々が教会に集まっていて、ちょうど賛美歌を歌いはじめたところだった。そこへおじいさんがハイジを連れて入ってきて、一番うしろのベンチにすわった。歌っている最中だというのに、ふたりと隣合わせになった人が、そのまた隣の人を肘でつついた。

「おい、アルムのおじさんだぞ！」

つつかれた人が、さらにまた次の人をつついた。そんなひと幕が繰り返され、いくらもしないうちに、あちらの隅でもこちらの隅でも、ひそひそとささやき合う声がした。

「アルムのおじさんだよ！」

「アルムのおじさんが来てる！」

女たちはほぼいっせいにうしろを振り返った。動揺して調子をはずしてしまう者が多く、先唱者[2]は、歌が調子っぱずれになるのを防ぐのに苦労した。けれども牧師が説教を始めると、ざわめきは鎮まった。牧師の説教には、神を賛美し感謝する温かい言葉があり、会衆はそれを聴いて感動したからだ。会衆はみな、大いなる喜びに酔いしれているかのようだった。

礼拝が終わると、おじいさんはハイジの手を取って、教会を出、牧師館に向かった。いっしょに教会から外に出た人々は、おじいさんの姿を目で追った。おじいさんが本当に牧師館に入るかどうか確かめようと、大勢が後についてきた。

それから何人かずつ寄り集まって、アルムのおじさんが教会に姿を見せるなんて信じられない、とこの前代未聞の珍事について興奮してしゃべり合った。そしておじ

2　独唱と合唱からなる聖歌では、先唱者が聖書の一節を歌い、それに答える形で後に続く節を会衆が合唱する。それを交互に繰り返す。

いさんが牧師館から出てくるのを、わくわくしながら待った。牧師と口論し、怒って出てくるだろうか？　それとも穏やかに話しながら出てくるだろうか？　おじいさんがなぜ山を下りて教会へやってきたのか、そもそも何を考えてのことなのか、誰も見当もつかなかったのだ。

けれどもそのうちに、待っている人たちの気分が変わってきた。ひとりが別のひとりにいった。

「アルムのおじさんは、思っていたほど悪い人じゃないかもしれないなあ。あのおちびちゃんの手を引いているところなんか、目に入れても痛くないかわいがりようだ」

するとまた別の者がいった。

「そらな。根っからのワルなら牧師さんのところへ来たりしないって。神を畏れてな。みんな大げさにいいすぎてたのさ」

そこへパン屋も口をはさんだ。

「おれが一等先にいったんだぞ。あのおちびちゃんは、何でも好きなものを食べたり飲んだりできるいい暮らしをしてたんだ。なのにそれを全部うっちゃって、じいさんのところへ帰ってきた。じいさんが悪いやつで乱暴者だったら、逃げるのが普通だろう。違うか？」

そんなことをいい合っているうちに、みんなだんだんとおじいさんに好意を抱くようになった。女たちも話に加わって、山羊番のおかみさんやおばあさんから聞いた話を始めたので、おじいさんに対する好感度はさらに上がった。おかみさんやおばあさんは、アルムのおじさんはみんなが思っているような人とは全然違うと主張しているという。それでやがてそうかも知れない、とみんなは思いはじめ、長いこといなかった旧友がもどってきたのを歓迎する気分になってきた。

そうこうするうちに、おじいさんは牧師館の書斎の前まで来て、扉をノックした。牧師は扉を開けて、おじいさんとハイジを迎え入れた。驚いてもよさそうなものを、牧師は少しもそんな素振りを見せなかった。むしろこの訪問を待ち受けていたかのようだった。思いがけずおじいさんが教会に現れたのを、牧師はもちろん見逃していなかった。牧師はおじいさんの手を取って、何度も心をこめて握手した。

おじいさんの方は黙って立ったまま、初めはひと言も口にすることができなかった。

これほど心のこもった歓迎を受けるとは、思いもよらなかったのだ。それからようやく気を落ち着けて口を開いた。

「今日は牧師さんにお願いがあってきました。アルムの山小屋でおれがいったことを、どうか忘れてください。せっかくよかれと思って忠告してくださったのに、聞く耳持たなかったことを、どうか根に持たんでください。何もかも牧師さんのいうとおりでした。おれが間違ってました。これからは忠告に従います。冬の間はまたデルフリに下りてきます。なんといっても、寒さの厳しい冬の間、山の上で暮らすのは、この子にはきつすぎますんで。この子はそう丈夫な方ではありませんしね。たとえここの者たちが、おれのことを信用ならん奴だと白い目で見ても、それはそれでいたしかたない。牧師さんは、そうはなさらんだろうが」

牧師の親しげな目が喜びで輝いた。牧師はもう一度おじいさんの手を取って強くにぎり、心をこめていった。

「ご近所さん、あなたはわたしの教会に来る前に、もうまことの教会に入られたんですよ。なんともうれしいかぎりです。それにまた、わたしたちのところに来て、いっしょに暮らそうとしている。後悔はさせませんよ。よき友だちとして、隣人として、いつでもわたしのところへ来てください。冬の夜をいっしょに楽しく過ごせると思うと、今からもうわくわくします。あなたとともに過ごすのは、本当に気分がいいし、有意義でもある。それから、このおちびさんにも、いい友だちを見つけてあげなければね」

牧師はハイジの縮れ毛の頭にやさしく手を置き、もう片方の手でハイジの手を取り、おじいさんの後について外へ出た。そして牧師館の前で別れのあいさつをした。

周りにいた人たちは、牧師がアルムのおじさんともう一度握手するのを目撃することになった。まるで親友との別れを惜しんでいるかのような光景だった。

牧師館の玄関扉が閉まるやいなや、人々がアルムのおじさんにあいさつしようと殺到した。誰もが一番に握手しようとした。いっぺんにたくさんの手が差しだされて、おじいさんは、どの手を最初ににぎっていいものやらわからず、まごついた。集まってきた人たちの一人がこう呼びかけた。

「いやあ、よかった、よかった！　うれしいねえ！　アルムのおじさん、あんたがまたおれたちのところへ来てくれて、こんなにうれしいことはない!」

また別の者がいった。

「一度あんたと話してみたいと、ずっと思ってたんだよ、アルムのおじさん!」

そんな風にあっちからもこっちからも声がかかった。おじいさんはみなの親しみをこめたあいさつに喜んで応え、以前住んでいたデルフリの家にもどって、冬は昔なじみとともに過ごすつもりだ、といった。

わっと歓声が上がった。まるでアルムのおじさんがデルフリ一の人気者で、これまでいなくてみんなさみしがっていたかのようだった。

アルムのだいぶ上の方まで、みなは、おじいさんとハイジについてきて、別れ際に、今度山を下りてきたら自分のところへ寄ってくれ、と口々にいった。それから人々は家路につき、おじいさんはそこに立ちどまって、みなが山を下りていくのを長いこと見送った。おじいさんの顔には、まるで内側からお日さまが照らしてくれているかのように、温かい光が宿っていた。

ハイジはそんなおじいさんの顔をまじまじと見つめて、うれしくてたまらなくなった。

「おじいちゃん、今日はおじいちゃん、どんどんすてきになってくね。こんなの初めてだよ」

「そうかい？　そう思うかい？」

おじいさんは微笑んだ。

「ああ、ほんとにな、ハイジ、今日は信じられないほど、いい気分だよ。神さまやみんなと仲よくするのが、こんなに気分がいいものとはな！　神さまがおまえをアルムに寄こしてくれたおかげだ」

山羊番ペーターの小屋まで来ると、おじいさんは、すぐさま玄関の扉を開けて中に入った。

「こんにちは、おばあさん」

おじいさんは部屋の奥に向かって呼びかけた。

「木枯らしが吹く前に、もう一度、家の点検をしなきゃならんと思ってきたよ」

「おお、神さま、アルムのおじさんだよ！」

おばあさんはおじいさんの突然の訪問に驚いていった。

「生きているうちに、またこんないい目を見るとはねえ！　あんたがあたしらにしてくれたことに、もう一度感謝できて、こんなにうれしいことはない、アルムのおじさん！　神さまありがとうございます！　ありがとうございます！」

　うれしさにふるえながら、おばあさんはおじいさんに手を差しだした。おじいさんがおばあさんの手を心をこめて振ると、おばあさんの方でも、にぎる手に力をこめ、さらに言葉を続けた。

「どうしてもお願いしたいことがひとつあるんだよ。もしもあたしがあんたの気にさわるようなことをしたとしても、あたしが下の教会の墓地に眠る前に、もう一度ハイジを取り上げるようなことだけはしないでおくれ。この子があたしにとってどんなに大切か、あんたには到底わからないだろうねえ！」

　それからおばあさんはハイジを強く抱きしめた。ハイジも家に入ってきて、とっくにおばあさんに寄りそっていたのだ。

「心配しなさんな、おばあさん」

　そういって、おじいさんはおばあさんをなだめた。

「おれもあんたも、そんな罰は金輪際受けたくないもんだ。これからはみんないっしょに仲よくやっていこうや。どうか神さま、そうしてくだされ。みんないっしょに末長く暮らせますように」

そこへブリギッテがやってきて、おじいさんを何やらいわくありげに隅へ引っぱっていき、羽根飾りのついたきれいな帽子を見せた。そしてハイジが、もう絶対にかぶらないからあげるといって帽子を自分によこしたことを話し、でももちろん、もらうわけにはいかない、と付け加えた。

けれどもおじいさんは、満足げにハイジを見てから、こういった。

「帽子はハイジのものだ。だがもうかぶりたくないというなら、それでいいじゃないか。ハイジがあんたにあげるというんなら、もらっておけばいい」

ブリギッテは思いがけないおじいさんの言葉に大喜びした。

「この帽子は買えば十フラン以上するよ。ちょっと見てよ！」

うれしくてたまらず、帽子を高々とかかげていった。

「ハイジがフランクフルトから、ものすごい宝物を持って帰ってきてくれたよ！

ペーターもいっぺん、ちょっとフランクフルトへやってみようかね。どう思うね、アルムのおじさん?」

おじいさんの目が一瞬おもしろそうに光った。そして、まあペーターにとっても悪くないだろうが、機会があるかどうか待ってみるんだな、と応じた。

噂をすればなんとやらで、ペーターが戸口のところに姿を現した。よっぽど急いでいたようで、扉に頭をしたたかにぶつけてしまい、家中が音を立てて揺れた。ペーターははあはあ肩で息をしながら部屋の真ん中まで来ると、ペーターは黙って手紙を差しだした。それこそ一大事だった。ハイジ宛ての手紙など、今まで来たことがなかったからだ。ペーターはその手紙をデルフリの郵便局からことづかってきたのだ。

みなが期待に目を輝かせてテーブルを囲んだ。ハイジは封を開け、一度もつかえずに、すらすらと大きな声で読み上げた。

手紙はクララ・ゼーゼマンからだった。

クララはハイジにこう書いてきた。

ハイジが帰ってからというもの、フランクフルトのお屋敷は退屈きわまりなく、もう一時も我慢ならず、お父さんに一生懸命何度も頼んだところ、この秋にバート・ラガッツまで旅行できることになった。おばあさまもいっしょに来ることになっている。おばあさまはハイジとおじいさんをアルムに訪ねたがっている。おばあさまからの伝言も記されていた。

曰く、ハイジがペーターのおばあさんに白パンを持ち帰ったのはとてもいいことだ、おばあさんがパンを食べるときに喉が渇かなくてすむよう、コーヒーを送ったので、そのうち届くだろう、アルムに着いたら、おばあさんのところまで自分を案内してほしい、とのことだった。

みんなはこの知らせに驚くやら喜ぶやらで、あれこれ質問が飛びかい、期待に胸ふくらませていろいろ話し合っているうちにあっという間に時がたち、おじいさんが気がついたときには、もうだいぶ遅い時間になっていた。それだけみんな、これからのことを楽しみに語り合い、今日こうしていっしょに過ごせることを喜び合ったのだ。そして最後に、おばあさんが締めくくった。

「一番すてきなのは、古くからの友だちがまた訪ねてきて、手を差し伸べてくれるこ

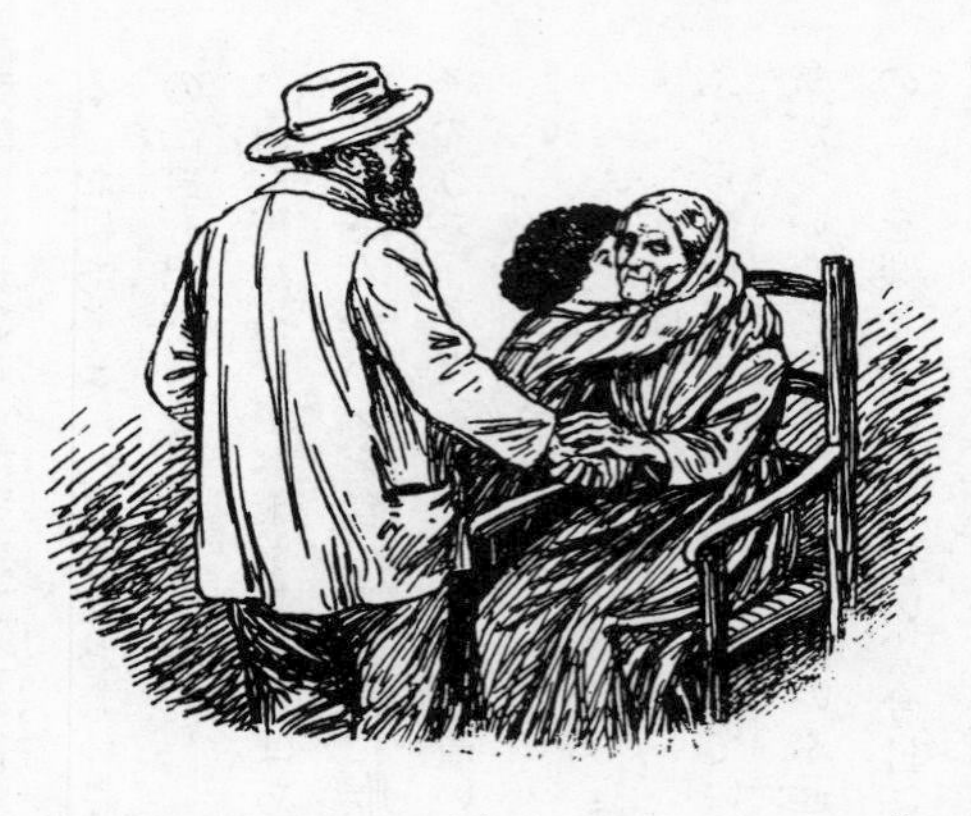

とだよ。昔と同じようにね。大事なものがまた見つけられた喜びは、何物にも代えがたいね。まったく心が慰められるよ。また来てくれるだろう、アルムのおじさん？　明日も来てくれるかい、ハイジ？」

おじいさんもハイジも、お別れに握手をして、おばあさんに、また来ることを約束した。そして家路についた。おじいさんは、ハイジといっしょにアルムへ登っていった。朝、鐘の音があちこちで響いて、ふたりを下へ呼び寄せたように、今度は夕べの鐘が、谷に響き渡って、ふたりを見送ってくれた。アルムの山小屋は日曜にふさわしく、夕日に照り輝いてふたりを出迎えてくれた。

秋になっておばあさまがいらしたら、ハイジにとっても、ペーターのおばあさんにとっても、きっとまた大いなる喜びと驚きがもたらされるだろう。それに屋根裏の干し草を敷きつめた床には、ちゃんとしたベッドが置かれることになるだろう。なにしろおばあさまがいるところは、どこもかしこも、何もかもが、収まるべきところにきちんと収まるようになるからだ。

外見も、心の内も同じように。

第二部　ハイジは習ったことを役立てる

第15章　旅じたく

ハイジを故郷へ帰すべきだとの判断を下した親切なお医者さんが、広い通りをゼーゼマン家へ向かって歩いていた。九月の晴れた朝だった。明るくさわやかな朝で、誰もがうきうきして当然のところだ。けれどもお医者さんは足元の白い石畳ばかり見ていて、頭上に青い空が広がっていることに気づきもしなかった。その顔には、以前は見られなかった悲しみの表情が浮かんでいた。髪はこの春に比べてずっと白くなっている。お医者さんにはひとり娘がいた。妻が亡くなってから、その娘と二人、寄りそうように暮らしてきた。娘が唯一の喜びの源泉だった。ところがそのうら若き娘が、数カ月前に天に召されてしまった。それ以来、あれほどほがらかだったお医者さんの心が晴れることはなかった。

玄関の呼鈴を引いて鳴らすと、ゼバスティアンが慇懃に玄関扉を開け、いそいそとお医者さんを迎え入れた。お医者さんはゼーゼマン家の当主とお嬢さまの一番の友だちであるだけでなく、持ち前の親しみやすさで、家人全員のよき友人となっていた。

「どうだい、みんな変わりはないかな、ゼバスティアン?」

お医者さんはいつもの親しげな口調で声をかけ、階段を上がった。ゼバスティアンが後に続いた。お医者さんの背中に目がついているはずはないのに、ゼバスティアンは恭しい態度をくずさなかった。

「よくきてくださった。先生!」

ゼーゼマン氏がお医者さんを出迎えた。

「スイスへの旅行について、もう一度相談したいと思っていたんですよ。クララの調子がよくなった今でも、やはり先生の意見は変わりませんかね。どうしても反対なさいますか?」

「ゼーゼマン、きみもほんとうに頑固だな」

お医者さんは友と向かい合わせにすわった。

「きみのお母さんがここにいてくださったらなあ。あの方なら、何もかもすぐにわかって、いいようにしてくださるだろうに。ところがきみときたら、てんで話にならん。ここへ呼びつけられるのはこれで三度目だ。いったい何度同じことをいったら気がすむんだ」

「ええ、確かにいい加減うんざりでしょうね。ですが、考えてもみてください」

ゼーゼマン氏は、どうか頼むというように、片手をお医者さんの肩に置いた。

「あれだけしっかり約束しておいて、いまさらだめだとはとてもいえませんよ。あの子は何カ月も、それこそ日夜、楽しみにしていたんです。この前、具合が悪くなったときだって、もうすぐスイスへ行ってハイジをアルムに訪ねることができる、とそれだけを楽しみに頑張った。ただでさえ不自由な思いをさせているのに、念願の旅行を中止するなどというかわいそうなことが、どうしてできますか？　わたしにはとてもできない相談です」

「ゼーゼマン、そうはいっても、これぱかりはどうにもならない」

お医者さんはきっぱりといった。そして、しばらくたっても友が黙ったまま打ちひしがれているのを見て、こう続けた。

「よく考えてみてくれ。この夏ほど、クララの具合が悪かったことはないんだよ。それなのにそんな大旅行をさせるなど、とんでもない話だ。そんなことをしたら、最悪の事態さえ招きかねない。それにもう九月だ。たしかにアルプスはまだきれいかもしれないが、朝晩は相当に冷えこむ。日も短くなっている。それなのに山の上で夜も過ごすなど、クララにはとても無理だ。となると、山の上にいられるのはせいぜい数時間だ。下の温泉地から山の上まで行くだけでも、数時間はかかるだろう。なんたって車椅子をかつぎ上げなければならないんだからね。

というわけで端的にいって、これは無理な相談だ！　いっしょにクララのところへいって話をしよう。クララはものわかりのいい子だ。わたしの計画を話して聞かせれば、きっとわかってくれる。来年、五月になったら、バート・ラガッツまで行く。そしてそこの温泉地に逗留する。十分暖かくなったら、アルムまで足を延ばす。そして折りを見て、山の上までかつぎ上げてもらう。そうすればクララも遠足を楽しめる。

山の新鮮な空気を吸って元気になれるというものさ。いま危険を冒すより、その方がずっといい。わかってくれよ、ゼーゼマン。クララの回復を願うなら、細心の注意を払って存分にいたわってやらないと駄目なんだ」

それまで悲しそうな顔でお医者さんのいうことを黙って聞いていたゼーゼマン氏が、ふいに顔を上げた。

「先生！」

ゼーゼマン氏は大きな声でいった。

「どうか正直にいってください。状態がよくなる可能性があると本当にお考えですか？」

お医者さんは肩をすくめた。

「あまりあるとはいえないが、だがね、わたしのこともちょっとは考えてもらえないか。きみには、きみの帰りを今か今かと待ち望んでくれる子どもがいる。誰もいないさみしい家に帰って、ひとり食卓に向かうこともない。それにクララは、いい暮らしができている。そりゃあ他の子にできて、クララにできないこともたくさんあるさ。だがね、あの子の方が多くの点でずっと恵まれている。いや、ゼーゼマン、きみたちには嘆くことなどたいしてありはしない。いっしょに暮らせるだけでも上等じゃないか。それにひきかえ、我が家なんてわびしいもんだよ！」

ゼーゼマン氏は立ちあがり、室内を大股で行ったり来たりしはじめた。何かに夢中になるとそうするのが習性になっている。そしてふいに友の目の前で立ち止まり、その肩をたたいた。

「そうだ、いいことを思いつきましたよ。今のあなたはとても見られた状態じゃない。昔とはまるで違ってしまっています。少し気分転換が必要ですよ。どうでしょうね、旅に出てみては？　わたしたちの代わりに、アルムにハイジを訪ねてくれませんか？」

お医者さんはこの提案にひどく驚いて、すぐさま断ろうとした。けれどもゼーゼマン氏は、その暇を与えなかった。我ながらいいことを思いついたと夢中で友の腕を取り、娘の部屋へ引っぱっていった。

心優しいお医者さんはクララにとって、いつでも大歓迎だった。お医者さんはいつだって親しみをこめて接してくれるし、必ずなにかしらおもしろい話をしてくれるからだ。それが今できなくなった理由もクララは承知していて、なんとか励ましてまた前のように元気になって欲しいと思っていた。クララはすぐに手を差しだした。お医者さんはクララと握手をしてその横にすわった。ゼーゼマン氏も自分の椅子をクララの近くに寄せ、その手を取った。そしてスイス旅行のことを話しはじめた。まずは自分がどんなにその旅行を楽しみにしていたかを話した。けれども肝心の、それがもはやできなくなったというところは、クララに泣かれることをおそれて手短にすませた。そして急いでいい思いつきに話題を転じ、良き友であるお医者さんにとって、スイスへの旅がどんなにいい気分転換になるかを話し、クララの関心をそちらへ向けようとした。

危惧していたとおり、クララの目には涙が浮かび、たちまち青い目が曇った。クララはそれを懸命にこらえようとした。娘の泣き顔を見るのが父親にとってどんなにつらいことか、よくわかっていたからだ。とはいえ、それはなかなか難しかった。

この夏の間、クララはハイジに会いにスイスへ行けることだけを唯一の慰めに、長いさみしい時をどうにかこうにかやり過ごしてきたのだ。だがクララは、四の五のいうような子ではなかった。父親が自分をスイスへ行かせてくれないのは、最悪の事態を案じてのことだとわかっていたからだ。それで、こみ上げてくる涙をこらえ、残された唯一の望みに気持ちを向けた。クララは、よき友であるお医者さんの手を取ってなでながら、こう懇願した。

「ああ、先生、それがいいわ、どうかハイジのところへ行ってきてください。帰ってきたら、ハイジがどんな様子だったか話してください。お山の上で、ハイジとおじいさんとペーターと山羊たちが、何をしていたかね。わたし、みんなのことをとってもよく知っているのよ。それからハイジにあげたいものがたくさんあるから、それを持っていってあげて。何もかもすっかり考えてあるの。ペーターのおばあさんにも持っていってあげてね。お願いよ、先生、どうかそうしてください。その間、肝油をちゃんと飲みます。おいいつけどおりに、いくらでも飲みます」

クララのこの約束に効き目があったかどうかは定かでないが、おそらく相当に効いたのだろう。お医者さんはにっこり笑っていった。

「ああ、それなら、なんとしても行かなきゃならんな、クララちゃん。そのかわり、きみもパパやわたしのいうとおり、しっかり食べて、もっと太ってくれないといけないよ。それでわたしはいつ旅立てばいいのかな？　もう決めてあるのかい？」

「明日の朝早くが一番よ、先生」

「ああ、クララのいうとおりだ」父親が口をはさんだ。

「お日さまが照っていて、空は青い。ぐずぐずしていたら、もったいない。アルプスで過ごせる日は、一日だって無駄にできませんよ」

お医者さんは思わず笑ってしまった。

「この分だと何をぐずぐずしているんだ、と文句をいわれかねないな、ゼーゼマン。それじゃこの辺でお暇しよう」

けれどもクララは、立ちあがりかけたお医者さんの腕をつかまえて引き止めた。ハイジに持っていってほしいものを渡さなければならないし、ハイジがどんな様子かよく見てきて、後で何もかもすっかり話してほしい、と念を押したかったのだ。ハイジへのおみやげは、後でお医者さんのもとへ届けることになった。荷造りはロッテンマイアー女史に手伝ってもらわなければならないが、ちょうど町へ散歩に出かけていて、そうすぐにはもどってきそうもなかったからだ。

お医者さんはクララの望み通り、明日の朝早くとはいかないまでも、近日中には旅立って、もどってきたら、見たこと体験したことを、何もかもありのまま報告する、とクララに約束した。

時として召使いには、用事をいいつかる前にそれを事前に察する特殊な能力があるものだ。ゼバスティアンとティネッテにはそうした能力が相当備わっているに違いない。お医者さんがゼバスティアンに伴われて階段を下りると、入れ替わりにティネッテがクララの部屋に入ってきた。クララが呼鈴を鳴らしてティネッテを呼んだのと、ほぼ同時だった。

「いつもおやつにコーヒーといっしょに食べているおいしい焼き菓子を、この箱にいっぱいに詰めて持ってきてちょうだい、ティネッテ」とクララはいって、ずっと前から用意してあった箱を指差した。

ティネッテは、その箱の端をつまんで馬鹿にするようにぶらぶらさせ、部屋を出ながら「これはまたやりがいのあることで」とつぶやいた。

ゼバスティアンの方は、いつものように扉を開けると、恭しくお辞儀をしてからお医者さんにいった。

「マドモワゼルに、ゼバスティアンからよろしく、と伝えていただけたらありがたいです、先生」

「おや、ゼバスティアン、わたしが旅に出ることを、もう知っているのかい？」お医者さんはにこやかにいった。

ゼバスティアンは、あせってせき払いをしてから、なんとか取り繕おうとした。

「えっと、そのう、実はえー、自分でもよく覚えていないのですが、あっ、思いだしました。偶然食堂を通りかかったとき、マドモワゼルの名前を耳にいたしまして、それであれやこれや考え合わせるに、ひょっとしてもしやと思ったしだいで……」

「ああ、なるほど、なるほど」お医者さんは微笑んだ。

「考えれば考えるほど、わかろうってものだな。それじゃあな、ゼバスティアン。ハイジに会ったらきみがよろしく、といっていたと伝えるよ」

開いている玄関扉から急いで出ていこうとして、お医者さんは障害物に出くわした。風が強くなったせいで、ロッテンマイアー女史が町中のそぞろ歩きを切り上げて、開いている玄関扉からまさに入ってこようとしていたのだ。

ロッテンマイアー女史の体を包んでいた幅広のショールが風を受けてふくらみ、まるで帆を張ったような恰好になった。お医者さんはすぐさま後ずさりした。

ところがこのお医者さんに、ロッテンマイアー女史はかねてより特別な敬意と好意を抱いていたので、こちらの方も礼儀正しく後ずさり、しばしふたりは身振り手振りで、お先にどうぞと譲り合った。そこへまた一段と強い風が吹き、ロッテンマイアー女史は大きく張った帆にその風をまともに受けて、お医者さんの方へよろよろと倒れかかった。

お医者さんがすんでのところで身をかわしたので、ロッテンマイアー女史の方は勢い余って家の中へ数歩なだれこみ、ゼーゼマン家の大切なご友人にちゃんとしたあいさつをするために、引き返さなければならなくなった。

醜態を演じたせいでロッテンマイアー女史は少し顔を引きつらせたが、お医者さんの方は心得たもので、うまく取り繕ったので、ロッテンマイアー女史も顔をなごませ、気を落ち着かせることができた。お医者さんは女史に旅行のプランを伝え、あなたをおいてほかにできる者はいないからといって、ハイジへのおみやげの荷造りを丁重に頼んだ。それからおもむろに暇を告げて家路についた。

ハイジのおみやげ用に取っておいたものをそっくり送る手はずを整えるのには、ロッテンマイアー女史と何度かいい争わなければならない、とクララは覚悟してい

た。ところが今回は読み違えていた。ロッテンマイアー女史は珍しく上機嫌だった。

ただちに大テーブルにのっていたものをすべて片づけ、代わりにクララがハイジのために用意しておいたものを並べ、クララの目の前で荷造りを始めた。それは簡単な仕事ではなかった。集められたおみやげは、形がてんでんばらばらだったからだ。

まずはハイジのために用意したフードつきの厚手のコート。これがあれば今度の冬は、おじいさんに掛け布団代わりの麻袋にくるんでもらうのを待たずとも、いつでも好きなときにペーターのおばあさんを訪ねられる。

それから年とったおばあさんにあげる厚手の暖かいショール。このショールにくるまれば、風で小屋がガタガタ揺れても、すきま風で凍えずにすむだろう。

次は焼き菓子の入った大きな箱で、これもおばあさんのために用意されていた。コーヒータイムに、たまにはパン以外のものを食べてもらいたいからだ。

続いて特大のソーセージ。これは初めペーターにあげようと考えていた。ペーターはいつもチーズとパンしかもらえないからだ。けれどもクララは考え直した。ペーターが大喜びして、いっぺんにソーセージを食べてしまうかもしれないと危惧したのだ。それで母親のブリギッテにあげることにした。そうすれば、ブリギッテは先に自分とおばあさん用にソーセージを一部取り分けておいて、残りを何回かに分けてペーターに出してあげられるだろうと考えたのだ。

それから夕方、山小屋の前にすわってパイプをふかすのが大好きなおじいさん用に、タバコを一袋。

一番最後に、謎めいた小袋や包みや小箱がたくさん。どれもこれも、クララがハイジのために楽しんでこしらえたもので、ハイジはきっと、ひとつひとつ開けるたびに、目を丸くして大喜びするに違いない。

やっと荷造りが終わり、大きな立派な包みがひとつできあがって床に置かれた。ロッテンマイアー女史は、それをとくと眺めて、その見事な出来映えにご満悦だった。

クララはクララで、ハイジが喜ぶ様を思い描いて満足していた。こんな大きな荷物が届いたら、ハイジはきっと驚いて飛びあがり、歓声をあげるに違いない。

ゼバスティアンが部屋に入ってきて、包み

をよいしょと肩にかつぎ上げると、直ちにお医者さんの家へ届けに出かけた。

第16章 アルムへのお客さま

朝焼けが山を染め、さわやかな朝風が樅の梢を吹きぬけ、古い枝を大きく揺さぶってざわめかせた。ハイジは目を開けた。風の音で目が覚めたのだ。樅の木のざわめきは、心の奥底にずんと響き、外へ飛びだして木の下に立たずにはいられなくなる。ハイジはすぐさま飛び起きた。身支度をする暇ももどかしかったが、さりとてしないわけにもいかない。今では、いつもきちんと身ぎれいにしていなければならないとわかっていたからだ。

ハイジははしごを下りた。おじいさんの寝床はすでにからっぽだ。外へ飛び出ると、おじいさんは扉の前に立って、空を見上げていた。今日はどんな日になるか、そうやって確かめるのが、毎朝の日課だった。

　空にはバラ色の小さい雲が幾つも浮かんでいて、だんだんと空の青みが増していく。お山のてっぺんと牧場の上には、金色の筋が引かれている。ちょうどお日さまが、高い岩山の上に昇ったところだった。

「ああ、なんてすてきなの！　とってもきれい。おはよう、おじいちゃん！」

ハイジは飛び跳ねながら大声でいった。

「おや、おまえも目が覚めたのかい？」

おじいさんはいって、ハイジにおはようのあいさつをするために手を差しだした。

ハイジは樅の木の根本へ走っていき、風に揺れる枝の下に立って、ごうごうと吹きすさぶ風の音と木の葉のざわめきを聞きながら、うれしくてぴょんぴょん飛び跳ねた。新たに風が吹いて梢が鳴るたびに、歓声をあげて、さらに少し高く飛び跳ねた。

　その間に、おじいさんは家畜小屋へ行って、シュヴェンリとベルリの乳をしぼった。それから二匹の体を洗ってきれいにしてやり、小屋の前へ引きだした。ハイジはお友だちの姿を見るなり、跳んでいって、二匹の首をさすってやさしくあいさつした。二匹の方もなつっこくメエメエ鳴いて、どちらも自分の方がよけいなついているんだぞ、とでもいわんばかりに頭をぐいぐいハイジの肩に寄せてきたので、ハイジは二匹にはさまれて押しつぶされそうになった。けれどもそのくらい、ハイジはへいちゃらで、元気いっぱいのベルリが荒っぽく頭突きをしてくると、しっかりとたしなめた。

「だめだってば、ベルリ。そんなに突いてきちゃ、テュルクと変わらないでしょ」

そういわれた途端、ベルリは頭を引っこめ、お行儀よくした。シュヴェンリの方も頭をつんとあげて、上品な仕草をした。まるで「わたしのことはテュルクみたいだなんていわせませんからね」といわんばかりだ。そもそも雪のように白いシュヴェンリは、茶色いベルリよりも少し品がよかった。

そのとき下からペーターの口笛が聞こえてきた。そしてまもなく、山羊の群れが姿を現した。みんな元気に飛び跳ねている。先頭はすばしこいディステルフィンクで、高く飛び跳ねている。あっという間にハイジは山羊の群れに取り囲まれ、熱烈な歓迎のあいさつを受けて、あっちへ押しやられたかと思えば、今度はこっちへ引きもどされた。

そんな中、ハイジは少しずつ山羊の群れを押しやって、控え目なシュネーヘップリに近づいていった。シュネーヘップリは体の大きい山羊に押し返されて、ハイジに近づけずにいたのだ。

そこへペーターがやってきて、山羊の群れを牧場へ追い立てようと、ヒューと口笛を鋭く吹いた。ハイジに訊きたいことがあって、山羊を追いはらおうとしたのだ。ハイジを囲んでいた山羊の群れは、口笛を聞くや少し跳ねて場所を空け、そこへペーターがぐいと出てハイジと向かい合った。

「今日はいっしょに上の牧場へ行けるだろう?」ペーターは少しぶっきらぼうに訊ねた。

「ううん、行けない、ペーター。いつお客さんがフランクフルトから来るか、わからないもの。そのとき留守にしているわけにはいかないでしょ」

「いつもそれだもんな」ペーターはぶつくさいった。

「お客さんが到着するまでは仕方ないでしょ」ハイジはいい返した。

「だって、あたしに会いに、わざわざフランクフルトから来てくださるのよ。それなのに、あたしが出迎えなくていいと思う? まさかそう思っちゃいないわよね、ペーター？」

「おじいさんがいるじゃないか」ペーターはうなるようにいった。

すると小屋の中から、おじいさんの力強い声が響いた。

「なんで軍隊は前進しないんだ？　大将がいないのか？　それとも兵隊の方が欠けてるのか？」

途端にペーターは回れ右をし、鞭を高く振り上げた。鞭がうなりをあげると、山羊の群れはいっせいに駆けだした。ペーターがその後に続き、一行は全速で山を駆けあがっていった。

再びおじいさんのところで暮らすようになってから、ハイジは以前は思ってもみなかったことに気がつくようになった。今では、毎朝シーツをシワひとつないようにぴんと伸ばして、ベッドをきちんと整える。それから小屋の中を見てまわり、椅子の位置を正し、出しっ放しになっているものがあれば、それを戸棚の所定の場所にもどす。それから台布巾を取ってきて、椅子の上にのぼり、テーブルをぴかぴかになるまでこすってみがく。外に出ていたおじいさんは、中に入ってくるなり気持ちよさそ

うに部屋の中を見まわし、こういうのが常だった。
「我が家は今では、毎日が日曜日だな。おまえがよその家へ行ったのも、あながち無駄ではなかったわけだ」
今朝もハイジは、ペーターが山羊を連れて牧場へ行ってしまい、おじいさんといっしょに朝食をとると、すぐさま仕事に取りかかった。けれども、なかなかはかどらなかった。今朝はことのほか外の景色がきれいな上、何かしらひっきりなしに起きるので、しょっちゅう手を止めては、外を眺めずにいられなかったのだ。今も開いている窓からちょうど朝日が射しこんできたところで、ハイジはほがらかに声をかけられているような気がした。

「出ておいでよ、ハイジ！　出ておいでったら！」

こうなるともう、じっとしてはいられない。ハイジは外へ飛びだした。きらきら光る朝日が山小屋を包み、山々の頂を照らし、はるか下の谷まで輝かせている。斜面の土は金色で、乾いているように見え、ちょっとそこへ腰を下ろして、あたりを眺めずにはいられなかった。それからふいに、三脚椅子がまだ部屋の真ん中に出しっ放しで、テーブルも朝食を食べたままになっていることを思いだした。ハイジはぱっと立ちあがり家にもどった。

でも長くはいられなかった。樅の梢が、ざわざわと風に鳴る音が聞こえてきた途端、手足がむずむずしてきた。それでまた外へ飛びだして、頭上の樅の枝が揺れるのにあわせて、ぴょんぴょん飛び跳ねた。裏の納屋であれこれ仕事をしていたおじいさんは、ときどき戸口まで出てきては、にこにこしながらハイジが飛び跳ねる様を眺めていた。

おじいさんがまた仕事にもどろうとしたときだ。ふいにハイジが大声で叫んだ。

「おじいちゃん、おじいちゃん！　来て！　早くこっちへ来て！」

おじいさんはハイジの身に何か起きたのかと、あわててまた外に出た。ハイジは大声で叫びながら、斜面を駆け下りていくところだった。

「みんなが来た！　みんなが来た！　先頭はお医者さんよ！」

ハイジは懐かしいお友だちに向かって、一目散に駆けていった。お医者さんは手を差しだした。ハイジはお医者さんのところにたどりつくと、その手をやさしくにぎって、心をこめていった。

「こんにちは、先生！　本当にありがとうございました！」

「やあ、こんにちは、ハイジ！　ありがとうって、なんにだい？」お医者さんは、にこにこしながら訊ねた。

「おじいちゃんのところへ帰ってこられるようにしてくださったことよ」ハイジは答えた。

お日さまの光が当たったように、お医者さんの顔がぱっと晴れた。アルムでこんな風に歓迎されるとは、思ってもみなかったのだ。孤独のうちに深い物思いに沈みながら山を登ってきて、まわりの景色がどんなに美しいかにも、山を登るにつれ、その景色がさらに美しくなっていくことにも気づいていなかった。お医者さんは、ハイジにはもう、自分が誰だかわからないだろうと思っていた。ハイジとは数えるほどしか会っていないし、自分の顔を見てもがっかりするだけだろう。なにせ心待ちにしていた友だちを連れてこなかったのだから、とそう思っていたのだ。ところがハイジは喜びに目を輝かせ、感謝と愛でいっぱいになって、懐かしい友だちの手をにぎりつづけている。

お医者さんは、父親のようなやさしい気持ちでハイジの手を取った。

「おいで、ハイジ。おじいさんのところへ連れていっておくれ。そしてきみの家を見せておくれ」お医者さんはやさしくいった。

けれどもハイジは、そこに立ち止まったまま、きょろきょろしていた。

「クララとおばあさまはどこ？」ハイジは訊ねた。

「ああ、わたしとしても大変残念なんだがね」お医者さんは話しはじめた。

「ハイジ、見てのとおり、わたしはひとりで来たんだよ。クララは具合が悪くて、来られなくなったんだ。だから、おばあさまも来ていない。だが春になってまた暖かくなり、日が長くなったら、クララとおばあさまは必ず来るよ」

それを聞いて、ハイジはひどくがっかりした。あれほど確かだと思っていたことが、突然ふいになってしまったなんて、どうにも合点がいかなかった。微動だにせずに、ハイジはしばらく、そこにぼうっと立ちつくしていた。思いもよらぬことに、ただただ愕然とするしかなかった。

お医者さんも黙ってハイジの前に立っていた。あたりはしんとしていて、聞こえるのは頭上の樅の梢が風にざわめく音だけだ。と、ふいにハイジは、自分がなぜここまで駆け下りてきたかに思い至った。そしてお医者さんが来てくれたことにも。

ハイジはお医者さんの顔を見上げた。自分を見下ろしているお医者さんの目は、なんだかとても悲しそうだ。前はこんなじゃなかった。フランクフルトで会ったときのお医者さんは、こんなに悲しそうな顔はしていなかった。それがハイジの心にぐっと突き刺さった。誰かが悲しそうにしているのは、とても見ていられない。それも知らない誰かではなく、旧知のお医者さんだ。クララとおばあさまがいっしょに来られなかったので、悲しんでいるのだろう。ハイジはなんとか慰めたくて、一生懸命考えた。

「ええ、そうよね、そう長くはかからない。じきにまた春になるわ。そしたら、クラもおばあさまもきっと来てくれるわね。ここらじゃ時間はたいしてかからないのよ。それに春の方が、ずっと長くいられるしね。きっとクラにとっても、その方が断然いい。それじゃおじいちゃんの所へ行きましょう」

ふたりは手に手を取って、山小屋まで登っていった。お医者さんをなんとか元気づけたくて、ハイジはまた慰めの言葉を繰り返した。アルムでは、暖かい夏が来るまで、そう長くはかからない、気がついたらもう夏になっている、そんな風にいって、お医者さんを慰めているうちに、自分でもそう思えてきて、山小屋にたどりつくと、ほがらかにおじいさんに呼びかけた。

「みんなはまだ来てないの。でも近いうちに、ほかのみんなも来るよ」

おじいさんにとって、お医者さんはよそ者ではなかった。ハイジから、すでに話をたくさん聞いていたからだ。おじいさんはお客さんに手を差しだし、心から歓迎のあいさつをした。それからふたりは家の前のベンチにすわった。ハイジもまだすわる余裕がある。お医者さんは隣にすわるよう手招きした。そしてゼーゼマン氏から旅行を勧められたことを話し始めた。

お医者さんは、自分も長い間滅入っていて気が晴れることがなかったので、旅に出るのも悪くないだろうと考えた、と話を続けた。それからハイジの耳元に、もうすぐいいものが届くよ、とささやいた。フランクフルトから持ってきたんだよ、それを見たら年とった医者の自分なんかより、ずっときみは喜ぶよ、と。

ハイジはなんだろうと、わくわくしてきた。

おじいさんはお医者さんに、美しい秋の日をアルムで過ごしてください、お天気のいい日には、ぜひまたここまで登ってきてください、と勧めた。この山小屋には、お医者さんに泊まってもらうだけの場所がなかったのだ。けれどもバート・ラガッツまでもどるには及ばない、デルフリの宿屋にも簡素ではあるがきちんとした部屋があるから、そこに部屋を借りるといい、と勧めた。そうすれば毎朝アルムへ登ってこられるから、体にいいですよ、それにもっと上まで登りたければ、いつでもどこへなりと喜んで案内します、と付け加えた。お医者さんは、おじいさんの申し出を大変喜んで、そうすることに話が決まった。

そうこうするうちにお日さまが空高く昇って、お昼の時間になった。風はすでにおさまり、樅の梢のざわめきも穏やかになった。高地のわりに空気はまだ冷たすぎず、お日さまに照らされたベンチの周りには、すがすがしいそよ風が吹いていた。

おじいさんは立ちあがって小屋に入った。そしてすぐにテーブルをかかえてもどってきて、ベンチの前にすえた。

「さあ、ハイジ、食事に必要なものを持っておいで。先生には、あるもので満足していただくしかありませんな。食事は質素ですが、食堂はなかなかのもんでしょうが」

「ええ、まったく素晴らしい食堂ですな」

お医者さんはお日さまに照らされた谷を眺めながらいった。

「喜んでご招待を受けますよ。山の上での食事は、さぞかしおいしいでしょうな」

ハイジはすばしこく走りまわって、戸棚の中にしまってあった食器を、次々に運んできた。お医者さんにお昼をごちそうできると思うと、うれしくてならなかった。

その間におじいさんはお昼の用意をして、湯気の立つ山羊の乳を入れた鍋と、黄金色に輝く焼きチーズをテーブルに並べた。それから山上のさわやかな空気にさらしてこしらえたバラ色の干し肉を、透き通るほど薄くきれいに切った。こんなにおいしい食事はこの一年を通して初めてだ、とお医者さんは思った。

「ああ、ここにこそクララには来てもらわなければね」とお医者さんはいった。

「きっと元気いっぱいになるよ。今日いただいたような食事をしばらくとることができれば、これまでになくふくよかになって丈夫になるさ」

そこへ下から大きな荷物を背負った人が登ってきた。小屋にたどりつくと、荷物を下ろして、新鮮なアルムの空気を数回、胸いっぱいに吸いこんだ。

「ああ、フランクフルトから持ってきた荷物が届いたよ」

お医者さんが立ちあがりながらいった。そしてハイジを荷物のところまで引っぱっていって、梱包をほどき始めた。外側の厚い包装が取れると、お医者さんはハイジにいった。

「さあ、ハイジ、後は自分で開けて、宝物を出すといい」

ハイジはさっそく、包装をほどきにかかった。そして目を丸くして包みの中身を見た。お医者さんがまたそばに寄って、大きな箱の蓋を取っていった。

「ほら見てごらん！　おばあさんがコーヒータイムに食べる焼き菓子だよ」

ハイジは大喜びで叫んだ。

「わあ、すてき！　これでおばあちゃんも、おいしいお菓子が食べられる！」

そして箱の周りを飛びまわり、すぐにお菓子をまた包みなおして、おばあさんのところへ持っていこうとした。けれどもおじいさんが、夕方お医者さんを送っていくとき、ついでに持っていけばいい、といってハイジを止めた。

次にハイジは、きれいなタバコの袋を取りだして、それをおじいさんに渡した。おじいさんはとても喜んで、さっそくパイプにタバコを詰めた。おじいさんとお医者さんは、またベンチにすわって、パイプをくゆらせながら世間話を始めた。その間にハイジは、次から次へと宝物を取りだした。

それからふいにベンチへ駆けもどると、お客さんの前に立ち、大人二人の会話が途切れたところで、きっぱりいった。

「先生が来てくれたのが、一番いいプレゼントよ」

大人ふたりは、それを聞いてにっこりした。お医者さんは、それは考えてもみなかった、といって喜んだ。

お日さまが山の向こうに沈みかけると、お客さんはデルフリまで下りて宿を取るために立ちあがった。おじいさんは焼き菓子の包みと大きなソーセージとショールを腕にかかえ、お医者さんはハイジの手を取った。そして三人いっしょに〈山羊番ペーター〉の小屋まで下りていった。そこでハイジは、お医者さんにお別れをいわねばならなかった。お客さんをデルフリまで送っていったおじいさんがもどるまで、ハイジはおばあさんのところで待つことになっていた。お医者さんが別れの握手をするためにハイジに手を差しだすと、ハイジはこう訊ねた。

「あした山羊たちといっしょに、上の牧場まで行きませんか？」

ハイジにとっては、それが一番すばらしいことだったのだ。

「それはいいね、ハイジ。いっしょに行くとしよう」お医者さんは答えた。

大人二人は山を下りていき、ハイジはおばあさんのところへ向かった。まずは焼き菓子の入った箱を苦労して運び入れた。それからソーセージを取りにいった。おじいさんはみんな戸口の前に下ろしていったのだ。最後にもう一度、ショールを取りにいかなければならなかった。

ハイジはおばあさんが触って確かめられるように、それらの品をみんな、おばあさんのすぐ近くまで持っていった。ショールは、おばあさんの膝にかけてあげた。

「これみんな、フランクフルトから来たの。クララとおばあさまからのプレゼントよ」

驚いているおばあさんと、目をみはっているブリギッテに、ハイジはいった。

ブリギッテの方は、ハイジがふうふういいながら重い荷物を運び入れて目の前に並べるのを呆然と見ていて、あんまり驚いたせいで身動きひとつできずにいた。

「ねえ、おばあちゃん。このお菓子どう？　うれしいでしょ？　触ってみて、ものすごく柔らかいのよ」

ハイジは何度も繰り返し、おばあさんはそのたびにうなずいた。

「ああ、ほんとにうれしいね、ハイジ。なんていい人たちなんだろうね！」

それから暖かくて柔らかいショールをなでながら続けた。

「こんなすてきなショールがあれば、寒い冬になってもあったかく過ごせる！　生きているうちにこんなすばらしいものをもらえるなんて、とても信じられないよ」

おばあさんはお菓子よりも、灰色のショールの方がずっとうれしいらしい。ハイジにはそれが驚きだった。ブリギッテの方は、テーブルの上に載っているソーセージの前に突っ立ったまま、まるでそれを拝まんばかりにしていた。こんなに大きなソーセージは、生まれてこのかた見たことがなかったのだ。それが今、なんと自分のものになった。しかもそれを、この手で切ることができるのだ。ブリギッテにはとても信じられなかった。それで首を横に振りながら、おずおずといった。

「いったいこれはどういうことなのか、アルムのおじさんに訊いてみた方がいいんじゃないかね」

けれどもハイジはきっぱりといった。

「召しあがれって、いってくださったのよ。ほかに深い意味なんてないよ」

そこへペーターが飛びこんできた。

「アルムのおじさんがすぐ後から来るよ。ハイジが……」

それ以上ペーターは先を続けられなかった。目はテーブルの上のソーセージに釘付けだった。その見事さに圧倒され、口が利けなくなったのだ。けれどもいわれなくてもわかっていたから、ハイジはおばあさんの手を急いで取って、さよならをいった。

おじいさんは、最近は小屋の前を素通りせずに、必ず中に入っておばあさんにちょっとあいさつすることにしていた。おばあさんの方でも、それを楽しみにしていて、おじいさんの足音が聞こえると喜んだ。おじいさんは必ずおばあさんに、ひと言ふた言、励ましの言葉をかけてくれるからだ。

けれども今日はもうだいぶ遅くなってしまった。日が昇ると同時に外に飛びだしていくハイジには、とっくに寝ていていい時間だ。おじいさんは「ハイジをもう寝かせないとな」といって、家の中には入らず、開いている扉からおばあさんにおやすみのあいさつをしただけで、飛びでてきたハイジの手を取った。そして星がまたたきはじめた夜空の下、ふたりして平和な我が家へ帰っていった。

第17章　恩返し

翌朝早く、お医者さんはデルフリから山に登り、ペーターと山羊の群れに加わった。気のやさしいお医者さんは、何度か山羊番の少年に話しかけてみたが、ペーターは質問にぽつぽつと答えるだけで、会話はいっこうに弾まなかった。ペーターはそうやすやすと話にのる質ではなかったのだ。それでふたりは、押し黙ったままアルムの山小屋までやってきた。ハイジは二匹の山羊を連れて小屋の前でふたりを待っていた。ハイジも山羊も、山頂に昇った朝日のように元気溌剌としていた。

「いっしょに来るか？」

ペーターはいつもの朝のように、問いとも要求ともつかぬ言葉を発した。

「先生もいっしょなら、もちろん行くわよ」とハイジは答えた。

ペーターは隣にいる紳士をちらと横目で見た。

そこへおじいさんが、お昼に食べるパンを持って出てきた。まずはお医者さんに丁寧にあいさつをしてから、ペーターのところへ寄っていって袋を渡した。

袋はいつもより重くずっしりしていた。おじいさんはバラ色の干し肉の大きな塊を袋に入れておいたのだ。たぶんお医者さんは上の牧場を気に入って、子どもたちといっしょにそこでお昼を食べることになるだろう、と考えたからだ。ペーターは顔をくしゃくしゃにして笑った。袋の中にめったにありつけないごちそうが入っている予感がしたからだ。

一行は上の牧場をめざして、さらに山を登った。ハイジはすぐに山羊の群れに取り囲まれた。どの山羊も我先にハイジに近づこうとしたので、押し合いへし合いになった。そんなこんなでハイジはしばらくの間、山羊の群れの真ん中にはさまって押し上げられるような恰好になった。けれどもハイジはふと立ち止まって警告した。

「みんな、いいこと、お行儀よくしてまっすぐ前へ駆けていくのよ。あたしに寄ってきて押したり引いたりしちゃだめ。あたしはこれから少しの間、お医者さんと並んで歩いていくから、いいわね」

それからいつものように隣にぴったりくっついているシュネーヘップリの肩をやさしくたたいて、いい子だからいうことを聞いてね、と特別にもう一度いいきかせた。そして群れを離れてお医者さんと並んだ。

お医者さんはすぐにハイジの手をしっかりにぎった。これでお医者さんは、さっきまでのように話の種を苦労して探す必要がなくなった。ハイジがすぐさま、あれやこれやおしゃべりを始めたからだ。ハイジは山羊のことをお医者さんにたくさん話して聞かせた。山羊の奇妙な習性のことや、山の高いところに咲く花のこと、岩のこと、鳥のこと、話すことならいくらでもあった。知らぬ間に時が過ぎ、気がつくともう牧場に着いていた。

ペーターは登りながら、ときどき横目でお医者さんをにらんだ。険しい目つきだったが、幸いお医者さんは気づかなかった。

牧場に着くなり、ハイジは大切なお友だちのお医者さんを、すぐさまきれいな場所に案内した。そこが一番お気に入りの場所で、ハイジはいつもそこにすわって周りを眺める。いつもどおりそこにすわり、お医者さんもその横に腰を下ろした。

お日さまが当たって牧場はぽかぽかしていた。金色の秋の日光が、山の高みにも、広い緑の谷間にも、あたり一面輝いている。下の牧場のあっちからもこっちからも、家畜の鈴の音が響いてくる。耳に心地よいやさしい鈴の音は、平和を告げているかのようだ。

山の頂に広がる雪原には金色の日射しが降りそそぎ、きらきら光っている。灰色のファルクニス山は岩の尖塔を群青色の空にいかめしく聳やかしている。さわやかな朝風がアルムの上を吹き渡り、夏に群生していた名残りの青いカンパニュラを揺らしている。カンパニュラは暖かい日射しに花弁をもたげて、気持ちよさそうだ。

頭上高く、鷹が大きく輪を描いて飛んでいる。今朝は鳴いていない。翼を大きく広げて悠々と青い空を舞っている。

ハイジはあちこちに目をさまよわせた。楽しげに風に揺れる花弁。青い空。明るい日の光。陽気に空を舞う鳥。何もかもとてもきれいだ！　ハイジは喜びに目を輝かせた。そして隣にいるお友だちに目をやった。お医者さんが、きれいなものをみんなちゃんと見ているかどうか確かめたかったのだ。

お医者さんは黙って物思いに沈みながら周囲を眺めていた。そして喜びに満ちているハイジの目を見て、こういった。

「ああ、ハイジ、確かにここはとてもきれいだ。だけど、どうだろうね？　もしも悲しみに打ちひしがれている人間がここへやって来たとして、どうすれば美しいものを見て喜ぶことができるだろうね？」

「あら、そんなことあるはずない！　ここには、悲しいことなんてなんにもないもの。悲しいのはフランクフルトでの話よ」ハイジは屈託なくいった。

お医者さんはちょっぴり微笑んだが、その微笑みもすぐに消えた。

「だがフランクフルトから悲しみを引きずってきたとしたら？」

「どうしていいかわからないときは、神さまに何もかもお話しして聞いていただくのよ」ハイジは確信をこめていった。

「ああ、それはいい考えだね、ハイジ。だがね、もしも悲しいことやつらいことが、そもそも神さまの思し召しだったとしたら、どうすればいいだろう？」

そう訊かれてハイジはどうすればいいか考えこんだ。どんな悲しみにも、神さまが救いの手を差し伸べてくださることは確かだ。ハイジは自分の経験に照らし合わせて答えを探した。

「そういうときは、待たなければいけないのよ」

しばらくしてからきっぱりといった。

「こんな風に考えてみて。神さまはすでにうれしいことをご存じでいらっしゃる。今はそう思えなくても、後になってそうだとわかる。だから、ただじっと待っていればいい。逃げてはいけない。そうして待っていれば、いつかふいに何もかもよくなる。神さまがずっと良きことを考えてくださっていたとわかる。でも初めのうちはそう思えなくて、どうしても悲しいことばかりに目がいってしまう。それでずっと悲しみが続くと思ってしまうのね」

「なるほど。そう信じられるのはすばらしいことだ。ずっとそう信じていておくれ、ハイジ」

お医者さんはいった。そしてしばらく黙ったまま、荘厳な岩山を見上げたり、日光に照らされて緑に輝く谷を見下ろしたりしていた。それからまた言葉を続けた。

「なあ、ハイジ、目に大きな影が射しているせいで、周りの美しいものを全然感じ取れない人がここにいるとしたらどうだろう？ そんな人は、周りが美しいとよけい悲しくなるんじゃないかな？ どう思う？ わたしが何をいいたいかわかるかい？」

その言葉を聞いて、ハイジの晴れやかな心に痛みが走った。目に射す大きな影という言葉が、おばあさんを思い起こさせた。おばあさんは、もう二度と明るいお日さまも、この山の上の美しいものも、何ひとつ見ることができないのだ。そのことを思いだすたびに、ハイジは悲しくてたまらなくなる。ハイジはしばらく押し黙っていた。喜びで胸がいっぱいになっているときに、ふいに悲しみに襲われたのだ。それから
ハイジは生真面目にいった。

「ええ、わかるわ。でもね、そういうときは、おばあちゃんの歌を読むといいのよ。そうすれば、また少し気が晴れる。とってもほがらかになることもあるのよ。おばあちゃんはそういってる」

「それはどんな歌だい、ハイジ？」

「あたしが覚えているのは、お日さまの歌ときれいなお庭の歌。それから別の長い歌の、おばあちゃんがとっても好きなところ。いつもそこを三回読まされるんで、すっかり覚えちゃった」

「それなら長い歌のそこのところを、ぜひ聞かせておくれ」

そういって、お医者さんはちゃんと聞くために姿勢を正した。

ハイジは両手を組んで、しばらくの間考えこんだ。

「おばあちゃんが、また確信が持てるようになって元気が出るって、いつもいっているところからはじめるんでいい？」

お医者さんはうなずいた。

ハイジは歌詞を声に出していった。

　み心のままにおまかせしましょう

　主は何もかもご存じなのですから

汝(なんじ)が驚(おどろ)くようなことも
なさるでしょう
しかるべきと思(おぼ)し召(め)しなら
計り知れないみ心のまま
汝(なんじ)を悩(なや)ませることも
なさるでしょう

しばしの間
慰(なぐさ)めが得(え)られぬこともあるでしょう
汝(なんじ)を見捨(みす)てたかのごとく
ふるまわれることもあるでしょう
汝(なんじ)が恐(おそ)れと悩(なや)みに
苛(さいな)まれるにまかせ
少しも気にかけて

くださらぬかのように
けれども汝が主に忠実に
み許にとどまっているならば
思いもよらぬ時に
汝を救ってくださることでしょう
いわれなき重荷を
担わされてきた
汝の心を解き放って
くださることでしょう[1]

ハイジはふいに口をつぐんだ。お医者さんがまだ歌を聴いているかどうか、心もとなかったからだ。お医者さんは片手で両目をおおって、そこにじっとすわっていた。もしかして居眠りをしているのかもしれない、とハイジは思った。目を覚まして歌の

続きを聴きたいと思ったら、そういうだろう。あたりはしんとしている。お医者さんは黙っていた。けれども眠っていたわけではなかった。過ぎ去りしはるか昔に引きもどされていたのだ。

お医者さんはまだ小さい子どもで、愛する母がすわっている肘掛け椅子の横に立っていた。母は片腕を息子の首

1　パウル・ゲルハルトが作詞した賛美歌の第八、九、十節。初出はヨハン・クリューガー著『実践讃美歌集』(Gesangbuch Praxis Pietatis Melica) 第五版 (一六五三年)。

に回して歌を読んでくれていた。まさしく今ハイジが口ずさんでいる歌を。その歌をお医者さんはもう長いこと耳にしていなかった。お医者さんの耳に、なつかしい母の声が聞こえた。母が愛情たっぷりに見つめてくれているのを感じた。

歌が終わると、母は優しく語りかけてきた。聞いていて心地のよい声。その声に耳を傾けながら、お医者さんは昔のことをいろいろ思いだしていた。そうして長い間ただそこにすわっていた。両手に顔を埋めて、黙ったまま、身じろぎもせずに。

それからようやく顔を上げると、ハイジがきょとんとした顔で自分を見ていることに気づいた。お医者さんはハイジの手を取っていった。

「ハイジ、きみの歌、とってもすてきだったよ」

お医者さんの声は、さっきまでとは打って変わってほがらかだった。

「またここへ来よう。また歌を聴かせておくれ」

お医者さんとハイジがそうやって語らっている間、ペーターはずっと、むしゃくしゃする気持ちをなんとか紛らわそうとしていた。ハイジはしばらく牧場へ来ていなかった。今日ようやく、またいっしょに来てくれたと思ったら、年とった紳士が隣にすわりっきりで、自分は全然近寄れずにいる。

ペーターは腹が立ってならなかった。そこで何も知らないお医者さんのうしろに回り、見えないのをいいことに、拳骨を宙に突き上げた。しばらくすると拳骨がふたつになった。ハイジが紳士の隣にすわっている時間が長くなればなるほど、ペーターの拳骨には力が入り、それを紳士の背中のうしろで脅すように高く突き上げた。

やがてお日さまが頭上に来た。お昼の時間だ。ペーターにはよくわかっていた。ペーターはいきなりふたりに向かって声を張りあげた。

「お昼だぞ！」

ハイジは立ちあがり、袋を取りにいこうとした。ここにすわったまま、お医者さんにお昼を召しあがってもらおうと思ったのだ。

けれどもお医者さんは、お腹はすいていない、山羊のお乳をコップに一杯だけもらいたい、それを飲んだら、少しこのあたりを歩いて、それから少し上まで行ってみたい、といった。

ハイジは、自分もまだお腹がすいていなかったので、お乳を飲むだけにして、お医者さんを苔に覆われた大岩のところまで案内することにした。ディステルフィンクが前に一度、危うく落ちそうになった急斜面の岩場で、いい香りのする山野草がたくさん生えている。

ハイジはペーターのところへ駆けていって、そのことを話して、まずはシュヴェンリのお乳をコップ一杯分、お医者さんのためにしぼってほしいと頼んだ。それからその後、自分の分も一杯頼んだ。

ペーターは最初、ぽかんとハイジの顔を見ていたが、それからおもむろに訊ねた。

「それじゃ、袋の中身は誰が食べるんだ?」

「あんたにあげる。でもまずは、お乳をしぼってちょうだい。すぐによ」

これほど速くペーターが仕事をやり終えたことは、いまだかつてなかった。ペーターは袋の中には何が入っているんだろうと気になって、しょっちゅうそっちを見ていた。その袋をひとりじめできるのだ。

お医者さんとハイジがしぼりたてのお乳を飲みはじめるやいなや、ペーターは袋を開けて中をのぞいた。肉の塊が入っているのを見つけて、うれしさのあまり全身をふるわせた。そして本当に肉がそこにあるか確かめるために、もう一度袋の中をのぞいた。それから肉を取りだそうと、喜び勇んで片手を袋に入れた。

けれども、ふいにまた手を引っこめた。このままひとりじめにしてはいけない気がしたのだ。自分はさっき、お医者さんのうしろに回って、怒りの拳を振り上げた。それなのにお医者さんは、素晴らしい食べものを、そっくりそのままくれようとしている。ペーターは、あんなことしなけりゃよかったと後悔した。そのせいで、このすてきな贈りものをもらう資格が自分にはない、と感じたのだ。

ペーターはいきなり飛びあがって、さっきいた場所へ走って行った。それから、もう拳をにぎってはいません、ほら見てください、といわんばかりに、手のひらを広げて、空に向かって伸ばした。これで十分だと思えるまで、しばらくそうしていた。それから大股で袋のところへもどった。もう良心の呵責を感じずにすむようになったので、ペーターはものすごくおいしい昼食を心の底から堪能した。

お医者さんとハイジは、長いこといっしょに歩きまわり、おしゃべりに興じた。

やがてお医者さんは、自分はそろそろ帰らなくてはならないが、ハイジはそうしたければ、もう少し山羊といっしょにいるといい、といった。

だがハイジには、そんなつもりはなかった。自分がここに残れば、お医者さんはひとりで山を下りていかなければならない。ハイジはおじいさんの山小屋までいっしょに下りていって、さらにその少し下までお医者さんを送っていった。その間ずっと、お医者さんの手を握っていた。

話すことはまだいくらでもあった。ハイジは歩きながら、ここが山羊が好んで草を食む場所だとか、夏に黄色いロックローズや赤いベニバナセンブリやほかのいろんな花がたくさん咲く場所だ、などとお医者さんに教えた。ハイジは今では花の名前をひとつひとつということができた。夏の間におじいさんから、花の名前をすっかり教わっていたのだ。

少ししてお医者さんは、この先は一人で行くからもうお帰り、といった。ふたりは別れの握手をして、お医者さんはひとり山を下りていった。

けれどもお医者さんは、ときどきうしろを振り返らずにはいられなかった。ハイジはまだ立ち去らずに手を振ってくれている。今は亡き愛娘も、お医者さんが出かけるときには、いつもそうして見送ってくれたものだ。

晴れ渡った秋の日が続いていた。お医者さんは毎朝、山小屋まで登ってきて、そのままさらに山歩きをした。ときどきおじいさんといっしょに遠出をして、高い岩山に登ることもあった。そこには強風を絶えず受けて頭を傾けている古い樅の木が、何本も生えていて、その近くには大きな鳥が巣を構えているらしく、大人ふたりが近づくと、鳴きながら頭上をばさばさと飛び交った。

お医者さんは、おじいさんと話をしながら山登りをするのがとても気に入っていた。おじいさんがこのあたりの山野草に非常に詳しく、何に効くかもよく承知していることに、感心することしきりだった。山のあちこちで貴重ないいものを目ざとく見つけることにも感服していた。樹脂が多くて芳香がする樅や香りのいい針葉をつけたトウヒ。古い根っこの間から生えている苔。もっとずっと高い所の粗い土からは、繊細な草が生え出ていて、たおやかな花がひっそり咲いている。そういう隠れた宝物を、おじいさんは決して見逃さなかった。

おじいさんはまた、山に棲む大小の動物の生態にも詳しかった。そして岩穴や地面の穴や高い樅の梢に棲む動物たちにまつわる愉快な話を、お医者さんに語って聞かせた。

そんな風におじいさんと山歩きをしていると、気づかぬうちにいつの間にか時間がたってしまい、夕方になって別れの握手をする段になると、お医者さんはあらためて心をこめてこういうのが常だった。

「今日もおつきあいいただいてありがとうございます。あなたから何かしら新しいことを教わらずには一日が終わりませんね」

それでも特別に天気のいい日には、お医者さんはハイジといっしょに牧場に出かけた。最初の日に並んですわった美しい斜面に、ふたりはよく腰を下ろした。ハイジは例の歌をまたお医者さんに聞かせたり、いろんなことを話したりした。そんなときペーターは、しばしばふたりのうしろにすわっていたが、すっかり行儀よくなって、拳骨を振り上げるようなことは二度としなかった。

そんな風にして美しい九月の日は過ぎていった。ところがある朝やってきたお医者さんは、いつものようにほがらかではなかった。お医者さんは、山で過ごせるのは今日が最後で、フランクフルトへ帰らなければならない、山が大好きになったので、それがとてもつらいとこぼした。それを聞いて、おじいさんもがっかりした。お医者さんと話をするのが、すごく好きになっていたからだ。

ハイジはといえば、毎日、大好きなやさしい友だちに会うのが当たり前になっていたので、それが急におしまいになるなんて、とても信じられなかった。ハイジはびっくりしてお医者さんの顔を見上げた。そして本当にそうなんだ、と悟った。

お医者さんは、おじいさんと別れのあいさつを交わしてから、ハイジに少し送ってくれないかと訊ねた。ハイジは、お医者さんと手をつないで山を下り始めた。お医者さんがこのまま行ってしまうなんて、いまだに信じられなかった。

しばらくしてお医者さんは立ち止まって、もうだいぶ下まで来たから帰るように、とハイジにいった。そして何度かやさしくハイジの頭をなでてから、こう続けた。

「さあ、もう行かないとな、ハイジ！　きみをフランクフルトへ連れて帰って、うちへ置けたらいいのに！」

それを聞いたとたん、フランクフルトの何もかもが、ハイジの脳裏によみがえった。

たくさんの家、石畳の道。ロッテンマイアー女史とティネッテの顔も浮かんだ。それで少しおずおずといった。

「あたしは先生がまたここへ来てくださる方がうれしいわ」

「ああ、そうだね。その方がいい。それじゃあな、元気でな、ハイジ」

お医者さんはやさしくいって、ハイジに手を差しだした。

ハイジはその手をさっとにぎって、お医者さんの顔を見上げた。ハイジを見下ろすやさしい目に涙が浮かんでいる。お医者さんは、いそいで回れ右をして山を下りはじめた。

ハイジはそこに立ったまま動けなかった。やさしい目に浮かぶ涙。ハイジはそれを見て強く心を揺さぶられた。突然わっと泣きだして、全速力でお医者さんの後を追った。そして泣きじゃくりながら必死に呼びかけた。

「先生！　先生！」

お医者さんは振り返って立ち止まった。

ハイジはお医者さんに追いついた。しゃくり上げる間も、涙がとめどなく頬を流

れ落ちていく。

「あたし、今すぐいっしょにフランクフルトへ行く。先生のところに、先生が望むだけいるわ。おじいちゃんにそういってくるから、ちょっとだけ待ってて」

お医者さんは興奮しているハイジが落ち着くまで、やさしくなでた。

「いいや、ハイジ、今すぐはだめだよ」

お医者さんはやさしく語りかけた。

「きみはまだ樅の木の下にいないとな。そうしないと、また病気になってしまう。だけどね、ひとつ訊いてもいいかい？　もしもわたしが病気になって、そのときひとりぼっちだったら、我が家に来てくれるかい？

病気のとき、わたしのことを心配して世話してくれる者がいると考えてもいいかな？」

「うん、もちろんすぐに飛んでいく。その日のうちにね。先生のこと、おじいちゃんと同じくらい大好きだもの」

ハイジはまだ泣きじゃくりながら答えた。

お医者さんは、もう一度ハイジの手を強くにぎりしめてから、山を下りていった。ハイジはその場に立ったまま、お医者さんの姿が小さな点になって見えなくなるまで、ずっと手を振っていた。お医者さんが最後に振り返ったときも、ハイジはまだ手を振っていた。

ハイジと夕日に照り映える山を見ながら、お医者さんはこうつぶやいた。

「山はいいもんだな。体も魂も癒されて、また元気に生きていこうという気持ちになれる」

第18章　デルフリの冬

　アルムの山小屋は、まわりがすっかり雪に覆われ、まるで窓が地面の高さにあるかのようだった。小屋の下の方はまったく見えず、戸口も完全に雪に埋まっている。アルムに留まっていたら、ペーターが毎日やらされていることを、おじいさんもしなければならなかっただろう。なにしろ夜中になると、決まって雪が降るからだ。それでペーターは毎朝、窓から外へ飛び出なければならない。冷えこみがさほど厳しくなく、ひと晩で雪が凍りつかないときは、飛び出るなり柔らかい雪にすっぽり埋まってしまう。そうなると両手両足、さらには頭まで使って雪を押しのけないと、そこから抜けだせない。それから母親が窓から渡してくれる大きな箒でまわりの雪をかき分け、ようやく戸口にたどりつく。

そこからがまた大仕事だ。まわりに降り積もった雪を、すべて取りのけなければならないからだ。そうしないと、雪がまだ柔らかい場合は、戸口を開けただけで雪がどさっと台所になだれこんでくるし、すでに凍っている場合、完全に閉じこめられてしまう。凍りついた雪は岩のようで、中からでは玄関の扉は開けられないし、小さな窓から出入りできるのはペーターだけだからだ。

とはいえ凍てつくこの季節にも、都合のいい点があった。デルフリへ下りたければ、窓を開けて外へ這いだすだけですむ。それから母親に窓から小さいそりを出してもらい、それに跳び乗れば、どこへでも下りていける。アルム全体が広いそり道になったも同然で、遮るものは何ひとつない。そりで山を下っていくのは気分壮快だった。

おじいさんはこの冬、アルムに留まらなかった。牧師さんとの約束を守ったのだ。初雪が降ると、山小屋と家畜小屋を閉め、ハイジと二匹の山羊を連れてデルフリまで下りた。

デルフリには、教会と牧師館の近くに、荒れ果てた広い屋敷があった。かつては大邸宅だったが、今では建物の大部分が崩れてしまっている。それでもまだ至るところ

に栄光のようすが見て取れた。
　以前ここには勇敢な傭兵が住んでいた。スペインの軍隊に入って数々の武勲をたて、大金を手に故郷のデルフリにもどり、豪勢な邸宅を建てたのだ。傭兵はそこで余生を送るつもりだった。ところが思惑どおりにはいかなかった。長い間にぎやかな所で暮らしてきたため、静かなデルフリが退屈で我慢できなかったのだ。傭兵は再び故郷を後にし、それっきり帰ってこなかった。
　それから長い年月がたち、傭兵が亡くなったと知れると、邸宅は下の谷に住んでいる遠縁の者の手に渡った。けれども邸宅はすでに荒れ果てていて、新しい持ち主には手を入れて直す気がまったくなかった。そのため、やがて貧しい人たちが、わずかな家賃を払って住むようになり、一部が壊れてもそのまま放置された。

そしてまた長い年月がたった。おじいさんがトビアス少年を連れてデルフリにやってきて、すでに廃墟と化していたその家に移り住んだ。

おじいさんが出ていった後は、ほぼ空き家だった。家はぼろぼろで、あらたに傷み始めたところをすぐに見つけて修繕し、穴や隙間をできるそばから塞がないと、とても住めた代物ではなかったからだ。デルフリの冬は長く、寒さは厳しい。火を焚いても、家のあちこちから吹きこむ隙間風に、すぐに吹き消されてしまう。貧しい人々は寒さに凍えるしかない。

けれどもおじいさんはその点、心得たものだった。デルフリで冬を過ごすと決めるや、すぐさまこの古家を借り、秋の間に何度も山を下りてきては、心地よく暮らせるように手を入れた。そして十月半ばに、ハイジを連れて移り住んだ。

裏手から家に入ると、がらんとした広い部屋に出る。片側は壁が完全に崩れ落ち、反対側も半ば崩れている。上部にはアーチ形の窓がまだ残っているが、ガラスはとっくになくなっていて、蔦が窓枠にからまって天井まで伸びている。天井はまだ半分無傷で、きれいな曲線を描いているところからすると、おそらく礼拝堂だったのだろう。

次の間との間に扉はなく、そのまま進むと広いホールに出る。床のところどころに、まだきれいな敷石が残っているが、敷石の目地には草がぼうぼうに生い茂っている。壁は半分なくなっていて、天井もほとんど残っていない。数本の太い柱でがっちり支えられていなければ、崩れかけた天井が今にも頭上に落ちてきそうで、おいそれと下に立つ気にはなれないに違いない。おじいさんはこのホールのまわりに板囲いをして、床に藁を厚く敷いた。山羊を入れるつもりだったからだ。

その先に続く廊下は、半ば開いていて、空を仰ぐことも、外の野原や道を眺めることもできる。その廊下をたどっていくと、どっしりしたオークの扉に行き着く。扉はまだしっかり蝶番についていて、その先にまたひとつ広い部屋がある。かなりいい状態に保たれていて、四方の壁に張ってある黒っぽい板のどこにも、穴はあいていない。

隅には、ほぼ天井まで届く大きなストーブがある。ストーブの白いタイルには、大きな青い絵が描きこまれている。幾つもの塔が描かれた絵。塔は高い木々に囲まれていて、樹下には数頭の犬を連れた狩人の姿が見える。オークの木陰に湖が見える絵もある。湖畔には釣り糸を垂れる漁師の姿。ストーブを囲むようにベンチがしつらえてあるので、そこにすわれば、絵を心ゆくまで眺められる。

ハイジは見るなり、このストーブが気に入った。おじいさんといっしょに部屋に入ったとたん、ストーブへ飛んでいって、ベンチに腰かけ、タイルの絵を眺めた。ベンチにすわって、少しずつ腰をずらしてストーブの裏まで行くと、また新しいものが現れて、目が釘付けになった。ストーブと壁の間に、板を四枚組み合わせて、リンゴを入れる木箱のようなものができていたのだ。けれどもその中にあったのは、リンゴではなくベッドだった。アルムの山小屋にあったベッドとそっくりで、干し草を高く積み上げてリネンの布をかぶせ、上に布団がわりの袋が置いてある。それを見るなり、ハイジは歓声をあげた。

「わー、おじいちゃん、ここがあたしの寝床ね。とってもすてき！　でもおじいちゃんは、どこで寝るの？」

「おまえの寝床は凍えずにすむようにストーブのそばにないとな。おれの寝床も見せてやろう」

広い部屋の中を、ハイジはおじいさんについていった。部屋の反対側にドアがあって、その先にも小さな部屋があった。そこにおじいさんは、自分の寝床をしつらえていた。だがそれだけではなかった。さらにもうひとつドアがあったのだ。

駆けていってそのドアを開けるなり、ハイジは目をみはった。台所になっていた。こんな広い台所を見るのは初めてだ。ここまでにするのに、おじいさんはかなり苦労した。しかも手を入れなければならないところは、まだたくさんある。壁のあちこちにあいている穴や裂け目から風が入ってくるからだ。とはいえ、すでにあらかたは板でふさいであるので、まるで壁に小さい戸棚が幾つも作り付けられているかのように見える。大きな古い扉も、針金や釘をたくさん使ってしっかり固定してあり、ちゃんと閉められるようになっていた。それで大助かりだった。というのも、扉の先はほとんど崩れていて、草がぼうぼうに生い茂り、甲虫やトカゲの恰好の住処になっていたからだ。

ハイジはこの新しい家がとても気に入った。ペーターが新しい家を見にきたときには、隅々まですっかり熟知していて、そこいら中見せて回った。家にある珍しいものを全部ちゃんと見るまで、ペーターは休ませてもらえなかった。

ハイジはストーブの裏の寝床で、毎晩ぐっすり眠った。けれども朝起きると、まだアルムにいるつもりになっていて、樅の木のざわめきが聞こえないのは、重い雪が枝にずっしりのっているせいなんだろうか、すぐに戸口を開けて確かめなければと思う。そしてあちこち眺めて、ようやく自分がどこにいるかを思いだすのだ。ここはアルムではないと気づくたびに、胸が痛んだ。それでもおじいさんがシュヴェンリとベルリに話しかける声と、二匹の山羊が「早くおいでよ、ハイジ！」と呼ぶようにメエメエ鳴く声が聞こえると、ああ、やっぱりうちにいるんだと思う。そして元気に寝床を飛びだし、山羊たちのいる広いホールへ駆けていくのだ。

けれども四日目の朝、ハイジは心配そうにいった。

「今日はどうしても、おばあちゃんのところへ行かなくちゃ。これ以上ひとりぼっちにはしておけない」

ところがおじいさんは承知しなかった。

「今日はだめだ。明日もまだな。アルムには雪がどっさり降り積もってる。それに雪は、まだ降り続いている。ペーターだって難儀してるくらいだ。おまえのような小さい子は、あっという間に雪に埋まって見えなくなっちまう。もう少し待つんだ。雪が固く凍ったら、その上を踏みしめて山を登れるようになる」

待つのは初めのうち少しつらかった。けれども今では、ハイジにもやることがたくさんあって、たいていあっという間に一日が終わった。

午前中も午後も、デルフリの学校へ行って、熱心に勉強していたからだ。学校でペーターの姿を見かけることはめったになかった。そもそも、ほとんど登校していなかった。先生は優しい人で、ときどき「ペーターは今日も休みらしいな。学校はためになるから来ればいいのにな。だが山には雪がかなり積もっているから、出てこられないんだろう」というだけだった。ところが夕方になって学校が終わると、ペーターはたいてい、ハイジのところまで下りて来た。

数日後、お日さまがまた顔を出し、雪で白くなった地面に暖かい光を投げかけた。けれども、木や草が緑豊かに生い茂り花が咲き乱れる夏と違って、地上にはたいして見るものもなくてつまらないとでもいうように、お日さまは、まだ早くに、また山の向こうに沈んでしまった。だが夜には、大きなお月さまが昇って、広い雪野原を一晩中明るく照らした。

その翌朝、アルムはあたり一面、水晶のようにきらきら輝いていた。ペーターがいつものように窓を開けて深い雪の上へ飛び下りると、思いがけないことが起きた。ぽんと飛びだして深い雪にすっぽり沈むと思いきや、なんと固い地面に跳ね返され、乗り手のいないそりさながら、そのままずるずると滑り落ちてしまったのだ。

びっくりしたのなんの、それでも懸命に足を踏ん張ると、なんとか止まることができた。完全に凍っているかどうか確かめるため、まわりの雪をたたいてみる。思ったとおり、力一杯かかとで雪面を踏みつけても、小さな氷のかけらが、ほんの少し飛びちるだけ。地面はすっかり凍りついていた。

ペーターにとって、こんなに都合のいいことはなかった。これでハイジもまた山を登ってくることができる。ペーターは急いで小屋にもどると、お母さんがテーブルに出しておいてくれた山羊の乳をごくごく飲み干し、パンをひと切れポケットに入れてから、一言こういった。

「学校に行かなくちゃ」

「そうかい、だったら行っておいで。しっかり勉強するんだよ」お母さんは喜んでいった。

ペーターは窓から外へ這いだした。凍った雪に閉ざされて、戸口は開かなくなっているからだ。それから小型のそりを引っぱりだして乗り、山を滑り下りた。

そりは電光石火の勢いで山を下っていった。デルフリまで来ても、ペーターはそりを止めず、マイエンフェルトへと続く道を、そのまま下りつづけた。猛スピードで走るそりをいきなり止めたら、そりにも自分にも、負担がかかりすぎる気がしたからだ。それで平地にたどりついてそりが自然に止まるまで、さらにずんずん滑っていった。

そりが止まると、ペーターはそりから降りてあたりを見まわした。勢い余ってマイエンフェルトも通りすぎていた。もう間に合わない、学校はとっくに始まってしまっている、今から山を登っていっても、たどりつくのに一時間近くかかる、だったら今さらあわてることもない。ペーターはそう思って、来た道をゆっくりもどりはじめた。

デルフリにたどりついたとき、ハイジはもう学校からもどって、おじいさんといっしょに昼食をとっていた。そこへペーターは入っていった。今回、ペーターは特別な知らせを持ってきていた。早くいいたくてうずうずしていたので、すぐさま口を開いた。

「やったぞ」

ペーターはいって、部屋の真ん中で立ち止まった。

「何がどうしたって? 大将! ずいぶん大げさな物言いをするじゃないか」おじいさんがいった。

「雪だよ」とペーター。

「えっ、ほんと？　だったらもう、おばあちゃんのところへ行けるね」

ハイジが歓声をあげた。ペーターの言い方から、すぐになんのことかわかったのだ。

「だけどペーター、なんで学校へ来なかったの？　そりでここまで滑り下りてこられたはずでしょ」

ふいにハイジは非難した。学校へ来ようと思えば来られるのに、サボるのはよくないと思ったからだ。

「ずっと下まで滑り下りちまって、間に合わなかったのさ」ペーターは答えた。

「そういうのを脱走っていうんだぞ。そういうことをしたやつは、耳をつかまれてしょっぴかれる。わかってるのか？」おじいさんがいった。

ペーターはびっくり仰天し、帽子をいじくり回した。ペーターは誰よりも、おじいさんを尊敬していたのだ。

「それにおまえは大将だろうが。大将が脱走するなんて、これほど恥ずかしいことはない」

おじいさんはさらにいいつのった。

「おまえが世話をしている山羊が、あっちに一匹、こっちに一匹というふうに、てんでんばらばらに駆けだしていったらどうする？　それでおまえのいうことを聞きもせず、ためにならないことをしたらどうするね？」

「ぶんなぐるな」とペーターは訳知り顔でいった。

「それじゃ、小僧が手に負えない山羊のような振る舞いをしたとしたらどうする？　それでちっとばかりなぐられたらどう思う？」

「当然の報いさ」というのがペーターの答えだった。

「そうか、だったらようくわかっただろう、山羊の大将。今度、今日のように学校を通りすぎてサボるようなことがあったら、後でうちへ来い！　当然の報いを受けられるようにしてやる」

ようやくペーターにも、おじいさんが何をいおうとしているのかわかった。手に負えない山羊のように振る舞っている小僧というのが、自分のことだとわかったのだ。ペーターは愕然とし、少しおどおどして部屋の隅に目をこらした。自分が山羊を懲らしめるのに使っている鞭のようなものがあったらどうしようかと不安になったのだ。

けれどもおじいさんは、ペーターを励ますようにいった。

「さあ、テーブルにつきなさい。食事がすんだら、ハイジをおまえのところへ連れていってくれ。夕方には、またちゃんと送ってきてくれよ。おまえの夕食も用意しておくからな」

　思いがけない展開に、ペーターは大喜びして満面の笑顔になった。そしてすぐにうなずいてハイジの隣にすわった。ところがハイジの方は、すでに十分に食べていたので、おばあさんのところへ行けると思うとうれしくて、もうそれ以上食べる気になれなかった。それで大きなじゃがいもと焼いたチーズがまだたっぷりのっているお皿を、ペーターの方に押しやった。反対側からも、おじいさんが食べものをお皿に大盛りにして出してくれたので、両側にごちそうの山ができた。もちろんペーターは、勇敢にその山に突撃した。

　ハイジはその間に戸棚に駆けていき、クララにもらったコートを取りだした。それを着て帽子をかぶれば、防寒対策は万全。これでもう、いつでも出かけられる。ハイジはすっかり準備してペーターの横に立った。そしてペーターが最後のひと口を呑みこむなり、声をかけた。

「さあ、行こう！」

早速ふたりは出発した。ハイジには話すことがたくさんあった。新しい家畜小屋に入れられた当初、シュヴェンリとベルリは少しも干し草を食べようとせず、一日中うなだれて鳴き声ひとつたてなかった。どうしてなのかとおじいさんに訊ねると、おまえがフランクフルトに行ったときと同じだよ、シュヴェンリもベルリも、アルムを離れたことがないからさ、という答えが返ってきた。ハイジはそこまでペーターに話してから、こう付け加えた。

「アルムを離れたらどんな気持ちになるか、一度ためしてみればわかるわよ、ペーター」

おばあさんの家まであと少しというところまで来た。ここまでペーターは、一言も口をきかなかった。深い物思いに沈んでいて、いつもと違い、ハイジのいうことも、ろくすっぽ耳に入っていない様子だった。家にたどりつくと、ペーターはふいに立ち止まり、こういい放った。

「アルムのおじさんにこっぴどく叱られるくらいなら、おれ、学校へ行く」

まったくその通りだと思ったので、ハイジはペーターが学校へ行くことに全面的に賛成した。

居間では、ペーターのお母さんがひとりすわって繕いものをしていた。おばあさんはここ数日、寒すぎるのと具合があまりよくないせいで、ずっとベッドで過ごしているという。そんなことはハイジにとって初めてだった。これまでおばあさんは決まって部屋の隅にすわっていた。

ハイジはすぐさまおばあさんのところへ駆けていった。おばあさんは薄い掛け布団をかけ、灰色のショールにすっぽりくるまり、狭いベッドに寝ていた。

「ああ、神さま、ありがたいこった！」

ハイジが飛びこんでくる足音を聞きつけるなり、おばあさんはいった。秋口からずっと気にかかることがあって、いまだにひそかに心配していたのだ。とりわけハイジがしばらくやってこないと、心配でたまらなくなった。見知らぬ紳士がフランクフルトからハイジを訪ねてきた、とペーターから聞いていたからだ。その紳士はアルムの牧場にもついてきて、ハイジとずっとしゃべっていたという。その紳士はハイジを連れにきたに違いない、とおばあさんは思ったのだ。その後、紳士がひとりで帰ったと聞いても、またいつ、誰がハイジを連れにやってくるかわからない、と心配を募らせていた。

ハイジは、具合が悪いというおばあさんのそばに寄るなり、すぐさまこう訊いた。

「おばあちゃん、具合はどう？ すごく気分が悪いの？」

「いいや、ハイジ、寒くて体の節々がすこし痛くてね」

おばあさんはハイジをやさしくなでていった。

「だったら、暖かくなればすぐに元気になる？」

ハイジはそうたたみかけた。

「ああ、ああ、神さまの思し召しがあれば、それより前に、また紡ぎ車の前にすわれるようになるかもしれない。今日だって、試してみようと思ったんだよ。明日にはきっと起きられるようになるさ」

おばあさんはそう請け合った。ハイジがびっくりしているのに気づいたからだ。

それを聞いて、ハイジはほっとした。おばあさんの具合が悪くて寝ているところなど、これまで見たことがないので心配でならなかったのだ。それからハイジは、おばあさんを見て、少し不思議そうに訊いた。

「フランクフルトじゃ、ショールはお散歩をするときに肩にかけるのよ。寝るときに使うんだと思ったの、おばあちゃん？」

「ハイジや、あたしゃ、凍えなくてすむよう、ショールを巻いて寝ているんだよ。これがあって大助かりさ。なんせ、掛け布団が少しばかり薄いんでね」

「あら、おばあちゃん。頭が下がっちゃってる。頭は上げて寝ないといけないのよ。ベッドをちゃんと整えなくちゃ」

「わかってるさ。頭が下がっちまうんで、寝心地が悪くてかなわない」

おばあさんは、頭をのせている薄板のような枕に手を伸ばして、なんとか寝心地よくしようとした。

「この枕は、もともとあんまり厚くなかったんだよ。それがずっと頭をのせて寝ているうちに、ぺったんこになっちまってね」

「あーあ、フランクフルトでクララに、ベッドを持って帰っていいかどうか訊けばよかった。あそこじゃ、大きくて厚い枕を三つも重ねて寝てたのよ。だから、しょっちゅう枕から頭がおっこちてうまく眠れなくて、そのたびにまた頭をのせ直さなけりゃならなかった。枕を高くして寝なきゃ駄目っていわれていたから。おばあちゃんは枕が高い方がよく眠れる？」

「ああ、その方がよく眠れるよ。あったかくできるからね。それに息もしやすいしね」

おばあさんはそういうと、少しでも高い位置へ持っていこうと、苦労して頭を持ち上げた。

「だけど文句をいうのはもうやめよう。なんせ、ほかの年寄りや病人が持っていないものが、あたしにゃたくさんあるんだから、神さまに感謝しないとね。おいしいパンを毎日食べられるし、ここにはあったかいきれいなショールもある。それにハイジ、おまえが来てくれたんだからね。何かまた読んで聞かせてくれるかい？」

ハイジは走って歌の本を取ってきた。そしてきれいな歌を探して次々に読んだ。今ではどの歌もよく知っているし、しばらく耳にしていなかった好きな歌をまた読み聞かせできて、自分でもうれしかったのだ。

おばあさんは、ベッドに寝たまま両手を組んで、じっとハイジの声に耳を傾けていた。さっきまでつらそうだった顔に、今では笑みが浮かんで、とてもうれしそうだ。まるで大いなる幸せが分け与えられたかのようだ。

ハイジはふいに読むのをやめた。

「おばあちゃん、もう元気になった?」

「いい気分だよ、ハイジ。歌を聞いていると気分が良くなる。さあ、続きを読んでおくれ」

ハイジはその歌の最後の一節を読んだ。

目がかすみ、暗くなったら
心を照らしてください
故郷へ帰るがごとく

安らかにみ許へ行けるよう 1

おばあさんはその一節を繰り返した。それからもう一度。さらにもう一度。おばあさんの顔は、今では期待に満ちて輝いている。それを見て、ハイジもうれしくなった。アルムへもどってきた晴れた日のことが脳裏によみがえった。

「おばあちゃん、あたし、故郷へ帰るのがどういうことか知ってるよ」

おばあさんは答えなかった。けれどもハイジの言葉はちゃんと聞こえていて、ハイジを喜ばせた表情はそのままだった。

しばらくしてハイジはいった。

「暗くなってきたから、もう帰らなくちゃ、おばあちゃん。おばあちゃんがまた元気になってくれたんで、あたしとってもうれしい」

おばあさんはハイジの手を取って強くにぎった。

「ああ、あたしも気持ちがすっかり明るくなったよ。まだ起きられないけど、気分はいい。何日もひとりぼっちで寝ていて、ほかの誰の声も聞こえなければ、顔も見られない、お日さまの光さえ感じられない。それがどんなことか、身をもって味わった者にしかわからないだろうさ。ひどく気がふさいで、もう二度と夜は明けないんじゃないか、もうこれでおしまいなんじゃないか、と思ってしまう。だけどハイジ、おまえが歌を読んでくれるのを聞いていると、光が射したように心が明るくなる。また喜びを感じることができるようになる」

そういってから、おばあさんはハイジの手を放した。ハイジは、おばあさんにおやすみをいって居間にもどり、急いでペーターを外へ引っぱりだした。もうすっかり夜になっていた。けれども月が白い雪を照らしていたので、外はまるで昼にもどったかのように明るかった。ペーターはそりを出して前にすわり、ハイジがうしろにすわると、そりを一気に走らせた。そりはアルムを猛スピードで滑り下りた。まるで二羽の小鳥が空を急降下しているかのようだった。

1　ドイツのルター派神学者カール・ヨハン・フィリップ・シュピッタ（一八〇一年―一八五九年）が作詞した賛美歌の一部。

その晩、ストーブの裏にしつらえた干し草の高いベッドに横たわると、ハイジはまたおばあさんに思いを馳せた。枕がぺちゃんこで寝心地が悪そうだったこと、おばあさんがいっていたこと、歌がおばあさんの心を明るくしたことなどが思いだされた。そして、もしもおばあさんが毎日歌を聞けるようになったら、毎日明るい気分でいられるんじゃないか、と考えた。

けれどもハイジには、この先一週間は、おばあさんのところへ行けないとわかっていた。それどころか、へたをすると二週間行けないかもしれない。そう思うと、とても悲しくなった。そしておばあさんが毎日歌を聞けるようにするにはどうしたらいいだろうか、と一生懸命考えた。

ふいにいいことを思いついた。途端にうれしくなって、計画を早く実行に移したくてたまらなくなった。朝になるのが待ち遠しいくらいだった。それから、ふいにベッドの中で身を起こした。いろいろ夢中で考えていて、神さまにお祈りするのをすっかり忘れていたことに気づいたのだ。二度と忘れない心づもりでいたというのに。

ハイジは、自分とおじいさんとおばあさんのために、心をこめてお祈りをした。それからまた柔らかい干し草の上に身を横たえ、翌朝、明るくなるまでぐっすり眠った。

第19章　冬はまだ続いて

翌日、ペーターはそりに乗って山を滑り下り、遅刻せずに登校した。お弁当は袋に入れて持ってきた。お昼休みになると、デルフリの子どもたちはうちへ食べに帰るが、遠くから通って来ている子どもたちは、教室の机に腰かけ、ベンチに足を載せ、膝の上にお弁当を広げて食べることになっていたのだ。午後の授業が始まる一時まで、子どもたちはぺちゃくちゃしゃべって楽しく過ごすことができた。そして放課後になると、ペーターは決まってハイジに会いにおじいさんの家を訪ねた。

今日も学校が終わると、ペーターはおじいさんの家へ向かった。居間に入るなり、先に帰って待ちかまえていたハイジが飛んできて、声を張りあげた。

「ペーター、あたし、いいこと思いついた！」

「なんだよ、いえよ」

「あんた、これから読み方を覚えるのよ」ハイジはそういい放った。

「そんなのもう試したよ」ペーターはいい返した。

「うん、わかってる、ペーター。だけどそうじゃなくて」ハイジは夢中で言葉を続けた。

「ちゃんとひとりで読めるようにするってこと」

「無理だよ」とペーター。

「あら、無理なもんですか。あたしにはちゃんとわかってる」ハイジはきっぱりいった。

「フランクフルトのおばあさまは、初めからわかっていらしたわ。無理じゃないって。無理だなんて思っちゃいけないって、おっしゃった」

ペーターはびっくり顔になった。

「あたしが読み方を教えてあげる。どうすればいいかは、ちゃんとわかってる。読み方をしっかり覚えたら、毎日おばあちゃんに、歌をひとつかふたつ読んであげて」

「やなこった」ペーターはいった。

せっかくいいことを思いついたのに、これでおばあさんに毎日歌を聞かせてあげられると喜んでいたのに、ペーターが強情でいうことを聞かないので、ハイジは腹を立てた。それで目をきらっと光らせてペーターの前に立ちはだかり、脅すようにいった。

「だったらいいわよ。どうしても読み方を習わないっていうんなら、どうなるか教えてあげる。あんたのお母さん、あんたをフランクフルトへ行かせてしっかり勉強させなきゃって、いってた。それも、もう二度もね。フランクフルトで男の子が行かされる学校のことだって、あたし、知ってるんだから。馬車で出かけたとき、クララが教えてくれたもの。ものすごく大きな建物でね。そこへは、子どものうちだけじゃなく、大人になってもずっと通わなきゃいけないんだよ。あたし、この目で見たから確かだって。それにね、うちの学校みたいにやさしい先生がひとりいるだけだと思ったら大間違い。大勢の先生が、ぞろぞろ学校へ入っていくのを見たんだから。みんな、教会へ行くときみたいに黒ずくめのかっこうで、頭に黒い山高帽をかぶってた。こーんなに高い帽子よ」

そこでハイジは床から手を上げて、山高帽がどんなに高いか指し示した。

ペーターは背筋がぞくっとした。

「そんな先生たちが大勢いるところに行かされるのよ」

ハイジは熱心にいった。

「それで、先生に教科書を読むようにいわれたら、どうなるかしらね？　あんたは、すらすらなんてとても読めないし、一字一字読んでも、間違ってばかりでしょ。そうなったら、先生たちにばかにされるに決まってる。ティネッテよりずっとひどくね。ティネッテは、人のことをものすごくばかにするのよ」

「だったらおれやるよ」とペーターは腹を立てながらも、半べそをかいていった。

とたんにハイジは機嫌を直した。

「そうこなくちゃ。じゃ、すぐにはじめましょ」

うれしそうにいうと、ペーターを机に向かわせて、勉強道具を取ってきた。

クララが送ってくれた大きな包みの中に、ハイジが好きな本が一冊入っていた。ABCを格言を使って覚えられるようになっている薄手の本で、昨日の晩から、ペーターに文字を教えるのにうってつけだと思い、用意していたのだ。

ハイジとペーターは並んで机に向かい、小さな本の上に頭を寄せ合った。こうして授業が始まった。

ペーターは最初の格言を、一字一字読まされた。それからもう一度。またもう一度。格言をすらすら読み上げられるようにならないと、ハイジは承知しなかった。

「まだだめね。一度あたしが読んであげる。意味がわかれば、少しは読みやすくなるだろうから」

とうとうハイジはいって、ペーターのかわりにその格言を読み上げた。

今日中にA・B・Cを覚えなければ

明日は校長室へ直行だ

「行くもんか」ペーターは強情にいった。

「どこへ?」

「校長室だよ」

「だったら文字を三つ覚えればいい。そうすれば行かずにすむから」ハイジは請け合った。

ペーターはもう一度、文字に取り組んだ。そして三つの文字を覚えるため、根気よく、繰り返し唱えた。ようやくハイジがいった。

「よし。これで三つ覚えられたわね」

格言を使うやり方が功を奏したのに気をよくして、ハイジは次の授業の準備を少ししておくことにした。

「ちょっと待って。ほかの格言も読んであげる。そうすれば、次に何を覚えればいいか、わかるでしょ」

そういって、はっきりわかりやすく続きを読んだ。

D・E・F・Gをすらすら読め
さもないと不幸が　訪れる
H・I・J・Kを忘れたら
不幸はもう目の前だ
L・Mでつっかえたら
大目玉喰って　恥かくぞ
まだまだあるぞ　知ってるか？

N・O・P・Q　さっさと覚えろ！

R・S・Tでつまずいたら

後で痛い目に遭うぞ

ここでハイジは読むのをやめた。ペーターが黙りこくっているので、どうしたのか心配になったのだ。恐ろしげな格言にさんざん脅され、ペーターは萎縮し、おびえきってハイジを見つめていた。

その様子を見るなりハイジはペーターがかわいそうになり、こういって慰めた。

「こわがらなくていいのよ、ペーター。これから放課後、毎回うちへ来て、今日のように勉強すれば、そのうち文字を全部しっかり覚えて、すらすら読めるようになる。そうなったらこわいことなんてなにも起こらない。でもね、そのためには休まず来なくちゃね。雪が降ったくらいで学校を休んでいるようじゃだめよ。雪なんて、あんたにはどうってことないでしょ」

ペーターは、毎日来て勉強すると誓った。すっかり脅されておとなしくなり、ハイジのいうとおりにする気になっていた。そして帰っていった。

ペーターはハイジの指示をきっちり守った。毎回、熱心に新しい文字を練習し、格言を覚えた。

ときどきおじいさんも、ふたりが勉強している部屋へやってきて、気持ちよさそうにパイプをくゆらせながら、ハイジがペーターに読み書きを教えるのを聞いていた。そしてよく、おかしくてたまらないとでもいうように、口元をぴくぴくさせた。苦労して勉強した後、ペーターはたいてい夕食をとっていくよう誘われた。格言に脅されびくびくさせられても、それで十分報われた。

こうして冬の日は過ぎていった。ペーターは放課後必ずやってきて、読み書きはぐんと上達した。けれども脅し文句とは毎回格闘しなければならなかった。そうやってUのところまで来た。ハイジが格言を読んだ。

UとVを取り違えるようなら

いやなところへ連れていくぞ

ペーターはうなった。

「行くもんか！」

強気でいいながらも、首根っこを押さえられ、恐ろしいところへ連れていかれたらどうしよう、と不安でたまらない様子で、一生懸命勉強した。

次の日、ハイジは読んだ。

Wがまだ覚えられないなら
壁にかかっている鞭を見ろ

ペーターは目を上げて壁を見るなり、あざけるようにいった。

「鞭なんかないぞ」

「そうね、でも知ってる？　おじいちゃんの箱の中に何が入っているか？」

ハイジは少し間を置いていった。

「杖よ。あたしの腕くらい太いやつ。それを出してきたら、こういえるわね。『壁にかかっている杖を見ろ』って」

そのハシバミの杖のことなら、ペーターもよく知っていた。途端にペーターは、Wの上にかがみこんだ。

翌日の格言はこうだ。

X を忘れたりしたら
今日は何も食べさせないぞ

ペーターは、パンとチーズがしまってある戸棚に探るように目をやり、怒っていった。

「おれ、X を忘れるつもりなんてないからな」

「うん、忘れないようにして。それじゃ、もうひとつ覚えようか。そうすれば、明日はあとひとつだけ覚えればすむから」

ハイジは提案した。

ペーターはうんともすんともいわなかった。けれどもハイジは、もう次の格言を読んでいた。

　Ｙでつっかえようものなら
　物笑いの種になるぞ

ペーターの脳裏に、黒い山高帽をかぶったフランクフルトの先生たちが、自分を嘲笑う姿が浮かんだ。途端にＹに目をこらし、まぶたにＹの字が焼きつくまで、目を離さなかった。

そのまた次の日、ペーターはちょっとばかり鼻高々で、ハイジのところへやってきた。覚えなければならない文字は、あと一つだけだからだ。ハイジはすぐさま最後の格言を読んだ。

Ｚでまだ迷うようなら
アフリカへ行くがいい！

それを聞くなり、ペーターはあざけった。

「アフリカって、どこにあるのさ！」

「あら、ペーター、おじいちゃんならちゃんと知ってるわよ。ちょっと待ってて。牧師さんのところにいるから、訊いてくるわね」

ハイジはそういうと、ぱっと立ちあがって戸口へ向かった。

「待てよ！」

ペーターは大慌てで叫んだ。おじいさんが牧師といっしょにやってきて、ふたりして自分をつかまえ、アフリカに連れていく光景が目に浮かんで、こわくなったのだ。Ｚをどう読むかは本当に全然わからないので、戦々恐々だった。ペーターの声があんまり不安そうなので、ハイジは立ち止まった。

「いったいどうしたの？」ハイジは驚いて訊いた。

「な、なんでもないって！　もどってこ、こいよ！　お、おれ、勉強するからさ！」

ペーターはつっかえつっかえいった。ハイジは、自分もアフリカがどこにあるか知りたかったので、おじいさんにどうしても訊きたかった。けれどもペーターの必死の形相を見かねてもどってきた。

そんなわけで、ペーターとしても勉強しないわけにはいかなくなった。Ｚを何度も繰り返し書いて、絶対に忘れないよう覚えただけではない。Ｚが終わると、ハイジはすぐさま単語の読み方に移った。その晩、ペーターはたくさん勉強して、だいぶ先へ進んだ。

こんな風にして、一日一日が過ぎていった。

雪はまた柔らかくなり、その上に新雪が降った。それから何日も雪が降りつづいたので、ハイジは三週間もの間、おばあさんのところへ行けなかった。それだけいっそう熱心に、ハイジはペーターに読み方を教えこんだ。

そしてある晩のこと、ペーターはハイジのところからもどって家に入るなり、高らかにこう告げた。

「おれ、できるぞ！」

「何ができるんだい、ペーターや？」

お母さんが期待をこめて訊いた。

「字が読めるんだ」とペーターは答えた。

「そんなことってあるかねえ！　聞いたかい、ばあちゃん？」

お母さんはびっくり仰天して叫んだ。

おばあさんにも聞こえていた。どうして急に字が読めるようになったのか、おばあさんにも不思議でならなかった。

「おれ、歌を読まないとな。ハイジにいわれたんだ」

お母さんは急いで歌の本を棚から下ろした。おばあさんは大喜びだった。もう随分長いこと、慰めになる言葉を聞いていなかった。

ペーターはテーブルに向かってすわり、本を読みはじめた。お母さんは隣にすわって、耳をそばだてた。ペーターが一行読むたびに、感心していった。

「おまえが字を読めるようになるなんて、誰が想像できたろうね！」

　おばあさんも胸をはずませながら、一行一行に耳を傾けた。けれどもお母さんと違って、何もいわなかった。

　そんなことがあった翌日のこと、学校でペーターのクラスは、読み方の練習をしていた。ペーターの番になると、先生がいった。

「ペーター、いつものように、おまえをとばさないといけないかな？　それとも、一度試してみるかい？　ちゃんと読めとはいわない。つっかえてもかまわないから、一行試しに読んでみるかい？」

　ペーターは読みはじめた。一度もつっかえずに、続けて三行読んだ。

　先生は本を机の上に置いた。そして無言でペーターをじっと見つめた。目の前で起きていることが、どうにも信じられない様子だった。それからようやく口を開いた。

「ペーター、奇跡が起きたぞ！　わたしがあれほど辛抱強く読み方を教えても、おまえはまったく読めるようにならなかった。一字一字、読むことさえかなわなかった。それが、残念だがこれ以上頑張っても無理だ、とわたしがあきらめた途端、欠かさず学校へ来るようになった。しかも字をただ読むだけでなく、すらすら文を読めるよ

うになった。いったいどうやって読めるようになったんだね、ペーター？　こんな奇跡が起きるなんて、とても信じられない」

「ハイジのおかげだよ」とペーターは答えた。

びっくりして先生はハイジに目を向けた。ハイジは、何食わぬ顔をして椅子にすわっていて、特別変わった様子は見受けられなかった。先生は言葉を続けた。

「近頃おまえが変わってきたことには、気づいていたよ、ペーター。以前は、ときに一週間どころか、何週間も続けて学校に顔を見せないこともあった。それが今では、一日も休まずに登校している。どうして急に、これほど変わることができたのかね？」

「アルムのおじさんのおかげだよ」というのが答えだった。

先生はますます驚いて、ペーターからハイジに目を移し、それからまたペーターに目をやった。

「それではもう一度読んでごらん」先生は慎重にいった。

それでペーターはもう一度、三行読まされることになった。間違いない。ちゃんと読めた。ペーターは読むことができるようになったのだ。

放課後になるや先生は、すぐさま牧師館へ向かった。今日の喜ばしい出来事、ペーターが文字を読めるようになったことを報告し、アルムのおじさんとハイジが、集落にどれほどいい影響をもたらしたかを話した。

ハイジのいうことを聞いて、ペーターは毎晩、家で歌をひとつ読むようになった。けれども決して二つ目を読もうとはしなかった。おばあさんも、ペーターにもうひとつ歌を読んでほしいとは決していわなかった。

母親のブリギッテはペーターがとうとう文字を読めるようになったことに、毎晩あらためて感心し、ペーターが歌を読み終えてベッドに入ると、決まってまた、おばあさんにいうのだった。

「うちのペーターが、字をあんなに上手に読めるようになるとはね。こんなにうれしいことはない。これからあの子は、いったいどんな人間になるだろうね？　先が楽しみだよ」

するとおばあさんは、こう答えた。

「ああ、確かに多少字が読めるようになったのは、あの子にとってよかったさ。でも早く春になって、またハイジが来てくれるようになったら、あたしゃどんなにうれしいかしれないよ。ハイジが読むと、歌がまるで違って聞こえるからね。ペーターはときどき、飛ばし読みをする。そうすると、抜けた文句が何か考えなきゃならなくなる。だもんで、ハイジが読んでくれるときのようには、歌が心に響かないんだよ」

それというのも、ペーターは歌を読むとき、読みにくいところがあると、ちょっとしたごまかしをしていたからだ。言葉が長すぎたり、読むのが難しかったりすると、さっさと飛ばしてしまう。こんなにたくさん言葉があるんだから、二つ、三つ抜けてもどうってことない、どうせおばあさんにはわかりっこない、と考えたからだ。それでペーターが読むときには、主語がなくなってしまうことさえあった。

第20章　遠くの友がやって来る

五月になった。あちこちの峰から、春の雪解け水が小川になって谷へ流れこんだ。暖かく明るい日光が射し、アルムはまた緑になった。名残り雪も解け、お日さまの光に呼び覚まされて、この春一番の花が若草の間から晴れやかに顔をのぞかせた。頭上では、さわやかな春風が樅の梢をざわめかせ、古くなった深緑の針葉を落とし、みずみずしい黄緑の若葉を芽吹かせて、樹を見事に飾った。はるか頭上では、鷹が翼を広げて青空を舞い、黄金色の日光が大地を照らし、山小屋のまわりに残っていたぬかるみを乾かした。おかげで、またどこでも好きなところに腰を下ろせるようになった。

ハイジはまたアルムにもどってきた。どこが一番すてきかと訊かれて答えに窮するほど、どこもかしこも美しく、あちこち飛び跳ねて回った。今は風の音に耳を傾けているところだ。上の岩山から吹き下ろす風は、山小屋に近づくにつれ、だんだん強さを増し、樅の木に当たって枝を大きく揺さぶり、葉をざわめかせる。まるで喜びの声をあげているかのようで、ハイジもいっしょになって歓声をあげずにはいられない。そうしているうちにも舞い落ちる木の葉さながらに、風であっちへふらふら、こっちへふらふら飛ばされた。

それからまた山小屋の前の陽当たりへ飛んでもどって、地面にしゃがみこみ、丈の低い草をのぞきこんだ。今まさに開こうとしているつぼみや、すでに咲いている花に目をこらす。ブヨやら甲虫やらが、そこここで飛んだり、はいずったり、踊ったりしている。みんな日の光をたっぷり浴びて喜んでいるようだ。ハイジもいっしょになって喜び、みずみずしい大地から湧きあがる春の息吹を、胸いっぱいに吸いこんだ。アルムがこんなに美しいのは初めてなんじゃないか、とハイジは思った。幾千もの小さな生きものたちも、思いはハイジと同じらしい。みんな大喜びで声を合わせて歌っている。

「アルム万歳！　アルム万歳！　アルム万歳！」

山小屋の裏の納屋からときおり、金槌をトントン打つ音や、鋸をギコギコ引く音が聞こえてくる。ハイジはふと、そちらに耳をすました。聞き慣れた懐かしい音、アルムで暮らし始めた当初から、しょっちゅう耳にしている音だ。

ハイジはぱっと立ち上がり、納屋へ駆けていった。おじいさんが何を始めたのか、興味津々だった。すでに納屋の扉の前には、新しいきれいな椅子が一脚置いてあった。おじいさんは手をたくみに使って、二脚目に取りかかっていた。

「わあ、何を作ってるのか、あたし、もうわかったよ！」

ハイジは大喜びでいった。

「フランクフルトからお客さまが来たら、いるもんね。これはおばあさまの椅子ね。それから、今作っているのは、クララのね。それから、えっと、もう一脚いるかも」

ハイジは少し躊躇してから言葉を続けた。

「それともおじいちゃんは、ロッテンマイアーさんはいっしょに来ないと思う？」

「それはなんともいえんな。だがもう一脚作っておいた方がよさそうだ。もう一人来たとき、すわってもらえるようにな」

ハイジは、背当てのない小ぶりの椅子をとっくり眺めながら考えこんだ。どう見ても、ロッテンマイアー女史とその椅子の組み合わせはしっくり来ない。それで、しばらくして頭を横に振っていった。

「おじいちゃん、ロッテンマイアーさんは、その椅子にはすわらないと思う」

「それなら、緑の芝草でできたきれいなソファーにすわっていただくことにしよう」

とおじいさんは涼しい顔でいった。

緑の芝草でできたきれいなソファーなんてどこにあるんだろう、と首をかしげていると、ふいに山の上から口笛と呼び声、鞭がしなる音が聞こえてきた。誰がやってきたのかすぐにわかり、ハイジは飛びだしていった。

と、すぐさま山羊に取り囲まれた。どうやら山羊も、アルムでまた過ごせるのがうれしくてたまらないらしい。ピョンと高く跳ねては、元気いっぱいにメエメエ鳴いて、ハイジに体を押しつけてくる。ハイジはあっちにふらふら、こっちにふらふら押されてよろめいた。どの山羊も、我先にハイジと喜びを分かち合いたがったからだ。

けれどもペーターは、山羊をさっと左右に押し分けた。ハイジに渡すものをことづかっていたからだ。ハイジの前まで来ると、ペーターは手紙を差しだした。

「ほら、これ！」

ペーターは何の説明もせずにそれだけいって、ハイジの反応を待った。

「ペーター、上の牧場であたし宛ての手紙を受け取ったの？」ハイジは驚いて訊いた。

「いいや」という答えが返ってきた。

「だったら、この手紙、どこから持ってきたの？」

「パンの袋からさ」

たしかにその通り。昨日の晩、デルフリの郵便配達人から預かったハイジ宛ての手紙を、ペーターは空の袋に入れておいたのだ。

朝、ペーターはチーズとパンを袋に入れて牧場へと出発した。山羊を預かるときに、おじいさんともハイジとも顔を合わせたが、そのときは手紙のことをすっかり忘れていて、お昼にチーズとパンを食べ、ちぎれたパンのかすを袋から出そうとして手が手紙に触れて、ようやく思いだしたのだ。

ハイジは差出人の住所に目をこらした。それから、おじいさんのいる納屋へ駆けもどり、大喜びで手紙を差しだした。

「フランクフルトから、クララから手紙が来たの！　何て書いてあると思う？　今すぐ読もうか、おじいちゃん？」

おじいさんはすぐに知りたがった。ペーターもだ。ペーターはハイジが手紙を読むのを聞こうと、ついてきていた。そして納屋の戸の柱に寄りかかった。そうすれば楽ちんだし、ハイジが手紙を読むのをしっかり聞ける。

大好きなハイジへ

もうみんな荷造りを終えたわ。後二、三日してパパが出発すれば、わたしたちも出発よ。でもパパはわたしたちといっしょじゃなくて、まずパリへ行くことになってる。

それからね、お医者さんが毎日のように訪ねてきて、戸口のところからもう大きな声を出して催促するのよ。「さあ、さあ、早くアルムへ出発しなさい！」ってね。

お医者さんは、わたしたちが出発するのが待ち遠しくてならないみたい。アルムがよっぽど気に入ったのね。この冬はほぼ毎日、我が家へやってきて、どうしてもまた話さずにはいられないから来たっていってね。それからわたしの隣にすわって、あなたやおじいさんとアルムで過ごした日々のことを話してくれたのよ。お山のことやお花のこと。村や通りから離れた山の上がどんなに静かだったか。空気がどんなにすがすがしくて気持ちがよかったか。

　そして繰り返しこういってた。「あそこへ行けば、誰だって元気になるさ」って。お医者さんもひところとは打って変わって、また若々しくほがらかになった。

　ああ、わたしも早くいろんなものを見たい。アルムのあなたのところに行きたい。そしてペーターや山羊とも知り合いになりたい！

　お医者さんのおいいつけだから、まずはバート・ラガッツで六週間、湯治をしなければならないけど、その後デルフリに移動して、お天気のいい日は、そこから車椅子をかついでもらってアルムへ登る。そして一日中、あなたといっしょに過ごす予定。

　おばあさまもいっしょよ。ずっとわたしといっしょに過ごすことになっている。おばあさまも、あなたのところへ行くのを楽しみにしていらっしゃるわ。

　でもね、ロッテンマイアーさんは乗り気じゃないの。ほとんど毎日、おばあさまはいってるんだけどね。「スイス旅行に行くのはどうかしらね、ロッテンマイアー？　いっしょに来る気はないの？」ってね。ところがロッテンマイアーさんは、ものすごく丁寧にお礼をいって、それからこういうのよ。そんな厚かましいことは、ご遠慮申し上げますってね。

でもわたし、知ってるのよ。ロッテンマイアーさんが何を考えているかね。ゼバスティアンがあなたを送って帰ってきて、アルムがどんなに恐ろしいところか、さんざん話して脅かしたせいよ。岩山がそそり立っていて、あちこちに深い谷や絶壁があって、山がものすごく急なんで、一歩登るたびに、ここをどうやって下りたらいいか、不安でたまらなくなるってね。山羊ならともかく、人間にはあんなところ、とても登れたもんじゃない。いつ足を踏みはずして転落死するかわかったもんじゃない、ともいっていた。

それを聞いてロッテンマイアーさんはすっかり縮みあがって、もう前のようにスイス旅行をしたいとはいわなくなったの。ティネッテもすくんでしまって、旅行をする気が失せたみたい。

だからおばあさまとわたしと、ふたりだけで行くわ。ゼバスティアンは、バート・ラガッツまでわたしたちを送って、また引き返すことになってる。

もうすぐあなたのところへ行けると思うと、今からもう、待ち遠しくてたまらない。

元気でね、大好きなハイジ、おばあさまからも、あなたによろしくですって。

あなたのクララより

ペーターはハイジが手紙を読み終わるや、戸口から飛びのいて、鞭をところかまわずビュンビュン打ち鳴らした。そのあまりの怒りように、山羊はすっかり怖じ気づいて跳ねあがり、一目散に山を下っていった。山羊がこれほど混乱して跳ねあがるのを見るのは初めてだった。ペーターは、まるで見えない敵を蹴散らそうとしているかのように、ものすごい剣幕で鞭を振り、その後を追っていった。フランクフルトからまたお客さんがやって来ると思うと、それだけでむしゃくしゃしてならなかったのだ。そのお客さんたちに、今からものすごく腹を立てていた。

ハイジの方はうれしくてたまらず、明日にもおばあさんを訪ねて、何もかも話すっもりだった。フランクフルトから誰が来るのか、そしてとりわけ大事なのは、誰が来ないかを報告することで、それはおばあさんにとっても一大事のはずだ。なんといっても、おばあさんもすでに、フランクフルトの人たちのことをすっかり知っていて、ハイジに関わることなら、我がことのように一喜一憂するのが常だからだ。

ハイジは翌日の午後、ひとりでおばあさんを訪ねた。お日さまがまた明るく輝き、空から長いこと地上を照らしていた。地面はすっかり乾いていて、その上を歩くのは気持ちが良かった。楽しげな五月の風に吹かれて、ハイジはいつもより早足で山を駆け下りた。

おばあさんはもうベッドに伏せってはいなかった。また部屋の片隅にすわって、糸を紡いでいた。けれども心配事でもあるのか、何やら深く考えこんでいる様子だ。

昨日の晩から、おばあさんはずっとこんな風にしていた。夜になってベッドに入っても、ずっと思い悩んでいて、なかなか寝つけなかった。ペーターが腹を立てて帰宅してがなりちらした言葉の端々から、おばあさんはフランクフルトから人が大勢アルムの山小屋にやって来ることを知った。それから先のことはペーターも知らなかったが、おばあさんは、あれこれ考えずにはいられなかった。そして考えれば考えるほど不安になって、眠れなかったのだ。

ハイジはすぐにおばあさんのもとに駆けよった。そして自分用に置いてある腰かけにすわって、わかっていることを夢中で話した。話しているうちに、ますますうれしくなってきた。けれども途中でふいに口をつぐみ、心配そうに訊ねた。

「どうしたの、おばあちゃん？　喜んでくれないの？」

「いいや、そんなことないよ、ハイジ。おまえがそんなに喜んでいるんだから、あたしだってうれしいさ」

そうはいうものの、おばあさんは少しもうれしそうに見えない。

「でもおばあちゃん、心配しているのは、顔を見ればわかる。もしかしてロッテンマイアーさんも来るんじゃないかって、それが心配なの？」

そう訊くハイジも、幾分心配そうだった。

「いいや、いいや、何でもないよ！」

そういっておばあさんはハイジをなだめた。

「ちょっと手を貸しておくれ、ハイジ、おまえがまだそこにいるって、わかるようにね。おまえのためになるんなら、あたしはどうなったってかまわないさ」

「おばあちゃんがどうかなってしまうなんていやよ。そんなことになるくらいなら、あたしのためにならなくたって全然かまわない」

ハイジはきっぱりといった。

けれどもそのせいで、かえっておばあさんの心配を募らせてしまった。フランクフルトからまた誰かがハイジを連れにやってくるに違いない。おばあさんはそう思いこんでいた。ハイジが元気になったので連れもどそうとしているのだ、と考えたのだ。そのことが、ずっとおばあさんの気がかりだった。けれども自分が心配していることをハイジにさとらせてはならないとも思った。ハイジは気がやさしいから、おばあさんを悲しませたくない一心でフランクフルトへは行かないといいだすかもしれない、そんなことがあってはならない。おばあさんはどうしたらいいか考えて、すぐにこれしかないということを思いついた。

「ねえ、ハイジ」とおばあさんは切りだした。

「元気が出るように、またあの歌を読んでおくれ。『神さまは、何もかも癒してくださいます』ではじまる歌をさ」

古い歌の本のことなら、今ではもう隅から隅まで知っている。ハイジはすぐにおばあさんが聞きたい歌が載っている頁を開いて、よく響く明るい声で朗読した。

神さまは、何もかも
癒してくださいます
どんなに波が荒れ狂おうとも
心配するには及びません
心安んじて
時を待つのです！[1]

1　ドイツのルター派神学者ヨハン・ダニエル・ヘルンシュミット（一六七五年―一七二三年）が作詞した賛美歌の一部。

「ああ、その歌だよ。あたしが聞きたいと思っているのはね」

おばあさんはほっとしていった。心配そうな顔はもうしていなかった。

その顔を考え深げに見つめながら、ハイジは訊ねた。

「ねえ、おばあちゃん、癒えるっていうのは、何もかもまたよくなるってこと？」

「ああ、ああ、そうだとも。何もかもいずれよくなるさ」おばあさんはうなずいていった。「神さまが何もかもいいようにしてくださるんだから、安心して待っていればいい。もう一度読んでおくれ、ハイジ、ちゃんと覚えて、二度と忘れないようにね」

そこでハイジはその歌をもう一度、それからまたもう一度というように、繰り返し読んで聞かせた。安心して待っていればいいというのが、ハイジも気に入ったからだ。

やがて日が暮れて、ハイジは山道を登って家路についた。頭上の空に星がひとつ、またひとつとまたたき始めた。星はきらきらと光ってハイジを照らした。どの星も、あらたな喜びを送ってくれるかのようで、ハイジは何度も立ち止まって空を見上げずにはいられなかった。やがて満天の星空になって、あたりはますます明るく照らしだされた。ハイジは思わず叫んだ。

「ええ、わかったわ。神さまはどうすれば何もかもよくなるか、よくご存じなんだわ。だからあたしたちはみんな、喜んでいられるし、安心していられるのね！」

夜空の星もきらきら、ちかちか光って、ハイジに合図を送ってくれているようだった。山小屋にたどりつくと、おじいさんも戸口に立って、夜空の星を見上げていた。これほどきれいに星が輝くのを見るのは久しぶりのことだったのだ。

夜だけではない。この五月は昼間も、この数年なかったほど明るく澄み渡っていた。おじいさんは朝しばしば、雲ひとつない空にお日さまが昇っていく見事な光景に見ほれ、夕方にはまた沈んでいく様を眺めた。そして何度も繰り返しこういわずにはいられなかった。

「こんなにおてんとうさまの光に恵まれた年はめったにない。こういうときは草に特別な力が宿る。いいか、山羊番の大将、山羊がいい餌にありついて羽を伸ばしすぎないよう、気をつけるんだぞ！」

それを聞いて、ペーターは勇ましく鞭を振り鳴らした。ペーターの顔には「山羊のことはこのおれに任せとけって」とはっきり書いてあった。

そんな風にして緑豊かな五月は過ぎ去り、六月になると、お日さまの光はますます強くなり、日が長く明るくなって、アルム一帯の花々を目覚めさせた。あたり一面花が咲き誇り、空気は芳しい花の香りで満たされた。

その六月も終わりに近づいたある朝、ハイジは日課になっている朝の仕事を終えて小屋を飛びだした。まずは急いで樅の木の下に立ち、それから少し山を登ってリンドウが咲き誇る一帯を眺めるつもりだった。お日さまの光に照らされて咲くリンドウは、それは見事だからだ。

けれども小屋をぐるっと回るなり、ハイジはふいに大声で叫んだ。そんなことはついぞなかったので、おじいさんが納屋から飛び出てきた。

「おじいちゃん！　おじいちゃん！」

ハイジは夢中で叫んだ。

「早く来て！　ほら、見て！　見てちょうだい！」

おじいさんはハイジが興奮(こうふん)して指(ゆび)差(さ)す方に目を向(む)けた。

奇妙(きみょう)な行列(ぎょうれつ)がアルムを登(のぼ)ってくるのが見えた。アルムでそんなものを見るのは初(はじ)めてだった。先頭は男ふたりで、輿(こし)をかついでいる。その輿(こし)には、何重(なんじゅう)にもショールを巻(ま)いた少女が乗(の)っていた。

次(つぎ)は馬一頭。騎乗(きじょう)の貴婦人(きふじん)は身(み)なりがよく、堂々(どうどう)としたたたずまいをしていて、四方を注意深(ちゅういぶか)く眺(なが)めながら、傍(かたわ)らを歩く若(わか)い案内人(あんないにん)と、熱心(ねっしん)に話をしている。

そのうしろには、別(べつ)の青年が空の

車椅子を押して続いている。急な山道を登るには、車椅子より輿の方が安全だからだ。

そして最後に背負子を担いだ男。背負子には、毛布やショールや毛皮が、男の頭より高く積まれていた。

「来たわ！　みんなが来たのよ！」

ハイジは歓声をあげ、うれしさのあまりぴょんぴょん飛び跳ねた。ほんとうに来てくれたのだ。一行はだんだん近づいてきて、しばらくして到着した。先頭の男たちが輿を下ろすなり、ハイジは飛びついていった。

ハイジとクララは、大喜びであいさつを交わした。すぐにおばあさまも到着して、馬を下りた。ハイジがおばあさまに駆けよると、おばあさまは心のこもったあいさつをしてくれた。

それからおばあさまは、ようこそといって近づいてきたハイジのおじいさんに向き合った。初対面の堅苦しいあいさつは抜きだった。おばあさまもおじいさんも、互いのことを旧知の間柄のようによく知っていたからだ。

あいさつの言葉を交わすやいなや、おばあさまはほがらかにいった。

「おじいさん、ここはなんて素晴らしい所なんでしょう！　こんなに素晴らしいとは夢にも思いませんでしたよ！　王さまでもうらやむに違いありませんね！　それにハイジの元気なことといったら！　ほっぺがバラのようじゃありませんか」

そう言葉を続けてから、ハイジを引き寄せて頬をなでた。

「どこもかしこも、なんてきれいなんでしょう！　ねえ、クララ、あなたはどう思う？　ここが気に入った？」

クララはうっとりとあたりを見まわしていた。こんなに素晴らしい景色を見るのは、生まれて初めてだった。これほどすてきだとは想像だにしていなかった。

「ああ、なんてきれいなの！　とっても、とってもきれい！」

クララは興奮して何度も繰り返した。

「こんなにきれいだなんて、想像以上よ。わたし、ずっとここにいたいわ、おばあさま！」

その間におじいさんは車椅子を引き寄せて、背負子からショールを何枚か取り、座面に広げた。それから輿に近づいた。

「お嬢さんは乗り慣れた車椅子の方が楽なんじゃないかな。輿は座面が少し固いからな」

そういうなり、誰かが動くのを待つ間もなく、すぐさま病身のクララを屈強な腕で輿から抱き上げ、ショールをしいた車椅子にそっと下ろした。そして膝にショールをかけ、クッション張りの台に足をのせて居心地よくしてやった。これまでずっと足の不自由な人の世話をしていたとしか思えないほど、手際のよい見事なやり方だった。

見ていたおばあさまは、目を丸くした。

「まあ、おじいさん、病人の世話の仕方を、どこで習われたのですか？　知り合いの看護婦を全員、今すぐそこへ送りこんで習わせたいくらいですよ。どうしてこんなことがおできになるんです？」

おじいさんはにっこりして「教わったんじゃなく、いろいろやってみて覚えたんですよ」と答えたものの、その顔には悲しみの色が見て取れた。

おじいさんの脳裏には、遠い昔世話をした人の、苦痛にゆがんだ顔が浮かんでいた。その人は、手足を動かすこともかなわないほどの重傷を負い、椅子にすわらされていた。おじいさんの隊の隊長で、シチリアでの激戦の後、倒れているところをおじいさんが見つけて、隊にかついで帰ったのだ。その後おじいさんは、ひとりで隊長の世話をした。隊長の方も、苦しんだあげく息を引き取るまで、片時もおじいさんをそばから離さなかった。

おじいさんはその隊長の顔を、また思いだしていたのだ。今は病身のクララの面倒を見て、できるだけ快適に過ごしてもらうために全力を尽くすのが自分の務めだ。おじいさんはそう自分に言い聞かせた。

雲ひとつない晴天で、鮮やかな青空が、山小屋の上にも、樅の木や灰色に輝いて聳え立つ岩山の上にも広がっていた。何もかもきれいで、クララはいくら見ても見飽きなかった。見るものすべてに、すっかり心を奪われていた。

「ああ、ハイジ、わたしもあなたといっしょに歩きまわれたらねえ！　山小屋をぐるっと回って樅の木の下に立ってみたい！」

クララは憧れに満ちて叫んだ。

「あなたが話してくれたすてきなものを、みんないっしょに見てまわれたら、どんなにいいかしら！」

ハイジは車椅子を懸命に押してみた。

と、車輪が動いたので、ハイジは、草のはえた乾いた地面の上を、車椅子を押して樅の木の下まで行った。こんな大きくて立派な木を、クララは生まれて初めて見た。樅の老木は高く聳え立ち、太い枝を地面すれすれまで伸ばしている。そしてそこからさらに葉を豊かに茂らせている。ふたりについてきたおばあさまも、感嘆して立ち止まった。

青空高く聳えて風にざわめく梢。まっすぐに伸びた太い幹。どちらも甲乙つけがたい美しさだ。豊かな枝を茂らせたこの木は、過ぎ去ったはるかな年月を語っているかのようだ。ずっと昔からここに立って、谷を見下ろし、人々がやって来ては去っていくのを見てきた。何もかもが移ろいゆく中、この木だけは変わらずに立っていたのだ。

そうこうするうちに山羊の小屋の前まで来た。ハイジはクララにも中が見えるように、小さな戸をいっぱいに開けた。けれども二匹の山羊は上の牧場に行っているので、今のところ、たいして見るものはなかった。それでクララはがっかりしていった。

「ああ、おばあさま、シュヴェンリやベルリに会えるといいのに！　ほかの山羊やペーターにもね！　おばあさまのおっしゃるとおり、毎回、早めに山を下りなきゃならないんじゃ、誰にも会えない。そんなのがっかりよ！」

「いいこと、クララ、こんなにたくさんきれいなものを見られたんだから、無いものねだりをしてはいけませんよ」

ハイジが押す車椅子についていきながら、おばあさまはクララをたしなめた。

「わっ、お花！」

クララがまた叫び声をあげた。

「きれいな赤いお花がいっぱい咲いてる。青いカンパニュラはみんな頭をたれてお辞儀をしてるわ！　ああ、わたしも、ここから下りてお花を摘めたらいいのに！」

ハイジはすぐさま飛んでいってお花を摘み、花束にしてもどってきた。

「でもこんなんじゃなくてもっとずっときれいなのよ、クララ」

ハイジは花束をクララの膝に置いていった。

「あたしたちといっしょに山の上の牧場へ行けば、もっとずっとすごいものが見られるわ！　ひとところにそれはもうたくさん、お花が咲いているの。ベニバナセンブリは群生して咲いてるし、青いカンパニュラもここよりたくさん咲いてる。それに明るい黄色いお花もいっぱい咲いてて、まるで地面が黄金色に輝いてるみたいよ。〈お日さまの目〉っていうんだって、おじいちゃんがいってた。それからまあるい小さな茶色い穂花も咲いてるわ。とってもいい匂いがするお花なのよ。牧場はほんとにとってもきれい！　あそこにいると、そのままずっとすわっていたくなるくらい、それはもうきれいなの！」

クララにそう話してきかせているうちに、ハイジは自分でもまた、きれいなお花が見たくてたまらなくなり、目をきらきら輝かせた。熱を帯びたハイジの語りに引きこまれて、普段は穏やかでやさしいクララの目も、ハイジに負けないくらい輝きだした。

「ああ、おばあさま、わたしもそこまで行けないかしら？　そんな高い所まで、わたしも行けると思う？」

クララは憧れをこめて訊いた。

「ああ、そこまで行けたらどんなにいいかしら、ハイジ。あなたといっしょにアルムのどこもかしこも歩けたら、どんなにいいかしれないわ！」

「あたしが車椅子を押してあげる」

ハイジはそういってクララを慰めた。そしてそんなことなんでもないといわんばかりに、車椅子を勢いよく押して角を曲がろうとした。おじいさんがそばにいてすかさず押さえたからいいようなものの、そうでなければ、車椅子は勢い余って危うく転げ落ちるところだった。

ハイジたちが樅の木の下にいる間も、おじいさんは、のほほんとはしていなかった。山小屋の前に、すでにテーブルと、人数分の椅子が出してあった。そしてみんなで気持ちよく昼食を取れるよう、何もかも用意が調っていた。小屋の中では鍋がぐつぐつ煮え、太い串に刺したチーズが、いい具合にとけはじめている。ほどなくみんなできあがり、おじいさんは熱々の料理を運んできて、テーブルに並べた。こうしてにぎやかで楽しい昼食が始まった。

おばあさまは、このすてきな食堂を囲む眺めにうっとりしていた。下に目をやれば、はるか下の谷まですっかり見渡せ、見上げれば、山々の上に青空がどこまでも広がっている。そよ風がテーブルの一同を涼ませ、頭上の樅の梢をざわざわと鳴らしている。まるで食事をするみなのために特別な音楽を奏でているかのようだ。

「こんなすてきな昼食は初めてですよ。本当になんて素晴らしいんでしょう！」

おばあさまは何度も感嘆の声をあげた。

「それに我が目がとても信じられませんよ」とおばあさまは心底驚いて続けた。

「クララ、チーズを載せたパンを食べるの、それ二切れ目よね？」

確かにクララのパン皿には、チーズがとろっととけて金色に輝く二切れ目のパンが載っていた。

「ええ、おばあさま、だって、とってもおいしいんですもの。バート・ラガッツで食べたどんなお食事よりもおいしいわ」

クララはそういって、ごちそうをせっせと口に運(はこ)んだ。

「それはよかった！　さあ、どんどん召(め)しあがれ！」

おじいさんはうれしそうにいった。

「何もかもおいしく頂(いただ)けるのは、この山の新鮮(しんせん)な空気のお陰(かげ)ですよ」

こうして楽しい食事(しょくじ)は続(つづ)いた。おばあさまとおじいさんはとても気が合って、話がはずんだ。人についても、物事(ものごと)についても、世相(せそう)についても、ふたりの意見(いけん)は一致(いっち)して、まるで旧知(きゅうち)の間柄(あいだがら)のようだった。時間は瞬(また)く間(ま)に過(す)ぎ、おばあさまは暮(く)れなずむ空をふいに見上げていった。

「そろそろおいとましなくては。クララ、もう日がだいぶ傾(かたむ)いてきましたよ。迎(むか)えの馬と輿(こし)も間もなく来るはずですよ」

今の今まで晴れやかだったクララが顔をさっと曇(くも)らせ、一生懸命(いっしょうけんめい)おばあさまに懇(こん)願(がん)した。

「おばあさま、後一時間か二時間、ここにいさせて！　だって山小屋(やまごや)の中をまだぜんぜん見てないのよ。ハイジのベッドもなんにもね。ああ、一日が後十時間よけいにあればいいのに！」

「そんなの無理ですよ」

そうはいったものの、おばあさまも小屋の中が見たかったので立ちあがり、おじいさんがクララの車椅子を頑丈な腕でしっかりと戸口まで押していった。ところが車椅子の幅がありすぎて、戸口を通すことができなかった。おじいさんは躊躇せず、クララを腕に抱き上げて小屋に入った。

おばあさまはあちこち見てまわり、小屋の作りや家具を、ひとしきりじっくり眺めて、何もかもきれいに整理整頓されていることに感心した。

「あなたのベッドはあの上にあるんでしょう、ハイジ？」

そう訊くと、ためらわずにはしごを登って、干し草敷きの屋根裏に上がった。

「あらまあ、なんていい香りなんでしょう。ここなら、ぐっすり眠れるでしょうね！」

そして穴のところまで行って外をのぞいた。おじいさんも、クララを腕に抱いて上がってきた。その後から、ハイジもはしごをとんとん登ってきた。

みんなしてハイジの干し草のベッドを囲んだ。おばあさまは、考えこむようにそのベッドを眺めては、ときおり新鮮な干し草の芳しい香りを吸いこんでいる。クララはハイジのベッドに夢中になっていた。

「ああ、ハイジ、なんて楽しいところなの！　ベッドから空が見えるなんて最高よ。それにこのいい香り。樅の木がざわめく音も聞こえる。こんなに愉快で楽しい寝室、見たことないわ！」

すると、おじいさんがおばあさまの方を向いていった。

「ちょっと思いついたんですがね。わたしを信じて賛成してくださるといいんだが。どうでしょうね、お孫さんを少しばかりうちで預からせてもらえませんか。そうすればきっと精がつくと思いますよ。毛布やショールも十分あることですし、柔らかくてすてきなベッドをここにこしらえられますよ。お孫さんの世話のことなら、なんの心配もいりません。任せてください」

クララとハイジは、解き放たれた二羽の小鳥のように歓声をあげて喜び合った。おばあさまの顔も、お日さまに照らされたかのようにぱっと輝いた。

「おじいさん、あなたは本当に素晴らしい方ですわね！」

おばあさまは感激していった。

「わたしが今何を考えていたとお思いです？　この子がここにいられれば、きっと丈夫になるに違いない。でも世話が大変だし、心配をかけることになる。とてもそんなご迷惑はかけられない。そうひそかに思っていたところに、そちらから、そんなうれしいことをいってくださるなんて。とても骨の折れることなのに、まるでなんでもないことのようにね。おじいさん、ご親切にありがとうございます。心からお礼申し上げます！」

おばあさまはおじいさんの手を取って、何度も強くにぎりしめた。おじいさんも、うれしそうな顔をしておばあさまの手を強くにぎった。

そうと決まるや、おじいさんはすぐさま、クララが泊まる仕度に取りかかった。まずクララを戸口の前の車椅子にすわらせた。ついてきたハイジはうれしくてたまらず、ただもうぴょんぴょん飛び跳ねていた。それからおじいさんは、ショールと毛布と毛皮の敷物を全部かかえ、にこにこしながらいった。

「冬ごもりでもするように、ショールやら毛布やらをたくさん持ってきてくださったんで大助かりですな。みんな使えますよ」

「ええ、おじいさん、用心するにこしたことはありませんからね。山越えの旅で、嵐にも大風にも雨にもあわずにすんでよかったです。使わずにすんだものが、今こうして役に立つのも、ありがたいことです。何もかも決して無駄ではなかった。そうですよね」

そんなことを話しながら、おじいさんとおばあさまは、干し草を敷きつめた屋根裏に上がり、ショールや毛布をベッドの上に次々に広げた。ショールも毛布もたくさんあったので、しまいにベッドは、ちょっとした砦のようになった。

「これでもう干し草の茎が飛びだしてちくちくすることもありませんよ」

おばあさまはそういいながら、片手で敷物の表面を丹念になでて点検した。幾重にも重ねた敷物は、干し草をしっかり覆っていて、どこもちくちくしなかった。

おばあさまは満足してはしごを下り、子どもたちのところへ行った。ハイジもクララも目を輝かせて、ぴったりくっついてすわり、クララがアルムにいる間、毎日何をして過ごそうかと相談していた。

　それにしても、どのくらいいられるのだろうか？　それが大問題で、ふたりはすぐさまおばあさまに訊ねた。おばあさまは、それはおじいさん次第だから、おじいさんに訊きなさい、といった。それでおじいさんがふたりのところへ来るや、今度はおじいさんに問いを向けた。

　おじいさんは、アルムの空気がクララの体にいい影響を与えて丈夫になるかどうか判断するには、四週間くらいが適当だろうと答えた。それを聞いて、ハイジもクララも歓声をあげて喜んだ。そんなに長くいっしょにいられるとは、ふたりとも思ってもいなかったのだ。

　輿の担ぎ手と馬の引き手が馬を連れて山を登ってくるのが見えた。輿の担ぎ手には、すぐに帰ってもらった。おばあさまが馬に乗ろうとしていると、クララがほがらかにいった。

「ああ、おばあさま、これでお別れじゃないでしょう？　わたしたちがここで何をしているか、ときどき見にきてくださるでしょう？　そうしてくだされば、きっと楽しく過ごせるわ。ね、そうでしょ、ハイジ？」

今日は、次から次へとうれしいことばかり起きるので、ハイジはもうなんといっていいかわからず、ただもうぴょんぴょん飛んで喜ぶばかりだった。

おばあさまは荷運び用の頑丈な馬に乗り、おじいさんが手綱を取ってしっかり馬を引き、急な山道を下り始めた。おばあさまがもう見送りは十分だといくらいっても、おじいさんは、このあたりの山道は険しくて馬で下りるには細心の注意が必要だからデルフリまで送っていく、といって聞かなかった。

おばあさまはひとりでデルフリに滞在する気はなく、バート・ラガッツまでもどって、そこからときどきアルムまで登ってくる心づもりだった。

おじいさんがもどってくる前に、ペーターが山羊を連れて山の上の牧場から下りてきた。山羊はハイジがいることに気づくや、いっせいに寄ってきた。隣にいたクララもあっという間に車椅子ごと山羊に取り囲まれた。山羊は、押し合いへし合いしながらクララを覗きこみ、ハイジはすかさず一匹ずつ名前をあげてクララに山羊を紹介した。

それでクララは、仲良くなりたいとずっと願っていた子山羊のシュネーヘップリや愉快なディステルフィンク、世話が行き届いていてきれいなおじいさんの二匹の山羊、さらには大山羊のテュルクも含めすべての山羊と、あっという間に知り合いになった。ペーターはといえば、その間少し離れた所に立って、いつになく険しい目つきで、楽しそうにしているクララをにらんでいた。

ハイジとクララが「今晩は、ペーター！」と親しげに声をかけても返事ひとつせず、空気をまっぷたつに切り裂こうとでもするように、鞭をビュンと打ち鳴らした。そして山羊の群れをしたがえて山を駆けおりていってしまった。

クララが今日アルムで見たものの中でも一番きれいなものが、最後に控えていた。干し草を敷きつめた屋根裏にこしらえた大きな柔らかいベッドに、クララが寝かせてもらったところへ、ハイジもはしごを登ってきた。そのときちょうどお星さまがいくつかチカチカとまたたき始めたのが丸い穴から見えたので、クララはうっとりして叫んだ。

「まあハイジ、見てちょうだい。わたしたち、まるで立派な車に乗ってお空へ登っていくみたいよ！」

「ほんと、そうね。ねえクララ、お星さまがどうしてあんなにうれしそうに輝いてあたしたちを見下ろしているのか、知ってる？」

「ううん、知らない。どうしてなの？」

「お星さまはね、神さまが何もかもあたしたちのいいようにしてくださるのを、空の上から見ているのよ。神さまは、あたしたちが何も心配しなくていいようにしてくださる。なぜって、すべてがよくなるのは確かだからよ。お星さまは、それをとても喜んでいるの。ほら、あんなにチカチカまたたいて、あたしたちも喜んでいいんだっていってる！

でもね、クララ、あたしたちもお祈りするのを忘れないようにしないとね。神さまに、どうかあたしたちのことも気にかけてください、いつも安心していられるように、何も怖れずにすむように、お取りはからいくださいってね」

ハイジとクララは、もう一度身を起こして、めいめい夜のお祈りをした。それからハイジは、ふっくらした腕に頭を載せて、あっという間に眠りこんだ。けれどもクララの方はまだ長いこと目を覚ましていた。星が見える寝床なんてすてきなものは、これまで見たこともなかったからだ。

そもそもクララは、星を見たことさえなかった。夜、家の外に出たことがなかったからだ。それに家の窓は、星が出る前にカーテンを引かれてしまう。そんなわけで寝ようと思って目を閉じても、大きな明るいふたつの星がまだ出ているかどうか、ハイジがいったようにチカチカまたたいているかどうか確かめたくて、すぐにまた目を開けずにいられなかった。

星はまだちゃんと夜空に輝いていた。そのきらめきを、クララは何度見ても見飽きなかった。やがてまぶたがくっつき、大きな明るいふたつの星は、クララの夢の中で輝きはじめた。

第21章　アルムでの暮らしは続いて

太陽が岩山の後ろから昇り、黄金の光を山小屋や谷の上に投げかけた。高い峰や谷にうっすらと漂っていた霧がしだいに晴れていき、大地が影のまどろみから目覚め、新しい一日が始まるのを、おじいさんはいつものように静かに眺めていた。朝焼けが、まばらな雲を明るく染めはじめ、やがて太陽が完全に姿を現して、谷や森や丘に金色の光をそそいだ。

それを見届けると、おじいさんは山小屋にもどり、足音を立てないよう、そっとはしごを登った。クララはちょうど目を覚ましたところで、明るい日の光が丸い穴から差しこんでベッドの上で踊るのを、目を丸くして見ていた。自分がどこにいて、何を見ているのか、まるでわからなかった。隣でハイジが眠っているのを目にし、「よく

眠れたかな？ 疲れてはいないかい？」とやさしく訊くおじいさんの声を聞いて、クララは自分がアルムにいることをようやく思いだした。

一晩中、一度も目を覚まさずぐっすり眠れた、だから少しも疲れていない、とクララは答えた。それを聞いて、おじいさんは満足し、さっそくクララの身支度にとりかかった。病気の子どもの世話をして気持ちよく過ごせるようにしてやるのが自分の仕事でもあるかのように手際よく、痒いところにも手が届く細やかさだった。

ハイジも目を覚ました。おじいさんはすでにクララの身支度をすっかり整えて、腕にかかえてはしごを下りるところだった。それを見てハイジはびっくりした。ぐずぐずしてはいられない、早く行って手伝わないと。そう思って飛び起き、身支度をした。そしてはしごを下り、そのまま外に出た。

驚くべき光景が待っていた。おじいさんは昨日の夜、ハイジとクララが屋根裏に上がってから、幅の広い車椅子を小屋の中へ入れるにはどうしたらいいだろうか、とずっと考えていた。戸口は狭すぎて、そこから中へは到底入れられない。つらつら考えているうちに、いいことを思いついた。そして裏の納屋に通じる羽目板を二枚はずして、広い出入り口をこしらえ、そこから車椅子を小屋に入れた。羽目板は元の位置へもどしたが、固定はしなかった。

ハイジがやってきたときには、おじいさんはクララを車椅子に乗せ、羽目板をはずし、車椅子を納屋から朝日の射す外へ押して出るところだった。車椅子を空き地の真ん中にすえると、おじいさんは山羊小屋へ行った。ハイジは、すぐさまクララの横へ飛んでいった。

すがすがしい朝風が子どもたちの頰をなでた。風が吹くたびに、樅の木のいい香りが明るい朝の空気を満たす。

クララは大きく息を吸って、車椅子の背にもたれかかった。幸せないい気持ち。こんな気分を味わうのは初めてだ。

そもそも戸外で新鮮な朝の空気を吸うことからして、これまで一度もしたことがなかった。ひんやりとしてすがすがしいアルプスの山の空気に包まれ、身も心も生き返ったかのよう。そのひと息ひと息を、クララは堪能した。それに明るく甘やかな日の光。高い山の上なので、少しも暑くなく、両手や足元の乾いた草地を心地よく温めてくれている。アルムがこんなに素晴らしい所だとは、想像だにしていなかった。

「ああハイジ、ずっとここにいられたら、あなたのそばにいられたら、どんなにいいかしら！」

クララは車椅子にすわったまま、四方の空気や日光を味わい尽くそうとするかのように、あちこちに身を傾けながらうっとりといった。

「ね、これでわかったでしょ、あたしがいってたことが。なんたって一番すてきなのは、アルムのおじいちゃんのところだってね」

ハイジは喜んでいった。

ちょうどそのとき、おじいさんが納屋から出てきて、子どもたちのところへやってきた。雪のように真っ白に泡だった山羊の乳をいっぱいに入れたボウルを二つ手にしていて、そのうちのひとつをクララに、もうひとつをハイジに手渡した。

「お嬢ちゃんの体にいいから、これをお飲み」

おじいさんはそういって、クララにうなずいてみせた。

「シュヴェンリの乳だよ。飲めばきっと精がつく。さあさあ、ぐっとお飲み！」

クララはそれまで山羊の乳を飲んだことがなかったので、念のため、ちょっと匂いを嗅いでみた。けれどもハイジがおいしそうにごくごくと飲むのを見て、それなら、とボウルに口をつけた。そしてごくっとひと口飲んでみた。それからまたごくっともうひと口。

確かに甘くて濃い味だ。まるで砂糖とシナモンが入っているかのよう。クララはボウルが空になるまで、ごくごく飲んだ。

「よし、明日は二杯、持ってこよう」

クララがハイジを見倣って乳を飲み干したのを見て、おじいさんは大いに満足していった。

そこへペーターが山羊の群れを引きつれて現れた。ハイジがたちまち山羊に囲まれて恒例の朝のあいさつを受けている間に、おじいさんは山羊がうるさく鳴いても自分の声が聞こえるよう、ペーターをちょっと脇へ引っぱっていった。山羊はハイジを取り囲むと大はしゃぎで競って大声で鳴くからだ。

「いいか、よく聞け。今日からシュヴェンリを好きなようにさせるんだ。あいつは、どこに滋味に溢れた野草が生えているかよくわかっている。だからあいつが斜面を登っていったら、おまえは後についていけ。ほかの山羊も、あいつについていけば間違いなくいい草にありつける。あいつがいつもより高いところまで行こうとしても、止めずについていくんだ。いいな。少しくらい高みへ登っていってもかまわない。おまえよりあいつの方が利口だからな。あいつが栄養たっぷりの乳を出せるよう、存分にいい草を食べさせてやれ。何で向こうばかり見てる？　取って喰いたそうな顔をしてるぞ。誰もおまえの邪魔をしたりはせん。さあ、ぐずぐずしないでとっとと行け！」

ペーターはおじいさんのいうことなら、何でも聞くのが習性になっていた。それですぐさま群れを引きつれて出発しようとした。だが何か気にかかることがあるらしく、何度もうしろを振り返っては、目をぐるぐる回している。ハイジを取り囲んでいた山羊がペーターの後に続き、ハイジを少しばかり前へ押しやった。ペーターにはもっけの幸いだった。

「おまえもいっしょに来いよ」

ペーターは山羊の群れの真ん中へ向かって大声でいった。

「シュヴェンリについて行けっていうんなら、おまえもいっしょに来なけりゃな！」

「だめよ、あたしは行けない。これから当分、行けないよ。クララがうちにいる間はね！　でも一度は、あたしたちもいっしょに牧場へ行くことになってる。おじいちゃんが約束してくれたから」

そういうと、ハイジは山羊の群れをかき分けて、クララの所へ飛んでもどった。

ペーターが両手を拳にして脅すように車椅子に向かって振り上げると、山羊はあわてて横へ飛び退いた。けれどもペーターも、すぐさま車椅子に背を向け、下から見えないところへ来るまで、斜面をずんずん登っていった。拳骨を振り上げたのをおじいさんに見られていたらどうしよう、とずっと不安だったからだ。おじいさんに叱られるほどこわいことはない。

クララとハイジにはやりたいことがたくさんあって、どこから手をつけていいかわからないくらいだった。ハイジはまず最初に、おばあさまに手紙を書くことを提案した。毎日一通、手紙を書く約束だったからだ。おばあさまは、クララが山の上で長いこと気持ちよく過ごせるかどうか、健康状態に不安があったので、子どもたちに毎日手紙を書いて何があったかすべて報告するよう約束させたのだ。そうすれば、おばあさまは自分にお呼びがかかるまで、のんびり麓の町で過ごすことができる。

「手紙を書くには、小屋に入らなけりゃだめかしら？」

クララが訊いた。おばあさまに報告の手紙を書くのはやぶさかでないが、外があんまり気持ちがいいので、中に引っこみたくなかったのだ。

ハイジにはどうすればいいかわかっていた。それですぐさま小屋に入り、勉強道具と三脚椅子をかかえてもどってきた。それから自分の教科書とクララの書き方のノートをクララの膝に載せ、クララが手紙を書けるようにした。自分の方は、三脚椅子にすわってベンチに向かった。

こうしてふたりは、おばあさまに報告の手紙を書きはじめた。けれどもクララは、ひとつ文を書くごとに鉛筆を置いてあたりを見回した。

どこもかしこもうっとりする美しさだ。風はもう冷たくなく、クララの顔をやさしくなで、頭上の樅の梢をそよそよと吹き渡っていく。すがすがしい空気の中、陽気な小さな虫が羽音をたてながら踊っている。お日さまの光をいっぱいに浴びた草原はしんとしている。高く聳える岩山は、威厳たっぷりにこちらを見下ろし、はるか下に広がる深い谷は、静かで平和に憩っている。ときおりあちこちから、牧童の陽気な呼び声が風に運ばれてきて、上の岩山にこだましてかすかに響くだけだ。

子どもたちが気づかぬうちに昼になり、おじいさんが湯気のたつボウルをかかえてやってきた。日が出ているうちは、できるだけ外で日光を浴びる方がクララにはいいだろう、とおじいさんはいった。それで昼食は、昨日と同じように外で取ることになり、山小屋の前にテーブルが用意され、楽しい食事がはじまった。

食事が終わると、ハイジは車椅子にクララを乗せて樅の木の下に移動した。午後は涼しい木陰にすわって、ハイジがフランクフルトを去ってから、互いの身に何があったか、報告しあうつもりだった。クララの日常はいつもと変わらなかったが、それでもハイジもよく知っているゼーゼマン家の人々について話すことならいくらでもあった。

それで子どもたちは、樅の古木の下に並んですわった。ふたりはおしゃべりに夢中になり、頭上の枝でも小鳥たちが、仲間に加わりたいとでもいうように、にぎやかにさえずった。

そんな風にして、午後もあっという間に過ぎていき、やがて日が暮れ、山羊の群れが山の牧場から下りてきた。山羊番の大将は眉間に皺を寄せ、なにやらこわい顔をしている。

「今晩は、ペーター!」

ペーターに立ち止まる気配がないと見るや、ハイジは大声で呼びかけた。

「今晩は、ペーター！」クララも親しげにいった。

ペーターは返事をせず、荒い鼻息を立てただけで、山羊の群れを追い立てて行ってしまった。

おじいさんが乳をしぼるため、清潔なシュヴェンリを山羊小屋へ連れて行くのを見ているうちに、クララはふいにおいしいお乳が早く飲みたくてたまらなくなった。おじいさんがボウルを持ってきてくれるのも待ちきれないほどだ。そんな自分に、クララは我ながら驚いていた。

「妙なこともあるものねえ、ハイジ」

クララはいった。

「今までは、そうしなけりゃいけないから食べてただけなのに。何を食べても肝油のような味しかしなくて、食べなくてすむならどんなにいいか、と何度考えたかしれない。それが今じゃ、おじいさんがお乳を持ってきてくれるのが待ちきれないなんてね」

「うん、わかるよ」

ハイジは心の底から共感していった。フランクフルトにいるときは、何を口に入れても喉につかえて呑みこむのに苦労し、食事なんてしたくない、とハイジも思ったからだ。

けれどもクララには、まだ事態がよく飲みこめていなかった。そもそもクララは、生まれてからまだ一度も、今日のように戸外で一日を過ごしたことがなかった。しかも今日は、山のすがすがしい空気を胸いっぱいに吸って過ごしたのだ。

おじいさんがボウルをかかえてやってくるなり、クララは大喜びでそれを受け取り、喉の渇きを癒すようにごくごくと飲みはじめ、すぐに飲み干した。今回は、ハイジよりも早く飲み終わったほどだ。

「もう少しいただいてもいいかしら?」

クララはおじいさんにボウルを渡しながら訊いた。

おじいさんは喜んでうなずいた。そしてハイジのボウルも受け取ると、小屋へもどった。再び出てきたときには、どちらのボウルにもかさのある蓋が載っていた。

それもごく普通の蓋ではない。

おじいさんは午後、アルムより少し下にある緑いっぱいの牧場まで出かけて、そこの酪農小屋で作っている甘くて黄色いバターを、一塊手に入れて来たのだ。そのバターをたっぷりぬったパンが、ボウルの蓋になっていた。子どもたちの夕食だ。ふたりはさっそく、そのおいしそうなパンにかぶりついた。たいした食べっぷりに、おじいさんは見ほれ、大満足だった。

食事が終わると、クララは昨晩と同じように、星が輝くのを眺めようと思いながら、寝床に入った。ところが隣のハイジと同じく、あっという間にまぶたがくっついて、すぐに眠ってしまった。こんなにぐっすり眠れたのは生まれて初めてだった。

こんな風に何もかもいい具合に、次の日も、その次の日も過ぎていった。そしてそのまた次の日、思いがけないことが子どもたちを待ちかまえていた。たくましい担ぎ手がふたり、山を登ってくるのが見えた。ふたりとも背負子にベッドをくくりつけている。座面の高いベッドで、すでに組み立て済みで、両方とも同じように真新しい清潔な白い掛け布団がかかっている。男たちは、おばあさまからの手紙も携えていた。その手紙には、二台のベッドはクララとハイジのためのもので、干し草と布を寄せ集めてこしらえた寝床のかわりに、これから先はハイジもちゃんとしたベッドで寝るように、と書かれていた。そして冬になったら、一台をデルフリへ運び、もう一台は、クララがいつでも好きなときにこられるように山小屋に残しておいて欲しい、と書き添えてあった。それからおばあさまは、子どもたちの長い手紙をほめ、これからも毎日手紙を書くように、そうすれば、おばあさまもいっしょにいるのと同じようにふたりと体験を分かち合えるから、と励ましの言葉をしたためていた。

おじいさんは山小屋に入って、ハイジたちの寝床の中身を干し草の山に積み上げ、かけものを取りはずした。それからまた外に出てきて、男たちといっしょにベッドを屋根裏へ運び上げた。おじいさんは二台のベッドをぴったりくっつけて、どちらに寝ても穴から同じように外がのぞけるようにした。ハイジもクララも、そこから射す朝日や夕日を見るのを楽しみにしている、と知っていたからだ。

おばあさまはといえば、麓のバート・ラガッツの温泉で、毎日アルムから届く手紙を読んで素晴らしい報告に喜んでいた。

クララはクララで、新しい生活に日ごとに魅了されていった。おじいさんがどれほどよく、細やかに世話をしてくれるか、ハイジがフランクフルトにいたときよりもずっと愉快でおもしろいか、そして毎朝目が覚めるたびに、「ああ、神さま、なんて幸せなんでしょう！　わたしはまだアルムにいるんだわ！」と思うことを、何度書いても飽き足らなかった。

そんななんとも嬉しい手紙を読んで、おばあさまは毎日喜んだ。そして何もかもうまくいっているようだから、アルムを訪ねるのはもう少し後にしようと考えた。険しい山道を馬で登り、また下るのは、おばあさまにとって、やはりかなり大変なことだからだ。

おじいさんは自分が面倒を見ることになったクララに、特別な世話を焼いた。クララに精をつけるため、毎日何かしら新しいことを考えだした。近頃では午後になると、決まって岩山に登り、薬草の束をかかえてもどってきた。薬草はクローブやタイムのように強い芳香を放ったので、山羊は夕方、山から下りてくるなりその匂いを嗅ぎつけ、メエメエ鳴きながら飛び跳ねては、我先に薬草をしまった納屋に入りこもうとした。

けれどもおじいさんは、納屋の戸をしっかり閉めて山羊が入れないようにしていた。苦労して岩山の高みまで登って珍しい薬草を採取してきたのは、山羊にやすやすとごちそうをせしめさせるためではなかったからだ。薬草はみんな、今よりさらに滋味溢れる乳を出してもらえるよう、シュヴェンリに食べさせるため取ってきたのだ。そうした特別なはからいが功を奏しているのは、一目瞭然だった。シュヴェンリはいつも頭を元気よくあげ、目を輝かせていた。

こうしてクララがアルムに来てから、早くも三週間が過ぎ去った。数日前からおじいさんは、毎朝クララを屋根裏から一階へ抱き下ろして車椅子にすわらせる前に、こう提案するようになった。

「お嬢ちゃん、ちょっと立ってみる気はないかな？」

クララはおじいさんを喜ばせたくて、そのたびに立ってみようとはするのだが、すぐに必ず叫ぶのだった。

「ああ、痛い！」

そしておじいさんにしがみついた。けれどもおじいさんは懲りずに、毎日少しずつ、クララを立たせる時間を長くしていった。

この夏はここ数年で最高にすてきな夏だった。毎日、空は雲ひとつなく晴れ渡り、日光がさんさんと降りそそいだ。小さな花々は、いっせいに萼を大きく開いて、お日さまにあいさつをし、芳香を放った。夕方になると、お日さまはバラ色の光を、岩山やその上の大雪原に投げかけ、それからきらきら金色に輝く光の海原に沈んだ。

それをハイジはクララに何度も語って聞かせた。山の上の牧場からでなければ、そうした素晴らしい光景を堪能することはできなかったからだ。それから、山の上のお気に入りの斜面について熱をこめて語った。その斜面には今時分は、金色に輝くロックローズが咲き誇っているし、青いカンパニュラもあたりの草地が青く染まってみえるほどにたくさん咲いている。そのまた隣には、いい香りのする茶色い花が群生している。あんまりきれいなので、そばの地面に腰を下ろしたら最後、二度と立ちあがりたくなくなるほどだ。

今もハイジは樅の木の下にすわって、山の上の花々や、夕日や、夕焼けに照らされて燃えるように輝く岩山のことをクララに語り聞かせていた。話しているうちにハイジは、またそこへ行ってみたくてたまらなくなった。それでぱっと立ちあがると、おじいさんのところへ飛んでいった。

「ねえ、おじいちゃん」

ハイジは離れたところから、もう大きな声で呼びかけた。

「あした、あたしたちを上の牧場へ連れていって！　今あそこは、とってもきれいなはずだよ！」

「ああ、いいよ。だがお嬢ちゃんにも、ひとつ頑張ってもらえないかな。今晩もう一度、立てるかどうか、ためしてみてほしいんだ」

ハイジはおじいさんの返事を持って、大喜びでクララのところへもどった。クララはすぐに、立てるかどうかおじいさんの気がすむまで何度でもためしてみる、とハイジに約束した。山羊が草を食む美しい牧場へ自分も行けると思うと、嬉しくてならなかったのだ。

ハイジも大喜びで、夕方になってペーターが牧場から下りてくるのが見えると、すぐに大声で呼びかけた。

「ペーター！　ペーター！　明日あたしたちもいっしょに牧場へ登って、一日中そこにいるわ！」

ペーターは返事のかわりに、怒った熊のようにブルンと鼻を鳴らし、隣を駆けている罪のないディステルフィンクを鞭で打ちすえようとした。けれどもすばしこいディステルフィンクはすばやく横に飛び退いた。そして大きく跳躍してシュネーヘップリを飛び越えたので、鞭はむなしく空を切っただけだった。

その晩クララとハイジは、期待に胸をいっぱいにふくらませて、すてきなベッドに横になった。明日はやりたいことがたくさんあるので、朝になって起きるまで夜通し寝ずに何をするか話して過ごそうと決めた。けれども枕に頭がつくやいなや、おしゃべりはぴたりとやんだ。

クララは、目の前に広い野原がひろがっている夢を見た。野原は空のように真っ青で、一面びっしりとカンパニュラ

が咲いている。

ハイジは鷹が頭上で「おいで！　おいで！　おいで！」と鳴いている夢を見た。

第22章　思いがけないことが起きて

翌朝早く、おじいさんは山小屋を出て、今日はどんな天気になるだろうかと、あたりを見回した。

高い峰の上は、赤みがかった金色になっている。さわやかな風が樅の枝を揺らし始めた。まもなく日が昇る。

おじいさんはしばらくそこに立って眺めていた。山頂に続いて緑野が金色に輝き始め、谷にバラ色の光が射してしだいに闇がうすれていき、やがて山も谷も金色の朝日に染まった。日が昇ったのだ。

それを見届けると、おじいさんは車椅子を納屋から出し、遠足に備えて山小屋の前にすえた。そして子どもたちを呼びに小屋にもどり、いい朝になったぞ、と告げた。

そこへちょうどペーターが山を登ってきた。いつもなら山羊は、ペーターの隣や前後を軽快に飛び跳ねる。ところが今朝は、ペーターと距離を置いて、あっちへ跳ねたりこっちへ跳ねたりしている。それというのも、ペーターはひどく機嫌が悪く、何かというとむやみに鞭を振りまわすからだ。運悪く鞭に当たったりしたら、たまったものではない。

ペーターは腹が立って腹が立って、どうにもならなかった。ハイジはこれまでと違ってもう何週間も相手をしてくれない。朝、山小屋まで登ってくるといつも、車椅子の子が小屋の前に出ていて、ハイジはその子にかかりっきりになっている。夕方、上の牧場から下りてくると、車椅子が樅の木の下にすえてあり、ハイジは相変わらず、その子の相手をしている。

ハイジはしばらく牧場へ上がっていない。それなのに、今日は車椅子の子といっしょに来るという。そうなったら一日中その子にくっついているのは、目に見えている。そう思うとペーターは、それこそ腸が煮えくり返りそうだった。もう我慢できない。

目が車椅子に向いた。車がついて偉そうにしている椅子。ペーターは敵を見るようにそいつをにらみつけた。

なにもかもこいつのせいだ。こいつのせいで、どれだけつらい思いを味わわされたか。今日またこれまで以上につらい目に遭わされるんではたまらない。

ペーターは周囲を見回した。ひっそりしていて誰の姿も見えない。ペーターは腹を立てて車椅子に突進し、斜面の縁までがむしゃらに押していくと、えいやっと谷に突き落とした。車椅子は文字どおり飛ぶように転げ落ち、あっという間に視界から消えた。

ペーターは、まるで羽でもはえたかのように、アルムを駆けのぼった。牧場にたどりついてブラックベリーの茂みの背後に身を隠すまで、一度も足を止めなかった。おじいさんに見つかりたくなかったからだ。

けれども車椅子がどうなったかが、どうにも気になる。ブラックベリーの茂みは斜面のいい位置にあって、そこからなら、半ば身を隠したまま、アルムをはるか下まで見下ろせる。おじいさんが登ってくるのが見えたら、さっと身を隠すこともできる。

ペーターはそこから下をのぞいて見た。目にしたのは、たいした光景だった。敵はすでに、はるか下まで転がり落ちていた。落ちるにつれてますます力が加わって、落下の速度が上がっていく。車椅子は一回転し、それからまた二回転、三回転した。そしてさらに大きく弧を描いて地面にぶつかったかと思うとはねかえり、でんぐりがえって落ちていく。木っ端微塵になるのは時間の問題だ。

すでにあちこちに破片が飛び散っている。足台、背当て、クッションの端切れ。何もかもが宙に舞っている。

ペーターは見ていてうれしくなった。両足で跳びあがり、大声をあげて笑い、足を踏みならして喜んだ。ぴょんと跳んで一回転し、着地するなりまた下をのぞきこんだ。笑いがどうにも止まらない。

ペーターは有頂天だった。敵をやっつけた。これで何もかもいいようになる。ペーターはそう考えた。よその子はもう帰るしかない。車椅子がなくなったら動けないから、ほかにどうしようもない。ハイジはまたひとりになって、自分といっしょに山の牧場へ行くようになる。朝でも夕方でも、山小屋へ行けば相手になってくれるはずだ。何もかも元通りうまくいくようになる。

そのときはまだ、悪いことをしたらどういう報いを受けるか、ペーターにはわかっていなかった。

ハイジが山小屋から出て納屋の方へ駆けていった。その後から、おじいさんがクララを腕に抱いて出てきた。

納屋の扉は大きく開け放たれている。二枚の羽目板ははずされ、納屋の奥の隅まで日が入って明るい。ハイジはきょろきょろして、隅まで駆けていき、またもどってきた。狐につままれたような顔をしている。おじいさんが近づいてきた。

「どうした？　車椅子をどこかへやったのかい、ハイジ？」

「あちこち探したのよ、おじいちゃん。納屋の扉の横にすえたって、いってなかったっけ？」まだきょろきょろしながらハイジはいった。

いつのまにか風が強くなっていた。扉がバタンと音を立てて閉まった。

「おじいちゃん、風の仕業だよ！」

ハイジは叫んだ。そう思いついた途端、目がきらっと光った。

「風でデルフリまで飛ばされていたらどうしよう？　取りもどすには時間がかかるよね。今日はもう牧場へ行けなくなる」

「そこまで飛ばされていたら、もう取りもどせない。木っ端微塵だろうからな」

おじいさんはそういって、納屋を回りこみ、下の谷をのぞいた。

「だがそれにしても妙なこともあるもんだ」

おじいさんはさらにいった。山小屋をぐるっと回りこまなければ、谷へは出られないからだ。

「ああ、なんて残念なの。もう牧場へは行けないわね。もしかしたら、この先ずっと行けないかもしれない」

クララは嘆いた。

「車椅子がなくなったら、家へ帰るしかなくなる。あーあ、こんながっかりなことってないわ！」

けれどもハイジは、信頼しきった目でおじいさんを見上げていった。

「ねえ、おじいちゃん、おじいちゃんなら何とかしてくれるでしょ？　クララがいったようにはならないよね。家へ帰らなくてもすむよね？」

「ともかく予定どおり牧場へ行こう！　先のことを考えるのはそれからだ」

おじいさんはいった。子どもたちは大喜びした。

おじいさんは小屋に入ると、毛布を何枚もかかえてもどってきて、小屋の近くの一番陽当たりのいい場所に広げた。そしてクララをそこへすわらせた。それから子どもたちに朝食用のしぼりたての乳を持ってきて、シュヴェンリとベルリを納屋から連れてきた。

「あいつ、なんでまだやってこないんだ？」

おじいさんはひとりごとをいった。ペーターの朝の口笛が、いまだに聞こえてこないからだ。それからクララを片腕に抱き、もう片方の腕に毛布をかかえた。

「さあさあ、出発進行！　山羊も連れていこう」

おじいさんは先に立って歩きだした。

ハイジにとっては願ったりかなったりだった。片腕をシュヴェンリの首に、もう片腕をベルリの首に回して、おじいさんの後についていった。二匹の山羊は、久しぶりにハイジといっしょに牧場へ行けるので大喜びで、両側から体をぐっと寄せてきた。

山の上の牧場に着くや、斜面のあちこちに、山羊が数匹ずつ固まって、のんびりと草を食んでいる姿が見えた。その真ん中に、ペーターが大の字で横になっている。

「今度こんなことをしたら承知しないぞ！　ねぼすけめ！　いったいこれはどういうことだ、えっ？」おじいさんはペーターを怒鳴りつけた。

ペーターは聞き慣れたその声を聞くなり、飛び起きた。

「誰もまだ起きてなかったよ！」ペーターはいい返した。

「おまえ、椅子を見なかったか？」

「どんな椅子？」ペーターはしらばっくれた。

おじいさんは、それ以上何もいわなかった。かかえてきた毛布を陽当たりのいい斜面に広げ、その上にクララを下ろすと、すわり心地を訊ねた。

「椅子と同じくらい快適よ」

クララはおじいさんに感謝していった。

「それにこんなにすてきなところにいられるんですもの。ああ、ハイジ、ここはなんてきれいなんでしょう！　ほんとにすごくきれい！」

クララはあたりを眺めながら大声でいった。

おじいさんは引き返すことにした。ふたりに仲良く気持ちよく過ごしなさい、といい、ハイジには、袋に昼食を入れて日陰に置いておくから、お昼になったら取ってきて食べなさい、といい添えた。それからペーターに、ハイジとクララに乳をしぼって好きなだけ飲ませるように命じ、ハイジにペーターが間違いなくシュヴェンリの乳をしぼるか気をつけて見ているよう注意した。おじいさんは夕方、ふたりを迎えに来る心づもりだった。今はまず、車椅子がどうなったか確かめるのが先決だと考えたのだ。

空は深い青色で、どこにも雲ひとつ見えない。広い大雪原は金や銀の星を無数にちりばめたかのようにきらきら輝いている。角のように高く空に突き立っている灰色の岩山は、太古の昔そのままにがっしりとそそりたち、高みから谷をいかめしく見下ろしている。大きな鳥が青空に弧を描き、山下ろしが、日光に照らされたアルムに涼しい空気を送りこんでいる。

子どもたちは、たとえようもない心地よさに酔いしれた。子山羊がときおりふらっとやって来ては、しばらくふたりのそばに寝転んでいった。一番よく来たのは気のやさしいシュネーヘップリで、ハイジに頭をすり寄せて甘え、ほかの山羊に追いはらわれるまで、そばを離れようとしなかった。そんなわけでクララも、山羊を一匹一匹間近で見て、もうそれぞれを取り違えることもなくなった。どの山羊も特徴のある顔をしていて、性格もそれぞれ違うからだ。

山羊の方もクララにすっかりなじみ、すぐ近くまで寄ってきては、肩に頭をすり寄せるまでになった。それは親愛の印だった。

そうこうするうちに数時間がたった。ハイジはお気に入りの場所へ行って、今年も去年と同じように花がきれいに咲いているかどうか、確かめたくなった。おじいさんは夕方にならないと来てくれない。クララをそこまで連れていってもらうには、それまで待たなければならないが、その時間になったら花はもう花弁を閉じてしまうだろう。ハイジは花を見たくてたまらなくなり、やがて我慢できなくなった。

ハイジはクララにおずおずと訊ねた。

「ねえ、クララ、ちょっとだけあなたを一人にしてもかまわない？　向こうのお花がどんなか、急いで見てきたいの。あっ、そうだ、ちょっと待ってて」

ハイジはいいことを思いついた。それでちょっと脇へ飛んでいき、緑の草をひと束摘んだ。それからちょうど寄って来たシュネーヘップリの首に手をかけ、クララの所へ連れてもどった。

「ね、これでもうひとりぼっちじゃないでしょ」

ハイジはクララの隣にシュネーヘップリをちょっと押しやっていった。シュネーヘップリも心得たもので、すぐにそこに寝そべった。それからハイジは、草の束をクララの膝に載せた。

「いいから行って、お花を気のすむまで見ていらっしゃい、わたしは子山羊とここにいるからだいじょうぶよ」ひとりにされるのは初めてだったけれど、クララは明るくいった。

ハイジはすぐに向こうへ駆けていった。クララはシュネーヘップリの口元に、少しずつ草を持っていった。今ではシュネーヘップリも、クララにすっかりなついていて、新しい友だちに身をすり寄せ、その手から少しずつ草をむしり取って食べた。シュネーヘップリはクララがそばにいるので、安心してくつろいでいる。今どんなに心地よく幸せにしているかは、一目瞭然だ。群れの中にいると、大きくて強い山羊に追い回されてばかりだからだ。

クララも、こうしてひとりで山の上にすわっているのが、とてもすてきに思えた。しかも子山羊が一匹、隣に寝そべり、頼り切った人なつっこい目で、こっちを見上げている。ふいにクララの胸に大いなる望みが芽生えた。人に頼らず自分の力で生きたい。人から助けられてばかりいるのではなく、自分も人を助けたい。そう思った途端、これまで思いもよらなかった考えが、次々に湧きあがってきた。そして新たな欲求が生まれた。これからも美しい日の光を浴びて生きていきたい。今シュネーヘップリを喜ばせているように、何か人を喜ばせられることをしたい。これまで経験したことのないまったく新しい喜びが胸にあふれ、これまでに知っていたこと、できたことがふいにずっとすてきに思え、今までとは違った意味を持つようになった。それがあんまり素晴らしくてうれしくてたまらず、クララは思わず子山羊の首を抱いて大声をあげた。

「ああ、シュネーヘップリ、お山の上はなんてきれいなの！　ここにずっといられたら、どんなにいいかしらねえ！」

ハイジの方は、その間にお花畑にやってきて歓声をあげた。斜面全体が輝かんばかりの金色に覆いつくされている。ロックローズがきらきら光っていて、その上では濃い青色のカンパニュラが群生して揺れている。日光に照らされた斜面は山野草の強

い芳香に包まれていて、まるで高価な香油を空から振りまいたかのようだ。けれども
その香りは、金色の萼の間から遠慮がちに丸い穂花をちらほらのぞかせているプルネラから漂っていた。

　ハイジはその場に立ちつくし、その甘い香りを胸いっぱい吸いこんだ。それからぱっと回れ右をし、息を切らせてクララのいるところに駆けもどった。

「ああ、クララ、あなたも絶対に来なくちゃだめよ！」

　ハイジは待ちきれずに、離れたところから叫んだ。

「お花はすごくきれい。みんなほんとにきれいよ。でも夕方にはたぶん、しぼんでしまう。ねえ、あたしにあなたをおぶえないかしら？　どう思う？」

　クララは興奮しているハイジを目を丸くして見つめ、それから首を横に振った。

「だめ、だめ、何をいっているの、ハイジ。あなたはわたしよりずっと小さいのよ。ああ、わたしも歩けたらねえ！」

　その言葉を聞くなり、ハイジは探すようにあたりを見回した。いいことを思いついたに違いない。

ペーターは前に寝転んでいた場所に、今はすわって、こっちを見下ろしている。もう何時間もそうやってすわったまま、こっちをにらんでいるのだ。まるで目にしているものが信じられないとでもいうように。

いけすかない椅子は壊してやった。だからすべて解決するはずだった。よそ者はもう動けなくなったからだ。それなのに、よそ者はしばらくするとここまでやってきて、自分の前、ハイジの横にすわった。そんなことはあってはならない。ところがよそ者は、いまだにそこにすわっている。何度そちらに目をやっても、見えるものは同じだ。

と、ハイジがこっちを見た。

「こっちへ来て、ペーター!」

ハイジはきっぱりした口調でいった。

「やだよ!」ペーターはいい返した。

「だめよ、来て! あたしひとりじゃできないもん。あんたが手伝ってくれなきゃだめ。さあ、早く来てってば!」

「やだ!」ペーターはつっぱねた。

途端にハイジは、ペーターに向かって駆けだし、目をらんらんと光らせて怒鳴りつけた。

「ペーター、今すぐ来ないと、思い知らせてやるから、覚えてなさい。あとで後悔しても知らないよ！」

そういわれるなりペーターはぎくっとし、不安でたまらなくなった。誰にも知られるわけにはいかない悪いことをしたところだ。今の今まで、してやったりとほくそえんでいた。けれどもああいうところをみると、ハイジは何もかも知っているのかもしれない。もしもおじいさんに告げ口されたらどうしよう。ペーターにとって、おじいさんほどこわい人はいない。車椅子を谷へ突き落とした犯人が自分だと知られたらどうしよう？　考えれば考えるほど、不安が嵩じてきた。ペーターは立ちあがり、ハイジの方へ向かった。

「今、行く。だから頼む。ひどいことはしないでくれ」

ペーターがおどおどしているのを見て、ハイジはかわいそうになった。

「うん、もうしないよ。だからいっしょに来て！　あんたがこわがるようなことじゃ

ないから」

クララがすわっているところまで来ると、ハイジはペーターに、クララの体の片側を支えるよう指示し、自分は反対側のわきの下に腕を入れ、体を持ち上げた。そこまでは結構うまくいった。難しいのはそこからだ。クララは立つことさえままならない。そのクララを支えて前へ進むにはどうしたらいいだろう。腕を支えにしてもらうには、ハイジは小さすぎる。

「あたしの首にしっかりつかまって。そう、それでいいわ。それからペーターの腕に体重をかけて。そうすれば、あたしたちふたりであなたを支えられる」

けれどもペーターは、まだ誰にも腕を貸したことがなかった。クララはペーターの腕にうまく手をかけたが、ペーターの方はしゃちほこばってしまい、棒のように腕をたらしているだけだ。

「それじゃだめよ、ペーター」

ハイジはぴしっといった。

「腕を曲げてわっかにするの。クララはそこに手を入れて、ぐっと寄りかかる。ペーター、あんたは絶対に手を放しちゃだめ。そうすれば前へ進めるはずよ」

三人はそうやってみた。けれども、なかなかうまく前へ進めない。クララは軽くはないし、支えの二人は、身長の差がありすぎる。クララの体の片側は下へ引っぱられ、反対側は上へ持ち上げられる。支えとしては、あまりに不安定だ。

クララはときどき、自分の足で立ってみようとした。けれども一歩前へ足を出しては、すぐにまた引っこめるという具合だった。

「ねえ、一度しっかり足を踏みしめてみて。その方がかえって痛くないんじゃないかな」

ハイジは提案した。

「そうかしら？」クララはおずおずといった。

それでもハイジの提案を受け入れ、地面に足をしっかりつけてみた。そしてもう一歩足を踏みだした。痛みに少し悲鳴をあげた。それからまた足を上げ、そっと地面に下ろした。

「あら、そんなに痛くない」

クララは大喜びでいった。

「もう一度やってみて」

ハイジは熱をこめて励ました。クララはいわれたとおりにした。もう一歩。それからまた一歩。そしてふいに叫んだ。

「できるわ、ハイジ！　わたし、歩ける！　見て！　見てちょうだい！　ほら歩けるのよ。ね、一歩でしょ、それからもう一歩」

ハイジは、ひときわ大きな歓声をあげた。

「ほんと！　すごい！　ひとりでもきっと歩ける。やってみる？　きっとできるよ。ああ、早くおじいちゃん来てくれないかな！　あなた、ひとりで歩けるようになったのよ、クララ、ひとりで歩けるんだわ！」

ハイジの歓声は、ますます大きくなっていった。

クララはまだハイジとペーターにしっかりつかまっていた。けれども、一歩ごとに歩みがしっかりしてきた。三人ともそれを感じ取った。ハイジは嬉しくて、もう有頂天だった。

「わあ、これで毎日いっしょに、ここへ来られるわね。アルムの好きなところへ行ける。それにこの先ずっと、あたしと同じように歩けるのよ。もう車椅子を使わなくてもいい。丈夫になるのよ。ああ、なんてすてきなんでしょ。こんなに嬉しいことってないわね！」

クララは心の底からうなずいた。確かにこれほど幸せなことがこの世にあるだろうか。みんなと同じようにあちこち歩き回れるようになるなんて。もう一日中車椅子にしばられたままで、みじめな思いをしなくてもいいのだ。

お花畑になっている斜面は、そこからそれほど遠くなかった。金色の花が日の光を浴びて輝いているのが見えてきた。やがて青いカンパニュラが群生しているところにたどりついた。密生している花の隙間からのぞく地面は、日に当たっていかにも居心地よさそうで、早くおいでと子どもたちを誘っている。

「ここにすわれるかしら？」クララが訊ねた。

ハイジには願ってもないことだった。子どもたちは、お花畑のど真ん中にすわりこんだ。クララは乾いた温かいアルムの地面に、初めて腰を下ろした。いうにいわれぬいい気持ちがする。クララは花に囲まれていた。風になびいてお辞儀をしている青いカンパニュラ。きらきら輝く金色のロックローズ。赤いベニバナセンブリ。そしてプルネラの甘い香りがそこら中に漂っている。なにもかもきれい！　とてもとてもきれいだ！

隣にいるハイジも、お花畑がこんなにきれいなのは初めてだと思った。どうしてこんなに嬉しくてたまらないんだろう。大声で叫びたいくらいなのはなぜだろう。そんなことをつらつら考えていて、はっとした。クララの足が治ったのだ。まわりの美しさにまして、これほどの喜びがあるだろうか。

クララの方は、じっと静かに喜びをかみしめていた。見えるものは何もかもきれいで、うっとりせずにはいられない。それに、たった今歩けるようになったことで、この先何が待ち受けているかと思うと、わくわくする。クララの小さな胸には受けとめきれないほど大きな喜びだった。それにお日さまの輝きと芳しい花の香り。幸せな思いに圧倒されて、クララは言葉もなかった。

ペーターもお花畑の真ん中で身動きひとつせず静かにしていた。というのもぐっすり眠っていたからだ。

かすかないい風が、盾のように聳える岩山から吹き下りて、頭上の梢をざわめかせている。ハイジはときおり立ち上がっては、あっちへ行ったりこっちへ行ったりした。風の吹く向きによって、一番きれいな場所、花が一番ぎっしり咲き誇っているところ、一番いい香りがするところが変わるからだ。それでハイジは、あちこち別の場所に腰を下ろすことになった。

そんな風にして時が過ぎていった。太陽はとっくに天頂を越えていた。と、山羊がひと群れ、やけにまじめくさった顔をしてやってきた。

お花畑は山羊のなじみの場所ではなかった。ここに連れてこられたことは一度もない。花をかきわけて草を食むのは、彼らの性分ではないからだ。ディステルフィンクを先頭にやってきた一団は、おつかいできたといった風情だ。自分たちの親分、山羊番ペーターやハイジやクララを探しにきたのだろう。三人とも、長いこと山羊をほったらかしにして、消えてしまっていたからだ。山羊は時間をよく心得ている。ディステルフィンクは行方不明の三人がお花畑にいるのを見つけると、大声で鳴いた。途端に残りの山羊も鳴き声をあげ、いっせいに三人の方へやってきた。

それでペーターは目を覚まし、目をごしごしこすった。ちょうど車椅子の夢を見ていたところだった。車椅子は、もとどおり赤いクッションをきれいに張られ、どこも壊れていない状態で山小屋の前に置かれていた。目が覚めた今も、クッションの四隅に打ってある金色の金具が、日の光を浴びてきらきら光っているのが見える。けれどもやがて、それは黄色い花にすぎないことに気づいた。ところがそのとき、無傷の車椅子を夢で見たときには感じなかった不安が、ふいにぶりかえした。ハイジは告げ口をしないと約束してくれたけれど、いつかは自分のした悪事がばれてしまうのではないか、と思うとこわくてたまらなくなった。ペーターはすっかりまじめになって、山羊の世話をはじめた。そしてハイジが望むことなら、なんでも完璧にやろうとした。

牧場にもどると、ハイジは早速ぱんぱんに膨らんでいる昼食の袋を取ってきて、約束を果たすことにした。さっきペーターを脅したのは、この袋の中身のことだったのだ。おじいさんが今朝、袋にたっぷり昼食をつめてくれたのを知っていたハイジは、それをペーターに分けてあげるつもりでいた。けれどもペーターがあくまで意地を張って自分を助けてくれないのなら、あげるのはよそうと思った。それをペーターは別のことと取り違えたのだ。

ハイジは袋の中身をひとつずつ取りだして、それを三つの山に分けた。高い山ができたので、大いに満足してつぶやいた。

「あたしたちの分は多すぎるから、残ったらそれもペーターにあげられるわね」

ハイジはクララとペーターにそれぞれの分を渡し、自分の分を持ってクララの隣に腰を下ろした。あれだけの大事をなしとげた後なので、昼食はとびきりおいしく感じられた。思っていたとおり、ハイジとクララがお腹いっぱいになっても、まだ食べものは残っていた。それでペーターは、最初のひと山を食べ終えた後、もうひと山ふたりの残りをもらうことができた。

ペーターは静かに食べものを口に運んだ。すべて平らげ、パンくずひとつ残さなかった。けれどもお腹いっぱいになっても、いつものようには満足できなかった。何かが気にかかっていて、胃が重い。ひと口食べるごとに、それが心にひっかかり、喉がつまり、無理矢理飲みくだしていた。

子どもたちが昼食を食べたのは、だいぶ遅い時間だった。食事が終わるとまもなく、おじいさんがハイジとクララを迎えに登ってくるのが見えた。

ハイジはおじいさんに駆けよった。何が起きたか、早くいいたくてたまらなかったのだ。けれども興奮しすぎて、何をどう報告していいのやら、言葉がうまく出てこない。それでもおじいさんには、ハイジが何をいいたいか、すぐにわかった。おじいさんは顔をぱっと輝かせた。そして足を速め、クララのいるところまでたどりつくと、ニコニコしながらいった。

「そらな、やってみるだけの価値があったろう？　おれたちの大勝利さ！」

それからクララを抱き上げ、うまく歩けるように左手を腰に回し、右手で腕を支えた。背後からしっかり守られて、クララはさっきよりさらに確かな足取りで、勇んで歩を進めた。

ハイジは歓声をあげ、ぴょんぴょん飛び跳ねながらうしろについていった。おじいさんはこんなにうれしいことはないという顔をしていた。それからふいに、クララをまたひょいと抱き上げた。

「無理をしないようにせんとな。さあもう帰る時間だ」

そしてすぐに家路についた。クララはたくさんのことをいっぺんに経験した。今日はもうこれで十分、休む必要がある、とおじいさんにはわかっていたのだ。

ペーターが夕方遅く、山羊を連れて山を下りデルフリにもどると、人々が大勢集まって、真ん中の地面にあるものを少しでもよく見ようと、押し合いへし合いしていた。いったい何があるのだろう？　ペーターも見たくてたまらなくなって、人垣を左右にかきわけて前へ出た。

見えた。そこにあるものが、ペーターにもしかと見えた。

草原に転がっていたのは、車椅子の胴体だった。背当ての一部が、まだそこにぶらさがっている。赤いクッションときらきら光る鋲が、壊れる前の車椅子がいかに立派だったかを物語っていた。

「こいつが運ばれていくところを、おれは見たよ」と、ペーターの隣に立っているパン屋がいった。

「賭けてもいい。少なくとも五百フランはするだろうな。それにしても、なんでまたこんなことになったんだか」

「風のせいだよ。アルムのおじさんがそういってた」

きれいな赤いクッションに目をみはりながら、バルベルがいった。

「それはよかった。誰かがやったんじゃなくてな」とパン屋。

「犯人がいたら、ひどい目に遭うだろうよ！　フランクフルトの旦那がこのことを知ったら、なんでこんなことになったか調査させるだろうからな。おれはもう、二年かそこらアルムへは登ってないからよかった。こいつが壊れたとき、アルムに行ってたやつに疑いがかかるに決まってるからな」

それから他の者たちも、なんやかやいいたてたが、ペーターにはもう聞かずとも十分だった。あわてて人垣を抜けだし、一目散に山を駆けあがった。まるで誰かに追いかけられてつかまえられそうになっているかのようだった。パン屋のいうことを聞いて、こわくてたまらなくなったのだ。今にもフランクフルトから、警官が取り調べにやってこないともかぎらない。そうなったら、自分がやったとすぐにばれてしまうに違いない。そして逮捕されて、刑務所に送りこまれる。その光景が目に浮かび、恐ろしさに毛が逆立った。

ペーターは憔悴しきって家にたどりついた。何を訊かれても答えず、夕食に出されたじゃがいもにも手をつけようとしなかった。そうそうに寝床にもぐりこんで、うなるばかりだった。

「ペーターったら、あんなにうめいてるところをみると、またスイバ[1]を食べたんだね。

それでお腹をこわしたんだろうよ」母親のブリギッテがいった。

「あの子にもう少しパンをおあげよ。明日はあたしの分を少しやるといい」おばあさんがペーターに同情していった。

その夜、子どもたちは、ベッドに入って星を眺めていた。ふとハイジがいった。

「ねえ今日一日中、あたし考えていたんだけど、あなたはどう思う? あたしたちがあることをかなえてくださいって神さまに一生懸命お願いしても、もっといいことがあるのをご存じなら、神さまはそれをかなえてくださらない。それって、とってもいいことだと思わない?」

「どうしてまたそんなことをいいだすの、ハイジ?」

「あたし、フランクフルトでものすごく一生懸命お願いしたのよ。今すぐアルムに帰してくださいってね。だけど、いつまでたってもアルムへ帰れなかったから、神さまはあたしのいうことになんか耳を貸してくださらないんだと思った。でもね、もしもよ、あのときすぐにここへもどってこられていたら、そしたら、あなたがここへ来ることはなかっただろうし、元気になることもなかったはずでしょ」

クララは考えこんだ。

「でも、ハイジ。だったらわたしたち、そもそも神さまになんにもお祈りする必要ないんじゃない？　だって神さまはいつだって、わたしたちがわかっていることやお願いしたいことより、ずっといいことをご存じなんだから」

「ええ、そうよ、その通りよ、クララ。でもそれでいいと思う？」

ハイジは熱心に言葉を続けた。

「神さまには毎日お祈りしないといけない。そして何もかもちゃんとお願いするのよ。だって、何もかも神さまからいただいているのを、あたしたちが忘れていないことを、神さまに聞いていただかなければね。あたしたちが神さまのことを忘れたら、神さまもあたしたちを忘れてしまわれる。おばあさまがそうおっしゃっていたわ。でもね、いいことクララ、欲しいものが手に入らなかったとしても、神さまが願いを聞いてく

1　別名スカンポ。ヨーロッパでは野菜として食用に供され、日本でも山菜としてゆでて食べる。ただし多量に食べると下痢になることがある。

だらなかったと考えてはいけないし、お祈りをやめてはいけない。そのときは、こうお祈りするのよ。神さま、神さまは何かもっといいことをお考えなのですね、どうか何もかもいいようにおはからいくださいってね」

「どうしてそんな風に考えられるの、ハイジ？」

「初めはおばあさまが教えてくださったのよ。それでそう考えるようになって、そしてわかったの。でもね、クララ、あたし思うんだけど」とハイジは身を起こして言葉を続けた。

「今夜は神さまに、特別にちゃんと感謝しなけりゃいけないんじゃない。こんなにすてきな幸せを贈ってくださったんですもん。あなたはもう歩けるようになったのよ」

「ええ、そうね、ハイジ、あなたのいうとおりだわ。思いださせてくれてありがとう。あんまりうれしくて忘れるところだったわ」

ふたりはベッドから出て、それぞれのやり方で、ずっと歩けなかったクララに神さまがくださった素晴らしい贈りものに、感謝の祈りを捧げた。

翌朝おじいさんは、いいことがあったのでアルムまで一度見にきませんか、とおばあさまに手紙を書いてはどうか、とふたりにいった。けれども子どもたちには別の計画があった。ふたりは、おばあさまをびっくりさせようと考えていたのだ。まずクラは、もっとうまく歩けるように練習しなければならない。短い距離なら、ハイジに支えてもらうだけでちゃんと歩けるようにならなければ。とにかくおばあさまには、すべてまだ秘密にしておかねばならない。それには後どのくらいかかるだろう、と訊かれておじいさんは、一週間もあれば大丈夫だろう、と答えた。そこで次の手紙に、その頃アルムに来てほしい、と書いた。けれどもうれしい出来事については、

まったく触れずにすませた。

続く何日かは、クララがアルムで過ごした日々の中でも最高に素晴らしかった。毎朝、起きるなり、うれしさが胸にこみ上げてきた。

「もうどこも悪くないのよ！　わたしは元気なの！　もう車椅子にすわってなくてもいい。ほかの人たちと同じように、わたしも自分で動けるんだわ！」

それからあちこち歩きまわった。日ごとに楽に、うまく歩けるようになっていった。一度に歩ける距離も伸びていった。動くのでおなかもすくようになり、おじいさんは毎日パンを少しずつ大きく切って、厚くバターをぬって出し、それがみるみるうちになくなっていくのを、目を細めて見ていた。山羊の乳も、今ではしぼりたての泡だったのを、大きな鍋にいっぱいに入れて持っていき、ボウルに次から次へとそそいでやった。

そうやって一週間が過ぎてゆき、とうとうおばあさまがやってくる日になった！

第23章　また会う日までさようなら

　おばあさまはアルムに登ってくる前日に念のため、明日行きますからね、と確認の手紙を書いて寄こした。その手紙を当日の早朝、ペーターが山の牧場へ行く道すがら携えてきた。すでにおじいさんは、子どもたちといっしょに山小屋の外に出ていた。シュヴェンリとベルリも外にいて、さわやかな朝の空気の中、楽しげに頭を振っていた。子どもたちの方は、二匹の山羊をなでて、元気で牧場へ行ってらっしゃいと声をかけていた。おじいさんは、くつろいだ様子でそのかたわらに立ち、子どもたちのはつらつとした顔を眺めたり、つやつやと輝く山羊の毛並みを眺めたりしていた。そして満足げな笑みを浮かべた。

　ペーターは山小屋に近づいた。みなが外で待っているのに気づくと、ゆっくりと歩み寄り、おじいさんに手紙を差しだした。そしておじいさんがそれを受けとるなり、すぐさま跳びすさった。やけにびくついている。それから急いでうしろを振り返った。何かにうしろから攻撃されるのを怖れているかのようだ。そして大きく飛びあがったかと思うと、一目散に山を駆けあがっていった。

ハイジはその一部始終を、驚いて見ていた。

「おじいちゃん、ペーターったら、最近変だよ。まるでうしろで鞭が振り上げられたのに気づいたときのテュルクみたい。しょっちゅうびくついてきょろきょろしている。ふいに飛びあがったりもするしね」

「たぶんペーターのやつ、本当にうしろに鞭があるのに気づいているんだろうさ。自分は罰を受けて当然だってな」おじいさんがいった。

ペーターは最初の斜面を一気に駆けあがった。下から見えないところまで来ると、立ち止まってあたりをきょろきょろ見回し、ふいに飛びあがってうしろを振り返った。まるで誰かに首根っこをつかまれたかのような驚きようだ。ペーターは、そこの藪からも、向こうの茂みからも、今にもフランクフルトの警官が飛びかかってくるような気がしてならなかった。緊張が長引くにつれ、ますますこわくなってきた。一瞬たりとも気が休まることはなかった。

ハイジは山小屋の片づけに取りかかった。おばあさまを迎えるには、何もかもきちんと整えておかなければならない。クララは、ハイジが小屋の隅々まで片づけて回るのがおもしろくて、ずっとその様子を眺めていた。

そんな風にして朝の時間は過ぎていき、早くもおばあさまがやってくる時間になった。子どもたちはおばあさまを迎える準備をすっかり整えて、外へ出て山小屋の前のベンチに並んですわった。これから起きることを考えると、期待に胸がふくらんだ。

おじいさんが子どもたちのところへやってきた。おじいさんはちょっと出かけて、濃い青色のリンドウを摘んで大きな花束をこしらえてきたのだ。明るい朝日を受けて、リンドウはなんともきれいに輝いている。それを見るなり、子どもたちは歓声をあげた。おじいさんはその花束を持って山小屋に入った。

ハイジはときどきベンチから立ちあがっては、おばあさまの一行がやってくるのが見えないかどうか目をこらした。と、ちょうどそこへ、下から登ってくる一団が見えてきた。想像していたとおりだった。先頭は案内人で、その後に続く白い馬におばあさまが乗っている。しんがりは荷物を背負子に高く積み上げた運搬人だ。おばあさまがアルムへ登ってくるときには、どんな不測の事態が起きても困らないよう、周到な準備をしてくるのが常だからだ。

一団は少しずつ近づいてきて、やがて山小屋のあるところにたどりついた。おばあさまは馬上から子どもたちを見下ろした。

「いったいどういうこと？　あなたが車椅子にすわっていないなんて。こんなことってあって？」

おばあさまは驚いて大声をあげ、いそいで馬を降りた。けれども子どもたちのところにたどりつく前に、手をたたいて歓声をあげた。

「クララや、本当にあなたなの？　頬はバラ色、体つきもふっくらして、見違えるようだわ！」

おばあさまはクララに駆けよろうとした。ところがふいに、ハイジがベンチから立ちあがったかと思うと、その肩にクララがさっとつかまった。そしてふたりして、なんでもなさそうに歩きはじめたではないか。

おばあさまは驚いて立ちどまった。初めは、これはハイジが何かとてつもないことをたくらんでいるに違いないと思った。けれども目の前で起きていることといったら！

クララはハイジと並んでまっすぐに立ち、しっかりと歩いている。そしてまたこっちへもどってきた。ふたりとも輝かんばかりの笑顔。頬はバラ色だ。

おばあさまはふたりに駆けよった。そして笑い泣きしながら、かわいい孫のクララを抱きしめた。次にハイジを、それからまたクララを。あんまりうれしくて、おばあさまはなんといっていいやらわからなかった。

ふいにおばあさまは、ベンチのかたわらに立って満足そうな笑みを浮かべてこちらを眺めているおじいさんに目を留めた。おばあさまはクララと腕を組み、本当なのね、とか、こうしていっしょに歩けるようになったなんて夢のようだわ、とか、興奮してひっきりなしにいいながら、ベンチに歩み寄った。そしてクララを放すと、おじいさんに両手を差しだした。

「ああ、おじいさん！　おじいさん！　なんとお礼を申し上げていいのやら！　なにもかもあなたのおかげです！　あなたが細やかに心をくばって、世話をしてくださったおかげで……」

「それにおてんとうさまの光と、山の空気のおかげですな」おじいさんが微笑みながらいった。

「ええ、それにシュヴェンリのおいしいお乳のおかげでもあるわ！」

クララが叫んだ。

「おばあさま、わたし、山羊のお乳が飲めるようになったのよ。とってもおいしいの！」

「そうでしょうとも。あなたのバラ色の頰を見ればわかりますよ、クララや」

おばあさまも微笑みながらいった。

「ほんとにあなたときたら、まったく見違えてしまって。こんなに元気になってふっくらするなんて、思いもよりませんでしたよ。それに背も伸びて、ぐんと大きくなったわね、クララ！　いったいぜんたい、こんなことがありうるかしら？　いつまで見ていても見飽きませんよ！　パリにいる息子に電報を打って、すぐここへ来るよう、伝えなければ。ええ、もちろん理由はいいませんよ。あの子にとっても、こんなにうれしいことはないはずです。おじいさん、いったいどうすればいいかしら？　案内人たちは、もう帰してしまわれたんですか？」

「もう行ってしまいましたよ。ですが、お急ぎなら、山羊番の子を使いにやるといい。あいつには時間がたっぷりありますから」

おばあさまは、こんなにいいことは一刻も早く知らせたいから、ただちに息子に電報を打ちたい、といった。

そこでおじいさんはちょっと脇へ寄って、指笛をピューと鋭く吹いた。笛の音は頭上の岩山にあたってこだまし、そこらじゅうに響き渡った。

と、まもなく、ペーターが上の牧場から下りてきた。顔が真っ青だ。ペーターはおじいさんが自分を裁判にかけるために呼んだのだとばかり思っていたのだ。けれども紙を一枚渡されただけだった。おばあさまが息子に電報で知らせたい内容がそこに書いてあった。

おじいさんは、その紙をただちにデルフリまで持っていき、郵便局で係員に渡すようにとペーターにいった。料金は後でおじいさんが払いにいくという。ペーターにいっぺんにたくさんのことを頼んでも、できっこないからだ。

ペーターは渡された紙を手に、山を下りていった。おじいさんが、自分を裁判にかけようと指笛を吹いたのではないとわかって、ほっとしていた。警官も来ていなかった。

一同はようやく、小屋の前にすえたテーブルをゆったり囲んで話ができるようになった。おばあさまは何から何まですっかり話して聞かせてもらった。

まず最初におじいさんが、毎日クララを少しの間立たせて、それからいっしょに少し歩けないかためしたこと。そして山の上の牧場へ出かけたこと。車椅子が風に飛ばされてしまったこと。きれいに咲いているお花が見たくて、クララが初めの一歩を踏みだしたこと。その一歩が二歩になり三歩になっていったこと。

けれども子どもたちがしまいまで話すには、かなりの時間がかかった。というのも、おばあさまが合間に何度も感嘆の声をあげ、ほめそやしたり礼をいったりしたからだ。おばあさまは繰り返しこういった。

「それにしてもこんなことが起きるなんて、信じられませんよ！　いったいぜんたい、ほんとに夢を見ているんじゃないでしょうね？　わたしたち、みんな目を覚ましていますよね？　山小屋の前にテーブルを出して、それを囲んですわっているんですよね？　あの顔色が青白くひ弱だったクララが、今目の前にいるふっくらしたバラ色の頬の少女だなんてね。本当に間違いありませんよね？」

クララとハイジの方も、おばあさまをこんなにうまく驚かせることができて、そして話せば話すほど、その驚きがいや増すばかりなので、うれしくてならなかった。

ところでその頃ゼーゼマン氏も、パリでの仕事を終え、ここはひとつみんなを驚かせてやろうと企んでいた。手紙で母親に何も知らせずに、ある晴れた夏の朝、列車に乗ってバーゼルまでやってきた。そして翌朝早く、そこを出立した。この夏の間ずっと離れて暮らしてきた娘に、早く会いたくてたまらなかったのだ。バート・ラガッツに着いたのは、おばあさまが出立した数時間後だった。

おばあさまがアルムへ出かけたという知らせは、ゼーゼマン氏にとって、実に好都合だった。ただちに馬車に乗りマイエンフェルトへ向かった。馬車でそのままデルフリまで登っていけると聞いて、そうすることにした。ずっと歩いて山を登るのは大変に違いないからだ。

ゼーゼマン氏の思った通りだった。アルムの急な登りは長く険しく、とても骨が折れた。ちょうど中程あたりに、山羊番ペーターの小屋があると聞いていたのに、行けども行けども、小屋らしきものが見えてこない。

そこら中に人の足跡が残っていて、ときおり細い道が四方八方に延びている。ゼーゼマン氏は、自分がたどっている道が正しいかどうか不安になってきた。ひょっとして山小屋はアルムの反対側にあるのかもしれない。誰かに道を訊けないかと思い、きょろきょろとあたりを見回した。けれどもどこもかしこも、ひっそりしていて、人っ子ひとり見えないし、声も聞こえない。時おり山おろしが吹く音がするだけ。青空に小さな羽虫が舞い、ぽつんと立っているカラマツの枝で小鳥が一羽、楽しそうにさえずっている。ゼーゼマン氏はしばらく立ち止まり、ほてった額を山の風に当てて冷やした。

そこへ上から誰かが下りてきた。おばあさまから預かった紙を手にしたペーターだ。ペーターは道をたどらずに険しい斜面をまっすぐ下りてくる。ペーターが近くにくるなり、ゼーゼマン氏は自分の方へくるよう手招きした。ペーターはおずおずと、少し大回りして近づいてきた。まるで片足は前へ出るが、もう片足はなかなか動かないようなのそのそした歩き方だ。

「やあ、ちょっとこっちへ来てくれないか！」

ゼーゼマン氏はペーターに声をかけた。

「教えてほしいんだが、ハイジという子がおじいさんといっしょに暮らしている山小屋へ行くには、この道でいいのかな？　フランクフルトから客人も来ているはずなんだが」

返事の代わりに、くぐもった恐ろしい叫び声が返ってきた。

ペーターはひどくあわてて、転がるように急な斜面を駆け下りた。途中でもんどり打ってでんぐり返り、そのままどこまでも転がり落ちていった。まさに車椅子そっくりに。幸い、車椅子のようにバラバラにはならずにすんだけれども。ただ預かった紙は、破けてどこかへ飛んでいってしまった。

「山の民っていうのは、なんとまあおっかながりやなんだろう」

ゼーゼマン氏はつぶやいた。素朴な山の子が、見知らぬ人間を見てぎょっとしたんだろうと受け止めたからだ。

ペーターがものすごい勢いで山を転がり下りていくのをしばらく眺めてから、ゼーゼマン氏はまた歩きだした。

ペーターは懸命に止まろうとしたが、どうにもならず、どんどん転がっていった。ときどき奇妙なとんぼ返りまでした。

けれども恐ろしい運命に見舞われたペーターにとって、その瞬間、最悪に思えたのはそのことではなかった。はるかに恐ろしかったのは、胸に巣くった不安と恐怖だ。フランクフルトから本当に警官がやってきたのだ。ハイジのおじいさんのところにいるフランクフルトの客人のことを訊ねたのは警官に違いない、とペーターはてっきり思いこんでいた。

ペーターはデルフリのすぐ上にある小高い斜面を転がり落ち、藪に投げだされた。そしてようやくその藪につかまることができた。しばらくの間、ペーターはそこにそのままひっくり返っていた。我が身に何が起きたのか、少し考えてみなければならなかった。

「おやおや、またひとつ転がってきたぞ！」

隣で声がした。

「明日は誰が突き落とされる番かな？　できそこないのじゃがいもの袋みたいにさ」

あざけり声の主はパン屋だった。パン焼き窯の熱気で体がほてったので、ちょっとばかり涼みに外へ出てきたところ、ちょうど車椅子と同じようにペーターが転がり落ちて来るのが目に入った。そこで高みの見物と洒落こんだのだ。ペーターはぎょっとなり、あわてて立ちあがった。パン屋は車椅子が突き落とされたことを知っているんだろうか？一度も振り返らず一目散に、ペーターは山を駆けのぼった。できることなら家へ帰ってベッドにもぐりこみたかった。ベッドの中なら誰にも見つからないだろう。だから安心していられる。けれども山羊がまだ山の上にいる。それにおじいさんに、用事をすませたらすぐにもどってこい、山羊をいつまでもほうっておくな、ときつくいわれていた。

ペーターにとって、おじいさんよりこわい人はいなかった。それにものすごく尊敬していたから、逆らうことなど、とてもできない相談だった。

ペーターはうめき声をあげ、傷めた足をひきずりながら山を登った。どうしても上まで行かなければならない。けれども走ることはもうできなかった。不安なのと、さっきさんざんな状態で転がり落ちたせいだ。ペーターはうめきながら足をひきずりひきずり、山を登った。

ペーターと出会ってから少しして、ゼーゼマン氏は最初の山小屋にたどりついた。それで道が間違っていないと確信した。そこで気をよくして、さらに山を登りつづけた。長い骨の折れる山歩きをした末、ようやく前方に目的地が見えてきた。アルムの山小屋が建っている。その屋根の向こうには、樅の老木の梢が風に揺れている。

ゼーゼマン氏は最後の坂を喜び勇んで登った。もうすぐクララを驚かせることができる。ところが小屋の前にいたクララとハイジの方が先にゼーゼマン氏を見つけて、父親を思いもよらないことで驚かそうとすぐに準備をはじめた。

ゼーゼマン氏が坂を登りきって最後の一歩を踏んだ途端、小屋の前から人影がふたつ、彼の方へ向かってきた。

明るいブロンドの髪、バラ色の頰をした背の高い少女が、ずっと小柄なハイジに支えられてやって来る。ハイジはうれしそうに目を輝かせている。

ゼーゼマン氏は面食らって立ち止まった。そしてそこに呆然と立ちつくしたまま、近づいてくるふたりを凝視した。

ふいに目から大粒の涙がこぼれた。次から次へと思い出が呼び覚まされ、胸がいっぱいになった。ほんのりバラ色に頬を染めた金髪の少女は、クララの母親にそっくりだったのだ。ゼーゼマン氏は、夢を見ているのだろうか、といぶかった。

「パパ、わたしが誰だか全然おわかりにならないの？　そんなに変わってしまったかしら？」

クララが喜びに顔を輝かせていった。

ゼーゼマン氏は娘のもとへ駆けよるなり、強く抱きしめた。

「ああ、おまえは変わったよ！　こんなことがあるなんて。これは本当のことなのか？」

大きな喜びに包まれた父親は、目の前の光景がふっと消えはしまいか確かめようと、一歩後ずさった。

「クララや、おまえだね？　本当におまえなんだね？」

ゼーゼマン氏は、何度も繰り返し訊かずにはいられなかった。それからクララを再び抱きしめたかと思うと、また少し放して、目の前にまっすぐ立っている少女が本当に娘かどうか、確かめるのだった。

そこへゼーゼマン老婦人もやってきた。息子の幸せな顔を早く見たくて、待ちきれなくなったのだ。

「さあさあ、息子や、これをどうお思い？」

母親は息子に向かっていった。

「おまえがいきなり現れて、わたしたちを驚かせてくれたのも素晴らしいけれど、でもおまえの驚きの方が、ずっとずっと素晴らしくはなくて？」

母親は愛する息子をうれしそうに迎え入れた。

「でもね、おまえ。いつまでもそこにつっ立っていないで、こっちへいらっしゃい。ハイジのおじいさんにきちんとあいさつしなければね。なんといっても、一番の恩人なんですから」

「そうですね。それに我が家のお友だち、小さなハイジにもあいさつしなければ」

ゼーゼマン氏はハイジに手を差しだして、握手をしながらいった。

「さあて、どうだい？　アルムのさわやかな空気を吸って元気にしているかな？　いや、訊くまでもないね。こんなにみごとなアルプスのバラは見たことがない。うれしいよ。本当に、こんなにうれしいことはない！」

ハイジの方も、喜びに目を輝かせて親切なゼーゼマン氏の顔を見上げた。ゼーゼマン氏はいつだってとてもよくしてくれた！　そのゼーゼマン氏がアルムまでやってきて、今まさにとてつもない幸せにひたっている。そう考えると、ハイジはうれしくなって、胸がはずんだ。

おばあさまは息子を、ハイジのおじいさんのところへ案内した。ふたりは心をこめて握手をし、ゼーゼマン氏はおじいさんに深く感謝し、自分がどんなに驚き感嘆しているかを述べ、どうしてこんな奇跡が起きたのかと訊ねた。

その話ならもう何度も聞いているので、おばあさまは樅の老木を見てこようと、ちょっと脇へ行った。

そこには、おばあさまが思いもしなかったものがあった。三本の木に囲まれ、枝が長く伸びている下に、濃い青色のリンドウの花束が置いてあったのだ。まるで今生え出てきたかのようにみずみずしく、輝かんばかりに咲いている花。おばあさまは、その見事さにうっとりして手をたたき、何度も歓声をあげた。

「素晴らしいわ。なんて豪華なんでしょう！　見ほれてしまいますよ。ああハイジ、ちょっとこっちへ来て！　あなたがしてくれたの？　なんてすてきなのかしら！」

呼ばれて子どもたちがやってきた。

「ううん、あたしじゃない。でも誰がしたかはわかってる」とハイジはいった。

「上の牧場はこんな風なのよ、おばあさま。もっとずっときれいなくらい」クララが口をはさんだ。

「でも今朝早く、上の牧場からこの花を摘んできたのが誰か、当ててみて！」

クララがあんまり楽しそうにいうので、おばあさまは一瞬、クララ本人が上の牧場から花を摘んできたのかと思いかけた。けれどもいくらなんでも、そんなことはまだ無理だろう。

そのとき樅の木のうしろの藪でカサコソ音がした。ペーターが、とうとうここまでたどりついたのだ。けれども山小屋の前におじいさんがいて、隣にさっきの男が立っているのを見て、大きく迂回して山小屋の裏に回り、そこからこっそり牧場へ登ろうとした。ところがおばあさまに見つかってしまった。

おばあさまの方は、はっとなった。花を摘んできてくれたのはこの男の子で、内気なので恥ずかしくて、こっそり立ち去ろうとしているのではないか、と思ったのだ。でもそうはいかない。ちゃんとお礼をしなければ。おばあさまはそう考えて、木の間に首を入れて声をかけた。

「いらっしゃい、坊や。恥ずかしがらないで、ちょっとこっちへ来てちょうだい！」

ペーターはそこに立ち尽くしたまま、ぎょっとして身を固くした。あんまりいろいろあったせいで、抵抗する気力も失せていた。これでもう一巻の終わりだ、と思った。髪は総毛立ち、顔からは血の気が失せ、恐怖にふるえながら前に出てきた。

「さあ、まっすぐこっちへいらっしゃい。坊や、教えてちょうだい。あれはあなたがやったことなの？」

おばあさまは勇気づけるような口調で訊いた。

下を向いていたペーターには、おばあさまがどこを指差しているか、わからなかった。おじいさんが小屋の角に立っているのはさっき見て知っていた。おじいさんの灰色の目が自分を刺すように鋭く見つめていることも、その隣に恐ろしいフランクフルトの警官が立っていることもわかっていた。体中がふるえた。

「はい」と、やっとのことで返事をした。

「えっ、なに？　どうしてそんなにびくびくしているの？」

「あれが……あれが……ばらばらになっちまって……もう元にはもどせなくて」

ペーターは言葉を喉からしぼりだした。膝ががくがくふるえて、立っているのもままならない。

おばあさまは山小屋の角に立っているおじいさんの所へ行った。

「ねえ、おじいさん。かわいそうに、あの子、頭がどうかしてしまったのかしら？」

おばあさまは同情して尋ねた。

「いいえ、全然。あいつが車椅子を吹き飛ばした風なんですよ。当然の報いを受けるのを、びくびくして待っているところなんです」

そんなことは、おばあさまにはとても信じられなかった。ペーターは少しも悪い子に見えないし、クララにとって欠かせない車椅子を、ペーターが壊す理由も思い浮かばない。けれども車椅子が谷に転がり落ちたときからペーターを疑っていたおじいさんは、今のペーターの物言いで彼の仕業だと確信した。ペーターは何が気に入らないのか、初めからクララを怒ってにらみつけていたし、アルムで新しいことが起きるたびに腹立たしそうにしていた。あれこれ照らし合わせると、何もかも辻褄が合う。それでおじいさんには、事の次第が呑みこめ、それをおばあさまにすっかり話した。

話を聞き終わると、おばあさまはにこやかに笑っていった。

「いいえ、おじいさん。だめですよ。かわいそうな坊やをこれ以上罰してはいけません。何事も公平に見てやらなくてはね。フランクフルトから知らない人がおしかけてきて、何週間もハイジを取り上げられたわけですよね。あの子のたったひとつの宝物、本当に素晴らしい宝物をね。あの子は毎日ひとりぼっちで、ハイジがよその子と仲良くするのを、指をくわえて見ているしかなかった。いえ、いえ、ちゃんと公平に見てやらなくては。怒りが嵩じて、あの子は仕返しをしてやろうと思うようになった。確かに馬鹿な考えですよ。でもね、人は怒ると、誰しも馬鹿なことを考えるものですからね」

そういうと、おばあさまはペーターのところへもどった。ペーターはいまだにぶるぶるふるえている。おばあさまは樅の木の下にすえてあるベンチに腰かけて、やさしく話しはじめた。

「ねえ、坊や、こっちへ来てちょうだい。あなたに話したいことがあるのよ。もうふるえるのはやめて、これから話すことをよく聞いてちょうだい。

車椅子を谷に突き落として壊したのはあなたね。それは悪いことだって、よくわかっているでしょ。罰を受けて当然だってことも、わかっているわね。罰を受けたくないから、自分の仕業だと誰にもばれないように、ひどく苦労していた。でもね、悪いことをして誰にも知られずにすむと思ったら、大間違いですよ。なぜなら神さまは、何もかもよくご存じなんですから。

人が悪いことをして、隠そうとしていることに気がつくと、神さまはその人が生まれたときに心の中に入れて眠らせておいた番人を、急いで起こすんです。番人は、その人が悪いことをしたら目を覚ますことになっていて、手に持っている小さな棘で、その人をちくちく刺すんですよ。それでその人はもう、いっときも気が休まることがなくなってしまう。それに番人は、こうささやいてその人を悩ませつづけるんです。

『さあ、これで何もかもばれるぞ！　つかまって罰せられるぞ！』ってね。そんなわけで、その人は不安と恐怖でびくびくしながら生きていくことになる。もう楽しいことは何もなくなってしまう。ね、ペーター、そんな目に遭ったことはない？　ひょっとして今、まさにそんな風に感じているんじゃなくて？」

ペーターは、おばあさまのいうことならよくわかるというように、ひどく打ちひしがれてうなずいた。というのも、今の自分がまさにそういう状態だったからだ。

「それからもうひとつ、あなたが思い違いをしていることがあります」とおばあさまは続けた。

「あなたがした悪いことは、された当人にとって、結果的にいいことになったんですよ！　クララは車椅子がもうないので、そこにすわったまま好きな場所へ連れていってもらえなくなった。それでも、どうしてもきれいなお花が見たかったから、なんとか自分の足で歩こうと一生懸命頑張った。それで少しずつ歩けるようになった。そしてどんどんうまく歩けるようになっている。この調子でいけば、やがて毎日、山の上の牧場へ行けるようになる。車椅子で連れていってもらうよりずっと頻繁にね。

ですからね、わかるかしら、ペーター？　神さまは、誰かが何か悪いことをしようとしても、それをされる当人にとっていいことになるように、さっと変えておしまいになる。悪いことをしようとした方は、それを指をくわえて見ているしかない。くたびれ損よね。だからこれでよくわかったでしょう？

どう、ペーター？　これからは、このことを肝に銘じて、もしまた何か悪いことをしたくなったら、棘を手にした心の中の番人と、番人の警告の声を思いだしてちょうだい。いいこと、そうしてもらえるかしら？」

「はい、そうします」とペーターはしおらしく答えた。

おじいさんの隣にあいかわらず警官が立っているので、この後自分がどうされるかわからず、意気消沈したままだった。

「それはよかった。ではこのことはもうこれでおしまいにしましょう」とおばあさまは話を締めくくった。

「さてと、でもあなたにも、わたしたちのことを覚えていてもらうために、何かあげなければね。喜んでもらえるものをね。坊や、何か欲しいものはない？　ずっと欲しいと思っていたものが何かあるんじゃない？　それは何かしら？　一番欲しいものはなあに？」

ペーターは顔を上げ、目を真ん丸に見開いておばあさまを見つめた。何か恐ろしいことが待ち受けているのではないかと、今の今まで思っていた。ところが欲しいものがもらえるというのだ。ペーターは何をどう考えていいのやらわからなくなった。

「ええ、ええ、わたしは本気ですとも。あなたが喜べるものを何かあげますよ。わたしたちフランクフルトの者たちの思い出になるものをね。それに悪いことをしたともう思わなくてもすむようなものを。いい、わかった、坊や？」

もう罰を受ける心配がないことが、ペーターにもだんだんとわかってきた。目の前に立っているこの善良な婦人が、ペーターを警察の権力から救ってくれたのだ。肩にのしかかっていた重荷が、ふいに取り除かれたような安心感を覚えた。何かまずいことをしてしまったときは、すぐに白状するのが一番だ、ということも思い知った。

それでペーターはふいに告白した。

「それからおれ、あの紙をなくしちまって」

おばあさまはちょっと首を傾げてから、ああそういうことか、と腑に落ち、やさしくいった。

「ええ、ええ、そうですよ。よくないことをしてしまったときには、すぐに打ち明けるのが何よりです。そうすれば、何もかもまたいいようになりますからね。それで、あなたは何が欲しいの？」

なんでも欲しいものをくれるというのだ。そう思っただけで、ペーターは頭がくらくらしてきた。マイエンフェルトの年の市で見たすてきなものが、あれこれ脳裏に浮かんだ。欲しくてたまらず、何時間もその前に立って眺めていたものだ。けれども決して手に入らないとわかってもいた。というのも、ペーターは五ラッペン以上持ったためしがなく、欲しいと思うものはみんな、その倍はしたからだ。

きれいな赤い笛。あれがあれば、山羊を難なく呼び集められる。丸い柄がついていて、〈カエル刺し〉と呼ばれるすてきなナイフもあった。あれを使えば、ハシバミの木から最高の鞭をこしらえられる。

ペーターは考えこんだ。一番欲しいのはどっちだろう？ 迷って決めることができない。ふと、いいことを思いついた。次の年の市まで、じっくり考えることのできるいい方法を。

「十ラッペン」ペーターはきっぱりといった。

おばあさまはちょっぴり笑った。

「あら、そんなんでいいの？ じゃあ、こっちへいらっしゃい！」

そういうと、おさいふを取りだして、大きな丸いターラー銀貨[1]をひとつ、つまみ上げた。それからさらに十ラッペン玉を二個、その上にのせた。

「それでは勘定をしましょう」とおばあさまは言葉を続けた。

「説明してあげるから、よく聞いてね。このお金にはとても価値があって、一年中、毎週十ラッペンずつ使えるんですよ。毎週日曜日に、ここから十ラッペンずつ取るといいわ。一年の間ずっとね」

「一生涯？」ペーターは無邪気に訊いた。

それを聞くなり、おばあさまはケラケラ笑いだした。向こうで話に花を咲かせていたおじいさんとゼーゼマン氏が、何があったのかと話すのをやめ、聞き耳を立てたほどだ。

おばあさまは笑いつづけた。

「ええ、そうしましょうね、坊や。わたしの遺言書に一項、付け加えておきましょう。山羊番ペーターに一生の間、毎週十ラッペン支給すべし、とね。息子や、いいこと？　わたしの遺志はおまえが引き継ぐんですよ」

ゼーゼマン氏はうなずき、高らかな笑い声をあげた。

ペーターは夢でないことを確かめようとでもするように、手にのせられた贈りものにもう一度目をやった。そしていった。

「ありがとうございます！」

1　十五世紀末以来、ヨーロッパ中で使われていた大型銀貨。ドイツでは一八七一年に主要通貨がマルクに切り替わったが、その後も二十世紀初頭まで使用されていた。

それからぴょんと飛びあがって、ものすごい勢いで駆け去った。けれども今回はちゃんと足が地についていた。驚愕のあまりではなく、生涯初めての喜びに舞いあがっていたのだ。もう不安も恐れも消えていた。毎週十ラッペンが手に入る。それも生きている間ずっと。

その後、一同が山小屋の前でテーブルを囲み、楽しい昼食を取り終わり、あれやこれやのおしゃべりに花を咲かせている間も、ゼーゼマン氏は嬉しそうにしていて、娘の顔を見るたびに、さらに顔を輝かせた。

クララはそんな父親の手を取って、弱々しかったこれまでとは比べものにならない生き生きした調子で話しかけた。

「ねえ、パパ、おじいさんがわたしのためにどれだけよくしてくださったか、パパもいっしょにいて、見聞きしていたならどんなによかったか！　毎日毎日、ものすごくたくさんのことをしてくださったのよ。とても語り尽くせないほどね。そのご恩は一生忘れない。それでね、ずっと考えていたんだけど、わたしにも、おじいさんにして差し上げられることがないかしら？　それとも喜んでいただけるようなものを何か差し上げられないかしら？　せめてわたしが味わった喜びの半分でも、おじいさんに感じていただけたなら、これほどうれしいことはないわ」

「それこそわたしの最大の望みでもあるよ、クララ。わたしも少しでも我らの恩人にご恩返しをして感謝の気持ちを表すことができないかと、ずっと考えていたんだ」

　そういうとゼーゼマン氏は立ちあがり、おばあさまの隣にすわってなにやら楽しそうに話をしているおじいさんの所へ行った。そしておじいさんの手を取り、親しげな調子で話しかけた。

「おじいさん、どうか一言、お礼をいわせてください！　わかってくださると思いますが、長い間わたしは、心から喜びを感じることがありませんでした。どんなにお金があろうが、財産があろうが、それが何になるでしょう。娘を見るたびに、いくらお金を費やしたところで、丈夫にしてやることも、幸せにしてやることもできない、と思い知らされていました。ところが天にまします我らの父と、おじいさん、あなたが娘を丈夫にしてくださいました。そしてわたしたち親子に、新たな人生を贈ってくださったのです。どうか教えてください。どうすれば感謝の気持ちを表すことができるでしょうか？ あなたがしてくださったことに、充分報いることができないのは承知しています。けれども、もしわたしにできることがあれば、喜んでいたします。ですからなんなりとおっしゃってください。どうかなにかさせてください」

おじいさんは幸せいっぱいの父親の顔を嬉しそうに眺めながら、黙って話を聞いていた。

「ゼーゼマンさん、お嬢さんがアルムに来て歩けるようになったのは、わたしにとっても大いなる喜びでしてね。わたしがしたことなど、それだけでもう充分報われています」とおじいさんはきっぱりとした口調でいった。

「ご親切なお申し出には心から感謝します。ですが、わたしには何も必要ありません。わたしが生きているかぎり、この子もわたしも困ることはありません。しかし望みがひとつだけ、あるにはあります。それさえかなえられるなら、もう何も思い残すことはありません」

「それは何でしょうか？ どうかおっしゃってください、おじいさん！」ゼーゼマン氏は迫った。

「わたしもう年です。この先そう長くはないでしょう。わたしがいなくなったら、この子に何も残してやれない。ほかに身寄りもありませんしな。いや、ひとりいるにはいるんだが、機会があればこの子を利用してやろうと考えるようなやつでしてね。なのでゼーゼマンさん、ハイジが一生、食べるものに困って路頭に迷うことがないようにしていただけるなら、これほどありがたいことはない。お礼をしてくださるというのなら、それでもう充分です」

「そんなことはいうまでもありません。ハイジはすでに家族同然です。母にでも娘にでも訊いてみてください。この先一生、ハイジをほかの者の手に委ねたりはしません。でもそれであなたの気がすむなら、誓って申し上げます。ハイジが路頭に迷うようなことは生涯ありません。それはこのわたしが保証します。わたしがいなくなってからもずっとです。食い扶持を探すために、よその土地に行かざるを得ないようなことは決してありません。どんな事情であれ、ハイジがよそで暮らせないことは歴然としています。うちがいい例です。

ところで実は、もうひとつお伝えしたいことがありましてね。フランクフルトでハイジには友だちもできたんですよ。そのうちのひとりは、今のところまだあちらにいますがね。近いうちに仕事を辞めて、余生を気に入ったところで送ろうと考えているんです。ほかでもない、わたしの友だちの医者ですがね。この秋にもここを再訪して、この土地に根を下ろすために、あなたに助言を仰ごうとしています。あなたやハイジとのつきあいが、よっぽど気にいったんでしょうな。ほかのどこよりも、ここがいいらしい。そんなわけで、この先ハイジの近くには、保護者がふたりいることになる。ハイジのためにも、望むらくはおふたりに長生きしてもらいたいものです！」

「神さま、どうぞお守りください！」

おばあさまが息子に口を添え、おじいさんの手を心をこめてにぎった。それから隣に立っていたハイジの首にふいに手を回して引き寄せた。

「それからハイジ、あなたに訊きたいことがあるのよ。かなえて欲しい望みが何かないこと？　あったら遠慮せずにいってちょうだい」

「ええ、あるわ」

ハイジは嬉しくてたまらない様子でおばあさまの顔を見上げた。

「そう、それはよかった。何が望みかしら？　教えてちょうだい。何がほしいの、ハイジ？」

「フランクフルトのあたしのベッドがほしい。厚みのある枕三つと、厚手の掛け布団もね。あれがあれば、ペーターのおばあちゃんは、もう枕から頭がずれ落ちて息苦しい思いをしなくてもすむ。それにあの掛け布団をかければ、寒さにふるえることもないでしょ。ものすごく寒いんで、おばあちゃんはいつも、首にショールを巻いて寝てるのよ」

ハイジは勢いこんで一息でいった。なんとか望みをかなえてもらおうと、必死だったのだ。

「あらまあ、ハイジ、それがあなたの望みなの？　いいことを思いださせてくれましたよ。あんまりうれしくて、一番に考えなければならないことを忘れていました。神さまがわたしたちにいいことをしてくださるように、わたしたちも困っている人のことを考えなければいけませんでしたね。すぐにフランクフルトへ電報を打ちましょう。

今日のうちにも、ロッテンマイアーに手配をさせます。そうすれば、二日もあればベッドが届きますよ。あのベッドなら、おばあさんもきっとぐっすり眠れるでしょう」

ハイジは大喜びで、おばあさまのまわりをぴょんぴょん飛びまわった。けれどもふいに立ち止まり、あわてていった。

「急いでおばあちゃんのところへ行ってくる。あたしが長いこと顔を見せないんで、おばあちゃん、きっとまた心配してる」

ハイジはうれしい知らせを、一刻も早くおばあさんに伝えたかった。それにこの前行ったとき、おばあさんがとても心配していたことを、ふいに思いだしたのだ。

「だめだよ、ハイジ、何をいっているんだ？　お客さんをさしおいて出ていくなんて、もってのほかだ」おじいさんが注意した。

ところが、おばあさまがハイジの肩を持った。

「おじいさん、ハイジがいうのも、あながち間違っていませんよ。かわいそうに、おばあさんはわたしたちのせいで、長いことハイジに会えずに寂しがっておいででしょう。わたしたちもハイジといっしょに、すぐにおばあさんのところへまいりましょう。わたしはそこで馬が来るのを待つことにします。それからデルフリまで下りて、ただちにフランクフルトへ電報を打ちましょう。ね、おまえはどう思う？」

ゼーゼマン氏は、それまで今回の旅行の計画について、話す機会が持てずにいた。それでお母さんに思いつきをすぐに実行せずに、しばらくすわったまま、自分の計画を聞いてほしい、と頼んだ。

ゼーゼマン氏は、お母さんと少しスイスを旅して回ろうと考えていた。そして少しの距離なら、娘のクララも同行できないかどうか、まずは様子を見てみようと思っていたのだ。それが今、クララを連れて旅行を満喫できるとわかった。そうとわかれば、夏の名残の美しい日々を一日たりと無駄にしたくない。そこで今夜はデルフリに泊まって、翌朝クララをアルムに迎えにこようと思った。そしてクララを連れて、おばあさまが滞在しているバート・ラガッツまで行き、そこからさらに旅行を続けようという計画だ。

クララは急にアルムを発つことになって、少し面食らった。けれども旅行ができ

れば、それはそれで楽しいに違いない。それに悲しんでいる暇もなかった。けれども
おばあさまはすぐに立ちあがってハイジの手を取り、歩きだそうとした。

ふいにうしろを向いた。

「でも、クララはどうしたらいいかしら？」

おばあさまは狼狽していった。ペーターのおばあさんのところまでは遠すぎて、クララが自力でそこまで歩くのはまだ無理なことに気づいたのだ。

しかし心配するには及ばなかった。そのときにはもう、おじいさんが慣れたしぐさでクララを抱き上げ、しっかりした足取りでおばあさんのうしろについてきていたからだ。それを見ておばあさまは満足の面持ちでにっこりした。最後にゼーゼマン氏がつき従った。こうして一行は山を下った。

ハイジはうれしくてたまらず、ずっとおばあさまのかたわらで飛び跳ねていた。おばあさまの方は、ペーターのおばあさんのことを何から何まで知りたがった。どんな暮らしをしているのか、寒さの厳しい冬はどうやって過ごしているのか、などと次々に訊いてきた。ハイジはその質問に詳しく答えた。おばあさんの暮らし向きなら、よ

く知っていたからだ。おばあさんが冬には、部屋の隅に縮こまってすわり、寒さにふるえていることも、何を食べて暮らしているかも知っていたし、何が食べられずにいるかも知っていた。

おばあさんのいる小屋にたどりつくまで、ゼーゼマン老婦人は強い関心を寄せて、ハイジの話にずっと耳を傾けていた。

ブリギッテはちょうど洗い替え用のペーターのシャツを日に干しているところだったが、山を下りてくる一行を目にするなり、小屋の中へ駆けこんだ。

「母さん、とうとう行ってしまうよ。みんな勢ぞろいで下りてくる。アルムのおじさんも、病気の子を抱いてついてきている」

ブリギッテはそう母親に報告した。

「ほんとうかい？」

おばあさんはため息をつきつついった。

「ハイジが連れ去られてしまうのを、おまえ、見たのかい？　あーあ、せめてあの子の手をにぎって、別れのあいさつだけでもできたらねえ！　もう一度、あの子の声を聞きたいもんだよ！」

と、そのとき戸が勢いよく開いて、ハイジが飛びこんできた。そして部屋の隅にいたおばあさんに駆けより、抱きついた。

「おばあちゃん！　おばあちゃん！　あたしのベッドがフランクフルトから来るよ。厚みのある枕三つと、厚手の掛け布団もいっしょにね。後二日で届くって、おばあさまがいってらした」

ハイジは、おばあさんがどんなに喜ぶかと思うと待ちきれなくて、息せききってうれしい知らせを報告した。

おばあさんは微笑んだが、少し悲しそうだった。

「ああ、それはまたなんてご親切なんだろうね！　だったら、おまえが連れていかれても、喜ばなけりゃならないんだろうね。だけどね、ハイジ、あたしにゃそう長くは耐えられないよ」

「えっ？　なんですって？　誰がそんなことをいったんですか」

親しげな声がして、誰かがおばあさんの手を取り、心をこめてにぎった。ゼーゼマン老婦人が後から入ってきて、何もかも聞いていたのだ。

「いいえ、誰もそんなことはいっていませんよ！　ハイジはここにいて、これからもずっとあなたを楽しませてくれるはずです。わたしたちも、またハイジに会いたいと思っていますけどね。そのためには、こちらから会いにきますよ。毎年必ずアルムへ来ます。神さまはここでクララに素晴らしい奇跡を起こしてくださったのだから、毎年ここへ来て、お礼を申し上げなければね」

ようやくおばあさんの顔に、まじりけなしの喜びが表れた。そして無言のまま、ゼーゼマン老婦人の手を何度もにぎり返した。おばあさんの老いた頬に大粒の涙がこぼれた。

ハイジはおばあさんが喜ぶ顔を見て、うれしくてたまらなかった。

「ね、おばあちゃん」ハイジはおばあさんに身をすり寄せていった。

「あたしがこの間、読んであげたとおりになったでしょ。フランクフルトからベッドが届くのよ。すてきだと思わない？」

「ああ、ほんとにそうだね、ハイジ。神さまがあたしに、こんなに親切にしてくださるなんてね！」

おばあさんは感動していった。

「なんとまあ、ご親切なんだろうね！　こんな年寄りのばあさんのことを心配してあれこれしてくださるとは！　これで天にまします父なるお方への信仰がますます深まったよ。あたしのような貧しい役立たずのばあさんにも、慈悲をたれて施しをしてくださる善良なお方がおいでになることを、神さまはお教えくださったんだね。神さまは、ほんのささいなこともお忘れにならないんだね」

「おばあさん」そこでゼーゼマン老婦人が口をはさんだ。「天にまします我らの父の前では、わたしたちはみな、まったく同じように貧しいのですよ。そしてわたしたちの誰にとっても、神さまに忘れられないようにすることが大事なんです。ではそろそろお暇しましょう。また会う日までごきげんよう。来年アルムに来たら、またお訪ねしますよ。あなたのことは決して忘れません！」

そういうと、ゼーゼマン老婦人はおばあさんの手をまた取り、しっかりにぎった。けれども老婦人は、すぐには立ち去れなかった。ペーターのおばあさんが、何度も繰り返しお礼をいい、あなたさまに神さまのご加護がありますように、あなたさまの善行に報いがありますように、そしてご家族の皆さまもどうかお幸せに、と延々といいつづけたからだ。

やがてゼーゼマン氏とおばあさまは谷を下りていき、おじいさんはクララを抱き上げて家路についた。ハイジはその傍らを、ぴょんぴょん飛び跳ねながらついていった。おばあさんが今より楽に過ごせるようになると思うと、うれしくてたまらなかったのだ。

翌朝、別れる段になると、クララは熱い涙を流した。とうとう美しいアルムを離れなければならなくなった。クララがこれまで過ごした中で、こんなに心地のいい場所はほかになかった。

ハイジはクララを慰めていった。

「あっという間にまた夏になって、すぐにここへこられるよ。そのときは今よりもっとすてきになる。だってそうでしょ。初めっからもう歩けるんだから。毎日山羊たちといっしょに牧場へ行ける。お花がきれいに咲いているところへも登っていける。

きっとものすごく楽しいよ」

ゼーゼマン氏は約束どおり、娘を迎えにきていた。今はおじいさんの隣に立って、あれこれ話をしている。クララは涙をぬぐった。ハイジの言葉に少し慰められていた。

「ペーターにもよろしくいってね。それから山羊にも。特にシュヴェンリによろしくいってちょうだい。ああ、シュヴェンリに何かごほうびをあげられたらねえ。わたしが元気になれたのは、シュヴェンリのおかげですもの」

「そんなのわけないわよ。お塩を少し送ってちょうだい。シュヴェンリが夕方、おじいさんの手から塩をどんなに喜んでなめているか、見て知っているでしょ」

クララはその提案が気に入った。

「ああ、だったらフランクフルトからシュヴェンリに百ポンド、塩を送るわ。シュヴェンリにもわたしのことを覚えていてほしいもの！」

ゼーゼマン氏が子どもたちを手招きした。いよいよ出発だ。今回はクララを乗せるために馬が来ていた。クララはその馬で山を下りるのだ。もう車椅子は使わずにすむ。

ハイジは斜面の縁に立って、馬上のクララの姿が小さくなって点になるまで、手を振りつづけた。

まもなくベッドが届き、おばあさんは毎晩、気持ちよく眠れるようになった。おかげで日増しに元気になっていった。

アルムの冬が厳しいことを、ゼーゼマン老婦人は忘れずにいた。そして山羊番ペーターの小屋に大きな包みを送ってよこした。中には暖かいものがたくさん入っていた。これでもうおばあさんは冬の間、部屋の隅でふるえていなくてもすむ。

デルフリでは大がかりな普請が進んでいた。お医者さんがやってきて、まずは以前泊まったホテルに逗留した。それからおじいさんの助言に従い、おじいさんとハイジが前の冬を過ごした古い建物を買い取った。その建物はもともと大きなお屋敷で、立派なストーブのついた天井の高い部屋や意匠を凝らした板壁に、往時の面影を残していた。

屋敷のその部分を、お医者さんは自分の住居に改築した。残りの部分はおじいさ

んとハイジが冬を過ごせるように改造した。独立心の強いおじいさんには専用の住まいが必要であることを、お医者さんはよく承知していた。屋敷の一番奥には、しっかりした壁に囲まれた暖かい山羊小屋が造られた。この小屋ならシュヴェンリもベルリも厳しい冬を快適に過ごせるだろう。

　お医者さんとおじいさんは、日ごとに親しくなっていった。改築の進み具合を見に敷地を取り囲む塀にふたりして上がると、話はたいていハイジのことになった。ふたりにとって、ほがらかなハイジといっしょにここで暮らせることが、一番の喜びだったのだ。

「たぶんおわかりいただけると思いますが」とついこの間も、お医者さんは塀の上でおじいさんにいった。

「わたしもあなたと同じように、ハイジがかわいくてならないんですよ。あなたの次にあの子に近い身内のような気がしていましてね。ですからどうでしょう、ここはひとつ、義務も同じように負わせてくださいませんか。あの子のいいように、できるかぎりのことをしてやりたいんです。それで年を取ってからも、ハイジがわたしのそばにいて、いろいろ面倒を見てくれたら、それに優る喜びはありません。ハイジには、わたしの子どもとして遺産をすべて残します。そうすれば、いずれわたしたちがふたりともこの世を去らねばならなくなっても、あの子は何不自由せずに暮らしていくことができます。あなたもわたしも、安心してあの子を置いていくことができるというものです」

おじいさんはお医者さんの手を強くにぎりしめた。一言もいわなかったが、よき友になったお医者さんには、目を見ただけで、おじいさんが感動して喜んでいることがわかった。

その頃、ハイジとペーターはおばあさんといっしょにいた。ハイジには話すことがたくさんあったし、ペーターはハイジの話をいくら聞いても聞き飽きなかった。ふたりとも息つく間もないほど話に夢中になって、そばで幸せそうに耳を傾けているおばあさんの方に、いつしかぐっと身を乗りだしていた。

夏の間、ほとんどいっしょに過ごせなかったので、その間に起きたことについては、いくら話しても種が尽きなかった。

またいっしょに過ごせるようになって、三人とも負けず劣らず幸せだった。とはいえ今一番幸せそうにしているのは、ペーターのお母さんのブリギッテだった。ハイジが詳しく話してくれたおかげで、ペーターが毎週十ラッペンもらえるようになった訳が、ようやくわかったからだ。

最後におばあさんがいった。

「ハイジや、賞賛と感謝の歌を読んでおくれ！　あたしにできることといえば、もうほめたたえることだけのような気がするよ。ここはひとつ、天にまします我らの父なるお方が、あたしたちにしてくださったことすべてに感謝するしかないね」

解説

遠山明子

スイスの女性作家ヨハンナ・シュピリ（Johanna Spyri）の『アルプスの少女ハイジ』は二部からなり、第一部は一八八〇年に、『ハイジの修業時代と遍歴時代』（*Heidis Lehr- und Wanderjahre*）というタイトルのもとに出版されました。著者名については『フローニの墓に捧げる一葉』の著者による」とあり、「子どもと、子どもを愛する者のための物語（Eine Geschichte für Kinder und auch für solche, welche die Kinder lieb haben）」という副題がついています（同年中に第二版と第三版が出されていて、第三版には実名が記されています。第二版は未確認）。シュピリはドイツの作家ヨハン・ヴォルフガング・フォン・ゲーテ（Johann Wolfgang von Goethe、一七四九—一八三二）を敬愛していて、このタイトルは彼の代表作のひとつ、『ヴィルヘルム・マイスターの修業時代』（*Wilhelm Meisters Lehrjahre*、一七九五）とその続編『ヴィルヘルム・マイスターの遍歴時代』（*Wilhelm Meisters Wanderjahre*、一八二一）を援用したものです。

第一部の好評を受けて、翌年第二部が出版されました。タイトルは『ハイジは習ったことを役立てる』(*Heidi kann brauchen, was es gelernt hat*)。こちらは初めから実名で出版されました。

時代背景と作品

この作品が出版された一八八〇年は明治一三年に当たります。明治維新から間もない当時の日本と今の日本を比べると隔世の感が否めませんが、作品の舞台となったスイスやドイツ、さらにはヨーロッパは当時どんな様子だったのでしょうか。

国民国家の時代

ヨーロッパの一九世紀は国民国家が台頭した時代でした。一七八九年のフランス革命、その後のナポレオンによるクーデター、ヨーロッパ遠征によって、それまでの絶対王政がヨーロッパ各地で揺らぐ激動の時代となりました。それに伴い、既存の価値観も大きく変わっていきます。

ナポレオン失脚後、失われた秩序の再構築を目指してウィーンで国際会議が開かれました。しかし革命以前の旧体制に戻すことが原則とされながらも、領土分割をめぐって各国が対立して会議は紛糾、「会議は踊る、されど進まず」と風刺されます。その後ナポレオンの流刑地脱出の報を受けた危機感から妥協が図られ、一八一五年にウィーン議定書が締結されます。この議定書に基づき新国際秩序ウィーン体制が敷かれ、スイスは永世中立国になります。しかし、その後も旧勢力と新勢力がぶつかり合い、絶対王政から民主政治への移行は一進一退を繰り返します。

シュピリが誕生した一八二七年はナヴァリノの海戦でギリシャ側がオスマン帝国に勝利した年で、その後ギリシャは一八三二年に正式に独立を承認されます。スイスも一八四八年に憲法が制定され、連邦制の民主国家になりました。

ドイツではナポレオンの保護下に一八〇六年、南西ドイツ諸国でつくるライン同盟が成立し、神聖ローマ帝国が崩壊。しかし、ナポレオンの失脚とともに一八一三年にライン同盟は解体し、その後一八四八年の三月革命を経て、ドイツ統一を目指す二大勢力が対立する時代がしばらく続きます。一つは大ドイツ主義で、長らく神聖ローマ皇帝を世襲していたハプスブルク家が支配するオーストリアを中心に旧神聖ローマ帝国のほぼ全領域を統合してドイツ統一を目指そうとするもので、もう一つの小ドイツ主義はオーストリアを除いてプロイセンを中心に統一を目指そうとするものです。この対立は一八六六年の普墺(ふおう)戦争につながり、プロイセンが勝利した結果、大ドイツ主義は衰退しました。プロイセンはさらに一八七一年、普仏戦争に勝利し、プロイセン国王がヴェルサイユ宮殿で統一ドイツの皇帝に即位しました。

一方プロイセンに敗北して統一ドイツから排除されたオーストリアは、一八六七年、同君連合のオーストリア・ハンガリー二重帝国を成立させます。この帝国は多民族国家で、多数派に抑圧された少数派の民族主義による抵抗の火種を内包し、後に第一次世界大戦につながるサラエヴォ事件を引き起こします。

他のヨーロッパ諸国に目を転じると、ベルギーが一八三〇年にオランダから独立(完全な独立は一八三九年)、イタリアも統一運動を経て、現在のイタリアの母胎となるイタリア王国が一八六一年に成立します。

こうしたヨーロッパの歴史が本作にも反映されています。たとえばハイジのおじいさんの過去がいい例です。

おじいさんとイタリア（シチリアとナポリ）

一九世紀の南イタリアには両シチリア王国と呼ばれる国がありました。これはナポレオン戦争後、一八一六年に、ブルボン家の同君連合下にあったシチリア王国とナポリ王国が統合されてできた国です。

ハイジのおじいさんはナポリ軍に入隊し、シチリアで戦ったことになっています。おそらくシュピリはおじいさんをこの両シチリア王国の傭兵という設定にしたのでしょう。

なお傭兵といえば、おじいさんが冬、ハイジを連れてアルムの山小屋を下りて暮らすことになったデルフリの家は、元傭兵のお屋敷でした。この傭兵はスペインの軍隊に入って財産を築いたという設定になっています。スペインで起きた戦争となると、一八世紀初頭のスペイン継承戦争がまず脳裏に浮かびます。けれどもこのお屋敷は、おじいさんが息子のトビアス（ハイジの父親）を連れて移り住んだときにはすでに荒廃していたということなので、おそらく傭兵はスペイン帝国が新大陸で起こした戦争に従事したのでしょう。新大陸に得た広大な植民地はスペインに巨万の富をもたらし、スペインの黄金時代を築きました。傭兵はその恩恵に与(あずか)ったのでしょう。

スイスは今でこそ、スイスアルプスを擁する風光明媚な観光地として名を馳せていますが、アルプスの山村はかつて非常に貧しく、生活するために男たちの多くが傭兵になって他国の戦争に従事しました。スイス人傭兵は屈強なことで知られ、一八七四年にスイス憲法で禁止されるまで、長らくヨーロッパ各国で重用されました。そんなスイスの暗い歴史がおじいさんの過去に影を落としています。

おばあさまとホルシュタイン

おばあさまが住んでいるという設定になっているホルシュタインにも同時代の影が濃く射しています。ゼーゼマン一家が中部ドイツのフランクフルトにいるのに、なぜおばあさまがそこから遠く離れた北ドイツのホルシュタインにいるのかは、作中、何の説明もされていません。現在ホルシュタインはドイツのシュレースヴィヒ゠ホルシュタイン州の一部ですが、ホルシュタインとドイツの関係はなかなか複雑です。同州はユトランド半島の付け根にあり、同州の母胎となったシュレースヴィヒ公国とホルシュタイン公国は中世以来、デンマークとドイツ諸国の領有権争いの元となってきました。一四六〇年、デンマークが両公国をシュレースヴィヒ゠ホルシュタイン公国として領有することになりましたが、ドイツに近い南のホルシュタイン側にはドイツ系の住民が多く、民族意識の高まりとともに次第にデンマーク人の支配に反発を強めていきます。以後第一次シュレースヴィヒ＝ホルシュタイン戦争、第二次シュレースヴィヒ＝ホルシュタイン戦争を経て、一八六六年、シュレースヴィヒ＝ホルシュタイン公国はプロイセン王国に併合されます。

本作の時代背景を同時代と仮定すると、ホルシュタインはドイツに併合されてまだわずかしか経っていなかったことになります。

クララとフランクフルト

ホルシュタインとはまた別の意味で、フランクフルトもドイツの諸都市の中では特別な位置を占めています。フランクフルトは、ベルリン、ハンブルク、ミュンヘン、ケルンに次ぐドイツ五番目の人口を有する大都市で、中世以来ドイツの中心都市として発展してきました。歴史上も神聖ローマ皇帝の戴冠式の挙行場所として、また一八四八年の三月革命後の国民議会（フランクフルト国民議会）の開催場所として重要な役割を果たしてきました。中でも特筆すべきなのは、一二二〇年以来、帝国自由都市

（皇帝直属の都市）として一定の自治権を保有していたことです。しかし一八六六年の普墺戦争でプロイセンに併合され、都市国家としての独立を失いました。

なおフランクフルトはシュピリが心酔していた文豪ゲーテが生まれた町でもあります。

ここまで見てきて、スイスやドイツ、イタリアなどヨーロッパ諸国の多くが現在の国民国家の形態を取り始めたのが、一九世紀だったことがわかります。日本の明治維新も一八六八年で、イタリア王国成立（一八六一年）やドイツ帝国成立（一八七一年）とほぼ時を同じくしています。この物語の時代背景は現代につながる近過去なのです。

鉄道

一九世紀はまた科学が急速に発展した時代でもあり、その恩恵により人々の暮らしはどんどん楽になっていきました。徒歩が主体で乗り物といえばせいぜい馬や馬車だった状況にも大きな変化が見られます。一八世紀にワットが改良した蒸気機関を利用した鉄道は、まずイギリスで運用され、ドイツでは、一八三五年にニュルンベルクとフェルト間に最初の鉄道が開通しました。その後ドイツの各地で個別に王立や私立の鉄道が敷設されていきます。一八六二年、プロイセンの首相となったビスマルクは次第にドイツ各地の鉄道を国有化し、大規模な鉄道網を整備していきます。

スイスでは一八四四年にストラスブール・バール鉄道（フランス国鉄の前身）がバーゼルに延び、翌年、バーゼルに駅ができました。一八五一年にはドイツのラインタール線がスイス、フランスと国境を接するドイツ南西端の町ヴァイル・アム・ラインにまで鉄路を延ばします。この物語に出てくるマイエンフェルトに鉄道が通じたのは一八五八年。同年、バーゼルとチューリヒは鉄路で結ばれますが、直通になったのはようやく一八七五年になってからのことです。

ハイジはスイスアルプスの麓の村マイエンフェルトとクララが暮らすドイツの商業都市フランクフルトとの間を、往路は叔母のデーテと、復路はゼーゼマン家の従僕のゼバスティアンとたどりました。往路はデーテおばさんに連れられて山を下った後、舞台がすぐにフランクフルトに切り替わり、復路はハイジがペーターのおばあさんにあげる白パンの入ったかごをしっかり抱えて列車内で何時間も過ごしたことが語られるだけで、旅程は詳しく語られていませんが、当時、実際にフランクフルトとマイエンフェルトの間を移動するのは相当な長旅で、幼い子どもにはかなりの負担になったと思われます。往路ではマイエンフェルトで一泊し、翌朝早く汽車に乗ることになっていますし、復路でもバーゼルで一泊しています。デーテおばさんは、帰りたくなったらいつでも「汽車で、また飛ぶように速く帰ってこられる」（第5章125〜126ページ）とハイジにいいましたが、それが真っ赤な嘘であることは明らかです。

なおハイジとゼバスティアンが一泊するバーゼルにはゼーゼマン氏の常宿があるという設定になっています。しょっちゅう仕事でパリに出向くゼーゼマン氏はバーゼルを中継地に汽車でフランクフルトとパリの間を移動しているのでしょう。また北ドイツのホルシュタインから中部のフランクフルトまでクララのおばあさまも汽車を利用していて、当時すでに鉄道が遠距離を結ぶ重要な交通機関になっていたことがわかります。

シュピリの生涯

ヨハンナ・シュピリは一八二七年にスイスのチューリヒ近郊の小村ヒルツェル（二〇一六年時点の人口は二〇〇〇人強、二〇一八年にホルゲンと合併）で生まれました。父ヨハン・ヤーコプ・ホイサーは医者で、専門は外科と精神科。また母マルガレータは敬虔な宗教詩人で、メタという通称で知られていました。なお母方の祖父ディートヘルム・シュヴァイツァーは村の牧師で、保守主義者でした。マルガレータの姉レグラは詩作と夫の手伝いに忙しかった妹に代わってヨハンナたちホイサー家の子どもたち（六人兄弟でヨハンナは四番目の子ども）の世話を焼くことが多く、子どもたちに慕われていたといわれています。この伯母がクララのおばあさまのモデルという説もあります。

医者と詩人の娘で牧師を祖父に持つという家庭環境から推察できるように、ヨハンナは当時としてはかなり高い教育を受けました。初等教育は村の国民学校ですが、個人教授も受け、またチューリヒで語学や音楽の勉強をしたり、フランス語圏の町でフランス語を勉強したりもしました。

一八五二年、兄の友人の弁護士ヨハン・ベルンハルト・シュピリと結婚。一八五五年、二八歳で長男ベルンハルトを産みます。夫は一八五九年にチューリヒ市議会の法律顧問になって多忙を極め、ヨハンナは育児の傍ら、読書や詩作に没頭し、やがて一八七一年、最初の作品を発表します。


『フローニの墓に捧げる一葉』（*Ein Blatt auf Vrony's Grab*）と題されたこの作品は、母の友人の牧師の依頼で、普仏戦争の傷病兵看護にあたる女性たちを支援することを目的に、ドイツのブレーメンの出版社から匿名で刊行されました。この作品の好評を受け、シュピリはその後次々に作品を発表していき、一九〇一年に死去するまでに、短編、長編合わせて約五〇編もの作品を生みだしました。

シュピリの葛藤

こうして俯瞰してみると、シュピリの生涯は順風満帆だったかに見えますが、実態はそれとはかけ離れていたようです。

シュピリは自分が周囲から理解されていないと感じ、長期にわたって鬱に苦しめられました。人気者となった作中の少女ハイジとは違って、シュピリは安息の地、心の故郷を見いだすことができなかったのです。シュピリの不満と葛藤に思いをめぐらすとき、同じスイス人でシュピリよりほぼ二世代若いエンマ・ユング（一八八二―一九五五）の言葉が想起されます。エンマはユング心理学で名高いカール・グスタフ・ユングの妻で、夫の研究に貢献しただけでなく、自身もユング派の分析家として活躍しました。代表作『内なる異性　アニムスとアニマ』（笠原嘉・吉本千鶴子訳、海鳴社、一九七六）の中でエンマは、女性が自我に目覚めると周囲との軋轢に苦しむようになるという意味のことをユング心理学の用語を使って述べています。シュピリはまさにそうした女性のひとりだったと思われます。

前述したように一九世紀はそれまでの価値観が大きく揺らいだ時代でした。一八世紀末のフランス革命以来、ヨーロッパ各国では何度も市民革命が起き、またその揺り戻しの保守政権の復活など、政治体制も極めて不安定でした。フランスがその好例で、フランス革命を端緒に、二度の市民革命をはさんで、共和政、帝政、王政復古が目まぐるしく入れ替わります。

フランスの隣国スイスは当然、その影響を大きく受けます。スイスでは各州に広範な自治権が認められていましたが、一八四七年に自由化をめぐってカトリック諸州とプロテスタント諸州の間で分離同盟戦争と呼ばれる激しい紛争が起きました。結局、自由化推進のプロテスタント側が勝利を収め、連邦制が採用され、州の権限は一定の制限を受けることになります。

娘時代のヨハンナが政治的にどういう立場を取っていたかはわかりません。しかし身内は概ね保守的な立場を取っていました。母方の祖父で村の牧師だったディートヘルム・シュヴァイツァーは保守主義者で、フランス革命以来ヨーロッパを席巻していた進歩主義思想に猛烈に反対していました。ところが彼の後任の牧師ザロモン・トープラーは進歩主義者で、ヨハンナはこの牧師から個人授業を受け、彼を敬愛していたといわれています。トープラー牧師はチューリヒ大学に進歩主義思想家ダーフィト・シュトラウス(福音書に記された奇跡を否定する『イエスの生涯』という著書でセンセーションを起こしたヘーゲル派の神学者・哲学者)を招聘する問題が紛糾した際、シュトラウス擁護の立場を取り、それ以後、ホイサー家から出入禁止を言い渡されました。

またヨハンナは、無神論者で詩人の大学生に一時期思いを寄せますが、この恋は母の大反対に遭い実りませんでした。結局二五歳（一八五二年）で兄の友人の弁護士ヨハン・ベルンハルト・シュピリと結婚しますが、この結婚には母は大賛成だったといわれています。夫となった弁護士のヨハン・ベルンハルトは、『スイス連邦新聞』の編集長を務めるジャーナリストでもありました。シュピリ夫妻は当時ドイツからスイスに亡命していた作曲家のリヒャルト・ワーグナーを始め、多くの教養人の知己を得、チューリヒの社交界に出入りするようになります。中でも重要なのはエリーザベト・マイヤー夫人と出会ったことでしょう。マイヤー夫人はスイスが誇る文豪コンラート・フェルディナント・マイヤー（一八二五—一八九八）の母に当たります。またヨハンナはコンラートの妹のベツィ（エリーザベト）とも親交を結び、その後長く文通することになります。

マイヤー夫人はチューリヒの社交界で尊敬を集めていた女性で、ヨハンナは彼女のサロンに出入りするようになり、彼女に心酔し、魂の導き手として慕うようになります。夫人のサロンでは文学談義が活発に行われ、みなで一緒に聖書を読んだり賛美歌を歌ったりと宗教活動も盛んでした。また貧しい人々のための寄付集めなど、慈善活動も熱心に行われていました。ところがサロンの中心人物だったマイヤー夫人が精神科病院に入れられ、一八五六年、湖で投身自殺をしてしまいます。魂の導き手の夫人をこのような形で突然失ったことがヨハンナに大きな打撃を与えたことは想像に難くありません。夫人は重度の鬱に苦しんでいたといわれています。いったい何が原因で鬱が引き起こされたのでしょうか？　なぜ夫人は自分の人生に満足できなかったのでしょうか？

マイヤー夫人の父親はチューリヒ州の知事を務めた人物で、夫もチューリヒ州政府の閣僚でした。夫人は相当高い知性と教養を有していたと思われます。また夫人は深い敬虔主義の信仰を持っていて、ヨハンナの母メタとも友情で結ばれていました。自殺というのは、神に与えられた命を利己的に抹殺することを意味し、本来キリスト教徒にはあるまじき行為です。夫人をそこまで追い詰めたのは何だったのか？　当時は社会も宗教も、女性の理想的なあり方として、夫に付き従い家庭を守る、貞淑で敬虔な女性を賛美していました。ところがマイヤー夫人の高い知的欲求は家庭に縛られる生活に満足できなかったものと思われます。ヨハンナやその母メタの場合も事情はあまり変わりません。けれどもメタには詩作がありましたし、医者の夫が常に、家と隣接する医院に入院患者を多数収容していたため、その手伝いをせねばならず、メタは始終忙しくしていました。ヨハンナの場合も母メタ同様、創作が心を満たす大いなる助けになっていたものと思われます。けれども長年鬱に苦しめられていたということなので、どうやら完全に満たされることはなかったようです。

ところでハイジは、フランクフルトから帰った後アルムの山小屋を清潔に保つことに努めていて、シュピリはハイジのこうした家庭的な面を称揚し、肯定的に描いています。けれども本人は家事があまり好きではなかったようです。

シュピリはまた女子教育に多大な貢献をしていて、教育者としてのそうした姿勢はハイジの学習意欲を引き出したおばあさまや、ペーターに根気良くアルファベットを教えるハイジの姿に反映されています。

一八七五年、チューリヒに市立高等女学校が設立されると、シュピリは一八九二年まで理事を務めることになります。後にこの高等女学校は女子ギムナジウム（一八九四年に大学入学のための準備クラスが設けられ、一九〇六年以降、このクラスはギムナジウムクラスと呼ばれることになる）になりますが、当時女性は大学からほぼ閉めだされた状態でした。ホイサー家の六人の子どもたちの中で大学に進学したのは男の子ふたりだけで、ヨハンナを始め女の子たちは進学していません。もっともチューリヒ大学はかなり早い時期から女性を聴講生として受け入れていました。一八六六年、医学を志すロシア人女性が初めて正式に入学を許可され、二年後、スイス人のマリー・ハイム＝フェークトリン（一八四五―一九一六）が入学します。フェークトリンはスイス初の女性医師となり、後年シュピリを看取ることになります。また夫の姪エミリー・ケンピン＝シュピリ（一八五三―一九〇一）も一八八三年にチューリヒ大学に入学。ヨーロッパ初の女性法律家となります。女子教育も女性の地位も歩みは遅いものの、確実に進んでいました。ところがシュピリは女子教育には全面的に賛成していましたが、女性が職業に就くことに関しては保守的な立場を取りつづけました。そのあたりのシュピリの微妙な心情を表しているのが長編小説『ジーナ』（*Sina*、一八八四）です。

『ジーナ』に見るシュピリの職業意識

二〇一九年にアメリカで出版された英語版の『ジーナ』の前書きで、編著者のアナ・リザ・オーム（Anna Lisa Ohm）は注目すべき発言をしています。この作品は、書かれることのなかったハイジの第三部に代わるものだというのです。オームは、シュピリがハイジの思春期、及び職業選択等、ハイジのその後を構想したものの、出版社側に拒否され、新たな作品として構想しなおし、別の出版社から出したと推測しています。

『ジーナ』は確かにシュピリの主な作品を出版しているペルテス社ではなく、シュトゥットガルトのカール・クラッベ社から出版されていて、「若い女性のための物語(*Eine Erzählung für junge Mädchen*)」という副題がついています。主人公のジーナは物語の始まりの時点で、一〇歳。ちょうど『アルプスの少女ハイジ』の終盤のハイジの年齢に当たります。またおもしろいことに、ジーナの家庭環境や教育歴はハイジとシュピリを合わせたようなものになっています。ハイジもジーナも幼い頃に母を亡くしていて、ハイジはおじいさんに、ジーナはおばあさんに育てられます。ジーナはハイジ同様山村で育ち、村の国民学校に通います。その後シュピリ同様、村の牧師の個人授業を受け、さらには寄宿学校に入ります。そして大学で医学を勉強し、医者になって経済的に自立することを目指します。育ての親のおばあさんは、ジーナの勉学を応援するものの、ジーナの志は良き妻となって家庭を守るべく定められた女性の天性と相容れないのではないか、また信仰上も間違った道へ導くことになりはしまいかと危惧します。

ジーナは故郷から大学町へ向かう途中、道連れとなった大学教授に恋をします。教授の方もジーナに強く惹かれますが、ジーナが医学生だとわかった途端、彼女を遠ざけます。医者の仕事で忙しい妻は、子どもが母親を必要とするとき、常にそばにいてやることができない、自分の妻としては不適格だと考えたからです。また彼は男性の方が優れている分野に進出するよりも、女性は看護等、本性に合った職業に就くべきだと主張します。ジーナは念願の大学には入ったものの、教授への思いを断ち切れず、医者になることに疑念を感じ始めて勉学に集中できなくなり、ついには大学をドロップアウトしてしまいます。そして語学教師となってドイツの女学校に赴任します。六年後、女学校設立の夢を胸に故郷に戻ります。ところが最終的にはその夢をあきらめ、恋心を抱いていた教授と結婚します。

シュピリは「若い女性のための物語」と銘打ったこの作品で、読者の若い女性たちに何を伝えたかったのでしょうか？　今日から見れば、挫折としか思えない選択ですが、当時の社会状況に鑑みたとき、この選択がシュピリにとっては最大限の妥協だったのかもしれません。ジーナは結局、本人が考える「より良き善」のために、自己の夢を犠牲にせざるを得ませんでした。どうやらシュピリは女性が結婚生活と職業生活をうまく両立させることは困難だと考えていたようです。けれども自立を考えることなく、最初から結婚だけを夢見る女性をシュピリは主人公にしていません。ジーナの自立をめぐる葛藤にはシュピリ自身の姿が投影されているように思われます。

実際、シュピリは作品中に多数の職業婦人を登場させています。たとえば『アルプスの少女ハイジ』では、デーテおばさんとロッテンマイアー女史が好例です。シュピリはこの二人を、決して肯定的とはいえないものの、個性的で有能な職業婦人として生き生きと描きだしています。

ハイジのその後

『ジーナ』を読むにつけ、もしもシュピリが『アルプスの少女ハイジ』の第三部を書いていたら、と思いをめぐらさずにはいられません。シュピリはハイジにどんな思春期を送らせ、どんな人生を選択させることになったでしょうか?

ジーナが最初に目指した医者になる道は、ハイジにとってもかけ離れたものとは思えません。おじいさんはアルプスの薬草に造詣が深く、病人の世話にも精通していました。クララが歩けるようになったのも、おじいさんの適切な処置と励ましがあったからに他なりません。また物語の終盤でおじいさんと並んでハイジの保護者となるのが「お医者さん」であることも見逃せません。「お医者さん」は村の国民学校での基礎教育以上のものをハイジに与えることになったかもしれません。シュピリの父は医者だったので、シュピリ自身も医者の仕事がどんなものであるか、よくわかっていたはずです。

ジーナが第二の選択肢とした教師の道もハイジにはうってつけです。ペーターに辛抱強くアルファベットを教える姿には、教師としての適性が現れています。

いずれにせよシュピリがハイジをアルムの山小屋とデルフリに生涯とどめて、何の葛藤もなく結婚させ家庭生活を営ませたとは考えられません。けれどももしもジーナのような人生をハイジに歩ませたとしたらどうでしょう？　出版社がそうした内容の第三部を喜んで出したでしょうか？　また第一部、第二部同様に第三部も読者に広く受け入れられたでしょうか？　シュピリとほぼ同時代に『若草物語』（一八六八）で人気を博したルイーザ・メイ・オルコット（一八三二―一八八八）が、続編を書くにあたって、出版社側から、マーチ家の四姉妹を結婚させるよう、要請されたという話が想起されます。

結局シュピリ自身が第三部を書くことはありませんでしたが、ハイジのその後を知りたいという読者の要望は根強く、第三者の手で続編を謳うハイジ本が何種類も出版されました。

そうしたハイジ本の代表例がフランス語翻訳者シャルル・トリッテン（一九〇八―一九四八）による続編です。

『ハイジ』二部作の最初のフランス語訳を手がけたのは、シュピリ自身が訳者に選んだカミーユ・ヴィダール（一八五四―一九三〇）です。ヴィダールはシュピリが理事を務めたチューリヒ市立高等女学校のフランス語の教師を務めた女性で、シュピリは彼女がその職を得るのに尽力し、『ハイジ』の翻訳をめぐって文通し、いっしょに旅行するほど親しくしました。けれどもヴィダールは戦闘的なフェミニストで、やがてふたりは袂を分かちます。

ヴィダール訳は原作に忠実な優れた訳として知られていますが、トリッテンによる新訳には恣意的な手が加えられています。トリッテンは一九三三年に『ハイジ』の第一部フランス語新訳を『ハイジ　山の少女の不思議な物語』というタイトルを冠して、パリの出版社フラマリオンから刊行します。そして翌年、第二部に〝未発表〟の結末を加えた『ハイジは成長する』を刊行します。この〝未発表〟部分は実は訳者トリッテンの創作でした。さらにトリッテンは第四部まで、次々に続編を刊行していきます。

なお第二部の〝未発表〟部分には「訳者による」という但し書きがあるものの、肝心の訳者名の記載はなく、第四部で初めて作者としてトリッテンの名が挙がっているだけなので、シリーズ全体がシュピリの作だとの誤解を呼びます。

トリッテンによる第二部の結末部では、ハイジは一三歳でバート・ラガッツの温泉場で働き始め、一五歳で寄宿学校に入ることになります。第三部『若き娘ハイジ』(一九三八)ではローザンヌの寄宿学校での生活が描かれ、ハイジはハンガリー人の少女ジャミーと親しくなります。ペーターは庭師になり、代わりにトニという名の少年が山羊番をするようになります。卒業後、ハイジはある村の学校の先生になります。そして最後にペーターと結婚します。

主人公はどうしても結婚しなければならないようですが、それにしても結婚相手がペーターとは、シュピリが知ったらなんというでしょうか。

　トリッテンの第四部『ハイジと子どもたち』（一九三九）ではタイトルどおり、ハイジの子どもたちが描かれます。ハイジには子どもが三人おり、アルムでペーターと暮らしています。そこへ結婚してアメリカへ渡っていた友ジャミーが喘息持ちの娘を療養させるため家族を引きつれて訪れ、ハイジの子どもたちとアメリカの子どもたちの間でてんやわんやの騒動が引き起こされるという筋書きになっています（なお同シリーズには別の作者〔名義はレア、アルベール＝エミール＝ルシーの筆名とされる〕によるさらなる続編、第五部『ハイジおばあさん』〔一九四六〕も存在します）。

端的に言ってこれらのどの本も、ハイジ人気に便乗し、当時の社会が期待する女性像にハイジを合わせて読者におもねるもので、文学的な質も第一部、第二部と比べて格段に劣ります。シュピリがもしもこれらを読むことがあったら、おそらく嘆いたことでしょう。

映像化されたハイジ

『ハイジ』はこれまでに何度も映画化やテレビドラマ化されました。また一九七四年に日本のテレビで連続放送されたアニメの『アルプスの少女ハイジ』は、その後世界各国で放送され、今やハイジといえば、大多数の人たちがこのアニメのハイジを思い浮かべるまでになっています。以下、ハイジの映像化の歴史を見ていきたいと思います。

実写化されたハイジ

一九二〇年にアメリカで製作された無声映画の『ハイジ』以来、二〇一五年に製作されたスイス・ドイツ合作映画『ハイジ アルプスの物語』(日本での公開は二〇一七年)まで、ハイジは実に通算一七回も映像化されています。その内六作はテレビドラマです。代表的なものとしては、シャーリー・テンプルが愛らしいハイジを演じて評判を取った一九三七年のハリウッド映画『ハイジ』、スイスで最初に製作された

『ハイジ』（一九五二）、二〇〇五年イギリスで製作された『ハイジ』、そして最新作の『ハイジ　アルプスの物語』が挙げられます。いずれも映像化にともない様々な内容変更が行われていて、たとえば一九三七年版では、ロッテンマイアー女史に売り飛ばされそうになったハイジをおじいさんが救助するといった劇的なエピソードが加えられています。また時代を現代に置き換え、フランクフルト市中を車がビュンビュン走り、ハイジが携帯電話でペーターと話したりするなど、アレンジが行き過ぎの感を否めない作品もあります。そんな中で二〇〇五年版と二〇一五年版は比較的原作に忠実で好感が持てます。それでも二〇〇五年版ではペーターが蹴飛ばした車椅子を止めようとしたハイジが崖から落ちるのを目にした衝撃でクラが立ちあがるなど、原作よりドラマチックな展開になっています。また二〇一五年版では、興味深いことに監督自身がアニメ版の『ハイジ』から多大な影響を受けたと語っています。

いずれにしてもどの作品も映像の利点をいかして、アルプスの自然の美しさとハイジのかわいらしさを最大限に際立たせた作品になっています。

特異な位置を占めるアニメ版ハイジ

アニメ版の『アルプスの少女ハイジ』については読者のみなさんはすでによくご存知のことと思いますので、ここでは主に原作との違いについて見ていきたいと思います。

映画の『ハイジ』は上映時間一時間半前後のものがほとんどで、物語は圧縮を余儀なくされますが、テレビのシリーズ物は逆に原作にないエピソードが付け加えられて物語が大幅にふくらまされます。一九七四年から日本で一年にわたって放送されたアニメ版『アルプスの少女ハイジ』もその例にもれません。またアニメ版には原作にない重要なキャラクターとして犬が登場しています。この犬が加わったことで、新しいエピソードがいくつも追加されています。さらにストーリー上の大きな変更点としては、ロッテンマイアー女史とペーターの扱い方が挙げられます。原作ではロッテンマイアー女史はゼバスティアンの話からアルムを恐れて、クララがハイジを訪ねるときに同行しませんが、アニメ版ではしっかりついてきて、てんやわんやの騒動を引き起こします。

ペーターのキャラクター設定もかなり変更されています。原作ではデーテおばさんやロッテンマイアー女史のようにハイジの敵役ではないものの、問題のある子どもとして描かれています。たとえば学校が嫌いで、読み書きなんか端からできっこないとハイジに信じ込ませたり、アルムにハイジを訪れたお医者さんやクララに嫉妬して意地悪をしたりなど、いわばハイジの足を引っぱる役を演じています。ところがアニメ版では、そうしたマイナスの要素がそぎ落とされています。ペーターはクララを歓迎し、クララが歩けるように積極的に援助します。当然、車椅子を谷から突き落としたりなどしません。

クララが歩きだすきっかけになるのは、あくまで偶然です。クララは牛がこわくて逃げようとして思わず立ちあがることになりますし、車椅子はつかまっていたクララが転んだせいで動きだし、斜面を転がり落ちて壊れてしまいます。総じて暴力的な要素やネガティブな感情はアニメでは削除されています。これは安心して子どもに見せられるような番組にしようという配慮のなせる業でしょうが、結果として原作にある物語の幅と奥行きを狭めているように思います。

もうひとつ重要なのは、原作の宗教的な要素が薄められている点です。原作ではクララのおばあさまとペーターのおばあさんがハイジの宗教心を目覚めさせ、培う存在として大きな役割を果たしています。けれどもアニメ版では、クララのおばあさまはハイジに文字を読むことを教え、教育者としての役割は担うものの、お祈りの必要性を説いてハイジをさとしたりはしません。また原作では、おじいさんの改心につながる重要な聖書の『放蕩息子』の逸話が載っているきれいな挿絵つきの大型本を、おばあさまがハイジに与えることになっていますが、アニメではそれがグリム童話の本に変わっています。

牧師を祖父に、宗教詩人を母に持ち、自身も敬虔なクリスチャンであったシュピリにとって、宗教は作品の重要な要素に相違なく、作品の宗教色が薄められたことを知ったら、相当不満に思うことでしょう。キリスト教国ではない日本で製作されたということも、こうした変更の一因だと思われますが、それだけではキリスト教徒が大多数を占める欧米諸国で製作された映画やテレビドラマでも宗教色が薄まっている理由を説明できません。おそらくシュピリの時代とは違い、現代の子ども向け娯楽作品では宗教があまり重要視されていないせいでしょう。宗教色が濃いと楽しめない視聴者も相当数にのぼるからでしょうし、何よりキリスト教徒以外の視聴者に配慮した結果ともいえます。日本版のアニメは非常な好評を博し、アラブ諸国も含め、世界の様々な国で放送されました。もしも原作どおりの内容であったら、ハイジの物語がそこまで広範囲に受け入れられることはなかったかもしれません。なお興味深いことに、シュピリの故郷であるスイスではこのアニメは放送されていません。製作にあたって監督の高畑勲は、当時としては珍しいことに現地取材も敢行したという話ですが、スイス人の目から見ると違和感のあるシーンも多々あるのでしょう。またこのアニメの公開当時、スイスとドイツ共同製作のハイジのテレビドラマシリーズ（一九七七―一九七八）が企画化されていたため競合を避けたという説もあります。なお実際にはスイスでもドイツなど近隣の国で放送された番組を見ることができたということです。

変わらぬハイジの魅力

この解説を書くにあたって、映像化された『ハイジ』をまとめて見たのはとてもおもしろい経験でした。数ある作品の中で特に気に入ったのは二〇〇五年のイギリス映画と最新のスイス・ドイツ合作映画です。理由は原作を尊重していて、ハイジの世界がしっかり描かれているからです。

ではハイジの世界の魅力はどこにあるのでしょうか？　わたしはアルプスの自然の素晴らしさと主人公ハイジのキャラクター、それから宗教色だと考えています。この三つのなかで、一四〇年経った今も変わらぬ魅力で現代の読者を惹きつけているものはなんでしょうか？　宗教色はすでに見てきたように、多くの映像化された作品やリライト版ではかなり薄められています。けれどもシュピリが聖書の故事や聖歌の引用を通して読者に伝えたかったことは、自然の描き方やハイジの性格描写にも反映しているように思います。

たとえばシュピリはアルプスの山々の荘厳な夜明けや夕焼けのシーンを描きだしています。お山が燃えているといって大騒ぎするハイジや、フランクフルトから帰郷してひとり山を登る途中立ち止まって山を照らす夕日に感動し、思わず涙を流すシーンなど、とても印象深く、強い共感を覚えます。このように大いなる自然に心を惹かれ、素直に賛美する心持ちは原始宗教にも見られる人類共通の心情ではないでしょうか。そもそもおばあさまがハイジに与える大型本に出てくる「放蕩息子」の話はまったく説教臭くありませんし、ペーターのおばあさんにハイジが読んで聞かせる賛美歌にも、教条的な堅苦しさは感じられません。「放蕩息子」の話には親が子を思う愛情が、おばあさんへのハイジの読み聞かせには、おばあさんの苦しみを少しでも和らげ気持ちを明るくしてあげたいというハイジの優しさが込められていて、それが読者にも無理なく伝わるように描かれています。映像化された作品や、リライト物でそうした要素が削られたり、減らされているのは少し残念な気もします。けれどもどのバージョンでも、ハイジのキャラクターの核心はしっかり残されているように思います。それは自分のまわりにいる人たちの幸せを第一に考える優しさと、逆境にあっても前向きに明るく生きようとする姿勢です。

ハイジと同時代に愛された物語の女性主人公たち

シュピリがハイジを世に生みだしたのとほぼ同時期に、他にも何人かの人気者の女性主人公が誕生しました。中でも有名なのはルイーザ・メイ・オルコットの『若草物語』(一八六八)の四姉妹の次女ジョーでしょう。それから少し遅れてルーシー・

モード・モンゴメリ（一八七四―一九四二）の『赤毛のアン』（一九〇八）の孤児の主人公アンが登場します。これらの作品はいずれも大変な好評を博して第二部が書かれ、シリーズ化されました。『ハイジ』の場合も好評を受けて続編が書かれた点は同じですが、ひとつ決定的な違いがあります。それはハイジの話が思春期の手前の一〇歳で終わっている点です。ハイジと違い、ジョーも、アンも思春期を経て大人になります。そこで問題が生じます。女性主人公たちは恋をし、その後どう生きていくか、選択を迫られることになるのです。

作家志望のジョーは隣家のローリーのプロポーズをはねつけ、その後別の男性と結婚します。一方アンは喧嘩相手でライバルだったギルバートと結婚し、子どもをもうけて幸せな家庭を築きます。

このふたつの物語には邦訳もあり、たやすく手に取って読むことができますが、もうひとつ、ドイツ語圏ではよく知られているものの邦訳がなく日本ではほとんど知られていない重要な作品があります。一八八三年にドイツの作家エミー・フォン・ローデン（一八二九―一八八五）が発表した『強情娘』（*Der Trotzkopf*）です。ローデンはシュピリより二歳年下で、『強情娘』は『ハイジ』より三年遅れて世に出ました。まさに同世代の作家、同時代の作品、しかも同じドイツ語で書かれ、人気を博し、その後長きにわたって読み継がれてきました。ただし作品の性格には決定的な違いがあります。

『強情娘』はバックフィッシュロマーンの原型だと言われています。バックフィッシュロマーン（バックフィッシュはドイツ語で小魚という意味で、転じて思春期の少女を指します）というのは少女小説の一ジャンルで、その主人公の多くは自由奔放に育ち、社会が要請する規範に適合していません。けれども恋をし、心理的な葛藤を経た後に、理想の男性と結ばれ、主婦になって幸せな家庭を築き上げます。

ローデンの物語の主人公は一五歳の少女イルゼで、誕生後間もなく母を亡くし、良家の子女としてのしつけを受けずに育ちます。型に嵌めようとする家庭教師とは相容れず、暴君のように振る舞います。やがて父が再婚。継母と牧師がふたりがかりでイルゼを教育して淑女に仕立てようとしますがうまくいかず、次なる手段として寄宿学校に入れられてしまいます。そこでイルゼはイギリス人の少女ネリーと親しくなります。ネリーは孤児で、将来家庭教師として身を立てようとしています。生活するために働かざるを得ないネリーの境遇にイルゼは同情します。

あるとき、イルゼは手芸の授業中に物笑いの種にされ、怒りを爆発させて放校処分になりそうになります。そのときイルゼの良き理解者である女性教師から、強情を張ったために婚約者に見放され、家庭教師として糊口を凌がざるを得なくなった女性の話を聞かされて反省し、以後、寄宿学校の生活に徐々に適応していきます。また病気になった年少の学友を必死に看病しますが、その甲斐なく亡くなってしまいます。その際、女優の仕事を優先して娘をないがしろにしてきたこの学友の母親が批判されます。女性の本来の役割は妻として、母として家庭を守ることだとされ、女性が外で働くことは総じて否定的に描かれます。その典型的な例が女性教師です。彼女の教訓話に出てきた強情娘は当人に他ならず、その後イルゼの叔父がかつての婚約者だとわかり、ふたりはめでたく結ばれ、彼女はもう教師として働かずともすむようになります。イルゼの友、ネリーも伴侶を得て、仕事をする必要がなくなります。イルゼの方も、寄宿学校から家へ帰る途中、ある青年と知り合い、恋に落ちます。物語はイルゼと青年との婚約で幕を閉じ、まさしく結婚とそれに続く家庭生活が賛美されるのです。

物語の始まりですでに一五歳だったイルゼに対し、ハイジは物語が終わった時点でもまだ一〇歳です。一方共通点もあります。ふたりとも生後すぐに母親を亡くしている点です。イルゼの場合、思春期以前は男の子のように育ちますが、やがて継母が登場、寄宿学校では裁縫や編み物を仕込まれ、生徒思いの優しい女性教師という恰好のロールモデルが提示され、良き妻、良き母親になるための軌道修正が施されます。ところがハイジの物語にはいわゆる家庭的な母親は出てきません。そもそも母親世代の女性の影が薄いのです。ハイジの母もクララの母もすでに死去していますし、お医者さんのクラッセン先生の妻も死去しています。例外はペーターの母親ですが、物語の中でたいした役割は果たしていません。代わりに重要な存在として描かれているのが、もうひとつ上の世代の女性、ペーターのおばあさんとクララのおばあさまです。一方は目が不自由で風が吹けば壊れそうなあばら屋暮らし、他方は裕福な家の大奥様でかくしゃくとしている。あらゆる点で対照的なふたりですが、ハイジと心を通わせ強い絆で結ばれる点は同じです。ハイジの宗教心はこのふたりによって培われたといっても過言ではないでしょう。ふたりともハイジの情操面での発達になくてはならない存在として描かれています。

ハイジは恋愛とも結婚ともまだ無縁ですが、おもしろいことにハイジの将来が話題になる場面でも、結婚についてはまったく語られません。おじいさんはゼーゼマン氏に自分の死後もハイジが一生生活に困らないようにしてほしい、と頼みはしますが、その手段として結婚させようとは考えていないようです。

当時は、女性の本来の役割は結婚して子どもを産み育てることで、家族に尽くすことが求められていました。けれどもシュピリはそうした女性像を理想として主張してもいなければ、否定もしていません。

一方「ハイジのその後」の項で見てきたように、別の作家が書いた続編のハイジには、その時代の女性の理想像が色濃く反映され、妻として、母として家庭を守るハイジがクローズアップされています。

時代は変わり、女性の生き方も多様になりました。また、今では極東の日本からも、アラブ世界からも、ハイジのファンがスイスアルプスのハイジの世界を訪れることが可能になりました。シュピリの後継者たちが描いたハイジは陳腐で時代遅れの感が否めませんが、原作の魅力は今後も失われることがない、と確信しています。ハイジは読者の心の中で生き続け、生涯変わらぬ良き友となってくれることでしょう。

参考文献

松永美穂『シュピリ　アルプスの少女ハイジ』（ＮＨＫ１００分de名著）ＮＨＫ出版、二〇一九年
ちばかおり・川島隆『図説　アルプスの少女ハイジ』河出書房新社、二〇一三年
ジャン＝ミシェル・ヴィスメール『ハイジ神話　世界を征服した『アルプスの少女』』川島隆訳、晃洋書房、二〇一五年
アナ・リザ・オーム『ジーナ』の前書き（Johanna Spyri, Sina: Ein Roman vom Heidi-Autor [Sina: A Novel by the Author of Heidi] Edited by Anna Lisa Ohm The Modern Language Association of America New York 2019 所収）

ヨハンナ・シュピリ年譜

一七九五年
ヨハン・ヴォルフガング・フォン・ゲーテ『ヴィルヘルム・マイスターの修業時代』発表。

一八一五年
ウィーン体制（～四八年）の成立。スイスは永世中立国に。

一八二一年
ゲーテ『ヴィルヘルム・マイスターの遍歴時代』初版刊行。

一八二七年
六月一二日　開業医ヨハン・ヤーコプ・ホイサーと妻マルガレータ（通称メタ）との間にスイスのヒルツェルで生まれる。

一八三三年　六歳
ヒルツェルの国民学校入学。

一八四一年　一四歳
語学と音楽を学ぶためチューリヒへ。ベッティ・マイヤーとその兄コンラート・フェルディナント・マイヤーと知り合う。

一八四四年　一七歳
フランス語を学ぶためにフランス語圏

のイヴェルドン・レ・バンへ。

一八四五年　一八歳
ヒルツェルの両親の元に戻り、ゲーテなどの文学に親しむ。

一八四七年　二〇歳
分離同盟戦争（スイス）。
チューリヒとバーデンの間に鉄道開通。

一八四八年　二一歳
ウィーン体制崩壊。スイスは連邦制を採用。

一八五二年　二五歳
九月九日　弁護士シュピリと結婚、チューリヒに移住。作曲家リヒャルト・ワーグナーと知り合う。

一八五五年　二八歳
八月一七日　長男ベルンハルト誕生。

この時期から鬱になる。

一八五八年　三一歳
マイエンフェルトに鉄道が通じる。

一八六八年　四一歳
夫がチューリヒ市書記官に就任、市庁舎内の官舎に移り住む。

一八七一年　四四歳
デビュー作『フローニの墓に捧げる一葉』を匿名で出版。

一八七五年　四八歳
新設されたチューリヒ市立高等女学校の理事となる（〜九二年）。

一八七六年　四九歳
母が死去。

一八七八年　五一歳
子ども向けの小説集『ふるさとを失っ

て』を匿名で出版。

一八八〇年　五三歳
『ハイジの修業時代と遍歴時代』を匿名で出版。

一八八一年　五四歳
『ハイジは習ったことを役立てる』を実名で出版。

一八八四年　五七歳
長編小説『ジーナ』を出版。
五月三日　長男が死去。
一二月一九日　夫が死去。

一八八五年　五八歳
チューリヒの友人宅に身を寄せる。
バーゼルの新聞に夫の思い出を綴った『ある弁護士の生涯より』を連載。

一八八六年　五九歳
チューリヒ郊外の集合住宅エッシャーホイザーに引っ越し、終生ここで暮らす。

一九〇一年　七四歳
七月七日　シュピリ死去。

訳者あとがき――わたしのハイジ

ハイジというと、みなさんの脳裏にはどんな姿が思い浮かぶでしょうか？　今でこそ、アニメのハイジが大多数でしょうが、昭和三〇年代にハイジを初めて読んだわたしには、ハイジはあくまで頭の中で思い描く女の子でした。当時の小学生には、アルプスがどんなところかなど知る由もありません。ハイジが異国の少女であることも、意識に上らなかったように思います。読後ずっと印象に残っていたのは、屋根裏の干し草のベッドと、白パンです。

寝ながら星を見ることができるなんて、とても素敵だと憧れました。干し草のベッドも素晴らしいものに思えました。大学生になって八ヶ岳の高原のペンションに友だちと泊まったとき、ログハウスのロフトのベッドから天窓越しに星空が見えて、ハイジを思いだして感激しました。

大学ではドイツ文学を専攻したのですが、英文科や仏文科ではなく独文科を選んだのも、今にして思えばハイジの影響があったのかもしれません。大学三年の夏、初めて外国へ行く機会が訪れ、一カ月、ドイツのケルンに滞在しました。ケルンのあるノルトライン＝ウェストファーレン州は、プンパーニッケルと呼ばれる伝統的な黒パン（ライ麦パン）の発祥の地とされていて、ホストファミリーが提供してくれる朝食の定番といえばこの黒パンでした。ライ麦パンの中でも酸味がある重いパンで、柔らかい食パンに慣れている日本人には食べづらいものがあります。しかも朝一番に食べるにはかなり厳しい。ペーターのおばあさんが食べるのに苦労したのも宜なるかな、と納得したものです。たまにブレッチェンと呼ばれる軽い白パンが出ると、嬉しかったのを覚えています。

　わたしにとってのハイジは屋根裏の干し草のベッドと白パンですが、印象的な場面は人によってそれぞれでしょう。知り合いのひとりは、ハイジがフランクフルトの生活に馴染めず、アルム恋しさに夢遊病になる場面が一番、心に残っていると言っていました。今回、翻訳するにあたって、ハイジの物語の舞台を知りたく思い、スイスのマイエンフェルトを訪れました。あいにくの空模様で天気が悪く、さわやかなアルムを満喫することは叶わなかったのですが、ハイジにゆかりのある場所には大勢のハイジファンが、それこそ世界中から集まっていました。中でも印象的だったのは、中東系の人が多かったことです。ベビーカーを押したり、幼児を抱いたりして散策する若いカップルの姿が目立ちました。おじいちゃん、おばあちゃんに連れられて駆けまわっている子どももいました。若いカップルはおそらく子どもの頃にハイジのアニメを見て育ったのでしょう。子どもたちは今、まさにハイジのアニメを見たり、絵本を読んでいるところかもしれません。一方、わたしと同様、ある年代以上の方たちは、ハイジの物語を本で読んだことと思います。世界中の、老若男女の心に、それぞれのハイジが住みついているようです。ハイジの物語が誕生してからすでに一四〇年が経過しています。それでもアルムの牧場をかけまわり、花を愛で、山羊と戯れ、ペーターのおばあさんに白パンをもっていって喜ばせるハイジは、少しも古くさくなっていません。それほどにも愛され続けているハイジの物語を今回、あらたに訳す機会に恵まれたのは、ドイツ語翻訳者として本当に幸せでした。それに訳していて、これほど楽しい思いをしたのは初めてです。

新訳にあたっては、自分なりのハイジを造形することを第一に心がけました。現在手に入れやすい訳本の中では、福音館文庫から出ている矢川澄子訳の『ハイジ』と岩波少年文庫から出ている上田真而子訳の『ハイジ』が定番だろうと思いますが、どちらの訳も「です・ます」調になっています。双方とも、子ども向けに出されているので、やさしい語り口を採用したのでしょう。今回のわたしの訳は、幅広い年齢層を読者に想定して、あえて「である」調にしました。

先ほど訳していて楽しかったと記しましたが、苦労したところももちろんたくさんあります。一番困ったのは植物名です。たとえば「樅の木」。おじいさんのアルムの小屋の裏手にある三本の樅の老木は、物語の中でも重要な位置を占めています。ドイツ語の原語はタンネ（Tanne）。一般に「樅」と訳し、矢川訳でも上田訳でも「もみ」になっています。ところが調べてみると、樅（Abies firma）は日本に自生するもので、同じ属に入るクリスマスツリー形のヨーロッパのものとは形状が違うようです。少し迷いましたが、「ヨーロッパモミ」にするのも変なので、拙訳でも「樅」にしました。植物名には地名が付随することが多々あり、そのまま採用すると妙なイメージが付加されてしまう恐れがあります。山野草の名前にも苦労しました。たとえばシストゥスレースヒェン（Cystusröschen）。上田訳では「みやまきんぽうげ」になっていますが、みやま（＝深山）が「きんぽうげ」につくと、その花が咲いている場所のイメージがアルムから不意に日本の山野に変わってしまいます。また矢川訳の「シスト」もどんな花かイメージしにくいと思われるので、拙訳では「ロックローズ」にしました。

山羊の名前にも悩まされました。おじいさんが飼っている二匹の山羊の名前はシュヴェンリ（Schwänli）とベルリ（Bärli）。矢川訳でも上田訳でも「スワン」と「クマ」になっています。ペーターの山羊はシュネッケ（Schnecke）で、両訳ともに「ブチ」、ハイジが特別にかわいがっている子山羊シュネーヘップリ（Schneehöppli）は矢川訳では「ユキンコ」、上田訳では「ユキ」。暴れん坊の山羊はトュルク（Türk）で、矢川訳では「ダッタン」、上田訳では「デカ」。すばしこい山羊はディステルフィンク（Distelfink）で、両訳とも「アトリ」になっています。シュヴェンリ、ベルリ、シュネーヘップリの最後についているリ（li）は小さいもの、かわいいものにつけるスイスドイツ語特有の縮小語尾です。直訳すると、それぞれ、白鳥ちゃん、熊ちゃん、舞いとぶ小雪になります。白鳥や熊をそのまま山羊の名前にするのはどうもしっくりしませんし、いろいろ悩んだ末、わかりにくいとは思いつつも、原語のカタカナ表記でいくことにし、意味を訳注に記しました。

名前といえば、最重要なのは主人公の名前 Heidi です。本文中に説明があるように、これは母親アーデルハイト（Adelheid）から取った名前の短縮形です。発音をカタカナ書きすると、「ハイジ」より「ハイディ」に近く、これもできれば原語に近づけたかったのですが、読者の読みやすさを考えて断念しました。なんといっても日本のファンの心には「ハイディ」ではなく「ハイジ」がしっかり根づいています。『小公女セーラ』をいまさら『小公女サラ』にできないのと同じことです。

ところで読者のみなさんは、この本をどんな場所で読んでくださることになるでしょうか？　文庫本なので、手軽に持ち運べますから、通勤・通学や旅のお供にすることもできると思います。わたしが小学生のときには、シュピリの全集（『スピリ少年少女文学全集』全一二巻、白水社、一九六一）が出たばかりで、一冊ずつ小学校の図書室から借り出しては読み耽ったものです。ある日、学校から帰ると、玄関に鍵がかかっていました。本を読みたくてたまらなかったわたしは、庭に回り、小さな池の前に置いてある籐椅子にすわって早速本を読み始めました。いつもは家の中で本を読んでいたのですが、外で、もちろんアルプスの山とは比べものにならない小さな庭ですが、風と光を感じながら本を読むのがとても新鮮に感じられ、アルプスの少女になったような気分を味わったことを、今でも鮮明に覚えています。できることならあのときの自分にこの本を届けたいものです。

この本でハイジの物語を再読してくださる方、ハイジに初めて出会う方が、ハイジの世界にひたり、ハイジの物語を堪能してくださることを切に願っています。わたしのハイジがみなさんのハイジの一部になってくれたら、こんなにうれしいことはありません。

アルプスの少女(しょうじょ)ハイジ

著者　ヨハンナ・シュピリ

訳者　遠山(とおやま) 明子(あきこ)

2021年6月20日　初版第1刷発行

発行者　田邉浩司

印刷　萩原印刷

製本　ナショナル製本

発行所　株式会社光文社

〒112-8011東京都文京区音羽1-16-6

電話　03（5395）8162（編集部）

03（5395）8116（書籍販売部）

03（5395）8125（業務部）

www.kobunsha.com

ISBN978-4-334-75445-7 Printed in Japan

いま、息をしている言葉で、もういちど古典を

長い年月をかけて世界中で読み継がれてきたのが古典です。奥の深い味わいある作品ばかりがそろっており、この「古典の森」に分け入ることは人生のもっとも大きな喜びであることに異論のある人はいないはずです。しかしながら、こんなに豊饒で魅力に満ちた古典を、なぜわたしたちはこれほどまで疎んじてきたのでしょうか。

ひとつには古臭い教養主義からの逃走だったのかもしれません。真面目に文学や思想を論じることは、ある種の権威化であるという思いから、その呪縛から逃れるために、教養そのものを否定しすぎてしまったのではないでしょうか。

いま、時代は大きな転換期を迎えています。まれに見るスピードで歴史が動いていくのを多くの人々が実感していると思います。

こんな時わたしたちを支え、導いてくれるものが古典なのです。「いま、息をしている言葉で」——光文社の古典新訳文庫は、さまよえる現代人の心の奥底まで届くような言葉で、古典を現代に蘇らせることを意図して創刊されました。気取らず、自由に、心の赴くままに、気軽に手に取って楽しめる古典作品を、新訳という光のもとに読者に届けていくこと。それがこの文庫の使命だとわたしたちは考えています。

このシリーズについてのご意見、ご感想、ご要望をハガキ、手紙、メール等で翻訳編集部までお寄せください。今後の企画の参考にさせていただきます。
メール　info@kotensinyaku.jp